经|典|流|芳|百|世　文|学|滋|养|心|灵

译者简介

李玉民，首都师范大学外院教授、翻译家。从事法国纯文学翻译20余年，译著50多部。主要译作有《巴黎圣母院》《悲惨世界》《幽谷百合》《三个火枪手》《基督山伯爵》《漂亮朋友》《羊脂球》等。

精装名著系列

Les Misérables

悲惨世界（上）

[法] 维克多·雨果/著　李玉民/译

江苏凤凰文艺出版社
JIANGSU PHOENIX LITERATURE AND ART PUBLISHING, LTD

图书在版编目（CIP）数据

悲惨世界：全2册 /（法）维克多·雨果著；李玉民译. — 南京：江苏凤凰文艺出版社，2019.7
（大悦读精装名著系列）
ISBN 978-7-5594-1261-4

Ⅰ. ①悲… Ⅱ. ①维… ②李… Ⅲ. ①长篇小说–法国–近代 Ⅳ. ①I565.44

中国版本图书馆CIP数据核字（2017）第252232号

悲惨世界

（法）维克多·雨果 著　李玉民 译

出 版 人　张在健
责任编辑　傅一岑
装帧设计　煊坤博文
出版发行　江苏凤凰文艺出版社
　　　　　南京市中央路165号，邮编：210009
网　　址　http://www.jswenyi.com
印　　刷　北京市松源印刷有限公司
开　　本　880 × 1230毫米 1/32
印　　张　50
字　　数　1205千字
版　　次　2019年7月第1版　2019年7月第1次印刷
书　　号　ISBN 978-7-5594-1261-4
定　　价　98.00元（全2册）

译本序

Preface

“在文学界和艺术界的所有伟人中，他是唯一活在法兰西人民心中的伟人。”这是罗曼·罗兰对雨果的评价。青少年的罗兰保存一期《堂吉诃德》画报，上面有一幅“老俄耳甫斯”彩画：苍苍白发罩着光环，他正抚弄着竖琴，为苦难的民众引吭高歌。《悲惨世界》的作者留下的这副形象，也许是大众更乐意接受的。

捧读《悲惨世界》，最突出的感觉，当是厚重之感。同样是杰作，同样又厚又重，读《约翰·克里斯朵夫》，或者读《追忆似水年华》，都没有这种感觉，这种厚重之感，不是拿在手上，而是压在心头，感到的是人类的苦难厚厚而沉重的积淀。不是写苦难深重的书，都能当得起这“厚重”二字。而《悲惨世界》独能当得起，只因这部大书压在作者心头，达三十年之久。

历时三十余年，从一八二八年起构思，到一八四五年动笔创作，直至一八六一年才终于写完全书，真是鬼使神差，这在雨果的小说创作中也是绝无仅有的。这部小说的创作动机，来自这样一件事实：一八〇一年，一个名叫彼埃尔·莫的穷苦农民，因饥饿偷了一块面包而判五年苦役，刑满释放后，持黄色身份证讨生活又处处碰壁。到一八二八年，雨果又开始搜集有关米奥利斯主教及其家庭的资料，酝酿写一个释放的苦役犯受圣徒式的主教感化而弃恶从善的故事。在一八二九年和一八三〇年间，他还大量搜集有关黑玻璃制造业的材料，这便是冉阿让到海滨蒙特伊，化名为马德兰先生，从苦役犯变成企业家，开办工厂并发迹的由来。此外，他还参观了布雷斯特和土伦的苦役犯监狱，在街头目睹了类似芳汀受辱的场面。

到了一八三二年，这部小说的构思已相当明确，而且，他在搜集素材的基础上，写了《死囚末日记》（1830年）、《克洛德·格》（1834年）等长篇小说，揭露使人走上犯罪道路的社会现实，并严厉谴责司法制度的不公正。此外，他还发表了纪念碑式的作品《巴黎圣母院》（1831年），以及许多诗歌与戏剧，独独没有动手写压在他心头的这部作品。酝酿了二十年之久，直到一八四五年十一月，雨果才终于开始创作，同时还继续增加材料，丰富内容，顺利写完第一部，定名为《苦难》，书稿已写出将近五分之四，不料雨果又卷入政治旋涡，于一八四八年二月二十一日停止创作，一搁置又是十二年。《苦难》一书遭逢苦难的命运，在胎儿中也要随作者流亡了。

设使雨果也像创作其他小说那样，构思一明确便动笔，那么以他的文学天才，他一定能继《巴黎圣母院》之后，又有一部姊妹篇问世了。或者在一八四八年书稿写出五分之四的时候，再一鼓作气完成，那么在雨果的著作表中，便多了一部惩恶劝善的力作；虽然出自雨果之手，也能算上一部名篇，但是在世界文学宝库里，就很可能少了一部屈指可数的称得上厚重的鸿篇巨制。

这三十余年，物非人亦非，发生了多大变化啊！如果说一八三〇年，在他的剧本《艾那尼》演出所发生的那场斗争中，雨果接受了文学洗礼，那么一八四八年革命，以及一八五二年他被“小拿破仑”政府驱逐而开始的流亡，则是他的社会洗礼。流亡，不仅意味着离开祖国，而且离开所有的一切，包括文坛领袖的头衔、参议员的地位，等等；流亡，不仅意味着同他的本阶级决裂，而且也同他所信奉的价值观念、文学主张决裂；流亡，给他一个孤独者的自由：从此他再也无所顾忌了，不再顾忌社会、法律、权威、信仰，也不再顾忌虚假的民主、人权和公民权，甚至不再顾及自己的成功形象和艺术追求。流亡，把他置于这一切之外，给他一个大解脱，给他取消了一切禁区，从而也就给了他全方位的活动空间，使他达到历史、现实和未来所有视听的声音。

雨果在盖纳西岛过流亡生活期间，就是从这种全方位的目光、全方位的思想，重新审视一切，反思一切。在此基础上，他不仅对《苦难》手稿做了重大修改和调整，还大量增添新内容，终于续写完全书，定名为《悲惨世界》。整部作品焕然一新，似乎随同作者接受了洗礼，换了个灵魂。这是悲惨世界熔炼出来的灵魂，它无所不在，绝不代表哪个阶层、哪些党派，也不代表哪部分人，而是以天公地道、人性良心的名义，反对世间一切扭曲和剖割人的生存的东西，不管是多么神圣的、多么合法的东西。

世间的一切不幸，雨果统称为苦难。因饥饿偷面包而成为苦役犯的冉阿让、因穷困堕落为娼妓的芳汀、童年受苦的珂赛特、老年生活无计的马伯夫、巴黎流浪儿伽弗洛什，以及甘为司法鹰犬而最终投河的沙威、沿着邪恶的道路走向毁灭的德纳第，这些全是有代表性的人物，他们所经受的苦难，无论是物质的贫困还是精神的堕落，全是社会的原因造成的。雨果作为人类生存状况和命运的思考者，能够全方位地考察这些因果关系，以未来的名义去批判社会的历史和现状，以人类生存的名义去批判一切异己力量，从而表现了人类历史发展中的永恒性矛盾。正是在这个意义上，《悲惨世界》可以称作人类苦难的“百科全书”。

一八六二年七月初，《悲惨世界》一出版，就获得巨大成功，人们如饥似渴地阅读，都被一种不可抗拒的力量所征服了。持否定态度的人则从反面证实这部作品的特殊分量：居维里耶·弗勒里称雨果是“法国第一号煽动家”，拉马丁撰文赞赏作家本人的同时，抨击了他的哲学观点：“这本书很危险……灌输给群众的最致命、最可怕的激情，便是追求不可能实现的事情的激情……”也有人指责他喜欢庞大，喜欢夸张，喜欢过分。然而，他这种放诞的风格，添上了“全方位”的翅膀，在“悲惨世界”中奋击冲荡，恰恰为人类的梦想，不可能实现的事情呐喊长啸。

时间和历史作出了判断，《悲惨世界》作为人类思想产生的一部伟大作品，已为全世界所接受，作为文学巨著的一个丰碑，也在世界文学宝库中占有无可争议的不朽地位。

李玉民

二〇〇五年三月

于北京花园村

目录

Contents

第一部　芳　汀

第一卷　正义者

一　米里哀先生

1815年，迪涅的主教还是查理–弗朗索瓦–卞福汝·米里哀先生。他年事已高，七十五岁左右，从1806年起，就到迪涅城担任了这一职务。

这个细节虽然同本书的正题毫无关系，不过，事事务求准确，在此提一提他到这个教区就任之初，关于他有些什么风言风语，也许不是白费笔墨的。一个人的传闻无论真假，在他的生活中，尤其在他的命运中，往往和他的所作所为居同等地位。米里哀先生的父亲是艾克斯城法院的推事，即法袍贵族。据说父亲打算让他继承职位，在十八九岁，不满二十岁就早早为他完婚，这也是法袍贵族家庭相当普遍的习俗。查理·米里哀虽已完婚，据说仍引起不少物议。他身材虽然不高，但是生得相貌出众，风度翩翩，谈吐俊雅风趣；他的整个青春，就在交际场和情场中消磨了。后来爆发革命[①]，事态急遽变化，法袍贵族家庭遭到摧残、驱逐和追捕，都四处逃散了。革命刚一爆发，查理·米里哀先生便流亡到意大利。他妻子长期患肺病，死在异国他乡，没有留下一儿半女。此后，米里哀先生

---

① 指1789年爆发的法国资产阶级革命。

命运又如何呢？法国旧社会崩溃了，他的家庭也破败了，93年[①]发生一系列的悲惨事件，在远方的流亡者看来，也许倍加恐怖和可怕，凡此种种，是否使他万念俱灰，萌生了出世的念头呢？一个人在天下动乱中，身历其难，家道衰败，还可能处变不惊，然而在无忧无虑的温馨生活中，突然遭到神秘而可怕的打击，往往就会心死而一蹶不振吧？谁也说不清楚，只知道他从意大利回国，就已经当上了教士。

1804年，米里哀先生当上百里鸟乐的本堂神父。人已老迈，终日深居简出。

在皇帝即将登基加冕[②]的时候，也不知道为本堂的一件什么小事，他到了巴黎，为他的教徒陈情，见到一些显要人物，其中就有斐茨红衣主教。有一天，皇帝来看他舅父，正巧这位可敬的本堂神父在前厅候见，二人不期而遇。拿破仑发觉这个老者颇为好奇地看着他，便转过身来，突然问道："这老者是谁，这么瞧我？"

"陛下，"米里哀先生答道，"您瞧一个老者，而我却瞧一位伟人。我们彼此都能开眼。"

当天晚上，皇帝向红衣主教问了这个本堂神父的姓名。事过不久，米里哀先生便得知委任他当迪涅主教，不免深感意外。

此外，关于米里哀先生早年生活的传闻，有哪些是属实的呢？谁也不知道。革命之前，很少人家认识米里哀这家人。

小城市里嘴杂的人多，动脑筋的人少，初来乍到的人就得容忍，米里哀先生也不例外。他虽然贵为主教，也正因为是主教，就得忍而再忍。其实，把他名字扯进去的那些议论，也许仅仅是议论而已，无非是谣传、流言、闲话，甚至连闲话都算不上，按照南方

① 1793年是革命达到高潮的一年。

② 拿破仑1804年12月2日称帝加冕，1805年称拿破仑一世。

人生动的说法，就是“胡诌八扯”。

不管怎样，他到迪涅担任教职并居住九年之后，当初小城和小百姓议论的话题，所有那些闲言碎语，全被深深地遗忘了。谁也不敢再提起，甚至都不敢回忆了。

米里哀先生到迪涅时，带了一个老姑娘，名叫巴蒂丝汀，那是比他小十岁的妹妹。

他们只有一个佣人，称为马格洛太太，与巴蒂丝汀小姐同龄；她先是“本堂神父先生的女佣”，现在则有两个头衔：小姐的贴身女仆和主教的管家。

巴蒂丝汀小姐身材又高又瘦，肌肤苍白，性情温和，整个人儿理想地体现了“可敬”一词的含义，因为照世俗之见，一个女人必须做了母亲才能受人尊敬。她天生就不貌美，一生尽做善事，临老整个躯体呈现出一种洁白和清亮，年龄越大越具有我们所说的慈善之美。年轻时瘦溜的身躯，到了中老年就变得透明：这种通透空灵，令人想到天使。与其说这是位贞女，不如说这是颗灵魂。她这个人似乎是由影子构成的，仅仅略有一点儿肉体来显示性别，略有一点儿物质来容含光亮；大眼睛始终低垂，这便是一颗灵魂留在人间的缘故。

马格洛太太是个矮矮的老太婆，又白又胖，身体臃肿，整天忙忙碌碌，总是气喘吁吁，首先是由于操劳，其次是由于患了气喘病。

米里哀先生到任时，安排住进主教府，并按帝国法令的规定，接待他的规格仅次于驻军司令。市长和议长先来拜贺，他也去拜见了将军和省长。

主教安顿下来之后，全城就等他布道了。

二　米里哀先生改称卞福汝主教

迪涅主教府同医院毗邻。

主教府大厦非常气派，是上世纪初用石料建成的；兴建者亨利·彼萏大人是巴黎神学院博士，曾任西摩尔修道院院长，1712年当了迪涅主教。这是一座贵族气象十足的府邸，处处都显得华贵：主教寝宫、大小客厅、正室偏房，样样齐备；正院非常宽敞，有圆拱回廊，是古典的佛罗伦萨风格，庭园则有参天大树。楼下朝庭园一侧有一条长廊，装饰得富丽堂皇，亨利·彼萏主教大人于1714年7月29日，曾在这条长廊宴请过下列几位大人：

安白朗亲王——大主教查理·勃吕拉·德·让利斯，

格拉斯主教——嘉布遣会修士安东尼·德·梅格里尼，

法兰西圣约翰会骑士——勒兰群岛圣奥诺雷修道院院长菲力浦·德·旺多姆，

旺斯主教——弗朗索瓦·德·贝尔东·德·格里翁男爵，

格朗代夫主教——恺撒·德·萨勃朗·德·福卡吉埃大人，

斯奈主教——奥拉托利会修士，御前普通讲道师，约翰·索阿南大人。

这七位德高望重的人物的画像，一直挂在这条长廊大厅里，而“1714年7月29日”这个值得纪念的日子，也用金字刻在厅内一张白色大理石案上。

医院只有一层楼，既狭窄又低矮，庭园也小得可怜。

主教到任三天之后，便去观察医院。事后，他派人去请医院院长赏光到主教府来。

“院长先生，”主教问他，“现在您有多少住院病人？”

“二十六个，主教大人。”

“这正和我数的一样。”主教说道。

“那些病床，”院长接着说，“一张挨一张，太拥挤了。”

“这正是我注意到的。”

“病房都是小间，空气不易流通。”

“这正是我的感觉。”

“还有，即使出一点太阳，庭园也太小，装不下要康复的病人。”

“这正是我心里想的。”

“还会有传染病，今年就流行过伤寒，两年前流行过粟粒热，有时患者数以百计，我们简直没办法。”

“这正是我考虑到的。”

“有什么办法呢，主教大人。”院长说道，“只能这么将就。”

这场谈话，就是在楼下长廊餐厅里进行的。

主教沉吟片刻，突然转身，对院长说：

“先生，只拿这个厅来说，您看能放多少床位呢？”

“主教大人的餐厅！”院长不禁愕然，高声说道。

主教环视大厅，仿佛在目测计算。

“足够容纳二十张病床！”他仿佛自言自语，接着提高声音说道：“喏，院长先生，我要告诉您。显然出了差错。你们二十六个人，只有五六间小屋；而我们这里三个人，却占了六十个人的地方。肯定出了差错。您住了我的房子，而我占了您的。把我的房子还给我吧，这里才是您的住所。”

次日，那二十六名可怜的患者都被接到了主教府，主教则搬进医院去住了。

米里哀先生没有一点财产，他的家庭早已在革命中破产了。他妹妹领五百法郎的终身年金，住在主教府里，也刚够她本人的用度。米里哀先生作为主教，每年领取一万五千法郎的国家俸禄。他搬进医院里居住的当天，就最终确定了这笔钱如何使用。具体分配，有他亲笔写的一张单子，现抄录如下：

本府开销标准单

小修道院教育费	1500利弗尔①
传教会津贴	100利弗尔
迪迪耶山遣使会修士津贴	100利弗尔
驻巴黎的外国传教会津贴	200利弗尔
圣灵会津贴	150利弗尔
圣地宗教团体津贴	100利弗尔
慈幼会津贴	300利弗尔
阿尔勒城慈幼会津贴	50利弗尔
改善监狱费用	400利弗尔
改善囚犯待遇和救济费用	500利弗尔
解救负债入狱的家长费用	1000利弗尔
本教区穷苦教师补助津贴	2000利弗尔
为上阿尔卑斯省义仓捐款	100利弗尔
为迪涅、马诺斯克和西特等地贫穷女孩免费教育妇女会捐款	1500利弗尔
穷人救济款	6000利弗尔
本人用费	1000利弗尔
总计	15000利弗尔

米里哀先生在迪涅担任教职期间，几乎没有改变这种分配办

① 利弗尔：法国计算收入的货币单位，相当于1法郎。

法。正如我们看到的，他称之为“本府开销标准”。

巴蒂丝汀小姐奉命唯谨，接受这样的开销方案。在这位圣女的心目中，米里哀先生既是她的兄长，又是她的主教，依据人性是她的朋友，依据教会又是她的上司。巴蒂丝汀小姐爱他，对他敬佩得简直五体投地。他说话时，她就俯首恭听；他做事时，她就追随左右。唯独女佣马格洛太太有点儿怨言。我们也看得明白，主教先生仅为自己留下一千法郎，加上巴蒂丝汀小姐的年金，每年一千五百法郎。两个老妪和一个老翁，就靠这一千五百法郎度日。

不过，主教先生还能设法招待到迪涅来的乡村神父，当然多亏了马格洛太太处处节俭，巴蒂丝汀小姐精打细算。

到迪涅三个月的光景，有一天，主教说道：

“这样下去，我也难以维持了！”

“我说也是！”马格洛太太高声说，“省里每年应当给的城区车马费和巡视费，大人连要也没有要。从前的主教，都是照例要拿的。”

“对呀！”主教说道，“您讲得有理，马格洛太太。”

于是他提出申请。

事过不久，省议会审查他的申请书，投票通过每年给他提供三千法郎，款项为：

“主教先生公共马车费、驿车费和教区巡视费津贴。”

这件事引起当地士绅的非议。其中有一个帝国元老院的元老，为了发泄冲天的怒气，还给宗教大臣比戈·德·佩雷姆内先生写了封密函；此公从前就是五百人院①的议员，曾投票拥护雾月18日政变，住在迪涅城附近的富丽堂皇的元老府第里。下面是这封密函原

① 五百人院是根据1795年宪法由两级选举产生的议会。

文的节录：

……车马费津贴？在一座居民不满四千的小城里，有此必要吗？驿车费和教区巡视费津贴？首先要问，何必巡视呢？其次在这样的山区，怎么通驿车？根本没有车道，只能骑马。阿尔努堡的那座杜朗斯河桥，也只能过牛车。这些神父无不如此，又贪婪又吝啬。这一位初到任时，还装出至善圣徒的样子。现在他的所作所为，同其他人一样了。他像从前那些主教那样要摆阔气。要给他配备马车和驿车。哼！这帮臭神父！伯爵先生，只有皇上替我们清除白吃饭的教士，事情才会好转。打倒教皇！（当时同罗马的关系闹翻了）至于我，我只拥护恺撒……

事情成了，最高兴的还是马格洛太太。

“喏，”她对巴蒂丝汀小姐说，“主教大人先考虑别人，但最后总得顾顾自己。慈善捐款一项项都有了着落，这三千法郎可是我们的了。好啦！”

当天晚上，主教又开了一张单子，交给他妹妹，列出以下几项：

车马费与巡视费津贴费

供给住院病人肉汤补贴	1500利弗尔
为艾克斯慈幼会捐款	250利弗尔
为德拉吉尼昂慈幼会捐款	250利弗尔
弃儿救济款	500利弗尔
孤儿救济款	500利弗尔
总计	3000利弗尔

这就是米里哀先生的支出预算表。

主教还有额外收入，诸如婚礼布告费、宽恕费、简行洗礼费、布道费、教堂及小礼拜堂祝圣费、主持婚礼费等等，但他总是取之于富人，给予穷人。讨得急也给得快。

时过不久，捐款源源而来。富有的和贫穷的都来敲米里哀先生的院门，有的来施舍，有的讨施舍。不到一年工夫，主教既成为所有善施的司库，又成为所有苦难的账房先生。大笔大笔钱经过他的手，但是他丝毫没有改变自己的生活方式，也没有增添一点所需之外的东西。

事情远不止这样。由于下层的穷困总是多于上层的博爱，可以说钱到手之前就全给出去了；恰似水洒在干旱的土地上，他收到钱等于没有收到，从来留不住。于是，他又节衣缩食，打自身的主意。

主教颁布告，发公函，照习惯总在顶头写上自己的教名。当地穷人仿佛出于感戴的本能，在这位主教诸多名字中，挑选一个对他们有含义的，只叫他卞福汝[①]大人。必要时，我们也要这样称呼他。况且，他喜欢这个称呼。

“我喜爱这个名字，”他说道，“卞福汝冲淡了大人的尊号。”

我们不敢说这里描绘的形象多么逼真，只能说近似而已。

三　好主教摊上苦教区

主教先生的车马费化为救济款，他并未因此减少视察。迪涅教区是个累人的地方，平地少，山岭多，如刚才所说，几乎没有道

① 卞福汝为法文“受欢迎”一词的近似音译。

路。总共三十二个堂区，四十一个司铎区，二百八十五个小区。这些地方都巡视遍了，确非易事。然而，主教先生却办到了。去近处他就步行，平川路就坐乡村马车，进山里就干脆乘驴去。两个老妪一般陪同，如果路上太颠簸，他就独自前往。

有一天，他骑驴到达旧主教城色内兹。当时他囊空如洗，不能雇用别的坐骑。城市长官在主教府邸门前迎候他，直眉瞪眼地看着他从驴背上下来。几位富绅在他周围嘿嘿讪笑。

“长官先生、各位富绅先生，”主教说道，“我明白你们为什么反感，你们认为一个穷教士居然妄自尊大，乘着耶稣-基督用过的坐骑。我要明确告诉诸位，我这样做是迫不得已，并非爱慕虚荣。”

他在巡视中，对人宽容和气，谈心的时候多，说教的时候少。他不把任何美德置于高不可攀的境界，讲道理和举范例也从不舍近求远。面对一乡居民，他往往要以邻乡为榜样。到了对穷人悭吝刻薄的乡镇，他就说：

“瞧瞧布里昂松的居民吧！他们让穷人、寡妇和孤儿，有权比别人早三天到他们牧场割草。房子如果倒塌，他们就给重盖，分文不取。因此，那地方受到上帝的保佑，整整一百年间，没有发生过一起凶杀案。”

到了争利抢收的村庄，他就说：“瞧瞧昂布兰那儿的人吧！在收割的季节，万一哪个家庭儿子去当兵，女儿进城做工，父亲又病倒，不能下地，本堂神父在布道时就把这事儿提出来；于是，星期天做完弥撒之后，全体村民，男人、女人和孩子，都到那个可怜的人家的田里，帮忙收割，将麦秸运回，麦子装进仓里。”

到了为金钱和遗产而分裂的家庭，他就说：“瞧德沃吕山区的人吧！那里十分荒凉，五十年也听不到一回夜莺的叫声。可是，家里父亲去世，男儿便出去谋生，把财产留给姐妹，好让她们嫁出去。”

到了打官司成风、农民因而倾家荡产的村镇，他就说：“瞧瞧盖拉谷的那些善良农民吧！那里住着三千人，上帝啊！真像一个小小的共和国。他们既没有法官，也没有执行吏。乡长处理一切事务：他分派捐税，每人缴纳多少，全凭良心秉公办事，还义务为人排解纠纷，替人分配遗产而不取酬劳，判案也不收费用。大家都服他，因为他是生活在淳朴人之中的一个公正人。”

到了没请教师的村庄，他又举盖拉谷人的例子：“你们知道他们是怎么做的吗？一个小地方，只有十几户人家，供养一位教师自然困难，于是，全谷就公聘几位教师，让他们走村串庄，在这村教一周，到那庄又教十天。在集市上我碰见过那些教师。他们帽带上插着鹅毛管笔，容易认出来。教语文的只插一支，又教语文又教算术的插两支，教语文算术又教拉丁文的就插三支。他们都很有学问。是啊，没有知识多么丢脸啊！照盖拉谷的人那样做吧！”

他的谈话就是这样，又严肃又慈祥；如果缺少实例，他就打比喻，直言不讳，话并不多，但是非常形象化，这正是耶稣-基督的雄辩，自信不疑而又能服人。

四　言行一致

主教说话和气而愉快，总照顾在他身边生活的两个老妇人的理解力。

马格洛太太爱称他“大人”。有一天，他从坐椅上起来，走向书橱，要找一本书。那本书放在上面一格，主教个子偏矮，伸手够不到。

“马格洛太太，”他说道，“给我搬张椅子来。本大人还不够高大，够不到这个格板。”

德·洛伯爵夫人是他一个远亲，总好在他面前罗列她三个儿子的所谓“前程”。她有好几位长辈亲戚，都年事已高，行将就木，继承人自然是她的几个儿子。小儿子将从一个姑奶奶那里得到一笔整整十万利弗尔的年金。二儿子将继承她叔父的公爵头衔；大儿子则必然承袭先祖的爵位和领地。做母亲的这种天真的炫耀情有可原，主教通常只是听着，不置一词。然而有一回，德·洛夫人又一一详细卖弄那些继承权和“前程”，而主教显得格外心不在焉。德·洛夫人有点不耐烦，戛然住口，问道：“上帝呀！表哥，您究竟在想什么呀？”

“我嘛，”主教回答，“我在想一句奇特的话，我想是出自圣奥古斯丁之口：‘把希望寄托在别人什么也继承不着的人身上吧。’”

还有一回，他收到当地一位贵绅的讣告，看见满满一张纸不仅列了死者的所有爵位荣衔，还列上他所有亲戚的所有封建贵族的尊号，不禁高声喊道：“死者的腰板真够硬朗的！准备这样一副沉重的头衔担子，让他轻快地挑走；人的智慧确实了不得，讲虚荣连坟墓也不放过！”

他一有这种机会，就委婉地嘲讽一句，但是弦外之音，几乎总有一层深意。一次过封斋节，有个年轻的助理主教来到迪涅，在大教堂里讲道，他以慈善为题，还相当有口才，要求富人救济穷人，以便上天堂，免得下地狱；他把地狱描绘得极其阴森可怕，而把天堂描绘成令人渴望的美妙境界。听众里有个杰博朗先生，是个歇了业的富商，还时而放点儿高利贷；从前他制造粗布、哔叽、粗呢和帽呢，赚了五十万，但一生也没有向穷苦人施舍过。听了那次讲道之后，大家注意到每逢星期天，他就拿一个铜子，施舍给在大教堂门口的六个乞婆。一个铜子要由六个人分享。有一天，主教撞见他正在行善事，便微微一笑，对他妹妹说："杰博朗先生又在那儿花一个铜子买天堂了。"

只要是行善，即使碰钉子他也不退缩，总能想出引人深思的话来。有一回，他到城里一座府邸的客厅为穷人募捐。正巧德·尚特西埃侯爵在座，此公年迈，富有但是吝啬，竟能设法既当极端保王党人，又是极端伏尔泰派。世上确实有这种杂糅。主教走上前，拍了拍他的手臂，说道："侯爵先生，您应当给我点什么。"侯爵转过身去，冷淡地回答："主教大人，我有我的穷人呢。"主教立刻又说："那就把他们给我吧。"

还有一天，他在大教堂这样讲道："我最亲爱的兄弟们、我的好朋友们：法国有一百三十二万农舍，都只开三个通口；有一百八十一万七千农舍，都只开两个通口，就是一门一窗；还有三十四万六千座木棚，只开一个通口，也就是一扇门。这种状况，完全是所谓的门窗税造成的。把穷人家、老太婆、小孩子，安排住进那些房舍里看看，准要得热症或其他疾病！唉！上帝把空气给人，法律却让人出钱买空气。我不想指责法律，但我要颂扬上帝。在伊塞尔省、瓦尔省、上阿尔卑斯和下阿尔卑斯两省，农民连小推车都没有，粪肥要用人背着送到地里。他们没有蜡烛，只好点含树脂的枝子或蘸了树脂的绳子。多菲内地区整个山区全是这样。他们要把半年的面包做出来，用干牛粪烤好；到了冬天，面包要用斧子劈开，放进水里浸泡二十四个钟头才能吃。我的兄弟们，发发善心吧！瞧一瞧，你们周围的人生活多苦啊！"

他生在普罗旺斯地区，不难掌握南方的各种方言。他到下朗格多克地区就说：Eh bé！moussu，sès agé？到下阿尔卑斯省就说：

Onté anaras passa？到上多菲内地区就说：Puerte unbouen moutou embe unbouen froumage grase。他讲方言，得到当地人的喜欢，赖此接近所有人。他进草房，到山里，就像在自己家一样。他善于用大众语言说明大道理。他会讲各种语言，因而能深入所有的心灵。

而且，他对待上流社会和平民百姓，总是一视同仁。

他绝不轻率地谴责任何行为，总要先考虑整个环境的因素。他常说："让我们瞧瞧，是什么路导致这个错误。"

他常常笑呵呵地自称是"回头的浪子"，绝不义正词严地唱高调。也不像疾恶如仇的正人君子那样横眉立目，而是朗声宣传一种教义，概括起来大致如下："人有肉体，这对人来说，既是负担又是诱惑。人拖着肉体，又屈从于肉体。

"人必须监视，约束，抑制肉体，不到万不得已绝不屈从。即使这种屈从，也还是可能有过错；不过，这种过失是情有可原的。这是一种堕落，但是落下来双膝着地，结果可能成为祈祷的姿势。

"成为圣贤，那是极其特殊的；做个正义者，倒是为人的准则。你们尽可徘徊、怯懦，尽可犯错误，但是要做正义者。

"尽量少犯错误，这也是为人的准绳。不出一点儿差错，这是天使的梦想。生在尘世，就难免有错。过错就是一种地心吸力。"

有时，他见众人哗然，都气急败坏，就微笑着说道："嘿！嘿！看来，人人都在犯这种大过错。现在事情一败露，伪君子就慌了手脚，都急忙为自己开脱，都急忙打掩护。"

他对于承受人类社会重压的妇女和穷人，总是非常宽容的。他常说："女人、孩子、仆役、弱者、穷人和愚昧的人有过失，那就是丈夫、父亲、主人、强者、富人和学者的过错。"

他还说道："对于没有知识的人，你们就要多教给他们一些事情；社会不提供免费教育是有罪的，应当为它制造的黑暗负责。这颗灵魂充满了黑暗，必然要产生罪恶。有罪的人并不是犯罪的人，而是制造黑暗的人。”

由此可见，他判断事物有他自己特异的方式，我猜想他是从《福音》中得来的。

有一天，他在一个客厅听人说，有一件案子正在调查，不久就要审理。一个穷困潦倒的人，出于对一个女人和他们所生的孩子的爱，实在走投无路，便铸了伪币。那年头，造假币仍然要处以死刑。他造的第一枚假币，那女人拿去花时被抓住了。把她抓起来，但只有对她不利的罪证。唯独她能招认告发，断送她情夫的性命。她矢口否认，怎么逼供她也不肯招认。于是，检察官便想了个办法，巧妙地拼凑了一些信件的片段，制造了那情夫负心的假象，让那不幸的女人相信她有个情敌，那男人欺骗了她。她在极度妒恨之下，便举发了她的情夫，全部招认，全部证实了。那男人没救了，不久要在艾克斯城和他的同谋受审。讲述完这件事，大家交口称赞那位司法官的机敏。他利用嫉妒的心理，让人出于恼恨而讲出事实，借助报复的心理而显出司法的威力。主教一声不吭地听着，等大家说完了，他就问道：“在哪儿审判那男人和女人呢？”

“在重罪法庭。”

主教又问道：“那么，在哪儿审判检察官先生呢？”

迪涅发生一桩惨案。一个男人因杀人而判处死刑。那不幸的人算不上个读书人，但又不是一点知识都没有；他在集市上卖艺，代写书信。这件案子引起全城人的关注。行刑的前一天，驻监狱的忏悔师病倒了。必须找个神父帮助死囚度过他最后的时刻。有人去请本堂神父。据说他拒绝了，声称：“这不关我的事。我何苦接这个苦差使，何苦管那个跑江湖的；我本人也正害病；况且，那不是我的职务。”

他这种答复传到主教耳中，主教说道：“本堂神父先生讲得对。那不是他的职务，而是我的职务。”

于是，主教立刻赶往监狱，下到“跑江湖的”那间牢房，叫他名字，拉住他的手，同他说话，在他身边待了整整一天一夜，废寝忘食，祈祷上帝拯救犯人的灵魂，也祈求犯人拯救他自己的灵魂。主教告诉犯人，最完美的真理也是最简单的真理。他就像个父亲、兄长、朋友，仅仅为祝福时才是主教。他一边安慰他，劝他放心，一边把这一切都给他。那人要在绝望中受刑而死，把死亡看成万丈深渊。他站在死亡线上，吓得魂不附体，恐惧地倒退。他还不是根本不在乎生死的冥顽之徒。死刑判决这一剧烈的震撼，似乎把他周围某处的间隔震破，这种间隔就是我们所说的生命，阻隔我们看不到事物的神秘性。他从这幽冥之隔的缺口不断窥探世外，所见唯有一片黑暗。主教却让他看到一线光明。

次日来提这个不幸的人时，主教还在牢房里。他也跟着走到刑场。他披着紫色祭披，颈上悬挂着主教十字架，同五花大绑的刑犯并肩站在大众面前。

主教和刑犯一同上囚车，一同登上断头台。那个临刑的人，昨天还那么萎靡颓丧，现在却容光焕发。他感到自己的灵魂得救了，可以寄希望于上帝。主教拥抱了他，就在屠刀要落下的当儿，还对他说道：“被同类所杀的人，上帝能使他复活；被兄弟们赶走的人，能找到天父。祈祷吧，相信吧，到生命中去！天父就在那里。”他走下断头台时，眼里有异样的神色，足令众人闪避两侧。他脸色苍白，神态宁静，不知为什么那么令人敬佩。回到他戏称为“他的宫殿”的简陋居所，他对妹妹说：“我刚才举行了一场隆重的祭典。”

最崇高的事物，也往往是最不为人理解的事物；城里就有人议论主教的这一举动，说是“故作姿态”。当然，这仅仅是沙龙里的一种论调。而民众又感动又钦佩，他们可不会把圣洁的行为理解为居心叵测。

至于主教，他目睹断头台，受到一次震动，心情久久不能平静。

断头台，竖立在那里，确实有一种威慑之力。只要还没有亲眼目睹过断头台，就可能对死刑抱着漠不关心的态度，不置可否，绝不表示赞成还是反对；然而，一旦撞见一个，那震动就十分剧烈，就必须作出抉择，是赞成还是反对。有人赞赏，如约瑟夫·德·迈斯特尔①；有人憎恶，如恺撒·德·贝卡里亚②。断头台是法律的体现，并取名为“制裁”；它不是中立的，也不让人保持中立态度。看见它的人都会不寒而栗，发出神秘莫解的战栗。断头台是幻象。断头台不是一个空架子，断头台不是一架机器，断头台不是由木头、铁件和绳索构成的无生命的机械。它仿佛是一种生命体，具有一种难以言状的阴森可怕的进取性；这个架子就好像看得见，这架机器就好像听得到，这件机械就好像能理解，这木头、铁件和绳索就好像有愿望。断头台一出现，将人的灵魂投入噩梦中，就显得狰狞可骇，并参与了它的所作所为。断头台是刽子手的同谋，它吞噬，它吃人肉，喝人血。断头台是法官和木工合造的一种魔怪，是一个幽灵，似乎以它制造的死亡而生存，过着一种令人闻风丧胆的生活。

因此，这次印象极为可怕，极为深刻，到了行刑的第二天，甚至数日之后，主教还一直精神不振。在行刑时那种几乎是强制的宁

---

① 约瑟夫·德·迈斯特尔（1753—1821年）：法国神学家。在《圣彼得堡晚会》一书中，他谈到刽子手的神圣职责。

② 恺撒·德·贝卡里亚（1738—1794年）：意大利刑法学家，著有《论法令与刑罚》。

静神态，早已消失了；现在，社会司法的鬼魂在困扰着他。往常他做事回来，一向心安理得，春风满面，这回他却总像自责。有时他自言自语，低声讷讷地讲一些瘆人的话。下面的一段话，就是一天夜晚他妹妹听见记下来的："真没想到会如此惨不忍睹。专心致力于上天的法则，而不再理睬人间的法律，这是错误的。生死予夺的大权只属于上帝，人有什么权利染指这件陌生的事物？"

随着岁月的流逝，这些印象也逐渐淡薄，也许消泯了。然而大家注意到，从那以后，主教一直避开那个刑场。

米里哀先生总是随叫随到，去看望病人和临终的人。他非常明确那是他最主要的职责和最主要的任务。他不用请，会主动去孤儿寡母家。他也会一连几个小时，默默地坐在失去爱妻的男子身边，或者失去孩子的母亲身边。他善于把握何时开口，也善于把握何时闭口。令人敬佩的安慰者啊！他无意用忘却抹去痛苦，反借希望使之伟大而崇高。他常说："您要当心看待死者的方式。不要想尸骨要腐烂。要凝神观看，您会发现在九重天上，有您逝去的亲人的生命之光。"他知道信仰有益无害。他指着驯顺的人，极力劝导悲痛欲绝的人；指着仰望一颗星的悲痛，极力扭转俯瞰一个墓穴的悲痛。

五　每件主教袍都穿得太久

米里哀先生无论私生活还是社会生活，都贯穿同样的思想。能有机会靠近观察的人，就会看到迪涅主教甘于清苦，过着又俭朴又感人的生活。

如同所有老人和大多数思想家那样，他睡眠很少。睡眠时间短，但很深沉。清晨，他要静修一小时，然后到大教堂，或者在自己的经堂里诵弥撒经。早餐只有一块黑麦面包，蘸着自家产的牛奶食用。吃罢便开始工作。

主教是个大忙人。他每天要接见主教区秘书——通常由议事司铎担任，几乎每天要接见他的几位副主教。他还要掌握宗教团体的活动，颁发特权证书，检查整个宗教图书馆，清理祈祷书、教理问答手册、日课经书等等，还要起草训谕，批示讲道手稿，还要调解各地本堂神父和行政长官的关系，还要处理教会方面的函件、行政方面的公函，总之日理万机，既对政府，又对教会负责。

处理完繁杂的公务，做完日课，余下的时间，他首先用来去看望贫苦人、患者和伤心的人；如果再有时间，他就干活。有时在园子里挖土，有时看书和写东西。这两种活儿，他统称为“耕耘”。他常说：“精神就是一块园地。”

中午用正餐，食品跟早餐一样。

将近下午两点钟，如果天气好，他就到田野或城里散步，路上经常走进陋舍。只见他拄着长手杖独自行走，目光低垂，陷入冥思苦想，身上穿着暖和的紫色棉袍，脚下穿着紫袜和粗大的鞋子，而头上则戴着平顶三角帽，由角上坠下三束菠菜籽形的金黄色流苏。

他所到之处，就跟节庆一样，仿佛一路撒播着温暖和光明。孩子和老人站在门口迎候主教，如同迎候太阳。他祝福大家，大家也为他祝福。无论谁有所需求，人们都指向他的住所。

他时走时停，跟小男孩小姑娘说说话，冲孩子的母亲笑笑。他有钱的时候，就去看望穷人；没钱的时候，便去拜访富人。

他的教袍穿得太久而破旧了，又不愿意让人看出来，进城就只好穿那件紫棉袍。可是到了夏季，未免捂得难受了。

晚上八点半钟，他同妹妹共进晚餐，马格洛太太站在身后伺候。晚餐简单极了。不过，主教若是留一位本堂神父吃饭，马格洛太太就趁机为主教大人做点儿鲜美的湖鱼或山里的野味。任何本堂神父，都是做一顿丰盛饭菜的借口；主教也听之任之。没有客人的时候，他的晚餐通常只有水煮蔬菜和素油浓汤。因此，城中盛传这样的话："主教不款待本堂神父的时候，就款待苦修会修士了。"

用过晚餐，他就同巴蒂丝汀小姐和马格洛太太闲谈半小时，然后回到自己的房间，继续写东西，有时写在单页纸上，有时写在对开本书的空白边上。他是文人，又颇有学识，身后留下五六种堪称奇文的手稿。其中有一种论述《创世纪》中的一节："初始，上帝之灵漂浮在水面上。"[①]他用三种文本比较这一节：阿拉伯文译本上说："上帝的风吹拂"；弗拉维乌斯·约瑟夫写道："上界的风骤降大地"；最后，翁克洛斯[②]的迦勒底文注释性翻译则为："来自上帝的一阵风吹拂在水面上"。在另一篇论述中，他研究了雨果[③]的神学著作——那位雨果为普托勒马伊斯的主教，是本书作者的曾祖叔父——他确认上个世纪，以巴赖库尔为笔名发表的几本小册子，应当出于那位主教的手笔。

有时在阅读中，不管手上捧着什么书，他会突然陷入沉思，从沉思中醒来，便立刻在页码上写几行字。那几行字往往同书的内容毫无关系，例如：下面我们看到的几行批注，就是他写在一部四开本书的边页上，书名为：《日耳曼勋爵同克林顿、柯思华利斯两将军，以及同驻美洲海军将领的通讯录》，由凡尔赛普万索书馆和巴黎奥古斯丁河滨路皮索书馆印行。

批注这样写道：

---

① 见《圣经·创世纪》第一章第二节。

② 翁克洛斯：古代著名犹太法学家。

③ 查理·路易·雨果（1667—1739年）：曾任古城普托勒马伊斯的主教，但并不是本书作者的曾祖父。

“您的存在啊：

“《传道书》称您为万能之主，马卡伯家族[①]的人称您为创世主，致以弗所人书称您为自由，巴鲁克[②]称您为无限，《诗篇》称您为智慧和真理，约翰称您为光明，《列王纪》称您为天主，《出埃及记》呼您主宰，《利未记》呼您神圣，《以斯德拉记》呼您正义，《创世纪》称您为上帝，人称您为天父；不过，所罗门称您为慈悲，这是您诸多名称中最美的一个。”

快到九点钟时，两位妇女告退，上楼回房间休息；主教独自留在楼下，直到拂晓。

在此，有必要准确描述一下迪涅主教的寓所。

六　主教托谁看管住房

上文说过，主教住的是一幢两层小楼：楼下三间，楼上三间，顶层还有一间阁楼。楼后有一座三四十亩的园子。两位妇人住在楼上，主教住在楼下。临街的那间屋当做餐室，另一间是他的卧室，第三间是他的经堂。出经堂要穿过卧室，出卧室要穿过餐室。经堂里端隔出小半间凹室，放了一张床，接待留宿的人。有了这张客床，主教先生时常接待来迪涅办事，或者为本教区的需要奔走求告的乡村神父。

原医院的药房建在园子里，是正楼的附属小屋，现改为厨房和贮藏室。

此外，园子里还有一个牛棚，当初是医院的厨房；现在主教在

① 马卡伯家族：犹太爱国家族，公元前167年曾发动反对希腊化政策的全国起义。

② 巴鲁克：先知耶利米的门徒兼秘书。

里面喂养两头奶牛。不管挤多少奶，每天早晨他总是照例给住院病人送去一半。“这是我纳的什一税。”他常这样讲。

他的房间相当宽大，严冬日子很难取暖，而迪涅的木柴又特别贵，于是他想了个办法，雇人在牛棚里用木板隔出一小间，称之为“冬斋”，最寒冷的夜晚他就在那里度过。

冬斋和餐室一样，除了一张白木方桌和四把草垫椅子，再没有别的家具。餐室里还有一个涂了粉红胶画颜料的旧碗橱。主教将同样一个碗橱罩上白布帷和假花边，作为祭台点缀他的经堂。

迪涅城来忏悔的有钱女人和信女，常常凑钱，要给主教大人的经堂购置一个美观的新祭坛；然而每回他接了钱，就分给穷人了。

“最好看的祭坛，”他常说，“那是不幸者因得到安慰而感谢上帝的一颗心灵。”

他的经堂里有两把草垫祈祷跪椅，卧室里有一张同样草垫座的扶手椅。万一他同时接待七八位客人，如省长、将军、驻军参谋，或者小修道院的几名学生，那就不得不去牛棚搬来冬斋的椅子，去经堂搬来跪椅，去卧室搬来扶手椅；这样凑起来，就能有十一个座位接待客人。每当有人来访，总要搬空一间屋子。

有时来了十二个人，碰到这种情况，主教为了掩饰难堪的场面，如在冬天，他就站在壁炉边；如在夏天，他就提议到园子里走走。

不错，在那小间凹室里还有一张椅子，但是椅面垫子的麦秸脱落了一半，仅有三条腿，要靠墙才能坐人。巴蒂丝汀小姐卧室里倒有一张很大的木摇椅，早先漆成金黄色，包了花锦缎椅套，但是楼梯太窄，当初是从窗口吊上楼去的，算不上备用的家具。

巴蒂丝汀小姐有个奢望，能买一套细长桃花心木家具，并配有长沙发、荷兰黄丝绒椅套。但是，这少说要花五百法郎。为此省吃俭用，五年工夫才积蓄了四十二法郎十生丁，她只好放弃了这种打算。况且，谁又能达到自己的理想呢？

想象主教的卧室再容易不过了。一扇门窗朝向园子，对面是床，一张铁架病床，挂着绿色哔叽天盖。床铺暗角的布帘里边，还有能显露贵绅老派头习惯的梳洗用具。卧室有两扇门，一扇挨着壁炉，通向经堂；另一扇靠近书橱，连着餐室。那架镶玻璃的书橱很大，摆满了书籍。壁炉通常不生火，木板炉台画成大理石花纹；炉里一对铁柴架上装饰的两个花纹瓶，凹槽纹从前镶有银箔，属于主教等级的奢侈品。炉台上方一般挂镜子的地方，有一块破旧的黑丝绒，上面钉着发暗的烫金木框，里边装了一个镀银剥落的耶稣受难铜像。在那扇门窗旁边摆了一张大桌案，上面有一个墨水瓶，堆满了凌乱的纸张和大部头书籍。书案前有一张草垫椅子；床铺前的祈祷跪椅，是从经堂搬来的。

床铺两侧的墙壁上，挂着两幅镶有椭圆形木框的肖像。肖像旁边中性底色的画布上，写着金黄色小字题文，标明一幅像是圣克罗德主教德·查理奥神父，另一幅像是夏特尔教区锡托修会大田修道院院长、曾任阿格德代理主教的图尔托神父。迪涅主教继住院患者之后搬进这间屋里，发现这两幅画像，便保留在原处了。他们是教士，也许是施主；鉴于这两点，他尊敬他们。关于这两个人物，他仅仅知道在1785年4月27日，他们同一天得到国王封赏，一个任主教职务，另一个也任有俸圣职。马格洛太太曾摘下画像掸灰尘，主教才在大田修道院院长画像背面，发现四角用胶纸粘着的一小方年久发黄的纸，上有淡淡的墨迹，标明这两位人物的出身。

窗上挂的粗毛呢帘早已破烂不堪，为了节省买新窗帘的花费，马格洛太太不得不在正中补了一大条。补缀恰成一个十字图案，主教常常叫人看，并且说道：“这有多好啊！”

楼上楼下的所有房间，一无例外刷了白灰，如同兵营和医院的规矩。

然而，下文会叙述到，近年来，马格洛太太在巴蒂丝汀小姐房间里，看到白灰下面的壁纸有装饰画。这所房子改为医院之前，曾是有产者聚会的场所，因而有这种装饰。每间屋都是红砖铺地，每周刷洗一次，床前都铺了草席。总之，多亏两位妇人精心照管，这所房子从上到下极为整洁。这是主教允许的唯一的奢侈。他常说："这不用从穷人那里拿一点东西。"

不过，要承认，他从前拥有的东西，还留下六套银餐具和一只大号银汤勺。每天，马格洛太太都要喜滋滋地瞧瞧白色粗桌布上闪闪发亮的银器。在这里既然要如实描述，我们就应当补充一句，主教不止一次这样说："要我放弃用银器吃饭，恐怕难以做到。"

除了银餐具，还有两只粗大的银烛台。烛台插了两支蜡烛，通常摆在主教的壁炉台上。如果晚餐有客人，马格洛太太就点着蜡烛，将两支烛台放到餐桌上。

在主教卧室的床头有一个小壁橱，每天晚上，马格洛太太就把六套银餐具和大汤勺摆进去。应当指出，橱门的钥匙从不拿下来。

园子的景致，让前面所说的相当丑陋的建筑破坏了几分。园中四条林荫小道，从一口排污水渗井交叉向四面伸展，沿着白围墙还有一条环形路径。这几条小道两侧栽了黄杨，将园子隔成四个方块。其中三块，由马格洛太太种了菜；第四块由主教种了花。园中零散还有几株果树。

有一回，马格洛太太带着几分狡黠，甜嘴甜舌地对他说："主教大人，您什么都要派作用场，而一块方地却不利用。不如种上生菜，总比花儿好。"

"马格洛太太，"主教答道，"这您就错了。美，同适用一样有用。”他沉吟一下，又补充道：“也许更有用处。”

这个方块地分三四个花坛，主教在上面花的工夫，几乎等于他看书的时间。他乐意待上一两个钟头，修枝，除草，随处在土里戳洞，撒进去花籽儿。他并不像园艺工那么仇视昆虫，在植物学方面也绝不自命不凡。他不懂分科和固体病理学说，也绝不想在图尔纳福尔和自然方法之间评优劣，既不站在胞果一边反对子叶，也不站在朱西厄一边反对利内[①]。他不研究植物，只喜爱花卉。他非常敬重学者，更敬重没有知识的人。对这两者从不失礼，因而夏季每天傍晚，他总提着上了绿漆的白铁喷壶去浇花。

那所房子没有一扇门上锁。前面说过，餐室的门正对着大教堂广场，从前安了锁和铁闩，好似牢门。主教让人将门锁拆掉，白天黑夜只用一个插关儿扣门。随便什么过路人，随便什么时候，都可以推门而入。这扇房门从不上锁，起初两个妇人总是担惊受怕，而迪涅主教却对她们说：“你们的房门可以安上插销嘛。”到头来，她们也信从了，至少装作信从而放心。唯独马格洛太太有时还提心吊胆。至于主教这样做的心理，从他写在《圣经》边页上的三行字中，可以找到答案，至少找到线索：“只有这点细微的差异：医生的门永远不应关闭，教士的门永远应当敞开。”

在另一本名叫《医学的哲学》书上，他还写了这样一段话：“难道我不跟他同样是医生吗？我也有病人，首先有他们的病人，即他们所称的病人；其次，我有我的病人，即我所称的不幸者。”

在另外一处他还写道：“不要问求宿者的姓名。求宿者要报姓名往往特别为难。”

---

① 约瑟夫-彼通·德·图尔纳福尔（1656—1708年）、贝尔纳·德·朱西厄（1699—1777年）、查理·德·利内（1707—1778年）：前两位是法国的，后一位是瑞典的著名植物学家。

有一天，一位令人尊敬的本堂神父来访，记不清究竟是库卢勃鲁还是蓬皮埃里的本堂神父，他大概应马格洛太太的请求，以试探的口气问主教大人：房门日夜敞着，随便什么人都可以进来，是否就那么肯定不是大大的失慎呢？而且住在极少防范的房舍里，是否就不担心发生什么不幸呢？主教郑重而蔼然地拍了拍他的肩膀，对他说道："房舍如无天主守护，人再怎么看守也徒然。"[①]接着，他就岔开话题了。

他常常爱说："龙骑兵队长有龙骑兵队长的胆量，同样，教士有教士的胆量。"他又补充一句，"不过，我们的胆量应当是平静。"

七　克拉瓦特

这里有一件实事，我们自然不能忽略，因为通过这种事，能看出迪涅主教究竟是怎样一个人。

加斯帕尔·贝斯匪帮，曾在奥利乌勒山口一带为非作歹，被击垮之后，一个叫克拉瓦特的二头目逃进山中。他率领一伙匪徒，即加斯帕尔·贝斯的残部，在尼斯伯爵领地隐匿一段时间，继而流窜到庇埃蒙特地区，忽又在法国境内巴斯洛内特一带出现。有人先后在若西耶和土伊勒见到他。他躲在鹰轭山洞里，从那里出来，取道大小玉贝山谷，窜向村落和乡镇，甚至逼近昂布兰，一天夜晚闯进大教堂，将圣器室抢劫一空。他的强盗行径扰得居民无法安生。派宪警追捕也没用，他屡次逃脱，有时还恃强对抗。他是个胆大包天的匪首。就在人人闻风丧胆的时候，主教赶来了，要巡视这个地

① 原文为拉丁文，引自《圣诗》。

区。乡长到沙斯特拉见他，劝他原路返回。克拉瓦特占据山区，其势直达阿尔什乃至更远。即使有卫队护送，路上也很危险。三四名宪警不过是白白去送死。

“那我就不用人护送了。”主教说道。

“你有这种想法，主教大人？”乡长高声说道。

“我这种想法很坚决，绝不带卫兵，而且过一小时我就动身。”

“动身？”

“动身。”

“独自一人？”

“独自一人。”

“主教大人，您可不能这样做。”

“山里有个不起眼的小村子，”主教又说道，“就这么一丁点儿大，有三年我没去看望了。那里住着我的好朋友，是些和气厚道的牧民。他们放牧的羊群，每三十只就有一只是他们的。他们打五颜六色的羊毛绳，非常好看，还用六孔小笛子吹各种山歌。他们需要不时听人谈谈慈悲的上帝。连主教也害怕，他们会怎么说呢？我若是不去，他们会怎么说呢？”

“可是，主教大人，有强盗啊！万一您碰见强盗呢？”

“对呀，”主教说道，“我还想呢。您的话有道理。我可能碰见他们。他们也需要听人谈谈慈悲的上帝。”

“主教大人！那是匪帮啊！那是狼群啊！”

“乡长先生，也许耶稣恰好让我放牧那一群。谁了解天主的道路呢？”

“主教大人，他们会把您的东西抢光的。”

“我一无所有。”

“他们会杀害您的。”

“杀害一个嘴里叨叨咕咕的过路的老教士？算啦！图什么呢？”

“噢！上帝啊！万一您碰见他们呢？”

“我就要他们施舍点钱给穷人。”

“大人，看在上天的份儿上，不要去吧！您会有生命危险。”

“乡长先生，”主教说道，“仅仅担心这一点吗？我在这世上，不是守护自己的生命，而是守护灵魂。”

只好听便。他动身了，只带着自愿当向导的小孩。他这样一意孤行，在当地引起纷纷议论，也让人为他提心吊胆。

主教不愿带他妹妹，也不愿带马格洛太太同行。他骑着骡子穿山越岭，没有碰见一个人，平平安安到达他那些“好朋友”牧民家中。在那里，他逗留半个月，讲道，行圣事，传授知识，开导思想。要离去的日子临近了，他决定要以主教的身份做一场感恩弥撒，并同本堂神父商量。主教没有祭礼的服饰啊，可是怎么办呢？能供他使用的只有乡村寒酸的圣器室，从里边找出几件镶着假饰带的破旧花缎祭服。

“没关系！”主教说道，“神父先生，不妨宣告礼拜天做感恩弥撒。到时候就会有办法。”

于是又到邻村的教堂去寻找。那些穷苦教区把最华丽的服饰集中起来，也不够让大教堂的唱诗班穿戴得像样些。

正在为难之时，忽然有两个骑马的陌生人，给主教先生送来一口大箱子，放到本堂神父住宅门口，当即就离去。打开箱子一看，只见里面装有一件金线呢祭披、一顶镶有钻石的主教法冠、一个大主教用的十字架、一根精美的法杖、一件件法衣教袍，全是一个月前从昂布兰圣母教堂的圣器室抢走的。箱子里还有一张字条，上面写道：克拉瓦特送给卞福汝主教。

“我说过会有办法的嘛！”主教说道。接着，他又含笑补充一句："本来穿教士白色的法衣，上帝却派人送来大主教的祭披。"

"主教大人，"本堂神父微笑着摇了摇头，咕哝道，"上帝，或者魔鬼。"

主教定睛看着本堂神父，以权威的口气又说道："是上帝！"

在返回沙斯特拉的一路上，不少人出于好奇来看他。他回到沙斯特拉的本堂神父住宅，同等待他的巴蒂丝汀和马格洛太太重聚；他对他妹妹说："怎么样，我的想法不错吧？一个穷苦的教士，空着双手去看望穷苦的山民，却满载而归了。我只带着信仰上帝的一片诚心出发了，结果带回来一座大教堂的宝物。"

夜晚临睡时，他还说道："永远也不要害怕盗贼和凶手。那是身外的危险，小危险。还是惧我们自身吧。偏见，就是盗贼；恶习，就是凶手。巨大的危险在我们自身。威胁我们的脑袋或者钱袋的危险，何足挂齿！一心考虑威胁我们灵魂的危险吧！"

接着，他又转身对他妹妹说："妹妹，教士绝不可提防他人。他人所为，得到上帝允许。我们认为危险临头的时候，只应当祈祷上帝。祈祷上帝，不是为我们自己，而是要让我们的兄弟避免因我们而失足。"

不过，他一生极少有重大情况，这里也仅仅叙述我们所了解到的。其实，平常日子，他总是在同样时刻做同样的事情。他一年的每个月，就像他一天的每个时辰。

至于昂布兰大教堂的"宝物"的下落，提出这个问题会令我们为难。那些东西的确很好看，很诱人，值得抢去救济不幸者。况且，已经抢走了。弄险的行为干了一半，接下来只要改变抢劫的方向，只要再朝穷人走一小段路就行了。这件事我们绝不断定如何了结。不过，在主教的故纸堆中发现一张字条，意思相当模糊，也许同这事儿有关，上面这样写道："关键在于明确这东西应当归还大教堂，还是应当归还医院。”

八　酒后哲学

上文提过的那位元老院元老，是个精明强干的人，他行事总是勇往直前，毫无顾忌经常遇到的阻碍，即人们所说的良心、信誓、公道、天职。他直趋目的，在他升迁和牟利的路线上，一回也没有犹豫过。他当过检察官，官运亨通，为人也渐趋温和，绝不是心狠手辣的人。他在生活中兢兢业业，总抓住有利的方面，有利时机，抓住意外的财运，然后，对于他儿子、女婿、亲戚，甚至对他朋友，也能尽量帮些小忙。其余的事，在他看来无不有些愚蠢。他颇有才智，又粗通文墨，自称是伊壁鸠鲁[①]的信徒，也许不过是比戈-勒布朗[②]的门下。他好拿无限和永恒的事情，以及“主教老头的空论”打趣。有几回，他以和蔼而不容置疑的口气取笑，米里哀先生就在场洗耳恭听。

记不清在哪次半官方的聚会上，某某伯爵（即那位元老）和米里哀先生，都应邀在省长府参加宴会。到了上甜食的时候，那位元老已有几分醉意，但仍不失庄重的仪态，他提高声音说道：

“喂，主教先生，咱们聊聊吧。一名元老和一名主教面面相觑，就难免要挤眉弄眼。咱俩都是占卜官。我要对您讲句心里话：我有自己一套哲学。”

“您说得对，”主教答道，“摆弄哲学，就要躺在床上。您睡在金屋雕床上，元老先生。”元老听到这话，精神抖擞，又说道：

“那咱们就当当老顽童吧。”

---

① 伊壁鸠鲁（公元前341—270年）：希腊哲学家，主张享乐主义。

② 比戈-勒布朗（1753—1835年）：法国庸俗作家。

“就是当老魔鬼也成啊。”主教答道。

“告诉您说吧，”元老又说道，“德·阿尔让侯爵、皮朗、霍布斯和内戎[①]先生，都不是等闲之辈呀。在我的书房里，我喜爱的哲学家的书切口都是烫金的。”

“如同您本人一样，伯爵先生。”主教截口说道。元老继续说道：

“我恨狄德罗，他是个空想理论家，徒托空言，鼓吹革命，骨子里信仰上帝，比伏尔泰还要笃诚。伏尔泰嘲笑过尼达姆[②]，其实没有道理；因为，尼达姆举鳗鱼为例，证明上帝是无用的。一匙面团加上一滴醋，就可以取代‘要有光’[③]。假设那一滴要大得多，那一匙也大得多，就构成世界了。人，就是鳗鱼。因此，要永恒之父干什么呢？主教先生，关于耶和华的假说令我厌烦，那只能造出头脑贫乏的浅薄之辈。打倒令我头疼的万物之主！叫我心安的虚无万岁！虚无才叫我安心！要我把心里话全倒出来，而且，也理应向我的牧师坦白相告，老实说，我还是能明辨是非的。您那位耶稣，到处宣扬忍让和牺牲，却迷惑不了我。那无非是吝啬鬼对穷鬼的劝告。忍让！为什么？牺牲！为了什么？我没见过一只狼肯为另一只狼的幸福献身。我们生活在自然界，还是讲讲自然界的话吧。我们处于顶峰，就应有高明的哲学。如果鼠目寸光，站这么高有什么用呢？还是寻欢作乐吧。生活，就是一切。若说在别的地方，在

---

① 德·阿尔让侯爵（1704—1771年）、雅克-安德烈·内戎（1738—1810年）：法国两名二流作家，在这里与大哲学家霍布斯和皮朗并列，以表明这位元老的品位。

② 在《哲学辞典》中，伏尔泰曾讽刺尼达姆（1713—1781年）力图调和自然繁殖理论对造物主的信仰。

③ 在《创世纪》第一章第三节中，上帝说：“要有光”，于是有了光。这句话成为一切伟大发现的格言，从黑夜到白昼，从无到有。

天上，在彼岸，在某处，人还有另一种前景，这种鬼话我一句也不相信。哼！教我牺牲，教我忍让，那么我一举一动都要当心，还要为善恶、正邪、吉凶等问题大伤脑筋。为了什么？只为将来我对自己的行为有个交代。什么时候？等我死后。多美的梦啊！等我死后，我会有个好结果。让幽灵的手抓一把灰给我看看。我们都是过来人，都撩起过爱西丝女神①的衬裙，实话实说吧：这世上无善无恶，唯有生物。我们要求真，要刨根问底，追本穷源，鬼都明白！要嗅到真理，入地搜寻，把真理抓住。这样，它才能给您美妙的乐趣。这样，您就会仰天大笑，不信鬼神了。主教先生，在根本问题上我绝不含糊，人永生之说，不过是骗小孩子的鬼话。嗬！多么迷人的许诺！您爱信就信吧，亚当能兑现的空头支票！人有灵魂，能变成天使，从肩胛骨长出蓝色翅膀。帮我想一想，是不是泰尔图林②讲的，幸运的人将从一个星球遨游到另一个星球？就算这样吧。那也无非变成星际间的蝗虫。还有什么，能见到上帝。得，得，得。什么天堂，全是无稽之谈。上帝，是荒谬绝伦的鬼话。当然，这种话，我绝不会拿去刊登在《箴言报》上！但不妨在私下里讲讲。为了上天堂牺牲人世，无异于丢开猎物去追捕影子。上永生之说的圈套！还不至于那么愚蠢。我是虚无。我就叫元老院元老，虚无伯爵先生。我生前存在吗？不存在。我死后还会存在吗？不会。我是什么呢？不过是某种机体聚合的一点尘埃。在这尘世上，我能做什么呢？倒是可以选择：受罪或者享乐。受罪，能把我引到何处呢？引到虚无。白受了一辈子罪，享乐又能把我引到何处呢？也是虚无。但我毕竟享乐了一生。我已经选定了。要么吃，要么被吃。我还是吃，当牙齿总比当草料好。这就是我的明智。剩下来的事儿，就顺

---

① 爱西丝：古埃及神话中司婚姻的女神。

② 泰尔图林（155—222年）：基督教卫道士。

其自然了，掘墓人守在那里，即使为我们这些人准备了先贤祠，最后，什么都要掉进那个大洞里。完结。荡然无存。彻底清算。这便是化为乌有的地点。死了，就一了百了，请相信我这话。说什么那里有人要同我谈谈，我一想就忍俊不禁。妈妈的胡编乱造。编出妖魔鬼怪来吓唬小孩，还编出耶和华来吓唬大人。算了，我们的明天是黑夜。在坟墓后边，只有虚无，对谁也不例外。纵然您曾经是萨丹纳帕路斯[①]，曾经是万森·德·保罗[②]，最后都要归于寂灭。这才是真实的。因此，最重要的是活着。您掌握自我的时候，要充分利用。老实跟您说吧，主教先生，我有自己的一套哲学，我也有自己的同道，绝不会听信那种无稽之谈。至于下等人，那些赤脚汉、穷光蛋、可怜虫，当然需要点什么。那就给他们享用传说、虚幻、灵魂、永生、天堂和星宿。给他们大吃大嚼吧，让也们涂在干面包上吧。一无所有的人还有慈悲的上帝。这是最起码的了。关于这一点，我绝不提出非难，但为我本人还是保留奈荣先生。仁慈的上帝适于平民百姓。”

主教鼓起掌，朗声说道：“高论，高论！这种唯物主义，的确是美妙绝伦的东西！不是谁想要就能得到的。嘿！一旦得到，就大彻大悟了，既不像迦东[③]那样傻乎乎地任人放逐，也不像艾蒂安[④]那样让人用石块击毙，更不像贞德那样让人活活给烧死。凡是获得唯物主义这个法宝的人，就可以优哉游哉，就觉得一身轻，卸去所有责任，以为能放心大胆地吞噬一切，地位、俸禄、爵衔、正当或非正当得来的权力、见利忘义、卖友求荣、丧尽天良，这些美味的东

① 萨丹纳帕路斯：约公元前8世纪，传说中的亚述的昏君。

② 万森·德·保罗（1581—1660年）：法国天主教教士。

③ 迦东（公元前95—前46年）：罗马政治家，信奉禁欲主义，先后反对庞培和恺撒，失败后自杀。

④ 圣艾蒂安：基督教的头一个殉道士。

西吞下去，等消化完了，就钻进坟墓里正寝。多么舒服啊！我不是指您而言，元老先生。然而，我也不能不向您祝贺。你们这些大老爷，正如您所说的，你们有一套自己的哲学：这套哲学又巧妙又高明，专门适用于富人，适于各种口味，为生活增添无穷的乐趣。这套哲学深深扎进地下，是由非凡的探求者发掘出来的。信仰仁慈的上帝是老百姓的哲学，正如栗子炖鹅肉是穷人的蘑菇煨火鸡，而您认为这没有什么不好，你们真不愧是仁慈的王公贵族。”

九　妹子叙述的兄长

为了说明迪涅主教先生的家庭状况，也为了说明两位圣女一言一行，一思一念，乃至女人的易受惊吓的本性，为什么能服从主教的习惯和意愿，甚至先意承志，无需他开口吩咐，我们最好将手头掌握的一封信抄录于此。这封信是巴蒂丝汀小姐写给她的幼年朋友布瓦舍夫隆子爵夫人的：

> 亲爱的夫人，我们没有一天不提起您。这固然是我们的习惯，但是还有一个缘故。设想一下，马格洛太太在掸灰和洗刷天棚和墙壁时，竟发现许多东西。我们这两间壁纸陈旧并刷了白灰的屋子，现在也无损于类似尊府的一座宅第了。马格洛太太将壁纸全部揭去，发现下面有东西。我们的客厅有十五尺高，十八尺见方，里边没有安放家具，有时用来晾衣物。天棚原来是描金的，同贵府一样，改为医院时，用布覆盖了。还有，所镶的护壁板，也是我们祖母时代的。不过，我是要让您看看我的房间，那壁纸少说裱了十层，马格洛太太发现底下有

油画，虽非杰作，但也看得过去。画上是密涅瓦[①]封泰雷马克[②]为骑士；花园图上也是他，名称我忘记了。最后，还有罗马贵族仅在一夜去过的地方。还要对您说什么呢？我这里有罗马男人和女人（此处有个词字迹不清），以及全部随从。这些壁画，马格洛太太全部擦拭干净了；有几处破损，今年夏季她要恢复，还要全部重新上色，到那时，我的房间就会变成一个名副其实的画馆了。她在阁楼的角落还找到两个古式托架，重新描金要花费六利弗尔银币，还不如省下钱给穷人；况且式样很丑，我希望有一张桃花心木的圆桌。

我始终很愉快。我哥哥心肠特别好，钱财都给了穷人和病人。我们的生活十分拮据。这地方冬季非常寒冷，帮助生活困难的人是应该的。我们毕竟还有炉火和灯光。您瞧，这就非常舒服了。

我哥哥有自己一套习惯。他谈话时，总说一名主教就应该这样。您想想，临街的房门从来不上锁。谁都可以进来，而且能直接走到我哥哥的房间。他无所畏惧，连黑夜也不怕。拿他的话说，这就是他所特有的勇敢。

他不让我替他担心，也不让马格洛太太替他担心。他敢冒各种危险，而我们察觉了还不许表露出来。必须善于体会他的苦心。

下雨他也出门，走在泥水里，冬天还要远行。他不怕黑夜，也不怕路上不安宁和遭遇坏人。

去年，他就独自前往盗匪聚集的地方。他不肯带我们去。他在那里待了两周，平安返回。我们还以为他身遭不测，而他

---

① 密涅瓦：罗马神话中的女神，相当于希腊神话中的雅典娜。
② 泰雷马克：特洛伊战争中的英雄人物。

却安然无恙。他说：他们就是这样抢我的！说着就打开一只大箱子，里面满满装着昂布兰大教堂的全部珍宝，那是盗匪送给他的。

他那次回来时，我和他的几位朋友迎出去两法里远；我禁不住责备他几句，但十分小心，趁车轮隆隆作响时讲的，免得别人听见。

起初，我心里常想：什么危险都挡不住他，真拿他没办法。现在，我习以为常了。我总示意，不让马格洛太太阻拦他。由他冒险去吧。我拉着马格洛太太回房间，为他祈祷，然后睡我的觉。我心里很坦然，情知他一旦出事，我也就不活了，随我哥哥和我的主教去见仁慈的上帝。马格洛太太更看不惯她所说的他的冒失行为，不过现在，习惯已成自然。我们俩一同担心，一同祈祷，然后睡我们的觉。魔鬼进屋就进屋吧。归根结底，在这所房子里我们怕什么呢？总有最强大的那位和我们同在。魔鬼可以经过这里，但是仁慈的上帝常驻我们家中。

有这一点就够了。现在，都无需我哥哥开口，不用他讲话我就明白：我们完全把自己交给了天主。

这就是同心志高远的人相处之道。

您向我打听福克斯家族的情况，我问过我哥哥。您知道他全了解，而且记得一清二楚，因为，他始终是一个极忠诚的保王党人。不错，那是冈城财政区一个古老的诺曼底世家。五百年前，福克斯家族出了几个贵绅，一个叫拉乌尔，一个叫若望，还有一个叫托马斯，其中有一个当了罗什福的领主。后裔的最末一位名叫居伊·艾蒂安·亚历山大，当过团长，在布列塔尼轻骑军也有相当的军衔。他女儿玛丽·路易丝嫁给了阿德里安·查理·德·格拉蒙，即元老院元老，法国禁卫军上校和陆军中将，路易·德·格拉蒙公爵的公子。他们的姓氏有三种写法：Faux、Faug、Faoucq。

亲爱的夫人，请您转求贵戚红衣主教先生保佑我们。至于令爱西尔瓦妮，她在您身边待的时间很短，当然无暇给我写信。既然她身体康健，又按照尊意行事，并且始终爱我，我也就心满意足了。我通过您收到了她的问候。我的身体不算太坏，但是日益消瘦。再见，信纸已写满，不得不就此停笔。万事如意。

巴蒂丝汀

18…年12月16日，于迪涅

又及：令嫂同她少君家眷一直住在此地。令侄孙天真可爱。您知道吗，他很快就满五岁啦！昨天，他看见缠了护膝的一匹马走过，就问道："咦！它的膝盖怎么啦？"这孩子，真是可爱极了！他弟弟在屋里施着旧扫把当车拉，嘴里喊着："驾！"

通过这封信可以看出，这两位妇人善于曲意顺随主教的行事方式，理解男人胜过男人自己，表现出女性这种特殊的才能。迪涅主教的仪态始终温文尔雅，纯朴厚道，有时却做出果敢、伟大而崇高的事情，又毫不显出有意为之。两位妇人为他提心吊胆，但还是由他做去。有几次，马格洛太太在事前试图劝阻，不过在事情进行过程中或事后从不妄置一词。一旦开始行动，她们从不打扰他，连一点异议的声色都没有。在某种时候，无须他明讲，也许由于纯朴到了极点，连他自己都没有意识到，而她们却隐约感到他在尽主教的职责，于是她们在家中就化为两个影子，不由自主地侍候他，如果退避就是服从的话，她们就会悄然引退。她们天生一颗灵敏细腻的心，能体会出有些关怀反而会妨碍他。我不是说她们理解他的思想，而是了解他的性情，因此，即使认为他有危险，也不再看护他了。她们把他托付给上帝了。

况且，正如上文所看到的，巴蒂丝汀说，她兄长殒命就是她的末日。马格洛太太没有这样讲，但是她心中有数。

十　主教面对鲜为人知的贤哲

在前几页抄录那封信件所载日期之后不久，他又有一件惊人之举；而在全城人看来，比起他上次深入强盗出没的山区之行，这件事更为冒失。

离迪涅城不远的乡下，住着一个与世隔绝的人。直截了当说吧，那人从前当过国民公会①代表。他名字叫G。

在迪涅这个小天地里，一提起国民公会那位G代表，大家都不免谈虎色变。一个国民公会代表，好家伙，您想象得出吗？那是以“你”和“公民”相称呼的年代里存在过的。那人简直就是个怪物。虽说他没有投票赞成处死国王，但也相去不远了。他近乎是个弑君者，曾是个无比残暴的人。正统的王室复国之后，为什么没有把这人送上重罪法庭呢？不砍他的头可以，宽宏大量嘛，但是也要让他好好尝尝终生放逐的滋味儿。总之，以儆效尤！如此等等，不一而足。况且，他是个无神论者，跟所有那些人一样。——无非鹅群讥笑雄鹰的妄语。

不过，能说G是雄鹰吗？如果考虑他离群索居的生活所包含的

---

① 国民公会：1792年9月12日组建，法国革命时期的议会。

警觉惕厉，就可以这样说。他没有投票赞成处死国王，因而没有列入放逐法令所规定的名单，得以留在法国。

他的居所离城仅有三刻钟的路程，远离所有人家，远离所有道路，不知住在哪个荒山沟里。据说他那里有一片地，有一个山洞，有一个巢穴。没有邻居，甚至没有过路的人。自从他在那条山沟落脚之后，通往那里的小路就被荒草覆没了。大家提起那地方，就像谈起刽子手的家。

然而，主教却念念不忘，他时常眺望天边，眺望一簇树木——那位老代表居住的山沟的标志，喃喃说道："那里有一颗孤独的灵魂。"

他在内心深处又补充一句："我应当去看望他。"

不过，老实说，这个念头乍一出现觉得自然，略微思索一下，又似不妥，进而觉得奇怪和讨厌了。须知在内心深处，他还是赞同一般人的印象。他虽然还不明确，但是对那个国民公会代表产生一种近似仇恨的感情，用"厌恶"的字眼来表达就更准确了。

可是，羔羊长了疥癣，牧人就该却步吗？不应该。况且，那又是怎样的一只羔羊啊！

这位仁慈的主教不知所措。有时，他朝那边走去，随即又返身回来。

终于有一天，在巢穴侍候那位G代表的牧羊少年进城来请大夫，说那老魔头要死了，人已瘫痪，挺不过这个夜晚了。这个消息在城里传开，有人就说："谢天谢地！"

主教立即操起拐杖，套上外衣，一来教袍太旧，二来要起晚风，他就这样走了。

他到达那个被人唾弃的地方，太阳快要落山了。他看出巢穴近在咫尺，不免有点儿心慌。他跨过一条沟，越过一道篱笆，打开栅门，走进破烂的庭园，仗着胆子朝前走了几步，突然发现那洞穴就在荒地尽头的荆丛后面。

那个小木屋低矮简陋，但是整洁，正面墙上钉着葡萄架。

门前摆着一张农村扶手椅式的旧轮椅，一位白发老人坐在上面冲夕阳微笑。

站在老人身边的男孩就是那个牧童，他正递给老人一罐奶。

就在主教观察的工夫，那老人提高嗓门说道：

“谢谢，我不再需要什么了。”

说着，他那张笑脸从太阳移到孩子身上。

主教走上前去。坐着的老人听见脚步声，便转过头来，脸上现出久住空谷忽闻足声所能有的全部惊讶。

“自从我住到这里，”他说道，“这还是头一次有人登门。您是谁，先生？”

“我叫卞福汝·米里哀。”主教答道。

“卞福汝·米里哀！听说过这个名字。当地人称卞福汝大人，难道就是您吗？”

“正是我。”

老人微微一笑，又说道：

“这么说，您就是我的主教啦？”

“有一点儿吧。”

“请进，先生。”

国民公会代表朝主教伸过手去，但是主教没有同他握手，只说道：

“我很高兴发现别人骗了我，显而易见，您没有病。”

“先生，”老人答道，“我会好的。”

他沉吟一下，又说道：

“过三个钟头我就死了。”

然后他又接着说：

“我懂点医道，知道临终时刻是什么情形。昨天，我只是脚凉；今天，已经冷到膝盖了；现在，我感到寒气往腰上走，一旦到达心脏，我就停止了。太阳很美，对不对？我叫人把我推到户外，最后看一眼周围的景物。您尽可同我讲话，不会耗费我的精神。您赶来探望一个要死的人，做得不错。这种时刻，是得有人守在身边。人人都有点儿怪癖，我就是想熬到黎明。然而我知道，我挺不了三个钟头了。到那时天就黑了。其实，有什么关系！完结，是一件很简单的事。做这件事不必等到早晨。好啦，我就死在星光下吧。”

老人扭头对牧童说：

“你去睡吧。昨晚守了一夜，你也累了。”

孩子便进木屋去了。

老人目送他进去，仿佛自言自语：

“在他睡觉的时候，我就死了。这两种睡眠可以和睦相处。”

这话本来能打动主教，可是他并未感动。在这种对待死的态度中，他觉不出有上帝的存在。说穿了，高尚心灵的小小矛盾也应当指出来，在一般场合，他情愿嘲笑这个“本大人”，然而这次，人家没有称他主教大人，他就颇感不快，几乎要以“公民”回敬人家。大凡医生和教士，都好以粗鲁而随便的态度对待别人，他没有这种习惯，却突然产生了这种愿望。然而，这条汉子，这个国民公会代表，这位民众的代表，归根结底曾是个人杰，主教感到要严肃对待，有生以来这也许是头一回。

那位国民公会代表却以谦和热诚的目光打量他；从那神态可以看出，人行将化为尘埃时的谦卑。

主教平素总是抑制好奇心，认为好奇心近乎冒犯别人，但是此刻，他却禁不住审视这位国民公会代表，而这种专注又不是从友善出发，如果对方是别人，他很可能就要受良心的责备。不过，在他看来，一个国民公会代表可以不受法律保护，甚至不受慈悲法律的保护。

G则神态自若，这位八旬老叟身材魁伟，躯干几乎保持挺直，说话声如洪钟，足令生理学家叹为观止。大革命有一批这类与时代相称的人。这老人身上能体现出千锤百炼的人。生命眼看就要结束，他还保有健康的全部姿态。他那炯炯的目光、铿锵的声调、双肩有力的动作，无不令死神张皇失措，足令伊斯兰教的接引天使阿兹拉爱尔望而却步，以为找错了门。G看似要死了，但这是由于他的意愿。直到临终还能自主。只是双腿动不了，黑暗从这个部位抓住他。双脚死了，变冷了，而脑袋还活着，保持全部生命力、全部智慧。在这严重的时刻，G好像东方故事中的国王：上半截肉身，下半截石体。

旁边有块石头，主教坐下。对话突然开场了。

“祝贺您啊，”他以谴责的口气说，“您总算没有投票赞成处死国王。”

国民公会代表似乎没有注意“总算”这个词所暗含的尖刻意味。他完全收敛笑容，答道：“不要太过奖了，先生；我投票结束暴君的统治。”

这是庄严的口吻回敬严厉的口吻。

“您这话是什么意思？”主教又问道。

“我是说，人有个暴君，也就是蒙昧。我投票结束这个暴君的统治。这个暴君产生的王权是伪权威，而科学才是真权威。人只应当由科学来统治。”

“也由良心统治。”主教补充道。

“这是一码事。良心，就是我们天生就有的良知的总和。”

这种论调十分新奇，卞福汝主教听了颇为诧异。

国民公会代表继续说道：“至于处决路易十六的提案，我投票反对。我认为自己没有权利处死一个人；然而我觉得有权利铲除罪恶。我投票赞成结束暴君的统治，这就意味结束女人卖身，男人为奴，结束儿童的黑夜。我投票赞成共和制，就是为这一切投了票。我赞成博爱、和谐、曙光！我协助破除成见和谬论。谬论和成见崩溃了，就会现出光明。我们那些人推翻了旧世界。旧世界好似苦难的罐子，从人类头顶翻落下来，就变成一把欢乐的壶。”

“混杂的欢乐。”主教说道。

“不妨说扰乱的欢乐，自从1814年所谓复旧变故之后，欢乐就消失了。唉！我承认，大业没有完成；我们在事实上摧毁了旧制度，可是在思想领域却未能彻底把它铲除。除掉恶习并不够，还必须移风易俗。风车不存在了，而风还在刮呢。”

“你们只管摧毁。摧毁可能有好处，不过，带着愤怒的摧毁行为，我可不能苟同。”

“有正义就有愤怒，主教先生，而正义的愤怒是一种进步的因素。没关系，不管怎么说，自从基督出世以来，法国革命是人类最有力的一步。固然不彻底，但是非常卓越。这场革命引出所有未知的社会革命。它减轻了人们的精神负担，起了安抚、镇定和开导的作用，使文明的洪流荡涤大地。法国革命好得很，它是给人类的加冕礼。”

主教不禁咕哝道：

“是吗？93年[①]！”

---

① 1793年：法国革命进入高潮，处死国王的一年。

国民公会代表从椅子上直起来，神态庄严，几乎是悲壮的，他以垂死的人的全部气力大声说道：

“啊！您说出来啦！93年！我就等着这个词呢。一千五百年间，乌云密布，十五个世纪之后，乌云消散了，而您还指责雷霆。”

主教嘴上未必肯承认，心里却感到什么部位被击中了。然而，他却不动声色，答道：“法官以正义的名义讲话；教士则以慈悲的名义讲话，慈悲不过是更高一层的正义。雷霆劈下来，总不该弄错地方。”

他逼视着国民公会代表，又补充一句：

“路易十七？”

国民公会代表伸手抓住主教的胳臂：

“路易十七！说说看吧。您为谁流泪？为那个无辜的孩子吗？那好吧，我同您一起洒泪。为那个年幼的王子吗？我就要求考虑了。路易十五的孙子是个无辜的孩子，他在神庙钟楼上遇难，唯一的罪过就是生为路易十五的孙子；而卡尔图什的兄弟，也是个无辜的孩子，他被吊在河滩广场的拱腋下，直至气绝，唯一的罪过就是生为卡尔图什的孙子。在我看来，两人都同样死得很惨。”

“先生，”主教说道，“我不喜欢将这两个名字相提并论。”

“卡尔图什吗？路易十五吗？您是为哪个鸣不平呢？”

二人一时默然。主教几乎后悔来到这里，不过他也有异样的感觉，隐隐为之心动。

国民公会代表又说道：“唔！神父先生，您不爱听真话，嫌太生硬了。基督却喜爱。他拿着一条笞鞭，清除神庙的灰尘。他那鞭子电光四射，正是真理的无情代言者。他朗声说：让小孩子们……[①]

---

① 原文为拉丁文，是耶稣对不许孩子听道的门徒讲的，全句话为：“让小孩子们到我这儿来。”

当时并没有区别对待那些孩子。他毫不犹豫，同时提起巴拉巴斯的长子和希律[①]的长子。先生，童真就是它本身的王冠。童真无需殿下的头衔。无论贵为王孙公子，还是贱为花子乞儿，童真都同样是崇高的。”

“的确如此。”主教轻声说道。

“我坚持这一点，”国民公会代表G继续说道，“您向我提起路易十七。我们得沟通一下。我们是否不管上层还是底层，要为所有无辜者，为所有死难者，为所有孩子痛哭呢？我会这样的。因此，我对您说过，必须追溯到93年以前去，我们应当先为路易十七以前的人痛哭。只要您和我同哭老百姓的孩子，那我也和您同哭王室的孩子。”

“我为他们所有人痛哭。”主教说道。

“一视同仁！”G高声说道，“天平如果倾斜的话，那也应当偏向老百姓一边。老百姓受苦的时间更久。”

二人又沉默了。这回还是国民公会代表先开口。他用一个臂肘支起身子，用拇指和蜷曲的食指掐着脸蛋，正像人在盘问和判断事物时无意做出的动作；他那质问主教的目光，充满临终时刻的全部精神。他的话几乎是爆发出来的：

“是的，先生，老百姓受苦的时间更久。喏，再说，这一切都谈不上，您干吗来盘问我，向我谈路易十七呢？我并不认识您。自从到这地方，我就独自一人生活在这围墙里，双脚从不跨出去，除了扶持我的这个孩子，我不见任何人。不错，您的大名有时也隐约传到我耳边，应当说名声并不太坏，但是这说明不了什么问题，精明人诡计多端，总能蒙骗这些老实厚道的老百姓。对了，刚才我没

---

① 巴拉巴斯：煽动者，犹太人要求释放他而处死耶稣。希律大帝（公元前73—前14年）：犹太国王。

有听到您车子的声响，也许您把车子停在那边岔道的树丛后面了。跟您说，我并不认识您。您对我说您是主教，但是通过这一点，我也根本不能了解您的人格。总之，我要再问您一遍：您是什么人？您是一位主教，也就是说，一位教门中的王爷，那些人披金戴银，饰以徽章，吃着年金，享受教士俸禄的那伙人里的一个——迪涅主教的职位，一万五千法郎的固定收入、一万法郎的补贴，总共两万五千法郎，餐桌上有美味佳肴，身边有仆役侍候，天天肥吃肥喝，礼拜五还吃黑水鸡，出门趾高气扬，乘坐华丽的马车，随从前呼后拥，住的府邸非常气派，而且，坐在高头大马的车上，还打着赤脚走路的耶稣-基督的旗号！您是高级神职人员，因而，年金、府邸、骏马、侍从、宴席，人生的享乐应有尽有，您同那些人一样也拥有这些，同那些人一样也享受这些，这很好，然而，这既暴露无遗，又不够明显，还不能让我看清您内在的主要价值，而您前来也许要让我明智些。我是对谁讲话？您是谁？”

主教垂下头，答道：“我是一条虫。”[①]

“好一条乘坐华车的虫！”国民公会代表咕哝道。

现在轮到国民公会代表趾高气扬，主教低声下气了。

主教温和地接着说道：

“就算这样吧，先生。不过，请您向我解释一下，说我的华车停在不远的树木后边，说我肥吃肥喝，礼拜五还吃黑水鸡，说我拿两万五千法郎年金，还有府邸、仆役，可是这一切怎么证明慈悲不是一种美德，宽宏大量不是一种天职，而93年不是伤天害理的？”

国民公会代表举手拂了拂额头，仿佛要拨开一片乌云。

“在回答您之前，我请求您原谅，”他说道，“刚才我失礼

---

① 原文为拉丁文。

了，先生。您到我家来，就是我的客人，我应当以礼相待。您对我的思想观点提出异议，我也只应限于反驳您的论点。您的富贵和享乐生活，固然向我提供驳斥您的论据，但还是要讲点儿气度，我不宜利用。我向您保证不再提了。”

“谢谢您。”主教说道。

G又说道：“还是回到您要求我作出的解释吧。谈到哪儿啦？您刚才对我说什么？93年是伤天害理的？”

“对，是伤天害理的，”主教说道，“马拉①对着断头台鼓掌，您是怎么看的呢？”

“博须埃②在龙骑兵杀害新教徒时高唱圣诗，您又是怎么看的呢？”

这句答话毫不留情，像利剑一样直刺目标。主教不禁浑身一抖，竟想不出一句话来反击，可他讨厌这样点博须埃的名字。最聪明的人也有自己的偶像，有时因为别人不尊重这种逻辑而感到内心受到伤害。

国民公会代表喘息急促了，这是临终时倒气，说话断断续续，但是他的眼神表明他的神志还完全清醒。他接着说道：

“再随便扯几句吧，我乐于奉陪。那场革命，总的来说，得到人类广泛的赞同，只可惜！93年却落人口实。您认为93年伤天害理，那么整个君主制度呢，先生？卡里埃③是个强盗，然而您怎么称呼蒙特维尔④呢？富吉埃-丹维尔⑤是个无赖，那么您又怎么看待拉

---

① 马拉（1743—1793年）：法国大革命时期的群众领袖，人称“人民之友”。

② 博须埃（1627—1704年）：大主教，法国教会的实际领袖。

③ 若望-巴普蒂斯特·卡里埃（1756—1794年）：国民公会代表，在南特曾下令溺死贵族。

④ 蒙特维尔侯爵（1636—1716年）：曾残害新教徒。

⑤ 富吉埃-丹维尔（1746—1795年）：巴黎革命法庭公诉人。

莫瓦尼翁-巴维尔[①]呢？马雅尔[②]固然残忍，可是请问索勒-塔瓦纳[③]呢？杜谢纳神父[④]固然凶残，那么您又怎么形容勒泰利埃神父[⑤]呢？砍头匠儒尔当[⑥]是个恶魔，然而还赶不上卢乌瓦侯爵[⑦]。先生，先生，我可怜大公主和王后玛丽-安东尼特，我也可怜那个信奉新教的可怜女人：那是1685年，路易十四当国王的时候，先生，那女人上身扒光，被绑在木桩上，乳房胀满了奶水，心里充满了恐惧，她的孩子放在附近，饿得脸色惨白，望着奶头连哭喊的气力都没有了；刽子手却对喂乳的母亲吼道：放弃邪教！让她选择，不是舍掉孩子就是舍掉信念。让一位母亲遭受坦塔罗斯那种刑罚[⑧]，您又怎么说呢？先生，请记住这一点：法兰西革命自有它的道理。它的愤怒会得到将来的宽恕。它的结果，便是更好的世界。从它最猛烈的打击中，产生出一种对人类的爱抚。我简短截说，不讲了，理由太充分了。况且，我这就咽气了。”

国民公会代表不再瞧主教，平静地用这样两句话表达完他的想法：

“是啊，进步的野蛮行为叫做革命。这种行为一结束，人们就能认识这一点：人类受到粗暴对待，但是前进了。”

国民公会代表并不知道这一阵，他一个一个接连占领了主教内

---

① 拉莫瓦尼翁-巴维尔（1648—1724年）：曾残害新教徒。

② 马雅尔（1763—1794年）：9月大屠杀事件的参加者。

③ 索勒-塔瓦纳（1509—1573年）：元帅，屠杀新教徒的策划者。

④ 《杜谢纳神父》：是极端分子埃伯尔出版的报纸。

⑤ 勒泰利埃神父（1648—1719年）：耶稣教士，路易十四的忏悔师。

⑥ 砍头匠儒尔当：马蒂厄·儒夫（1749—1794年）的绰号，因策划一场屠杀而闻名。

⑦ 卢乌瓦侯爵：路易十四的大臣，曾命令焚烧莱茵伯爵领地。

⑧ 坦塔罗斯：希腊神话中的吕狄亚王，因触怒天神宙斯，被罚永远站在水中，头上有果树；他口渴想喝水，水就下降，肚子饿想吃果子，树枝就升高。

心的堡垒。仅剩下一处，那是卞福汝主教最后的防卫；突然，从那掩体后面抛出一句话，几乎重新显露开始交锋时的那种激烈口吻：

“进步应当信仰上帝，不能由不信教的人来扬善。无神论者是人类糟糕的带路人。”

年迈的人民代表没有答言。他浑身颤抖一下，仰头望天，眼里缓缓漾出一滴泪，胀满眼眶之后，便顺着青灰的面颊流下来。他出神望着幽邃的苍穹，低声讷讷地，几乎自言自语：

“你哟！理想哟！唯独你存在！”

主教受到难以言传的震动。

沉吟片刻，老人抬手指天说道：“无限是存在的，就在那里。如果无限没有我了，那么我就是它的止境，它也就不是无限了，换句话说，它就不存在了。然而，它存在，因此，它有一个我。无限的这个我，就是上帝。”

垂死的人朗声讲这几句话时，仿佛看见什么人，浑身微微战栗，进入心醉神迷的状态。话一讲完便合上眼，气力耗尽了。显然在顷刻之间，消耗了他生命仅余的几小时。刚刚讲的几句话，把他同死亡拉近了。最后时刻到了。

主教明白，时间紧迫，原来他是作为神父来到这里的。他从极度冷淡逐渐转为极度激动；他注视这闭上的双眼，抓住这只冰凉而皱巴巴的手，俯身对着临终的人说：“这是上帝的时刻，如果我们白白相会一场，您不觉得遗憾吗？”

国民公会代表重又睁开眼睛，脸上呈现笼罩着阴影的庄严的神态。

“主教先生，”他缓缓地说，这种缓慢的口气由于气力不支，也许更由于心灵的尊严，“我一生都在思考、钻研和观察。六十岁时，祖国召唤我，命令我参与国事。我服从了。当时有积弊我就消除积弊，有暴政我就摧毁暴政，有人权和法规我就公布和宣传。国土被侵占，我就保卫国土；法兰西受到威胁，我就挺身而出。我从前不富有，现在仍然贫困。那时我是国家当政者之一，国库的地窖里装满了钱币，墙壁受不了金银币的压力，有坍塌危险，不得不加柱子撑住。我在枯树街吃二十二苏的份儿饭。我救助了受压迫的人，劝慰了受痛苦的人。我撕破了祭坛上的布毯，确有其事，但那是为了包扎祖国的伤口。我始终支持人类走向光明，有时也抵制了那种无情的进步。有机会我也保护过自己的对头，你们这类人。在佛兰德勒的彼特格姆，恰好在墨洛维王朝①建造夏宫的地方，有一座乌尔班修会寺院，即博利耶的圣克莱尔修道院，1793年多亏我它才幸免于难。我不遗余力地尽了职责，也尽可能做好事。结果，我遭到驱逐，追捕，通缉，迫害，还遭受诬蔑，嘲笑，侮辱，诅咒，不得不背井离乡。我白发苍苍，多年来一直感到许多人自以为有权鄙视我，那些无知的可怜群众以为我青面獠牙。我离群索居，远离仇恨，也不怨恨任何人。现在我八十六岁，快死了。您还来向我要求什么呢？”

“要您的祝福。”主教说道。

主教扑通跪下去。

等他抬起头来一看，国民公会代表脸色森然，已经咽气了。

主教回到家中，便陷入无名的思绪里。他祈祷了整整一夜。第二天，好奇的人有几个胆大的，力图引他谈谈那个G代表，但他一言不发，仅仅指了指天。从那以后，他对儿童和受苦的人更加和气热情了。

只要有人一提到“G老贼”，他就心事重重，神态异常。谁也

---

① 墨洛维王朝：法兰克人建立的王朝，约始于460年，终于751年。

不能说，那人的神智从他的神智前经过，那人伟大的良心在他良心上所引起的反应，对他的精神趋向完善毫无作用。

这次“乡下拜访”，对当地小集团来说，当然是一次饶舌的机会：

“那种人垂死的病榻，难道是一位主教该去的地方吗？显而易见，别指望他改邪归正。所有革命党人都是异端。因此，何必去那里呢？去那里看什么呢？主教一定是非常好奇，要看看魔鬼如何摄走那人的灵魂。”

有一天，一位阔寡妇，就是自作聪明、妄自尊大的那种人，对主教讲了这样一句俏皮话：

“主教大人，有人问起，大人什么时候能戴上红帽子①。”

“哦！哦！真是一种粗俗的颜色，”主教回答，“幸而蔑视帽子上红色的人，还崇敬法冠上的红色。”

十一　保留态度

从上文若是得出结论，认为卞福汝主教是个“有哲学头脑的主教”，或者是个“爱国的神父”，那就很可能错了。他同那个国民公会代表的会面，甚至可以说是结合，给他留下一种诧异，使他变得更加和善。仅此而已。

卞福汝主教绝不是个搞政治的人，尽管如此，在这里也许应当简短地指出，在当时发生的重大事件中，假如他想过采取一种态度，那么究竟是什么态度？

不妨回顾一下几年前的情况：

---

① 红帽子：法国革命党人的一种标志。

米里哀先生就任主教不久，就和另外几个主教同时被皇帝封为男爵。众所周知，教皇是在1809年7月5日至6日被拘捕的；为此拿破仑召开了法兰西和意大利主教联席会议，让米里哀先生参加了。联席会议于1811年6月15日在巴黎圣母院召开，首次会议由斐许红衣主教主持；包括米里哀先生在内共有九十五位主教出席。不过，他只参加一次大会和三四次专题讨论会。他是山区的一位主教，过惯了简陋贫苦的生活，十分接近大自然，因此到了那些达官贵人中间，似乎带去了改变会议气氛的见解。他很快返回迪涅。有人问他为何来去匆匆，他回答说："我妨碍他们。外面的空气是我带给他们的。我对他们就像一扇敞开的门。"

另外一次他说道：

"有什么办法？那些大人全是王公贵戚，而我不过是一个可怜的农村主教。"

他的确讨人嫌，说话做事都很怪，有一天晚上，在一个地位很高的同事的府上，他居然脱口讲出这样的话：

"如此漂亮的座钟！如此华丽的地毯！如此漂亮的号服！这些东西一定烦人。我可不愿意让这些华而不实的东西终日冲我耳边嚷：有人在挨饿！有人在受冻！还有穷人！还有穷人！"

顺便说一句，仇视豪华的物品并不见得明智。这种仇视隐含对艺术的敌意。不过，对神职人员而言，除了显示身份和举行仪式之外，就不应该讲排场，那种习惯会暴露行善济贫未免徒有虚名。身为教士而养尊处优，就是倒行逆施。教士应当靠近穷人。要劳作就必然沾些尘土，而一个人日夜接触种种苦难、种种不幸、种种贫困，自身怎么可能毫无圣洁的清寒之色呢？能够想象一个人站在火堆旁边而不感到热吗？能够想象一个工人终日在冶炉旁干活，连一根头发也没有烧焦，连一个指甲也没有熏黑，脸上没有流下一滴汗，没有沾上一点炉灰吗？教士，尤其是主教，他的慈悲心怀的首要证据，就是清苦的生活。

自不待言，迪涅主教先生就是这样考虑的。

同样，我们也应当相信，在某些敏感点上，他不会附和那种所谓的“时代思潮”。他不大参与当时的神学争论，在牵涉教会和国家的问题上，他也讳莫如深；不过，有人若是真的打破沙锅问到底，就会看得出他倾向于罗马教派，而不大推崇法国教派[①]。我们描写一个人而又不想隐讳，就不能不补充一句，他对逐渐失势的拿破仑的态度极为冷淡。从1813年开始，凡有抗议政府的行动，他不是参加就是赞成。拿破仑从厄尔巴岛卷土重来，经过本地区时，他也拒不迎驾；在“百日政变”[②]期间，他还拒不指示本教区为皇帝做弥撒。

除了妹妹巴蒂丝汀小姐之外，他还有两个亲兄弟：一个是将军，另一个任过省督。他时常给他们写信。有一段时间，他对头一个兄弟口气严厉，因为在戛纳登陆那时候，那个当将军的兄弟在普罗旺斯地区是一方指挥官，率领一千二百名士卒追击皇帝，就好像有意放行。而当过省督的兄弟为人忠厚本分，回到巴黎在珠宝匣街隐居，他给这个兄弟写信的语气就亲热多了。

可见，卞福汝主教也有表示政见的时候，也有心酸的时候，也有阴云。一时情绪的阴影，还会掠过他这片只容永恒事物的温和而伟大的脑海。当然，这样一个人还是没有政治见解为好。请不要误会我们的意思，我们绝不想把所谓的“政治见解”，混同于对进步的强烈渴望，混同于爱国的、民主的和人道的信念，而在当今时

---

① 法国天主教中主张独立的称法国教派，主张依附教皇的称罗马教派。

② 拿破仑于1814年4月6日被迫逊位，流放到厄尔巴岛。1815年3月初他在南方戛纳登陆，重返巴黎，至6月下旬再次逊位，史称“百日政变”。

代，这种信念应该是任何慷慨心灵的底蕴。仅仅间接涉及本书内容的问题，在此就不深入讨论了；一言以蔽之，卞福汝主教如果不是保王派，在静穆的瞻仰中，他的目光如果一刻也没有走神儿，那就更加出色了。须知这种静穆的瞻仰能超越人间的风云变幻，清晰地望见真理、正义和慈善这三道纯洁之光闪耀。

上帝创造出卞福汝主教来，绝不是为了一种政治作用，尽管如此，卞福汝主教以人权和自由的名义所提出的抗议，他面对不可一世的拿破仑所采取的高傲的反对态度、甘冒风险而大义凛然的抵抗，这些我们既理解又赞赏。不过，抗拒一个逐渐失势的人，毕竟不如抗拒一个扶摇直上的人那么大快人心。我们只喜欢有危险的斗争；不管怎么说，只有最初投入战斗的人，才有权清理最后的战场。在政权如日中天的时候，谁没有百折不挠地控告，那么当政权日暮途穷的时候，他就应当缄口。只有揭发称王的胜者，才有权审判为囚的败者。至于我们，只能看着老天睁眼，降祸惩罚了。1812年开始解除我们的武装。到了1813年，一向噤若寒蝉的立法院，在国难当头之际，胆量陡增，居然大放厥词，那种行径只能令人气愤，而为之鼓掌就大错特错了。在1814年，那些元帅纷纷卖主求荣；参议院从一个泥塘跨进另一个泥塘，起初奉王子为神明，这时又大肆侮辱；还有那种狂热崇拜，随后又改弦更张，唾弃自己的偶像，凡此种种不堪入目，我们理应扭过头去。及至1815年，已有大灾大难降临的征兆，法兰西因感到祸患逼近而不寒而栗，张开臂膀等待拿破仑的滑铁卢也隐约可见了，当此之际，军队和人民痛苦地欢呼气数已尽的独裁者，就丝毫也不可笑了。姑且不论这个独裁者如何，但是一个伟大的民族和一个伟大的人，在深渊的边缘紧紧搂在一起，这其中的悲壮意味，像迪涅主教那样的心灵，也许不应当视而不见。

除此而外，在任何事情上，他都一贯仗义，率直，公道，既精明又谦和，总不失身份；他乐善好施，又善气迎人，而善气迎人也是一种行善。他是一名教士，一位智者，也是一个人。我们刚刚责备了他的政治见解，还准备相当严厉地评论这一点，不过我们也应当指出，他还是很宽容和平易近人的，而且比起我们这些在此议论的人来，也许更为宽容和平易近人。——且说市政厅有个门房，当初还是皇帝安置在那里的，他原是旧朝羽林军的下级军官，在奥斯特利茨战役中荣获勋章，他像鹰那样是个坚定的波拿巴分子。这个可怜的家伙常常信口胡言乱语，而根据当时的法律，那便是“叛逆言论”。自从皇帝的侧面像在荣誉团勋章上消失之后，他就不再穿“制服”了，如他所说，免得佩戴他的军功章。他虔诚地亲手将皇帝侧影像，从拿破仑授予他的十字章上取下来，这样就留下一个洞，而他不愿意用别的饰物代替。他常说：“我就是豁出去这条命，也不在我胸前挂上那三只癞蛤蟆！”他也明目张胆地嘲笑路易十八，说他是：“扎着英国绑腿的老风湿！快拖着他的辫子滚到普鲁士去吧！”他十分得意，能把他最恨的两样东西：“普鲁士和英格兰”，在一句话里就骂出来。骂得痛快是痛快，可也丢了差使。他和妻子儿女流落街头，衣食无着。主教让人把他找来，口气温和地责备他几句，就任命他为教堂侍卫。

米里哀先生在他的教区里，是个名副其实的牧师，是大家的朋友。

在九年当中，卞福汝主教一贯行为圣洁，态度和蔼，结果使迪涅全城都洋溢着互敬互让的家庭式温和气氛。就连他对拿破仑的态度，也为老百姓所接受，仿佛默宥了。老百姓真是又善良又软弱的羊群，他们崇拜他们的皇帝，也热爱他们的主教。

十二　卞福汝主教的孤寂

将军周围总簇拥着一群年轻军官，同样，主教周围几乎也总有一帮小教士，即如可爱的圣弗朗索瓦·德·萨勒所说的“黄口小儿教士”。哪一行都有追求者，围着功成名就的人。世间哪种势力无不拥有徒众，世间哪种荣华无不拥有幕宾。追求前程的人，总要蜂拥缠着现时的赫赫显名。任何宗主国都有其参谋部。任何稍有影响的主教，身边都会围着一群小修士，他们在主教府巡逻，维持秩序，小心伺候，以博得主教大人的一笑。能讨主教的欢心，就是进身台阶，有望当上副助祭。人总应当不断进取，而教会绝不会亏待神职人员的。

世上有人戴峨冠，教堂同样也有巍峨的法冠。得宠于朝廷的主教也同样富有，坐吃年息，他们老于世故，出入于上流社会，不但懂得祈祷，也懂得祈求，不大讲究手段，促使全教会的人都来登门拜谒，充当教会和社交界之间的纽带，身为教士更像神父，身为主教更像教会大员。能接近他们都深感荣幸。他们利用自己的名望，向周围的人普施恩泽，把富足教区的肥缺、有丰厚俸禄的教职、主教代理的头衔、随军教士的职务和大教堂里的差事，都赏给趋奉的人和亲信，赏给善于讨得欢心的一帮年轻人，将来还要将这些人提拔为主教。他们本人升迁，就能带动卫星升天，真是整整一个太阳星系在运行。他们的光芒照得随从都红得发紫。他们一人发迹，随从都能得到油水。老板管辖的教区越大，宠信分掌的地盘也就越大。况且，还有罗马在。一名主教有机谋晋升为大主教，一名大主教有机谋晋升为红衣主教，就可能进而当上教皇选举团的秘书，就可能跻身于教会最高法庭，佩戴表明身份的绣黑十字架的白呢披带，当上陪审官，再进而成为教皇侍从，再进而成为教廷官员，只需跨一步，就能从大主教升为红衣主教，而从红衣主教到教皇，只要把红衣主教的选票集中烧毁的工夫就够了[①]。凡是戴着圆帽的教士，都可以幻想戴上教皇的三重冠。如今，神父是唯一能照例成为国王的人，又是何等尊贵的国王！那是至高无上的国王。因此，一所神学院，是何等有效地培植野心的苗圃！多少见人就脸红的唱诗班的孩子，多少年轻的神父，头上都顶着佩莱特[②]的奶罐！野心又多少容易化为使命，谁知道呢？也许诚心诚意，错而不觉还自迷其中！

卞福汝主教又朴实又穷困，与众不同，不属于头戴大法冠之列。这情况一目了然：他身边根本没有年轻教士。大家都知道，在巴黎“他吃不开”。没有一个年轻人想把自己的前程寄托在这个孤独的老人身上。没有任何发为幼苗的野心会如此愚蠢，会在他的荫庇下生长。他的那些议事司铎和副主教，全是和善的老头儿，跟他一样有些土气，和他一样困守在这个教区里，无路通往红衣主教的职位；他们很像他们的主教，唯有一点不同：他们是完事的人，他是完成的人。刚出神学院校门的青年，分到卞福汝主教手下任职，都明显感到不可能成长壮大，纷纷走门路尽快离开，投向艾克斯或欧什的大主教。因为，我们再重复一次，谁都想要发迹高升。陪伴一个过着清心寡欲生活的圣徒，是相当危险的；他可能把无可救药的穷困症传染给你，害得你腿关节僵硬，难以往前行进，总之，你不得不更加克制自己。有鉴于此，大家都逃避这种癞疥似的德行。这就是为什么卞福汝主教的周围冷冷清清。我们生活在阴暗的社会里。要飞黄腾达，这就是自上贯彻下来的慢性腐蚀教育。

---

① 指红衣主教联席会选举教皇的投票。

② 佩莱特：拉封丹寓言《卖牛奶的女人和牛奶罐》中的人物。她幻想卖了牛奶买一百只鸡蛋，孵出鸡养大，卖了钱买猪，卖了猪再买牛，牛生牛犊，想得高兴，不小心牛奶罐摔到地上。

顺便说一句，飞黄腾达，是一件相当丑恶的东西。它貌似才能，实为欺世盗名的冒牌货。在大众的眼里，成功和出人头地几乎是一码事。成功，这个才能的假象，有一个上当者：历史。唯独尤维纳利斯[①]和塔西佗[②]对此有微词。在当今时代，有一种几乎是正宗的哲学，到成功的门下甘为仆役，穿上成功的号服，卑躬屈膝地效命。飞黄腾达吧，这就是学说。风云得意就意味本事才干。你中了彩票，就被视为一个精明的人。谁得势谁就受人尊敬。生来命好，什么都不成问题。交上好运，其余的也就顺理成章了。只要万事亨通，就能身价百倍。除了反响要延续上百年的五六个重大例外，当今推崇的仅仅是短视。镀金即真金。谁撞上大运没关系，只要飞黄腾达就是好家伙。俗物犹如一个老那喀索斯[③]，自我欣赏而又为俗物鼓掌。无论什么人，无论在什么方面，只要达到目的，就立刻赢得众人喝彩，被夸为旷世奇才，被誉为摩西、埃斯库勒斯、但丁、米开朗琪罗，或者拿破仑。一个公证人摇身一变成议员；一个假高乃依写了一部假的《提里达特》；一名太监居然掌握整个后宫；一个从军的小市民偶尔打了一个划时代的大胜仗；一名药剂师发明了纸板鞋底，当成皮底鞋卖给桑布尔-默兹军队，挣了四十万利弗尔年金；一个货郎娶了高利贷，这一公一母生下七八百万；一名传教士因为摇唇鼓舌而当上主教；一个大户人家的总管退职时成为巨富，便被擢用为财政大臣。上述种种，世人都称作天才，如同说穆斯克东[④]的嘴脸非常俊美，克洛狄乌斯[⑤]的仪表十分庄严。他们把烂泥塘

① 尤维纳利斯（约60—约130年）：拉丁文诗人。

② 塔西佗（约55—约120年）：拉丁文历史学家。

③ 那喀索斯：希腊神话中的美少年，他自我欣赏，恋上自己在水中的影子，憔悴而死，变为水仙花。

④ 穆斯克东：大仲马小说《三剑客》中波尔托斯的仆人，相貌粗俗。

⑤ 克洛狄乌斯（公元前10—54年）：罗马帝国皇帝。

中鸭子的爪印，同苍穹上的星辰混为一谈。

十三　他所信的

在宗教观念上，我们对迪涅主教先生无须探测。我们面对这样一颗心灵，只能油然而生敬佩。正义者的良心凭其言语就应当相信。况且我们也认为，只要具备了某些品质，人就可能在不同的信仰中发展各种美德。

那么，他如何看待这种教条那种奥义呢？那些隐藏在内心深处的秘密，只有接纳赤裸裸灵魂的坟墓才一清二楚。但是有一点我们能够肯定，信仰上碰到难题时，他从不采取口是心非的解决办法。钻石绝不可能腐烂。他是竭诚相信的。他常说："相信天父。"[①]而且，他行善所得的种种满足，既无愧于良心，又能喃喃说道：你和上帝同在。

我们认为应当指出的是，不妨说在他的信念之外，在他信念的界外，还存在极度的爱心。正因为如此，"因为深深爱过"[②]，他才被那些"持重的人"、"严肃的人"和"理智的人"看做是脆弱的。在这个可悲的世界上，私心都打着博雅的旗号，最喜欢卖弄"持重"、"严肃"、"理智"这类字眼。极度的爱心是什么呢？这是一种平静的善意，正如我们在前面指出的，他不仅爱及所有人，有时还爱及生物。他待人接物毫无鄙夷之态，对上帝的创造物一向宽容。任何人，甚至最善良的人，身上总是不自觉地存留一分对动物的狠毒，这也是许多教士所特有的，然而，迪涅主教却绝无这种心肠。他固然没有达到婆罗门教的那种境界，但似乎深思过

① 原文为拉丁文。
② 原文为拉丁文。

《传道书》上的这句话："谁知道动物的灵魂归宿何处？"外形的丑陋、本性的扭曲，都不会引起他的惶惑和气愤。他只是非常感慨，往往油然而生怜悯之心。他那沉思默想的神态，仿佛要超越表象，进一步探究生命的前因后果。还有时，他仿佛请求上帝减轻罪罚。他常以语言学家研读一本古籍的眼光，心平气和地观察自然界还存在的大量混乱现象。遐想中，他嘴里时常冒出怪诞的话。一天早晨，他在园子里散步，以为独自一个，没有瞧见跟在他身后的妹妹；他突然停下脚步，注视地上的什么东西：那是一只黑色大蜘蛛，毛乎乎的，样子很吓人。他妹妹听见他说："可怜的昆虫！这不是它的过错。"

这种好心肠近乎神圣的孩子话，有什么不可以讲的呢？就算幼稚吧，可是这种崇高的幼稚，正是圣弗朗索瓦·达西斯和马克·欧雷勒的所作所为。有一天，他怕踩死一只蚂蚁，还扭伤了脚腕子。

这位正义者就是这样生活的。有几次，他就在园子里睡着了，那情景真是令人无限敬仰。

据说，在青年乃至壮年时期，卞福汝主教是个好冲动的，也许有点粗暴的人。他这种普施万物的仁慈，与其说是本性，不如说是一种伟大的信念在生活过程中，一个念头一个念头，在他心中点滴积淀而成的。须知滴水穿石，人心亦然。滴穿的洞不会消失，心中的积淀也磨灭不了。

我们好像已经说过，到了1815年，他有七十五岁了，但是看上去不像过六十岁的人。他个头儿不太高，身体有点肥胖；为了减肥，他喜欢走远路，而且步履矫健，脊背只是略显弯曲。我们举出这种细节，无意得出任何结论。格列高利十六世①到了八十岁高龄，

---

① 格列高利十六世（1765—1846年）：1831—1846年为罗马教皇。

身子还挺得直直的，笑容可掬，但他仍不免是一个坏主教。卞福汝主教有一副人们所说的“英俊的相貌”，但是他为人十分和蔼可亲，就让人忽视了他的英俊相貌。

他交谈时，像孩子一样快活，我们已经说过，这是他的一种神采；别人在他身边，毫无拘束之感，就觉得他周身都施放着快乐。他的肌肤红润，满口洁白的牙齿完好无损。他的笑容十分明朗，显出一副坦荡而平易近人的神态。这种神态在一个青年身上，人见了就会说：这是个好小子；如果在一个老者身上，人见了就会说：这是个慈祥的老人。我们还记得，当年他给拿破仑的印象就是这样。初次见面给人的印象，的确像个慈祥的老人。然而，如果跟他一起待上几小时，只要稍稍留意他那若有所思的神态，慈祥的老人就会逐渐变样，呈现出一种难以描绘的威严之态；他那宽宽的严肃的额头，本来因白发苍苍就显得庄严，在沉思中就倍加庄严了。慈祥中显示出来的威严，并不妨碍慈祥继续发光；我们目睹一位含笑的天使缓缓张开翅膀，同时又笑容不敛，就会产生类似激动的心情。敬意，一种难以言传的敬意，逐渐侵入你的肌体，升到你的心田，你会感到面对一颗久经磨炼的、宽厚而坚强的灵魂，其思想无比宏大，因而只能是温柔的了。

正如我们看到的，祈祷、祭祀、施舍，安慰伤心的人，种植一块园地，广施友爱，节俭生活，热情接待，克己为人，保持信心，研究，工作，这些事充满了他生命的每一天。“充满”一词十分恰当，自不待言，主教的这一天非常充实，满满装着善良的念头、善良的言语和善良的行为。然而，到了夜晚，等两位妇人回房休息之后，他睡觉前如果由于天气寒冷或者下雨，未能到园子里待一两个小时，那么这一天还不算完整。仰望夜空的壮观景象，通过静思准备入睡，这对他来说，似乎成为一种仪式了。有时，夜已很深了，两位老妇人如果还未睡着，就能听见他走在小径上缓慢的脚步声。他在园子里，单独面对自己，聚精会神，心情平静，唯有崇拜之意，他对照内心的恬静和太空的静谧，在黑暗中感慨星斗可见的光辉和上帝不可见的光辉，心灵敞开接受从“未知”降落下来的思想。在这种时刻，夜间开放的鲜花奉献芳香，他也献上自己的心：这颗心在夜空的繁星中，就像点亮的一盏灯，忘情地放射光芒，融入整个大自然的光辉中；也许他本人也说不清思想里发生了什么，仅仅感到有什么东西从他体内飞升，又有什么东西降到他身上。灵魂的冥奥渊深和宇宙的冥奥渊深，两者神秘地交流。

他想到上帝的伟大和存在，想到无穷的未来这种奇异的神秘，也想到无穷的过去这种更为奇异的神秘，还想到他眼前朝各个方向延展的所有无限，但是并不想理解，只是观察这种不可理解的现象。他并不研究上帝，只觉得上帝光辉耀眼。他考虑原子的奇妙遇合赋予物质以形貌，确认并显示力量，在统一体中创造出个体，在空间创造出比例，在无限中创造出无穷数，并且通过光制造美。不断遇合又不断分解，这便是生和死。

他背靠衰朽的葡萄架，坐在一条木凳上，透过果木瘦枝曲蔓的暗影，仰望着繁星。这一角园地，被木棚仓房占据，草木少得可怜，但是对他来说，这已经十分宝贵而足够了。

这位老人还希求什么呢？他生活中极少闲暇，那一点儿闲暇时间，也是白天用来侍弄园子，夜晚用来静观冥想。园地虽然狭小，但是上有天空，不是足够用来崇拜上帝，轮番观赏他那最美妙的作品和最卓绝的作品吗？的确，这不是应有俱有，此外还渴求什么呢？小小的园地足供散步，无际的天空足供遐想。脚下，可供培植和采摘；头上，可供探究和思索。地上几朵鲜花，天空所有星辰。

十四　他所想的

最后再说几句。

这种详细叙述的方式，尤其在我们所处的时代，如果用一个时髦的字眼来说，很可能把迪涅的这位主教描绘成“泛神论者”，还会让人相信，对他或褒或贬，他身上体现我们时代所特有的一种个人哲学。这类个人哲学思想，往往在孤独者的头脑里萌发，扎根长大，在那里取代宗教。我们要强调指出，凡是认识卞福汝主教的人，绝不会无端产生这种看法。指导这个人的是心灵。他的智慧是由心灵放射的光构成的。

毫无系统，却有许多善事。探赜索隐，往往令人迷惑；没有任何迹象表明，他费神去探求世界末日的情景。使徒可以勇往直前，而主教则必须谨慎从事。也许他有自知之明，不去过分探究应由大智大勇的人考虑的问题。奥秘的大门，能引起神圣的恐惧；那些幽暗的门大敞四开，然而却有一种声音，对你这生命的过客说：不要进去。闯进去就要大祸临头！而那些天才，可以说超越了教义，在抽象概念和纯思辨方面又沉到闻所未闻的深度，他们就向上帝提出自己的见解。他们的祈祷大胆地挑起争论，他们的崇拜也提出质疑。这里却是直截了当的宗教，对于试图往上攀登的人来说，则步步有惊险和责任。

人的遐思绝无止境，而且冒着危险，分析并深入探究自己想象的奇妙境界。由于类似反光的作用，几乎可以说，这种遐思也会令大自然炫目：我们周围的世界要反射，瞻仰者很可能也被瞻仰。不管怎样，世上确有些人——难道是人吗？——他们在梦想的幽邃视野中，清楚望见绝对存在者的高峻，在触目惊心的幻象中望见无极山峰。卞福汝主教根本不是这类人，他不是天才。他还颇为惧怕那些绝顶聪明的人，他们中间有几个大名鼎鼎，如斯威登堡[①]和帕斯加尔[②]，反被聪明所误，精神逐渐失常了。那种宏伟的梦想，当然有其精神上的功效，通过艰险的道路，就能接近理想的完美境界。然而，卞福汝主教却走了一条捷径：福音书。

卞福汝主教无意将自己的法衣弄出以利亚[③]袍的纹褶，他不投射一线未来之光，却照亮黑暗世界的沧桑，也不想把事物的微光聚成火焰；他一点儿也没有先知的气味儿，一点儿也没有占星术士的气味。这颗质朴的心唯有爱，仅此而已。

说他把祈祷推向一种超乎常情的渴望，这是有可能的；然而，只有超常的爱，才可能做超常的祈祷。如果说离开经文的祈祷就是异端，那么，圣女泰蕾丝和圣徒哲罗姆全成为异端了。

他经常关心痛苦呻吟和奄奄待毙的人。在他看来，整个环宇就是无边的病痛；他感到无处不再发烧，无处不按出痛苦的脉搏，但他并不想猜透这个谜，只是勉力包扎伤口。万物惨不忍睹的景象，在他身上激发一颗悲天悯人的心。他全部心思都用来寻求同情和安慰的最好办法，既为他自己，也为了启发别人。对这位世间少有的善良神父来说，一切生存物都是他力图安慰悲伤的永久的缘由。

多少人奋力挖掘黄金，而他则奋力挖掘怜悯。普天下的悲惨就是他的矿藏。随处可见的痛苦，无不是他行善的机会。“你们彼此相爱吧！”他说诚能如此，也就满足了，再也无所祈愿，这就是他的全部学说。那个以“哲学家”自诩，前边提过姓名的元老院元老，有一天对主教说：“瞧瞧这世上的情景吧：人人纷争，混战一场；谁最强大，谁就最聪明。你那句‘你们彼此相爱吧’，简直是

---

① 斯威登堡（1668—1772年）：瑞典神智学家。

② 帕斯加尔（1623—1662年）：法国哲学家、作家和科学家。

③ 以利亚：犹太先知。事见《圣经·旧约》。

蠢话。”——“嗯，”卞福汝主教并不同他争论，只答道，“如果这是蠢话，那么灵魂应当隐藏在里边，就像珍珠隐藏在牡蛎中那样。”他本人就隐藏在那句话里，在那里面生活，感到完全心满意足，置而不顾既诱人又骇人的那些重大问题、空而论道的那种不着边际的远景、形而上学的那种危岩绝壁；总而言之，命运、善与恶、生灵之间的争战、人的意识、动物若有所思的昏昧、死后的转世、坟墓所容纳的生存回顾、难以理解的移情——相继不断的爱移向今生今世的我、本质、实体、虚无和存在、灵魂、本性、自由、必然等等，所有那些深奥的焦点问题，都留给上帝的使徒和不信上帝的虚无论者；绝高遥深的问题，由人类智慧的大天使们去探索；万丈深渊，由卢克莱修①、摩奴②、圣保罗和但丁观望，他们的目光如雷电，凝神注视，仿佛要让星辰跃现在无限中。

卞福汝主教是个普普通通的人，他看到神秘问题的表象，并不想深究，也不推波助澜，以免扰乱自己的思想，只是在心灵里，对虚无缥缈的东西怀着深深的敬意。

---

① 卢克莱修（约公元前98—前55年）：拉丁诗人。

② 摩奴：印度神话中的人类始祖，据说有十四世。古印度著名的《摩奴法典》，即假托其名。

第二卷　沉　沦

一　一天行程的傍晚

1815年10月初，约摸日落的前一个小时，有位行客走进小小的迪涅城。在这种时分，只有寥寥无几的居民还站在窗口或门口，他们望见这个行客，心中隐隐感到不安。很难遇见比他衣衫更褴褛的行人了。此人中等个头儿，身体粗壮，正当壮年，看样子有四十六岁至四十八岁。头戴一顶皮檐鸭舌帽，遮去流汗的、风吹日晒黑了的半张脸。身穿黄色粗布衫，领口搭了一个小银锚扣，露出毛茸茸的胸膛，领带皱巴巴的像根绳子；蓝色棉布裤已经很旧，一个膝头磨白，另一个膝头磨出窟窿；外罩灰色外套十分破旧，一个袖肘上用粗线补了一块绿呢布；背上有一个崭新的军用袋，装得满满的，袋口紧紧扎住；他手里拿一根多节的粗棍，脚下没有袜子，直接穿一双打了铁掌的鞋；他的头发短短的，胡须长得很长。

浑身破烂不堪，再加上汗水、热气、风尘仆仆，给他增添一种说不出来的肮脏。

他推成平头，但是头发又开始长了，都竖起来，仿佛有一段时间没理了。

谁也不认识他，显然只是一个过路人。他是从哪里来的呢？是从南边来的。可能是从海边来的。因为，他进迪涅城所走的街道，正是七个月前拿破仑皇帝从戛纳前往巴黎的路线。这个人肯定走了一整天，样子十分疲惫。城南老镇的一些妇女，看见他停在加桑迪大街的树下，并在林荫道尽头的水泉喝水。他一定渴极了，因为在后边跟随的那些孩子，看见他走了二百步远，到了集市广场又停下，对着水泉喝水。

他走到普瓦什维街口，便朝左手拐去，径直走向市政厅，进去之后，过了一刻钟又出来。一名宪警坐在门旁的石凳上——3月4日，德鲁奥将军正是站在那个石凳上，向惊慌失措的迪涅居民宣读瑞安海湾宣言①。那汉子摘下帽子，冲那宪警恭恭敬敬施了一礼。

那宪警没有回礼，只是定睛注视他，目送了一程，便走进市政厅。

当时，迪涅城有一家华丽的旅馆，叫做“柯耳巴十字架”。旅馆老板名叫雅甘·拉巴尔，因为是另一个拉巴尔的亲戚，在本城很受尊敬。另外那个拉巴尔，当年曾在精锐骑兵队伍服过役，后来就在格勒诺布尔开了“三太子”旅馆。在皇帝登陆期间，关于那家“三太子”旅馆有许多传闻。据说在一月份，贝尔特朗将军装扮成赶车老板，在那一带频繁来往，向一些士兵颁发十字勋章，大把大把向市民散发拿破仑金币。其实，皇帝进入格勒诺布尔城时，曾拒绝在市府公馆下榻，他谢绝时对市长说：“我要到我认识的一个好汉那里去。”于是他去了“三太子”旅馆。就这样，“三太子”旅馆的拉巴尔的好名声，传到方圆二十五法里之外，一直光耀了“柯耳巴十字架”的这个拉巴尔。本城人提起他就说：“他是格勒诺布尔那个拉巴尔的堂兄弟。”

且说那汉子走向当地最好的这家旅馆，进入临街的厨房，只见所有炉灶都生了火，壁炉里的火很旺。老板同时也是掌勺的厨师，

---

① 瑞安海湾位于戛纳附近，拿破仑登陆时曾发表宣言。

他正在炉灶和炒锅之间忙碌，给车老板准备丰盛的晚餐，隔壁就传来那些车老板谈笑的喧哗声。凡是旅行过的人都知道，谁也没有车老板吃得好。一根长铁钎上插着几只白竹鸡和雄山雉，中间插着一只肥肥的土拨鼠，正在火上转动烧烤；炉子上则炖着两条洛泽湖的大鲤鱼和一条阿洛兹湖的鳟鱼。

店主听到门打开，走进一位新客，没有从炉灶抬起眼睛就问道：

“先生要什么？”

“吃饭睡觉。”那人答道。

“再容易不过了。”店主又说道。这时，他回过头来，从头到脚打量一下旅客，便补充一句：“……交现钱。”

那人从外套兜里掏出一个大皮钱包，答道：

“我有钱。”

“那好，这就伺候您。”

那人把钱包放回兜里，卸下行囊，撂在靠门的地上，手里还拿着棍子，走到炉火旁，坐到一张矮凳上。迪涅城位于山区，10月的夜晚很冷。

这工夫，店主来回走动，总是打量旅客。

“很快就能吃上吗？”那人问道。

“稍等一会儿。”店主答道。

这时，新来的客人转过背去烤火，可敬的店主雅甘·拉巴尔则从兜里掏出一支铅笔，又从靠窗放的小桌上的旧报纸上撕下一角，在白边上写了一两行字，再折起来，但是没有封上，交给一个看样子是给他又当厨役又当小厮的孩子，还对着耳朵吩咐了一句，于是，那孩子便朝市政厅的方向跑去。

那旅客一点也没有看见这场面。

他又问了一声：

“很快就能吃上吗？”

“稍等一会儿。”店主答道。

那孩子回来，又带回那张字条。店主急忙打开，就好像等候回音似的。他仿佛仔细看了一遍，接着摇了摇头，沉吟了片刻。那旅客心神不宁，似乎在想事儿。店主终于跨上前一步，说道：“先生，我不能接待您。”

那人在座位上猛然一挺身子。

“怎么！您怕我不付钱吗？您要我先付钱吗？跟您说，我有钱。”

“不是这个缘故。”

“那是为什么？”

“您有钱……”

“不错。”那人答道。

“可是我，”店主却说，“我没有客房了。”

那人平静地又说道：“那就把我安顿在马棚里吧。”

“不行。”

“为什么？”

“地方全让马匹占了。”

“好吧，”那人又说，“阁楼有个角落也行，放上一捆草。这事儿吃了饭再说吧。”

“我也不能供给您饭吃。”

这种表示，虽然说得慢条斯理，但是语气很坚定，那旅客感到事情严重了，立刻站起身。

“哼，算啦！我可饿得要死。太阳一出来我就赶路，走了十二法里①。我付钱嘛。我要吃饭。”

---

① 合48公里。

“什么吃的也没有。”店主说道。

那人放声大笑，身子转向壁炉和炉灶。

“什么也没有！这些食物呢？”

“这些全是定做的。”

“谁定的？”

“那些车老板先生。”

“他们有多少人？”

“十二人。”

“这里的食物够二十人吃的。”

“他们全定下了，预先付了钱。”

那人重又坐下，还以原来的声调说：“我来到旅店，肚子饿了，我不走。”

这时，店主俯下身，对着他耳朵，用一种令他惊抖的口吻说：“走开。”

那旅客正弯下腰，用他棍子的包铁头往火里拨弄几块炭，他听见这话，猛地转过身，正要开口反驳，而店主却盯着看他，始终低声又说道：

“喂，别废话了。要我说出您的姓名吗？您叫冉阿让。现在，要我说您是什么人吗？我看见您进来，就觉得有点不对头，于是派人去市政厅问一问，这就是给我的回答。您识字吗？”

店主说着，就把打开的字条递给旅客：那张字条刚从旅馆传到市政厅，又从市政厅传回旅馆了。那人朝字条上瞥了一眼。

店主沉默片刻，接着又说道：“我一向对所有人都客客气气。走开。”

那人低下头，拾起撂在地上的行囊，便离去了。

他上了大街，漫无目的地走去，而且溜着墙根儿，如同一个丢了面子而伤心的人。他一次也没有回头。他若是回头，就会看见“柯耳巴十字架”旅馆老板站在门口，由他所有旅客和街上行人围着，正用手指着他高声谈话，而且，从那众人惊疑的眼神里，他就能猜出他刚一到达，就闹得满城风雨了。

整个这一场面，他一点也没有瞧见。失魂落魄的人不朝身后看，他们十分清楚，追随他们的是厄运。

他就这样走了一阵，一直信步朝前走，穿过一条条他不认识的街道，忘记了疲劳，正像人在伤心时常有的那样。突然，他感到饥肠辘辘。天快黑了。他四下张望，看看能否发现一处可以过夜的地方。

那家华丽的旅馆拒不接待他，那么，他就找一家大众酒馆，找一家下等酒吧。

正巧街那端点亮一盏灯；悬挂在直角形铁架上的一根松枝，映现在暮晚的白色天空上。于是，他朝那里走去。

那的确是一家酒馆。在沙佛街开的一家酒馆。

那行客停了一会儿，隔着玻璃窗朝里望望，只见顶棚低矮的餐厅，由桌上一盏小灯和壁炉里的旺火照明。有几个人正在喝酒，老板在烤火。一口挂在吊钩上的铁锅在火上烧得哗哗作响。

这家酒馆也兼客店，有两个门出入。一扇门临街，另一扇门对着满是粪土的小院。

那行客不敢从临街前门进去，溜到院子里，又停了一会儿，这才小心翼翼地拉起门闩，将门推开。

“谁在那儿？”老板问道。

“一个要吃饭和过夜的人。”

“好哇。这里可以吃饭过夜。”

于是，他走进来。喝酒的人全都扭头看，他一侧有灯光，另一侧有火光照着。在他卸行囊的工夫，大家打量他好一会儿。

老板对他说："这儿有火。锅里煮着晚饭。过来烤烤火吧，伙计。"

他走过去，坐到炉灶旁边，将走远路磨破的双脚伸到火前，闻到锅里飘出的香味儿。他的帽子仍然压得低低的，露出半张脸；从脸上能隐约看出一种舒适的表情，但是掺杂着饱受苦难所具有的凄然神态。

不过，他的侧影显得坚强有力，也显得忧伤。他这相貌的组合非常奇特：乍看上去低下谦卑，最后又呈现出一副凛然正色。眼睛在眉毛下炯炯发亮，犹如荆丛里的火堆。

且说围着餐桌喝酒的人中间，有一个马贩子，他先去将马拴到拉巴尔的马棚里，然后才进沙佛街这家酒馆。也是碰巧，当天早晨，从布拉-达斯村到……（地名我忘了，想必是埃库布龙）的路上，他遇见这个一副狼狈相的行客。路上遇见时，这人看样子已经疲惫不堪，还求过让他坐到马后臀捎一段路。马贩子的回答，就是催马加快脚步。半小时之前，这个马贩子也在围着雅甘·拉巴尔的那堆人中间，他还对"柯耳巴十字架"旅馆的那帮顾客，亲口叙述了他早上那次不愉快的相遇。现在，他从座位上偷偷向店主使了个眼色。店主走过去，二人低声交谈了几句。刚来的行客重又陷入沉思。

老板回到壁炉前，一只手突然按在那人肩上，对他说道：

"你给我从这儿走开。"

那行客转过身来，口气温和地回答：

"唔！您知道啦？"

"是的。"

"另一家旅馆把我赶出来了。"

“也同样把你从这里赶走。”

“您要我去哪儿呢？”

“别的地方去。”

那人拾起他的棍子和行囊，便离去了。

几个孩童从“柯耳巴十字架”跟来，好像守在这儿等着他，见他出了酒馆，就朝他扔石块。他气愤地回身走几步，举起棍子威胁，吓得孩子像群小鸟一样逃散了。

他从监狱门前经过，看见门上垂着一条铁链，便上前拉响门铃。

一个小窗口打开了。

“看守先生，”他恭恭敬敬摘下帽子，说道，“您能打开门，留我住一夜吗？”

一个声音回答：

“监狱不是客店。您设法让人抓起来，这门才能给您打开。”

小窗口又关上了。

他走上一条小街，只见两侧有许多花园，其中几座只用篱笆围着，给街道增添欢快的气氛，只见花园和篱笆之间有一所小平房，窗口有灯光，他像到那家酒馆那样，先隔着玻璃窗朝里张望。房间很大，墙壁刷了白灰，一张床上铺着印花布床单，角落里放着摇篮，屋里还摆了几张木椅子，墙上挂着一支双响猎枪。房间正中的桌子上摆了饭食；一盏铜碗灯照见粗麻布白色台布，上面盛满酒的锡壶像银器一样闪亮，棕褐色汤盆热气腾腾。餐桌旁边坐着一位四十来岁的男子，他喜笑颜开，在膝盖上颠着一个小孩。他身边坐着一位很年轻的女子，正给另一个孩子喂奶。父亲欢笑，孩子欢笑，母亲微笑。

面对这温馨宁静的家庭场景，那个外乡人出了一会儿神。他心中想些什么呢？只有他本人才可能说清楚。也许他想到，这个愉快的家庭很可能好客，他看见洋溢幸福的地方，也许能找到一点怜悯之心。

他极轻地敲了一下窗玻璃。

里边人没有听见。

他又敲第二下。

他听见女人说：“当家的，好像有人敲门。”

“没有。”丈夫答道。

他再敲第三下。

这回，丈夫站起来，端上油灯，走过去开门。

这人身材高大，半务农半是工匠。他扎了一条肥大的皮围裙，一直搭到左肩上，腹部鼓起来，皮裙里边装着一把锤子、一块红手帕、一个火药壶，以及各种各样的物件，像装在口袋里一样，由一条腰带兜住。他朝后仰着头，衬衣大敞着口，露出赛似公牛的白净脖颈。他长着两道浓眉、一脸很重的黑髯须、一对金鱼眼睛，下颏儿尖尖的，整个相貌上，还有一种难以描绘的在自家家中的神态。

“先生，”那行客说道，“打扰了。我付钱，您能给我喝点菜汤，让我在园中那个棚子角落里睡一夜吗？请告诉我，可以吗？我付钱行吗？”

“您是什么人？”房舍主人问道。

那人答道：“我从皮-穆瓦松村来，走了一整天，走了十二法里。您能接待吗？我付钱行吗？”

“我不会拒绝一个正经人花钱投宿的，”农夫说道，“不过，为什么您不去旅馆呢？”

“旅馆没地方了。”

“唉！不可能。又不是庙会赶集的日子。拉巴尔那儿您去过了吗？”

“去过了。”

“怎么样？”

那行客有点尴尬地回答：“我不清楚，他没有接待我。”

“沙佛街那家叫什么来着，您去过了吗？”

那外乡人更加尴尬了，结结巴巴地回答：

“他也没有接待我。”

农夫的脸上换了怀疑的表情，他又从头到脚打量不速之客，突然提高嗓门，声音有些颤抖地说：

“莫非您就是那个人？……”

他又瞥了外乡人一眼，倒退三步，将油灯搁在桌上，从墙上摘下猎枪。

就在农夫说“莫非您就是那个人？……”的工夫，那女人已经站起身，将两个孩子抱在怀里，慌忙躲到丈夫的身后，还敞着胸口，瞪大眼睛，惊恐地望着那外乡人，嘴里咕哝着：“错马罗德①。”

所发生的这一切，只是一眨眼的工夫。房主就像观察毒蛇一样，打量一阵那人之后，又来到门口，说了一声：

“滚！”

“行行好吧，”那人又说，“给碗水喝。”

“给你一枪！”农夫答道。

他啪的一声又把门关上，求宿人听见插了两道门闩的声响。过了一会儿，又传来上窗板和别铁杠的声音。

天色越来越黑了。阿尔卑斯山区的冷风飕飕刮起来。那外乡人借着苍茫暮色，望见临街一个园子里有一草棚，仿佛是用草皮垒起

---

① 错马罗德：法国境内阿尔卑斯山区方言，意为“偷东西的野猫”。——原注。

来的。他把心一横，跨过一道木栅栏，溜进园子里，走近草棚，看到它的门就是又窄又矮的洞口：这类草棚，很像养路工在路边搭的窝棚。他一定认为这确是一名养路工的窝棚，而且他饥寒交迫，饥饿只好忍了，但这至少是个避寒的场所。一般来说，这类窝棚夜晚没人住；于是他趴下来，匍匐着爬进去。里面相当暖和，地上还铺了厚厚一层麦秸。他实在太累了，一动不动，就这样躺了一会儿。继而，他觉得背上压着行囊不舒服，卸下来就是现成的枕头，于是他动手解皮背带。正在这时，旁边响起吓人的吼声。他抬头一看，只见黑暗中草棚洞口映现出一条大狗的脑袋。

原来这是个狗窝。

他本人身强力壮，样子又凶猛，还有棍子当家伙，拿行囊当盾牌，挣扎着退出狗窝，只是破衣烂衫的口子又撕大了。

同样，他挥舞棍子，且战且退，不得不用剑术师所说的“玫瑰护身剑法”，逼使恶犬不敢近前，终于退出园子。

他费了好大劲儿才重又跨过栅栏，回到大街上，孤苦伶仃，无家可归，连个躲风避寒的地方都找不到，甚至钻进破烂狗窝里，躺在铺地的麦秸上也被赶出来。他看见一块石头，不是坐下，而是一屁股跌落在上面；一个过路人仿佛听见他恨恨说道：“我连一条狗都不如！”

过了一会儿，他又站起来往前走，出了城，希望在田野上找到树木或者草堆，也好避避风寒。

他始终低着头，走了一段时间，直到觉得远离了所有住户人家，他才举目四望。他来到一片田地中间，前面有一个矮丘，覆盖着收割后的麦茬儿，就像剃光了的脑袋。

天边已经完全黑了；那不仅仅是夜色，还是低沉沉的乌云：乌云仿佛压着山丘，又渐渐升起，要布满整个天空。然而，月亮要升起来了，苍穹还飘浮着暮色的余光，而云彩在高空形成淡白色的圆顶，上面的微光落到大地上。

因此，大地比天空还要亮一些，这就显得格外阴森可怕。荒凉的矮丘光秃秃的，由黑黝黝的天边衬出灰色模糊的轮廓。整个形象又丑又陋又卑琐，又凄惨又狭小。无论田野还是矮丘上，都空荡荡的，只有一棵歪七扭八的树，在离这行客几步远的地方瑟瑟发抖。

显而易见，在智慧和精神方面，这个人远远没有养成细腻敏锐的习惯，对事物的神秘现象麻木不仁。然而，在这天空中，在这座丘冈上，在这片平野里，在这棵树木枝叶中，有一种无限凄惶的意味，他待立在那里出了一会儿神之后，就猛然沿原路折回去了。有些时刻，大自然也显出敌意。

他原路返回。迪涅城门已经关闭。在宗教战争中，迪涅城屡遭围困，直到1815年，老城墙两侧还有不少方形堡垒，后来才拆毁。他从城墙豁子回到城里。

约摸有晚上八点钟了。他不熟悉街道，又开始漫无目的地游荡。

走着走着，又来到市政厅，继而又到神学院；经过大教堂广场时，他朝天主教堂挥起拳头。

广场一角有一家印刷所。在厄尔巴岛由拿破仑口授的皇帝诏书，以及羽林军告全军书，带回大陆时，头一版就是这家印刷所印制的。

他精疲力竭，再也不抱任何希望，就躺在印刷所门前的石椅上。

恰好这时，一位老妇人从教堂里出来，她发现黑暗中躺着一个人，便问道：“您在那儿干什么呢，朋友？”

他粗暴而气愤地回答：

“您瞧见了，老太婆，我在睡觉。”

老太婆，就是R侯爵夫人，她的确当得起这种称呼。

“睡在这石椅上？”她又问道。

“我拿木板当褥子，已经睡了十九年，”那人答道，“今天，我又拿石头当褥子。”

“您当过兵吧？”

“不错，老太婆，当过兵。”

“为什么您不去住旅店呢？”

“因为我没钱。”

“唉！”R侯爵夫人说，“我的钱袋里只有四个苏了。”

“给我就是了。”

那人接过四个苏铜钱。R夫人继续说道：

“您拿这点钱不够住旅店。您就没有去试一试吗？您这样过夜怎么行呢。您一定又冷又饿。总有人发善心，留您住一夜。”

“每扇门我都敲过了。”

“怎么样呢？”

“到处都赶我走。”

“老太婆”捅了捅那汉子的胳臂，指了指广场对面挨着主教府的一所矮小的房子。

“每扇门您都敲过了吗？”她重复说道。

“不错。”

“那扇门敲过了吗？”

“没有。”

“去敲敲那扇门吧。”

二　向明智提议谨慎小心

这天晚上，迪涅的主教先生上街散步回来，便关在自己房间里待到很晚。他正潜心著述，写一本大部头的《论义务》，可惜后来没有完稿。他细心查阅神父和神学博士就这一重大问题所发表的各种言论。他的书分两部分：第一部分是全体的义务，第二部分是从属各个阶级的个人义务。大众义务为大义务，共有四种。圣马太指明四种义务：对上帝的义务（《马太福音》第六章）、对自己的义务（《马太福音》第五章第二十九节和三十节）、对他人的义务（《马太福音》第七章第十二节）、对众生的义务（《马太福音》第六章第二十节和二十五节）。对于其他各种义务，主教在别处也找到了指示和规定。在《罗马人书》中，有君主和臣民的义务；圣彼得则规定了法官、妻子、母亲和青年男子各自的义务；《以弗所书》中有丈夫、父亲、子女和仆人各自的义务；《希伯来书》中规定了信徒的义务；而《哥林多书》中有处女的义务。主教勤奋地编辑，要把所有这些规定汇成和谐的一部分，以供世人学习。

八点钟时他还在工作，一大厚本书摊在双膝上，往小方块纸上摘录，姿势很别扭。这时，马格洛太太照习惯进来，从床边的壁橱里取出银餐具。过了一会儿，主教约摸餐桌摆好了，妹妹也许在等他，他这才合上书，离开书案，走进餐室。

餐室是个长方形的屋子，有壁炉，房门临街（我们已经说过），窗户对着园子。

马格洛太太果真摆好餐具了。

她一边忙碌，一边还跟巴蒂丝汀小姐聊天儿。

靠近壁炉的餐桌上放了一盏灯。壁炉里的火燃得挺旺。

不难想象，两位妇人都已年过六旬：马格洛太太又矮又胖，性情活泼；巴蒂丝汀细弱瘦长，性情温和，比她哥哥稍高一点儿，穿一件棕褐色绸袍，那还是1806年的流行色，当年她在巴黎买的，一直穿到现在。有时写上一页也不足以表达一种想法，而用一句俗话就能说清楚。我们这里也借用一下俗字眼：马格洛太太的样子像个“村妇”，而巴蒂丝汀小姐的神态像个“贵妇”。马格洛太太头戴卷管边儿的白色软帽，颈上挂着小小的金十字架，这是全家唯一的女人首饰了。她穿一条黑色粗呢袍，袖子又肥又短，领口露出雪白的围巾，腰上用绿带子系着红绿方格布围裙，还有同样布料的胸巾，上面两角用别针别住，脚上像马赛妇女那样穿着粗大的鞋和黄袜子。巴蒂丝汀小姐的衣袍是1806年的剪裁，半短紧身式的，加了垫肩、镶的暗扣。她戴一顶“孩童式”鬈曲假发，扣住自己的花白头发。马格洛太太看样子聪明伶俐，心地善良，两边嘴角一高一低，上嘴唇比下嘴唇厚实，这就给她添了一两分暴躁专横的神气。只要主教大人沉默不语，她就喋喋不休，态度既恭敬又有点放任。可是，主教一开口说话，她就跟老小姐一样服服帖帖，奉命唯谨了，这情景大家都见过。巴蒂丝汀小姐甚至连话都不讲，只是一味地服从和迎合。即使在年轻时候，她的相貌也不漂亮，一对蓝色大眼睛鼓出来，鼻子长而弯曲；不过，我们一开头就讲了，她的整个脸庞、整个人，透出一种难以形容的和善，她生性宽厚仁慈，而且，温暖心灵的三德：信仰、慈悲和热望，又渐渐使这种宽厚升华为圣德了。大自然只是把她造就成为羔羊，而宗教却使她成为天使。可怜的圣女！甜美的记忆风流云散啦！这天晚上主教住宅里发生的情况，巴蒂丝汀小姐后来不厌其烦地讲述，有好几个现在还活着的人连细节都能回忆起来。

主教先生进来的时候，马格洛太太说得正起劲儿呢。她跟小姐谈一个熟悉的而主教也听惯了的话题，就是临街房门的门闩问题。

好像马格洛太太听说有情况，她去为晚餐买食品时，在好几处听人说，城里来了个形迹可疑的流浪汉，样子很凶，到处转悠，这天晚上想深夜回家的人都很可能遭劫。再说，警察局办事不力，局长先生和市长先生又合不来，都巴不得出些事端嫁祸于对方。因此，明智的人就会自己担起警察的职责，小心提防，必须仔细关门闭户，上好门闩，插得牢牢的，总之，要关紧自己的房门。

马格洛太太特别强调最后这句话；可是，主教从他待着发冷的房间过来，就坐到壁炉前取暖，接着另有所思，并没有注意马格洛太太重点抛出来的这句话。她又重复了一遍。这时，巴蒂丝汀小姐既要让马格洛太太满意，又不想惹兄长不快，就硬着头皮胆怯地说：

“哥，您听见马格洛太太说的话了吗？”

“恍恍惚惚听到一点儿。”主教答道。接着，他半转过椅子，双手放在漆盖上，抬起由炉火照亮下颏儿的那张诚恳而喜气洋洋的脸，望着老女仆，问道：“说说看，出什么事儿啦？出什么事儿啦？我们面临什么巨大的危险吗？”

于是，马格洛太太又把整个事情从头至尾讲了一遍，无意中未免夸大了几分。据说有一个流浪汉，一个无业游民，一个危险的乞丐，这时候正在城里。他到雅甘·拉巴尔那里要住店，可是人家不肯接待。有人看见他从加桑迪大街进城，在模糊不清的街道里游荡。那个人背着行囊，领带像绳子，一副凶恶的面孔。

“真的吗？”主教问道。

他肯发问，就给马格洛太太鼓了劲儿：这似乎表明，主教快要警觉起来了；于是，她得意洋洋地继续说道：

“是真的，大人。事情就是这样。今天夜晚，城里要出事儿。大家都这么说。再加上，警察又不管事（重复这点不会没有作用）。生活在山区，夜晚街上连路灯都没有！出了门，哼！黑洞洞的，伸手不见五指！跟您说，大人，喏，小姐在那儿，也是这么说……”

“我嘛，”妹妹插言道，“我什么也没有说。我哥哥怎么做怎么好。”

马格洛太太还是说下去，就好像没人反驳似的：

“我们说，这所房子一点也不保险，如果大人允许的话，我这就去找锁匠保兰·穆斯布瓦，请他来把原来的铁门闩重新安上。铁闩还在，说话工夫就安上了。我还要说，大人，哪怕只为了这一夜，也应当安上门闩；要知道，只有装锁的一扇门，随便什么人都可以推开进来，没有什么比这更可怕的了。此外，平常日子，大人总是让人随便出入，甚至夜里也一样，噢，上帝啊！要进就进，都不用问一声……”

恰好这时，有人重重地敲了一下门。

“请进。”主教应了一声。

三　盲目服从的英勇气概

房门推开了。

房门猛地大敞四开，就好像有人决心用力推门似的。

一个汉子走进来。

这人我们已经认识了，正是刚才我们看见到处投宿的那个行客。

他走进屋，朝前跨了一步，又站住了，还让身后的门敞着。他肩上扛着行囊，手中拿根棍子，眼神里有一种粗鲁、放肆、疲惫而狂暴的表情。在壁炉的火光中，他那样子十分丑恶，就好像魔鬼显形。

马格洛太太连惊叫一声的气力都没有了，她浑身一抖，在原地目瞪口呆。

巴蒂丝汀小姐转过头，瞧见进屋的汉子，吓得半欠起身，继而，头又慢慢转回壁炉，瞧瞧她哥哥，于是，她的脸色又恢复沉静安详了。

主教目光平静地注视来客。

那人双手扶住棍子，眼睛来回打量老人和两位妇人，未待主教开口问他有什么事，他就高声说道：

“是这样。我叫冉阿让。我是个苦役犯。我在苦役场度过了十九年，四天前刑满释放，要去蓬塔利埃。我从土伦动身，走了四天路。今天我走了十二法里，傍晚到达这地方。我持黄纸通行证，去市政厅验了，这是规定的，结果再去旅店，就被人赶出来了。我又去投另一家旅店，人家对我说：滚开！无论到哪家，谁也不肯接待我。我到监狱去，看守不给我开门。我钻进一个狗窝里，那条狗咬了我，也把我赶走，就好像它是人似的，就好像它知道我是什么人。我又跑到田野里，打算睡在星光下，可是天空没有星星。我以为要下雨了，又没有仁慈的上帝阻止天下雨，只好回城来，找个门洞避一避。在那边广场上，我躺到石板上准备睡觉，一位老太婆指着您的房子对我说：去敲敲那扇门吧。于是我敲了门。这是什么地方？是客店吗？我有钱。我有积蓄，总共一百零九法郎零十五苏，是我在苦役场干了十九年活儿挣的。我付钱。这有什么关系？我有钱。我累极了，走了十二法里，我饿得很。您能让我留下吗？”

“马格洛太太，”主教说道，“您再加一副餐具。”

那人走了三步，靠近放在桌子上的那盏灯。“听我说，”他好像没怎么听明白，又说道，“不是这个意思。您听见了吗？我是个苦役犯。罚做苦役的罪犯。我刚从苦役场出来。”他从兜里掏出一大张黄纸，打开来，说道：“这是我的通行证。您瞧是黄色的。拿着这东西，我走到哪儿都被人赶开。您要念念吗？我也识字，是在苦役场里学的。那里有一所学校，愿意学的就能进去。喏，通行证上就是这样写的：‘冉阿让，苦役犯，刑满释放，原籍……’这对您无所谓，‘在苦役场关了十九年。因破坏性盗窃判五年。四次企图越狱，加判十四年。此人非常危险。’就是这样。人人都把我赶到外面。您呢，您愿意接待我吗？这是旅店吗？您愿意给我吃的，给我住处吗？您有马棚吗？”

“马格洛太太，”主教说道，“您去里间铺上白床单。”

我们已经解释过，这两位妇人的服从是什么性质的。

马格洛太太照吩咐出去办了。

主教转向那汉子，说道：“先生，您请坐，烤烤火。过一会儿我们就吃晚饭；就在您吃饭的工夫，会给您收拾好床铺的。”

至此，那人才恍然大悟，他脸上表情变了：刚才一直阴沉冷峻，现在显出惊愕、怀疑、快乐，变得异乎寻常了。他就像发了疯，说话结巴起来：

“真的吗？什么？您留下我？您不赶我走！一个苦役犯！您称我‘先生’！您不用‘你’称呼我！你给我滚，狗东西！别人总是这么对我说。我原以为您也一定赶我走。因此，我先就说明我是什么人。啊！那位好婆婆，指点我来这儿！我有晚饭吃啦！还有床铺！有褥子和床单的床铺！跟别人一样！我有十九年没有睡在床铺上啦！您当真不让我走啊！你们真是大好人。再说，我有钱，会付账的。对不起，店主先生，您怎么称呼？您要多少钱我都照付。您是大好人。您是旅店老板，对吧？”

“我是住在这儿的神父。”主教答道。

“一位神父！”那人又说道，“啊！大好人的神父！这么说，您不要我钱啦？是本堂神父，对吧？这座大教堂的本堂神父？对呀！真的，我真蠢，我没有瞧您这顶圆帽！”

他边说边把行囊和棍子放到角落里，又把通行证揣进兜里，这才坐下。巴蒂丝汀小姐和蔼地看着他。他接着又说道：

“您有人性，本堂神父先生。您不嫌弃人。做一个善良的神父真好。这么说，您不要我付账吗？”

“不用付账，”主教答道，“钱您留着吧。您有多少啦？您对我说过有一百零九法郎吧？”

“零十五苏。”那人补充说。

“一百零九法郎十五苏。您用了多少年挣了这些钱？”

“十九年。”

“十九年！”

主教深深叹了一口气。

那人继续说道：“这笔钱我还一点儿没花。这四天我只用了二十五苏，还是我在格拉斯帮人卸车挣的。既然您是神父，我就要告诉您，我们苦役场那儿有个宣教神父。还有一天，我见到一位主教。别人管他叫大人。那是马赛的德·拉马若尔主教。他是一般本堂神父头上的本堂神父。请原谅，我不会说话，要知道，对我来说，离得太远啦！——您明白，我们是什么人！——他做过弥撒，站在苦役犯监狱的祭台上，头顶戴着金子的尖尖的东西，让中午的太阳照得闪闪发光。我们都排成队列，占了三面。在我们对面是一排大炮，火绳都点着了。我们看不大清楚。他对我们讲话，但是站得太靠里了，我们听不见。原来主教就是那样子。”

在他说话的工夫，主教过去把还敞着的房门关上。

马格洛太太拿着一套餐具回来，摆到餐桌上。

“马格洛太太，”主教吩咐道，“您把这套餐具摆在靠火最近的座位上。”然后转过身，又对客人说：“阿尔卑斯山区的晚风很厉害。您一定冷了吧，先生？”

他每次说“先生”这个词，声音又和蔼又严肃，就像好伙伴之间，那人听了总是喜形于色。称一名苦役犯为“先生”，就等于给美狄斯号船的遇难者一杯水。蒙受耻辱就渴望得到尊重。

“这盏灯照明太差了。”主教又说道。

马格洛太太会意，便去主教的卧室，从壁炉台上取来两支银烛台，点着放到餐桌上。

“本堂神父先生，”那人又说，“您真好。您没有瞧不起我，让我住在您家里，还为我点上蜡烛。然而我却没有瞒您说，我是从哪儿来的，我是一个不幸的人。”

主教在他身边坐下，轻轻地按住他的手。

“您不必对我说您是谁。这里也不是我的家，而是耶稣-基督的家。这扇门并不问进来的人有没有姓名，而要问他有没有痛苦。您现在受苦，又饥又寒；这里欢迎您。不要感谢我，也不要对我说我让您住在我家里。除了需要栖身之所的人，这里不是任何人的家。我要告诉您这位过路人，这里是我的家，倒不如说是您的家。这里的东西全是您的。我有什么必要知道您的姓名呢？况且，您在向我道出姓名之前，您有个名字找早就知道了。”

那人惊奇地瞪大了眼睛。

“真的吗？您早就知道我叫什么？”

“对，”主教答道，“您就叫‘我的兄弟’。”

“喏，本堂神父先生！”那人提高声音说，“我进来时很饿，可是您对我这么好，也不知道怎么回事儿，现在我不饿了。”

主教注视他，说道：“您受了不少苦吧？”

“唔！穿上红色囚衣，脚上拖着铁球，睡在一块木板上，忍受酷暑、严寒，要干活，做苦役，挨棍子！动不动就加镣铐，说句话就下地牢。甚至病倒了，还戴着锁链。不如狗，狗的生活要好得多！十九年啊！我已经四十六岁了。现在，又拿着黄纸通行证。就是这样。”

“是啊，”主教接口说，“您从一个悲惨的地方出来。请听我说。比起一百个义人所穿的白袍来，一个忏悔的罪人流泪的脸，在上天能赢得更多的快乐。您离开那个痛苦的地方，如果对人怀着仇恨和激愤的念头，那么您是值得可怜的；如果怀着慈善、温良与平和的念头，那么您就胜过我们任何人。”

这工夫，马格洛太太已经摆好了晚餐。有一盆汤，是用白水、油、面包和盐做的，还有一点咸肉、一块羊肉、一些无花果、鲜奶酪和一个大黑面包。除了主教日常食物之外，她还主动加了一瓶陈年莫福酒。

主教的脸豁然开朗，换上热情好客所特有的快活神情，爽快地说：“入座！”他像往常晚餐有外客那样，让来客坐在他右首。巴蒂丝汀小姐坐在他左首，她的神态完全平静而自然。

主教按照习惯先祷告，再亲手分汤。那人狼吞虎咽吃起来。

主教突然说道：“咦，桌上好像缺点儿什么东西。”

的确，马格洛太太只摆上三套必要的餐具，然而按照这里的习惯，主教留客吃饭时，要把六套银餐具全摆在台布上。这是一种天真的陈列。在这个温馨而严肃的家庭里，这种类似奢华的雅致，显得有几分幼稚，但极富情趣，将清贫提到尊严的高度。

一点就明白，马格洛太太一声不响出去了；过了一会儿，主教要的那三套餐具，就与三位进餐的人对应整齐地摆出来，在台布上闪闪发亮。

四　详细介绍蓬塔利埃奶酪厂

现在，为了概述这餐饭的情况，最好的办法莫过于抄录一段巴蒂丝汀小姐的一封信；在写给波瓦舍夫隆夫人的这封信中，她以细腻而天真的笔调，叙述了苦役犯和主教的对话：

……那人根本不注意别人。他贪婪地吃着，跟饿鬼似的。然而，喝完汤之后，他却说：

“仁慈上帝的本堂神父先生，对我来说，这些食品真是太好了；不过，我得说一句，不肯让我跟他们一道吃饭的那些赶大车的，吃得比您讲究。”

说句私话：他这种指责我听着有点刺耳。我哥哥答道：

“他们比我累呀。”

“不对，”那人又说道，“他们比您有钱。看得出来，您够穷的。也许您连本堂神父都不是。本堂神父您总归是吧？哼！不像话，如果仁慈的上帝是公正的，您就应该当上本堂神父。”

“仁慈的上帝岂止公正。”我哥哥说道。

他停了一下，又补充说：

“冉阿让先生，您是去蓬塔利埃吧？”

“要走规定的路线。”

我想那人是这样讲的。然后他继续说道：

“明天天一亮，我就得上路。行路实在难啊。如果说夜晚很冷，白天却挺暖和。”

“您去的那儿是个好地方。”我哥哥又说道，“大革命时期，我的家破产了，我先逃往弗朗什-孔泰地区，靠两条胳膊干活生活了一段时间。我为人诚恳，总能找到活儿干，有得挑选呢。那里有造纸厂、制革厂、蒸馏厂、榨油厂、大型钟表厂、炼钢厂、炼铜厂，铁工厂少说有二十家，其中四家分别建在洛德、夏蒂拥、欧丹库尔和勃尔，规模都很大。”

我想我没有记错，这正是我哥哥说的地名，接着他中断谈话，又对我说：

“亲爱的妹妹，我们有些亲戚不就是住在那地方吗？”

我答道：

“从前有些亲戚住在那儿，其中有德·吕司内先生，他在旧朝任蓬塔利埃的卫戍司令。”

“不错，”我哥哥接上说，“可是到了1793年，我们在那儿就没有亲戚，只有自己的手臂了。我做过工。冉阿让先生，您要去的蓬塔利埃那地方，有的实业历史悠久，而且很有意思。妹妹，他们那里的奶酪厂叫果品厂。”

我哥哥一边劝那人吃，一边详细向他介绍蓬塔利埃果品厂的情况。果品厂分两种：“大仓”是有钱人的，养了四五十头奶牛，每年夏季能产七八千奶酪饼；“合作果品厂”是穷人的。主要是住在半山腰的农民合伙养牛，共分产品。他们雇用一名制奶酪工匠，称作‘格吕兰’；那个格吕兰每三天向会员收一次奶，将数量记在双合木板上；将近4月末奶酪厂开工，到6月中旬，制奶酪工就把牛赶进山里了。

那人吃着饭，精神就振作起来。我哥哥让他喝那瓶莫福好酒，而自己却不喝，说是那酒太贵。我哥哥向他介绍这些情况，那种开心的神情您是了解的；谈话中间，还忘不了殷勤照顾我。他一再强调格吕兰那种好行业，就好像希望不用他直截了当地建议，那人就能明白那是个安身的好地方。有件事令我吃惊。我对您讲了那是什么人。然而，在用晚餐的整个过程中，甚至在整个晚上，除了那人刚进门时，我哥哥提了提耶稣，后来就再没有讲一句话让那人意识到自己是什么人，也没有讲一句话向那人表明我哥哥是什么人。在这种场合，似乎应当劝诫几句，拿主教压一压苦役犯，给他留下过后不忘的印象。换个别人，接待了这个不幸者，让他吃饱肚子的同时，很可能要充实他的灵魂，责备他几句，教训开导一番，或者讲几句怜悯的话，勉励他将来好好做人。我哥哥连他的籍贯和身世都没有问。因为，在他的经历中有过错，我哥哥似乎回避一切能唤起他回忆的字眼。有一阵，我哥哥正谈论蓬塔利埃的山民，说他们“接近上天，快活地劳动”，还说“他们清清白白，所以生活很幸福”；正是说到这一点，他戛然住口，怕他无心讲出的话有什么可能触犯那人的意思。我仔细想了想，觉得洞察了我哥哥的内心活动。他一定想到这个叫冉阿让的人受苦太多，思想负担太重，最好转移他的注意力，让他相信跟别人一样，对他来说一切都平平常常，哪怕在片刻时间也好。实际上，这不正是深刻领会了慈善吗？仁慈的夫人，这种不用说教和规劝的体贴人心的态度，不是真正符合福音精神吗？一个人有了痛处，对他最好的怜悯，不就是绝不触碰吗？我觉得我哥哥心中可能就是这样想的。不管怎样，可以这么说吧，他即使不折不扣有这类想法，也丝毫没有向我流露；他像每天晚上那样，从头至尾还是老样子；他同这个冉阿让一起吃晚饭，神态举止就跟他同杰德翁·勒普雷沃先生，或者同本堂神父先生一起吃晚饭一样。

晚饭尾声吃无花果的时候，有人敲门。是杰博大妈抱着孩子来了。我哥哥吻了吻孩子的额头，向我借了我身上的十五苏，给了杰博大妈。在这工夫，那人没有怎么留意，他不再讲话，好像十分疲倦。等可怜的老杰博家的走后，我哥哥就念了饭后经，随后又转身对那人说：“您一定需要上床休息了。”马格洛太太急忙收拾好桌子。我明白我们必须离开，好让这行客睡觉，于是我们二人上楼去了。不过，待了一会儿，我又派马格洛太太把我房里的那张黑森林狍子皮，送到那人的床上。夜晚很冷，这东西可以御寒，只可惜年头太久，毛都脱落了；那还是我哥哥在德国时，从多瑙河发源地附近的托特林根买的，同时还买了我吃饭时用的象牙柄小餐刀。

马格洛太太即刻就上楼来了，我们在晾床单的屋里祈祷，然后什么也没有讲，就各自回房安歇了。

五　宁　静

卞福汝主教向妹妹道过晚安，从桌上拿起一支银烛台，并把另一支银烛台交给客人，对他说：“先生，我来带您去睡觉的房间。”

那人跟随他走了。

从上文叙述中可以看出这所房子的布局，要出入凹室所在的祈祷室，必须穿过主教的卧室。

他们穿过主教房间时，马格洛太太正往床头壁橱里收银器。这是她每天晚上睡觉前要做的最后一件事。

主教将客人安顿在凹室里。床上新铺了白床单。那人将烛台放在小桌上。

“好了，”主教说道，“好好睡一夜吧。明天早晨动身前，您再喝一杯我们这儿的热牛奶。”

“谢谢，神父先生。”那人说道。

这句平静的话刚一出口，他没有过渡，就突然来了个奇异的举动，如果让两位圣女看见，她们准会吓得魂不附体。直到今天我们还弄不清楚，当时究竟是什么促使他这么做。难道他要给个警告，或者发出个威胁吗？难道他只是顺从连他自己都懵然无知的本能的冲动吗？他猛然转同老人，叉起胳臂，用野蛮的目光注视着房主，粗声粗气地说：

“哼，就这样！说话算数！您让我睡在离您这么近的地方！”

他顿了一顿，嘿嘿狞笑了一下，又补充说道：

“您完全想好了吗？谁跟您说我没有杀过人呢？”

主教举目望着天花板，回答说：“这是仁慈的上帝的事。”

接着，他敛容正色，嚅动着嘴唇，好像在祈祷或者自言自语；他举起右手，用两根指头为这人祝福，这人接受祝福时连头也不低一低。然后他头也不回，也不朝后看看，就回自己屋了。

凹室里有人住的时候，就拉起一大块哔叽布帘，完全把神位遮住。主教从帘布前经过时，就跪下简短祈祷一回。

过了一会儿，他来到园中散步，沉思遐想，凝视观望，心神完全投入伟大的神秘事物中。这些伟大神秘的事物，是夜晚上帝指给仍然睁着的眼睛看的。

至于那人，他实在太困倦了，连舒适的洁白床单都没有享用，他照苦役犯的做法，用鼻孔吹灭了蜡烛，往床上一倒，和衣而眠，立刻呼呼大睡。

敲午夜十二点的时候，主教从园子回屋。

过了几分钟，这所小房子里的人就全入睡了。

六　冉阿让

睡到半夜，冉阿让醒了。

冉阿让生在布里地区的贫苦农家里。童年时没有上过学。成年之后，他在法夫罗勒当树枝剪修工。他母亲叫让娜·马蒂厄，父亲叫冉阿让，或者吾阿让，大概是外号，也是“我是阿让”的简化。

冉阿让生性沉静，但并不忧郁，这是天生富于情感的人的特点。总之，冉阿让整个人儿显得昏头昏脑，碌碌无能，至少表面看来是这样。他幼年就父母双亡。母亲害了乳腺炎，因诊治不当而死了。父亲和他一样，也是树枝剪修工，不幸从树上掉下来摔死了。冉阿让只剩下带着七个子女孀居的姐姐。正是这个姐姐把冉阿让抚养成人。丈夫在世时，她一直负担弟弟的食宿。丈夫死的时候，最大的孩子才八岁，最小的一岁。冉阿让刚满二十五岁，他代行父职，协助支撑家庭，回报姐姐的养育之恩。这事做起来自然而然，就跟天职一样，即使冉阿让有时显得有点粗暴。他的整个青春，就消耗在收入微薄的重活儿当中。当地人从来没有听说他有过“女朋友”。他没有时间去谈情说爱。

傍晚回家累得要命，他一声不吭，闷头喝菜汤。就在他吃饭的时候，他姐姐让娜“妈妈”时常从他那汤盘里取出最好的东西：一块瘦肉、一片肥肉、一块菜心，给她的一个孩子吃。冉阿让呢，却总是伏在桌上，脑袋差点浸在汤里，长头发垂落在盘边，遮住他眼睛，任凭姐姐怎么做，他好像什么也没有看见。在法夫罗勒，住着一个叫玛丽-克洛德的农妇，离冉阿让茅屋不远，就在小街的斜对面。阿让家的孩子饿肚子是常事，有时他们假冒母亲的名义，到玛丽-克洛德那儿借一品脱①牛奶，躲到篱笆后面或者小道的角落里喝起来，可是你争我抢，小女孩又喝得急，奶往往洒到罩衣上，流进脖子里。母亲若是知道了这种欺骗行为，肯定要严厉惩罚这些小骗子。冉阿让好发火又好嘟囔，但是他却背着孩子的母亲，把牛奶钱照付给玛丽-克洛德，几个孩子才没有受惩罚。

① 品脱：法国旧制容量单位，一品脱合0.93升。

在修剪树枝的季节里，每天他能挣二十五苏。过后他就打短工，给人收割小麦，做粗活，放牛，给人卖苦力。力所能及的活计他全干，他姐姐也干活，然而有七个小孩拖累，又能干什么呢？这是一家愁苦的人，被穷困包围，渐渐围紧。果然，有一年冬季特别艰难，冉阿让找不到活儿干。家中没有面包，一点面包渣儿都没有。只有七个孩子！

法夫罗勒的教堂广场旁边有家面包店，一个星期天晚上，老板莫贝尔·伊扎博正要睡觉，忽听店前安了铁条的玻璃橱窗咔嚓响了一声。他及时出来察看，只见一条胳膊探进铁条，从用拳头打破的玻璃橱窗里抓起一个面包。伊扎博急忙赶出来，那小偷撒腿就逃；他追上去，把那人抓住。小偷已经把面包丢下了，但是胳膊还在流血。那正是冉阿让。

事情发生在1795年，冉阿让被指控为“夜闯民宅行窃”罪，送上当时的法庭。他有一支枪，而且比世界上任何枪手都射得准；不过，他有点好偷猎，这对他相当不利。大家早有一种合情合理的成见，反对偷猎的人。偷猎者跟走私者一样，都和盗匪相去不远。然而，我们顺便要指出一点，这类人和城里那些凶恶的刽子手相比，还是有天渊之别。偷猎者生活在森林，走私者生活在山里或海上。城市腐化人，因而使人变得凶残。山林和海洋使人变得粗野，激发野性而一般不摧毁人性。

冉阿让被判有罪。法典上有明文规定。在我们的文明里，有些时刻的确叫人胆战心寒，这就是刑法置人于死地的时刻。这是何等凄惨的时刻：社会逐斥并无可挽回地遗弃一个有思想的生灵！冉阿让被判处五年苦役。

1796年4月22日，巴黎正欢呼意大利军团的总指挥在蒙特诺特所获的胜利；共和4年花月2日，督政府呈给五百人院的咨文中，称那位总指挥为布奥拿巴[①]；就在同一天，在比塞特监狱里，给押解的罪犯扣上了长锁链，冉阿让就是锁链上的一名罪犯。当年一名监狱看守，如今年近九旬，他还记得清清楚楚：那天，那个不幸的人在院子北角，锁在第四条铁链的末端。他和其余犯人一样坐在地上，仿佛糊里糊涂，只知道自己的处境很可怕。这个蒙昧无知的可怜人在模糊的思想里，也许看出过火的成分。有人在他脑后用大锤往他锁链上打铆钉，他忽然哭起来，泣不成声，只能断断续续地说："我是法夫罗勒的树枝剪修工。"接着，他边哭边抬起右手，逐渐往下比画了七下，仿佛依次摸到七个不同高度的头，让人从这动作上猜出，他无论做了什么事，都是为了供七个孩子穿衣吃饭。

他被押解去土伦，脖子上锁着铁链，乘坐大板车，颠簸了二十七天才到达。到了土伦，他就换上红色囚衣。他从前的生活，直至他的名字，全都一笔勾销了；他不再是冉阿让，而是24601号。他姐姐怎么样？七个孩子怎么样了？谁照顾那一大家人？一棵年轻的树被齐根锯断，上面的树叶怎么样了呢？

总是千篇一律的故事。那些活在世上的可怜人，上帝的创造物，从此往后无依无靠，无人指引，也无栖身之所，到处漂流，谁说得准呢？也许四分五散，各奔西东，逐渐隐没在凄冷的迷雾中，那正是孤独命运的葬身之地，多少不幸的人，加入人类的悲惨行列，陆续消失在那幽冥之中。他们背井离乡。村庄里的钟楼把他们忘却；他们田地的界石也把他们忘却；冉阿让在监狱关了几年，也同样把钟楼和界石忘记了。他这颗心上有过一条伤口，便留下一道伤疤，如此而已。他在土伦的那段时间，只有一次听人说起他姐姐。大约是在他服刑快满第四年的时候，我不记得他是从什么途径

① 拿破仑生于科西嘉岛，该岛原属意大利，波拿巴的姓按意大利文写法为布奥拿巴。

得到的音信。有个认识他们的当地人，在巴黎遇见过他姐姐。他姐姐到了巴黎，住在揉面工街，那是圣绪尔皮斯教堂附近的一条穷街。她身边只有一个孩子了，是最晚生的小男孩。另外六个孩子在哪儿？也许连她本人都不知道了。她当了装订工，每天清晨去木鞋街三号一家印刷厂上班。早晨六点钟必须赶到，如在冬季，那时候离天亮还早呢。印刷厂里有一所小学校，她每天早晨领七岁的孩子上学。只是她六点钟要到厂，而学校七点钟才开门，孩子只好在院子里待一小时，等学校开门，到了冬季，就要露天在黑暗中待一小时。印刷厂不准孩子进去，说是妨碍干活。一清早，工人经过院子时，就看见可怜的小家伙坐在石头地上打瞌睡，往往看见他蜷缩在黑暗的角落里，伏在他的篮子上睡着了。下雨的时候，看门的一位老婆婆可怜他，让他进屋。那破屋里只有一张简陋的床、一架纺线车和两张木椅；孩子就在角落里睡一觉，怀里搂着猫，好暖和一点儿。到七点钟学校一开门，他就跑进去了。这就是有人告诉给冉阿让的情况。有一天，有人把这些情况告诉他，一时间，就像一道闪电，一扇窗户突然打开，显现他从前爱过的那些人的命运，随即又完全关闭了；他再也没有听人提起来，音信永远断绝。他再也没有得到他们一点消息，再也没有见到他们，再也没有碰见他们，而在这悲惨故事的接续部分，我们再也见不到他们了。

快满第四个年头的时候，轮到冉阿让越狱了。狱友帮他越狱，在那暗无天日的地方，大家都那么做。他逃走了，在田野里自由地游荡了两天，如果说被追捕也算自由的话：他时时要回头看，听见一点动静就心惊肉跳，什么都怕，怕冒烟的屋顶，怕过路的行人，怕汪汪叫的狗，怕奔跑的马，怕报时的钟鸣，怕看得见东西的白天，怕看不见东西的黑夜，怕上大路，怕走小道，怕钻树丛，还怕打瞌睡。越狱的第二天晚上，他被抓回去了。三十六小时他没吃没睡。由于这次越狱行为，海港法庭判处延长他三年刑期，一共八年。到第六个年头，又轮到他越狱了；他利用了这次机会，可是未能逃脱。点名时发现他不见了，就放了警炮；到了晚上，巡夜的人发现他躲在一只正建造的船的龙骨里。他拒捕，但还是被监狱看守抓回去了。越狱又拒捕，根据特别法典的条文，就加判五年刑期，要戴两年双脚镣。总共十三年。到第十个年头，再次轮到他越狱。他又抓住机会，但是同样没有成功。由于这次新的企图，他又加判三年苦役。到末了，我想是第十三个年头上，他最后一次试图越狱，只逃出四个钟头就被抓回去了。逃出去四小时，加刑三年。总共十九年。1815年10月，他刑满释放。他是1796年入狱的，只为打碎一块玻璃，拿了一个面包。

在此不妨讲一句题外话。本书作者在研究刑法和依法判罪的问题时，这是第二次遇见因偷一个面包而毁了一生的惨案。克洛德·格偷了一个面包；冉阿让也偷了一个面包。一项英国统计表明，在伦敦五件盗窃案中，有四件是由饥饿直接引起的。

冉阿让入狱时战战兢兢，痛哭流涕，出狱时却神情冷漠。他入狱时艰苦绝望，出狱时神色黯然。

这颗心灵里发生了什么变化呢？

七　绝望的内涵

让我们试着说明一下。

这类事情，社会既已做出，就应当正视。

我们已经说过，冉阿让是个无知的人，但并不是愚蠢的人。性灵之光在他心中点亮。不幸的遭遇也有其亮光，能增强他思想中的微光。在棍棒下，在铁链下，在地牢里，在劳累中，在苦役场的烈日下，在苦役犯的木板床上，他反视良心，反躬自省。

他为自己组成法庭。

他开始审判自己。

他承认自己并不是无辜受害，判罪并不冤枉。他也承认他那是极端的行为。应当受到谴责；假如他向人家讨那个面包，也许人家不会不给；不管怎样，最好应当等待，或者通过怜悯，或者通过劳动得到那个面包。有人说，肚子饿了能等待吗？这并不完全是一种无可辩驳的理由：首先，真正饿死人的事是罕见的，其次，不管不幸还是幸运，人天生在精神上和肉体上就能长期忍受很多痛苦，而不至于丧命，因此必须忍耐；甚至为了那些可怜的孩子，最好也应当忍耐；像他这样一个微不足道的不幸者，居然铤而走险，抓住整个社会的衣领，以为通过盗窃就能脱离贫困，这简直是一种疯狂的举动；不管怎么说，走出贫困而又进入卑鄙，这就是一道恶门；总而言之，他承认自己错了。

然后他又提出疑问：

在他毁掉一生的经历中，难道唯独他错了吗？首先，他这个劳动者没有活儿干，他这勤劳的人缺少面包，如果这还不算一件严重的事情的话；那么后来，有了过错又承认了，惩罚是不是太残忍，是不是太过火呢？执法方面是不是比有罪方面的过错更大呢？天平的两个盘子，惩罚的一端放的砝码是不是太重了呢？加重惩罚是不是根本不能消除犯罪，是不是会达到这种结果：扭转情势，以惩罚的过错取代犯罪者的过错，把犯罪者转化为受害者，将债务人转化为债权人，而最终把权利赋予侵犯人权的一方了？这种惩罚又因企图越狱而屡屡加重，结果是不是构成了最强者对最弱者的侵害，社会对个人的犯罪，而这种罪行天天重犯，一直延续十九年呢？

他还想道，人类社会对其成员是否有这种权利：在某种情况下毫无道理也缺乏预见，在另一种情况下又冷酷无情富于预见，从而把一个可怜的人永远置于缺少和过分的境地，即缺少工作和过分惩罚。财富分配往往是偶然造成的，因此，最穷的人最应该受到照顾，而社会又偏偏那样对待他们，是不是太过分了呢？

他提出并解决这些问题之后，就审判社会并判了它的罪。

他判处社会接受他的仇恨。

他认为社会应为他的遭遇负责，心想有朝一日，也许他毫不犹豫地要同社会算账。他向自己申明，他造成的损害和别人给他造成的损失，两者并不平衡；他最后得出结论，其实，对他的惩罚并非不正义，而是肯定极不公道。

发怒可能是失常和荒唐的，而恼火也可能不对；但是，一个人只有当内心有某种理由，才会感到愤慨。冉阿让就感到愤慨了。

再说，人类社会对待他唯有残害。他所见到的社会，总是一副自称为正义的怒容，怒视它所要打击的人。别人同他接触，只是为了伤害他。他同别人接触，对他也是一次次打击。他从童年起，从失去母亲，失去姐姐时起，就从来没有听到一句友好的话，从来没有见到一个善意的目光。从痛苦到痛苦，他逐渐确信这一点：人生就是一场战争，而且他在这场战争中是战败者。他只有仇恨这一件武器了。他决心在狱中把这件武器磨锋利，携带出狱。

在土伦，无知兄弟会①办了一所囚犯学校，向有诚意学习的那些不幸者传授最基本的知识。冉阿让就是有诚意学习的一个人。他四十岁入学，学习认字，写字，计算。他感到强化他的智力，就是强化他的仇恨。有时候，教育和智慧能助纣为虐。

说起来令人伤心，他审判了造成他不幸的社会之后，又审判了

---

① 1680年创建的法国一个基督教团体的绰号。

创造社会的天主。

他也判了天主的罪。

在酷刑和奴役的十九年过程中，他的灵魂就这样同时升华和堕落。他一方面进入光明，另一方面又进入黑暗。

我们已经看出，冉阿让并不是生性顽劣的人。他入狱时还是善良的。他在狱中判了社会的罪，就感到自己的心变狠了；他在狱中判了天主的罪，就感到自己变成不信教的人。

这不能不引人深思。

人性真能这样完全彻底地改变吗？由上帝创造的性善的人，能由人使之变恶吗？只因交上厄运，灵魂就能整个儿由命运重新塑造，转而变恶吗？难道人心像久住矮屋的脊背那样，在巨大痛苦的垂压下，也要蜷曲变形而丑陋，造成无法医治的残疾吗？在每个人的灵魂里，尤其在冉阿让的灵魂里，难道就没有一点原初的火花，没有一点神性的素质吗？这种原初的火花、神性的素质，在世间不朽，在上天永生，能由善发展，激扬，点燃并燃烧，放射奇光异彩，而永远也不会被恶完全扑灭。

这是严肃而深奥的问题。任何一个生理学家，如果在土伦看见冉阿让将拖曳的锁链装在口袋里，叉着双臂，坐在绞盘的铁杆上面休息，并利用休息的时间遐想，如果看见这名苦役犯神情沉郁，严肃，默默地思索，看见这个被法律惩罚的人愤怒地注视别人，这个被文明判处的人严厉地注视天空，那么，他对上面问题的最后一个很可能回答：“没有。”

我们并不想隐讳，善于观察的生理学家在那种场合，当然会看出一种无可挽救的绝境，他也许会可怜这个法律上的病人，然而，他甚至不肯试着给予治疗；他会移开目光，不看这颗灵魂中的空洞；他也会像但丁避而不看地狱之门那样，从这个生灵上抹掉上帝写在每人前额上的两个字：“希望！”

我们试着分析他的这种心态，对冉阿让本人来说，是否像我们为读者试作的分析这样一目了然呢？他的精神失落的各种因素形成之后，在形成过程中，冉阿让是否看得清清楚楚呢？这个不识字的粗鄙的人是否明确地掌握，这一系列的思想带着他逐渐上升，并且下降到多少年来在他头脑的空间形成的惨景呢？他是否完全意识到自己思想的起伏变化呢？这一点我们不敢讲，甚至也不相信。冉阿让实在愚昧无知，即使饱受苦难之后，是不是仍然糊里糊涂呢？有时候，他甚至弄不清楚自己的感觉。冉阿让陷入黑暗中，他在黑暗中受罪，在黑暗中仇恨，真可以说他无往而不仇视。他已经习惯于在这暗无天日中生活，像瞎子或梦游者一样摸索。不过，由于内因或者外因，他时而会突然产生一股怒火，感到一阵难忍的痛苦，仿佛一道淡淡的迅疾的闪光，照亮他整个灵魂，而他命途上可怕的深渊和暗淡的远景，在凄惨恐怖的光里，突然在他前后左右一齐显现出来。

闪光熄灭了，还是沉沉黑夜，他身在何处？连他自己也茫然不知了。

这种性质的惩罚，核心是残酷无情和愚化，旨在通过愚化逐渐把人变成野兽，有时还变成猛兽。冉阿让顽固地屡次企图越狱，就足以证明法律在人心上所起的怪作用。尽管企图越狱是完全徒劳而愚蠢的，但是冉阿让一有机会总要试一试，根本不考虑后果，也不考虑前车之鉴。他像一条狼，看见笼子门打开就必然逃出去。本能对他说：快逃啊！理智对他说：留下！然而，面对强烈的诱惑，理智便销声匿迹，只剩下本能了。唯独野兽的行动。他被抓回去之后，新的严厉惩罚，只能使人更加惊恐万状。

有一个细节我们不应当漏掉，这就是他体魄强悍，监狱里没人可比。论体力，放缆绳，推绞盘，冉阿让一人顶四人。他能抬起或用后背扛极大的重物，有时就代替千斤顶：那种工具从前叫“骄子”，顺便说一句，巴黎菜市场附近的骄子山街，就是由此得名的。狱友送给他一个绰号，叫冉千斤。有一次，土伦市政厅正在整修阳台，阳台下有几根精美的普杰[①]雕的女像柱，其中一根脱了榫，险些倾倒；正巧冉阿让在场，他用肩膀扛住，直到其他工人赶来。

他的身体力气大，但是尤为敏捷。有些苦役犯终日梦想越狱，最终巧妙地结合力量和技巧，掌握一门真正的科学，就是运用肌肉的科学。囚徒们无时不羡慕飞蝇和飞鸟，天天练习，想掌握一整套神秘的飞行状态。攀登陡壁，在不易发现凸处的地方找到支撑点，这对冉阿让来说如同儿戏。假如在墙角，他用脊背和膝弯的张力，同时用臂肘和脚跟卡住石头的不平处，就能像变魔术似的登上四楼，甚至爬上监狱的房顶。

他寡言少语，也不爱笑。一年难得有一两回，他特别激动，才会笑一笑；不过，苦役犯的笑是阴惨的，好似魔鬼笑的影像。他笑的时候，仿佛久久盯着看什么可怕的东西。

他确实在凝神专注。

他的禀赋不健全，智力又受到摧残，感受能力不正常，他总隐约感到一种怪物附体。他匍匐在惨白幽暗的地方，每次扭转脖颈，想抬眼望一望，就感到一阵恐怖和愤怒，只见头顶层层叠叠，危乎高悬，一眼望不到顶端，如山堆积着各种事物、法律、偏见、人和事件，看不到周边，庞大得令人恐怖，这种巨大的金字塔不是别的东西，正是我们所说的人类文明。他在这麇集蠕动、时远时近的怪形体中，在高不可攀的高原上，时而看出一群东西，看出强烈

---

① 普杰（1620—1694年）：法国雕塑家、画家和建筑师。

光线照见的一个部位，这儿是拿着棍棒的苦役犯看守、手持战刀的警察，那边是戴着峨冠的大主教，在最高处则是头戴皇冠的皇帝，仿佛罩着阳光，令人目眩。在他看来，那远处的光辉，非但不能驱除他的黑夜，反而使他的黑夜更加阴惨幽暗了。这一切：法律、偏见、事件、人、事物，在他头上来来往往，遵循着上帝给人类文明指定的复杂而神秘的运动，在他头上行走践踏，残酷中显示一种无法形容的平静，漠然中显示一种无法形容的狠毒。堕入不幸深渊的灵魂、掉进无人敢窥探的地狱底层的不幸者、被法律摈弃的人，无不感到人类社会的全部重量压在他们头上；这个社会对于在它之外的人无比巨大，对于在它下面的人无比可怕。

冉阿让就是在这种境地思考，他的遐想能是什么性质呢？

如果磨盘下面的黍粒儿有思想的话，那么它所想的无疑就是冉阿让所想的。

所有这些事物，充满鬼影的现实和充满现实的鬼蜮，终于给他造成一种难以描摹的心态。他在苦役场干活儿当中，有时忽然住手，开始走神儿了。他的理智比从前更成熟也更混乱，现在起而抗争了。他觉得自己的全部遭遇是荒唐的，他觉得周围的一切是不可能的。他常常想：这是一场梦！他看着站在几步远的看守，仿佛是个鬼魂；可是，那鬼魂突然给他一棍子。

可见的自然界，对他来说几乎不存在。可以说对于冉阿让根本没有太阳，根本没有美好的夏天，根本没有明媚的天空，也根本没有4月清爽的早晨。真不知道平时，是什么光透过气孔照亮他的灵魂。

最后，就我们上面所指出的尽量总括一下，用明确的结论表述，就可以这样讲，冉阿让，法夫罗勒安分守己的树枝剪修工，土伦的凶悍的苦役犯，十九年间，由于苦役监牢的逆塑造，已经具备两种坏行为的能力：第一种坏行为是急切的，不假思索，冒冒失失，完全出于本能，是对他所受痛苦的一种报复；第二种坏行为是严肃认真的，经过反复思考，而思考时还带着这样不幸遭遇所能产生的错误念头。他的预谋连续经过三个阶段：推理，决心，执著；要有一定毅力的人，才可能走这种过程。他的动机是日常的愤慨、心灵的苦痛、遭受不公正的深切感受、反击，甚至反击善良的、无辜和公正的人，如果世上还有这几种人的话。他的所有思想的出发点和目的，就是对人类法律的仇恨；这种仇恨在发展过程中，如果没有上天制止，到了一定时机，就会变成仇恨社会，进而仇恨人类，进而仇恨天地万物，表现为一种模糊的、持续不断和凶残的欲望，要危害，不管什么人，逢人便危害——正如我们所见，通行证上称冉阿让是"非常危险的人"，不是没有道理的。

年复一年，这颗心灵逐渐干涸，缓慢地，却是不可避免地。心灵干涸，眼睛也干涸。直到出狱，十九年他没有流一滴眼泪。

八　波涛与亡魂

一个人掉进大海！

有什么要紧！航船不会停下。风继续刮着，这只可悲的船沿着规定的航线继续行驶。航船驶过去了。

那人沉下去，又浮起来，他沉没不见，又浮上水面，他呼救，伸出双臂，但是人们听不见；船在大风浪里摇荡，正在全力行驶，水手和乘客们，甚至没有再看一眼落水的人；那人可怜的头，在无边无际的波涛中只是一个小点。

在茫茫的大海中，他绝望地呼救。那行驶远去的帆船，简直是游魂鬼影！他望着那只船，疯狂地望着它。它驶远了，帆影渐淡，越来越小了。刚才他还在船上，还是一名船员，他和其他人在甲板上往来忙碌，他有自己那份呼吸和阳光，他是个活生生的人。现在，究竟发生了什么事？他脚下一滑，落水了，也就完蛋了。

他陷入惊涛骇浪中。脚下踏空，只有分开流走的海水。狂风撕裂的浪涛凶险地围住他，深渊的激流携裹他，所有浪花在他的头周围飞溅，一排恶浪唾他，模糊的大口吞下他半个身子；每次下沉，他都隐约看见黑夜笼罩的深渊；陌生的可怕植物抓住他，缠住他的双脚，要把他拉过去；他感到自身变成苦海，变成浪花飞沫，波涛将他抛来抛去，他喝着苦汁，卑鄙的海洋极力要把他淹没，浩瀚的大海在拿他的垂死取乐。全部海水似乎都怀着仇恨。

然而，他还在挣扎，奋力自卫，极力坚持，拼力游泳。他这可怜的力量很快就耗尽，他在与无穷的力量搏斗。

船驶到哪里去了？在那边。影影绰绰，在幽暗的水天之间。

狂风阵阵，浪涛向他猛扑。他举目张望，只见乌云惨淡。他在垂死中，领略浩瀚大海的疯狂。他受这疯狂的无情折磨。他听见人所未闻的喧嚣，仿佛来自世外，不知来自什么恐怖的国度。

云中有飞鸟，同样，人类苦难之上有天使，可是对他有什么用呢？只是飞舞，鸣叫并盘旋，而他却声嘶力竭。

他感到自身同时被两种无限埋葬：大海和天空；一个是墓穴，一个是殓衣。

黑夜降临，他已经游了几小时，气力已尽；那条船，那个载人的东西在远方消失了；在暮色苍茫的无底深渊里，他孤立无援，他往下沉，全身绷紧，扭动挣扎，感到身下模模糊糊有无数看不见的怪物；他呼叫。

周围没有一个人影。上帝何在？

他呼叫！有人吗？有人吗？他一直呼叫。

水上什么也没有。天上什么也没有。

他哀求大海、波涛、海藻、礁石：天聋地哑。他哀求风暴：坚定不移的风暴只服从无限。

他周围是夜色、雾气、孤寂、没有意识的暴风狂浪的喧嚣、无边无际起伏的惊涛骇浪。他身上唯有恐惧和疲惫。他身下唯有沉沦。没有支撑点。他联想到尸体在无边的幽冥里飘荡。极度的寒冷把他冻僵。他的双手拘挛，握紧，抓住的却是虚无。风、云、旋涡、气流、无用的星辰！怎么办啊！绝望的人气馁了，气馁的人只有等死，听天由命，顺其自然，他放弃了；他就这样沉沦，永生卷入阴惨惨的深渊里。

啊，人类社会恒久不变的行程！途中要丧失多少人和灵魂！法律任凭多少人跌进葬身的海洋！阴森可怖而毫无救助！噢，精神的死亡！

大海，就是无情社会的黑夜，往里抛弃刑法的判决者。大海，就是无边的苦难。

灵魂，在这深渊里漂流，可能变成一具僵尸。谁能让灵魂复活呢？

九　新的伤害

到了出狱的时候，冉阿让耳边听见这样一句奇特的话：“你自由啦！”那一刻不像真的，而且闻所未闻，一道强烈的光线，一道人世的真正的光线，突然射入他的心田。然而不久，这道光线就暗淡了。起初想到自由，冉阿让不禁目眩神摇，他以为要开始新生活。但是，他很快就明白，一张黄纸通行证，究竟通向什么自由。

围绕这一点，许多事有苦难言。他算过自己的积蓄，根据服苦役的时日，应当达到一百七十一法郎。不过要指出，他忘记十九年间礼拜天和节日都强迫休息，而他全算进去了，大约应该刨除二十四法郎。不管怎么说，这笔积蓄经过七折八扣，最后只剩一百零九法郎十五苏，他出狱时就领到这个数。

他根本弄不明白，认为自己受了克扣，说穿了，就是受人掠夺。

出狱的第二天，他走到格拉斯，看见一家橙花香精提炼厂门前有人正在卸货，就上前找工打。正巧要赶活儿，就雇用了他。他干起来，他身体既强壮，又聪明伶俐，干活儿又卖力，看来老板很满意。就在他干活儿的时候，一名警察经过，注意到他，要他出示证件。他只好拿出黄纸通行证。检查完之后，冉阿让又接着干活儿。先头他问过一个工友，干这种活儿一天挣多少钱，那人回答说："三十苏。"第二天早晨他还要赶路，于是当天晚上去见老板，请求付工钱。老板一句话没讲，给了他二十五苏。他要求如数付给，老板就回答说："给你这些就够意思了。"他坚持要补足。老板一瞪眼，盯着他说："小心进局子[①]。"

这次，他又感到自己受人掠夺了。

社会，政府，克扣他的积蓄，就是大笔掠夺他。现在，又轮到这家伙小笔掠夺他。

释放并不等于解放。他离开监狱，却没有摆脱罪名。

这就是他在格拉斯的遭遇。至于到了迪涅，别人如何接待他，我们已经看到了。

十　人醒来

大教堂的钟敲凌晨两点钟的时候，冉阿让醒来了。

① 进监狱。——作者原注。

促使他醒来的原因，是床铺太舒服了。将近二十年他没有在床上睡觉，这次虽然和衣而卧，但是感觉太新奇，反而打扰了睡眠。

他睡了四个多小时，已经歇过乏来。他早已习惯不在睡眠上多花时间了。

他睁开眼睛，在黑暗中向四周望了一阵，又合上眼睛，想重新入睡。

如果白天感触太多，思虑重重，那么可以入睡，但是醒来就再难入睡了。睡意初来容易，再来就难了。冉阿让就是这种情况。他再也睡不着了，就开始想事儿。

他正处于思想混乱的时候，头脑里思绪乱纷纷的。往事和刚刚经历的事一齐涌上心头，混杂交错，乱作一团，丧失各自的形状，又无限膨胀起来，继而又倏忽消失，仿佛沉入汹涌的浊流中。他想到许多事情，其中有一个念头挥之又来，反复出现，驱逐其他所有念头。这个念头，我们这就点明：他注意了马格洛太太摆到餐桌上的六副银餐具和大汤勺。

六副银餐具缠住他的思想。——东西就放在那儿——只有几步远。——他经过隔壁房间来这屋睡觉的时候，就瞧见老女仆将餐具放进靠床头的小壁橱里。——他特别注意看了那个壁橱。——从餐厅进来。靠右首。——餐具很粗大。——都是旧银器。——再加上大汤勺，少说能卖二百法郎。——是他十九年所挣的钱的两倍。——当然官府若不掠夺，他本可以多挣一些。

他的思想起伏动荡，犹豫不决，斗争了足足一小时。三点钟敲响了。他又睁开眼睛，一屁股坐起来，伸手摸了摸他放在屋角的旅行袋，然后，他垂下双腿，两脚沾地，不知道怎么就这样坐在床上了。

他保持这种姿势，发了一阵呆。整所房子都在沉睡中，独有他醒着，坐在黑暗里，有人若是看见，肯定会毛骨悚然。忽然，他弯下腰，脱掉鞋子，轻轻放到床前的席子上，继而又恢复原来发呆的姿态，一动不动了。

在这种邪恶的思考中，我们所指出的念头，在他的脑海不停地折腾，进进出出，给他造成一种压力。继而，不知为什么，他还想起一个人，而且这个念头像梦想那样不由自主而又固执：他想到一个叫布列卫的苦役犯，是在苦役场认识的；那人穿的裤子只有一根用线绳编织的背带。那根背带上的棋盘图案，就不断地出现在冉阿让的脑海里。

他保持这种姿势，一直待下去，如果不是挂钟敲了一下——是报一刻或者半点，也许会待到天亮。一声钟响仿佛对他说：走吧！

他站起来，又迟疑了片刻，侧耳听了听，房子里一点动静也没有；于是，他小步径直走向隐约可见的窗户。夜色还不算太暗，正是望月，但风吹大片大片乌云飞驰，时时遮掩。月亮时隐时现，因此窗外时暗时明，而屋内也有点微光，足够给屋里人照亮走动；不过，由于云影的关系，屋里的微光也断断续续，就好像凭气窗透光的地下室，因过往行人而室内忽明忽暗。冉阿让走到窗前，便察看窗户。窗户对着园子，没有安铁栏，只按当地习惯，用一个小插销关着。他打开窗户，但是一股冷空气突然涌进屋，他又赶紧关上。他观察园子而眼神那么专注，不像观察而像研究了。园子有一道白色围墙，墙头相当低，容易翻越。园子尽头那边，均匀排列的树冠依稀可辨，表明墙外是一条林荫路或者栽有树木的小街。

他观察一下之后，便做了一个决心已定的动作，返身回来，拿起并打开旅行袋，伸手进去摸索，掏出一样东西撂到床上，又将自己的鞋装进袋中一个隔兜里，再把整个口袋扎好，放到肩上，齐眉戴上鸭舌帽，摸到他的棍子，拿过去放到窗户一角，回到床边，毅然决然地抓起刚才撂在床上的东西。那好像是一根短铁棍一端磨尖，就跟标枪一样。

黑暗中看不清楚，难说铁棍磨成那样是干什么用的。也许是一根撬杠吧？也许是一根冲子吧？

如果在白天，就能认出那不过是一支矿工用的蜡烛钎。当时常派苦役犯去土伦周围的山上采石头，因此，他们有矿工的器械也是常见的。矿工蜡烛钎是用粗铁条做的，下端呈尖锥状，可以插进岩石缝里。

他右手操起蜡烛钎，屏住呼吸，放轻脚步，朝隔壁的房门走去，我们知道那是主教的房间。到了门口，他发现房门虚掩着。主教根本就没有插门。

十一　他干的事

冉阿让侧耳听了听。没有一点儿动静。

于是他推门。

他用手指尖推门，轻轻地，就像要进屋的猫那样，悄悄地又胆怯地推门。

门被推动了，没发出一点儿声响，不易觉察地开大了一点缝儿。

他等了一下，接着第二次推门，这次胆子大些了。

房门无声地继续开启，现在足能容人通过了。然而，门旁有一张小桌子，和门形成碍事的角度，挡住去路。

冉阿让看出难以通过，无论如何还要把门开大些。

他打定主意，第三次推门，比前两次用劲儿更大了。这回，一个润油干了的门合页，在黑暗中突然吱扭发出一声嘶哑的长音。

冉阿让浑身一抖。门合页的响声传到他耳中，仿佛特别响亮，犹如最后审判的号角。

开头由于幻觉的扩大，他几乎想象这门合页活起来，突然有了巨大的生命力，像狗一样狂吠，要向大家报警，要把睡觉的人叫醒。

他住了手，浑身发抖，不知所措，踮起走路的脚跟也落了地。他听见太阳穴的脉搏怦怦作响，就像打铁的两只大锤，只觉得胸中呼出的气息像空穴的风声。愤怒的门合页这声断喝，好似地震一般，他认为不可能不震动整所房子；他推开的门发出警报，发出呼号；那老人要起来，那两个老太婆要喊叫，邻人要来救助；用不了一刻钟，就会闹得满城风雨，警察也要出动。一时间，他以为自己完蛋了。

他站在原地呆若木鸡，一动也不敢动。

几分钟过去了。房门完全敞开了。他壮着胆子朝房间里望一眼，里边什么也没有动。他侧耳细听，这所房子也没有一点儿动静。生锈的门合页的响声没有惊醒任何人。

初遇的危险过去了，但他内心仍然惊恐万状。然而，他并不退却。甚至在他以为自己完蛋了的时候，他也没有往后退。他只有一个念头：赶快了结。他朝前跨了一步，进入隔壁房间。

房间里寂静无声，只见散乱的有些模糊不清的形状，如在白天就能看出，那是放在桌上的零散纸张、展开的对开本书、摞在凳子上的书籍、搭着衣服的一把安乐椅、一张祈祷凳，而在此刻，这些东西都成为黑乎乎的角落和白蒙蒙的场所。冉阿让小心翼翼地朝前走，避免碰着家具，他听见主教在房间里端睡觉，发出均匀平静的呼吸。

他猛地站住，已经到了床前，没料到这么早就走到了。

大自然有时以其姿态和景象参与我们的行为，显示一种深沉而聪明的契合，就好像要促使我们思考似的。大约半个钟头以来，一大片乌云遮住天空；就当冉阿让站到床前的时候，乌云忽然散开，好像特意让一束月光射进长窗，忽然照亮主教那张苍白的脸。他睡得十分安稳，在床上几乎和衣而眠，因为下阿尔卑斯地区夜晚很冷。他穿着一件长袖棕褐色毛衣，头仰在枕头上，是一种完全放松休息的姿势；戴着主教指环的手垂在床外，而这只手完成多少善事和圣事。他脸上表现隐隐显示满足、期望和至福至乐。那不仅是一种笑容，还几乎神采奕奕；那额头难以描摹，反射着肉眼看不见的灵光。正义者的灵魂在睡眠中，正瞻仰神秘的天空。

这天空的一束反光射在主教身上。

这额头同时也是通明透亮的，因为这天空也在他心中。这天空，就是他的良心。

可以这么说，月光射来，与主教内心的明光重合的时候，他的睡容就好像罩在灵光中。不过，这灵光始终非常柔和，而周围半明半暗，形成一种难以形容的氛围。这天空的月亮、这沉睡的自然、这纹丝不动的园子、这十分宁静的房舍，此时此刻，万籁俱寂，给这圣贤可敬的睡容增添一种说不出来的庄严，并以一种崇高安详的光环，罩住这头白发和闭着的眼睛，罩住这张唯有期望唯有信赖的面孔，罩住这老人的头和这孩子的睡眠。

在这如此圣洁而不自知的人身上，可以说有一种神性。

冉阿让站在暗处，手里拿着蜡烛钎，一动不动，畏惧地看着这光明的老人。他从未见过这种情景。这种信赖令他惊慌失措。道德世界没有比这更伟大的场面了：一个心神不宁、濒于作恶的人，瞻仰一个义人的睡眠。

这种睡眠，在这种孤独中，旁边站着他这样一个人，确实有某种崇高的意味，他隐约地，但是强烈地感觉到了。

谁也说不清他内心的活动，连他自己也不清楚。要想领会，就必须想象出最狂暴的东西面对最温和的东西。即使他那张脸，也根本分辨不出是什么神色。这是一种惶恐的惊奇。他看着眼前的情景。仅此而已。但是他想什么呢？这是无从猜测的。有一点显而易见，就是他很激动，又惊慌不安。然而，他为什么这样激动呢？

他目不转睛地注视老人。他那姿态和面部表情唯一明显的流露，是一种古怪的犹豫不决，就好像徘徊在两个深渊之间，即自绝和自救。他仿佛准备好击碎这个头颅，或者亲吻这只手。

过了半晌，他缓缓地把左手举到额头，摘下帽子，又同样缓慢地放下手臂。冉阿让重又陷入冥思，他左手拿着帽子，右手拿着蜡烛钎，粗野的头上毛发倒竖。

在这可怕目光的注视下，主教继续安然酣睡。

一缕月光依稀照见壁炉上的耶稣受难像：耶稣似乎向他们二人张开双臂，为一个赐福，为另一个赦罪。

突然，冉阿让又戴上帽子，不再看主教，顺着床快步走去，径直走到挨着床头隐约可见的壁橱；他举起蜡烛钎，仿佛要撬锁；可是钥匙放在上面，他打开橱门，看见的头一样东西，就是盛银器的篮子；他抓起篮子，大步流星穿过房间，不再加小心，也不怕弄出声响了；他走到房门，又回到祈祷室，打开窗户，操起棍子，跨过窗台，将银器倒进旅行袋里，扔掉篮子，穿过园子，像只猛虎似的跳过围墙，逃之夭夭。

十二　主教工作

第二天迎着日出，卞福汝主教在园中散步。马格洛太太慌慌张张朝他跑来。

“大人，大人，”她嚷道，“您可知道盛银器的篮子在哪儿吗？”

“知道。”主教回答。

“谢天谢地！”她又说道，“我不知道哪儿去了。”

主教从花坛中拾起篮子，递给马格洛太太。

“给您。”

“啊？”她说道，“里面空啦！银器呢？”

“唔！”主教又说道，“原来您是找银器呀？我也不知道哪儿去了。”

“上帝老天爷呀！银器给人偷啦！就是昨晚来的那人偷走的！”

于是，动作敏捷的老太婆风风火火，转眼工夫就跑到祈祷室，进入内室，又回到主教跟前。主教则弯下腰，惋惜篮子落到花坛压折的一株吉永的特产辣根菜。他听见马格洛太太的惊叫声，又直起身来。

“大人，那人走啦！银器给偷走啦！”

她一边惊叫，一边察看，目光落到园子的一角，只见那里有越墙的痕迹，墙头掀掉了一块。

“瞧！他就是从那儿走的。他跳墙到船网巷！噢！真该死！他偷走了我们的银器！”

主教默然半晌，继而抬起严肃的目光，和颜悦色地对马格洛太太说：“首先，那些银器是我们的吗？”

马格洛太太一时语塞。主教又沉默一会儿，才继续说道：

“马格洛太太，我不该这么久占用那些银器。那本来就是穷人的。那个人是什么人呢？显然是个穷人了。”

“唉，耶稣啊！”马格洛太太又说道，“这不是为我，也不是为小姐。我们都无所谓。这可是为大人啊。现在，大人用什么餐具吃饭呢？”

主教惊讶地看着她：“唉！怎么这么说！不是有锡餐具吗？”

马格洛太太耸耸肩膀。

“锡餐具总有一股怪味儿。”

“那就用铁盘吧。”

马格洛太太不屑地做了个鬼脸。

“铁盘子有一股锈味儿。”

“那好，”主教说，“就用木制餐具吧。”

过了一会儿用早餐，还是昨晚冉阿让就座的餐桌。卞福汝主教一边用餐，一边让一言不发的妹妹和咕咕哝哝的马格洛太太注意，往牛奶杯里泡面包，根本用不着勺子，也不用叉子，连木制的也不用。

“怎么想得出来！”马格洛太太走来走去，一边自言自语，“就这么随便接待一个人，还让他睡在身旁！幸好他只偷了东西！上帝啊！一想起来就叫人心惊胆战！”

兄妹二人正要离开餐桌的时候，有人敲门。

“请进。”主教说道。

房门打开了，门口出现几个怪模怪样、气势汹汹的人。三个人揪住另一个人的衣领；那三人是警察，另一个人是冉阿让。

一个带队模样的小队长站在房门旁边，他进了屋，走过去朝主教行个军礼。

“主教大人……”他说道。

冉阿让一直垂头丧气，好像十分沮丧，一听这种称呼，立刻愕然地抬起头。

“主教大人！”他咕哝道，“这么说，他不是本堂神父？……”

“住口！”一名警察喝道，“这是主教大人。”

卞福汝主教尽管高龄，这时也尽量快步迎上去。

“哦！是您啊！”他看着冉阿让，高声说道，“很高兴看见您。怎么回事儿！烛台我也送给您了，跟其他几件都是银器，您可以卖上二百法郎。为什么您没有把烛台连同餐具一齐带走呢？”

冉阿让睁大眼睛，注视年高德劭的主教，脸上的表情用人类任何语言都难以描述。

“主教大人，”警察小队长说道，“这人讲的是真话啦？我们遇见他，看他急匆匆的样子像个逃跑的人，就把他叫住检查一下，发现他带着这些银器……”

“于是他就对你们说，”主教笑呵呵地接口说道，“这是一个老神父送给他的，他还在那神父家住了一宿？我明白是怎么回事。你们就把他带这儿来啦？这是一场误会。”

“既然这样，我们就可以把他放啦？”小队长又说道。

“当然。”主教回答。

警察放开冉阿让，而冉阿让退了两步。

“真放我了吗？”他含混不清地问道，仿佛是在说梦话。

“对，放你了，你没听见吗？”一名警察说。

“我的朋友，”主教又说道，“这是您的烛台，您走之前拿着吧。”

他走到壁炉前，拿起两支银烛台，交给冉阿让。两位妇人看着他这么做，没讲一句话，没有动一下，也没使个眼色阻挠主教。

冉阿让四肢颤抖，他神态怔怔的，机械地接过两支烛台。

“现在，”主教说道，“您可以放心走了。——对了，我的朋友，下次您再来，不必穿园子。您随时都可以从临街的房门进出。无论白天晚上，这扇门只搭上一根活闩。”

他转身对警察说：

“先生们，你们可以走了。”

几名警察便离去了。

冉阿让这时的样子，就好像要昏倒的人。

主教走到跟前，低声对他说：“不要忘记，永远也不要忘记您向我做的保证：您用这钱是为了当个诚实的人。”

冉阿让瞠目结舌，他根本不记得做过什么保证。主教讲这话时还加重了语气。他又郑重地说道：

“冉阿让，我的兄弟，您不再属于恶的一方，而属于善的一方了。我买下了您的灵魂；我把您的灵魂从邪恶的念头和沉沦的思想中赎出来，交给上帝了。”

十三　小杰尔卫

冉阿让像逃窜似的出了城。他脚步匆急，慌不择路，不管大道小径遇到便走，也没有发觉在田野里总在原地兜圈子。整个上午，他就是这样游荡，没有吃饭，也不觉得饿。乱纷纷的新感触萦绕心头。他感到无名火起，却又不知道冲谁发；难说他究竟是受了感动还是受了侮辱。不时萌生一股奇异的柔情，每次他都想压下去，拿他近二十年来的冷酷无情与之对抗。这种状态令他疲惫。他不安地看到，不公正的惩罚毁了他一生，在他内心所形成的凶险的冷静，渐渐动摇了。他不禁想到，能用什么取而代之呢？有时，他真希望事情不是这样，还不如让警察押进监狱，也免得让这事儿搅得意乱心烦。尽管已是晚秋，绿篱间还时有晚开的野花，他走过时闻到清香，便忆起童年往事。那些往事长久没有再现，现在几乎不堪回首了。

难以表述的思绪，就这样整整一天在他心头堆积起来。

太阳西沉了，照得地面上最小的石子也拖长影子。冉阿让坐到一片荆丛的后面，这是一大片红土平原，渺无人迹，只有远处的阿尔卑斯山，连远村的钟楼也不见。估计离迪涅有三法里。离荆丛几步远，有一条小路横贯平野。

有人若是撞见，看他思索的神态，再看他那身褴褛的衣服，一定会感到格外可怕。他正思索的时候，忽然听见欢快的声音。

他扭头望去，只见从小路走来一个十岁左右的小男孩，看似萨瓦人，斜挎着一把手摇弦琴，背着套箱，裤子破洞里露出膝盖，是一个走村串乡的快活的乖孩子。

那孩子唱唱咧咧，时而停下脚步，抛着几枚铜钱做“抓子儿”游戏；那几枚铜钱大约是他的全部财富，其中有一枚银币，面值四十苏。

孩子停到荆丛旁边，没有看见冉阿让；他相当灵巧，抛起几枚铜钱，总能用手背全部接住。

可是这回失了手，四十苏的钱币掉下去，朝荆丛滚去，到了冉阿让的脚边。

冉阿让一脚踩住。

可是，孩子的目光盯着钱币，看见他踩住了。

他一点也不惊讶，径直朝那人走去。

这地方寂无一人。举目四望，平原和小路上不见一个人影儿，只听见掠过高空的一群飞鸟的微弱鸣声。孩子背对着夕阳，在日光中，他的头发变成缕缕金丝，而冉阿让的野蛮面孔血红血红。

“先生，”萨瓦孩子说，带着儿童那种又无知又天真的自信的口气，“我的钱呢？”

“你叫什么名字？”冉阿让问他。

“小杰尔卫，先生。”

“走开。”冉阿让说。

“先生，”孩子又说，“把钱还给我。”

冉阿让低下头，不再答理。

孩子又说：

“我的钱，先生！”

冉阿让的目光仍然盯着地上。

“我的钱！”孩子嚷道，“我的白币！我的银币！”

冉阿让好像根本没听见。孩子抓住他的外衣领摇晃，同时用力要推开踩着他那宝贝的铁掌大鞋。

“我要我的钱！我的四十苏钱！”

孩子哭了。冉阿让又抬起头。他一直坐着，现在眼神有点慌乱。他有点惊奇地打量小孩子，接着伸手去抓棍子，厉声喊道：“谁在这儿？”

“是我，先生。”孩子答道，“小杰尔卫！是我！是我！请把四十苏钱还给我！请您把脚挪开，先生！”

他恼火了，虽然人小，口气变了，几乎威胁地说：

“哼！您的脚挪开不挪开？哎，挪开您的脚。”

“啊！又是你！”冉阿让说着，霍地站起来，但是那只脚始终踩着银币，他又补充说，“不要命啦，还不快逃！”

孩子吓坏了，看着他，接着，就开始从头到脚打哆嗦，怔住几秒钟，这才撒腿拼命逃掉，没敢回头，也没有叫一声。

不过，他跑了一段距离，喘不过气来，不得不停下；冉阿让在胡思乱想中，听见他哭泣。

又过了一会儿，孩子不见了。

太阳也落了。

冉阿让周围渐渐昏暗。他一天没吃东西，也许他正发高烧。

他始终站在原地，自从那孩子逃掉之后，他就没有变换姿势。他的胸膛起伏，呼吸不均匀，间歇很长。他的目光投向十几米远，仿佛在专心研究掉在杂草中的一块蓝色旧瓷片的形状。突然，他打了个寒战，他刚刚感到夜晚的寒冷。

他压低鸭舌帽，遮住额头，还机械地抿了抿外套并扣上，走了一步，哈腰拾起地上的棍子。

就在这时，他瞧见四十苏的银币，有半截被他的脚踩进土里，在石子中间闪闪发亮。

他就像触了电似的，低声咕哝一句：“这是什么东西？”接着倒退三步，站住，但是目光无法移开，仍然盯住他刚才脚踏的那一点，仿佛那闪光的东西，在黑暗中就是一只瞪着他的眼睛。

过了几分钟，他痉挛一般扑向银币，一把抓起它，又直起身，开始向平原四周远眺，目光投向天边的每一点，他站在那儿瑟瑟发抖，就好像一只受惊的野兽要寻找藏身之所。

他什么也没有看见。夜幕降临，大片的紫雾从暮色中升起，平原寒气袭人，一片苍茫。

他“啊！”了一声，便急忙朝那孩子消失的地方走去。走出百十来步远，他又站住，用目光搜寻，什么也没有看见。

是，他全力呼喊：

“小杰尔卫！小杰尔卫！”

他住了声等待。

没人应答。

平野荒凉凄迷，四周一片空旷，只有望不穿的黑暗和叫不应的岑寂。

一阵寒风吹来，赋予周围的景物一种阴森可怕的活力。几棵矮树摇动短小枯瘦的手臂，显示一种不可思议的愤怒，就好像在威胁并追赶什么人。

他又往前走，继而跑起来，但是跑跑停停，在荒野中呼喊，声音特别凄惨又特别瘆人：

“小杰尔卫！小杰尔卫！”

不用说，那孩子若能听见，也一定吓得要命，不敢露面。不过，那孩子无疑走远了。

他遇见一个骑马的教士，便走上前去打听：

“神父先生，您看见有个孩子走过去了吗？”

“没看见。”教士答道。

“一个叫小杰尔卫的孩子？”

“一个人我也没看见。”

他从钱袋里取出两枚五法郎的硬币，送给教士。

“本堂神父先生，这是给您的穷人的。——本堂神父先生，那孩子有十岁左右，我想是背着套箱，还有一把手摇弦琴。他朝那边去了。是萨瓦地方的人，您知道吗？”

“我根本就没看见。”

“小杰尔卫？他不是这一带村庄的人吗？您能告诉我吗？”

“照您这么说，我的朋友，那他就是个外乡的孩子。他们经过这地方，不会有人认识。”

冉阿让又猛然掏出两枚五法郎的银币，给了教士。

“给您的穷人。”他说道。

接着，他又昏头昏脑地补充说：

“本堂神父先生，您让人把我抓起来吧。我是个窃贼。”

教士吓得魂不附体，双腿一夹镫，催马跑掉。

冉阿让继续朝他认定的方向跑去。

他跑了好长一段路，左右张望，连声呼唤喊叫，可是再也没有碰见一个人。他在平野上，有两三回望见像是卧着或蹲着的东西，便跑过去，近前一看却是一簇荆草，或是露出地面的一块石头。最后，他来到一个三岔路口，便停下脚步。月亮升起来了。他向远处眺望，最后又喊了一次：“小杰尔卫！小杰尔卫！小杰尔卫！”他的呼叫消失在迷雾中，没有唤起一点回音。他又喃喃说了一句：“小杰尔卫！”但是声音微弱，有些含混不清。这是他最后的努力。他的双膝忽然一弯，就好像有一种无形的威力，用他黑良心的重负一下子将他压垮似的；他颓然倒在一块大石头上，两个拳头插进头发里，脸埋在双膝之间，他喊道：

“我是个无赖！”

这时，他的心碎了，失声痛哭。十九年来，他这是第一次流泪。

看得出来，冉阿让离开主教家的时候，也摆脱了他一贯的思想，一时还不明白内心发生了什么变化。他还故意对抗那老人的天使般的行为和温柔的话语。“您向我保证要当个诚实的人。我买下了您的灵魂。我把您的灵魂从邪恶的思想中赎出来，交给仁慈的上帝了。”这话萦绕在他的脑际。他以傲气对抗这种上天的宽肴，而傲气在人身上好似恶的堡垒。他模模糊糊地感到，那个教士的宽恕是最强大的攻势、最猛烈的冲击，给他以极大的震撼；如果他顶住了这种宽恕，那么他就会顽梗到底，至死不悟了；如果他退让了，那么他就必须放弃仇恨，放弃多少年来别人的行为在他心中积满的、他也自鸣得意的那种仇恨；而这一战，非胜即败，这是一场大决战，在他的凶恶和那人的仁慈之间展开。

他头脑里充满这种种闪念，像醉汉一样往前走。他眼神怔忡，这样行走的时候，是否明确地领悟到，他在迪涅的奇遇可能给他带来的后果呢？他是否听到在人生的某些时候，警告或搅扰思想的这种神秘的嗡鸣吗？是否有个声音对着他耳朵说，他正经历命运的庄严时刻，他再也没有中间道路可走，从今以后，他不是做最高尚的人，就要成为最卑鄙的人，可以说，现在他必须升得比主教还要高，否则就会跌得比苦役犯还要低；如果他愿意向善，他就得成为天使，如果执意为恶，他就得化为魔鬼，是否有个声音对着他耳朵这样说呢？

在这里，我们还要提出在别处已经提过的问题：对这一切，他在思想里是否隐约抓住点影子呢？诚如我们讲过的，不幸遭遇是一种教育，使人增长智慧；然而，他能否理清我们在此所指出的这一切，还是值得怀疑的。他即使想到这些，也不能洞悉，只能像雾中看花，而结果他只能陷入难以忍受的、几乎是痛苦的困惑中。刚从叫做苦役场的那种畸形而黑暗的东西里出来，主教就触痛了他的灵魂，正如眼睛刚离开黑暗会被强烈的光线刺痛一样。从此向他提供的未来生活，可能实现的完全纯洁、光辉灿烂的生活，反而使他心惊肉跳，惴惴不安。他确实再也弄不清自己到了什么地步。正如一只猫头鹰突然看见日出一样，这个苦役犯也像被美德晃花了眼睛，一时目眩神摇。

有一点可以肯定，而他却没有意识到，这就是他已不再是同一个人，他身上一切都变了，他再怎么做，也不可能消除主教对他讲过话并触动了他的事实。

就在这种思想状态中，他遇见了小杰尔卫，抢了那四十苏钱。为什么呢？肯定他自己也解释不了：难道这是他从狱中带出来的恶念的余威，仿佛最后挣扎，是冲动的余力，就像静力学所说的“致动力”的效果吧？是这种情况，也许比这种情况还要轻得多。一言以蔽之，抢钱的并不是他，并不是他这个人，而是这只兽，正是这只兽凭着习惯和本能，愚蠢地把脚踏在银币上，尽管当时他感触万端，心智还在搏斗。等心智清醒了，才看到这种兽性的行为。于是，冉阿让惶恐地退却，惊叫起来了。

他抢了那孩子的钱，干了一件他已经干不出来的事情，这种怪现象，只有处于他这种思想状态里，才有可能发生。

无论怎样，这最后一次恶劣的行为，对他却产生了决定性的效果：这次行为突然穿越心智，廓清混乱，将晦暗浊重排到一边，将光明清亮排到另一边，而且作用于他那种状态的心灵，就像催化剂作用于一种混浊液体那样，使一种物质沉淀，使另一种物质变清了。

事情一发生，他还没有自省和思考，先就像要逃命的人那样惊慌失措，他企图找到那孩子，把钱还给人家，等他明白这是徒劳而不可能的，他才停了下来，悲痛欲绝。他喊出“我是个无赖！”的时候，开始看清他的样子了，而在相当程度上，他同自身分离了，就觉得他不过是个鬼魂，面对着一个血肉之躯，正是凶相毕露的苦役犯冉阿让：手里拿着木棍，身上穿着破罩衫，身后背着装满偷来的东西的行囊，脸上一副毅然决然的阴沉相，头脑里装满了为非作歹的方案。

我们已经注意到，过分深重的苦难，在一定程度上使他产生幻觉。他眼前恰似一种幻景。他确确实实看见了这个冉阿让，面对着这副狰狞的面孔。他几乎产生疑问：此人是谁，而且他非常憎恶。

他的头脑正处于汹汹纷扰，又极度平静的时刻，幻想深不可测，吞噬了现实。再也看不见周围的实物，却恍若看见心中的影像在体外活动了。

可以说，他同自身面面相觑，与此同时，他穿过这种幻视，望见一种神秘的幽深之处有光亮，起初以为是火炬；再仔细观察在他心中出现的亮光，便认出那火炬具有人形，而且正是主教。

他的良心轮番打量这样立在面前的两个人：主教和冉阿让。少了前一个，是不可能消除第二个的。这种凝望往往产生特别的效果，他幻想的时间越久，在他眼里，主教的形象就越发高大，越放光彩，而冉阿让却越来越小，越来越模糊了。到了一定时候，冉阿让便成为一个影子，继而倏然消失了。只剩下主教一人了。

他使这个无赖的整个灵魂充满灿烂的光辉。

冉阿让哭了很久，热泪满面，泣不成声，哭得比女人还脆弱，比孩子还惊慌。

就在他哭泣的时候，他的头脑渐渐敞亮了，这是一种异乎寻常的光，既迷人又可怕的光。他以往的生活、头一个过失、长期的赎罪，以及他的外表如何变得粗野，内心如何变得残忍，打算出狱后如何大肆报复，他在主教家里干了什么事，而他最后干的一件事，如何抢了一个孩子的四十苏钱，还是在得到主教宽恕之后干的，罪行就尤为卑鄙，尤为可恶，这一切都重新浮现在脑海，显得十分清晰，而且笼罩在他从未见过的明光里。他看自己的生活，觉得十分可恶；他看自己的灵魂，觉得十分丑恶。然而，在这种生活和这颗灵魂上面，却有一片柔和的光。他仿佛借着天堂的光看到了撒旦。

他究竟哭了多久呢？哭过之后他又做了什么呢？他去了哪里？从来没有人知道。只有一个情况似乎得到证实，就在那天夜晚，格勒诺布尔的驿车大约凌晨三点到达迪涅城，在穿过主教府街时，黑暗中车夫看见有个人跪在马路上，好像对着卞福汝主教家的门在祈祷。

第三卷　1817年

一　1817 年

1817这一年，路易十八以君王的坚定口气，不无自豪地宣称他在位二十二年了[①]。这一年，布吕吉尔·德·索苏姆先生出了名[②]。所有假发店老板都希望重新兴起御鸟发髻和扑粉，把门面刷成天蓝色，画上百合花。这是天真的时期，蓝克伯爵身穿法兰西元老院元老服，挎着红绶带，拖着大鼻子，以本堂区董事会董事的名义，每个礼拜天都坐在圣日耳曼草地教堂的公凳上，那与众不同的侧影，具有干过惊天动地大事的威严。蓝克伯爵所干的惊天动地的大事是这样：他任波尔多市长期间，1814年3月12日那天，过早地把城池献给了昂古莱姆公爵[③]。于是，他进入元老院。1817年，四岁到六岁的男孩时兴戴仿摩洛哥皮制的大帽子，两边有帽耳，类似爱斯基摩人戴的高筒皮帽。法国军队也模仿奥地利军式样，换上了白色军服；

① 路易十八是被处死的国王路易十六的兄弟，于1814年拿破仑逊位时登上王位。他不承认法国革命和帝国时期，认为他的统治应从1795年路易十七死于狱中时算起，故曰“二十二年”。

② 布吕吉尔·德·索苏姆（1773—1823年）：因翻译莎士比亚的戏剧而出名，但那是在1826年了。

③ 1814年3月，反法同盟的英国军队从西班牙入侵法国，路易十八的侄儿昂古莱姆公爵随英军进入波尔多城。

团队改称为联队，取消番号，统一用所在省份命名。拿破仑还在圣赫勒拿岛，由于英国人不肯向他供应蓝呢布，他就让人把他的旧服翻新。在1817年，佩勒格里尼还在唱歌，比戈蒂尼小姐还在跳舞，波蒂埃还是台柱子，奥德里还未出道①。萨基夫人取代法里奥索②。法国还有普鲁士占领军。德拉洛先生成了名人③。正统王朝在剁了普列尼埃、加尔保诺和托勒隆④的手之后，又砍了他们的头，统治才算稳固了。内侍长塔列朗王爷和钦命财政大臣路易神父，像两巫师那样相视而笑；正是他们二位，于1790年7月14日在演武场举行了联盟⑤弥撒：塔列朗以主教身份主祭，路易以副主教身份助祭。1817年，就在演武场两侧的路上，还能发现几截粗圆木，躺在雨中杂草里腐烂，当初的蓝色油漆和金鹰金蜂图案都褪了色，只剩下斑斑残迹了。那些圆柱，正是两年前5月集会场⑥支撑皇帝检阅台用的，后来让篝火烧得遍体焦黑，那是驻扎在巨石教堂附近的奥地利军所生的篝火，而有两三根已经烧成灰烬，烤暖了那些德国大兵的巨掌。5月集会有这样特点：是6月份在三月广场⑦举行的。1817这一年，有两件事尽人皆知：《伏尔泰—图盖》和宪章鼻烟壶⑧。最新轰动巴黎的消息是杜丹的罪案，他将自己兄弟的脑袋丢进花市的水池里。海

---

① 佩勒格里尼其时还在那不勒斯，1819年才到巴黎唱歌。比戈蒂尼小姐在巴黎歌剧院跳舞。波蒂埃是巴黎杂耍剧院的演员，后来同奥德里同台演出。

② 萨基夫人和法里奥索都是走钢丝演员。

③ 查理-弗朗索瓦-路易·德拉洛（1772—1842年）：法国法学家。1814年发表《论法兰西君主制宪法和基本法》。

④ 普列尼埃等被指控为作乱犯上，处以这种刑罚。

⑤ 1789年法国资产阶级革命，各城市建立联盟，1790年7月14日为联盟节。

⑥ 5月集会实际是1815年6月1日举行的，是拿破仑“百日政变”时的一次军民大集会。

⑦ 即演武场，法文中的“三月”和“战神”是一个词。

⑧ 《伏尔泰—图盖》：即图盖上校1821年出版的伏尔泰选集。这位上校于1820年还出售刻有宪章的鼻烟壶。

军部开始调查美狄斯号战舰沉毁的事件，这个事件使寿马雷蒙羞，给杰里科添彩[①]。塞尔夫上校赴埃及，成为苏里曼-巴沙[②]。竖琴街的浴宫改成桶匠铺。在克吕尼公馆的八角楼露台上，还能见到一间小木板房，那是路易十六时期海军天文官梅西埃[③]的天文台。杜拉斯公爵夫人在陈设天蓝缎面的X形家具的小客厅里，给三四位朋友朗诵她那还未发表的作品《乌里卡》[④]。卢浮宫中正往下刮N字母[⑤]。奥斯特利茨桥逊位，改名为御花园桥：一语双关，既隐含奥斯特利茨桥，又映射植物园。路易十八又读起贺拉斯的作品，用指甲尖画出重点；他特别注意当上皇帝的英雄和做了王子的鞋匠，尤其担心两个人：拿破仑和马图兰·布鲁诺[⑥]。法兰西学士院有奖征文的题目是："学习的乐趣。"贝拉尔先生公认才辩无双。在他的荫庇之下，可以看见未来的代理检察长德·勃罗初露锋芒，一定会有犀利的公诉状，压倒保罗-路易·库里埃[⑦]。这一年，有个冒牌的夏多勃里昂，名叫马尚吉，后来又出个冒牌的马尚吉，名叫阿兰库尔[⑧]。《克莱珥·达尔伯》和《马莱克-阿代尔》被捧为杰作；科坦夫人[⑨]被誉为当代首屈一指的作家。法兰西学士院听任将拿破仑·波拿巴

① 美狄斯号于1816年7月2日沉没，船长寿马雷是率先逃命的人。杰里科以沉船为题的绘画于1819年展出。

② 塞尔夫上校：帝国旧军官，1816年定居埃及，改信伊斯兰教，当上将军，人称苏里曼-巴沙。

③ 梅西埃（1730—1817年）。

④ 杜拉斯公爵夫人（1778—1828年）：她的作品《乌里卡》于1824年发表。

⑤ 拿破仑的开头字母，是他的徽志。

⑥ 马图兰·布鲁诺是鞋匠，曾冒充路易十七，在局部地区一时得逞。

⑦ 贝拉尔在波旁王朝复辟时期任巴黎检察长。雅克-尼古拉·德·勃罗（1790—1840年）于1818年任代理检察长，1821年宣读指控保罗-路易·库里埃的公诉状。

⑧ 夏多勃里昂（1768—1848年）：法国著名浪漫主义作家。马尚吉：研究法国诗歌的作者，发表《诗情的高卢》等作品。阿兰库尔：庸俗作家。

⑨ 科坦夫人（1770—1807年）于1799年发表小说《克莱珥·达尔伯》。马莱克-阿代尔是《玛蒂尔德——取自十字军东征史的回忆录》中的人物。

从院士名单上抹掉。一道谕旨要人在昂古莱姆设立海军学校，因为昂古莱姆公爵是海军元帅，自不待言，内陆城市昂古莱姆就必然具备海港的一切优越条件，否则君主政体就残缺不全了。内阁会议激烈辩论的一个问题，就是应否允许弗朗克尼广告上吸引流浪儿的那种杂技图案。《阿涅丝》的作者帕埃尔①先生，那位方脸上长了个肉瘤的家伙，时常去主教城街萨斯奈侯爵夫人府，指挥小型家庭音乐会。所有少女都爱唱埃德蒙·杰罗作词的《圣阿维勒的隐修士》。《黄侏儒报》变成了《镜报》。拥护皇帝的朗布兰咖啡馆对抗拥护波旁王室的瓦卢瓦咖啡馆。被卢威尔暗中盯住的贝里公爵②，刚刚娶了西西里岛的一位公主。斯达尔夫人③去世已有一年了。禁卫军给马尔斯小姐④喝了倒彩。各家大报都只有一点点大。幅面虽然压缩，而自由却有巨大的驰骋空间。《宪政报》是拥护宪政的。《密涅瓦报》⑤把夏多勃里昂写成夏多勃里盎。有产者便借题发挥，对这位大作家好一阵嘲笑。在一些被人收买的报纸上，那些形同妓女的记者大肆辱骂1815年被清洗的人：大卫⑥没有才华了；阿尔诺⑦文思枯竭了；加尔诺⑧不再廉洁了；苏尔特⑨从来没有打过胜仗；拿破仑也确实没有天赋了。通过邮局极少能把信件寄到被放逐的人手中，警察将截留信件当做神圣的职责，这种情况尽人皆知。这也不是什

① 菲尔南·帕埃尔（1771—1839年）：歌喜剧作者。

② 路易·皮埃尔·卢威尔（1783—1820年）：制马鞍工匠，1820年他刺杀了路易十八的侄儿贝里公爵，被处以绞刑。

③ 斯达尔夫人（1766—1817年）：法国浪漫主义作家，1817年7月14日去世。

④ 马尔斯小姐（1779—1847年）：原名安娜·布代，法国演员，以扮演罗马贵妇著称，因在“百日政变”时公开拥护拿破仑，1815年7月10日演出时被人喝倒彩。

⑤ 《密涅瓦报》：即《智慧女神报》。

⑥ 雅克-路易·大卫（1748—1825年）：法国著名画家。

⑦ 阿尔诺：帝国时期官方的剧作家。

⑧ 加尔诺：“百日政变”时期任内政大臣。

⑨ 苏尔特（1769—1851年）：法兰西元帅，屡建战功。

么新鲜事儿了，被放逐的笛卡儿[①]就抱怨过。大卫因为收不到别人写给他的信件，在一家比利时报上发了几句牢骚，保王党报纸就认为很可笑，乘机对这名放逐者冷嘲热讽。称为“弑君者”或者“投票者”，称为“敌人”或者“盟友”，称为“拿破仑”或者“布奥拿巴”，这就会在两个人之间造成一道鸿沟。凡是有点儿头脑的人都认为，绰号为“宪章的不朽作者”的路易十八国王，将革命世纪的大门永远关闭了。在新桥的马道上，有人在准备安放亨利四世雕像的基座上刻了“再生”。皮埃先生[②]在泰蕾丝街4号，正酝酿召开秘密会议，以图巩固君主政权。右翼的首领们一到严重关头就说：“应当给巴柯[③]写信。”卡努埃勒、奥马奥尼和沙普德莱诸人策划稍后名为“河滨阴谋”，多少也是得到御弟[④]首肯的。“黑别针社”[⑤]也在紧锣密鼓地活动。德拉维德里和特罗果夫勾结起来。不过，控制局面的，还是具有一定自由思想的德卡兹公爵[⑥]。夏多勃里昂住在圣多米尼克街27号，每天早晨他站在窗口，穿着长裤和拖鞋，花白头发裹着马德拉斯彩巾，眼睛盯着一面镜子，面前敞着装有全套牙科手术器械的医疗箱，他一边修着他那漂亮的牙齿，一边向他的秘书皮洛日先生口述《依照宪章的君主制》[⑦]的不同诠释。权威批评捧拉封而贬塔尔马。德·菲勒茨先生用A字母签名，而霍夫曼则用Z字母。查理·诺地埃正在写《泰蕾丝·欧贝尔》[⑧]。离婚法废止了。公

---

① 笛卡儿并没有被放逐，他主动到荷兰居住二十年。

② 让-皮埃尔·皮埃（1763—1864年）：右翼议员，他曾纠集二百来人密谋。

③ 巴柯男爵：极端派议员。

④ 路易十八的兄弟阿尔图瓦伯爵。

⑤ 黑别针社：波拿巴派的秘密结社。

⑥ 德卡兹公爵从1815年起为警务大臣，而到1818年德索勒组阁时，他才真正控制局面。

⑦ 《依照宪章的君主制》于1816年发表。

⑧ 查理·诺迪埃（1780—1844年）：法国作家，他的小说《泰蕾丝·欧贝尔》于1819年出版。

立中学改称中学堂。中学生衣领上佩戴一枚金质百合花，他们因为罗马王[①]而相互争斗。宫廷侦探向王妃殿下[②]报告说，奥尔良公爵的画像到处陈列，穿着轻骑兵将军服，比身穿龙骑兵将军服的贝里公爵还精神，这是极为不妥的。巴黎市政拨款为残废军人院的圆顶重新镀金。正派人都在猜测，在这种或那种情况下，德·特兰克拉格先生[③]会如何行动；克洛塞尔·德·蒙塔尔先生在许多方面，同克洛塞尔·德·库塞格先生分道扬镳；德·萨拉贝里先生很不满意。喜剧作家皮卡尔，连喜剧作家莫里哀都未能当选的学士院院士，在奥德翁剧院公演他的剧作：《两个菲力贝尔》[④]，而剧院门楣上刚刚揭去的牌子字迹还清晰可辨：皇后剧院。对待库涅·德·蒙塔洛[⑤]，有人拥护有人反对。法布维埃[⑥]是乱党；巴武[⑦]是革命党。佩利西埃书局印行一套伏尔泰文集，书名为《法兰西学士院院士伏尔泰作品集》。这位天真的出版商说："这样能吸引来买者。"舆论普遍认为，查理·卢瓦宗是本世纪的天才；已经有人嫉妒他了，这是出名的标志，有人为他写了这样一行诗：

小鹅纵飞翔，也感其有掌[⑧]。

红衣主教斐茨既然不肯辞职，阿马西大主教德·潘先生就只好

---

① 拿破仑一世和玛丽—路易丝所生的儿子拿破仑二世（1811—1832年），他一出世就宣布为罗马王。

② 指阿尔图瓦伯爵夫人，贝里公爵的母亲，她在防范王室旁支奥尔良公爵。

③ 德·特兰克拉格作为右翼代表，于1816和1817年两度竞选议会议长而失败。

④ 《两个菲力贝尔》于1816年在奥德翁剧院首演。皮卡尔是个平庸的剧作家。

⑤ 库涅·德·蒙塔洛："睡狮社"秘密集团的成员。

⑥ 法布维埃上校因参与极右翼阴谋而于1819年被判决。

⑦ 巴武：巴黎法学院讲师，因讲课不合当局要求而被辞退。

⑧ 法语中卢瓦宗与小鹅同音。

掌管里昂教区。瑞士和法国开始争执达普山谷[①]的归属，这是由后来晋升为将军的杜富尔上尉的一篇文章引起的。不知名的圣西门[②]正在构思美梦。科学院有一个大名鼎鼎的傅立叶，却被后世忘记；不知从什么角落钻出来一个默默无闻的傅立叶[③]，却流芳百世。拜伦勋爵开始崭露头角，米勒乌瓦一首诗的注释中，用这样的话把他介绍到法国："有个叫拜伦勋爵的人……"昂热的大卫[④]正试着摆弄大理石。在沸杨丁死巷，加隆神父向一群青年教士称赞一个不知名的教士，那人名叫菲利西特·罗贝尔，即后来的拉梅内[⑤]。一样东西在塞纳河上冒着浓烟，嘟嘟作响，犹如泅水的狗，从土伊勒里宫窗下经过，来往于王宫桥和路易十五桥之间；那是一件没有多大用处的机器，一样玩具，是异想天开的发明者的一种梦幻，一个乌托邦：一只汽船[⑥]。对于那无用的东西，巴黎人都等闲视之。德·沃布朗先生以政变、法令和拉帮结伙的手段，改组了法兰西学院，一手安插好几个人当院士，真是翻手为云，覆手为雨，可是到末了他自己却当不上院士[⑦]。圣日耳曼区和马尔桑公馆[⑧]都认为德拉沃先生虔诚，

---

① 这是汝拉山脉的一条山谷，1815年由维也纳议会决定划归瑞士，争端持续到1863年，瑞法两国签订伯尔尼条约，分管这条山谷。

② 空想社会主义者圣西门"在世时几乎鲜为人知"。

③ 傅立叶男爵（1768—1830年）：于1817年选入科学院。查理·傅立叶（1772—1837年）：空想社会主义理论家，当时默默无闻。

④ 皮埃尔·让·大卫（1788—1856年）：法国雕塑家，生于昂热。当时他已非新手。

⑤ 加隆神父（1760—1825年）于"百日政变"期间在英国遇见拉梅内。拉梅内（1782—1854年）是法国作家。

⑥ 1816年8月20日，儒夫鲁瓦·达邦侯爵在塞纳河试验一只汽船，后因筹款失败而停止。

⑦ 德·沃布朗伯爵（1756—1845年）：任内政大臣，于1816年3月清洗了法兰西学士院。

⑧ 马尔桑公馆是阿尔图瓦伯爵府邸。德拉沃于1821年出任警察署长。

盼望他出任警察署长。杜比特林和雷加米埃[①]在医学院的阶梯教室里，就耶稣-基督的神性问题争论起来，激烈得以拳脚相威胁。居维叶[②]一只眼盯着《创世纪》，另一只眼盯着大自然，极力调和化石和经文来讨好信教的反动势力，用古生物乳齿象讨好摩西。弗朗索瓦·德·讷夏多[③]先生是纪念帕芒蒂埃的值得称赞的耕耘者，他不遗余力地要人把马铃薯改称为"帕芒蒂埃薯"，结果完全徒劳。格列高利神父，前主教，前国民公会代表，前元老院元老，在保王党辩论文章中，竟转成"无耻的格列高利"；这里用的"竟转成"，被罗叶-科拉尔先生说成是新造的词组。在耶纳桥的第三个桥洞下方，从石头的白洁程度上，能看出那块新石头，用来砌死两年前布吕歇为炸桥而凿开的洞。有个人看见阿尔图瓦伯爵走进圣母院，就高声说："见鬼！从前看见波拿巴和塔尔马挽着手臂同赴野蛮舞会，我真怀念那个时期。"于是，法庭传讯那人，说他发表煽动性言论，判处六个月监禁。一些卖国贼明目张胆地抛头露面；大战前夕投敌的人，也毫不掩饰他们所得的奖赏，恬不知耻地走在光天化日之下，炫耀他们的富贵荣华。在利尼和四臂村那里的一些逃兵，完全是一副卖国求荣的嘴脸，赤裸裸地展示对王朝的忠心，竟然忘记英国公厕内墙上所写的话："请整理好衣服再出去。[④]"

这些杂乱无章，就是1817年还依稀残存的事情；就连那一年，如今也被人遗忘了。历史一向忽视所有这类有特色的事情；这也在所难免，历史总要被无穷无尽所侵占。然而，这些细节还是有用处

① 雷加米埃和杜比特林属于同代的著名外科医生。雷加米埃是生机论者，而杜比特林并无理论，作者可能把他和唯物主义论者医生布鲁塞弄混了。

② 居维叶男爵（1769—1832年）：法国动物学家和古生物学家。

③ 弗朗索瓦·德·讷夏多（1750—1828年）：政治家，诗人，农学家，法兰西学士院院士。

④ 原文为英文。

的，——人们总是不当地把这称为小事，其实人类并无小事，正如植物没有小叶一样。世世代代的面貌，是由岁岁年年的表情组合而成的。

1817那一年，四个巴黎青年搞了一场“恶作剧”。

二　两伙四人帮

这伙巴黎青年中，第一个是土鲁兹人，第二个是利摩日人，第三个是卡奥尔人，第四个是蒙托邦人。他们都是大学生，是大学生就是巴黎人；在巴黎上学，就算生在巴黎。

这几个青年都微不足道，他们这类面孔人人都见过。普通人的四个样板，既不善，也不恶，既不博学，也不无知，既不是天才，也不是蠢蛋；但是都青春貌美，正当所谓阳春三月的二十岁。这是随便凑起来的四个奥斯卡①，因为当时还不存在阿瑟②。歌谣唱道：“阿拉伯香，为他而点燃，奥斯卡走上前，奥斯卡，我要去看他！”人们刚刚走出莪相③，这歌具有斯堪的纳维亚式和喀里多尼亚④的优美，纯粹的英格兰体后来才开始风行，而且，阿瑟类型的第一人威灵顿，也才刚刚在滑铁卢打了胜仗。

这几个奥斯卡，土鲁兹城来的叫菲利克斯·托洛米埃，卡奥尔城来的叫李斯托利埃，利摩日城来的叫法梅伊，最后这个从蒙托邦城来的叫布拉什维尔。自不待言，他们每个都有一个情人。布拉什维尔爱的人叫宠姬，因为她去过英国；李斯托利埃钟情于大丽，她

---

① 奥斯卡（1799—1859年）：瑞典和挪威国王，生于巴黎。

② 阿瑟（1830—1886年）：美国政治家，美国总统（1881—1885年）。

③ 莪相：公元3世纪爱尔兰说唱诗人。莪相歌谣对欧洲浪漫派文学影响极大。其影响的高峰到1815年才结束，故曰“走出莪相”。

④ 喀里多尼亚：苏格兰的古称。

起这花名误以为是战争名字呢；法梅伊视瑟芬为天仙，这名字是约瑟芬的简化；托洛米埃则有芳汀，号称金发美人，只因她那头美发赛过太阳的光辉。

宠姬、大丽、瑟芬和芳汀，是四个秀色可餐的少女，一个个香气袭人，神采飞扬，还未脱尽女工的本相，也没有彻底放下针线；尽管偷情幽会，但是脸上还残留两分劳作的庄重之色，而灵魂里还开着贞洁之花：这朵花在女人身上，并未因初次失身而立即凋落。四人中年龄最轻的叫小妹，还有一个叫大姐，年龄也不过二十三岁。不必讳言，在人生的尘嚣之中，头三人阅历多些，放得开些，浪相也更加明显，而金发美人芳汀，还沉迷于初次的幻想中。

大丽、瑟芬，尤其是宠姬，都谈不上这种痴情了。她们的浪漫曲刚开始不久，就不止一次出现插曲了。情人在第一章叫阿道尔夫，到第二章变成阿尔封斯，到第三章又变成古斯塔夫。贫穷和爱俏是两个要命的参谋：一个责备，一个奉承；大凡普通人家的漂亮姑娘，耳朵两边都有这两个参谋嘀嘀咕咕。这些疏于防范的心灵，也就言听计从。她们失足落井，引人下石，原因都在于此。别人总拿白璧无瑕、高不可攀的贞妇烈女作为光辉榜样，对她们求全责备。唉！如果少女峰①也不胜饥寒之苦呢？

宠姬去过英国，因此深得瑟芬和大丽的仰慕。她很早就有个家。父亲是个数学老教师，性情粗暴，又爱吹牛，一辈子没结婚，上了年纪还到处奔波，给人补课度日。这位教师年轻的时候，有一天看见清洁女工的裙摆挂到炉遮上，偶然一顾便动了春心，结果有了宠姬。她时而还能遇见父亲，父亲总是客客气气地同她打招呼。有一天早晨，家里来了一个怪模怪样的老太婆，进门就问她："您

---

① 少女峰：瑞士境内的阿尔卑斯山脉的一座山峰，海拔4166米。雨果把少女峰当做纯洁的象征。

不认识我吧，小姐？”“不认识。”“我是你妈呀。”说罢，老婆子就打开食品柜，又吃又喝，接着把自己的一床铺盖搬来，就住下了。这个母亲是个虔诚的信徒，整天叨叨咕咕，从不跟宠姬说话，一连几小时也不吭一声，一日三餐，食量抵得上四个人，吃完饭就下楼到门房那里闲坐，讲女儿的坏话。

将大丽推向李斯托利埃，也许还推向别人，推向游手好闲生活的，就是她那粉红的指甲：指甲太美了，怎么忍心用来做工呢？谁若想保持贞洁，谁就不能吝惜自己的双手。至于瑟芬，她迷住法梅伊，全凭她那种娇羞作态的应声：“是，先生。”

小伙子是同学，姑娘们是好友。这类爱情总是多出一份友情。

检点和达观是两回事：这里有例证，抛开他们不合规矩的苟合不谈，宠姬、瑟芬和大丽都是达观的姑娘，而芳汀则是检点的姑娘。

能说检点吗？那么托洛米埃又怎么样呢？所罗门可能这样回答：爱情是一件审慎检点的事情。我们只能说，芳汀的爱情是初恋，是唯一的爱，忠贞不贰的爱。

她们四人中，唯独她只许一个人以“你”相称呼。

芳汀这个姑娘，可以说是从平民的底层成长起来的。她从深不可测的社会黑暗中脱颖而出，额头却毫无表明家庭身世的特点。她生在海滨蒙特伊。父母是什么人呢？谁又知道呢？无论她父亲还是她母亲，谁也没有见过。她叫芳汀。为什么叫芳汀呢？别人根本不知道她还有什么旁的名字。她出世那年，正是督政府时期。她没有家，也就没有姓；当时那里没教会了，她也就没有教名。她很小的时候，赤着脚走在街上，随便一个过路人高兴这么叫她，她就有了名字。她接受这个名字，就像雨天额头接受乌云洒下来的水一样。大家叫她小芳汀。除此外，谁也不了解其他情况了。这个人就是这样来到人间的。十岁时，芳汀出城到周围的农户人家找活儿干。

十五岁上，她来到巴黎“碰运气”。芳汀长得美，又尽量把贞洁保持时间长些。她是个漂亮姑娘，头发金黄，牙齿雪白，有黄金和珍珠当嫁妆，不过，她的黄金长在头上，珍珠含在口里。

她为生活而劳作；后来，她爱上一个人，还是为生活，因为心也会饥渴。

她爱上托洛米埃。

他是情场作戏，她却一片痴情。充斥拉丁区街巷的大学生和青年女工，目睹了这场梦幻的开场。在先贤祠所在的山丘一带迷宫里，发生了多少悲欢离合的故事；而芳汀长时间逃避托洛米埃，但是逃避的方式又总是为了遇见他。有一种躲避的方式，同追求何其相似。总而言之，一幕浪漫曲开场了。

布拉什维尔、李斯托利埃和法梅伊，组成以托洛米埃为首的小团体，他是最有智谋的。

托洛米埃是个老而又老的大学生；他有钱，有四千法郎的年息。在圣日内维埃芙山，有四千法郎的年息，就可以随心所欲了。托洛米埃活了三十个年头，没有很好爱惜身体。他脸上起了皱纹，牙齿也脱落了几颗，而且还秃了顶，他倒是满不在乎地说：“三十秃了顶，四十双膝硬。”他的消化能力不强，有一只眼睛常流泪。然而，随着他的青春渐渐熄灭，他却点燃了寻欢作乐的蜡烛。他用插科打诨代替牙齿，用欢乐代替头发，用嘲讽代替健康，他那只泪汪汪的眼睛也总是笑眯眯的。他的身体衰微败破，但整个儿是颗花花心。他的青春未到年限就退走了，但是没有溃不成军，还保持队形，敞声大笑，在别人看来简直是一团火。他写了一出戏，被杂耍剧院拒绝了。有时他也随便诌几句诗。此外，他目无下尘，对什么都怀疑；在弱者的眼里，他真是个伟丈夫。他善嘲讽又是秃头，因而当了头领。英文Iron这个词是“铁”的意思，难道Ironie（嘲讽）

是从英文这个词来的吗？

有一天，托洛米埃将其他三人拉到一边，打了个手势，以权威的口气对他们说：

“芳汀、大丽、瑟芬和宠姬，要我们给她们一个惊喜，说话过去快有一年了。当时，我们郑重其事答应了她们。这事儿她们总提起来，尤其是对我讲。正像那不勒斯城老太婆冲圣让维埃叫嚷：‘黄脸皮，快显灵[①]！’那样，我们的美人也不断对我说：‘托洛米埃，你那让人惊喜的事儿，什么时候才能分娩出来呀？’与此同时，我们父母也来信。真是两面夹攻。我看时候到了，咱们商量一下。”

说到此处，托洛米埃压低声音，面授机宜，讲的话一定十分有趣，只见四张口同时发出一阵狂笑；布拉什维尔还高声说：“这主意太妙啦！”

他们走到一家烟雾腾腾的小咖啡馆，便蜂拥而入，他们密谈的下文就消失在那昏暗中了。

幽暗中这种密谈的结果，却是一次耀眼的郊游：安排在星期天，四名青年邀请四位姑娘。

三 四对四

如今已难想象，四十五年前大学生和青年女工郊游的情景。巴黎郊区已非当年模样，所谓市郊的生活面貌，半个世纪以来，已经完全变了。当年有布谷鸟，如今有火车；当年有游船，如今有汽艇；当年谈起圣克卢[②]，如今就像谈起费冈[③]一样。1862年的巴黎城，是

① 原文为意大利文。

② 圣克卢，巴黎西郊的一个名胜区。

③ 费冈是诺曼底地区的港口，濒临英吉利海峡。

以整个法国为郊区的。

这四对情人尽情嬉戏，把当时郊外所有的游乐场所都玩儿了个遍。已经开始度暑假了，这是一个温暖晴朗的夏日。宠姬是几个姑娘唯一会写字的人，在郊游的前一天，她以四人的名义，给托洛米埃写了这样一句话："活早出门好快清。"①因此，他们五点钟就起床了，乘公共马车去圣克卢，看了一回干涸的瀑布，大家嚷道："若是有水，一定非常好看！"接着到加斯丹还没有去过的黑头餐馆用午餐；再到大水池梅花形林荫道，花钱玩了一场骑木马摘环游戏；又登上狄奥仁灯塔；在塞夫尔桥，拿杏仁饼去赌转盘；经过普陀采几束野花；在纳伊买几支芦笛，每到一处都吃苹果馅饼，真是其乐无穷。

几个姑娘叽叽喳喳，不停地喧闹，好似逃出笼子的几只莺，使劲撒欢儿。她们不时同几个青年撩逗，拍拍打打。这是生命清晨的陶醉！美妙的岁月！蜻蜓的翅膀在震颤。啊！无论你是谁，你总会记得吧。你曾经穿行过荆丛，为跟在身后的可爱的人分开树枝吧？你曾经跟心上的女人笑着，一齐从雨水浇湿的坡上往下滑吧？那女子拉着你的手，高声说道："哎呀！瞧我这双新鞋！弄成什么样子啦！"

让我立刻就说穿了吧，这伙快活的游人倒希望天气捣捣乱，增添点情趣，可就是没有来一场阵雨，尽管在出发的时候，宠姬拿着权威的、做母亲的腔调说过："孩子们，蜗牛在小路上爬呢。这可是下雨的兆头。"

这四位姑娘简直美极了。一位名噪一时的古典派老诗人，是个也曾拥有一位心上美人儿的骑士，德·拉布伊斯先生，这天在圣克卢的栗树林中散步，上午十点钟看见她们从那里经过，不禁赞道："只是多出一个"，心中想的是美惠三女神②。布拉什维尔的情人宠

① 宠姬识字不多，原文中将清早和快活两词用反。

② 指希腊神话中妩媚、优雅和美丽三位女神，是主神宙斯的女儿。

姬，那位二十三岁的大姐，在苍翠的粗树枝下带头跑起来，跳过水沟，拼命跨越一簇簇荆棘，以年轻的农牧女神的奔放来主持这种乐趣。瑟芬和大丽在一起，正巧相得益彰，彼此增色，她们俩形影不离，照英国人的姿态相互偎依，与其说是出自友谊，倒不如说由于她们爱俏的本能。当时，头一批《时尚手册》问世不久，女子渐尚忧郁的神态，如同后来男人效仿拜伦那样，女子的发型也开始披散开了。瑟芬和大丽梳成滚筒式发型。李斯托利埃和法梅伊正议论他们的教师，向芳汀解释戴万库尔和布隆多两位先生的差异。

布拉什维尔生在世上，仿佛就是为了在星期天替宠姬拿披肩的，将那条特尔诺厂产的只有一端镶边的披肩搭在胳臂上。

托洛米埃殿后。他非常快活，可是让人感到是他在统辖：他的快活情绪中有专制的意味。他最讲究的服装，是一条南京布裤，大象腿式裤筒，裤脚由铜丝带扎在脚下。他拿着一根价值二百法郎的粗藤手杖，而且，他一向我行我素，嘴上便叼着名叫雪茄的怪物。他眼里没有神圣的东西，因此吸烟也满不在乎。

“这个托洛米埃，真是不同凡响。”别人肃然起敬地说，“穿那样的裤子！魄力多大啊！”

至于芳汀，就像快乐女神。她那两排光灿灿的牙齿，显然从上帝那里接受了一种笑的使命。她那顶白色长带的精美小草帽，戴在头上的时候少，戴在手上的时候多。她那头厚厚的金发，动不动就飘舞，披散开来，不时要拢一拢，仿佛垂柳，为了掩护逃匿的该拉忒亚①。她那粉红色嘴唇莺声呖呖；两边嘴角往上翘，极有性感，如同古代的埃里戈涅②雕像，一副挑逗的情态；但是，她那满是阴影的

① 该拉忒亚：希腊神话中的海中女神，爱上一个青年牧人，在山洞幽会，被独眼巨怪发现，用石头将牧人砸死。她把牧人变成河流，又顺流回归大海。

② 埃里戈涅：罗马神话中酒神巴克斯的情人。

长长睫毛，却谨慎地低垂着，好像要制止下半张脸喧闹欢笑。她的全身打扮，透出难以描摹的欢悦和光彩。她下身穿一条淡紫色巴勒吉纱裙，足蹬一双金褐色的小巧玲珑的厚底鞋，由彩带交叉系在两侧挑花的细纱白袜上；上身一件薄纱短衫，是马赛的新产品，起名叫“干十五”，由加纳比埃尔大街上的人讲“八月十五”的发音而来，意谓晴朗的天气、炎热和南方。另外三位姑娘，我们说过，就不这么羞怯，都干脆袒胸露肩，这种装束，在夏天又戴着缀满鲜花的帽子，就显得格外娇艳而妖媚。然而，在这种大胆的装束旁边，却有金发芳汀的“干十五”透明薄纱衫，欲隐还现，亦盖亦彰，好似一种又端庄又富于撩拨的奇装，如果出现在海绿眸子的塞特子爵夫人主持的著名情宫里，也许因其以贞洁来挑逗，而获得子爵夫人颁发的美服奖。最天真有时最高明。这种情况时有发生。

那脸蛋儿光艳照人，倩影娉婷，眼珠呈深蓝色，眼皮儿如凝脂，双足娇小而翘起，手腕和脚腕都珠联璧合，肌肤白皙，隐约显现天蓝色的脉络，面颊稚嫩而鲜艳，脖颈肥硕赛似埃伊纳岛出土的朱诺①塑像，后颈既健壮又柔美，两肩好像由库斯图②塑造出来的，中间有一个迷人的浅窝，透过薄纱依稀可见；快乐的神情因幻想而凝结，既如雕塑又美妙天成。这便是芳汀：朴素的衣裙里面，可以想见是一尊雕像，而在这尊雕像里面，可以想见有一颗灵魂。

芳汀很美，但她本人却不大了解。屈指可数的沉思者，那些审美的神秘的教士，总是默默地以十全十美的标准来衡量一切事物，他们若是遇见这个小小的女工，就可能从这种透明的巴黎风采中，看出古代神像的和谐美。这位来自幽暗底层的姑娘是纯种的。她从

① 埃伊纳岛：希腊的岛屿，1811年出土大批塑像，其中有多尊朱诺像。朱诺是罗马神话中的天后，主神朱庇特的妻子。

② 库斯图（1658—1733年）：法国著名雕塑家。

两方面体现出美来，即风度和容止。风度是理想的形态，容止则是理想的动态。

我们说过，芳汀是快乐女神；芳汀也是贞洁的化身。

一个善于观察的人，如果仔细打量过她，就会明白她虽然完全陶醉在青春年华、美好季节和爱恋之中，但是周身表露出来的，却是一副含蓄庄重的凛然难犯的神态。她本人也颇惊奇，正是普绪喀[1]区别于维纳斯的细微差异。芳汀白白的手指又细又长，胜似拿着金针拨弄圣火灰烬的贞女。尽管她对托洛米埃有求必应，这一点以后会看得十分清楚，但是安静下来的时候，她的面孔却完全是处女的神态；在某种时刻，她会突然换上一种庄重严肃，近乎庄严的神情，看到她脸上快乐倏然消失，没有过渡，就从喜气洋洋转入沉思冥想，世间再也没有比这更奇特，更令人心跳的变化了。这种突然转换的严肃，有时显得过分严厉，宛如女神的鄙夷的表情。她的额头、鼻子和下颏儿，构成线条的平衡，明显地不同于比例的平衡，这就是为什么她的面孔看上去很匀称。从鼻尖到上唇的间距极有特色：这道细微难辨的纹路十分迷人，是贞洁的神秘的标志；正是由于这一点，红胡子爱上了从圣像堆中发现的一幅狄安娜像。

爱情是一种过失；就算这样吧。芳汀却是浮游在过失上面的天真。

四　托洛米埃乘兴唱起西班牙歌

这一天从早到晚都布满朝霞。整个大自然仿佛在过节，在尽情欢笑。圣克卢的花坛芬芳扑鼻；从塞纳河吹来的清风拂动树叶，

① 普绪喀：希腊神话中人类灵魂的化身，以少女的形象出现。她和爱神厄洛斯相爱，后来几经磨难而结为夫妻。

树枝在风中轻摇；蜜蜂正在掠夺茉莉花粉；一群流浪的蝴蝶扑向蓍草、三叶草和野燕麦；在森严的法兰西国王的御花园中，还有一帮流浪汉，即一群鸟雀。

四对欢快的情侣，投入阳光、田野、鲜花和树木之中，一个个容光焕发。

她们这群天上来的仙客，又说又唱，又跑又跳，忽而追扑蝴蝶，忽而采摘田旋花，在深草中沾湿了粉红挑花袜，她们都那么鲜艳，都那么放情嬉戏，随时接受每个男人的亲吻，唯独芳汀还似乎固守抗拒，一副沉思而易受惊吓的样子，但是她已动了春心。

“你呀，”宠姬对她说，“总是这样，放不开。”

他们就是快乐。几对快乐的情侣所经之处，无不向生命和自然发出深沉的呼唤，从天地万物呼唤出爱抚和光明。从前有一位仙女，她特意为恋人创造出草地和树林。从那以后，痴情的男女就总是逃学，而且周而复始，永无绝期，只要世上还存在树林和学生。从那以后，思想家也无不看重春天。贵族和磨刀匠，王公大臣和乡下佬，朝廷命臣和市井百姓，这是按照从前的说法，大家都成为那位仙女的臣民。大家欢笑，相互追求，空气中洋溢着神灵的彩光，有了爱情，人的面貌发生了多大变化啊！公证处的小文书全成了神仙。轻声叫喊，草丛里的追逐，奔跑中拦腰抱住，这类不规范的言语就是优美的旋律，这种爱慕只用一个音节迸发出来，这些樱桃从一张嘴传到另一张嘴，这一切都熊熊燃烧，汇入上天的光辉里。美丽的姑娘都在轻柔地浪掷她们自身的东西。大家认为这永远也不会完结。哲学家、诗人、画家，观察这一幕幕忘情的场面，不知道如何处理，直看得眼花缭乱。瓦托[①]嚷道：到西泰尔岛去！平民画家朗

① 瓦托（1684—1721年）：法国画家。

克雷[1]望着这些市民在蓝天飞舞。狄德罗把手臂伸向所有这类轻浮的爱情。于尔飞[2]则把古代的祭司拉进去。

吃过午饭，四对情侣又去当时所谓的国王方园，观赏刚从印度移植来的一株植物，名称现在我忘了，那时期把巴黎人全吸引到了圣克卢。那是一棵奇特而悦目的灌木，主干挺拔，无数枝条细如丝缕，纷披下来，没有叶子，却盛开千百万朵小白花，好似一头插满花的长发。一群群游人不断前去观赏。

观赏完了奇树，托洛米埃嚷了一句："我请你们骑毛驴！"于是同一个赶驴的人讲好价钱，他们便从汪弗和伊西转回来。到伊西还有意外收获。当时由军需官布尔干占用的一座国有园子，门正巧大敞四开。他们从铁栅门进去，参观了在洞穴里的那个隐修士模拟像，到著名的镜厅试了神秘的小效果，那是色情的陷阱，适于一个成为百万富翁的好色之徒，或者变成普里阿普斯[3]的杜卡莱[4]。在由贝尔尼[5]神父赞美过的两棵栗树上吊了一个大秋千，他们用力荡了一阵。几个美人轮流上去，裙子飞舞，惹得大家咯咯大笑；格勒兹[6]若是看到裙子的飞纹，准能受到很大启发；而土鲁兹人托洛米埃，倒有两分西班牙人的气质，因为土鲁兹和托洛萨是姊妹城，他用忧伤单调的旋律，唱起一支西班牙的老歌，也许是看着两棵树之间的秋千荡着一个美丽的姑娘而兴致大发吧：

---

① 朗克雷（1690—1743年）：法国画家。

② 于尔飞（1567—1625年）：法国小说家。

③ 普里阿普斯：希腊罗马神话中男性生殖力和阳具之神。

④ 杜卡莱：18世纪法国作家勒萨日的同名喜剧中的人物，原为仆人，以欺诈手段而成为富翁。

⑤ 贝尔尼（1715—1794年）：诗人，外交家，历任大主教和红衣主教。他赞美过的栗树在孔蒂亲王府的园中。

⑥ 格勒兹（1725—1805年）：法国画家。

我来自巴达霍斯，
受了爱情的召唤。
我整个一颗心灵
集中在我的双眼，
为什么你为什么
双腿要露在外面。

唯独芳汀不肯荡秋千。

“我不喜欢人这样忸怩作态。”宠姬颇为尖酸地咕哝道。

还了毛驴，又找新的乐子：他们乘船渡过塞纳河，从帕西步行，一直走到星形广场城关。我们还记得，他们五点钟就起床了；不过，没什么！“礼拜天，没有疲倦一说，”宠姬说道，“礼拜天，疲倦是不上工的。”约摸下午三点钟，这四对乐不可支的情侣，竟然爬上了游艺场滑车道：那是一个奇特的建筑，坐落在伯戎高地上，从香榭丽舍大街的树梢能望见那起伏不平的线路。

宠姬不时就嚷一句：“让人惊喜的事儿呢？我要那件让人惊喜的事儿。”

“别急呀。”托洛米埃答道。

五　绷巴达酒馆

他们走完滑车道，便想到用晚餐；快活的八仙毕竟有点累了，就在绷巴酒馆歇下来。这家咖啡馆，是著名的绷巴达饭店在香榭丽舍大街开的分店，望得见在德洛姆巷旁边的里沃利大街上总店的招牌。

一间大屋虽宽敞，但很丑陋，里端有安了床铺的壁厢（星期天酒楼客满，有这地方也只好将就了）；两扇窗户，凭窗透过榆树，望得见堤岸和河流，一束灿烂的8月阳光拂着窗口；两张桌子，一张上一束束鲜花堆积如山，还掺杂着男帽女帽；另一张围坐着四对朋友，上面放满了盘碟、酒杯和酒瓶，一片欢宴的气氛，只见啤酒罐和葡萄酒瓶相错杂，没有什么秩序，而餐桌下面就有点混乱了。

他们的脚在桌下紧忙，
你踢我我踢你闹得一片喧响。

莫里哀就这样说过。

清晨五点钟开始的郊游，到了下午四点半就是这样情景。太阳偏西了，食欲也减退了。

香榭丽舍大街充满阳光和人群，只见明亮和灰尘，即构成荣耀的两样东西。马尔利雕刻的大理石马群，在金黄色的云雾中竖起前蹄嘶鸣。马车川流不息。一队军服华丽的近卫军，由军号开道，沿讷伊林荫路走下来；土伊勒利宫的圆顶上飘着一面白旗，在夕阳的霞光中染上淡粉色。又恢复路易十五广场旧名的和谐广场上熙熙攘攘，尽是兴致勃勃的散步者。许多人佩戴着银质百合花，吊在波纹闪光的白缎带上：在1817年，那东西还没有完全从胸前绝迹。有几处小姑娘们跳起轮舞，赢得围观者的掌声，她们迎风唱着一支波旁王朝的颂歌。那支歌当时很流行，旨在反对百日帝政，其中有这样的叠句：

把父亲从根特送还给我们①，
送还给我们的父亲。

---

① 指流亡在比利时根特城的路易十八。

一群群近郊居民，都是节日的盛装，有些还模仿城里市民，也佩戴百合花；他们分散在大方场和马里尼方场上，做套环游戏，骑在木马上旋转；还有一些人在喝酒；几名印刷所学徒工戴着纸帽，听得见他们的笑声。一片光辉灿烂。无可否认，这个时期国泰民安，王权十分巩固；当时，警察总监昂格莱斯就专门呈给国王一份密折，报告巴黎近郊的局势，结尾这样写道："陛下，根据全面观察，丝毫也不必担心这些人。他们像猫儿一样，无忧无虑而又麻木不仁。外省的平民百姓不安分，巴黎的百姓则不然。他们全是微不足道的小民，陛下，这种人，要两个叠起来，才抵得上您的一名士兵。京城民众方面毫不足虑。显而易见，五十年来，民众的身量又缩减了，巴黎城郊的居民，比革命之前矮小了。他们丝毫也不危险。总而言之，他们都是贱民，但是很驯良。"

警察总监们不会相信，猫儿可能变成狮子；然而事实如此，这就是巴黎人民的奇迹。即便是猫儿，虽受昂格莱斯伯爵的极端鄙视，在古代共和国却极受敬重，被人看做是自由的化身。在科林斯城广场上就有一只巨型的铜猫，仿佛为了衬托庇雷港的那尊无翅的智慧女神像。复辟时期的警察实在天真，把巴黎人民看得太"好"了。他们绝非警察所认为的"驯良的贱民"。巴黎人对于法兰西人，正如雅典人对于希腊人。任何人也没有巴黎人睡得安稳，任何人也没有巴黎人那样明显地轻浮而懒惰；任何人也不像巴黎人那样健忘；然而，不要相信这一切，巴黎人尽可表现出十足的无精打采，但是一旦前头有荣耀的事情，巴黎人就无所不为。如果给一支长矛，巴黎人就会有8月10日①的举动；如果给一支枪，巴黎人就会

---

① 1792年8月10日，巴黎人攻入王宫，逮捕国王。

打一个奥斯特利茨那样的胜仗。巴黎人是拿破仑的支柱，是丹东的后盾。祖国有危难吗？他们就应征入伍。要争取自由吗？他们就拆路石堆起街垒。当心啊！他们的怒发谱写过史诗；他们的外套赛似古希腊人的短披风。当心啊！他们会把随便一条格列内塔街变成卡夫丁峡谷[①]。时机一到，这郊区人就会长高，这矮个儿就会站起来，就会以可怕的方式观看，他们的气息就会变成风暴，从这可怜孱弱的胸膛里，就会呼出强风，吹动阿尔卑斯山脉的皱褶。革命掌握了军队，也多亏巴黎郊区人才能征服欧洲。他们唱歌，那就是他们的快乐。要让他们的歌符合他们的性格，那您就看吧！如果唱来唱去只有《卡马尼奥拉》[②]一首歌，他们就只能推翻路易十六；如果让他们唱起《马赛曲》，他们就会拯救世界。

我们在昂格莱斯奏折的边上写了这段注释之后，再回到我们的四对情人身上。我们说过，晚饭快吃完了。

六　相爱篇

餐桌上的交谈和情话，都同样难以捉摸：情话是云霞，餐桌上的交谈是烟雾。

法梅伊和大丽哼唱着歌儿，托洛米埃喝着酒，瑟芬笑着，芳汀微笑着。李斯托利埃试着在吹圣克卢买的木管号。宠姬则温情脉脉地望着布拉什维尔，说道：

“布拉什维尔，我真爱你。”

这话引起布拉什维尔的一个问题：

---

① 公元前321年，萨姆尼特人在卡夫丁峡谷击败罗马军队，迫使他们通过侮辱性的轭形门。1839年，巴贝斯和布朗基在格列内塔街举行起义。

② 《卡马尼奥拉》：法国大革命时代歌曲，讽刺路易十六和王后。

"宠姬，假如我不爱你了，你可怎么办呢？"

"问我吗？"宠姬提高嗓门儿，"哼！不要讲这种话，连这种玩笑也不要开！假如你不爱我了，我就揪住你不放，抓破你的脸，撕烂你的皮，我往你身上泼水，让你坐班房！"

布拉什维尔自鸣得意，淫荡地微微一笑，就像虚荣心得到极大满足的人那样。宠姬又说道：

"对，我要喊警察！哼！什么事儿我干不出来！坏种！"

布拉什维尔心醉神迷，身子往椅背上一仰，得意地合上双眼。

大丽还不住嘴地吃，她在喧闹中小声对宠姬说：

"看来，对你的布拉什维尔，你可是一片痴情啊！"

"我嘛，我讨厌他，"宠姬又抓起叉子，用同样语调答道，"他是个吝啬鬼。我倒喜欢住在我对面的那个小伙子。那个青年，人很好，你认识他吗？看样子他像个演员。我喜欢演员。他一回到家，他母亲就说：'噢！上帝呀！我又不得安静了。他又要大喊大叫了。喂，我的朋友，你要把我的脑袋吵炸开吗？'是的，他一回到家，回到那耗子窝的阁楼上，回到黑洞里，能爬多高就爬多高，一到家又是唱，又是朗诵，我怎么知道他搞什么名堂？反正楼下都听得见！他在一个公证人那里写状子，每天能挣上二十苏了。他父亲原来是高台阶圣雅克教堂唱诗班的。嘿！他人非常好。他爱我爱得发狂，有一天看见我和面烙薄饼，就对我说：'小姐呀，您用手套裹上面做出来，我也会吃下去的。'只有艺术家才会这样说话。他人非常好，那小伙子要把我弄得神魂颠倒了。没关系，我还照样对布拉什维尔说我爱你。我多会说谎！嗯？我多会说谎！"

宠姬顿了顿，接着说道：

"大丽，你瞧见了吧，我很伤心。整个夏天总下雨，风也叫我恼火，风也消不了我的火气，布拉什维尔太小气了，到市场连豌豆都有点儿舍不得买，真不知道吃什么；正如英国人讲的，我患了忧郁症；黄油贵极啦！再说，你瞧呀，真让人看不下去，咱们吃饭的地方还有一张床铺，没法儿活，叫我倒胃口。”

七　托洛米埃的高见

这工夫，有几个人唱歌，其他人七嘴八舌地说话，所有的人搅在一起，就是一片喧闹了。托洛米埃开口制止，高声说道：

“我们绝不要信口开河，也不要说得太快。我们要想出语惊人，就得思考。总是这样胡言乱语，头脑就会空虚，再蠢不过了。流淌的啤酒拢不起泡沫。先生们，不要操之过急。我们宴饮，就应当拿出宴饮的派头，让我们聚精会神地吃喝，细嚼慢咽。不要狼吞虎咽。看看春天吧，它若是来得太急，就会完蛋，也就是说会冻僵。热情过分能毁掉桃树和杏树。热情过分会扼杀盛宴的雅兴和快乐。先生们，不要狂热！格里莫·德·拉雷尼埃[①]同意塔列朗的见解。”

这圈人里响起一阵低沉的抗议声：

“托洛米埃，让我们安静点吧。”布拉什维尔说道。

“打倒暴君！”法梅伊说道。

“绷巴达、绷邦斯和邦博斯[②]！”李斯托利埃嚷道。

“礼拜天还存在呢。”法梅伊又说道。

“我们非常有节制。”李斯托利埃补充说。

“托洛米埃，”布拉什维尔说道，“瞧瞧我的平静态度。”

“你是名副其实的侯爵嘛。”托洛米埃答道。

这种并不高明的文字游戏所产生的效果，就好比往水塘里扔了一块

① 格里莫·德·拉雷尼埃：法国烹调名家，著有《美食家年鉴）（1803年）。
② 绷巴达是酒家，绷邦斯是盛宴的意思，邦博斯是欢宴的意思。

石头。平静山侯爵[①]是保王党人，当时名气很大。所有青蛙都不叫了。

“朋友们，”托洛米埃高声说道，那声调就像重新控制局面的一个人，“大家都安静下来。这句从天而降的文字游戏，听了不必大惊小怪。从天而降的东西，不见得都能让人兴高采烈，让人钦佩。文字游戏是飞翔的精神屙的屎。插科打诨的话，说不准落在何处；而精神屙出一句蠢话之后，又直上云天了。岩石上落了一摊灰白色的污物，这并不妨碍大兀鹰飞翔。我毫无亵渎文字游戏的意思！我是按其价值给予赞许，仅此而已。在人类中间，也许扩及人类之外，无论多么庄重，多么崇高，多么可爱的，全都拿文字做过游戏。耶稣拿圣彼得玩过文字游戏[②]。摩西拿以撒，埃斯库罗斯拿波吕涅刻斯[③]，克娄巴特拉拿奥克塔夫[④]，都玩过文字游戏。要注意，克娄巴特拉的那句玩笑，是在亚克兴战役之前讲的，没有那句玩笑话，谁也不会记得托里尼城，这个希腊名称意思是汤勺。这个情况交代过之后，再回头来谈我的告诫。弟兄们，我再讲一遍，不要狂热，不要呼噪，不要过分，即使讲讽刺话、俏皮话，讲笑话，即使玩文字游戏，听我说，我有安菲阿拉俄斯的谨慎[⑤]和恺撒的秃顶。即使猜字谜，也要有个限度。‘任何事物都有分寸。’[⑥]即使是饮食，也要有节制。女士们，你们爱吃苹果酱馅饼，但是也不能吃起来没

---

① 文字游戏，在法文中，“我的平静”与“平静山”同音。

② “我呢，对你说你是石头（彼得），在这石头上，我将建起我的教堂……”（《马太福音》第十五章）。

③ 古希腊悲剧作家埃斯库罗斯（公元前525？—前456年）的剧作《七将攻忒拜》中的人物，波吕涅刻斯意味“极好争吵的人”。

④ 克娄巴特拉（公元前69—前30年）：埃及女王，先后得到恺撒和安东尼的爱。奥克塔夫是恺撒用过的名字，公元前30年，他率罗马舰队，在亚克兴角打败安东尼。

⑤ 安菲阿拉俄斯：古希腊传说中阿耳戈斯城的先知，他预言攻打忒拜必遭失败。战事果如他的预言。

⑥ 原文为拉丁文，引自贺拉斯（公元前65—前8年）的《讽刺诗集》。

完。即使吃馅饼，也要有点儿理性，讲究点儿艺术。暴饮暴食会惩罚暴饮暴食的人。嘴要惩罚肚子。消化不良，是仁慈的上帝派来教训胃的。请记住这一点：我们每一种激情，即使是爱情，各自都有胃口，不能撑得过饱。在任何事物上，都必须及时写上'终止'这个词，必须自行约束，到了紧急时刻，要给自己的胃口插上门闩，将自己的妄念囚禁起来，要画地为牢。聪明人，就是能在适当时候主动罢手。请你们多少相信我一点儿：我毕竟学了点儿法律，有我的考试成绩为证。我知道动机问题和悬而未决的问题之间的差异，因为我用拉丁文写过一篇论文，论述穆纳修斯·德门斯任凶杀案初审法官时期，在罗马所使用的酷刑，看来我要成为博士了，但是不见得我必定会变蠢了。我劝告你们要节欲。我讲的是好话，千真万确，就像我叫菲利克斯·托洛米埃一样。真正快乐的人，乃是时候一到就能毅然引退的人，如同苏拉或者奥利金①。

宠姬聚精会神听他讲。

"菲利克斯！"她说道，"多美的词！我喜欢这个名字。这是拉丁文，是'兴盛'的意思。"

托洛米埃接着说道：

"市民们，绅士们，骑士们，朋友们！你们想摒弃床第之欢，面对爱情而毫不冲动吗？再容易不过了。这就是药方：多喝柠檬水，高强度锻炼，重体力劳动，采取疲劳战术，拖重东西，不睡觉，熬夜，多喝含硝的饮料和睡莲汤，尝一尝罂粟膏和牝荆膏，同时还严格节食，饿肚子，再洗冷水浴，用草绳扎腰，绑上铅块，用醋酸铅擦身子，用醋汤热敷。"

---

① 苏拉（公元前138—前78年）：罗马将军、政治家。他当上执政官，在权力达到极盛时，突然宣布引退。奥利金（约185—252或254年）：神学家，《圣经》注释者，希腊教会神父，据传他自阉了。

“我宁愿要一个女人。”李斯托利埃说道。

“女人！”托洛米埃又说，“你们可得当心。谁信了女人那颗水性杨花的心，谁就要倒霉！女人有心计，薄情寡义。她们憎恨蛇，是出于同行的嫉妒。蛇，是在对面开的铺子。”

“托洛米埃，”布拉什维尔嚷道，“你喝醉啦！”

“可不是！”托洛米埃答道。

“那就乐一乐吧。”布拉什维尔又说。

“好哇。”托洛米埃答道。

他斟满酒杯，站起来：

“光荣属于美酒！‘现在，巴克科斯，我要歌唱你！’①对不起，各位小姐，我讲的是西班牙文。要证据吗？西袅拉（女士们），这就是：什么样的民族，就有什么样的酒桶。卡斯蒂利亚的拉罗伯②盛十六公升，阿利坎特的康塔罗盛十二公升，加那利群岛的阿尔木德能盛二十五公升，巴利阿里群岛的库亚丹能盛二十六公升，沙皇彼得的普特能盛三十公升。这个沙皇大帝万岁！更大的普特万岁！各位女士，作为朋友奉劝一句：你们若是高兴，就骗骗周围的人。爱情的特点，就是骗来骗去。情爱无需像英国的女仆那样，总是傻乎乎匍匐在一个地点，膝盖磨出老茧。甜美的情爱，绝不能这样安排，情爱要朝三暮四，要欢欣愉快！有人说过：出错是人之常情；我要说：出错是爱之常情。各位女士，我痴情地爱你们每一位。啊，瑟芬，啊，约瑟芬，五官欠端正，但是很可爱，如果嘴眼不有点歪，那就更迷人了。看您的模样儿，这张脸就好像让人

---

① 原文为拉丁文，引自古罗马诗人维吉尔（公元前70—前19年）的《农事诗》。巴克科斯是酒神。

② 卡斯蒂利亚、阿利坎特、加那利群岛、巴利阿里群岛，都是西班牙的地区名。拉罗伯等都是西班牙、葡萄牙曾用或沿用的容器名称。

无意中坐了一屁股。至于宠姬，啊，林中的仙女和缪斯！有一天，布拉什维尔在盖兰-布瓦索街过水沟，看见一个美丽的姑娘，拉得紧紧的白袜显露出双腿的线条。一见就喜欢，布拉什维尔爱上了。他爱上的那个姑娘正是宠姬。宠姬哟，你有爱奥尼亚型的嘴唇。从前希腊有个画家，名叫厄弗尼翁①，得个绰号叫嘴唇画家。唯独那个希腊人才配画你的嘴。听我说！在你之前，没有一个人配得上这个名称。你跟维纳斯一样，是为得到苹果而生的，或者跟夏娃一样，是为吃苹果而生的。美是从你身上开始存在的。我刚提到夏娃，那是你造出来的。你应当获得'发明美女'证书。宠姬哟，我不以'您'相称呼，因为我从诗歌转入散文。刚才你提到我的名字，这着实令我感动。然而，我们无论谁，都不要相信名字，很可能名不副实。我叫菲利克斯，但是并不幸福。文字是骗人的。不要盲目接受词语向我们标出的含义。写信到利埃日城②去买软木塞，写信到波城③去买皮手套，那就大错特错了。大丽小姐，我若是您，就起名叫玫瑰。花儿要有香味，女子要有智慧。至于芳汀，我没有什么可说的，她好沉思，好幻想，好思考，非常敏感；她是个幽灵，具有仙女的形体、信女的贞洁；她误入风尘，却躲藏在幻想中，她又唱歌，又祈祷，她望着蓝天，却不大清楚望见了什么，也不大清楚自己在做什么；她眼望天空，在花园里游荡，而园中并没有那么多花鸟。芳汀啊，要明白这一点：我，托洛米埃，我也是一种幻象；唉，虚无缥缈之乡的金发姑娘，我的话她甚至都没听见！此外，她整个人儿都体现着鲜艳、美妙、青春、清晨的明媚。芳汀哟，您是个配叫菊花或明珠的姑娘，您是光艳照人、无与伦比的女子。各位

---

① 名字有误，应是公元前6世纪陶瓷画家厄弗罗尼奥斯。

② 利埃日是比利时的城市，意为"软木"。

③ 波城是法国西南部城市，与"皮"同音。

女士，我有第二个忠告：千万不要嫁人，结婚犹如嫁接，好坏难说，要逃避这种危险。嗳！算啦，我在这儿胡说些什么呀？简直不知所云。在嫁人方面，姑娘们是不可救药的。我们这些明白人，就是磨破嘴皮，也阻挡不了做背心做鞋的姑娘梦想，梦想嫁个满身珠光宝气的丈夫。算啦，就由它去吧。不过，几位美人儿，请记住这一点：你们糖吃得太多了。女人哟，你们只有一个过错，就是喜欢嚼糖。啮齿类女性哟，你们洁白美丽的细牙特别喜欢糖。然而，听清楚了：糖也是一种盐，凡是盐就吸收水分。在各种盐中，糖吸收水分的能力最强。它通过血管，将血液中的水分吸出来；这样，血液就要凝结，进而凝固；这样就会引发肺结核，就会导致死亡。这就是为什么，糖尿病往往同肺痨并发。因此，你们长寿，就不要总嚼糖！现在，我转向男人。先生们，你们要猎艳，要彼此抢夺心爱的女人，不要有丝毫顾忌。猎艳并相互交换。情场上没有朋友。哪里有漂亮女人，哪里就有公开敌对。没有范围，殊死搏斗！一位漂亮女人，就是一场战争的导火线；一位漂亮女人，就是一起现行罪案。历史上所有的入侵，无不是由裙子引起的。女人是男人的权利。罗慕路斯①掠夺过萨宾女人，威廉②掠夺过撒克逊妇女，恺撒掠夺过罗马妇女。男人如果没有女人的爱，就会像一只老鹰，盘旋在别人情妇的头上。至于我，我要向所有无家无业的人，发出波拿巴告意大利军队书：‘士卒们，你们什么都缺少，而敌军什么都有。’”

托洛米埃的话中断了。

“喘口气儿吧，托洛米埃。”布拉什维尔来了一句。

接着，由李斯托利埃和法梅伊附和，布拉什维尔唱起一支咏叹

---

① 罗慕路斯：传说是罗马城的创建者（公元前753年）。

② 威廉（1028—1087年）：诺曼底公爵（1035—1087年），英国国王（1066—1087年）。

调。这种歌在车间里可以随口填词，音韵仿佛很丰富，而其实毫无韵味，同时也空洞无物，如同风声和树枝摇动，是从烟斗冒出来的烟中产生的，并随着烟雾飘飞消散。下面一节歌词就是合唱组对托洛米埃演说词的答复：

几个蠢如火鸡的教士
交给联络员一些银两，
好让我的克莱蒙霹雳
圣约翰节时当上教皇；
然而克莱蒙不是教士
所以连教皇也未当上；
于是联络员暴跳如雷
又把那银两如数带回。

这种歌还不足以平息托洛米埃机变的口才，他一口干掉杯中酒，重又斟满，接着又讲起来：

“打倒智慧！把我讲的话全忘掉吧。既不要规矩，也不要谨慎，不要做规矩谨慎的人。我要为欢快干一杯；我们要欢快！让我们的法律课补充放荡和酒肉的内容。消化不良，也容易消化①。让查士丁尼②当雄的，让盛宴当雌的！快乐抵达深渊！万物啊，生活吧！世界是一颗巨大的钻石！我真快活。鸟儿叫人惊讶。到处都是欢宴！夜莺是不收费的埃勒维乌③。夏天，我向你致敬。卢森堡公园

① “容易消化”和《学说汇纂》两词拼写相同。

② 查士丁尼（482—565年）：拜占庭皇帝，著有《查士丁尼法典》、《学说汇纂》等。

③ 埃勒维乌（1769—1842年）：法国歌喜剧著名演员。

啊，夫人街和天文台路的农事诗啊！沉思默想的年轻步兵啊！所有这些可爱的保姆，一面照看孩子，一面以孕育孩子为乐！如果没有奥德翁剧院的柱廊，也许我会喜欢美洲的大草原！我的灵魂飞入原始森林和大草原。一切都是美的。苍蝇在日光中嗡嗡飞舞。太阳一个喷嚏打出了蜂鸟。跟我拥抱亲吻吧，芳汀！”

他抓错了人，亲了宠姬。

八　一匹马死了

“爱东餐馆要比这绷巴达酒家好。”瑟芬嚷道。

“我喜欢绷巴达胜过爱东，”布拉什维尔明确表示，“这里更气派些，更有亚洲的情调。瞧楼下餐厅，墙上镶了大镜子。”

“我还是喜欢餐盘里的东西。”宠姬说道。

布拉什维尔坚持说：“瞧这里的餐刀。绷巴达酒家餐刀柄是银的，爱东那里的餐刀是骨头的。银子当然比骨头贵重喽。”

“这话对银下巴的人就不对了。”托洛米埃指出。

此刻，他望着从绷巴达窗口看得见的残废军人院圆顶。

大家沉默了片刻。

“托洛米埃，”法梅伊嚷道，“刚才，李斯托利埃和我有一场争论。”

“争论好哇，”托洛米埃答道，“争吵就更好了。”

“我们争论哲学问题。”

“唔。”

“你喜欢笛卡儿还是斯宾诺莎？”

“我喜欢戴索吉埃[①]。”托洛米埃答道。

他宣布了这个判决，又举杯喝酒，接着说道：

“我还同意活在世上。大地上并没有全完蛋，总还可以胡说八道。我要感谢神灵。大家说谎，可是大家可以欢笑。人一面肯定，一面又怀疑。三段论常出现意外的情况。这很有趣。这世上还有人懂得快活地打开并关上悖论玩偶盒。各位女士，你们平常喝的是马代尔葡萄酒，告诉你们，这是海拔317图瓦兹[②]的库拉尔·达弗列拉产的葡萄酿制的！而绷巴达先生，出色的餐馆老板，供应海拔317图瓦兹的产品，只要四法郎五十生丁[③]！”

法梅伊重又打断他的话：

“托洛米埃，你的见解就是法律。你最喜爱的作家是哪一位？”

“贝尔……”

“贝尔甘[④]？”

“不对。贝尔舒[⑤]。”

托洛米埃继续说道：

“光荣属于绷巴达！他若是能给我弄来一名埃及舞女，就可以和穆莫菲斯·戴勒芳达相媲美；他若是能给我弄来一名希腊名妓，就可以和蒂杰利翁·德·谢罗内相媲美！因为，女士们啊，希腊和埃及，也曾有过绷巴达这种人物。这一点，阿普累[⑥]告诉我们了。在造物主的创造中，再也拿不出什么新东西啦！所罗门就说：‘阳光下没有任何新东西。’[⑦]维吉尔也说：‘爱情对所有人都是一样

① 马克-安托万·戴索吉埃（1772—1827年）：法国民谣歌手。

② 法国旧长度单位，1图瓦兹合1.949米。

③ 生丁，法国辅币名，等于百分之一法郎，又译“分”。

④ 贝尔甘（1747—1791年）：法国作家。

⑤ 贝尔舒：19世纪法国著名食谱的作者。

⑥ 阿普累（125—约180年）：拉丁作家，他的作品《金驴》中有古代美食学的资料。

⑦ 原文为拉丁文。

的。’[①]如今，医科女生和医科男生一同登上圣克卢的帆船，正像从前阿斯帕茜和佩里克利斯[②]一同登上去萨莫斯岛的战舰。最后一句话，各位女士，你们知道阿斯帕茜是什么人吗？尽管她生活在女人还没有灵魂的时代，她却是一颗灵魂，是一颗发紫的粉红色灵魂，比火焰更明亮，比朝霞更清新。阿斯帕茜是个兼有女人两个极端的人儿：她是神仙妓女，是苏格拉底加上玛依·列斯戈[③]。阿斯帕茜是应普罗米修斯的需要而创造出来的婊子。”

托洛米埃一高谈阔论起来，如果此刻不是有一匹马倒在堤岸上，他的话是很难打住的。那辆大车和这位演说家都戛然停止。那是博斯地区产的牝马，又老又瘦，只配送给屠夫了。那头牲口拉着沉重的车子，到绷巴达酒家门口累得精疲力竭，再也不肯往前走了。这场面吸引了不少人看热闹。车夫非常恼火；一边咒骂，一边扬起鞭子，刚扯着嗓子骂了一声：“贱骨头！”同时鞭子刚狠狠抽下去，那老马就倒下，再也起不来了。围观的行人一阵喧哗，托洛米埃的愉快听众就都纷纷转过头去，托洛米埃便趁机朗诵一节忧伤的诗，来结束他的演说：

它来到世上同所有车辆
　命运全都一样，
是劣马经历如所有劣马
　贱骨头挨声骂！

---

① 原文为拉丁文。

② 佩里克利斯（公元前495—前425年）：雅典著名政治家。阿斯帕茜是他的伴侣，以美貌和智慧著称。

③ 法国作家普莱服神父（1697—1763年）的作品，是《一个贵族的回忆》中的第七卷，后来独立成书。

“这马真可怜！”芳汀叹道。

大丽却叫起来：“瞧瞧芳汀，还要可怜起马来！还能找到像这样难看的牲口吗？”

这时，宠姬叉起胳臂，头往后一仰，凝视托洛米埃，说道：

“算啦！那件意外的事儿呢？”

“对呀，时候已到。”托洛米埃答道，“先生们，要让这些女士大吃一惊的时刻已经敲响了。各位女士，请稍候片刻。”

“先得亲一下。”布拉什维尔说道。

“亲一下脑门儿。”托洛米埃补充一句。

于是，他们都一本正经地亲了各自情妇的额头；接着，四个男人将一根指头放在嘴边，鱼贯走出去了。

宠姬鼓掌送行。

“已经有点意思了。”她说道。

“不要走得太久，”芳汀轻声说道，“我们等着你们呢。”

九　一场欢乐的欢乐结局

几位姑娘单独留下来，每两个人俯在一个窗口闲聊，伸出头去，同另一个窗口的人说话。她们瞧见那几个青年挽着手臂走出绷巴达酒馆；几个青年还回过头来，笑着向她们挥手，随即消失在每个星期天都充满香榭丽舍的尘嚣中了。

“不要走得太久！”芳汀嚷道。

“他们要给我们带回来什么东西呢？”瑟芬说道。

“肯定是好看的东西。”大丽也说道。

“要我说，”宠姬接口说道，“我倒希望是黄金做的。”

她们透过大树的枝杈，望见河边的热闹景象，觉得很有趣，注意力很快就被吸引过去了。这正是邮车和驿车启程的时刻，当时驶往南部和西部的客货车，几乎全要经过香榭丽舍。大部分车辆沿着河滨路，从帕西关厢出城。每隔一会儿，就有一辆漆成黄色和黑色的大车经过，马匹嘶鸣，车上满载着大小包裹、篮子和箱子，堆得奇形怪状，车窗露出一个个脑袋，车轮碾着路面，将每块路石都变成打火石，像铁匠炉一样火花四溅，烟尘滚滚，在人群中横冲直撞，飞驰而去。这种喧嚣令姑娘们开心，宠姬感叹道：

“发出这么大声响！就好像一堆堆铁链抛到空中。”

有一次一辆马车停了一会儿，然后又疾驶而去，但是由于茂密的榆树枝叶遮着，她们看不大清楚。芳汀觉得很奇怪。

“真怪啦！”她说道，“我还以为驿车中途从来不停呢。”

宠姬耸了耸肩膀。

“这个芳汀，真叫人吃惊。我出于好奇观察她。她见到最普通的事情都大惊小怪。假设一种情况：我是旅客，关照驿车车夫说，我先走一步，您经过河滨的时候，就把我捎上。驿车过来了，看见我就停下，让我上去。这种事儿天天都有。你不了解生活呀，亲爱的。”

几个人就这样消磨了一段时间。宠姬仿佛猛醒过来，突然说道：“咦！要让我们惊喜的事儿呢？”

“对了，真的，让人眼巴巴盼望的惊喜的事儿呢？”

“他们去的时间可够久的！”芳汀说道。

芳汀刚叹了一口气，伺候晚餐的那个伙计走进来，他手里拿着什么东西，好像是封信。

“这是什么？”宠姬问道。

伙计回答：“是那几位先生留给你们几位夫人的字条。”

“为什么没有立刻送来？”

“因为几位先生吩咐过，”伙计又说道，“要过一个钟头，才能交给你们几位夫人。”

宠姬一把将字条从伙计手中夺过去。果然是一封信。

“咦！”她说道，“没有地址，但是上面有这样一行字：

这就是出人意料的事。”

她急忙拆开信，打开念着（她识字）：

啊，我们的情妇！

要知道，我们在家有双亲。双亲，你们不大了解是什么。在天真和公正的民法中，双亲叫做父亲和母亲。然而，那些父母双亲总是哀叹，那些老人总召唤我们，那些老头儿和老太婆管我们叫浪子，盼望我们回去，要为我们杀猪宰牛。我们是讲道德的人，就要服从他们。在你们看这封信的工夫，五匹烈马就送我们去见爸爸妈妈了。正如博须讲的，我们滚蛋了。我们动身，我们动身走了。我们在拉菲特驿车的怀抱，插上卡雅尔驿车的翅膀逃走了。驶往土鲁兹的驿车，把我们从深渊中拉出来，而深渊，正是你们呀，我们美丽的姑娘！我们以每小时三法里的速度，飞快回到社会中，回到职责和秩序中去。根据祖国的需要，我们跟别人一样，必须去当省督、家长、乡吏和政府顾问。尊重我们吧，我们这是作出了牺牲。快快为我们痛哭一场，快快找人代替我们吧。如果这封信撕碎你们的心，那么就以牙还牙，将这封信撕碎。永别了。

在将近两年期间，我们让你们得到了幸福。千万不要怨恨我们。

布拉什维尔

法梅伊

李斯托利埃

菲利克斯·托洛米埃

（签字）

附言：餐费已付。

四位姑娘面面相觑。

宠姬首先打破沉默，高声说道：

“好啊，这个玩笑开得还真够意思。”

“非常有趣。”瑟芬说道。

“这主意，肯定是布拉什维尔想出来的，”宠姬又说道，“这倒让我爱上他了。人一走，爱不够。人总是这样。”

“不对，”大丽说道，“是托洛米埃的主意。一眼就能看出来。”

“如果是这样，”宠姬接口说道，“布拉什维尔该死，托洛米埃万岁！”

“托洛米埃万岁！”大丽和瑟芬嚷道。

接着，她们敞声大笑。

芳汀也随着其他人大笑。

一小时之后，芳汀回到自己的房间，却又失声痛哭。前面说过，这是她的初恋，她委身给托洛米埃，把他看成丈夫了；而且，可怜的姑娘已经有了一个孩子。

第四卷　寄放，有时便是断送

一　一个母亲遇见另一个母亲

本世纪头二十五年间，在巴黎附近叫蒙菲郿的地方，有一家类似大众饭馆的客栈，如今已不复存在了。这家客栈是德纳第夫妇开的，位于面包师巷。店门楣墙上横钉着一块木板，上面画的图案像一个人背着一个人，背上那人佩戴着有几颗大银星的金黄色将军大肩章；画面上有些红点，表示血迹，其余部分则是硝烟，大概表明那是战场。木板下端有一行字："滑铁卢中士客栈"。

客栈门前停一辆敞篷车或者运货大车，原是极平常的事。然而，1818年春季的一天傍晚，停在滑铁卢中士客栈门前堵塞街巷的那辆车，准确点儿说那辆车的残骸，肯定能吸引经过那里的画家的注意。

只残存前半截车身：那是林区用来运厚木板和圆木的载重大车。有两个巨大的车轮，托着连接一根笨重辕木的一根粗铁轴。车轮、轮辋、轮毂、车轴和辕木，都由辙道给涂上一层难看的屎黄色泥浆，如同教堂里喜欢刷的那种灰浆。泥浆裹住了车身的木料，铁锈裹住了车身的铁料。车轴横吊着粗铁链，适于锁苦役犯歌利亚[①]，令人联想到的不是它所拦捆运送的木材，而是可能套着拉车的乳齿

① 歌利亚：《圣经》中菲利士勇士，身材高大，所向无敌，后被大卫王所杀。

象和猛犸。铁链的样子，就像从苦役犯监狱，而且是从囚禁独眼巨人和超人的监狱中弄来的，又像从什么妖怪身上解下来的。荷马可能用它锁过波吕斐摩斯[①]，莎士比亚可能用它锁过卡利班[②]。

一辆载重大车的前半截为什么停在街上呢？首先是为了堵塞街道，其次让它彻底锈掉。在旧社会秩序中，就有许许多多这类机构，也是公然堵在路上，并没有别的存在理由。

吊在车轴上那条铁链的中段，离地面很近；在这黄昏时分，有两个小女孩儿并排坐在铁链的弯兜里，如同坐在秋千索上；大的约两岁半，小的约一岁半，大的搂着小的，两个亲亲热热。她们由一条手帕巧妙地系住，摔不下来。有位母亲最初看到这条可怕的铁链，就说道："嘿！这正好做我孩子的玩意儿。"

两个女孩儿放射光彩，打扮得很可爱，但也过分得有点儿可笑，显然得到精心照料，在废铁中像两朵玫瑰；她们的眼睛神气十足，鲜嫩的脸蛋儿笑开了花。一个女孩儿头发是栗色的，另一个是棕褐色的，她们天真的脸上呈现又惊又喜的表情；附近有一丛野花飘散香气，行人还以为香味是从她们身上发出来的。一岁半的那个露着可爱的小肚皮，显示孩童那种毫无顾忌的纯真。两颗娇小玲珑的头沉溺在幸福中，沐浴在阳光里，而在头顶和周围是那庞然大物，锈得发黑颇为骇人的半截车身，满是交错的狰狞的曲线和棱角，但在此刻，巨大车身的线条似乎变得柔和，好像是圆拱石洞口了。母亲蹲在几步远的客栈门口，那女人的面目并不和善，不过在此刻，她用长绳拉着摇摆两个孩子，眼睛紧紧盯住，唯恐孩子有个闪失，完全是一副母性所特有的野兽加天使的神情，倒显得令人感动了。那难看的铁环每摆动一下，就发出刺耳的声响，如同气恼的

---

① 希腊神话中的独眼巨神。

② 莎士比亚剧作《暴风雨》中的妖怪。

叫声；而两个小女孩儿却乐不可支，夕阳也照过来助兴。一条绑缚巨魔的锁链，变成了小天使的秋千，世间没有比这种莫测的变化更有趣的事了。

母亲一面摇动着两个小女孩儿，一面用假嗓哼唱一首流行的抒情歌曲：

必须如此，一名武士……

她只顾唱歌和注视两个女儿，也就听不到也看不见街上所发生的情况。

就在她开始唱歌的工夫，有人走到近前，她猛然听见有人在她耳边说："太太，您这两个孩子真漂亮。"

……对美丽温柔的伊默琴说。

那母亲又唱了一句表示回答，这才转过头来。

一位妇人站在她前面几步远的地方，怀里也抱着一个孩子。

此外，她还挎一个相当大的旅行袋，装满衣物，显得很沉。

她那孩子就是降世的小仙女，有两三岁，衣着打扮可以同另外两个孩子相媲美。小女孩儿戴一顶镶瓦朗西纳花边儿的细布帽，穿一件饰飘带的花衣；裙摆撩起来，露出白胖胖结实的大腿根。她的身体很健康，脸蛋儿红扑扑的，好像苹果，好看极了，叫人见了恨不得咬上一口。她的眼睛一定非常大，睫毛十分秀美，此外再也说不出什么：她在睡觉。

她睡得极为香甜：只有这种年龄的孩子，才有这样绝对安稳的睡眠。母亲的手臂是柔情构成的，孩子在里面可以酣然大睡。

至于母亲，那样子既穷苦又忧伤。她是工人模样的打扮，又有重做农妇的迹象。她还年轻。长得美吗？也许吧，但是这身打扮显不出美来。一绺金发散落下来，表明她有一头浓发，可惜让扎在下颏的一条丑陋的头巾紧紧包住了。人有美丽的牙齿，笑一笑就能露出来，而她却毫无笑意。看她那双眼睛，不久前似乎还哭过。她的脸色苍白，样子十分疲惫，有几分病容；她瞧着睡在怀抱里的女儿，那神态也是亲自哺乳的母亲所特有的。一条伤兵用来擤鼻涕的那种蓝粗布大毛巾，对角折起来，围在她腰上，看来很蠢笨。她的双手发黑，布满斑点，食指皮变硬，尽是针痕；肩上披一条棕褐色粗羊毛斗篷，穿一条粗布衣裙，足上蹬一双粗大鞋子。她就是芳汀。

她是芳汀。很难认出来了。然而，仔细端详一下，她始终那么美。右脸上有一道忧伤的横纹，仿佛是嘲笑的苗头。至于她的装束，从前那身仿佛由快乐、轻狂和音乐织成的、缀满响铃和散发丁香味儿的锦带罗纱衣裙，就像阳光下看似钻石的美丽耀眼的霜花，早已融化消失：霜化了，露出黝黑的树枝。

那次“恶作剧”之后，十个月过去了。

这十个月期间，发生了什么情况呢？可想而知。

遭到遗弃之后，便是困苦。芳汀当即见不到宠姬、瑟芬和大丽了。这种关系，男子方面挣断了，女子方面也就解体了；半个月之后，如果有人说她们是朋友，她们会感到十分诧异；再也没有理由做朋友了。只剩下芳汀孤零零一个人。孩子的父亲走了，唉！这种关系一断绝，就不可挽回了。她孑然一身，只是少了劳动的习惯，多了享乐的爱好。她同托洛米埃发生关系之后，受其影响，渐渐轻视她学得的小手艺，忽视了自己的生活出路。出路全堵塞，就走投无路了。芳汀识不了几个字，又不会写字，她小时候只学会签名。于是，她请摆字摊儿的先生代写一封书信，寄给托洛米埃，随后又寄第二封、第三封。托洛米埃一封信也没有回复。有一天，芳汀听见一些饶舌的女人看着她的女儿说：“谁认这种孩子呢？看到这种孩子，只能耸耸肩膀！”于是芳汀就想到托洛米埃要对她孩子耸肩膀，不认这无辜的小生灵；对于这个男人，她心灰意冷了。然而怎么办呢？她不知该投奔谁了。她是犯了一个错误，但在本质上，我们还记得，她是贞洁贤淑的。她隐约感到，自己很快就要受穷，就要坠入悲惨的境地。要拿出勇气来，勇气是有的，她自然就绷足了劲儿。她灵机一动，想回家乡海滨蒙特伊城去。回到家乡碰见个熟人，也许会雇她干活儿。这主意不错，不过，必须隐瞒自己的错误。这样，她又隐约看到，自己很可能面临比第一次更为痛苦的离别。她感到一阵揪心，但还是毅然作出决定。后面我们会看到，芳汀在生活中，表现出多么非凡的勇气。

她已经毅然决然卸去了装饰，又穿上粗布衣裙，而她所有丝绸、服饰、缎带和花边儿，全用到女儿身上了。她所有东西都变卖了，共得二百法郎，再还些零星债务，大约只剩下一百八十法郎。在二十二岁的妙龄，于春天的一个晴朗的早晨，她背着孩子离开巴黎。谁若是看见这母女俩经过，准会觉得可怜。这女人在世间只有这个孩子，而这孩子在世间也只有这女人。芳汀哺乳过女儿，胸脯耗损，现在有点咳嗽。

以后，我们没有机会谈到菲利克斯·托洛米埃先生了。这里只交代一句，二十年后，在路易·菲力浦国王当政时期，他在外省当上大法官，有钱有势，既是个明智的选民，又是个很严厉的审判官，而且，始终不忘寻欢作乐。

芳汀赶路，有时要歇歇脚，搭乘当时所谓的郊区小马车，每法里花三四法郎，这样，中午时分就到达蒙菲郿，走进面包师巷。

她从德纳第客栈门前经过，看见两个小女孩儿在怪形秋千上玩得那么开心，一时看呆了，不觉在这欢乐的景象面前站住。

世上确实存在有魅力的东西。在这位母亲看来，两个小女孩儿就是一例。

她心情激动地望着两个小女孩儿。有天使降临，就宣告了天堂。在这家客栈的上方，她似乎看见“主在此”的神秘昭示。两个小女孩儿的幸福是一目了然的！她注视她们，啧啧称赞，触景生情，心里十分激动，就在那位母亲唱歌换气的工夫，她禁不住赞了一句，即我们在前面看到的那句话：

“太太，您这两个孩子真漂亮。”

再凶猛的禽兽，看见有人抚摩它们的崽子，也会变得温顺起来。那母亲抬起头，道了谢，请过路的女子坐到门旁的条凳上，而她仍蹲在门口。两个女人攀谈起来。

“我叫德纳第太太，”两个女孩儿的母亲说道，“这客栈是我们开的。”

随后，她又低声哼唱那支抒情歌曲：

必须知此，我是骑士，
就得动身到巴勒斯坦去。

这位德纳第太太有一头棕发，身体肥胖，是个性情暴躁的女人，毫无风韵，属于女大兵的类型。不过，说来也怪，她看了几部香艳小说，就有一种沉思的情态：女不女，男不男，一副忸怩作态的样子。页面破损的旧小说，对小客栈老板娘的想象力，往往会产生这种影响。她还年轻，刚刚三十岁。当时，这个女人若不是蹲着，而是直立起来，她那赛似集市流浪艺人铁塔一般的个头儿，也许会立刻吓退这个赶路的女人，打消人家的信任感，而我们要叙述的故事也就化为乌有了。一个人坐着而不是站立，有时会决定一些人的命运。

过路的女人讲了自己的身世，不过稍微改变一点儿事实：

她是个工人，丈夫死了，而巴黎又找不到活儿干，她只好到外地谋生，要回家乡；当天早晨她离开巴黎，带着孩子走累了，路上遇见去蒙勃勒的大车，便搭乘到那里；接着，她又从蒙勃勒走到蒙菲郿，小家伙能走几步路，到底太小，走不多远就得让人抱着，小宝宝在怀里睡着了。

她说到这里，就亲吻一下女儿，将女儿弄醒了。孩子睁开眼睛，蓝色的大眼睛同母亲的一样，她望着，望什么呢？什么都望，什么也不望，那副认真的，有时还很严肃的孩子神态，是他们通明透亮的天真面对我们道德的昏暮所显示的一种神秘。仿佛他们感到自己是天使，而且知道我们是凡人。继而，孩子笑起来，挣脱母亲的怀抱，滑到地上，拉也拉不住，表现出一个小生命要奔跑的那种约束不住的劲头儿。她猛然瞧见秋千上的两个孩子，立刻站住，伸出舌头，显得十分羡慕。

德纳第妈妈将两个女儿解开，扶下秋千，说道：

“你们三个一块儿玩儿吧。”

这种年龄的孩子，到一起就熟，一分钟之后，德纳第家的两个女孩儿就和新来的孩子玩起来，一同在地上挖洞，其乐无穷。

新来的孩子非常快活；母亲的善良就刻在孩子的快乐中。她捡了一个小木片儿当铲子，用劲掘了一个能容一只苍蝇的小坑，掘墓工人所干的事，出自孩子的手，就变为嬉笑了。

两个女人继续聊天。

“您这小家伙叫什么？”

“珂赛特。”

珂赛特，应当叫欧福拉吉。小姑娘本来叫欧福拉吉。但是，做母亲的把欧福拉吉改成珂赛特：平民阶层的母亲就是这样，出于温柔可爱的本能，把约斯发改成佩比塔，把弗朗索瓦丝改成西莱特。这种字词派生法，不但打乱了整个词源学，而且令词源学家惊诧不已。我们认识一位老祖母，她竟能把特奥道尔改成格侬。

“她几岁啦？”

“快三岁了。”

“同我的大女儿一样。”

这工夫，三个小姑娘聚在一堆，显得极度不安又乐不可支；出了一件大事：一条大蚯蚓从地里钻出来，她们见了又害怕，又看得出神。

三个容光焕发的额头相互挨着，就好像三个头罩在一个光环里。

“孩子就这样，”德纳第妈妈高声说道，“一见面就熟啦！真让人以为是三姐妹！”

这句话大概就是另一位母亲所期待的火花吧。她一把抓住德纳第家的手，定睛看着她，说道：

“您肯照管我的孩子吗？”

德纳第家的不禁吃了一惊，那种表情既非同意也未拒绝。

珂赛特的母亲接着又说道：

“您明白，我不能带着孩子回家乡。带孩子没法儿干活儿，也找不到工作。那地方的人特别古怪可笑。是仁慈的上帝让我从您的客栈门前经过。我一看见您的女儿这么漂亮、这么洁净，又这么高兴，就动心了，心里说道：这才是个好母亲。不错，她们真像三姐妹。再说，不用多久，我还要回来的。您肯照管我的孩子吗？”

“我得想想。”德纳第家的说道。

“每月我可以付六法郎。”

说到这里，一个男人的声音在店里嚷道：

“少于七法郎不行。还要先交六个月的钱。”

“六七四十二。”德纳第家的说道。

“我照付就是。”那位母亲答道。

“另外，还要付十五法郎，作为初来的花费。”那男人的声音又补充道。

“总共五十七法郎。”德纳第太太说道。她在计算中间，还随意哼唱：

必须如此，一名武士说。

“我照付就是，”那位母亲答道，“我有八十法郎。剩下的够我回家乡了。当然要走着回去。到了那儿，我能挣钱，等攒了一点儿，就回来接我的心肝儿。”

男人的声音又说：“小丫头有衣服包吧？”

“他是我丈夫。”德纳第家的说道。

“可怜的宝贝儿，她当然有一包衣服了。我看出来他是您丈夫。这还是一大包衣服！衣服多得叫人难以相信，全是成打成打的，有些跟贵妇人绸缎衣裙一样。全在这旅行袋里。”

“您得全交出来。”那男人的声音又说道。

“这还用说，我全交出来！”那母亲回答，“我怎么能让自己的女儿打赤膊，那不是笑话吗！”

这时，男主人才露面。

“好吧。”他说道。

买卖成交了。那母亲在客栈过夜，付了钱，留下女儿，取出孩子衣物，重又扎上轻了许多的旅行袋，第二天早晨就走了，一心打算很快回来。人们总是从容地安排启程，殊不知往往是生离死别。

德纳第的一个邻妇在路上遇见那位母亲，回来就说道：

“刚才在街上我见到一个女人，她哭得好伤心啊。”

等珂赛特的母亲一走，那男的就对老婆说：

“这回，我就可以付明天到期的期票了；要一百一十法郎，本来还差五十法郎。你知道吗？到时候法院执达吏会拿着拒付证书来找我。你靠两个孩子作诱饵，巧妙地安放了一个捕鼠器。”

“我也没有想到。”那婆娘说道。

二　两副贼面孔的素描

逮住的老鼠非常瘦小，不过，即使瘦小的老鼠，猫儿逮住也高兴。

那么，德纳第夫妇究竟是什么东西？

现在就一言道破，以后再详细描绘。

这类人所属的阶级是混杂而成的，有发了迹的粗俗人，也有落魄的聪明人，介于所谓的中产阶级和下层阶级之间，既有下层阶级的某些缺点，又有中产阶级的绝大部分恶习，却不像工人那样见义勇为，也不像资产阶级那样安分守己。

这类小人，一旦受邪念的煽动，很容易变得穷凶极恶。这个女人具有悍妇的本质，这个男人是个无赖的材料。两个人都可能最大限度地作恶。世间就有一种人像虾子一样，不停地退向黑暗，他们不思前进，只是回头看生活，阅历只用来增加他们的扭曲形态，而且越变越坏，心肠越来越污黑丑恶。这一对男女就是这种人。

尤其德纳第，善于相面的人见了会十分反感。有些人，你只要看上一眼，当即就会产生戒惧之心，就会觉出他们在两个极端都隐晦幽暗。他们在人前气势汹汹，在人后却惶惶不安。他们身上全都不可告人。你无从知道他们干过什么，也无从知道他们要干什么。然而，他们眼神中闪避的阴影，却能揭露他们。只要听他们讲一句话，只要看他们动一下，你就能隐约看出他们过去的隐私和将来的密谋。

照德纳第自己说的，他从前当过兵，是中士，可能参加了1815年的那次战役，似乎表现得还相当勇敢。看到后面我们会明白他究竟如何。他那店铺的招牌，就是他在战场上一次表现的写照。那是他自己画的，要知道他什么都会做点儿，但又做得不好。

那个时期，古典主义旧小说出了《克莱莉》之后，就只有《洛道伊斯卡》①了，始终还算高尚，往后就越来越庸俗，从斯居德黎小姐②降至巴特勒米·哈陀夫人③，从拉法耶特夫人④降至布尔农-马拉姆夫人⑤，这类小说点燃了巴黎女门房的欲火，甚至殃及郊区。德纳第太太恰好有足够的智力看这类小说，从中吸取营养，从中浸润自己那点儿脑子；因而，她很年轻的时候，甚至年龄大了一点儿，在丈夫身边总拿出一副若有所思的情态。她丈夫是个城府颇深的无赖，粗通文墨的流氓，既粗鄙又精明，在言情方面爱看比戈-勒布朗⑥的作品，拿他自己的口头禅来说，专门注意"有关性的描述的所有章节"，但他又是守规矩的地地道道的鲁汉。妻子要比他小十二岁到十五岁。后来，她那垂柳式浪漫发型渐渐花白了，佳丽变成悍妇，德纳第太太肥胖起来，就成为领略过愚蠢小说风情的一个不折不扣的母老虎。可见，读蠢书必受坏影响。还影响到给孩子起名字上，大女儿叫做爱波妮，而可怜的小女儿差点儿叫菊娜儿，幸而受

---

① 《洛道伊斯卡》：1791年演出的歌剧名字。

② 玛德琳·斯居德黎（1607—1701年）：法国著名的女才子，出版不少小说，《克莱莉》即是其中一种。

③ 巴特勒米·哈陀夫人（1763—1821年）：法国作家，出版许多历史小说。

④ 拉法耶特夫人（1625—1697年）：法国作家，著有《克莱芙王妃》。

⑤ 布尔农-马拉姆夫人（1753—1830年）：法国作家，发表三十余种小说。

⑥ 比戈-勒布朗（1753—1835年）：法国庸俗作家。

杜克雷-杜米尼勒[1]一部小说莫名其妙的吸引，干脆叫做阿兹玛。

此外，还顺便交代一句，我们谈到的乱给孩子起名的那个奇怪的时代，也并不是什么都浅薄可笑。除了刚指出的追求浪漫的因素，还有社会风气的影响。如今，牧牛童叫阿瑟、阿弗雷德，或者叫阿尔封斯的人不少见；而子爵，如果还有子爵的话，就叫托马斯、彼得或者雅克。平民起“高雅”的名字，而贵族起村野的名字，这种移位不过是平等思潮的一种反响。新风不可抗拒，无孔不入，起名字仅是一例，其他方面无不如此。这种不协调的表面现象，却掩盖着一件伟大而深刻的事情：法兰西革命。

三　云　雀

一味恶狠并不能发财致富。这家客栈生意很清淡。

幸亏那个过路的女人拿出五十七法郎，德纳第才如期付款，免遭法院的追究。可是下月，他还是缺一笔钱；他的女人便带着珂赛特的衣物去巴黎，到虔诚山当铺当了六十法郎。这笔钱用完之后，德纳第夫妇就把小姑娘看成是好心收养的孩子，并以收养者的态度对待她，而且习以为常了。小女孩的衣物典当了，就给她穿德纳第家孩子的旧衣裙，也就是破烂的衣裙。还让她吃残羹剩饭，比狗食好点儿，比猫食差些。而且，猫狗往往与她共餐，珂赛特跟猫狗用同样的木盆，一起在餐桌底下吃饭。

珂赛特的母亲在海滨蒙特伊落脚了，那情况以后会谈到。她常写信，准确地说，她每月都让人代写书信，打听女儿的消息。德纳第夫妇回信总是千篇一律：珂赛特十分安好。

---

① 杜克雷-杜米尼勒（1761—1819年）：法国作家，著有小说《维克托，森林的孩子》。

六个月过去了，到了第七个月，珂赛特的母亲寄了七法郎，以后每月都按时寄钱。一年还未到头，德纳第就说："她给了我们好大面子啊！她这七法郎能顶什么用呢？"于是，他写信去要求增加到十二法郎；他们在信中一再强调孩子很快乐，"一切均好"，孩子的母亲也就相信了，只好迁就，照寄十二法郎。

有些人生性不可能喜欢一面而不憎恨另一面。德纳第婆娘宠爱自己的两个女儿，势必厌恶那个外来的孩子。母亲居然有这样丑恶的一面，想想真叫人寒心。珂赛特在她家所占据的位置再小，她也觉得是剥夺她家人的，甚至认为那女孩儿抢了她女儿呼吸的空气。这个女人跟她许多同类型的女人一样，每天要有两种等量的发泄：爱抚和打骂。如果没有珂赛特，那么，她的女儿再怎么受溺爱，也肯定要全部接受她的两种发泄；可是，外来的孩子却帮了大忙，代她们挨打，而她们就只接受爱抚了。珂赛特只要动一下，蛮横凶狠的惩罚就会像冰雹一般打在头上。一个柔弱的孩子，不断受惩罚，挨训斥，受虐待并挨打，却看到身边两个像她一样的小女孩儿生活在朝霞里，简直无法理解这人世，也无法理解上帝。

德纳第婆娘对珂赛特凶狠，爱波妮和阿兹玛也跟着凶狠。这种年龄的孩子，不过是母亲的复制品，仅仅尺码小些罢了。

一年过去了，接着又一年。

村里人都说：

"德纳第那家人真好。他们并不富裕，却抚养一个丢给他们的穷孩子！"

村里人以为珂赛特被母亲忘记了。

这期间，德纳第不知通过什么秘密途径打听到，那孩子可能是私生的，母亲不便承认，他就要求每月付十五法郎，说"那丫头"长大了，是个"吃货"，威胁要把她打发走。"她可别把我惹火啦！”德纳第嚷道，“我不管她搞什么鬼名堂，闯去把孩子往她怀里一丢。不给我加钱不行。”那孩子的母亲就照寄十五法郎。

一年又一年，孩子长大了，苦难也随之增长。

只要珂赛特还太小，她就是另外两个孩子的出气筒。稍微长大一点儿，也就是说连五岁还不到，她又成为这家的仆人。

五岁，有人会说不大可能。然而，唉，确有其事。社会的痛苦开始不限年龄了。最近我们不是看到一个叫杜莫拉尔的案件吗？那是一个孤儿，后来当了强盗，据官方文件说，他从五岁起，就孤零零一人活在世上，“干活糊口，经常偷窃”。

他们让珂赛特干些杂务，打扫房间，打扫院子和街道，洗餐具，甚至搬运重东西。况且，她母亲一直住在海滨蒙特伊，寄钱不像从前那么准时了，甚至有几个月没寄钱来，德纳第夫妇就认为更有理由这样对待珂赛特了。

过了这三年，那位母亲若是回到蒙菲郿看一看，肯定认不出她的孩子了。珂赛特刚到这家的时候，又美丽又红润，现在又枯瘦又苍白；她那样子难以形容，总像局促不安。“鬼头鬼脑！”德纳第夫妇如是说。

不公正的待遇使她性格暴躁，困苦的生活也使她变丑了。只剩下那对美丽的眼睛，显得那么大，似乎有无限的愁苦，看着令人难受。

可怜的孩子还不到六岁，冬天衣不蔽体，天不亮就抱着一个大扫把扫街，冻得小手通红，浑身发抖，大眼睛里闪着泪花，这情景见了确实令人心碎。

当地人叫她云雀。小姑娘比鸟儿本来也大不了多少，总是战战兢兢，神色惶恐，在全家乃至全村，每天早晨总是头一个醒来，天不亮就在街上或田里，而村里喜欢比喻的人就给她起了这个名字。

不过，这只可怜的云雀从来不唱歌。

第五卷　下坡路

一　黑玻璃制造业一大进步

蒙菲郿村里人都说，那位母亲已经抛弃了她的孩子，然而，她究竟怎么样啦？她在哪里，又在干什么呢？

她把小珂赛特交给德纳第夫妇之后，又继续赶路，到达海滨蒙特伊城。

大家记得，那是在1818年。

芳汀离开家乡已有十年。海滨蒙特伊城已经改变了面貌。这期间，芳汀一步步走下坡路，渐渐陷入穷困的境地，而她的家乡却繁荣起来。

大约两年来，这座城市工业有了一项成就，这在小地方就是重大事件。

这件事关系重大，我们认为有必要详细叙述，几乎可以说应当着重介绍一下。

记不清从什么时代起，海滨蒙特伊有了一种特殊的工业，就是仿造英国的墨玉和德国的黑玻璃。这项工业发展始终非常缓慢，因为原材料昂贵，从而影响工人的收入。芳汀回到海滨蒙特伊城的时候，"黑玻璃饰品"制造业正进行一项空前的改革。1815年底，一个陌生男子来到这里落脚，在生产中提出用漆胶代替树脂，尤其在制作手镯方面，提出用接头靠拢的活扣环代替焊死的方法。这一小小的改动却是一场大变革。

这一极小的改动，的确大幅度降低了原材料的成本，这样，首先可以提高工资，给地方带来实惠；其次可以改进制作工艺，有利于消费者；三可以降低售价，而利润又增加两倍，厂主也有利可图。

因此，一个主意产生三种效果。

不到三年工夫，这种方法的发明人就发财了，这是好事儿，也使他周围的人全富裕起来了，这就是大好事了。他不是本省人。他的籍贯无从知晓；他前一段经历也不甚了了。

据说，他初到本城时，所带的钱很少，顶多有几百法郎。

他就是用这微薄的资本来实施那种巧妙的主意，再加上管理有方，考虑周全，终于赚了大钱，也给当地带来收益。

他初到海滨蒙特伊城，衣着、举止和谈吐，还是个地地道道的工人。

情况似是这样：12月份一天傍晚时分，他背着行囊，手里拿着荆棍，悄悄地走进海滨蒙特伊这座小城，碰巧市政厅失火，火势很猛；这个人不顾生命危险，跳进火中救出两个儿童，正巧又是警察队长的孩子，因此也就没有检查他的通行证。从那时起，大家知道他名叫马德兰老爹。

二　马德兰

此人五十岁上下，总是心事重重，但对人十分和善。城里人能讲的只有这一点。

幸亏这项工业经他出色的改造，发展迅速，海滨蒙特伊城才成为重要的贸易中心。西班牙是重要的墨玉消费国，每年都来大量订货。在这项生意上，海滨蒙特伊几乎能跟伦敦和柏林竞争。马德兰老爹获利极高，第二年就建了一个大厂，有男女两个车间。衣食无着的人都可以去报名，准有活儿干，有面包吃。马德兰老爹要求男人要善良，女人要正经，无论男女都要诚实。他把男工女工分在两个车间，就是要让少女和少妇能够安分。这一点他规定得很死。可以说，唯独这一点他毫不宽容。他这种严格规定还基于一种特殊的考虑：海滨蒙特伊城有驻军，女人堕落的机会多得很。再说，他来到这里是件好事儿，他留在这里更是一种天佑。他来之前，这地方一片死气沉沉；现在这里人人都安居乐业。好比强劲的血液循环，不但温暖全身，而且渗透肌体的各个部分。失业和穷困的现象不见了。多么不起眼的衣袋，也无不有一点儿钱；多么穷苦的人家，也无不有一点儿欢乐。

马德兰老爹雇用所有的人，他只要求一点：做诚实的男人！做诚实的姑娘！

马德兰老爹是这种经济活动的动力和中枢，前面说过，他发了财，然而颇为奇怪的是，作为一个普通的商人，他主要关注的似乎根本不是钱财。他好像多是考虑别人，很少想到自己。到1820年，他以个人名头，在拉斐特银行存了六十三万法郎；不过，他在为自己存下这六十三万法郎之前，已为这座城市和穷人用去了一百多万。

看到医院设备不足，他就给添了十个床位。海滨蒙特伊分上下两城，他居住的下城只有一所学校，校舍也是破烂不堪的危房；于是，他又另建了两所：一所男子学校，一所女子学校。他出钱给两名教员发津贴，数目是他们微薄薪金的两倍。有一天，他对一个感到奇怪的人说："政府公务员首要的两种，就是乳母和小学教师。"他还出钱建了一个托儿所，当时这在法国还是新鲜事儿，另外还为老弱残废工人创办了救济基金。以他的工厂为中心，很快形成一个新的居民区，穷苦人家都纷纷搬来；他在这新区开设一个免费药房。

当初看到他创办工厂，好心肠的人就说：这家伙想发财。可是，看到他发财之前先让这个地区富起来，那些好心肠的人又说：他是个野心家。这种说法很有可能，因为这人信教，甚至在一定程度上还参加宗教活动，这在当时是备受赞扬的行为。每逢礼拜天，他都按时去做小弥撒。当地那位议员到处嗅是否有人与他竞争，不久就担心起马德兰的信仰来。那议员在帝国时期当过立法院成员，他的宗教思想，和奥特朗特公爵，一位以富歇的名字著称的奥拉托利会神父相同，他也是那神父的弟子和朋友。关起门来，他时有微词讥笑上帝。然而，他看到富有的厂主马德兰去做七点钟的小弥撒，就认为那可能是争当议员的候选人，决心要超过对方，于是找一个耶稣会教士当他的忏悔师，还去做大弥撒和晚祷。野心在那时候，说穿了，就是以钟楼为目标的越野赛跑。穷人倒能得益，把这种野心的角逐视为仁慈的上帝，因为，可敬的议员也为医院设了两个床位，这样就增设了十二个床位了。

然而到了1819年，有一天早晨，城里忽然传说马德兰老爹由省督举荐，考虑到他对地方的贡献，不久要被国王任命为海滨蒙特伊的市长。那些断言这个外来者是个“野心家”的人，听到这个消息正中下怀，立刻抓住机会，激愤地叫嚷：“怎么样，让我们说中了吧？”这事儿在海滨蒙特伊闹得满城风雨，而传闻也是有根据的。几天过后，委任令果然在《公报》上刊登出来了。不料第二天，马德兰老爹却辞谢不受。

就在1819这一年，用马德兰发明的新方法制造的产品，在工业展览会上展出了。国王根据评委会的报告，将荣誉团勋章授予这位发明人。小城里又议论开了。哦！原来他是想要勋章！不料，马德兰老爹连勋章也拒不接受。

毫无疑问，这个人是个谜。那些好心肠的人只好用这话搪塞：不管怎么说，他是个冒险家。

他给这地方带来很多好处，给穷人带来一切。这是有目共睹的。这个人太有用了，到头来大家都不能不尊敬他；这个人也太和善了，到头来大家都不能不喜爱他；尤其他那些工人，对他更是敬佩得五体投地。然而，他接受这种敬佩时，却是一副忧郁而严肃的神情。一旦确认他是富翁，“上流社会人士”，见面就同他打招呼了，在城里大家称他马德兰先生；可是，他那些工人和一般儿童仍旧叫他马德兰老爹，这是最能令他解颐的事儿。他的地位越来越高，请柬也就像雪片儿一样飞来。“上流社会”需要他。海滨蒙特伊那些装腔作势的小客厅，当初对这名工匠自然闭门不纳，如今面对这位百万富翁却敞门欢迎了。他们一再殷勤邀请，而他都一一谢绝。

即便如此，还堵不住那些好心肠的人的嘴。“他是个愚昧无知、没受过什么教育的人。不知道他是从哪儿来的。到交际场上，他会不知所措。他识不识字还很难说呢。”

那些人啊，看到他赚钱，就说他是个商人；看到他往外撒钱，就说他是个野心家；看到他谢绝荣誉，就说他是个冒险家；看到他谢绝社交活动，又说他是个野蛮人。

到了1820年，是他来到海滨蒙特伊的第五个年头，由于他对当地的贡献太突出了，大家的愿望完全一致，国王再次任命他为市长，他又辞谢，但是这回，省督坚持成命，当地所有名流都来恳请，老百姓也聚集在街头请愿，敦请的场面十分热烈，最终他不得不接受了。有人注意到，促使他下此决定的，似乎主要是一个平民老太婆的话。那老妪站在家门口，几乎气冲冲地对他喊道：“一个好市长，是有用的。要干好事怎么能往后退呢？”

这是他升迁的第三阶段。马德兰老爹成为马德兰先生，马德兰先生又成为市长先生。

三　在拉斐特银行的存款

身为市长，他仍然那么朴实，一如初到的那天。他头发花白，眼神严肃，面孔还像工人那样呈褐色，若有所思的神态像个哲学家。他常戴一顶宽檐帽，穿一件粗呢长礼服，一直扣到领口。他履行市长的职责，下班之后便独来独往。他不大同人说话，总躲避寒暄虚礼，遇见人就侧身略一施礼就匆忙避开；他微笑是要避免交谈，他给钱是要避免微笑。妇女都说他："多么善良的一只熊！"他的兴趣就是到田野里散步。

他总是独自用餐，眼前摊开一本书，边吃边看。他有一个做工精美的小书橱。他喜欢书：书籍是冷淡却又可靠的朋友。随着财富增加，空闲时间也多了，他似乎用来学习，提高智慧。别人注意到，他来到海滨蒙特伊之后，谈吐一年比一年更谦和，更文雅，更平易了。

他到田野散步时爱带一支枪，但是极少使用，偶尔开一枪，也是弹无虚发，令人惊叹。他从不杀死无害的野兽，也从不射一只小鸟。

他虽然不年轻了，但是据说他力大无比，必要时往往能助人一臂之力，例如掮起一匹马，推动一只陷入泥坑的车轮，捉住两只角制服惊跑的公牛。他出门时，衣兜里总是装满了钱币，回来时就全空了。他从一个村庄走过，穿着破衣烂衫的一群孩子都兴高采烈，从后边追上来，像一群小飞虫似的围住他。

别人从中看出，他从前干过农活，因而有各种各样有效的窍门教给农民。他告诉他们，用普通盐水喷洒粮仓并冲洗地板缝，就能消灭麦衣蛾；要驱逐谷象虫，就在墙壁屋顶，在间壁墙和房子各处挂上开花的奥维奥草。他有不少“秘诀”，根除野鸠豆草、麦仙翁、野豌豆、山涧草、狐尾草等侵害小麦的各种寄生杂草。兔子窝里只要放一只北非种儿的猪，老鼠闻到猪臭味就不敢伤害兔子了。

有一天，他看见当地人正忙着拔除荨麻。他站住瞧着一大堆连根拔出而枯萎的荨麻，说道：“这下死了。若是懂得利用，这可是好东西。荨麻幼嫩的时候，叶子是很好吃的蔬菜。老荨麻有纤维，跟亚麻和苎麻一样。荨麻布能比得上亚麻布。荨麻剁一剁可以喂鸡鸭，搅碎了可以喂牛羊。荨麻籽掺在饲料里，能让牲口的皮毛光亮；荨麻根汁用盐调和，便成为一种非常好看的黄色颜料。此外，这也是极好的草料，每年能收割两茬。可是，荨麻生长需要什么呢？只要一点点土地，不用管理，也不用种植。只是它的籽边熟边落，不容易收获罢了。稍微花点力气，荨麻就成为有用的东西；根本不管，它就变成有害的东西，于是就铲除。多少人类似荨麻！”他沉吟一下，又补充说，“朋友们，记住这一点：世上既没有莠草，也没有坏人。只有糟糕的庄稼人。”

孩子们喜爱他，还因为他手很巧，能用麦秸和椰子壳做出各种好看的小玩意儿。

他一看见教堂的门挂了黑纱，就走进去吊唁，如同别人前来祝贺洗礼。他为人特别慈善，非常关心别人丧偶和不幸，加入丧礼的行列，陪同吊唁的朋友、服丧的家庭，以及围着灵柩叹息的神父。他仿佛乐于用憧憬彼界的诔歌表达自己的思想。他仰视天空，聆听在死亡的幽冥深渊边上的悲歌，心中向往着那无极世界的各种神秘。

他暗暗地做了大量的善举，如同有人偷偷干坏事一样。夜晚，他溜进民宅，偷偷摸摸爬上楼梯。一个穷鬼回到他在顶楼的破屋，发现他不在时房门打开了，有时甚至是撬开的，他就连声嚷道：“有坏蛋来过啦！”不料，他进门看见的头一样东西，就是丢在家具上的一枚金币。来过的“坏蛋”，正是马德里老爹。

他善气迎人又神情忧郁。老百姓都说：“这个人富有，态度却不傲慢；这个人幸福，神情却不快活。”

也有人认为他是个神秘人物，断言从来没人进入他的房间，那是一间名副其实的隐修士密室，里面摆着几个带翅膀的沙时计，还装饰着交叉放的死人股骨和骷髅头。这话在海滨蒙特伊流传很广，结果有一天，几个好事的年轻漂亮女子闯到他那里，向他提出请求：“市长先生，带我们瞧瞧您的卧室吧，据说是个石洞。”他微微一笑，立刻领她们进入“石洞”。她们见了大失所望。房间里不过摆了几件桃花心木家具，同所有这类家具一样相当难看，墙上糊了廉价的壁纸。没收有什么值得她们一看的东西，只有壁炉上的两支旧烛台好像是银的，“因为上面打了验印”。这就是小地方人充满智慧的见识。

尽管如此，别人还照样说没人进入那间屋，那是隐修的石窟、梦游之地，那是个洞穴，是座坟墓。

有人还窃窃私议他有“巨款”，存在拉斐特银行可以随时提取，甚至还补充说，没准儿哪天上午，马德兰先生跑到拉斐特银行，签一张收据，只用十分钟，就能提走他的两三百万法郎。而其实，那“两三百万”要大大缩减，我们说过，只有六十三四万。

四　马德兰先生服丧

1821年初，报纸刊登了一则讣告：迪涅主教米里哀先生，“别号卞福汝主教大人”入圣了，享年八十二岁。

我们在此补充报纸略去的一点：迪涅主教几年前就双目失明，有他胞妹守在身边，双目失明也乐得其所。

顺便讲一句，双目失明并有人爱，在这绝无圆满之事的人世间，的确算得上人生幸福的一种最奇妙的形式。自己身边总守着一个女人、一个姑娘、一个姊妹、一个可爱的人儿，她守在身边只因你需要她，而她也不能离开你，知道自己需要的人也离不开自己，能以她前来陪伴的频繁次数不断地衡量她的感情，并能对自己说：“她把全部时间都用在我身上，足见我拥有她整个一颗心。”看不见面孔，却能洞悉思想，在整个世界都遁隐中，确认一个人的忠诚捕捉一件衣裙像鸟儿鼓翅一般的窸窣声，听见她走来走去，出出进进，说话唱歌，想到自己是这些脚步、这些话和这支歌的中心；时时刻刻表现自己的吸引力，感到自己越残废反而越强大；在黑暗中，而且正由于这种黑暗，自己成为这个天使围着运行的星球，世上很少幸福能比得上这种幸福。人生至福，就是确信有人爱你，有人为你的现状而爱你，说得更准确些，有人不问你如何就爱你；这种信念，这个盲人就有。身陷苦境，有人服侍，就是有人爱抚。他还缺少什么呢？什么也不缺了。拥有爱，就根本不算失明。而且是何等的爱啊！完全是由美德构成的爱。在确信无疑的地方，也就根本不存在失明了。灵魂摸索着寻找灵魂，而且找到了。找见并得到确证的这颗灵魂，还是一位妇人。一只手扶着你，那是她的手；嘴唇拂着你的额头，那是她的嘴唇；你听见紧挨着身边的呼吸，那就是她。得到她的一切，从她的崇拜、直到她的同情，而且从不离开，得到这种温柔纤弱力量的救助，依靠这根不折不弯的芦苇；双手能够触摸到天主，并且搂在怀里，身边有能摸得到的上帝，多么叫人欣喜啊！这颗心，这朵默默的鲜花，神秘莫测地开放了。哪怕用全部光明来换取，你也不会舍弃这花影。天使灵魂就在身边，总守在身边；走开一下也要回来；像梦一般消失，又像实物一样重现。你感到一股温暖靠近，那就是她来了。周围洋溢着恬静、愉悦和陶醉；自身就是这黑夜中的光辉。还有千百种无微不至的关怀。细微琐事，在这空虚中却无比重大。女声的难以描摹的音调，能催你安睡，又能为你取代消失的宇宙。你受到的是灵魂的爱抚。什么也看不见，但是却感受到宠爱。这是黑暗中的天堂。

卞福汝主教就是从这个天堂渡到另一个天堂的。

海滨蒙特伊地方报纸转载了他去世的讣告。第二天，马德兰先生就全身换上黑服，帽子上也缠了黑纱。

城里人见他服装，便纷纷议论。这似乎多少显出一点马德兰先生的来历。有人从而断言，他跟那位德高望重的主教有亲缘关系。沙龙里的人说："他为迪涅主教服丧。"这样一来，马德兰先生就大大提高了身份，当即赢得海滨蒙特伊上流社会的几分敬重。鉴于马德兰先生可能是主教的亲戚，这地方微型圣日耳曼区想取消对他的歧视。马德兰先生也发现自己升格了，能得到老妇人的更大尊敬、年轻女子的更多微笑。一天晚上，这个小小的上流社会的一位夫人，自以为年序最长，资格最老，有权垂问，便贸然问他：

"市长先生一定是已故迪涅主教的表亲啦？"

"不是，夫人。"马德兰先生回答。

"那您怎么为他服丧呢？"老妇人又问道。

"因为我年轻的时候，在他家里当过仆人。"他又答道。

大家还注意到一个情况：给人通烟筒游串四乡的萨瓦少年只要经过本城，市长先生就要派人叫来，问清姓名，给些钱打发走。这消息一传十，十传百，许多萨瓦少年都要经过这地方。

五　天边隐约的闪电

各种各样的敌意，随着时间都逐渐化解了。马德兰先生首先碰到的是险恶用心和造谣中伤：这也是一种规律，凡是在向上升的人都有这种遭遇；接着只碰到缺德恶意，再过后就只有调侃戏弄，然后这一切统统烟消云散，化为完全的、一致而由衷的尊敬了；而且有一阵子，即1821年前后，海滨蒙特伊人叫“市长先生”，跟迪涅人1815年称“主教大人”几乎是同样声调。方圆十法里的人，都来向马德兰先生求教。他排解纠纷，劝阻打官司，说服敌对双方和解。人人都把他视为拥有正当权利的仲裁。他的灵魂仿佛装了一部自然法典。崇敬似乎也有感染性，在六七年中，逐渐蔓延而遍及整个地区了。

全城和全地区，只有一个人绝对不受这种感染，不管马德兰老爹如何行善，他总是拒不就范，仿佛有一种不可腐蚀又不可动摇的本能，时刻令他警醒，令他惕厉不安。的确，有些人身上就好像存在真正的兽性本能，同任何本能一样既纯洁又正直；这种本能会产生恶感和好感，而且不可避免地区分一种本性和另一种本性；这种本能既不犹豫又不慌乱，既不缄默又不反悔，处于幽暗却能明察，既准确又果断，以抵制智慧的各种劝告和理解的各种化解；无论命运如何安排，这种本能总是悄悄地警告，警告狗一样的人有猫一样的人出现，警告狐狸一样的人有狮子一样的人出现。

马德兰先生走在街上，神态平静而亲热，被众人感恩的话所包围，时常遇见一个高个子的人：那人穿一身铁灰色礼服，拿一根粗手杖，头戴一顶垂边帽，同马德兰先生交叉而过，又猛地转过身，目送他直到望不见为止。那人叉着双臂站在那里，缓缓地摇着头，上下嘴唇噘到鼻子下，那副怪相分明是说：“这个人究竟是干什么的呢？……我一定在什么地方见过。……不管怎样，我是不会让他骗过去的。”

他神态严肃，带几分威严，属于哪怕匆匆一见也令人不安的那种人物。

他叫沙威，是警察局的。

他在海滨蒙特伊任探长，履行困难而有用的职责。沙威没有见到马德兰起步的阶段。他多亏夏布叶先生的推荐才得到这个职位。夏布叶先生是当时巴黎警察署长，后来升任内阁大臣的昂格莱斯伯爵的秘书。沙威到海滨蒙特伊上任时，这位大厂主已经发迹了，马德兰老爹已经变成马德兰先生。

有些警官相貌就特殊，由卑鄙和威严两种神态构成。沙威有这种相貌，却没有卑鄙的神态。

我们深信，假若灵魂能用肉眼看得见，我们就能清晰地看到这样怪事：每个人都对应一种动物。我们还不难认识这种连思想家也不甚明了的真理：从牡蛎到鹰隼，从猪到老虎，一切禽兽之性，在人身上无不具备，每种动物对应一个人。有时甚至好几种动物同时对应一个人。

禽兽不过是我们的美德和邪恶的形象化，在我们眼前游荡，犹如我们灵魂的显形。上帝让我们看见禽兽，就是要启发我们思考。不过，既然禽兽只是虚影，从严格意义上讲，上帝造出禽兽就是不可教育的，何必教育禽兽呢？反之，灵魂既是实存，既有特定的目的，上帝就赋予智慧，也就是说赋予可教育性。有良好的社会教育，任何类型的灵魂都能发挥蕴涵的作用。

当然，这是仅就狭义的表象的尘世而言的，并不判断非人的生灵前世后世的深奥问题。有形的我绝不允许思想家否认无形的我。这一点保留了，我们再继续往下谈。

现在，假如大家都像我们这样，暂时承认每人身上都有一种兽性，我们就容易说明治安警官沙威的情况。

阿斯图里亚斯那地方的农民都确信，在一窝狼崽子里，必有一只属狗性，要被母狼咬死，否则它长大会吃掉其他小狼。

这条狼生的狗崽子，加上一副人的面孔，就是沙威了。

沙威生在监狱，母亲是用纸牌算命的人，父亲是个苦役犯。他长大之后，就想到自己处于社会之外，无望回到社会中了。他注意到社会注定要把两类人排斥在外：攻击社会的人和保卫社会的人；他只能在这两类人之间作出选择，同时却觉得，自己身上有一种说不出来的刻板、规矩而廉正的特质，而对于他出身的游民阶层，却怀着一种难以言传的仇恨。于是，他当了警察。

他干得出色，四十岁上升为探长。

他年轻时，在南方的监狱里任过职。

往下深谈之前，我们先来弄清刚才加给沙威“人面”的说法。

沙威的人面上长着一个塌鼻子，鼻孔很深，鼻孔边往外延伸两大片络腮胡子，初看像两片森林和两个石窟，让人感到不自在。沙威难得一笑，但是笑起来样子狰狞可怕：两片薄嘴唇张开，不但露出牙齿，还露出牙床，鼻子四周像猛兽的嘴那样，也会起扁圆野性的皱纹。沙威表情严肃时是猎犬，笑起来时是只猛虎。此外，他的腭骨宽阔，头盖骨扁平，头发遮住前额，垂至眉睫，双眼之间常皱起一个疙瘩，犹如一颗怒星，目光阴沉，嘴唇闭得紧紧的，令人生畏，总而言之，是一副恶面凶相。

这个人由两种情感构成：尊敬官府，仇视反叛。这两种情感本来很朴实，也相当好，然而他做得过分，就几乎变坏了。在他眼中，偷盗，杀人害命等，所有犯罪都是反叛的形式。凡是在官府任职的人，上自内阁大臣，下至乡村巡警，他都盲目地深深地信赖。

而曾一度犯过法的人，他一概予以鄙视、憎恨和厌恶。他事事走极端，不承认例外。一方面他说："官吏不可能失误，司法官永远不会出错。"另一方面他又说："这些罪犯不可救药，绝干不出什么好事来。"他完全同意思想极端的人的见解，要赋予人类法律一种什么权力，能指定，也可以说能确认该下地狱的人；而且，他们将一个斯提克斯①安放在社会底层。沙威清心寡欲，认真严厉，有一副若有所思的忧伤神态，像狂热信徒那样又恭顺又倨傲。他的目光就是一根钢钻，闪着寒光，透人心脾。他一生只包含在两个词中：警戒和监视。他将笔直的线引入极为曲折的人世间；他清醒地认识自己的作用，虔诚地热爱自己的职务，当暗探就像别人当神父一样。谁落到他手里谁倒霉！他父亲越狱，他也照样给抓回来；母亲违反放逐法令，他也照样告发。他干得出来，还会因大义灭亲而自鸣得意。不过，他一生也十分清苦，孤单一人，无私无欲，从来没有消遣娱乐过。他体现了铁面无私的职责，体现了像斯巴达人理解斯巴达那样所理解的警察，体现了毫不留情的监视、一丝不苟的诚实，他是个大理石般的密探，布鲁图斯②转世的维道克③。

沙威全身无处不表明，他是躲在暗处窥探的人。以约瑟夫·德·梅斯特④为代表的神秘学派，一定会说沙威是一种象征；要知道，当时那个学派用高深的天体演化论点缀所谓的极端报纸。别人看不见他遮在帽子下面的额头，看不见他埋在眉毛下面的眼睛，看不见缩入领巾里面的下巴，也看不见他插进长礼服里面的手杖。然而时机一到，他那瘦削的扁额头、阴森森的目光、咄咄逼人的下

---

① 斯提克斯：希腊神话中的冥河女神。
② 布鲁图斯（公元前85—前42年）：罗马政治家，密谋刺杀了恺撒。
③ 维道克：当时的著名警探，曾因行骗入狱，后来当上警察队长。
④ 梅斯特（1753—1821年）：法国作家，反对革命的极端神学家。

巴、粗大的双手和巨型的手杖，就像伏兵一样，都突然从这暗处冲出来。

他厌恶书籍，但是偶然得闲也翻一翻，因而他不完全是个文盲；从他说话爱咬文嚼字上就能看出这一点。

前面说过，他没有一点儿恶习。他对自己满意的时候，就闻一闻鼻烟。这是他还通点儿人性的地方。

因此不难理解，司法部统计年表上标明的“无业游民”，无不惧怕沙威；他们一听到沙威的名字，就望风而逃；他们一看见沙威的面孔，就吓掉了魂儿。

这个可怕的人就是这副形象。

沙威好似始终盯着马德兰先生的一只眼睛。一只充满怀疑和猜测的眼睛。后来，马德兰先生也发觉了，但是他毫不在意，甚至没有问一问沙威，既不接近也不躲避他，承受这种令人发窘而几乎无法忍受的目光，又显得并没有注意。他对待沙威，像对所有人那样又自然又和善。

从沙威流露出来的口风里，可以猜出他带着他那种人所特有的好奇心，半由于本能半出于自愿，暗中调查过马德兰老爹从前在别处可能留下的痕迹。他似乎查出了底细，有时还用隐晦的话，说是某人去某个地方，了解某个消失的家庭的某些情况。有一回，他还自言自语地说：“我相信抓住他啦！”继而，一连想了三天，没讲一句话，仿佛他以为掌握的线索中断了。

此外，在此有必要纠正一些词语可能表现出的绝对意义。一个人不可能真正做到万无一失，而本能的特点，恰恰容易受干扰，容易迷失方向并误入歧途。否则的话，本能就高于智慧，禽兽就比人聪明了。

显而易见，沙威看到马德兰先生衣着那么自然，神态那么安详，不免有些困惑不解。

然而有一天，他那怪异的行为，似乎震动了马德兰先生。当时的情况是这样。

六　割风老爹

一天早晨，马德兰先生经过海滨蒙特伊城一条未铺石的小街，听见呼噪声，望见远处有一堆人。他赶过去，只见马倒车翻；一个叫割风老爹的老头儿压在车底下了。

割风这个人，当时是少数几个还同马德兰先生作对的一个冤家。他是农民出身，粗通文墨，当过乡间小吏，在马德兰初到这地方的时候，他的生意正在走下坡路。割风眼睁睁看着这个普通工人富起来，而自己这个老板却濒临破产了。因此，他嫉妒得要命，一有机会，就竭力毁损马德兰。后来他破产了，又上了年纪，只剩下一辆马车和一匹马，没有家室也没有儿女，为了生计只好赶大车。

那匹马两条后腿骨折了，爬不起来；而老头儿正卡在两个轮子中间，他一跤跌倒车下，不巧让整个一辆车压住胸膛。割风老爹喘不上气，连声惨叫。有人试着要把他拉出来，但是徒劳；用力不得当，救助不得法，车子一倾斜，就可能结果他的性命。只能从下面把车顶起来，否则救不了他。沙威在出车祸时，也突然赶来，他叫人去找一个千斤顶。

马德兰先生来到。围观的人都恭敬地让开一条路。

“救命啊！”割风老头儿呼叫，“哪个孩子心好，救救老头儿？”

马德兰先生转身，问围观的人：“有千斤顶吗？”

“有人去拿啦。”一个农民答道。

“要多长时间才能拿来？”

“去最近的地方，到弗拉绍那里，那儿有个铁匠；不管怎样，也得足足等上一刻钟。”

“一刻钟！”马德兰高声说。

头一天下过雨，地湿透了，车子不断往下沉，越来越压迫老车夫的胸膛。显而易见，过不了五分钟，他的肋骨就会给压断。

“等一刻钟可不行。”马德兰对瞪眼看着的农民说。

“就得等着。”

“那就来不及啦！你们没有瞧见车子往下陷吗？”

“当然看见啦！”

“大家听着，”马德兰又说道，“车下面有空地儿，能容一个人爬进去，用背把车顶起来。只用半分钟，就能把这个可怜的人救出来。这里哪个有劲儿又有胆量？能得到五个金路易！”

人堆里谁也没有动弹。

“十个路易。”马德兰又说。

在场的人纷纷垂下目光。其中一个咕哝道：

“那得大力士来才行。再说，弄不好自己也给压死！”

“来吧！”马德兰又说道，“二十路易！”

还是没人应声。

“不是大家不肯帮忙。”一个声音说。

马德兰转身一看，原来是沙威，他刚到时没有看见。

沙威接着说道：“只是没有那么大力气。用背把大车拱起来，要力大无比的人才做得到。”

说罢，他凝视马德兰先生，又一字字加重语气说道：“马德兰先生，我只认识一个人，能按照您的要求做。”

马德兰不禁一抖。

沙威眼睛始终盯着马德兰，又若不经意地加了一句：

“他从前是苦役犯。”

“唔！”马德兰应了一声。

“在土伦的苦役犯监狱里。”

马德兰的脸色刷地白了。

这工夫，大车还慢慢地往下陷。割风老爹倒着气号叫：

“我要憋死啦！肋骨要压断啦！千金顶！找点儿什么东西来！噢！”

马德兰扫视一周：“没人肯赚这二十路易，救这个可怜的老人吗？”

在场的没人动弹。沙威又说道：

“我只认识一个人能代替千斤顶，就是那个苦役犯。”

“噢！我就要被压死啦！”老人叫喊。

马德兰抬起头，又遇见沙威死盯住他的那对鹰眼，瞧了瞧伫立不动的农民，苦笑了一下，然后，他一言未发，双膝跪下，未待围观的人惊叫，就钻进车下。

这一刻等待惊心动魄，大家都敛声屏息。

只见马德兰几乎趴在这骇人的重载下面，收拢双肘和双膝，两次往上用力都徒然。有人冲他喊：“马德兰老爹！快从下面出来吧！”割风老头儿也对他说：“马德兰先生！出去吧！喏，命里该着我死啦！丢下我吧！您别跟着压死在下面！”马德兰不应声。

围观的人都屏住呼吸。车轮还继续往下陷，马德兰再想从车下爬出来已经不可能了。

突然，大家看见那庞然大物摇动了，货车慢慢升起来，车轮也从辙沟里出来半截了，只听一个窒息的声音喊道：“快，快！帮把手！”那正是马德兰，他使出了最后一点儿力气。

大家一拥而上。一个人奋不顾身，激发所有人的力量和勇气。大车被众多的手臂抬起来。割风老头儿得救了。

马德兰也站起来，他大汗淋漓，却脸色铁青，衣服撕破了，沾满了泥水。众人都流下眼泪。老人吻着他的双膝，称呼他是仁慈的上帝。然而，他脸上的表情难以描摹，是一种透出快慰的极痛深悲；他的目光平静，注视着一直死盯着他的沙威。

七 割风在巴黎当园丁

割风从车上摔下去膝骨脱臼了。马德兰老爹叫人把他送进医疗室。那医疗室是为本厂工人设置的，就在工厂大楼里，由两名修女照看。次日早晨，割风老头儿发现床头柜上有一张一千法郎的支票，附了马德兰老爹亲笔写的一句话："我买下您的车和马。"其实，车已经散了架，马也死了。割风医好了伤，膝盖却僵直了。马德兰先生通过两位修女和本堂神父的介绍，将老头儿安置到巴黎圣安托万区女修道院当园丁。

不久，马德兰先生被任命为市长，披挂上掌管全城大权的绶带。沙威第一次看见他披挂绶带，不禁胆战心惊，如同狗隔着主人的衣服嗅出狼的气息。从那以后，他尽量躲避，如因公务万不得已去见市长，就恭恭敬敬地讲话。

马德兰老爹给海滨蒙特伊创造了繁荣，除了我们指出的明显的事实，还有一种看不见的，但是同样重要的征象。这一点绝对错不了。就业困难，生意凋敝，而民不聊生的时候纳税人就因拮据而拖欠税款，过期不交，政府催缴税款要耗费巨大的开支。反之，如果就业充分，地方富裕，百姓安居乐业，税款就容易收上来，政府也节省费用。可以说，收税费用大小，是民众贫富的准确无误的气温表。七年当中，海滨蒙特伊地区的收税费用缩减了四分之三，当时的财政大臣德·维莱勒先生，就经常表彰这个地区。

芳汀回乡时，地方就是这种情景。没人记得她了，幸好马德兰先生工厂的大门好似友人的面孔，她去报名做工，被收录到妇女车间。芳汀完全外行，干活不可能熟练，一天干下来工钱有限，但也过得去，总算衣食有着落，问题解决了。

八　维克图尼安太太为道德花了三十五法郎

芳汀看到自己能谋生了，一时很高兴。正正经经地自食其力，这是上天赐予的多大的恩惠啊！她真的恢复了劳动的乐趣。她买了一面镜子，欣赏自己的青春，欣赏美丽的头发和美丽的牙齿，从而忘却许多事，只想珂赛特和可能的未来，还真感到几分幸福。她租了一间小屋，又以将来的工资为担保，赊账买了些家具：这是她浮浪习惯的残余。

她不能讲自己结了婚，就绝口不提自己的小女儿，这一点在前面已经透露过了。

我们也已看到，起初阶段，她总能按时向德纳第家付款。她只会签名，就不得不让摆摊儿的先生代写书信。

她时常寄信，就引起注意。妇女车间里，有人开始悄悄议论，说芳汀“常写信”，“行为有点怪”。

窥视别人的行为，最起劲儿的莫过于同事情毫无关系的人。“为什么那位先生总到黄昏时分才来？”“为什么每逢星期四，他总是不把钥匙挂在钉子上呢？为什么他总走小街巷呢？为什么那位太太总在到家之前下公共马车呢？她的信笺匣里满是信笺，为什么还派人去买一本呢？……”诸如此类，不一而足。有些人与这些事儿毫不相干，却总想了解谜底，不惜花费做十件善事也用不了的金钱、时间和精力，而且不取报酬，只图一时开心，完全是为了好奇而好奇。他们可以从早到晚，一连几天跟踪这个男人或那个女人，在街头巷尾，在林荫路两侧住宅的门洞里，冒雨在寒冷的夜里监视几个钟头，贿赂办事的人，灌醉车夫和仆役，买通女仆，争取看门人。为了什么呢？毫无目的。只是一味渴望窥探、了解并洞悉别人的隐私。只是一味想卖弄。一旦隐私暴露出来，秘密公之于众，谜团完全揭开，接踵而来就是灾祸、决斗，弄得两败俱伤，家破人亡，而发现那一切的人却拍手称快，其实他们这么干并不图利，纯粹出于本能。这情况多么可悲。

有些人很坏，仅仅坏在要说三道四。他们的谈话，在沙龙里谈心，在门厅里闲聊，就像壁炉一样，很快烧掉木柴；他们需要大量燃料，而燃料就是周围的人。

因此，有人注意观察芳汀。

除此之外，也有不少女人嫉妒她那金黄色的头发、雪白的牙齿。

有人发现，她同大家一起在车间的时候，时常转过身去擦一擦眼泪。那正是她想念孩子了，也许还想念她爱过的那个男人。

割断宿怨旧恨，的确是个痛苦的过程。

有人观察到，每月她至少写两封信，总是同一个地址，而且亲自贴邮票寄走。有人终于搞到了地址："蒙菲郿客栈主德纳第先生收"。

代写书信的老先生，是个肚子里不灌满红酒，就不会把秘密倒出来的老东西，把他请到酒馆里一灌，他就全说出来了。总之，他们了解到芳汀有一个孩子。"大概是个丫头。"有一个好事的老婆子，还真往蒙菲郿走了一趟，跟德纳第夫妇谈了话，回来就说：

“我花了三十五法郎买了个明白。我见到那孩子啦！”

干这件事的老婆子是个母夜叉，叫做维克图尼安太太，自诩为所有人节操的守护和卫士。维克图尼安太太有五十六岁，丑陋的面孔变本加厉，又罩上老朽的面孔；说话声音颤颤巍巍，思想乖戾。若说这老婆子还有过青春，真是咄咄怪事。她年轻时正赶上1793年，便嫁给一个从隐修道院逃出来的修士。那是圣贝尔纳教派修士，戴上红帽子，摇身一变而为雅各宾党人，治得她服服帖帖。她守寡之后，一方面思念亡人，另一方面变得冷酷无情、尖酸刻薄，脾气暴躁，几乎变成狠毒的人。可见，她是一棵被修士服拂过的荨麻。波旁王朝复辟之后，她成为虔婆，而且特别热诚，神父也就宽恕了她同修士的那段姻缘。她有一小笔财产，大肆宣扬捐赠给了一个宗教团体，因而她在阿拉斯的主教区相当受人尊敬。就是这个维克图尼安太太往蒙菲郿跑了一趟，回来说：“我见到那孩子了。”

发生这些事情，也就过去了一段时间。芳汀到工厂干活儿有一年多了，一天早晨，车间女管理员按市长先生的吩咐，交给她五十法郎，说她不算工厂的人了，而且市长先生要求她离开本地。

恰巧在这个月，德纳第夫妇要价从六法郎涨到十二法郎之后，又要求付十五法郎。

芳汀惊呆了。她不能离开这地方，还欠房租和买家具的钱，五十法郎不够清债的。她结结巴巴哀求了几句。那管理员却叫她立刻从车间出去。芳汀毕竟只是个极普通的工人。她非常痛苦，更受不了这种侮辱，便离开车间，回到自己的住处。她的过失，现在已经尽人皆知啦！

她觉得没有勇气再说什么了。有人劝她去见见市长，她不敢前往。市长先生给她五十法郎是因为心地善良，赶她离开是因为办事公正。这样一项决定她只好屈服。

九　维克图尼安太太得逞了

那位修士的孀妇，还真有点儿用处。

不过，马德兰先生根本不知道这件事。人生就是充满了这类阴差阳错的事件。马德兰先生已养成习惯，几乎从来不进入妇女车间。他把车间委托给本堂神父介绍来的一个老姑娘，完全信赖那个管理员。那个老姑娘也确实可敬，做事果断，公正廉洁，有一副慈悲心肠；不过，她的慈悲仅限于施舍，并没有达到理解并宽恕别人的境界。马德兰先生把一切事务都交给她了。世上最善良的人，也往往不得不委派别人行使权力。那个管理员既能全权处理事务，又确信自己做得对，她调查了这个案子，作出判决，定了芳汀的罪，并立即执行。

至于那五十法郎，是她从女工救济款中拨出来的；马德兰先生将那笔款交给她支配，无须报账。

芳汀在当地挨门挨户自荐当用人，但是没人雇用。她又不能离开这座城市。卖给她家具（什么家具啊）的那个旧货商对她说："您若是走了，我就叫人把您当贼抓起来。"讨房租的房东对她说："您又年轻又漂亮，能有办法付钱的。"芳汀把五十法郎分给房东和旧货商，又把四分之三的家具退还了，只留下必不可少的；从此她没有工作，又无依无靠，家徒四壁，仅有一张床铺，还欠着约一百法郎的债务。

她开始为卫戍部队士兵做粗布衬衫，每天可以赚十二苏。女儿要用去十苏。正是这时候，她不能按时寄钱给德纳第夫妇了。

在这期间，平时芳汀晚上回家，一个为她点亮蜡烛的老太婆，教给她过苦日子的艺术。在贫苦生活的后面，还是一无所有的生活。那就像两间屋子：第一间昏暗，第二间则漆黑一片。

芳汀学会了如何在严冬不生火，如何舍弃一只每两天才吃一文钱粟米的小鸟，如何把裙子改做被子，再把被子改成裙子，如何借对面窗户的亮光吃饭而省蜡烛。一些弱者到老了老境一贫如洗，又安分守己，善于用一文钱办多少事，我们不可能全部了解。久而久之，这便成为一种才能。芳汀就掌握了这种高妙的才能，也就恢复了一点儿勇气。

这个时期，她常对一个邻妇说："哼，怕什么！我心想：每天只睡五个钟头，其余时间全用来做衣服，我总可以挣口面包吃，凑合活着。再说了，人伤心的时候，饭量也减少。喏！受苦，担心，一方面有点儿面包，另一方面有些忧愁，加起来就能填饱我的肚子了。"

在这种苦境中，有小女儿在身边，自然是莫大的幸福。她真想把女儿接来。可是接来干什么？跟她一起受苦吗？再说，她还欠德纳第家的钱！如何还清呢？还有旅费！怎么付呢？

教她所谓安贫法的那个老太婆，是一位圣女，名叫玛格丽特，她虔诚信奉，一心向善，贫穷而乐施，不仅帮穷人，甚至帮富人，虽不会写字，只能签个"玛格丽特"，但信仰上帝也是学问。

世间有许多这种德行的人，有朝一日他们会到天上。这种生活拥有未来。

开始一个阶段，芳汀深感羞愧，不敢出门。

她走在街上，也能猜出身后准有人回过头来用手指她；大家都瞧她，却没人同她打招呼；行人那种冷酷的轻蔑态度，如寒风刺入她的骨肉和灵魂。

一个不幸的女人在小城市里，就像赤身裸体暴露在众人的嘲笑和好奇的目光之下。在巴黎，至少谁也不认识，这种素昧平生也是一件遮体的衣裳。唉！她多么希望去巴黎啊！然而不可能。

如同过惯了清贫生活一样，她也必须习惯别人的蔑视。两三个月之后，她就克服了耻辱心，若无其事地出门上街了。

“这对我无所谓。”她说道。

她在街上往来，头高高仰起，脸上带着一丝苦笑，感到自己成为不知羞耻的人了。

维克图尼安太太有时看见她从窗下经过，注意到“这个坏女人”遭难了，不禁自鸣得意，心想多亏了她，那女人才“回到原来的地位上”。恶人自有邪恶的快乐。

芳汀干活过度劳累，干咳越来越厉害了。有几回，她对邻居玛格丽特说：“摸摸我的手，有多烫啊！”

然而，每天早晨，她用半截旧梳子，梳理她那滑溜如丝的厚厚的美发，还产生一阵爱美的快感。

十　得逞的后果

芳汀是在冬末时节被辞退的，夏季过去，冬季又来了。白天短，出的活儿也少了。冬天，没有温暖，没有阳光，也没有中午，早晨连着晚上，终日昏黑，烟雾弥漫，窗外灰蒙蒙的；看不清楚。天空成了一个气窗。整个白昼成了地窖。太阳是一副穷人的模样。多么恶劣的季节！冬季将天上的水和人心化为石头。债主向她逼债。

芳汀挣得太少，入不敷出，债越背越重。德纳第夫妇未能按时足数收到钱，就总写信来；信中内容令她伤心，信中的要求会让她破产。有一天，他们写信来，说她的小珂赛特在冷天一件衣裳也没有，孩子需要一条羊毛裙，母亲至少得寄十法郎才能买一条。芳汀收到信，拿在手中揉搓了一整天。到了晚上，她走进街角的一个理发馆，取下梳子，一头令人赞叹的金发一直垂到腰上。

“这头发真美！”理发匠高声赞道。

“您肯出多少钱？”芳汀问。

“十法郎？”

“剪吧。”

德纳第收到裙子，立刻火冒三丈。他们要的是钱，于是把裙子给爱波妮穿了。可怜的云雀继续冻得发抖。

芳汀心想：“我的孩子不再冷了。我给她穿上我的头发了。”她自己则戴上小圆帽，盖住光头，这样看上去还是很美。

芳汀心中越来越暗淡了，她看到自己不能再梳头发，就开始怨恨周围的一切。在很长一段时间，她跟所有的人一样敬重马德兰老爹；然而，她心里一个劲儿地重复，是他把她赶走的，是他造成她的不幸，重复到后来也恨起他了，还尤其恨他。她在工人聚在工厂门口的时刻经过那里，故意又笑又唱。

有一次一个年老的女工瞧见她又唱又笑的样子，就说道：“这姑娘将来一定会很惨的。”

她找了一个汉子，是随便碰到的一个人，她并不爱，只想胡来，发发心中的愤懑。那是个穷鬼，靠拉点儿曲子乞讨，好吃懒做，还动手打她，然后离开了：相遇又分手，无不是厌恶的情绪引起的。

她只爱自己的孩子。

她越往下滑，周围的一切就越黑暗，那温柔的小天使在她心底就越有光彩。她常说：“等我发了财，我的珂赛特就会到我身边。”说着又大笑起来。她始终咳嗽，后背还出虚汗。

有一天，她收到德纳第夫妇一封信，信中这样写道：

“珂赛特病了，患了一种地方病，叫粟粒热。必须吃贵药，这下子把我们家给毁了，我们付不起药费。一周之内您不寄来四十法郎，小姑娘就死定了。”

看完信，芳汀哈哈大笑，对邻居老太婆说：

“哈！他们心肠真好！四十法郎！只要这么点儿！就是两个金路易！我到哪儿去拿呢？这些乡巴佬，都没长脑子！”

然而，她走到楼梯，还凑近天窗又看一遍。

接着，她冲下楼梯，跑出去，边跑边跳，还笑个不停。

有个人碰见她，问道：“您有什么事儿这么高兴？”

她答道：“两个乡巴佬刚给我写来一封信，说了天大的蠢话。他们向我要四十法郎！乡巴佬，算了吧！”

她经过广场时，看见许多人围着一辆造型很怪的马车。一个穿红衣服的男子站在车顶上，正在摇唇鼓舌。那是个走江湖的牙医，正兜售整套假牙、牙膏、牙粉和药酒。

芳汀挤进人群，边听边跟大家一起大笑。那拔牙的郎中胡吹胡侃，既讲下层人熟悉的江湖话，又讲体面人能懂的俗语，他看见这个咧嘴大笑的漂亮姑娘，就突然高声说：“站在那边笑的姑娘，您的牙齿真漂亮。您若是肯卖您那两个门牌，每个我出一个金路易。”

“我的门牌，是指什么呀？”芳汀问道。

“门牌嘛，”牙科医生回答，“就是上排前头的两颗门牙。”

“真残忍！”芳汀高声说。

“两枚拿破仑金币啊！”在场的一个没牙的老太婆咕哝道，“这个女人真有福气！”

芳汀逃开，捂住耳朵不听，可是，那人沙哑的声音却冲她喊：“想想吧，美人！两枚拿破仑金币，能办不少事儿。您若是同意，今晚儿就到‘银甲板’客栈，在那儿能找见我。”

芳汀回到住所，还火冒三丈，也把事情讲给好心肠的邻居玛格丽特听：

“这种事儿您能理解吗？那个人不是无耻透顶吗？怎么能让那种人到处乱窜呢？把我前面的两颗牙拔掉！那我不难看死了吗？头发还能长出来，可是牙齿拔掉不是完啦！哼！那人真是魔鬼！我宁愿头冲下从六层楼上跳下去！他对我说，今晚儿他住在银甲板客栈。”

“他出多少钱？”玛格丽特问道。

“两枚拿破仑金币。”

“这就是四十法郎。”

“是啊，”芳汀说，“合四十法郎。”

她愣了一会儿，就开始做活儿。过了一刻钟，她撂下活计，又跑到楼梯上去看德纳第夫妇的那封信。

她回到屋里，又向在她身边做活儿的玛格丽特说：

“粟粒热是怎么回事儿？您知道吗？”

“知道，是一种病。”那老姑娘回答。

“那种病要吃很多药吗？”

“嗯！要吃猛药。”

“那种病是怎么得的？”

“不知怎么就得上了。”

“孩子也得那种病吗？”

“孩子最容易得。”

“能死吗？”

“很容易死。”玛格丽特答道。

芳汀走出屋，再次到楼梯上看信。

到了晚上，她下了楼，只见她朝客栈集中的巴黎街走去。

次日清晨，天没亮玛格丽特就来了，平时她俩总在一起做活儿，只点一支蜡烛就够了，老太婆这次走到芳汀的房间，看见她坐在床上，脸色惨白，浑身冻僵了。她没有睡觉，布帽落在双膝上。蜡烛点了个通宵，差不多烧完了。

玛格丽特走到门口，就被这异常混乱的景象惊呆了，高声说道："天主啊！蜡烛全烧完啦！出什么事儿啦！"

然后，她打量芳汀，而芳汀也把没了头发的脑袋转过来。

一夜工夫，芳汀老了十岁。

"耶稣啊！"玛格丽特问道，"您怎么啦，芳汀？"

"我没什么，"芳汀回答，"倒是我的孩子有救了：那种病真可怕，不治就没命了。现在我放心了。"

她说着，就指给老姑娘看在桌子上闪闪发亮的两枚金币。

"啊，耶稣上帝呀！"

玛格丽特叹道："这不是发财啦！这些金币您是从哪儿弄来的？"

"反正我弄到手了。"芳汀答道。

她边说边微笑。烛光照亮她的脸。这是流血的微笑，淡红的涎水弄脏嘴角，口中有个黑洞。

两颗门牙拔掉了。

四十法郎她寄往蒙菲郿。

那不过是德纳第夫妇骗钱的一个计谋，其实珂赛特并没有害病。

芳汀把镜子从窗户扔出去了。她早已从三楼的单间搬上只有木门栓的阁楼：这类阁楼屋顶和地板构成斜角，稍一走动就碰脑袋。穷苦人要逐渐弯腰，才能走到屋子的尽头，如同走到命运的尽头。床铺没了，只留下她叫做被子的一大块破布、一张铺在地下的睡垫以及一把坐垫露麦秸的破椅子。一盆枯萎的小玫瑰，遗忘在角落里。另一角落有一个奶油盆，现在用来盛水，冬天结了冰，一圈圈高低不等的冰碴儿长时间标示水面的高低。她早已丢掉廉耻，现在又丢掉修饰。这是最后的标志。戴着脏帽子就出门。不知是没时间，还是满不在乎，衣裙破了她不再缝补了。袜跟磨破，就往鞋里褪一截，这从袜子的几条竖纹上就能看出来。她那件胸衣又旧又破，用零碎布头补了又补，稍一动弹就会撕开。债主们总跟她吵闹，不让她消停片刻。她在街上常碰见他们，在楼梯上也常碰见他们。她往往整夜啜泣，整夜冥思苦想。她的眼睛非常明亮，左肋靠上一点儿疼痛不止，咳嗽也很厉害。她恨透了马德兰老爹，但是不发怨言。她做衣裳每天干十七个钟头；但是一个监狱包工用女囚犯干活压低了工钱，自由女工每天就只能挣九苏了。一天干十七个钟头，只挣九苏！逼债的人越发冷酷无情。那个旧货商几乎把她的全部家具搬走了，见面还不断对她说："你什么时候付我钱，臭娘们儿。"仁慈的上帝啊，别人还要把她逼到什么分儿上？她感到自己被人追捕，产生了困兽的心理。就在这种时候，德纳第又写信来，说他仁至义尽，等待一百法郎欠款，必须马上付清，否则就把小珂赛特赶出门，不管她病刚好，在大冷天里往哪儿走，冻死饿死随她便。"一百法郎！"芳汀心想，"可是，到哪儿去找工作，一天能挣五法郎呢？"

"豁出去啦！全卖了吧！"她说道。

这个苦命人做了公娼。

十一 基督解救我们

芳汀的身世表明什么呢？表明社会收买一个女奴。

向谁买的？向贫困买的。

向饥饿、寒冷、孤独、遗弃、贫苦买的。痛苦的交易。一颗灵魂换一块面包。贫困卖出，社会买进。

耶稣-基督的神圣法规统治我们的文明，但是并没有渗透到我们的文明里。大家说奴隶制度从欧洲文明中消失了。这种说法不对。奴隶制始终存在，但只是压在妇女头上了，称为卖娼。

这种制度压迫妇女，也就是压迫优雅、纤弱、美貌和母性。对男人来说，这也绝非微不足道的耻辱。

惨剧发展到这一地步，芳汀已不复存在，根本不是从前那个人了。她变成污泥的同时，也化为石头了。触摸她的人感到寒气逼人。她经过一下，以身相事，却不问你是什么人；她完全是一尊受屈辱而又冷峻的肖像。生活和社会秩序已经给她下了最后的判语。该发生的事情都发生了：她什么都感受了，什么都忍受了，什么都经受了，什么苦都吃过了，什么都失去了，什么都哭过了。她逆来顺受，而这种逆来顺受类似无动于衷，正如死亡类似睡眠。她再也不躲避什么了，再也不怕什么了。漫天大雨都浇在头上，全部海洋都倾泻在身上，又有什么关系！她是一块浸泡水的海绵。

至少她是这么想的，不过，想象自己穷尽了命运，接触到了什么东西的底端，那就大错特错了。

唉！这种种命运，乱纷纷受到驱使，究竟是怎么回事儿呢？要走向何处呢？为什么会这样呢？

了解这些情况的，就是洞悉全部黑暗者。

他是独一无二的。他叫上帝。

十二　巴马塔林先生的无聊

一般小城市，尤其海滨蒙特伊，总有一帮青年，他们在外省蚕食一千五百法郎年金，如同其他青年在巴黎每年吞掉二十万法郎一样。他们是那个中性大族类的成员，是去了势的、寄生的、一无所长的人；他们有一点田产，有一点愚蠢，又有一点小聪明，在沙龙里显得土里土气，在茶楼酒肆又以绅士自居。他们嘴边常挂的话是：我的牧场，我的树林，我的庄户；他们在剧院里给女演员喝倒彩，以便表明他们有欣赏眼光；他们向卫戍部队军官寻衅吵架，以便表明他们也是军人；他们打猎，抽烟，打哈欠，酗酒，嗅鼻烟，打台球，看旅客下驿车，泡咖啡馆，到乡村饭馆吃饭，养一条狗好在桌下啃骨头，有个情妇好往桌上端菜，而且一毛不拔，过分追求对髦的装束，喜欢幸灾乐祸，蔑视妇女，旧皮鞋不穿破了不扔掉，通过巴黎模仿伦敦的时尚，又通过木松桥模仿巴黎的时尚，终生不工作，冥顽到老，毫无用处，但也无碍大局。

菲利克斯·托洛米埃先生若是待在外省，从未见识过巴黎，就会是这样一个人。

他们再富有一些，别人就会说：这些公子哥儿；他们再穷一点儿，别人就会说：这些二流子。他们无非是些游手好闲的人。在这些游手好闲的人当中，有讨人嫌者，有了无生趣者，有胡思乱想者，还有一些怪里怪气的人。

那个时期，所谓公子哥儿的打扮，就是大高领、一条大领带、一只链子带饰物的怀表、三件颜色不同的套背心，蓝色和红色的穿在里面，外面穿一件橄榄色的短燕尾服，燕尾服上两排紧紧相连的银纽扣，一直排列到肩头；下身穿一条浅橄榄色裤子，两侧裤线缀饰有数量不等的条带，但总是奇数，从一条到十一条，从不超过十一的限度。除此之外，还要穿一双后跟钉了铁掌的短筒皮靴，戴一顶高筒窄檐帽，头发要蓬松下来；要拿一根粗手杖，谈话中常用杂耍演员波蒂埃式的文字游戏。最突出的，还是鞋跟儿上的马刺，嘴唇上的髭须。那个时期，髭须代表有产阶级，马刺代表有闲阶层。

外省的公子哥儿的马刺更长些，髭须也更粗犷些。

那个时期，正是南美洲一些共和国展开反对西班牙国王的斗争，玻利瓦尔[1]同莫里洛[2]较量。保王党人戴窄檐帽，叫做莫里洛帽；自由党人戴大檐帽，称作玻利瓦尔帽。

上面叙述的事情发生之后八个月或十个月，约摸1823年1月的上旬，雪后的一天晚上，一个那种公子哥儿，一个那种无所事事的人，一个戴着莫里洛帽，因而“思想正统的人”，身上暖暖地穿着一件冷天用来补充时装的大衣，他正在调戏一个女人。那女人穿着舞裙，上身开领很低，头上插着花，在坐满军官的咖啡馆玻璃窗前走来走去。那公子哥儿吸着烟，不用说那很时髦。

那女人每次从他面前经过，他就喷她一口烟，同时甩一句自以为诙谐有趣的风凉话，诸如：“你可真丑啊！”“你还不快躲起来！”“你没牙啦！”如此等等，不一而足。那个先生叫巴马塔林。那个愁眉苦脸、打扮得妖里妖气的女人，在雪地上走来走去，并不答理他，连瞧都不瞧一眼，照样默默地徜徉；她的脚步均匀而沉郁，每隔五分钟就受一次嘲弄，如同受罚的士兵按时来受鞭笞一样。那个闲得无聊的人见他的嘲笑没什么效果，不免恼火，就趁她转过身去的工夫，憋住笑，蹑手蹑脚地跟上去，弯腰从地上抓起一把雪，猛地从她赤裸的肩膀中间塞进后背里。那妓女吼叫一声，转过身来，像豹子似地一蹿，扑到那男人身上，用指甲抓破他的脸，同时臭骂他，骂的话十分下流，不堪入耳，从她口里倾泻出来，嗓音因酒精中毒而嘶哑，而口里又缺两颗门牙，的确非常丑恶。她便是芳汀。

---

① 玻利瓦尔（1783—1830年）：委内瑞拉、哥伦比亚和玻利维亚的解放者。

② 莫里洛：西班牙将军，当时率殖民军同玻利瓦尔作战。

那些军官听见打斗的喧闹声，都蜂拥着从咖啡馆里出来，行人也聚拢来，他们围了一大圈儿，又笑又叫，还为之鼓掌；而圈里那两个人扭作一团，很难分清是男女相斗；那男人只有招架之功，帽子掉在地上；那女的拳打脚踢，帽子也丢了，只见她豁牙露齿，又没有头发，脸色气得发青，扯着嗓子喊叫，真是可怕极了。

突然，一条大汉从人群里冲进去，一把揪住那女人沾满泥水的缎衫，对她说了一声：“跟我走！”

那女人抬头一看，她那咆哮声戛然止息，眼睛也没神了，脸色由铁青转为死灰，而且吓得魂不附体。她认出是沙威。

那个公子哥儿乘机溜掉了。

十三　警察局处理问题

沙威分开围观的人，拖着那个不幸的女人，大步走向广场另一边的警察局。那女人机械地迈动脚步，任他给拉走。他们二人谁也没有讲一句话。一大群观众欣喜若狂，闹哄哄地跟在后面。极端不幸的事件，却是大讲猥亵的话的机会。

警察局办公室是楼下一间大厅，生有炉火，临街安了铁条的玻璃门口有警卫站岗。沙威带芳汀来到，推门进去，随手把门关上；那些好奇的人大失所望，但仍旧簇拥在门口，踮起脚伸长脖子张望，想透过发污的门玻璃看个究竟。好奇就是贪吃，观看就是吞食。

芳汀一进来，便走到角落里，颓然缩成一团，一动不动，一声不吭，如同一条害怕的狗。

一名士官拿来一支点燃的蜡烛，放到办公桌上，沙威坐下，从衣袋里掏出一张公文纸，开始写起来。

这类女人由法律完全交给警察处置了。警察可以为所欲为，任意惩罚她们，剥夺她们所谓的职业和自由这两样可悲的东西。沙威神态冷漠，严肃的面孔毫不动容。然而，他在殚精竭虑，此刻他要自由地运用生杀予夺的可怕权力，态度十分认真而缜密，但感到警察的板凳就是公堂。他审判。他审判，并且判罪。他围绕着自己所办的大事，尽量调动起他的神思。他越审查这个妓女的所为，就越感到气愤。他刚才目睹的情景，显然是犯罪。刚才在大街上，他看到一个有产者选民所代表的社会，受到一个最下贱的人的侮辱和攻击。一名娼妓居然冒犯一位资产者。他，沙威，亲眼目睹这件事。他一声不响，只管笔录。

他写完了签上名，将纸折起来，交给值勤的士官，对他说道："带三个人，将这个婊子押进牢里。"他转身又对芳汀说："你要关上六个月。"

那不幸的女人浑身战栗，号叫起来：

"六个月！六个月关在牢里！六个月，每天只能挣七苏！我的珂赛特可怎么办啊！我的女儿！我的女儿！我还欠德纳第家一百多法郎，探长先生，这情况您知道吗？"

她合拢双手，跪在所有男人的泥靴踏湿了的石板上，用双膝大步往前爬行。

"沙威先生，"她说道，"求您开开恩吧。我敢保证我没有过错。您若是看到开头的情况，就会明白啦！我向仁慈的上帝发誓，我没有过错：那位有钱的先生我不认识，是他往我后背塞雪团。我们那样老老实实地走路，没有招惹任何人，难道谁就有权往我们后背塞雪团吗？突然搞了我这么一下。您瞧见了，本来我就有点病！再说，他挖苦我已经有一阵工夫了。'你真丑！你没有牙！'我完全明白我没有门牙了。可是，我什么也没干呀！我心里说：这位先生在寻开心。我在他面前规规矩矩，没有跟他说话。正是在这种时候，他把雪团塞进我后背。沙威先生，善良的探长先生！难道这里没有人当场看见，能对您说这是千真万确的吗？也许我不该发火。您也知道，人碰到事情，开头总是控制不住自己，发起火来。何况，乘人不注意的时候，把那么凉的东西塞进后背！我不该把那位先生的帽子弄得不成样子。他为什么走了呢？我可以请求他原谅。噢！天主啊，我不在乎，可以请求他原谅。今天就饶了我这一回吧，沙威先生。喏，您不了解这种情况，坐牢每天只能挣七苏，这不能怪政府；但是请您想一想吧，我必须付一百法郎，否则，人家就把我孩子打发回来。上帝啊，我不能让孩子跟我在一起。我干的事太可耻啦！我的珂赛特呀，我的慈悲圣母的小天使，可怜的小宝宝，她怎么办呢？告诉您说吧，德纳第那家人，是开客店的，是乡下人，不讲什么道理不道理，他们只要钱。不要把我投入监狱！请想一想，一个小女孩儿，让人丢在大路上，又是天寒地冻，到处流浪，善良的沙威先生，这种情况怎不让人可怜！她人大一点儿，还可以自己养活自己，可是，她那小小年龄不可能。其实，我并不是坏女人。我落到这一步，并不是因为好吃懒做。我喝酒不假，那是穷困潦倒的缘故。我不喜欢酒，但是酒能醉人。从前我比较快活的时候，别人只要看看我的衣柜就会明白，我不是那种淫荡的妖艳女人。那时候我有衣裙，有很多衣裙。沙威先生，可怜可怜我吧！”

她身子弯成两折，不住地抽动，泪水模糊了眼睛，胸口裸露，双手绞来绞去，就这样哭诉，结结巴巴，低声下气，还不断地干咳，就像要咽气一样。极痛深悲是一道神威之光，能改变悲惨之人的形象。在这一时刻，芳汀重又变美了。她时而住声，深情地吻这名警探的下摆。她能打动一颗花岗岩的心，然而一颗木头的心是不会软的。

“好啦！”沙威说道，“我听你陈述了，全讲完了吧？现在走吧！你得关上六个月。永恒的天父亲自来这儿，也无能为力了。”

“永恒的天父也无能为力了”，她听见这句庄严的话，就明白判决宣布了，于是瘫在地上，有气无力地说：“饶了我吧！”

沙威转过身去。

几名警察扭住芳汀的胳膊。

几分钟之前进来一个人，谁也没有注意。他关上门，靠在上面，听见了芳汀苦苦的哀告。

警察上前扭住这个不肯起来的不幸女人，这时，他跨了一步，从暗地走出来，说了一声：“请等一下！”

沙威抬头一看，认出是马德兰先生，他脱下帽子，不自然而又有点恼怒地向他敬礼：“对不起，市长先生……”

这一声“市长先生”，在芳汀身上产生奇异的效果。她就像从地下钻出的僵尸，忽地站起来，两臂推开警察，未待他们阻拦，就径直走向马德兰先生，眼睛直愣愣地瞪着他，喊道：

“哼！市长先生，原来就是你呀！”

接着，她放声大笑，朝他脸啐了一口。

马德兰先生揩了揩脸，又说道：“沙威探长，把这女人放了。”

这时候，沙威感到自己要发疯了。此刻，他接连感受到有生以来最强烈的，几乎同时混杂而来的震撼。目击一个公娼啐一位市长的脸，这件事简直荒谬到了极点，无论怎样大胆设想，哪怕相信会发生这种事，他也认为是一种亵渎。另一方面，他在思想深处却隐约而丑恶地拉近这两者，拉近这个女人的状况和这位市长可能的身份，于是他在这种大不韪的冒犯中，恐惧地看出一点极为简单的什么情由。等到这位市长，这位行政官平静地擦脸，并且说“把这女人放了”，沙威见了不禁愕然，仿佛一时目眩，不能思考也说不出话来：这种惊愕超出了他可能承受的限度。他呆若木鸡。

这句话给芳汀的震动也同样怪异。她抬起赤裸的胳臂，抓住炉门的扳手，好像站立不稳似的。同时，她四面张望，又仿佛自言自语，低声说道：

“放啦！放我走！我不去坐六个月牢啦！这话是谁讲的？谁也不可能这么说。我听错了。这个魔鬼市长不可能讲这话。是您吧，善良的沙威先生，是您说的放了我吧？唔！瞧着吧！我对您说了，您就放我走。这个魔鬼市长，这老混蛋市长，他是整个事情的祸根。您想想看，沙威先生，是他把我从工厂里赶出来！就因为他听信了工厂里那些臭女人胡说八道。一个可怜的女人，老老实实地干活，却被开除啦！这不是非常残忍吗？这样，我挣的钱就不够用了，厄运也就来了。首先，警察局这些先生应当改善一点，就是禁止监狱那些包工来坑害穷人。喏，这事儿我一说您就明白。您做衣服每天挣十二苏，可是一下子减到九苏，就没法儿活了。这样，要活下去什么都得干。我呢，我还有个孩子珂赛特，被逼无奈，我才成为坏女人。现在您明白了，我的不幸，完全是这个混蛋市长造成的。还有这次，我在军官咖啡馆门前，用脚踏坏了那位市民先生的帽子。可是他，也用雪把我的衣裙给毁了。我们这种人，只有一件绸子衣裙，晚上穿出来。您明白，我从来没有故意损害过人，真的，沙威先生，我看见到处都有比我坏得多的女人，而生活快活得多。沙威先生啊，把我放出去，这话是您说的吧？您去打听打听，去问问我的房东，现在我按期付房租了，别人会告诉您我是个老实人。啊！上帝，请您原谅，我没注意碰了炉门扳手，弄得冒出烟来了。”

马德兰先生聚精会神听她讲，边听边搜自己的西服背心，从口袋里掏出一个钱包，打开一看是空的，又放回兜时，他对芳汀说道：

“您刚才说欠人家多少钱？”

芳汀眼里只有沙威，这时转身对着他：“我跟你有什么话可说！”

接着，她对警察说：“诸位，说说看，我怎么啐他的脸，你们都看见了吧？哼！市长老魔头，你来这里是要吓唬我，可是我不怕你。我害怕沙威先生。我害怕我这善良的沙威先生！”

她这样说着，又转向探长：

“喏，您明白，探长先生，这情况讲了，就应当公正些。我知道您是公正的，探长先生。老实说，事情非常简单，一个男人寻开心，往一个女人后背里塞点儿雪，好逗那些军官发笑。人嘛，总得寻点儿乐子，我们这些女人，本来就是给人取乐的，有什么奇怪！接着，您来了，您不得不维持秩序，带走有过错的女人，可是您心肠好，经过考虑，您就说放了我，是为了孩子，因为我坐六个月的牢，就没法儿抚养孩子。只不过，贱女人，不许再闹事啦！哦！沙威先生，我绝不再闹事啦。现在，随便怎么戏弄我，我都会一动不动。只是今天，您明白，弄得我太难受，我叫喊起来，根本没料到那位先生往我衣裳里塞雪，而且，我跟您说过，我身体不太好，总咳嗽，胃里好像有什么东西滚烫滚烫的，大夫吩咐过：好好保养。来，您摸摸，把手给我。不要怕，就在这儿。”

她不哭了，声音悦耳动听，她把沙威粗大的手按在她那白嫩的胸口上，笑嘻嘻看着他。

突然，她急忙整理弄乱了的衣衫，往膝下拉拉裙子，拉平她刚才匍匐时弄出的皱褶，然后朝门口走去，友好地冲警察点点头，轻声说道：

“孩子们，探长先生说放了我，我走了。”

她伸手拉门闩，再走一步就到街上了。

沙威一直伫立不动，目光垂视地面，仿佛一尊雕像放在这个场合，极不适当，等待搬到别处去。

拉门闩的声响把他惊醒，他抬起头，神态极其威严；职权越低，这种神态越凶，表现在猛兽面上是凶猛，表现在小人脸上是凶残。

“警士！”他喊道，“您没看见那坏女人要走吗！谁跟您说放她走的？”

“我。”马德兰说道。

芳汀听见沙威的声音，浑身不禁颤抖，放下门闩，就像被捉住的小偷丢下偷窃的物品。听见马德兰的声音，她又转过身来，从这时候起，她不吭一声，甚至不敢出大气儿，目光来回转移，从马德兰到沙威，又从沙威到马德兰，随着哪位说话而定。

显而易见，沙威到了常言说的“怒不可遏”的程度，才敢在市长要求释放芳汀之后，还颐指气使地申斥警士。居然到了无视市长在场的程度吗？难道他最终确认一位“行政官”不可能发出这种命令，市长先生肯定无意中说走嘴了吗？抑或这两个小时，他目睹了骇人听闻的事情，心想必须采取决断，要小人物充当大人物，警探扮演行政官，警察变成法官吗？而且在这种紧急关头，秩序、法律、道德、政府、整个社会，要在他沙威身上体现出来吗？

不管怎么说，马德兰先生讲的“我”字一出口，沙威探长便转向市长，只见他脸色苍白，表情冷峻，嘴唇发青，目光凶顽，浑身不易觉察地微微颤抖，而且见所未见的是，他说话眼睛垂视，但是口气坚决：“市长先生，这样处理不行。”

“什么？”马德兰先生问道。

“这个疯女人侮辱了一位绅士。”

“沙威探长，”马德兰先生声调委婉平和，又说道，“听我说。您是个正直的人，不难向您解释。事实是这样，您带走这个女人的时候，我刚巧经过广场，围观的人还没有全散，经过调查，我全了解了，是怪那位绅士，好警察应当逮捕他。”

沙威又说道：“这个贱货又侮辱了市长先生。”

“这是我的事儿，”马德兰先生答道，“对我的侮辱也许属于我的。我愿意怎么处理都行。”

“我请市长先生原谅。对市长的侮辱不属于市长，而属于法律。”

“沙威探长，”马德兰先生反驳，“首要的司法，是良心。我听了这个女人的陈述，我明白我所做的事。”

“可是我，市长先生，我不明白我看到的事。”

“那么，您只管服从就是了。”

“我服从自己的职责。我的职责就是要把这个女人关押六个月。”

马德兰先生和颜悦色地回答：“听清楚一点：她一天也不能关押。”

沙威听了这句坚决的话，还敢注视市长并申辩，但是声调始终恭恭敬敬：

“我抵制市长先生，感到十分遗憾，这是我平生第一次。不过，请市长先生允许我指出，我这是在职权范围之内行事。既然市长先生要这样，我就再来谈谈那位绅士的事实。当时我在场。是这个婊子扑到巴马塔林先生的身上。那位先生是选民，在公园旁边拥有漂亮的公馆，是一座石砌带阳台的四层楼房。在这世界上，有些东西毕竟不能无视。不管怎么说，市长先生，这件事发生在街上，关系到我，是警察的职责，因此，我要收押芳汀这个女人。”

这时，马德兰先生叉起胳臂，拿出全城还没人听到的严厉声调说道：“您讲的这种犯罪行为由市政警察处理。根据刑事诉讼法第九、第十一、第十五和第六十六条，我是审判官，我命令释放这个女人。”

沙威还要最后争辩一下：“可是，市长先生……”

“我提醒您注意1799年12月13日颁布的法律，关于擅自拘捕问题的第八十一条。”

“市长先生，请允许……”

“不要讲了。”

“然而……”

“出去！”马德兰先生说道。

沙威像个俄国士兵，站立着迎面挺胸接受这一打击。他向市长先生一躬到地，便往外走。

芳汀闪开门口，惊愕地看着他从面前走过。

这工夫，她也受到震撼，感到难以名状的惶恐。她看见在某种程度上，自己成为两种相反力量的争夺对象。两个人在她眼前搏斗，他们掌握着她的自由、生命、灵魂和她的孩子，一个人要把她拖向黑暗，一个人要把她拉向光明。这场搏斗通过她恐怖的视觉扩大了，这二人好似两个巨人，一个讲话的口气像是她的恶魔，另一个讲话的口气就像她的守护天使。天使战胜了恶魔。然而，一个情况令她从头到脚战栗：这个天使，这个救星，恰恰是她深恶痛绝的人，恰恰是这位市长——她长期认作造成她全部苦难的罪魁祸首，恰恰是这个马德兰！就在她无耻地辱骂了他之后，他却救了她！难道她弄错了吗？难道她应该改变整个灵魂吗？……她弄不清楚，只是浑身颤抖。她越听越不知所措，越看越心惊胆战；马德兰先生每讲一句话，芳汀都感到仇恨的可怕黑影在她身上融化并消散，同时内心不知萌生什么感觉，既温暖又不可言喻，似欣喜，似信心，又似爱。

等沙威一出去，马德兰先生就转向她，声音缓慢地，就像不易动感情的男人忍住眼泪那样吃力地说：

“我听到了您的叙述。您讲的情况我一无所知。我相信这是真的，我也觉出这是真的。我甚至不知道您离开了工厂。当初为什么您不找我呢？这样吧：我替您还债，再派人把您的孩子接来，或者您自己去找她。今后，您要在这里，到巴黎或别的地方，由您自己决定。您和孩子的生活费用由我负担。您要是愿意，就不必干活了，需要多少钱我都给您。您重获幸福生活，也就重做正派人了。甚而，请听清楚，如果您的话句句属实，当然我并不怀疑这一点，那么现在我就明确告诉您，在上帝面前，您始终是个圣洁的女人。噢！可怜的女人！”

可怜的芳汀再也忍不住了。接回珂赛特！脱离这种可耻下贱的生活！同珂赛特一起过上自由的、富裕的、快活而又体面的日子！在悲惨的绝境，眼前忽然展现所有这些天堂般的现实美景！她仿佛痴呆了，看着对她讲话的这个男人，只能“噢！噢！噢！”发出三两声抽泣。她双膝弯下来，跪到马德兰先生的面前，未待他制止，就拉起他的手，嘴唇贴在上面。

她随即昏了过去。

第六卷　沙　威

一　开始休息

马德兰先生让人把芳汀抬到他工厂的诊所，交给嬷嬷护理。她发了高烧，在病床上昏迷中高声说胡话，闹了大半夜才睡着。

次日近午时分，芳汀醒来，听见旁边有人呼吸的声息，便拉开床帷，看见马德兰先生站在那里，注视她头上的什么东西，那祈祷的眼神满含怜悯和不安。她顺着那视线看去，明白他在注视钉在墙上的一个耶稣受难像。

在芳汀的心目中，马德兰先生的形象从此完全变了，觉得他罩在光环里。他正在潜心祈祷。芳汀观望许久，没敢惊动他，后来，她才怯生生地问道："您在这儿做什么呢？"

马德兰先生站在那儿有一个小时了，等待芳汀醒来。他拉起芳汀的手，号了号脉，反问道："您觉得怎么样？"

"挺好，我睡了一觉，"芳汀说道，"我想是好了些。不会有什么事儿的。"

这回，马德兰先生才回答她先头的问题，仿佛现在才听到似的："刚才我在祈祷上天那位殉难者。"

他在心中还补充一句："也为人间的殉难者。"

马德兰先生调查了一个通宵和一个上午，现在全知道了，了解到芳汀身世的所有揪心的细节。他接着说道：

“您吃了很多苦啊，可怜的母亲。噢！您不要抱怨，现在您有资格当上帝的选民了。人就是通过这种方式变成天使的。这绝非人的过错，他们知道舍此别无选择。要知道，您脱离的那个地狱，就是天堂的雏形。必须从那里起步。”

他深深叹了一口气。然而，芳汀微张缺了两颗牙的口，却粲然而笑。

当天晚上，沙威写了一封信。次日早晨，他亲自送到海滨蒙特伊邮局。信寄往巴黎，收信人是这样写的：“警察总督先生的秘书夏布叶先生亲启。”由于警察局里发生的事传出来了，邮局的女局长和另外几个人看到了要寄的信，从地址上认出沙威的笔迹，都以为他寄的是辞职信。

马德兰先生赶紧给德纳第夫妇写信。芳汀欠他们一百二十法郎，马德兰先生寄去三百法郎，告诉他们扣除欠款，余下的做旅费，立刻把孩子送到海滨蒙特伊城，因为母亲害了病，想看孩子。

德纳第喜出望外，他对老婆说：“见鬼啦！这孩子不能放手。真的，这只小云雀要变成奶牛了。我猜出来了，可能是哪个冤大头看上她妈了。”

他寄回了五百零几法郎的账单。账单做得很精细，附上无可挑剔的两张收据，总共三百多法郎：一张是大夫开的；一张是药剂师开的，是他们给孩子治疗和开药的费用，但害了两场大病的是爱波妮和阿兹玛。前边交代过，珂赛特没有生病。这不过是一个冒名顶替的小伎俩。德纳第在账单下端写道：“已收到分期付的三百法郎。”

马德兰先生立刻又寄去三百法郎，并附言：“赶紧把珂赛特送来。”

“老天爷！”德纳第说，“这孩子不能放走。”

这期间，芳汀的病情毫无起色。她一直住在诊所。

起初，嬷嬷以厌恶的心情接收并看护“这个妓女”。凡是见过兰斯城大教堂浮雕的人，都会记得规矩的处女看着轻佻女人时撇嘴的表情。贞女对荡妇的这种鄙夷自古已然，这是女性尊严的一种最深远的本能。嬷嬷所感到的鄙夷，又因宗教信仰而变本加厉。然而时过不久，芳汀就消除了她们的敌意。她使用各种各样谦卑温和的话语，又有一副慈母心肠，足能打动别人。有一天，嬷嬷听见她在高烧中说胡话：“我曾是个罪孽的女人，不过，等到孩子回到我身边，这就表明上帝宽恕了我。我陷入罪恶的时候，就不愿意让珂赛特在我身边，我受不了她那又惊奇又伤心的眼神。可是，我为了她才作恶的，是这一点促使上帝宽恕我。等珂赛特来到这里，我就会感到仁慈上帝的祝福。我要端详孩子，看见这天真的孩子我会好受的。她什么也不知道。嬷嬷，要知道，她是个天使。在她这年龄，翅膀还没有掉呢。”

马德兰先生每天来探望两次，每次她都问：

“很快我就能见到我的珂赛特了吧？”

他就答道：“也许明天早晨就能见到。她随时都可能到达，我正等着她呢。”

于是，母亲那苍白的脸开朗了。

“啊！”她说道，“我该多么快活呀！”

刚才讲过，她的病没有好。非但没有起色，病情似乎一周比一周严重了。那一团雪贴肉塞到两块肩胛骨之间，突然一冰，便破坏了她发汗的机能，结果多年潜伏在肌体中的病症，就猛然爆发出来了。当时，在研究和治疗肺病方面，大家开始采纳拉埃内克[1]的杰出

① 拉埃内克（1781—1826年）：法国医生，发明肺病听诊法。

论断。大夫对芳汀的肺病听诊之后，摇了摇头。

马德兰先生问大夫：

“怎么样？”

“不是有个孩子她想看看吗？”大夫反问道。

“对。”

“那好，赶紧把孩子接来吧。”

马德兰先生不禁一抖。

芳汀问他：“大夫说什么？”

马德兰先生强颜笑了笑：“他说快点儿把您孩子接来，这样您就好得快了。”

“唔！”芳汀又说，“他说得对！怪了，德纳第他们留住我的珂赛特干什么！哦！她会来的。我总算看到幸福近在眼前了。”

然而，德纳第不肯“放那孩子”，还找出各种各样拙劣的借口，说什么珂赛特有点儿不舒服，冬天不宜出远门，说什么当地还有几小笔急亟付清的债务，他要收敛发票，等等。

“我派个人去接珂赛特，”马德兰老爹说，“实在不行，我亲自去一趟。”他照芳汀的口述写了信，并让她签了名。信中这样写道：

德纳第先生：

请将珂赛特交给持信人。

各笔小债务，去的人会为您全部付清。

此致

敬礼

芳汀

就在这种时候，出了一个严重的意外事件。构成人生的神秘的厚块儿，我们极力想凿透也是枉然，命运的黑脉总是在那其中反复再现。

二 “冉”如何变成“尚”

一天早晨，马德兰先生在办公室里，正忙着提前处理市政府的几件紧急公务，以便一旦需要就能随时去蒙菲郿。这时来人通报，探长沙威求见。马德兰先生听到这个名字，不免产生反感。在警察局发生争执之后，沙威越发躲避他，马德兰先生就再也没有见沙威。

“请他进来。”他说道。

马德兰先生靠近壁炉坐着，手中握着笔，眼睛注视一卷材料，那是交通警察呈送的几起违章的笔录。他一边翻阅一边批示，根本不理睬沙威。他禁不住想到可怜的芳汀，因此对待沙威不妨冷淡些。

沙威恭恭敬敬地向背对他的市长先生鞠了一躬。市长先生没有看他，还继续批阅材料。

沙威在办公室里走了两三步，又停下来，但是没有打破沉默。

假如一个相面先生熟悉沙威的本性，长期研究过这个为文明效力的野蛮人，这个由罗马人、斯巴达人、修士和小军官合成的怪物，这个不会弄虚作假的密探，这个纯而又纯的警探，假如这个相面先生了解他对马德兰先生心怀的夙怨，了解他在芳汀的事儿上同市长的冲突，那么此刻他再观察沙威，就必然产生疑问：“发生了什么事情？”谁认识这个正直、爽朗、坦诚、廉洁、严峻而又凶残的人，就会看出沙威内心显然经历了一场激烈的斗争。沙威的内心活动，无一不表露在脸上。他跟狂暴的人一样，很容易突然来个一百八十度的大转弯。他脸上的神情，比以往任何时候都更奇特，更出人意料。他走进来，便对马德兰先生鞠了一躬，目光里毫无怨恨、恼怒和戒惧。他离市长坐椅几步远的地方站住，现在笔直地立在那里，近乎立正的姿势，一副粗野的样子，既天真又冷淡，显然是个从来没有和气过的人，始终耐心地等待，一声不吭，一动不动，手里拿着帽子，目光低垂，那表情介乎于士兵见了长官和罪犯见了法官之间，显出由衷的恭顺和平静的屈从，既坦然又严肃，等待市长先生回过身来。别人所能推想的情绪和故态，在他身上消失殆尽，他那张花岗岩一般的面孔毫无表情，只是黯然神伤，他那人从上到下都体现出驯顺和坚定，是一种说不出来的勇于受罚的神态。

市长先生终于放下笔，半转过身来：

“说吧！什么事？有什么话要说，沙威？”

沙威半晌没吭声，就好像要集中心思，接着提高声音，忧郁而庄严地，仍不失朴直地说道：

“是这样，市长先生，有一个犯罪的行为。”

“什么行业？”

“一名下级警察，对一位行政长官极为严重地失礼。我来向您报告，因为这是我的职责。”

“那警官是谁？”马德兰先生问道。

“是我。”沙威回答。

“您？”

“我。”

“要控告警官的那位长官，又是谁呢？”

“是您，市长先生。”

马德兰先生从扶手椅上站起来。沙威神态严肃，眼睛始终低垂，继续说道：“市长先生，我来请求您建议上级免我的职。”

马德兰先生不胜惊讶，开口刚要说话，沙威却抢着说：“也许您要说，我本可以辞职，可是这样还不够。辞职是体面的行为。我有了过失，就应当受惩罚。应当把我免职。”

他停了一下，又补充说道：“市长先生，那天，您对我严厉有失公正，今天您严厉处理我是公正的。”

“哦！为什么？”马德兰先生提高声音说，“乱七八糟说的什么呀？这是什么意思？您对我有什么犯罪行为？您干了什么？有什么对不起我的地方？您来自责，要求替换……”

“免职。”沙威说。

“就算免职吧。这很好，可是我不明白。”

“您这就会明白，市长先生。”

沙威深深地叹了口气，始终冷静而忧伤，又说道：“市长先生，六个星期以前，为了那个女人发生争执之后，我非常恼火，就告发了您。”

“告发！”

“向巴黎警察总署告发您。”

马德兰先生不见得比沙威爱笑，这回也不免笑起来。

“告发我以市长身份干涉警务吗？”

“告发您从前是苦役犯。”

市长的脸刷地白了。

沙威没有抬眼睛，继续说道：

“当初我是那样想的。我早就有想法了。相貌一样，您派人去法夫罗勒打听过情况，在割风老头儿发生车祸那次，您显示了那么大力气，您的枪法又那么准，还有，您走路时腿脚有点拖，我知道还有什么！犯傻呀！总而言之，我把您当成一个叫冉阿让的人了。”

“叫什么？……您说的是什么名字？”

“冉阿让。那是个苦役犯，二十年前，我在土伦当副典狱长时见过：那个冉阿让出了狱，好像在一位主教家中偷了东西，后来又在大道上，手持凶器，抢过一个通烟筒的孩子的钱。八年来，他躲藏起来，不知道在什么地方，还在通缉他。当时，我就想象……总之，我干了这件事！一气之下作出决定，我向警察总署告发了您。”

马德兰先生刚又拿起材料，他以十分坦然的声调问道：

“那么，是怎么答复您的呢？”

“说我胡闹。”

“是吗？”

“是啊，说得对。”

“您承认这一点很好啊！”

“只得承认，因为真的冉阿让抓到了。”

马德兰先生拿的材料从手中脱落，他抬起头来，定睛看着沙威，以难以捉摸的声调“啊！”了一声。

沙威则往下说：

“事情是这样，市长先生。据说在本地，靠近埃利高钟楼那边，有一个叫尚马秋的老家伙，是个穷鬼，没有人注意。那种人，不知道他们靠什么活着。最近，就在今年秋天，尚马秋被逮住了，因为偷了人家造酒的苹果，作案是在……不管在哪家了，反正是盗窃行为：翻墙进去，折断了树枝。尚马秋被抓住了，他手里还拿着苹果树枝。那家伙给关起来。事情到这一步，还仅仅是个普通刑事案件。也是老天有眼，那里的牢房不成样子，初审法官先生认为阿拉斯有省级监狱，将尚马秋押送阿拉斯为宜。阿拉斯这座监狱里，有个从前的苦役犯，名叫勃列维，他为什么被捕我不知道，但是他表现好，就当上了那间狱室的看守。市长先生，尚马秋刚到那里，勃列维就叫起来：‘怪事！这人我认识，他是干柴[①]。唉，老兄，

① 干柴指从前的苦役犯。——原注。

瞧着我！您是冉阿让！’‘冉阿让！谁是冉阿让？’那个尚马秋还假装奇怪。‘别装相了，’勃列维说，‘你是冉阿让！你在土伦苦役犯监狱里关过：那是二十年前的事了，我们在一起待过。’那个尚马秋否认。当然啦！您该明白。于是深入调查，这件怪事给我一追到底，结果查出，大约三十年前，那个尚马秋在好几个地方，尤其在法夫罗勒当过树枝修剪工。从那以后，线索断了。过了很久，他又在奥弗涅，接着又在巴黎露面。他在巴黎当造车工匠，身边还有个洗衣女，不过这一点还没有得到证实；最后，就是到了这个地方。在他犯有加重情节的盗窃罪入狱之前，冉阿让是干什么的呢？是树枝修剪工。在什么地方？在法夫罗勒。还有别的事实。这个阿让的名字沿用他的洗礼名‘让’，而他母亲姓马秋，这样，他出狱后，就随母亲的姓，以便隐姓埋名，因此叫让马秋，这不是极其自然的事吗？他到了奥弗涅，那地方人发音不同，把‘让’说成‘尚’，大家叫他尚马秋。这家伙也就顺其自然，变成尚马秋了。您听明白了，是吧？有人到法夫罗勒调查过，冉阿让的家已经搬走了，不知道搬到什么地方。您也清楚，那种阶层，一家人死绝是常有的事儿。还是寻找过，什么也没有发现。那类人如果不是烂泥，就化作尘埃了。再说，由于事过三十年，法夫罗勒那里认识冉阿让的人都不在了。于是又去土伦调查。除了勃列维，只有两名苦役犯见过冉阿让，一个叫克什帕伊，一个叫舍尼帝，是两个判了无期徒刑的囚犯。两犯提监押到这里，同改名换姓的尚马秋对证。他们都毫不犹豫，同勃列维一样，认定那人是冉阿让。同样年龄，五十六岁，同样个头儿，同样神态，总之是同一个人，就是他了。也正是在那种时候，我往巴黎警察总署发函告发您。那边回信说我昏头了，冉阿让已经收押在阿拉斯。您想象得出，这情况多么令我诧异，我还以为在这里抓住了冉阿让本人呢！我写信给那位初审法官，他让我去，并把那个尚马秋带到我面前……”

“怎么样呢？”马德兰先生打断他的话。

沙威脸上还是那副廉正而忧伤的表情，答道：

“市长先生，事实就是事实。我很遗憾，那个人就是冉阿让。我也认出他了。”

马德兰先生声音压得很低，又问道：

“您有把握吗？”

沙威笑起来，那是深信不疑时所发出的惨笑。

“哈！有把握！”

他沉吟了一下，下意识地从桌上一只木钵里，捏出些吸墨用的木屑，继而补充说道：“就是现在我见了真的冉阿让，还是不明白我怎么想到别处去了。我请求您原谅，市长先生。”

面前这个人，六周之前曾当着许多警察的面侮辱过他，冲他喊：“出去！”这个傲慢的沙威，却能讲出这样由衷哀求的话，他不知道此刻他充分体现出了朴直和崇高。马德兰先生没有回答他的请示，而是突如其来地问道：

“那人怎么说？”

“哦，当然！市长先生，这案件可不妙。若真是冉阿让，就是有累犯罪。逾墙盗窃，折断树枝，偷走几个苹果，如果是小孩儿干的，就是淘气行为；如果是成年人干的，就是过失；如果是一个苦役犯干的，就是犯罪。逾墙和盗窃，这就构成犯罪，不再由警察局处理，而由刑事法庭审判了，也不再是拘留几天，而要判终身苦役了。而且，还有通烟筒的孩子那件事，希望到时他也能出庭作证。好家伙！真够受的，对不对？如果不是冉阿让，换个别人，就受不了。然而，冉阿让是个阴险的家伙。从这一点我也看出是他。换个别人，就会感到事情严重了，沉不住气闹起来，大喊大叫，就像炉火上的开水壶，说他绝不是冉阿让，等等。然而他呢，却是一副莫名其妙的样子，他说：我是尚马秋，我不是从那里出来的！他摆出惊奇的样子，装糊涂，这一招更高。嘿！那家伙真狡猾。可是没关系，证据摆在那儿。有四个人认出来，那老混蛋肯定会判刑。要押上阿拉斯的刑事法庭。我要上庭作证，已经指定了。”

马德兰先生已经重新伏案工作，平静地翻材料，时而念念，时而写写，像个大忙人。他扭头对沙威说：

“好了，沙威。这些详细情况我不大感兴趣。我们这是浪费时间，还有紧急公务要处理呢。沙威，您立刻去圣索夫街口，到卖草的布索比老大娘家里，告诉她来控告那个车夫皮埃尔·舍内龙。那人太粗鲁，赶车险些压死他们母子。他应当受罚。然后，您再去橡皮泥表街，到夏塞莱先生家。他抱怨邻家的檐槽中的雨水灌到他家，冲坏他房子的地基。接下去，您再到吉布街多里斯寡妇家、伽罗布朗街的勒内勒保塞夫人家，查一下有人向我投诉的违法行为，做好笔录。哦，一下子让您办这么多事。您不是要外出吗？您不是对我说过，八九天之后，您要为那个案子去阿拉斯吗？”

“还要早走，市长先生。”

“哪天呢？”

“我好像对市长先生说过，明天就开庭审理，今天夜晚，我就得搭乘驿车前往。”

马德兰先生动了一下，但不易觉察。

“那案子要审理多长时间？”

“顶多一天工夫。最迟明天夜晚就宣判。肯定要判决，但是我不会等到最后，一作完证就立刻赶回来。”

“很好。”马德兰先生说道。

他摆了摆手，让沙威退下。

沙威却不走。

“对不起，市长先生。”他说道。

“还有什么事儿？”马德兰先生问道。

“市长先生，还有一件事需要我提醒您。”

“哪件事儿？”

“就是应当免我的职。”

马德兰先生站起。

“沙威，您是个正派人，令我敬佩。您夸大了自己的过错。况且，您那次冒犯的不是我。沙威，您应该晋升，而不应该降级。我看您还是保留原职。”

沙威注视马德兰先生，他那天真的眸子深处的意识，看似不够清晰，但是既耿直又纯洁，他以平静的声音说道：

“市长先生，我不能同意您这样处理。”

“我再向您说一遍，”马德兰先生反驳道，“这是我的事。”

然而，沙威只注意自己的想法，他继续说道：

“至于说夸大，我一点也没有夸大。我是这样理解的。我毫无理由地怀疑您。这一点还没什么。干我们这行的有权怀疑，尽管怀疑上级是越权行为。但您是可敬的人，是市长，行政长官，我却毫无证据，只因一时气愤，企图报复，就告发您是苦役犯！这就严重了。非常严重。我不过是政权的一个警务人员，竟然在您身上冒犯了政权。我的哪个下属若是这样做，我就会宣布他不称职，将他辞退。”

“讲完了吗？”

“喏，市长先生，还有一句话。我一生都很严格。那是对别人，也是正确的。我做得对。现在，我对自己若是不严格，那么从前我做对的事就全不对了。难道我对待自己，就应当比对待别人宽容一些吗？不应当。怎么！我只会惩罚别人，而不惩罚自己吗？那我就成了无耻之徒！那些人说：‘沙威这个坏蛋！’就说对啦！市长先生，我不希望您以仁慈心肠对待我。您对别人仁慈的时候，就让我不痛快。我不要这样仁慈对待我。仁慈就是纵容妓女冒犯绅士，纵容警察冒犯市长，纵容下级冒犯上级，这就是我所说的好心办坏事。推行这种仁慈，社会就要涣散。上帝啊！做好心人还不容易，办事公道才难呢。哼！假如您真是我怀疑的那个人，我对您绝不会仁慈！您会领教的！市长先生，我对待自己，应该像对待任何人那样。我弹压那些坏蛋的时候，严惩那些不法之徒的时候，就一再告诫自己：‘你呀，如果出差错，你一旦让我抓住把柄，就有你舒服的！’——我出了差错，抓住了自己的把柄，活该！好吧，辞退，免职，开除！这样很好。我有胳膊有腿，可以种田，干什么还不一样。市长先生，做个榜样，对公务部门有好处。我仅仅要求撤了沙威探长的职务。”

他讲这番话的声调既谦卑又自负，既沉痛又自信，给这个诚实的怪人增添一种说不出来的奇特的伟大气概。

“以后再说吧。”马德兰先生说道。

说着，他朝沙威伸出手。

沙威退避，还以粗野的口气说：“对不起，市长先生，这可使不得。一位市长不能把手伸给一个密探。”

他又咕哝着补充一句：“密探，对，我滥用了警权，就蜕变成密探了。”

接着，他深施一礼，便朝门口走去。

走到门口，他又转过身来，眼睛始终低垂，说道：

“市长先生，我继续执行公务，直到来人替换我。”

沙威走了。马德兰先生出了一回神，倾听那稳健的脚步踏着长廊的石板地渐渐走远。

第七卷　尚马秋案件

一　辛朴利思嬷嬷

下面叙述的事件，在海滨蒙特伊并未全部曝光，但是透露出来的一点情况，就在这城中留下极深的印象，若不详细记述，就会给本书造成重大遗漏。

读者看到这些详细情况，有两三处会觉得不大真实，为了尊重事实，我们都照录下来。

那天，马德兰先生接见了沙威之后，下午还照常去探视芳汀。

他走进芳汀的病房之前，让人叫辛朴利思嬷嬷过来一下。照看医务所的两位嬷嬷，佩尔陪递和辛朴利思，同慈善机构的所有嬷嬷一样，都是遣使会的修女。

佩尔陪递嬷嬷原是极普通的村姑，形貌粗俗，皈依上帝如同找份活儿干；她当修女，就像别人当厨娘一样。这种类型的人并不少见。各个修会都乐于接收这种粗笨的乡村土货，而且不费吹灰之力，就使之成为嘉布遣会或圣于絮尔会的修士。这类粗人出家，正好用来干粗活。一个牧童摇身一变而成为加尔默罗会修士，过渡毫无障碍。不用花多大气力，就能从这一个变成那一个；乡村和寺院都同样愚昧，这就是现成的共同基础，因此乡民和寺僧都半斤八两。罩衫裁肥一点儿，就是修士袍了。佩尔陪递嬷嬷是个健壮的修女，来自蓬图瓦兹附近的马里纳村，一口乡土音，说话很单调，好嘟嚷，往往看病人是真信教还是假伪善，来决定往汤药里放糖的分量，对患者态度粗暴，跟要死的人赌气，几乎是把上帝摔到临终的人脸上，气冲冲地做临终祷告。她又鲁莽又诚实，那张脸总是红红的。

辛朴利思嬷嬷的脸却像白蜡一样白净。她在佩尔陪递身边，就像细白蜡烛挨着大红蜡烛。万桑·德·保罗妙笔生花，十分放肆又十分拘束，活灵活现地刻画出慈善事业的嬷嬷形象："病院就是她们的修道院，租的一间房子就是静修室，本教区的教堂就是她们的圣殿，街道或医院的厅室就是修道院的回廊，驯顺就是修道院的围墙，敬畏上帝就是铁栅栏，谦卑就是面纱。"辛朴利思嬷嬷就是这种理想的活生生形象。谁也说不准她的年纪：她从未有过青春，似乎永远也不会老。这个人，我们不敢说是个女人，这个人沉静、严肃、冷淡，但又是个好伴侣，从未说过谎话。她柔和到极点，未免显得脆弱，但是比花岗岩还要坚硬。她用曼妙纯净的纤指接触患者。她的话语在一定程度上包含缄默，只讲必要的话，而那声调是能建起一个忏悔座，也足能迷住一座沙龙。这种纤弱的资质同身上的粗呢衣裙相得益彰，有了这种粗糙的接触，就能时时想起上天和上帝。要强调指出一个细节。从不说谎，无论为了任何利益，甚至也不会随意讲一句违背事实，违背神圣事实的话，这就是辛朴利思嬷嬷的特性，是她品德的特质。正因为这种不可动摇的诚信，她在教会中相当有名气。西伽尔神父在给聋哑人马西厄的信中，就提到辛朴利思嬷嬷。我们再怎么坦率、诚实而纯洁，而在这种坦诚之心上，无不有无害的小小谎言的裂纹。而她则丝毫没有。小小的谎言，无关紧要的谎言，总还是有的吧？说谎，就是绝对的恶。说一点儿谎，是不可能的；说一句谎就等于全部说谎；说谎，这是魔鬼的本来面目；撒旦有两个名字，既叫撒旦又叫撒谎。辛朴利思嬷嬷就是这样想的。她怎样想就怎样做。因此，她的肌肤有我们所说的白色，那晶莹的白光甚至笼罩她的嘴唇和眼睛。她的微笑是白的，目光是白的；在那颗良心的玻璃上，没有一粒灰尘，没有一丝蜘蛛网。她皈依圣万桑·德·保罗时，特意选择了辛朴利思这名字。众所周知，西西里的辛朴利思是位圣女，生于锡拉古斯，她若是谎称生于塞格斯特，就能保住一条命，却宁肯让人拔掉双乳，也不愿说谎。这位主保圣女正合乎她的灵魂。

辛朴利思嬷嬷出家之前有两个缺点，后来逐渐克服了：从前她爱吃甜食，喜欢多收到信件。她只看一本书，是大字体的拉丁文祈祷经。她不懂拉丁文，但是能看懂这本书。

这位虔诚的修女在芳汀身上，也许感到了潜在的美德，因而喜爱上她了，尽心尽力，几乎一心看护她了。

马德兰先生一到，就把辛朴利思嬷嬷拉到一旁，嘱托她好好照看芳汀；后来她才想起，马德兰先生这次说话的声调很奇特。

他离开嬷嬷，走到芳汀的身边。

芳汀天天等待马德兰先生来探视，如同等待一束温暖快乐的阳光。她常对两位嬷嬷说："市长先生在跟前的时候，我才有精神。"

这天，她正发高烧。她一瞧见马德兰先生，就问他："珂赛特呢？"

他含笑答道："快来了。"

马德兰先生对待芳汀还跟平时一样，不过这次待了一小时，而不是半小时，使芳汀大大高兴了一番。他对所有人千嘱咐万叮咛，不要让病人缺着什么。大家注意到有一阵子，他的脸色变得十分阴沉，但是后来听说大夫曾对着他耳朵讲了一句："她大大衰弱了！"他那种神色也就不言自明了。

探视之后，他回到市政厅。办公室的伙计瞧见他在自己办公室里，仔细察看挂在墙上的法国公路图，还瞧见他用铅笔往一张纸上写了几个数字。

二　斯科弗莱尔师傅的洞察力

马德兰先生从市政厅出来，又去城另一头一个佛兰德人的家中。那人叫斯科弗拉爱，变为法文就是斯科弗莱尔，他出租马匹，“马车也随意租用”。

要去斯科弗莱尔家，最近的路是走一条僻静的街道，本堂神父和马德兰先生都住在那条街上。据说，本堂神父高尚可敬，善于为人排忧解难。马德兰先生快要走到那位神父的住宅时，街上只有一个行人。那行人看到这样的情景：市长先生已经走过了神父的住宅，忽然停下脚步，站了一会儿，又原路返回，一直走到神父的门前；那是独扇小门，吊了个铁门锤，他急忙抓起门锤，但是又停下不动，仿佛在考虑，过了几秒钟，他没有重重地敲门，而是轻轻地放下门锤，又继续赶路，脚步比原来匆急得多。

马德兰先生到了斯科弗莱尔师傅家，看见他正在修补鞍具。

“斯科弗莱尔师傅，”他问道，“您有一匹好马吗？”

“市长先生，”佛兰德人答道，“我的全是好马。您说的好马是指什么呢？”

“就是指一天能跑二十法里的马。”

“见鬼！”佛兰德人说，“二十法里！”

“对。”

“拉着轻便马车吗？”

“对。”

“跑到了休息多长时间？”

“必要的话，第二天还要赶路。”

“原路返回？”

“对。”

“见鬼！见鬼！是二十法里吗？”

马德兰先生从兜里掏出写了数字的那张纸，递给佛兰德人看，只见上面写着5，6，$8\frac{1}{2}$。

“您瞧，”他说道，“总共19.5，也就等于二十法里了。”

“市长先生，”佛兰德人又说，“这事儿我包了。就用我那匹小白马。您肯定看见过它拉车。那是下布洛内的小种牲口，性情火暴。起初想把它训练成坐骑。唉！它狂奔乱跳，谁骑上都给摔到地下。大家以为它难以驯服，不知如何使用。于是，我买下来，套上车子。先生，这才是它愿意干的活儿呢，简直像姑娘一样温顺，跑起来如同一阵风。嘿！真的，不应当骑在它背上，它不愿意当坐骑。各有各的志向嘛。拉车，可以；骑人，不成。应当相信它心里是这样说的。”

“它可以跑这段路程？”

“您那二十法里，一路小跑，用不了八个钟头就到了。不过有几个条件。”

“说吧。”

“第一，跑一半路程，您让它歇一个钟头，喂点儿草料，喂草料时要有人看着，以防客栈伙计偷它的燕麦；我在客栈里注意过，燕麦饲料，往往马吃一少半，多半让马厩伙计私吞了。”

“会有人照看。”

“第二……马车是给市长先生乘坐的吗？”

“对。”

“市长先生会驾车吗？”

“会。”

“那好，市长先生要一个人走，也不要带行李，以免车子太重，累着马。”

“可以。”

“不过，市长先生，您不带着人，就得亲自费神监视燕麦了。”

“说到做到。”

“每天收费三十法郎，歇息的日子也照算。少一个铜子也不行，牲口的饲料由市长先生负担。”

马德兰先生从钱袋里掏出三枚金币放到桌子上。

“先付两天的。”

“第四，路程这么远，带篷马车太沉，马吃不消，市长先生必须接受我那辆两轮马车。”

“我接受。”

“那辆轻便是轻便，可是敞篷啊……”

“我不在乎。”

“市长先生想过吗，现在是冬天？……”

马德兰先生没有应声，佛兰德人又说：

“想过天气很冷吗？”

马德兰先生仍然沉默不语。斯科弗莱尔师傅接着说：

“想过可能下雨吗？”

马德兰先生抬起头说道：

“这辆轻便马车套好马，明天凌晨四点半钟，准时在我门口等候。”

“一言为定，市长先生。”斯科弗莱尔答道，他用大拇指的指甲抠去木桌上一个污痕，拿出佛兰德人掩饰精明的那种若不经意的神气，又说道：

“对了，现在我才想到！市长先生还没有告诉我去什么地方。市长先生要去哪儿呢？”

一开始交谈，他就没想别的事儿，却不知道为什么没敢提出这个问题。

“您那匹马前腿有劲儿吗？”马德兰先生问道。

“有劲儿，市长先生。下坡路您稍微勒住一点儿。从这儿到您去的地方，有许多下坡路吗？”

“不要忘记，明天凌晨四点半钟，准时在我门口等候。”马德兰先生说罢便走了。

佛兰德人，正如过了一会儿他自己说的，“傻愣”在那儿了。

市长先生走了有两三分钟，房门重又打开，进来的还是市长先生。

他始终是那副心事重重而又无动于衷的样子。

“斯科弗莱尔先生，”他说道，“您要租给我的那匹马和那辆车，连车带马，估计值多少钱？”

“马带车子，市长先生？”佛兰德人说着哈哈大笑。

“行啊，多少钱？”

“市长先生是想买下我的车和马吗？”

“不是，要防万一出事，我想把担保金交给您。等我回来，您再如数还给我。车和马您估价多少？”

“五百法郎，市长先生。”

“给您。”

马德兰先生把钞票放在桌子上，这回出去就再不回来了。

斯科弗莱尔后悔死了，真应该说一千法郎。其实，车和马加在一起，只值一百银币。

佛兰德人叫来老婆，向她叙述了这件事。市长先生要去什么鬼地方呢？夫妇二人合计起来。“他要去巴黎。”妻子说道。“我不信。”丈夫却说。马德兰先生把写了几个数字的那张纸遗忘在壁炉上。佛兰德人拿起纸来琢磨：“5，6，$8\frac{1}{2}$，估计标明是驿站之间的里程。”他回身对老婆说，“我明白了。”“怎么样？”“从这儿到埃斯丹有五法里，从埃斯丹到圣波尔有六法里，从圣波尔到阿拉斯则是八法里半。他是去阿拉斯。”

这工夫，马德兰先生回到家里。

他从斯科弗莱尔师傅家返回，走了最远的路线，就好像本堂神父住宅的门对他是一种诱惑，要避开似的。他上楼到自己的卧室，关上房门，这是完全正常的，他喜欢早睡觉。马德兰先生唯一的女仆就是工厂的看门人，她看到八点半他就熄了蜡烛，就把这情况告诉刚回来的出纳员，还说了一句：

“市长先生病了吗？我觉得他的样子不正常。”

出纳员的卧室恰巧在马德兰房间的下面。他对女门房的话毫不在意，上床就睡着了。睡到半夜猛然惊醒，在睡梦中听见了头上有响动。他侧耳倾听，原来是来回踱步的声音，好像楼上的房间里有人在走动。再仔细一听，就辨认出是马德兰先生的脚步，他不禁觉得奇怪：平常在起床之前，马德兰先生的卧室一点儿动静也没有。过了一会儿，他又听见类似开橱门又关上的声响。接着，有人搬动一件家具、寂静了一会儿，重又响起脚步声。出纳员忽地坐起来，他完全醒了，睁眼四处瞧瞧，透过玻璃窗，看见对面墙上映出一扇亮灯窗户的红光。从光照的方向来看，只能是从马德兰先生卧室的窗户射出来的。墙上的反光不断颤动，仿佛是火光而不像灯光。没有窗格的影子，表明窗子完全敞着。天气这么冷，却打开窗户，实在令人吃惊。出纳员又睡着了。一两个钟头之后，他又醒来，头上始终有来回走动的、同样缓慢而均匀的脚步声。

墙上也始终有反光，不过暗淡平稳了，好像是一盏灯或一支蜡烛映射的。窗户还始终敞着。

要知道马德兰先生卧室里发生的事情，且看下回分解。

三　脑海中的风暴

自不待言，读者想必猜出，马德兰先生不是别人，正是冉阿让。

我们已经探视过那颗良心的深处，此刻又可以探视一番了。我们不能不又激动又惶恐，因为观望到的情景，比任何事情都更触目惊心。在精神的眼睛看来，人心比任何地方都更炫目，也更黑暗；精神的眼睛所注视的任何东西，也没有人心这样可怕，这样复杂，这样神秘，这样无边无际。有一种比海洋更宏大的景象，那就是天空；还有一种比天空更宏大的景象，那就是人的内心世界。

以人心为题作诗，哪管只描述一个人，哪管只描述一个最微贱的人，那也会将所有史诗汇入一部更高最终的史诗。人心是妄念、贪婪和图谋的混杂，是梦想的熔炉，是可耻意念的渊薮，也是诡诈的魔窟、欲望的战场。在某种时刻，透过一个思索的人苍白的脸，观察后面，观察内心，观察隐晦。外表沉默的下面，却有荷马史诗中的那种巨人的搏斗，有弥尔顿诗中的那种神龙蛇怪的混杂、成群成群的鬼魂，有但丁诗中的那种螺旋形的幻视。每人负载的这种无限，虽然幽深莫测，但总是用来衡量自己头脑的意愿和生活的行为，而且总是大失所望。

有一天，但丁碰见一道阴森可怕的门，不免犹豫不决。现在，我们也面对一道门，站在门口犹豫。还是让我们进去吧。

小杰尔卫事件之后冉阿让的情况，读者已经了解，稍需补充一点就够了。我们看到，从那时起，冉阿让变了一个人。那位主教期望他做什么样的人，他完全照办了。这不仅仅是改变，而是脱胎换骨。

他做到销声匿迹了，卖掉主教的银器，只保存两支烛台作留念，从一座城市溜到另一座城市，穿越法国，来到海滨蒙特伊，发明了前面讲过的新方法，完成了前面叙述的事业，自己也成功地变成了不可捉摸又难以接近的人；他在海滨蒙特伊定居，欣慰的是既追悔前半生，又用后半生来弥补缺憾，生活安定，有了保障和希望，心中只有两个念头：隐姓埋名而修成圣徒，逃避世人而皈依上帝。

在他的头脑里，这两个念头紧密相连，已经形成一种意愿了。两个念头都同样强烈，同样具有吸引力，控制他的一举一动。平时，两者并行不悖，指导他的行为，把他拉向隐居的生活，让他成为平易和善的人，两者都提醒他做同样事情。然而，也有发生冲突的时候。大家还记得，一旦出现这种情况，海滨蒙特伊所有人都称为马德兰先生的这个人，就毫不犹豫取舍，肯为后者牺牲前者，能舍身求义。因此，他尽管有所顾忌，尽管小心谨慎，还是保存了主教的烛台，为主教服丧，把过路的所有通烟筒的少年叫来询问，打听在法夫罗勒的家庭情况，而且不理会沙威含沙射影的威胁话，救了割风老头的命。我们已经注意到，他似乎效法所有圣贤忠义之士，认为他首要的天职不是为自身。

不过，应当指出，类似的情况还从来没有发生过。我们叙述这个不幸者所经受的痛苦，但是支配他的两种念头，还从来没有展开如此严重的斗争。沙威走进他的办公室，刚说几句话，他内心就隐隐约约明白了。他深深埋藏的名字，又如此离奇地听人提起，他当即大为骇然，仿佛为自己命运的奇异恶兆所震慑；他在惊愕中不禁悸动，这预示着巨大的打击。他俯下身子，宛如暴风雨逼近的一棵橡树，又如快要冲锋的一名士兵。他感到乌云压顶，就要雷电交加。他听沙威讲的时候，头一个念头就是立刻走，跑去自首，将那个尚马秋救出牢房，自己入狱受罚；这样想就跟剜肉一般钻心疼痛；继而，这种念头过去，他心中暗道："再瞧瞧吧！再瞧瞧吧！"他压下慷慨之心的最初冲动，在英勇行为面前退却了。

这个人听了主教的圣言之后，多年来痛改前非，以苦修苦行来赎罪．有了极好的开端，即使面临凶险的境况，也能脸不变色心不跳，仍以同样的步伐，继续走向天国所在的深渊，这当然是一种壮举；不过，壮举是壮举，却没有这么做。我们必须弄清这颗心灵里发生的事情，但也只能如实讲述。最初占上风的，是保存自身的本能；他急忙收拢心思，抑制冲动，正视沙威这个巨大威胁，在恐惧中毅然推迟任何决定，集中考虑该怎么办，重又镇定下来，就像一名武士重又拾起盾牌。

事后，一整天他都处于这种状态：内心思潮翻腾，外表沉静安详；他仅仅采取了所谓"保全的措施"。头脑里还是一片冲突和混乱，乱作一团，看不清任何念头的形态，连自己都说不清自己是怎么了，只知道刚刚受了一次重重的打击。他还照常到芳汀的病榻旁边，并出于善良的本能，延长了探视的时间，心想应当这样做，应当把她托付给嬷嬷，以备万一他外出。他隐约感到也许要去一趟阿拉斯，虽然还没有决定，但是心想他既然丝毫没有受到怀疑，倒不妨亲自去看看那件案子审判的情况，于是定了斯科弗莱尔的马车，以备不时之需。

晚餐他的胃口不错。

回到卧室，他开始静心思考。

细想自己的处境，觉得闻所未闻，离奇到了极点，以致在胡思乱想当中，不知受到什么莫名其妙的不安情绪的推动，他突然从椅子上跳起来，跑去插上房门，怕有什么东西闯进来，森严壁垒，以防万一。

过了一会儿，他吹灭了蜡烛：有烛光觉得不自在。

好像有人能看见他。

有人，谁呢？

唉！他要关在门外的人已经进来了；他不想让看见的人却看着他。此人就是他的良心。

不过，起初他还抱有幻想，以为独自一人，待在房间里安全了；插上了门闩，谁也闯不进来；吹灭了蜡烛，谁也看不见他了。于是，他掌握了自己，双肘支在桌子上，用手托着头，在黑暗中开始思考。

“我这是到了哪一步啦？”“我不是在做梦吧？”“别人对我说了什么呢？”“我真的见了沙威，他真的对我那样说的吗？”“那个尚马秋究竟是什么人呢？”“他长得像我了？”“怎么可能呢？”“昨天我还那么平静，万万没有想到会出事！”“昨天这个时候，我做什么来着？”“这件事有什么名堂呢？”“最后如何收场呢？”“怎么办啊？”

他就这样陷入困惑中，头脑什么也保存不住，种种念头像波涛一样流走，他双手抱住额头想拦住思绪。

他的意志和理智也给搅乱了，想理出个头绪，找出个解决办法，结果一无所获，唯有惶恐不安。

他脑袋滚烫，于是走过去打开窗户，天上不见一点星光，他又返身坐到桌子旁。

头一个小时就这样过去了。

这工夫，一些模糊的思路，在他头脑中渐渐成形，渐渐确定，全局虽然还看不清楚，一些局部情况却像实物一样清晰了。

他开始认清，这种局面再怎么特殊，再怎么危急，他也完全掌握主动。

这只能使他更加惊慌失措。

时至今日，他的所作所为，无非是掘了一个洞，埋藏他的姓名，与他确定的苦修的宗教目的并不相干。在他独处自省的时刻，辗转难眠的夜晚，他始终最担心的情况，就是忽然听人提起这个名字，心想那便是他一切的终结；这个名字重新出现之日，就是他的新生活在他周围毁灭之时，谁晓得呢？也许是他的新灵魂在他内心毁灭之时。只要一想有可能出现这种情况，他就不寒而栗。在这种时刻，如果有人对他说，时候一到．这个名字就会在他耳边震响，冉阿让这个丑恶的名字，就会突然从黑夜里跳出来，矗立在他面前，而强烈的光就会在他头上闪耀，驱散包围着他的神秘；不过那人同时又说，这个名字不会威胁他，这道光只能制造更加浓厚的幽暗，这道光撕开的纱幕还会增加神秘，这场地震会加固他的建筑，而且他若是愿意，这次非常变故的后果，只能使他的一生更加清楚又更难识透，这位和善可敬的绅士马德兰先生，在同冉阿让的幽灵对质之后，就会更加体面，更加安宁，更受尊敬了……如果有人对他这样讲，他肯定摇头，认为这全是无稽之谈。然而，这一切恰恰发生了，这一堆不可能的事情已成事实，上帝允许这些荒唐事变成真事！

他继续胡思乱想，但是思路越来越明朗，自己的处境也看得越来越清楚了。

他仿佛莫名其妙睡了一觉，忽然醒来，发现在深夜里，站在下滑的深渊边上，浑身瑟瑟发抖，已经退不回去了。在昏暗中，他看见一个陌生人，一个素不相识的人，而命运把那人当做他要推下深渊。是他还是那人，必须坠落下去一个，深渊才能重新弥合。

他只好听其自然。

事情完全清楚了，他默认这一点：他在苦役场监狱的位置还空着，一直等着他，躲也没用，他抢了小杰尔卫的钱，就要逮捕归案，那空位置既等待又吸引他，直到他进去为止，这是命里注定、不可避免的事情。继而他又想到：在这种时候，他有了个替身，看来一个叫尚马秋的家伙交上这种厄运，而从今以后，他就附在尚马秋的身上去坐牢，冒马德兰先生之名来处世，再也无需担心了，只要他不阻止别人，这块罪恶之石就像墓石一样，一旦压到尚马秋的头上，就永远再也掀不起来了。

这种念头十分强烈，又十分奇异，以致他心中忽然萌发一阵难以描摹的冲动；这种良心上的挛动，人一生只能经历两三次：心中由讽刺、喜悦和失落所构成的暧昧情绪，全部搅动起来，可以称为内心的一阵狂笑。

他又突然点亮蜡烛。

“这是怎么啦！”他自言自语，“我究竟怕什么呢？我又何必这样想呢？我现在得救了。一切都结束了。原先只有一扇虚掩的门，我的过去还能通过门缝，猛地闯进我的生活。现在，这扇门堵死了，永远堵死了！沙威那个可怕的东西，那条凶恶的猎犬，多年来一直搅得我坐卧不安，他仿佛识破了我，天啊！真的识破了我，到处跟踪我，时刻窥伺我，现在他失去线索，跑到别的地方，完全走上歧途啦！他抓到了他的冉阿让，从此心满意足了，可以让我安生啦！说不准他还要离开这座城市呢！何况，发生这种事情，我根本没有插手！没有起任何作用！然而，这是怎么说呢！这其中有什么不妙的情况呢？老实说，此刻有人若是瞧见我，还以为我碰到什么倒霉事呢！说到底，真有什么人遭殃的话，也绝怪不到我的头上。这完全是上天安排的。看来这是天意！难道我有权打乱上天的安排吗？现在我还企求什么呢？我管那个闲事干什么？这与我无关。怎么搞的！我高兴不起来！我还需要什么呢？多少年来我追求的目的，我一夜夜的梦想，我祈祷上苍的心愿，就是安定，现在我得到啦！这是上帝的意愿。我丝毫也没有违背上帝的意志。上帝为什么要这样呢？为了让我继续我开始的事业，让我行善，有朝一日成为一个鼓舞人心的伟大榜样，也为表明我苦修赎罪，弃恶从善，毕竟能得到一点儿幸福！我实在不明白，那会儿怕什么，不敢走进那位厚道的本堂神父的家中，像面对忏悔师那样，原原本本地告诉他，向他求教，显然他也会对我这样讲。就这样定了，听其自然！听凭仁慈上帝的安排！”

他在心灵深处这样自言自语，可以说同时也俯视他本人的深渊。他从椅子上站起来，开始在屋里踱步。“好啦，”他说道，“不想这事儿了。就这么决定啦！”然而，他丝毫也不觉得快活。

恰恰相反。

阻止不了思想回到一个念头，如同海水回到岸边。对水手来说，这叫做潮流；对罪人来说，这叫悔恨。人的灵魂经上帝掀动，好似汹涌澎湃的海洋。

无可奈何，过了一会儿，他接着又进行这种可悲的对话，自己讲给自己听，讲他不想说的事，听他不愿听的话，屈从于一种神秘的力量；这种力量对他说：想吧！正如两千年前对另一个判刑的人说：走吧！

话题先不要扯得太远，为了讲得明明白白，就要强加一种必不可少的观察。

人自言自语，确有其事；凡是有思维的人无不有这种体验。甚至可以说，言语只有在人的内心里，从思想到意识，再从意识回到思想，才具有无与伦比的神秘性。本章时常使用的“他说”、“他喊道”这些字眼，也只能从这种意义上来理解。人在心中自言自语，在心中高喊，却不打破表面的沉默。心中一阵喧闹，除了嘴以外，全身都在讲话。灵魂的实存，并不因其无形无体而减其真实性。

就这样，他心中问自己到了什么地步。他问自己“这样决定”怎么样。他向自己承认，他在头脑里所做的安排非常残忍，“听其自然，听凭仁慈上帝的安排”，这简直可怕极了。任由命运和人的这种谬误进行下去，不加以阻拦，保持沉默，总之什么也不做，就是做了一切！这是极端无耻而虚伪的！这是犯罪，既卑劣又阴险，既无耻又丑恶！

这个不幸的人，八年来第一次尝到坏思想和坏行为的苦味。

他厌恶地吐了出来。

他继续扪心自问，严厉责问自己，所谓“我的目的达到啦”究竟是什么意思？他向自己表明一生确有目的。然而目的是什么呢？隐姓埋名吗？蒙骗警察局吗？他所做的一切，难道为了这样一点儿区区小事吗？难道另外没有一个远大的、真正的目的吗？拯救灵魂，而不是拯救躯体。恢复诚实和善良。做一个有天良的人！难道这不是他终生最主要的、唯一的追求吗？难道这不是主教对他最主要的、唯一的嘱咐吗？关上门，隔断自己的过去？然而，老天爷！门关若未关，他干一件卑劣的事，就重又打开这扇门！他就重做盗贼，而且是最丑恶的盗贼！窃取另一个人的生存、生活和安宁，窃取另一个人在阳光下的位置！他变成了凶手！他杀害，在精神上杀害一个可怜的人，置那人于死地，而且是活受罪的死亡，是人称苦役场的暴尸的死亡！反之，去自首，去救那个蒙了不白之冤的人，尽自己的天职，恢复真名实姓，重做苦役犯冉阿让，那才真正实现复活，永远关闭他抽身的地狱之门！看似重堕地狱，实则脱离地狱！应当这样做！他不这样做，就等于什么也没有做！他就虚度一生，白白苦行赎罪了，他就只能说：活着干什么？他感到主教就在眼前，感到主教正因为故去而更加清晰地显现，感到主教在盯着看他，而从今往后，他会觉得德高望重的马德兰先生非常可憎、苦役犯冉阿让反倒纯洁而令人敬佩了。他感到，世人只看见他的面具，而主教却看见他的面孔；世人只看见他的生活，而主教却看见他的良心。因此，必须去阿拉斯，解救假冉阿让，告发真冉阿让。唉！这可是一种最大的牺牲、最惨痛的胜利，也是要跨越的最后一步，但是必须如此。痛苦的命运！只有回到世人眼中的屈辱地位，他才能进入上天眼中的圣洁境界！

“好吧，”他说，“就这么办！要尽天职！搭救那个人！”

他高声讲出这样的话，却浑然不觉高声说话了。

他抓起书，查看一下，便放整齐了。他将拮据的小商人向他借债的一打票据，全扔进炉火里烧掉。接着，他又写了一封信，封上之后，当时房间里若是有人，就会看见他在信封上这样写道：“巴黎阿图瓦街　银行行长拉斐特先生收”。

他从写字台的格子里取出一个皮夹，里面装有几张钞票和同年参加选举的身份证。

他一面极为深沉地思索，一面干这些杂事，有人若是当场看见，绝猜不出他内心想些什么。只能看出有时他嘴唇翕动，有时他抬起头，凝视墙上某一点，就好像那恰恰是他要弄清或询问的东西。

给拉斐特先生的信写完了，他就连同皮夹放进衣兜里，重又开始踱步。

他遐想的思路毫未改变。他仍然清晰地看见他的职责：“去吧！报出你的姓名！自首吧！”这是用发光的字写出来的，在他眼前闪闪发亮，并随着他的视线而转移。

同样，他也看见他生活一直遵循的双重规则：隐姓埋名，为灵魂赎罪，这两个念头仿佛化为有形之体，显现在他面前，而且泾渭分明。他看出两者的差异，看出一个念头必然向善，另一个念头可能作恶，一个利人，另一个为私；一个说："别人"，而另一个则说："我自己"；一个来自光明，另一个来自黑暗。

两者相互争斗，他也看见两者在搏斗。随着他的思索，两个念头也在他精神的眼前扩大，现在已经长成了巨大的身躯；他仿佛看见在他的内心，在我们前面所说的这个无边无际的天地里，在幽暗和微光之间，一位女神和一个女魔正在酣战。

他内心充满恐惧，但是他感到善念能够得胜。

他感到他良心和命运的又一个决定时刻临近了：主教标志他新生的第一阶段，尚马秋则标志第二阶段。巨大的恐慌过后，又面临巨大的考验。

刚才平静了一会儿，这工夫又渐渐冲动起来。头脑里思绪万千，但是他的决心却越来越坚定。

有一阵，他对自己说，也许他处理这事儿太性急了，而其实，那个尚马秋算不了什么，那家伙毕竟偷了东西。

他又这样回答自己：那人就算真的偷了几个苹果，也就坐一个月的牢，离苦役场还差得远呢。况且，他偷了没有，谁知道呢？有证据吗？冉阿让这个名字压到他头上，似乎就无需证据了。检察官通常不都是这么做的吗？大家知道他是苦役犯，就认为他是窃贼。

过了一会儿，他又这样想：他一旦自首，别人考虑到他的英勇行为，他七年来的诚实生活，以及他为当地所做的事情，也许会赦免他。

不过，这种假设很快就打消，他苦笑一下想道，他抢了小杰尔卫四十苏，这就构成累犯罪；这案子肯定会发，而法律有明文规定，他会判处终身苦役。

他丢开一切幻想，渐渐脱离尘世，要从别处寻求安慰和力量。他对自己说必须尽天职，尽了天职，未必就比逃避天职更痛苦；如果他“听其自然”，留在海滨蒙特伊，那么，他所赢得的德望和美名、钦佩和敬重、他的善举和仁爱之心、他的财富、他的人望、他的品德，都要被一桩罪行所沾污；这些圣洁的事物同这件丑事纠缠在一起，该是什么味道！反之，他若是在苦役场，在绞刑架下，戴着刑枷，戴着绿色刑徒帽，在不间断的苦没中，在无情的屈辱中，完成自我牺牲，那么，他就会为自己增添一个圣洁的思想！

最后，他对自己说，这是必由之路，命运注定，他不能做主改变上天的安排，无论怎样要作出选择：或者外君子而内小人，或者外污秽而内圣洁。

万千愁绪，翻腾不已，但是他的勇气并没有减退，唯有头脑疲惫了，便不由自主地想别的事，开始想一些不相干的事情。

太阳穴的脉搏剧烈跳动，他还不停地走来走去。午夜钟声先后在教堂和市政厅敲响了。两口钟，他各数了十二下，并比较声音。这时他联想起几天前，他在废铜烂铁商店看见一口古钟出售，钟上铸有这样的名字：罗曼城的安东尼·阿尔班。

他身上发冷，就生起一点儿火，并没有想到关窗子。

这工夫，他重又陷入怔忡状态，竟想不起午夜钟声之前考虑什么事，费了好大劲儿才想起来。

“哦，对啦！”他自言自语，“我决定自首。”

继而，他忽然想起芳汀。

“噢！”他叹道，“还有那个可怜的女人！”

想到这里，又爆发一场新的危机。

芳汀突然出现在他的冥想中，宛如意外射进来一束光线。他立刻觉得周围全变了，不禁喊道：

“哎呀，糟糕！直到现在，我还只考虑自己，只为自己着想！想自己最好隐瞒还是自首，最好隐藏自身还是拯救灵魂，最好做一个受人尊敬而可鄙的官吏，还是当一个受人景仰而下贱的苦役犯，想的是我，总想我自己，只想我自己！可是，上帝啊，这完全是自私自利！这是自私自利的不同表现形式，但总归是自私自利！我若是稍微替别人想一想呢？圣德的首要一点就是替别人着想。喏，斟酌斟酌吧。把我排除，把我抹掉，把我置于脑后，那么又会如何呢？——假如我自首呢？他们就逮捕我，释放那个尚马秋，重新把我押往苦役场，这很好。然后怎么样呢？这里会出什么事呢？噢！这里，这里是一个地区，有一座城市，有工厂，有工业，有工人，有男人，有女人，有老爷爷，有小孩子，有穷人！我创造了这一切，养活了这一切；哪里有冒烟的烟囱，就是我往火里加的柴，往锅里放的肉；我带来富裕、流通和信贷；在我之前，什么也没有，是在我的推动下，整个地方才复苏，有了生机，才活跃，繁荣，富足起来；失去我，便失去灵魂。我一撤掉，就全死了。——还有那个女人，受了多少苦难，在沉沦中表现出多高的品德，她的整个不幸是我无意中造成的！还有那个孩子，我本来想去接来，让她们母女团聚！我害了那女人受苦，难道不应该补偿一点儿吗？如果我一走，情况会怎么样呢？那母亲要死掉，孩子要流离失所。如果我自首，就会产生这种后果。——如果我不自首呢？想想看，如果我不自首呢？”

他向自己提出这个问题，就停了一下，一时仿佛犹豫并为之战栗，不过时间很短，他又平静地回答自己：

“那么，那个人就要去苦役场，这倒是真的，管他呢！反正他偷了东西！我对自己说他不是贼也没用，他偷了东西！我呢，我还留在这里，继续我的事业。再过十年，我就能赚一千万，把钱撒给这地方，自己分文不留，我留钱财干什么呢？我赚钱不是为自己！大家都越来越富裕，工业兴起并发展，加工厂和大工厂越建越多，家家户户，千百个家庭都会幸福！这地方人丁兴旺；只有几户农家的地方会出现村庄；没有人烟的地方也会有人落户开荒种田；穷困消失了，同时，放荡，卖淫，盗窃，杀人，各种邪恶，各种犯罪，也都随之绝迹！而那位可怜的母亲也能够抚养她的孩子！这个地方，人人都富有，都过上体面的生活！想想这些，刚才我疯啦，昏了头，说什么要去自首？真应该当心，绝不能操之过急。怎么！就因为我要做个伟大而慷慨的人，——说穿了，这是欺世盗名的把戏！——就因为我只考虑自己，只考虑我个人，怎么！为了救一个人免遭惩罚，谁知道他是什么人，也许有点夸大他的冤情，其实他就是个贼，显然是个坏蛋，为了救这样一个人，整个地方就要遭殃！一个可怜的女人就要死在医院里！一个可怜的小姑娘就要死在路上！就跟狗一样！哼！真是惨无人道！母亲就连再看孩子一眼都不可能！孩子就连认认母亲都不可能啦！而这一切，仅仅是为了救一个偷苹果的老无赖，他没有这个案子，也会因为别的事押往苦役场！堂而皇之的顾虑，为了救一个罪犯，竟要牺牲无辜的人，为了救一个没有几年活头，坐牢不见得比住在破屋里更苦的老乞丐，竟要牺牲这地方全体民众，牺牲那母亲、妻子和孩子！还有那可怜的小珂赛特，她在这世上只有我了，此刻，她在德纳第家的破仓房里，一定冻得皮肤发青啦！那家人也不是好东西！对所有这些可怜的人，我就不尽职责啦！我只顾去自首！去干那种糊涂透顶的蠢事！干脆做最坏的打算。假如我在这件事上干错了，有朝一日受良心的遣责，那么为了别人的利益，接受只牵涉我本人的这种谴责，接受只让我的灵魂堕落的这个坏行为，那才是真正献身，那才是真正美德。”

他站起身，又开始踱步。这回他感到颇为满意了。

只有在黑暗的地下才能发现钻石，也只有在深沉的思想里才能发现真理。他在最黑暗的地方摸索了许久，终于得到一粒钻石、一个真理，他握在手中看着，只觉得眼花缭乱。

“对，”他想道，“正是如此。这回才正确，我有了办法。最后总得坚持点儿什么东西。我已经决定了。由它去吧！再也不能犹豫了，再也不能退缩了。这符合所有人的利益，只对我不利。我是马德兰，今后仍然是马德兰，谁成了冉阿让谁就倒霉！那不再是我了。我不认识那个人，也弄不清怎么回事儿了；此刻如果谁成了冉阿让，那他自己想法子去吧，不干我的事，那个厄运的名字在黑夜里飘荡，如果停下来，落到谁的头上，那就算他倒霉！”

他对着壁炉上的一面小镜子照了照，说道：

“咦！拿定了主意，心就放宽啦！现在我完全变了一个人。”

他又走了几步，接着戛然站住：

“好啦！”他说道，“既然拿定主意，不管有什么后果也不能犹豫了。还有些线连着我和冉阿让，应当统统割断。在这里，就在这间屋里，还有一些物品能暴露我，有一些不会说话的物品可能作证，干脆，统统毁掉。”

他摸摸口袋，掏出钱包并打开，拿出一把小钥匙。

在壁纸花纹颜色最深的部位，有一个几乎看不见的锁孔。他把钥匙插进锁孔，打开一个暗橱。暗橱正好安装在墙角和壁炉台之间，里面藏了几件破衣烂衫，有一件蓝粗布罩衫、一条旧裤、一条旧布袋，还有一根两端铁头的荆棍。1815年10月间，冉阿让通过迪涅城时，那些看见他的人，不难认出这套褴褛装束的每件衣物。

他保存这些衣物，就像保存两支银烛台一样，为了永远记住他的起点。不过，从苦役监狱里带出的东西藏起来，而从主教家拿走的两支烛台却展示给人看。

他朝房门瞥了一眼，仿佛害怕插上的门还会自动打开似的。继而，他一把抱起所有东西，动作又急促又突然，这些破衣烂衫、木棍和布袋，他冒着危险，珍视地收藏了多少年，现在连看都不看一眼，全部丢进炉火中了。

他又关上暗橱，里面空了，此后没用了，却要加倍小心，他推过去一件大家具，遮住了暗橱门。

几秒钟之后，一片颤动的红光照亮房间和对面的墙壁。全烧了。荆棍烧得噼啪作响，火星射到屋子中央。

那个行囊和里面装的破衣烂衫化为灰烬，却现出一个亮晶晶的东西。毫无疑问，那正是从通烟筒的少年抢来的面值四十苏的银币。

他并不观看焚烧，只管以同样步伐走来走去。

他的目光忽然落到炉台上的两支反射亮光的银烛台。

“对啦！”他想到，“冉阿让的所作所为，全在那里面。那东西也应当烧毁。”

他拿起两支烛台。

炉火还很旺，烛台一扔进去，很快就能烧变形，化为难辨何物的条块。

他俯下身，烤了一回火，身子着实感到舒服。“好暖和呀！”他说道。

他用一支烛台拨火。

再过一分钟，两支烛台就要焚化了。这时，他仿佛听见心里一个声音喊叫：

“冉阿让！冉阿让！”

他毛发倒竖，就像听见可怖的声音。

“对，就这样，干到底！”那声音说道，“把你做的事干完了！焚毁这两支烛台！销毁这种纪念物！忘掉主教！忘掉一切！毁掉那个尚马秋！干吧，很好啊。为你自己喝彩吧！就这样定了，打定主意，定死了，至于那个人，那个老头儿，还不知道别人打他什么主意，也许他毫无过错，并没有罪，整个祸端就是你的名字，你的名字作为罪名压在他头上，他要被人当做你抓起来，判罪，在卑辱和凄惨中结束余生！这很好。你呢，还当你的正人君子，还当你的市长先生，继续受人尊敬，有口皆碑，繁荣你的城市，救济穷人，抚养孤儿，过你快活的、清白而受人称赞的日子；而与此同时，你在这里沐浴在欢乐的光明之中的时候，却有个人穿上你的红色囚衣，顶替你的名字忍受耻辱，拖着你的锁链服苦役！是啊！这样安排很妙！哼！你这个无赖！”

他的额头淌下汗来，眼睛直瞪瞪地盯着烛台，这工夫，他内心的声音还未讲完，继续说道：

“冉阿让！你周围会有许多人，一片喧闹，高声说话，为你祝福，但是，有一个声音谁也听不见，将在黑暗中诅咒你。好吧！你听着，无耻的东西！所有祝福还未到天上，就会跌落下来，只有诅咒的声音才能直达上帝！”

这个声音发自他内心最幽暗之处，起初十分微弱，逐渐升高，现在变得非常响亮，他听着就在耳边，就好像从他体内出来，到他体外讲话了。最后几句话，他听得十分真切，不禁毛骨悚然，四面张望一下房间。

“这儿有人吗？”他神态失常，高声问道。

接着，他傻笑一下，又说道：

“我真糊涂！这里不可能有人。”

这里确实有个人，不过，这个人，用肉眼是看不见的。

他将烛台放到壁炉上。

于是，他又走起来，单调而沉郁的脚步，把睡在他下面房间的那个人从梦中惊醒。

他这样踱步，心情既轻松些，又更烦躁了。人在束手无策的时候，往往要走动走动，以便向可能碰到的东西讨主意。走了一会儿，他又弄不清自己到什么地步了。

面对他先后采取的两种决定，现在他同样恐怖地后退了。两种念头左右他，他觉得都同样糟糕。——真是造化弄人！偏偏碰到被人当做他的那个尚马秋！上天使用的办法，初看似乎旨在巩固他的地位，实则恰恰把他推上绝路！

有一阵，他瞻念未来。自首，上帝啊！自投罗网！想到一切要离开的东西，一切要恢复的旧状，他忧心惨切。必须告别如此美好、纯洁而灿烂的生活，告别大众的这种尊敬，告别声誉和自由！再也不能去田野散步，再也听不到5月时节的鸟鸣，再也不能向小孩子施舍钱啦！再也感受不到注视他的感激而爱戴的温和目光！他要离开他所建造的这座房子、这个房间，这个小小的房间！此刻，他看什么都悦目可爱。他再也不能看这些书，再也不能伏在这张小小的白木桌上写字啦！他唯一的女仆，那个看门的老妪，再也不会每天早晨上楼给他送咖啡了。老天啊！代替这一切的是苦役，是刑枷，是红色囚衣，是脚镣，是疲劳，是黑牢，是行军床，是众所周知的那些残暴！到了他这种年纪，又有了他这样身份！他若是还年轻也好办啊！而现在年老了，却让随便什么人不客气地称呼“你”，让狱卒搜身，挨小狱吏的棍子！赤脚穿着铁鞋，每天早晚都伸腿给人检验脚镣的环扣！还要忍受外国人的好奇心，有人会向他们介绍说：“这一位，就是大名鼎鼎的冉阿让，当过海滨蒙特伊的市长！”到了晚上，满身臭汗，疲惫不堪，绿色囚帽扣到眼睛上，两人一排从警士的鞭子下通过，由软梯爬到水上的牢房！噢！多悲惨啊！难道命运也能像聪明人那样阴险，也能像人心那样残暴吗？

他无论怎样做，总逃不脱他遐想深处的这种揪心的两难：留在天堂变成魔鬼！或者回到地狱变成天使！

老天爷！怎么办，怎么办啊？

他费了多大劲，才从烦恼中解脱出来，现在烦恼重又在他内心肆虐；心潮重又翻腾，思绪处于说不出来的状态，又迷乱又不由自主，就像人在绝望时那样。罗曼城这个名称反复出现在脑海里，并伴随他从前听过的一首歌的两句歌词。他想所谓罗曼城是巴黎附近的一片小树林，每逢4月，青年恋人纷纷去那里采丁香花。

他的外形也像内心一样，摇摇晃晃踱步的样子，如同大人让单独走路的幼儿。

有时，他强打精神同疲倦搏斗。应当自首呢？还是应当缄口不言？这个问题，可以说他绞尽了脑汁，现在又最后一次明确提出来。——结果，他还是什么也看不清楚。他胡思乱想所萌生的各种推理，模模糊糊，又摇曳不定，并且接连化作云烟。他只不过感到无论作出什么决定，他身上的一部分都必然死掉，不可能幸免，感到他向左还是向右，总要走进坟墓；并感到自己苟延残喘，不是他的幸福就是他的德行即将死去。

唉！他又陷入彷徨不决之中，从开头到现在毫无进展。

这颗不幸的灵魂，就这样在惶恐中苦苦挣扎。距这个不幸的人一千八百年前，那个把人类全部圣洁和全部苦难集于一身的神秘者，在太空疾风中抖瑟的橄榄树下，也久久推开那只可怕的杯子，觉得那杯底布满星辰，而杯沿则流溢着阴影和黑暗。

四　睡眠中的痛苦状

凌晨三点的钟声敲响了，他这样走了五个小时，几乎没有止步，终于倒在椅子上。

他在椅子上睡着了，做了一个梦。

这场梦同大多数梦一样，只有莫名的凄惶符合实际的情景，但是也给他留下深刻印象。这场噩梦给他以极大的震动，后来他记述下来。这张纸就是他留下来的手迹，我们认为有必要原原本本地复录于此。

不管这场梦如何，如果省略过去，那么，这一夜的情景就不完整了。这是害病的一颗灵魂迷惘的经历。

梦境如下。在我们找到的信封上，写了这样一行字：“那天夜晚我做的梦。”

我在旷野里。一大片凄凉的旷野，寸草不生。说不清是白天还是夜晚。

我和哥哥一道散步，那是我童年时的哥哥，应当说我从不想念。几乎忘记了。

我们边走边聊，遇见一些行人。我们提起从前的一个邻妇，她搬到我们那条街上之后，总是敞着窗户干活。我们聊着聊着，却因为那扇敞开的窗户觉得冷了。

旷野上也没有树。

我们看见一个人从我们面前经过。那人一丝不挂，浑身青灰色，骑一匹土灰色的马。那人没有头发，看得见脑壳和脑壳上的血管。他拿的那根棍子，像葡萄藤那样柔软，又像铁那样沉重。骑马的人过去，一句话也没有同我们说。

我哥哥对我说："咱们走那条洼路吧。"

那条洼路上，看不到一簇荆棘，也看不到一点青苔。一片土灰色，连天空也一样。走了几步之后，我说话却无人应声，这才发现我哥哥不在身边了。

我望见一个村庄，走了进去，心想这大概就是罗曼城。（为什么是罗曼城呢？）①

我走进的第一条街阒无一人，又拐进第二条街，只见有个人在拐角靠墙站着。我问那人："这是什么地方？我到什么地方啦？"那人不答理。我看见一扇房门敞着，便走进去。

头一间屋空荡无人，我又走进第二间屋，只见有个人在门后靠墙站着。我问那人："这是谁的房子，我到什么地方啦？"那人不答理。房子有座小园。

我走出房屋，进入园子，园内荒凉。我发现第一棵树后站着一个人。我问那人："这是什么园子？我到什么地方啦？"那人不答理。

我在村子里游荡，发觉这是一座城市。大街小巷都空荡荡的。每扇门都敞开。街上没有一个行人，房间里没有一个人走动，园子里也没有一个人散步。不过，每个墙角，每扇门后，每棵树后，都站着一个缄默的人。但每次只能见到一个。那些人望着我走过。

我出了城，走在田野上。

我走了一会儿，回头望望，看见一大群人跟在后面。我认出那全是我在城里见过的人。他们长得奇形怪状。他们似乎并不匆忙，但是走得比我快，而且没有一点儿声响。转眼工夫，

① 括号里这句话是冉阿让加的。——雨果原注。

那群人就追上来，将我围住。他们的面孔都是土灰色。

我进城最先看见并问话的那个人，这时却问我：“您去什么地方？难道您不知道您早就死了吗？”

我张口正要回答，忽又发现周围一个人也没有了。

他醒来，浑身都冻僵了。晨风很冷，吹得敞着的窗板来回摆动。炉火熄了。蜡烛也快燃完。外面仍然夜色弥漫。

他起身走到窗前。天上始终没有星光。

从窗口能望见院子和街道。地面上忽然发出清脆而坚硬的声响，他便朝下望去。只见下面有两颗红星，奇怪的是，那星光在黑暗中忽而伸延，忽而缩短。

他还睡眼惺忪，有五分神志流连在迷离的梦境，心中暗道：“咦！星星不在天上，现在到地上了。”

这工夫，他的睡意渐消，又听见类似头一次的声响，就完全醒来了。他仔细一瞧，才辨认出那两颗星原来是一辆车上的吊灯。借着灯光，他能看出那辆车的形状。那是一辆两轮轻便车，套了一匹小白马。起初他听到的是铺石路面上的马蹄声。

“这辆马车是怎么回事儿？”他心中诧异，“一大早是谁来了呢？”

这时，有人轻轻敲了一下他的房门。

他从头到脚打了个寒战，厉声喊道：“谁呀？”

有人回答：“是我，市长先生。”

他听出是他门房老妇人的声音。

“什么事儿啊？”他又问道。

“市长先生，刚才打五点钟了。”

“告诉我这个干什么？”

“市长先生，马车来了。”

“什么马车？”

“轻便马车。”

“什么轻便马车？”

“市长先生不是定了一辆轻便马车吗？”

“没有。”他答道。

“车夫说他来找市长先生。”

“哪个车夫？”

“斯科弗莱尔先生的车夫。”

“斯科弗莱尔先生？”

他听到这个名字，惊抖一下，就好像一道闪电从他面前掠过。

“哦！对！”他又说，“斯科弗莱尔先生。”

此刻，那老妇人若是看到他，一定会吓坏的。

好一会儿他没有吭声，呆呆地望着烛火，将烛心周围的滚烫的蜡油抓起来，用手指搓着。老妇人等了一阵，才贸然提高嗓门儿：“市长先生．我怎么答复呢？”

“就说好吧，我这就下去。”

五　棍子别住车轮

当时，从阿拉斯到海滨蒙特伊的邮路，还使用帝国时期的小邮车。那种双轮马车，车厢里镶着浅黄褐色皮革，悬在保险车弓之间，只有两个座位，一个是邮差专座，另一个给旅客乘坐。车轮两侧装有长毂，犹如武器，能让别的车辆保持距离，如今在德国的道路上还能见到。邮件箱极大，呈长方形，安在车尾，同车身连成一体。邮件箱漆成黑色，车子漆成黄色。

那种马车，伛偻畸形之状难以描摹，如今没有类似的了。那种车子驶过或在天边的路上爬行，远远望去，就像那种细腰拖着大身子的昆虫，我想是叫白蚁吧；不过，行驶的速度很快。等巴黎的邮车到达之后，每天半夜一点就有一辆邮车从阿拉斯出发，将近凌晨五点钟就驶到海滨蒙特伊了。

那天夜晚，阿拉斯的邮车从埃斯丹方向进城，在海滨蒙特伊一条街的拐角，挂到对面驶来的一辆套白马的双轮车。那马车的轮子被重重撞了一下，车上只坐着一个裹着斗篷的人，他根本不听邮差喊叫他停车，仍然快速驶去。

“这个人，跟鬼一样急着赶路！”邮差说道。

这样急着赶路的人，正是我们刚才目睹在思虑中苦苦挣扎、确实值得同情的那个人。

他去什么地方？恐怕连他自己也说不清。为什么如此匆忙？他也不知道。他任由马车朝前行驶。驶往哪里？当然是阿拉斯；不过，也许他还会去别的地方。他时而感到这一点，便不寒而栗。

他冲入夜色，仿佛堕入深渊。有什么推着他，有什么东西拉着他。他心中是怎么想的，谁也说不出来，但是将来大家都会理解。走进这种陌生的幽窟中，谁在一生中至少没有那么一次呢？

何况，他根本没有打定任何主意，没有作出任何决定，没有确定任何事，也没有任何行动。他内心的任何活动都不是最终的。他折腾了一番，又完全回到最初的状态。

为什么去阿拉斯呢？

他心里一再重复向斯科弗莱尔定车时所想的：不管结果如何，去亲眼看看，亲自判断一下事情，绝没有什么坏处；——即使为谨慎起见，也应当去了解情况；——不经过观察探询，就谈不上任何决定；——事情隔得太远，芝麻也会想成西瓜；归根结底，一旦瞧见那个尚马秋，看那无赖相，也许他就能心安理得、让那家伙替他去服苦役吧；——诚然，沙威要在那里，还有勃列维、舍尼帝、克什帕伊，那些认识他的老苦役犯，然而现在，他们肯定认不出他了；唉！真想得出来——沙威还完全蒙在鼓里；——所有猜疑和推想，全集中在那个尚马秋身上，而且猜疑和推想比什么都顽固；——因此，去一趟没有一点危险。

当然，那一刻很难熬，但是他会安然无恙的；——归根结底，不管命运多么凶险，他还是要掌握在自己手中，由自己做主。他紧紧抓住这个念头不放。

其实，说穿了，他根本就不愿意去阿拉斯。

然而，他去了。

他一面想一面挥鞭催马；那马步伐稳健，一路小跑，每小时能行两法里半。

马车往前行驶，他却感到自身有什么东西向后退去。

破晓的时候，已经驶到旷野，海滨蒙特伊城远远抛在身后。他望望发白的天边，然而，冬季清晨萧瑟的景物从眼前掠过，他却看不见。清晨和傍晚一样，也有自己的幽灵。树木和丘岗的这些黑影，虽然他看不见，但似乎有穿透肌肤的作用，在他不知不觉中、给他极度紧张的心灵增添一种莫名的暗淡和凄惨。

每经过坐落在路旁的孤零零房舍，他心里总念叨一句："那里边肯定有人还在睡觉。"

马蹄声、辔头的铃声和车轮声，一路汇成柔和单调的声响，快活的人听来非常悦耳，伤心的人听来却备觉凄凉。

行驶到埃斯丹天已大亮，他在一家客栈门前停车，让马喘口气，并喂些燕麦饲料。

那马正如斯科弗莱尔说的，是布洛内种的小型马，头大腹大，脖颈短，但是前胸开阔，后臀宽大，腿又干又细，蹄子坚实有力；这种马其貌不扬，但体魄强健。这匹马确实很出色，两小时跑了五法里，臀部没有冒一星汗珠。

他没有下车。马房伙计送来饲料，忽然蹲下去检查左车轮。

“您就这样，还要走很远路吗？”那人问道。

他几乎没有脱离梦幻，答道：

“怎么的？”

“您是从远处来的吗？”伙计又问道。

“离这儿五法里。”

“啊！”

“您惊讶什么？”

那伙计又弯下腰，眼睛盯着车轮，半晌没说话，然后站起来，说道：

“这不，这个轮子走了五法里，倒是有可能，但是现在，连四分之一法里都肯定走不了。”

他从车子上跳下来。

“您说什么，朋友？”

“我说您走了五法里，没有连人带马翻到路边的沟里，真是个奇迹。您瞧瞧吧。”

果然，这个车轮严重损坏。两根轮辐被那辆邮车撞断，轮毂也撞破一块，螺母已经把握不住了。

“朋友，”他对马房伙计说，“这儿有车匠吗？”

“当然有，先生。”

“请帮个忙，去叫他来一趟。”

“他就住在那儿，只有两步路。喂，布伽雅尔师傅！”

车匠布伽雅尔师傅正站在家门口。他过来检查轮子，就像检查小腿骨折的外科医生那样做了个鬼脸儿。

“您能马上修这个车轮吗？”

“行，先生。”

“我什么时候可以走？”

“明天。”

“明天？”

“这活儿得足足干一天。先生很急吗？”

“非常急。顶多等一个钟头，我就得重新上路。”

“不可能，先生。”

“要多少钱我都照付。”

“……”

“那好！两个钟头。”

“今天不可能。要新做两根轮辐和一个轮毂。明天之前，先生是走不成了。”

“我的事情等不到明天。这样吧，车轮不修了，另换一只好吗？”

“怎么换？”

“您不是车匠吗？”

“当然，先生。”

“难道您没有轮子卖给我一个吗？我就能立刻上路了。”

“一个备用的车轮？”

“对呀。”

“我没有现成的一个轮子配您的车。轮子总是成对的。两个轮子不是随便就能安在一起的。”

“既然这样，那就卖给我一对吧。”

“先生，轮子也不是同任何车轴都能合的。”

“不妨试试。”

“试也白试，先生。我只卖大板车的轮子。我们这儿是小地方。”

“您有旅行车租给我吗？”

车匠师傅一眼就看出这是一辆出租马车，他耸耸肩，说道：

“您租来的车，经管得真好啊！我有车也不会租给您。”

“那就卖给我好吗？”

“我没有。”

“什么！连一辆简陋的车也没有。您看得出来，我是不挑剔的。”

“我们是个小地方。不过，那边车棚里，”车匠又说道，“倒是有一辆敞篷四轮旧马车，是城里一位财主托我保管的，每月36号才用一次。那辆车倒可以租给您，这对我又有什么关系呢？但是，经过时不要让那位财主看见；还有，那是四轮车，要套两匹马。”

“我用驿站的马。”

“先生去哪儿？”

“阿拉斯。”

“今天就要赶到吗？”

“是啊。”

“用驿站的马？”

“有何不可。”

“先生夜里走，清晨四点钟到，行不行呢？”

“当然不行。”

“不过，要知道，有个情况要讲，用驿站的马……先生有通行证吗？”

“有。”

“哦，用驿站的马，先生，明天之前也赶不到阿拉斯。我们是在一条支线上，驿站的条件不好，马都赶到田里干活儿。冬耕开始了，要用壮马，到处找，到驿站也到别的地方租马。先生到每个换马站，至少要等上三四个钟头。而且有不少上坡路，车子也走不快。”

“算了，我干脆骑马去。卸了套。这地方总能卖给我一副鞍具吧？”

“当然。可是，这匹马肯受鞍具吗？”

“真的，您提醒了我。这马不受鞍具。”

“那就……”

“在这村子里，总可以租到一匹马吧？”

“要一气儿跑到阿拉斯的一匹马！”

“对。”

“您要的马，我们这地方没有。首先，您得买下来，因为，我们不认识您。但是，您租不行，买也不行，花五百法郎不行，花一千法郎也不行，您根本就找不到！”

“那怎么办？”

“老实人说老实话，最好的办法，车轮我来修，明天您再走。”

“明天就太晚啦！”

“天哪！”

“没有去阿拉斯的邮车吗？什么时候经过这里？”

“今天夜里。两边的邮车对开，都在半夜赶路。”

“怎么！修理一个轮子，您要花一天工夫？”

“一天，还要整整一天！”

“用两名工人呢？”

“用十名也不成！”

“两根辐条若是用绳子扎起来呢？”

“辐条扎起来还成；轮毂就没法扎了。再说，轮辋的状况也不妙。”

“城里有租车行吗？”

“没有。”

“还有别的车匠吗？”

马房伙计和车匠师傅都摇了摇头，异口同声地回答：

“没有。”

他感到喜出望外。

显然，这是上天的安排。损坏车轮，中途停车，这是天意。这种昭示，起初他还不明白，千方百计地想继续赶路，尽心尽力，一丝不苟地试了各种办法。不管季节寒冷，旅途劳顿，还是费用，他绝没有退缩，没有一点可以谴责自己的地方。如果说不能再往前赶路了，就不是他的事了，也怪不到他的头上了。这不再是他良心的问题，而是天意的问题了。

他松了一口气。自从沙威来访，他这是第一次能畅快地深深地呼吸了。他觉得二十个小时以来，握住他的心的那只铁手，终于松开了。

他感到现在，上帝保护他了，并表明了旨意。

他心中暗道，他尽了力，现在只能老老实实地原路返回去。

他同车匠的这场谈话，如果是在旅店的一间客房里进行，没人在场，也没人听到，那么，事情可能就到此为止，我们也就无从叙述下面要读到的任何事件了。然而，他们是在街上交谈的；街上谈话总不免引来人围观，有些人就想看热闹。就在他问车匠的工夫，来往行人有些停下脚步围上来。其中有个少年听了几分钟，就离开人群跑了，谁也没有注意。

我们这位行客在心里合计之后，决定原路返回；正在这时候，那少年回来了，还带来一个老太婆。

“先生，”老太婆说，“我孩子跟我说，您想租一辆马车？”

这样一句简单的话，出自由孩子领来的一位老妇人之口，立刻令他汗流浃背。他仿佛看见那只放开的手又在他背影里出现，随时准备再抓住他。

他答道：“不错，大妈，我要租一辆车。”

他又连忙补充一句：“不过，这地方租不到。”

“租得到。”老太婆说。

“哪儿有啊？”车匠截口问道。

“我家有。”老太婆答道。

他浑身一抖，追命的手又抓住他了。

老太婆家的棚子里，果然有一辆柳条车。到手的买卖要溜掉，车匠和客栈伙计老大不高兴，便从中搅和：

“这辆破车，太吓人了”，“这是直接安在轴上的”，“里边的坐凳还是用皮带吊着”，“里面漏进雨水”，“轮子受了潮，生锈腐蚀了”，“这车能走多远？比那辆马车强不到哪儿去”，“地地道道的破烂货！”，“这位先生驾这玩意儿，可就麻烦了”，如此等等，不一而足。

这些话全对；然而，这破车，这破烂货，这玩意儿，不管成什么样子，毕竟还能凭着两个轮子滚动，还能滚到阿拉斯。

他付了人家要的租金，把轻便马车留给车匠修理，等回来再取，让人套上小白马，上了小车，重又上路，继续他从凌晨开始的行程。

等小车一摇晃启动，他内心便承认，刚才想到根本去不了那地方，他感到几分欣慰。他带着几分气愤来审查，觉得这种欣慰是荒唐的。返回去为什么欣慰呢？归根结底，他这趟旅行是自由的，没人强迫。自不待言，什么事都是在他情愿之下发生的。

他要驶出埃斯丹的时候，忽听有人喊他："停下！停下！"他猛然勒马停车，这种动作，还表露类似希望的一种躁急和惊悸的情绪。

原来是那老太婆的孩子。

"先生，"他说道，"是我给您弄到这辆车的。"

"怎么的！"

"您没有给我点什么。"

他平时谁都施舍，出手极容易，这回却觉得这种要求太过分，甚而讨厌了。

"哦，是你吗，小怪物？"他说道，"你什么也得不到！"

他挥鞭策马，飞驰而去。

在埃斯丹耽搁许久，他想把时间抢回来。小马倒很得力，拉车顶两匹马；但是正赶上2月天，下过雨，路很难走。而且，驾驶的已不是那辆轻便马车了。这辆车又笨又重，还有不少上坡。

从埃斯丹到圣波尔，走了将近四小时。四小时走了五法里。

驶进圣波尔，碰到头一家客栈便卸了套，让人把马牵到马棚里。他答应过斯科弗莱尔，也就守在马槽旁边，看着马吃料。他站在那里，想些模糊的伤心事。

客栈老板娘走进马棚。

"先生不想用餐吗？"

"哦，对了，"他答道，"现在我还真有胃口了。"

那女子肌肤鲜艳，满面春风，带他走进一间矮厅。厅里摆了几张餐桌，桌上铺了漆布。

"请快点儿，"他又说道，"我还要急着赶路。"

一名佛兰德胖女仆连忙摆上餐具。他颇为惬意地瞧着那姑娘。

“我不舒服，原来这么回事儿，”他心想，“我还没有吃早饭呢。”

食物端上来了。他立刻抓起面包，咬了一口，然后又缓缓地撂在桌上，再也不动了。

另一张桌上有个车夫在用餐，他就对那人说：

“他们这儿的面包为什么这样苦呢？”

那车夫是德国人，没有听懂。

他回到马棚，守在马旁边。

一小时过后，他离开圣波尔，向丹克驶去，从丹克到阿拉斯就只有五法里了。

他一路上干什么呢？想什么呢？还像清晨那样，看着树木、茅屋顶、翻耕的田地从两边过去，而每拐一个弯，景物就化为乌有了。这样观景，有时也足以引人驰心旁骛，几乎不想什么了。人生第一次，也是最后一次观看万物，还有什么比这感触至深，黯然销魂的呢！旅行，就是旋即生，旋即死。在他思想最蒙眬的区域，也许他拿变幻不定的景物来比拟人生。人生万事万物，持续不断地从我们眼前消逝。晦暗和光亮相交替：忽而金光灿烂，忽而又天暝地晦；人们观看，行色匆匆，伸手想抓住擦肩而过的东西；每个事件都是一处弯道；转瞬之间，人已衰老，蓦然感到周围一片黑暗，只辨出一扇幽暗的门；旅途上拉着你的那匹暗灰色生命之马，戛然停下，只见一个陌生的朦胧身影，在黑暗中给马卸套。

黄昏时分，放学的孩子看见这个行客驶入丹克。要知道，一年的这个季节，白昼还很短。他在丹克没有停留，车子正要驶出去，一名铺路石的工人抬起头，说了一句：

“这匹马可累得够呛。”

的确，可怜的牲口只能慢走了。

“您去阿拉斯吗？”那修路工又问道。

“对。”

“您照这样走法儿，早到不了。”

他勒住马，问那工人：“这儿离阿拉斯还有多远？”

“差不多足足有七法里。”

“怎么会呢？驿站手册标明只有五法里多一点儿。”

“唉！”那工人又说，“您还不知道前边在修路吧？从这儿走出去一刻钟，您就会发现路截断了，没法儿往前走了。”

“真的呀！”

“您要拐进左边去伽朗西的路，过了河，到康伯兰再往右首拐，那条路从圣埃卢瓦山直达阿拉斯。

“天要黑了，我会迷路的。”

“您不是本地人吧？”

“不是。”

“不是本地人，一路又净是岔道……这样吧，先生，”修路工又说道，“您想听听我的主意吗？您这匹马累了，还是回丹克。有一家很好的客栈，到那里住一夜，明天再去阿拉斯。”

“今晚我必须赶到。”

“这就是另码事儿了。不过，您还得去那家客栈，加套一匹马。马房伙计还可以带路抄近道。”

他接受了修路工的建议，又退回去，半小时之后，他又经过那里，但是这回添了一匹好马，拉着车飞驰了。马房的一名伙计充当车夫，坐在车辕上。

然而，他觉得时间耽误过去。

天已经完全黑了。

他们拐上抄近的路。路糟糕极了。车子从一条辙沟掉进另一条辙沟。他对车夫说："还赶原先那么快，赏钱加倍。"

在一次颠簸中，车前横木折断。

"先生，"车夫说道，"横木断了，没法儿套我这匹马了。夜间这条路太难走了；您若是肯回丹克过夜，明天一早就能到阿拉斯。"

他回答："你有绳子和刀吗？"

"有哇，先生。"

他砍了一段树枝，权当横木。

为此又耽误二十分钟，不过，马车又奔驰起来。

平野一片昏黑。夜雾低垂，断断续续的，匍匐在丘冈上，像炊烟似的浮起。云隙间还有淡白的光亮。强劲的海风吹来，扫荡天边各个角落，发出响动就像搬动家具的声音。一切隐约可见的景物，都摆出骇人的姿势。在浩荡的夜风中，多少造物在瑟瑟发抖。

寒风刺骨。从昨夜起他就没有吃东西。他隐约想起在迪涅城外旷野夜行的情景，那已是八年前的事了，想来恍若昨日。

他听见远处的钟声，便问那伙计："几点啦？"

"七点，先生。八点钟就能到阿拉斯了，只剩下三法里了。"

直到这时，他才第一次考虑这种情况，心中暗暗奇怪早为什么没有想到：他这样千辛万苦，也许徒劳，他连开庭审案的时间都不知道，起码这事儿应当问清楚；就这样糊里糊涂往前走，不知有用没用，也实在太荒谬了。继而，他又在心里计算一下：法庭往往在早晨九点钟开始审案；审理这件案子无需多少时间；偷苹果的事儿，很快就能结案；剩下的问题．只有证明他的真实身份了；四五个人作证，律师也就没有什么好说的了：等他到场，恐怕完全结案了！

车夫快马加鞭。他们过了河，将圣埃卢瓦山抛在后面。

夜色越来越深沉了。

六　辛朴利思嬷嬷受考验

然而，就在这时候，芳汀却满心欢喜。

她折腾了一夜，咳嗽得厉害，发高烧，接连做梦。早晨，大夫来诊视，她还在说胡话。大夫神色有些惊慌，吩咐人等马德兰先生一回来就通知他。

整个上午，芳汀一直精神委顿，不爱说话。用手把被单掐成褶儿，嘴里咕哝着数字，仿佛在估计里程。深陷的眼睛直勾勾地，几乎暗淡无光．有时闪亮一下，犹如灿烂的星光。仿佛临近某种凄惨的时刻，上天之光就要充满大地之光所离弃的人的身心。

每次辛朴利思嬷嬷问她感觉如何，她总是照例回答："很好，我想见马德兰先生。"

几个月前，芳汀丧失最后的廉耻心，丧失最后的羞耻和最后的欢乐，那时，她还算自身的影子；可是现在，她成了自身的幽灵。生理疾病补充了精神疾病的效力。这个二十五岁的女子，额头已生满皱纹，面颊松弛，鼻孔挛缩，牙齿松动，面容呈铅灰色，颈骨嶙峋，锁骨突兀，四肢羸弱，肌肤呈土灰色，新长出来的金发也杂有花白发丝了。唉！病痛一下催人老啊！

中午，大夫又来了，他开了药方，询问市长先生是否来过医务室，接着连连摇头。

平时，马德兰先生总是三点钟来探视。由于守时也是一种仁慈，他总准时来到。

将近两点半钟，芳汀就急不可待了。在二十分钟之内，她问那位修女有十几次："嬷嬷，几点钟啦？"

三点的钟声敲响了。敲到第三下时，平时在床上翻身都困难的芳汀，却忽地坐起来，两只枯瘦蜡黄的手紧紧抱在一起。修女听见从她胸中发出一声长叹，就好像要掀起一种重负。接着，芳汀转过头，眼睛盯住房门。

没人进来，房门根本没有打开。

她眼睛盯着门，就这样待了一刻钟，一动不动，就好像屏住了呼吸。嬷嬷不敢同她讲话。教堂钟声报了三点一刻。芳汀一仰身，重又倒在枕头上。

她一声不吭，又开始折被单。

半小时过去，随后一小时也过去了，谁也没来。每次敲钟，芳汀都坐起来，望望门口，继而又倒下。

她的心事明摆着，不过，她不提任何人的名字，既不怨天也不尤人，只是咳得很惨，就好像鬼魂附体了，脸色灰白，嘴唇发青，有时还微笑一下。

五点的钟声敲响了。嬷嬷听见她慢声细语说道："既然明天我要走了，今天他不该不来呀！"

马德兰先生迟迟不来，辛朴利思嬷嬷也深感诧异。

这时，芳汀望着床帏的天盖，那神态就像要回想什么事情。忽然她唱起歌来，声音微弱如气息。修女一旁聆听。下面就是芳汀唱的歌：

我们要买些东西很好看，
在城外郊区散步又游玩。
蓝菊朵朵蓝，玫瑰朵朵红，
蓝菊朵朵蓝，我爱小心肝。
圣母玛利亚身穿绣花袍，
昨天她来到我的火炉旁，
对我说：那天你向我乞讨，

面纱里是你要的小儿郎。
赶紧跑进城，去买面纱巾，
再买针和线，还要买顶针。
我们要买些东西很好看，
在城外郊区散步又游玩。

仁慈的圣母，我在火炉旁，
安了装饰彩带的小摇篮。
我更爱你给我的小儿郎，
上帝拿最美的星也不换。
“夫人，用这块细布做什么？”
“给我新生的宝宝做衣衫。”

蓝菊朵朵蓝，玫瑰朵朵红，
蓝菊朵朵蓝，我爱小心肝。
“洗洗这布。”“哪里洗？”“到河边。”
“用布做漂亮裙子和衣裳，
我要绣花把衣裙全绣满，
这布千万别弄破别弄脏。”
“夫人，孩子没有了怎么办？”
“那就给我做一条裹尸单。”

我们要买些东西很好看，
在城外郊区散步又游玩。
蓝菊朵朵蓝，玫瑰朵朵红，
蓝菊朵朵蓝，我爱小心肝。

这是一首古老的摇篮曲，从前她唱着哄小珂赛特睡觉，可是离开孩子之后，就再也没有想过。如此柔和的曲调，她却以幽怨之声唱出来，真能催人泪下，连修女也不例外。这位嬷嬷见惯了肃穆的东西，也感到要流泪了。

钟敲了六点。芳汀仿佛没有听见。她似乎不再留意周围的事物了。

辛朴利思嬷嬷派一名侍女去工厂，问女门房市长先生是否回来了，是否很快能来医务室一趟。几分钟之后，侍女回来了。

芳汀始终一动不动，仿佛在注意自己的心事。

侍女低声对辛朴利思讲，市长先生不到早晨六点钟就出门了，不顾这样的冷天，也没有车夫，独自一人赶着一辆白马拉的双轮车，不知朝哪个方向去了；有人说看见马车拐上去阿拉斯的大道，另一些人则说在去巴黎的路上肯定碰见过他。他走的时候像平常一样，非常和蔼，只对女门房说晚上不要等他了。

两个女人背对着芳汀的病床，嬷嬷问话，侍女回答，正这样悄悄说话，芳汀却爬起来，跪到床上，双手紧握，撑在长枕上，头探在帐子缝里倾听，她像死人一般枯瘦得吓人，动作却像健康人一样灵活，显出肌体某种病症所引起的焦灼不安。她突然喊道：

“你们在那儿谈马德兰先生呢！说话为什么这样小声？他做什么呢？为什么不来？”

她的声音突如其来，十分粗暴，两个女人以为听到男人叫喊，都惊慌地回过身来。

“回答呀！”芳汀喊道。

侍女结结巴巴地说：“门房对我说，今天他回不来了。”

“我的孩子，”嬷嬷说，“安静点儿，还是躺下吧。”

芳汀没有改变姿势，她又提高声音，用一种又急切又凄惨的语调说："他回不来啦？为什么回不来？你们知道原因，刚才你们俩还小声交谈。我要知道。"

侍女急忙对着修女耳语："就说他在市政厅开会，走不开。"

辛朴利思嬷嬷的脸微微一红：侍女这是叫她说谎。但是从另一方面考虑，讲了实话，就会给病人一个严重打击，而芳汀病情严重，是经受不住的。脸红持续的时间很短。嬷嬷抬起平静而忧伤的目光，看看芳汀说："市长先生走了。"

芳汀又挺起身，坐到自己的脚跟上，两眼炯炯发光，痛苦的面容上绽开从来未有的喜悦。

"走啦！"她高声说，"他是去接珂赛特啦！"

接着，她双手举向天空，那张脸的表情难以描绘；她嘴唇翕动，在低声祈祷。

她祈祷完了，又说道：

"嬷嬷，我很愿意重新躺下，要我怎样我就怎样。刚才我太凶了，那样喊叫，请您原谅；那样喊叫非常不好，我完全明白。喏，我的善良的嬷嬷，看到了吧，我非常高兴。仁慈的上帝确实仁慈，马德兰先生也是仁慈的，想一想吧，他去蒙菲郿，是去接我的小珂赛特了。"

她重又躺下，帮着修女摆好枕头，吻了吻辛朴利思嬷嬷给她挂在脖子上的小银十字架。

芳汀汗湿的双手抓住嬷嬷的手；嬷嬷感到这种汗湿，心中很难过。

"今天早晨，他动身去巴黎了。其实，也用不着经过巴黎。蒙菲郿，就在来的路上偏左一点儿。昨天我跟他提起珂赛特，您还记得他是怎么说的吧？他说：快了，快了。他是想给我一个惊喜。

您知道吧？他让我签了一封信，好去德纳第家把孩子接回来。他们没有什么可说的，不是吗？他们得交出珂赛特。他们的账全清了。清了账还扣留孩子，政府是不允许的。嬷嬷，不要打手势表示我不该说话。我高兴极了，感觉也非常好，一点儿也不疼了。我又能见到珂赛特了，我甚至觉得饿极了。快有五年没见面了。您想象不出来，孩子是多么叫人牵肠挂肚！而且，您会看到，她可爱极啦！您哪儿知道，她那粉红的小手指特别好看。一岁时，她那小手很可笑。就是这样！……现在，她该长大了。有七岁了。长成大小姐了。我叫她珂赛特，其实她的名字叫欧福拉吉。对了，今天早晨，我望着壁炉上的灰尘，就忽然产生一个念头：很快就能见到珂赛特了。上帝啊！真不该一连几年不见孩子！是应当好好想一想，人不是永远不死的！唔！市长先生走了真好！天儿很冷了，对不对？他至少披上斗篷了吧？明天他就能回到这儿，对吧？明天就是大喜日子。嬷嬷，明天早晨提醒我，好戴上我这花边小帽子。蒙菲郿，那是个好地方。当年，我是步行走过那条大道。对我来说路很远。不过，驿车跑得飞快！明天，他就会把珂赛特带到这儿。这儿离蒙菲郿有多远？”

嬷嬷对距离毫无概念，答道：

“哦！我认为他明天就能回到这儿。”

“明天！明天！”芳汀说，“明天我能看见珂赛特啦！您瞧见了，仁慈上帝的仁慈嬷嬷，我没有病了。我乐疯了。别人若是愿意，我还可以跳舞呢！”

谁在一刻钟之前见过她，一定会莫名其妙。现在她脸色红润，说话的声音又自然，又有生气，整个人儿都化成微笑。她自言自语，有时就笑起来。母亲的快乐，就跟孩子的快乐差不多。

“好了，”修女又说，“现在您这么快乐，就该听我的话，别再讲了。”

芳汀把头放到枕头上，轻声说：“对，躺下睡吧，要听话，既然孩子就要回到你身边了。辛朴利思嬷嬷说得对。这里的人说得都对。”

于是，她不动了，连头也不转动，只是睁大了双眼，四处张望，一副快活的样子，但不再说话了。

嬷嬷放下床帷，希望她睡一会儿。

七八点钟之间，大夫来了。病房静悄悄的，他以为芳汀睡着了，就蹑手蹑脚地走进来，踮着脚尖凑到床边，微微掀开床帷，借着微弱的灯光，他看见芳汀那双平静的大眼睛正注视他。

她对大夫说：“先生，你们让她睡我旁边的小床上，对吧？”

大夫以为她在说胡话。她又说：

“您自己瞧瞧，这儿空地儿正好放下。”

大夫把辛朴利思嬷嬷拉到一边，嬷嬷便把事情向他解释了：马德兰先生外出一两天，病人以为市长先生去了蒙菲郿，我们没有把事情说破，况且她有可能猜对了。大夫也深以为然。

大夫走到床边，芳汀又说道：

“喏，要知道，早晨，等她醒来，我就会向这可怜的小猫问好；夜晚，我不睡，可以听她睡觉的声音。她那极为柔和的呼吸，让我听着会有多舒服。”

“请您把手伸给我。”大夫说。

她伸出胳臂，笑着高声说：

“哦！对了！真的，您还不知道！其实，我的病治好了。珂赛特明天到。”

大夫十分惊讶。病情的确见好。胸闷减轻了。脉搏也变强了。一种突如其来的生机，使这个垂危的可怜人又有了活力。

“大夫先生，”她又说，“市长先生去接小宝宝了，这位嬷嬷告诉您了吧？”

大夫嘱咐要安静，避免任何刺激。他还开了药方：服金鸡纳树皮纯汁，夜里如果体温再升高，就服镇静剂。临走时他对嬷嬷说：“见好。托天之福，明天市长先生若是真的带孩子回来，谁知道呢？有些病特别出人意料，我们见过病例：大喜的事儿会突然扼制疾病。我很清楚，她是肌体上患病，而且病情极重，但是这方面就是神妙莫测！也许我们能救活她。”

七　到达即备回程的行客

我们撂在半路的那辆马车，将近晚上八点钟，驶进阿拉斯驿站客栈的大门。我们一直注目的那个人下了车，漫不经心地回答客栈伙计的殷勤问候，打发走后添的那匹马，亲自将小白马牵到马棚；然后，他推开楼下弹子房的门，走进去坐下，双肘支在桌子上。他本想用六小时走完这段路程，结果竟用了十四小时。他扪心自问并无过错；然而，毕竟他也没有因此而恼火。

老板娘进来。

“先生过夜吗？先生用晚餐吗？”

他摇摇头。

“马房的伙计说，先生的马非常疲劳！”

这时他才打破缄默。

“那匹马明天早晨走不行吗？”

“哎，先生！它起码得歇两天。”

他又问道：“这里不是邮政局吗？”

“是这里，先生。”

老板娘带他到邮局。他掏出身份证，询问当天夜晚能否乘邮车回海滨蒙特伊。邮差身旁的座位恰好空着，他便付钱定了下来。

“先生，”邮局职员说，“不要误了，半夜一点钟准时从这里出发。”

事情安排好之后，他出了客栈，到街上走走。

他不熟悉阿拉斯城，街道又昏暗，只好信步走去。而且，他似乎打定主意不向行人问路，过了小克兰松河，闯入纵横交错的窄巷中，如同陷入迷宫一样迷失方向。恰巧一位绅士提着灯笼走过来；他颇犯踌躇，终于决定上前打听，但首先还是前顾后盼，就好像怕人听见他要问什么事儿似的。

“先生，”他说道，“请问，去法院怎么走？”

“您不是本城人吧，先生？”那位年长的绅士答道，“那就随我走吧。我正巧往法院那边去，也就是说往省政厅那边去。要知道，现在法院正在修缮，暂时改在省政厅审案。”

“刑事案件也在那边审理吗？”他又问道。

“当然了，先生。要知道，如今的省政厅，革命前原是主教府。1782年，德·孔吉埃先生任主教，他在那里建造一个大厅。就是在那个大厅里审案。”

绅士边走边对他说：“先生若是想看审理案子，时间恐怕晚了点儿。平时，六点钟就休庭了。”

说着话，他们走到大广场，绅士指给他看一座黑黝黝的大楼，只见正面有四扇长窗还透出灯光。

“真的，先生，您有运气，正好赶上。您瞧见那四扇窗户了吗？那就是刑事法庭。里边有灯光。看来案子还没有审完，一定是拖延时间，晚上继续开庭。您对那案子感兴趣吗？那是一桩刑事案件吗？您要出庭作证吗？”

他答道："我来这儿不是为了什么案子，只想跟一名律师谈谈。"

"这就不同了，"绅士说，"喏，先生，那就是正门。站岗的在哪儿呢？您登上大楼梯就是了。"

他按照那位绅士的指点，几分钟之后就来到大厅，只见里面有许多人，还聚了几堆，并夹杂着穿长袍的律师，都在小声交谈。

穿黑袍的人，三五成群地聚在法庭门口，这样窃窃私语，见了总让人心惊胆战。这种人说的话，极少含有善意和恻隐之心，多半是事先作出的判决。这一堆堆的人，在从旁经过并遐想的人看来，就好像幽暗的蜂窝，而嗡嗡喧扰的各种精灵，在里面共同营造各式各样险恶的建筑物。

这个宽阔的大厅只点着一盏灯，从前是主教府的前厅，现在充当法院的休息厅。一道两扇的门关着，隔开设为刑事法庭的大厅。

休息厅十分昏暗，他无须担心，碰到一位律师便问道：

"先生，案子审到什么程度了？"

"审完了。"那律师答道。

"审完啦！"

他重复这句话声调异常，以致那律师转过身来，问道：

"对不起，先生，您也许是被告的亲戚吧？"

"不是。这里我谁也不认识。判刑了吗？"

"当然。不可能不判刑。"

"判了苦役？

"终身苦役。"

他又问道，但声音微弱得几乎听不见："验明正身了吗？"

"什么正身？"律师答道，"无须验明正身。案子很简单。那女人害死了自己的孩子。杀害婴儿罪得到证实，陪审团排除了蓄意犯罪，于是判了她无期徒刑。"

“那么是个女人啦？”他问道。

“当然啦。是李墨杉家的姑娘。您跟我谈的是哪件案子？”

“随便问问。案子既然审完了，大厅里怎么还亮着灯？”

“那是另一件案子，开庭审理快有两个小时了。”

“另一件什么案子？”

“哦！这件案子也一目了然。被告是个无赖，是个累犯，是个苦役犯，又作案偷窃了。名字我记不大清了。看那长相，就像个盗匪。单看那副长相，我就要把他送进苦役场。”

“先生，”他又问道，“怎么能进入审判大厅呢？”

“我想实在进不去了。里边人太多。不过，现在休庭，有人走了，等再开庭的时候，您不妨试试。”

“从哪儿进去？”

“走这扇大门。”

律师离开了。他站在原地，一时千头万绪，几乎一齐涌上心头。这个不相干的人所说的话，像一根根冰针，像一条条火舌，轮番钻透了他的心。他见案子根本没有审理完，便松了一口气，但他也说不清自己的感受，是满意还是痛苦。

他凑近几堆人，听他们说些什么。这一轮要审理的案件特别多，庭长指示这一天安排两件简短的案子。先审理杀害婴儿案，现在正审这个苦役犯，这个累犯，“回头马”。这个人偷了苹果，不过似乎没有足够的证据，但证实了他从前在土伦苦役场服过刑。这样，他的案情就严重了。对他的审问和证人作证倒是结束了，但是律师还要辩护，检察官还要提起公诉，恐怕午夜之前完不了。看来这人要判刑；检察官很出色，他控告的人无一“幸免”，他还颇具才情，有时写写诗。

一名执达吏守在进入法庭的门旁。他问执达吏：

“先生，快开门了吧？”

“门不会打开了。”执达吏说道。

“什么？重新开庭，门也不开吗？现在不是休庭吗？”

“刚刚重新开庭，”执达吏答道，“但是门不会再开了。”

“为什么？”

“因为大厅里坐满了。”

“什么？一个座位也没有啦？”

“一个座位也没有了。门关上了。谁也不让进去了。”

执达吏沉吟一下，又补充说：“庭长身后倒有两三个座位，但他只允许官员坐。”

执达吏说罢，就转过身去。

他低着头往外走，穿过前厅，缓步走下楼梯，仿佛下每一级都迟疑似的。他很可能在内心里合计吧。从昨天起在他内心展开的激烈斗争并未结束，他无时不经历曲折。他走到楼梯转角便停下，背靠栏杆叉着双臂站着。忽然，他解开礼服，掏出皮夹，抽出一支铅笔，撕下一张纸，借着反射的光亮匆匆写下这样一行字：“海滨蒙特伊市长马德兰先生”。然后，他又大步登上楼梯，分开人群，径直朝执达吏走去，把纸条交给他，以不容置疑的口气说：“这条子送给庭长先生。”

执达吏接过纸条，看了一眼，就照办了。

八　优待入座

海滨蒙特伊市长声望如此卓著，连他本人都没有料到。七年来，他的盛名传遍了下布洛内整个地区，后来又越过这小小地区的界线，传至相邻的两三个省。他创建墨玉制造工业，为繁荣首府作出了重大贡献。除此而外，海滨蒙特伊地区一百八十一乡，无不得到他的恩惠。而且在必要时，他还资助其他城市发展工业。例如，他通过信贷和基金的方式，及时支持了布洛涅的罗纱丁、弗雷旺的机械纺麻纱厂，以及康什河畔布贝的水力织布厂。无论什么地方，一提到马德兰先生这个名字，大家都肃然起敬。阿拉斯和杜埃两城，都羡慕幸运小城海滨蒙特伊有这样的市长。

阿拉斯刑事法庭的这一审判庭长，是杜埃的御前咨议，他同所有人一样，也知道深深受到普遍崇敬的这个名字。执达吏轻轻打开会议厅通法庭的门，走到庭长的扶手椅后面，躬身呈上我们刚才看到写了那行字的纸条，他还补充一句："这位先生希望旁听。"庭长一见立刻肃然动容，急忙抓起笔，在纸条下端写了几个字，又交给执达吏，对他说道："请他进来。"

我们叙述他身世的这个不幸的人，直到执达吏回来，还站在原地，保持原来的姿势。他在胡思乱想中听见一个人对他说："先生肯赏光随我走吗？"同一个执达吏，刚才转过身去不理睬他，现在却向他一躬到地了，同时把纸条递给他。当时正巧离灯不远，他打开纸条读道：

"刑事庭长谨向马德兰先生致敬。"

他双手握着纸条，就仿佛这些字给他留下一种奇特的苦味。

几分钟之后，他独自立在一间会议室里，只见四周镶了护壁板，气象森严，一张绿台布的桌子上点着两支蜡烛。他耳边还回响着执达吏刚才走时说的话："先生，您来到会议室；只需扭动门上这个铜把手，您就会进入法庭，到了庭长先生的扶手椅后面。"这些话，同他刚才走过的狭窄走廊和黑暗楼梯的模糊记忆，在他的头脑里搅在一起了。

执达吏留下他一个人。最后时刻到了。他试图收拢心思，但是徒劳。思想的一条条线索，就在人最需要将其系在生活惨痛的现实上时，却偏偏在头脑里全部中断。他恰恰来到法官辩论并判罪的地方。他平静而又痴呆呆观看这个宁静而可怕的厅室：多少生命在此断送，等一会儿，他的名字要在这里回响，而此刻，他的命运正通过这里。他瞧瞧四壁，又瞧瞧自己，心中暗暗称奇，竟然是这间大厅室，竟然是他自己。

他超过二十四小时没吃东西了，乘车颠簸更疲惫不堪，然而他并不觉得，他似乎对什么都没有感觉了。

他走近墙上挂的一个黑镜框，只见玻璃里面压着一封旧信，是巴黎市长兼部长若望·尼古拉·巴什的亲笔，日期2年[①]6月9日一定写错了，信中向这一镇通告了在家被捕的大臣和议员名单。此刻谁若是能看见并观察他准会以为他对这封信很感兴趣，因为他眼睛盯在上面，一连念了两三遍。但他并未留意，没有觉得是在念信，心中只想着芳汀和珂赛特。

他一边遐想，一边转过身子，目光碰到通法庭的这扇门的铜把手。他几乎忘记了这扇门，平静的目光落到门上，注视铜把手，接着变得愕然而凝注，渐渐恐慌起来：豆大的汗珠从发间冒出来，流到鬓角。

有一阵，他打个手势，这动作难以形容，有几分专横和抗争，但分明在表示："见鬼！还有谁逼我不成？"他猛地转过身，看见前面就是他刚才进来的那扇门，随即走过去，打开门跨出去了。他离开那间屋，到了外面，来到走廊，这是一条狭窄的长廊，中间有高低不等的台阶，有些小窗口，还拐来拐去，稀稀安了几盏照明灯，类似病房里的守夜小油灯，这是他进来时经过的走廊。他长出

① 法国革命时期日历，共和2年即1794年。

一口气，侧耳细听，背后毫无动静，前面也毫无动静；他开始逃跑，就好像有人追赶似的。

他在长廊里跑了好几个拐弯，又听听周围，还是同样寂静，同样昏暗。他气喘吁吁，脚步踉踉跄跄，只好扶住墙。石墙冰凉，他额头上的汗也冰凉，他打了个寒战，又直起身子。

他就这样独自站在黑暗中，浑身发抖，是因为冷，也许还有别的缘故。他又冥思苦索。

但冥思苦索了一整夜，冥思苦索了一整天，只能听见他内心里一个声音：唉！

一刻钟就这样过去了。最后，他低下头，惶恐不安地叹息一声，双臂垂下，又往回走了。他脚步迟缓，仿佛精疲力竭，就好像在他潜逃中被人追上，又被拖回去。

他又回到会议室，看到的第一件东西便是门把手。这个门把手是铜的，又圆又光滑，在他看来，像一颗可怕的星一样闪闪发亮。他望着门把手，好似羔羊望着老虎的眼睛。

他的目光难以移开。

他不时挪一步，凑近这扇门。

他若是倾听，就会听见隔壁大厅有声音，好似低声耳语的嗡嗡声；不过他没有听，也就听不见。

突然，他到了门口，连他自己也不清楚是如何走近的。他神经质地抓住门把手，将门打开。

他进入审判庭。

九　罪证拼凑所

他向前跨一步，下意识地反手带上门，站住观察眼前的场面。

这是一个相当宽敞的圆厅，灯光昏暗，时而满堂喧哗，时而鸦雀无声；审理一桩刑事罪案的整套机器，正以庸俗而阴森的郑重姿态，在人群中间运转。

在他置身的大厅这一端，一些身穿旧袍的陪审官，心不在焉，正啃着手指甲或者合上眼皮。另一端则是衣衫褴褛的听众、姿势各异的律师、相貌老实而凶狠的士兵。再看厅壁的护板脏兮兮的，天棚也脏兮兮的；桌子上铺的绿色哔叽台布已经发黄了；几扇门被手摸得污暗；壁板的钉子上，挂着几盏小咖啡馆常用的油罐灯，光冒烟而不亮；桌上还有几个燃着蜡烛的铜烛台。总之，厅里又昏暗，又丑陋，又凄惨，然而整个场面却具有威严的气象，只因在其中感到称为法律的人的威力，以及称为正义的神的威力。

大厅里的人谁也没有注意他，目光全射向唯一的点上，那就是在庭长左首，沿墙靠一扇小门的一张白木条凳，由几支蜡烛照亮，上面坐着一个人，左右各有一名法警。

凳上坐的就是那人了。

他没有寻找，却见到了。他的视线自然而然移过去，好像事先就知道那人在哪儿。

他仿佛看到自己，不过见老了，但不是说相貌酷似，而是说神态外表一模一样；头发乱蓬蓬地竖起，一对眸子粗野而惶惑，身穿外套，正像他进迪涅城那天的模样，怨恨冲天，而十九年间在牢狱石地上收集的泄愤的恶念，全部珍藏在心里。

他打了个寒战，心中暗道：

“天主啊！难道我要恢复老样子吗？”

那人看上去少说六十岁，有一种说不出来的粗鲁、愚钝和惶遽的神色。

大家听到门的响声，便给他闪开位置。庭长回头望去，明白进来的人物就是海滨蒙特伊市长，便向他点头致意。检察官因公务几次到过海滨蒙特伊城，早已认识马德兰先生，现在见他到来，也同样向他致敬。而他却没大留意，只是呆望着，眼前呈现一种幻觉。

这些审判官、书记、法警，这群幸灾乐祸来看热闹的人，这场面，他见过一次，二十七年前见过。这些害人精，如今又看到了，就在眼前，在眼前晃动；他们确实存在，不再是他回忆出来的景象，也不是他脑海中的幻影，而是真正的法警、真正的审判官、真正的听众，都是有血有肉的人。大势已去，他从前经历的骇人听闻的场面，现在又在他周围出现，活生生的，因其现实存在而尤为可怖。

这一切在他眼前张牙舞爪。

他吓得魂不附体，闭上眼睛，在心灵深处叫喊：

“绝不！”

他的另一个自我就在那里，这真是命运的一场恶作剧，他的思想一片混乱，几乎要发疯了！受审的那个人，大家都叫他冉阿让。

全部齐备。同样的排场，夜晚的同一时间，审判官、法警和听众，也几乎是同样的面孔。只不过，庭长脑袋上方有个耶稣受难像，这是他受审那年代的法庭所没有的东西。审判他的时候，上帝缺席了。

他背后有一张椅子，便颓然坐下，唯恐别人看见。他坐下之后，脸正好躲在审判官公案的一堆案卷后面，全厅的人都看不见了。现在，他可以躲在暗处看别人了。他逐渐镇定下来，也完全恢复了现实感，达到心情平静而能够倾听的程度。

巴马塔林先生是陪审团成员。

他用目光寻找沙威，但是没有看见。证人席被书记员的桌子遮住了。而且，前面也说过，厅里的灯光很暗。

他进门的时候，被告的律师刚宣读完辩词。大家的注意力达到顶点，案子已经审了三个小时。在这三小时里，大家注视一个人，一个陌生人，一个极其愚蠢，或极其狡猾的无赖，看着他被似是而非的可怕罪状渐渐压弯。我们已经知道，这人是个流浪汉，他拿着一根有熟苹果的树枝，在田野里被人发现，那是从附近皮红园中的苹果树上折下的。这人究竟是干什么的？已经调查过，刚才又听了几个人的证词，众口一词，通过辩论也更加清楚了。起诉状指出："我们抓住的这个人，不仅仅是偷果实的贼，偷农作物的贼，而且还是个匪徒，是一个潜逃的累犯，一个从前的苦役犯，是危险的暴徒，一个缉拿已久名叫冉阿让的坏蛋：八年前，他从土伦苦役场监狱放出来，在大路上又手持凶器，抢劫了一个叫小杰尔卫的通烟囱的孩子，触犯刑律第三百八十三条，一俟证实该犯身份，则另外追究抢劫罪。最近，他又犯了偷窃罪。这是罪上加罪。先判处他的新案，再算他的老账。"被告面对这种指控，面对证人异口同声的肯定，主要显得莫名其妙。他又摇头又摆手，一味否认，再不就两眼望着天棚。他说话吞吞吐吐，回答问话也迟迟疑疑，不过他整个人儿，从头到脚都在否认。他像个傻瓜一样，面对在他周围列成阵势的所有这些聪明人，又像个外来人，陷入这圈子人的围攻。然而，这确系他的最可怕的未来，指控越来越真实起来，这种充满诬陷的判词步步向他进逼，大家见此情景，比他本人还要不安。一旦证实他确是冉阿让，接着就判他对小杰尔卫的抢劫罪，那就不只是终身苦役，还有可能处死。他究竟是什么人？他这样冥顽不化究竟是怎么回事？是愚蠢还是狡猾呢？他完全明白，还是根本不懂呢？对这些问题，众说不一，陪审团似乎也有分歧。这件案子既骇人听闻，又令人称奇；案情不但模糊不清，而且幽眇难测。

律师辩护得相当出色，他使用的外省语言，早已形成讼师的雄辩，从前不但巴黎的律师，而且罗莫朗丹或蒙布里宗的律师无不采用，如今已成为古典，除了在法庭上就不大讲了，因其音调洪亮、语势庄严，适于讼师如簧的巧舌。讲这种语言，夫妻称为“配偶”，巴黎称为“文明和艺术中心”，国王称为“君主”，主教大人称为“高级神职人员”，检察官称为“复仇的才辩无双的代言人”，律师的辩护词称为“刚刚聆听的高论”，路易十四世纪称为“大世纪”，剧院称为“墨尔波墨涅[①]圣殿”，当政的王族称为“列王的高贵血统”，音乐会称为“音乐大典”，一省的统领将军称为“威名远震的武士某某”，神学院的学生称为“幼嫩的长礼服”，推给报纸的谬误称为“在刊物栏中散布毒素的欺诈行为”，等等，等等。律师首先解释偷苹果事件，——说得文雅些是棘手问题；不过，贝尼涅·博须埃[②]本人在悼词中，还不得不提到一只母鸡，发表一通宏论，并能自圆其说。律师断言，偷苹果的行为，并没有证明是事实。他以辩护人的身份，坚持称他的委托人为尚马秋，并说谁也没有看见尚马秋逾墙或折断果枝。他拿着这根树枝，让人抓住了（这位律师更愿意称作“枝丫”）；其实他是看见丢在地上，才拾起来的。反证又在哪里呢？……显然有个贼，他爬过墙，偷折了这根果枝，后来慌神儿就丢弃在地上。然而，何以证明那贼就是尚马秋呢？只有一点凭证，就是他当过苦役犯。律师也不否认，这种身份不幸得以证实，被告在法夫罗勒住过，当过树枝修剪工，尚马秋这个名字也可能从让马秋转化而来，这一切都是事实；而且，四名证人都毫不迟疑，一眼就认出尚马秋是苦役犯冉阿让；对于这些指

---

① 墨尔波墨涅：希腊神话中的缪斯之一，主管悲剧。

② 贝尼涅·博须埃（1627—1704年）：法国大主教，他在安娜、德、贡查格的悼词中称“一只变为母亲的母鸡”。典出自《马太福音》，耶稣以母亲以翼护鸽自喻，要集拢耶路撒冷的民众。

控，对于这些证词，律师只能拿他的委托人的否认，当事人的否认来反驳；就算他是苦役犯冉阿让，这就能证明他是偷苹果的贼吗？充其量这也是一种推测，毫无证据。不错，被告确实采用了“一种拙劣的辩护方式”，而他的辩护人“本着诚意”，也应当承认这一点。被告执意否认一切，否认偷窃和他的苦役犯身份。他若是承认第二点，肯定要好多了，很可能赢得各位陪审官的宽宥；律师也曾劝他这样做，但是被告执意不肯，显然以为什么也不承认就能保全自己。这是错误的。然而，从中不应当看出他的智力有缺陷吗？这人显然有点痴呆。在监狱中长期受罪，出狱后又长期受穷，他已经变得迟钝了，如此等等，不一而足。被告申辩得很糟，难道这就成其为理由判他罪吗？至于小杰尔卫事件，律师无须争论，这与本案毫无关系。最后，律师恳请陪审团和法庭，如果他们认为被告显然就是冉阿让，那也按擅离监视地点论处，不要按苦役犯累犯罪严惩。

检察官反驳律师，他像所有检察官通常表现的那样，言词激烈，妙语连珠。

他祝贺辩方律师的“忠诚”，并巧妙地利用这种忠诚。他从律师让步的几个方面直取被告。律师似乎同意被告就是冉阿让。他记下了这一点。那么，此人确是冉阿让了。这一点在控词中已经确认，就不容置疑了。检察官再从这一点出发，以指桑骂槐的巧妙手法，追溯罪恶的根源和起因，抨击浪漫派的不道德，把尚马秋，更确切地说，把冉阿让的犯罪行为，归咎于这种邪恶文学的影响，说得煞有介事；须知当时浪漫派刚刚兴起，就被《金焰》和《天天报》两家报纸的评论家斥为“撒旦派”。他谈得淋漓尽致，这才转到冉阿让本人身上。冉阿让是个什么东西呢？于是又描绘一番，说冉阿让是个狗彘不食的怪物，等等。这种描绘的范例取自德拉门[①]的语录，虽然对悲剧创作毫无补益，但是天天向法庭大量提供舌战的炮弹。听众和陪审团都为之“战栗”。检察官描述完了，又巧鼓舌簧，以期博得次日《省府公报》的高度赞扬：“就是这样一个人，等等，等等，等等，流浪汉，乞丐，贫无立锥之地，等等，等等……一贯为非作歹，罚做苦役也不知悔改，抢劫小杰尔卫的罪行就是明证，等等，等等……就是这样一个人，公然行窃，在大道上被人当场抓获，只离他偷逾的围墙几步远，手中还拿着偷窃之物，人赃俱在，还矢口否认，行窃，爬墙，全部抵赖，连自己的名字都抵赖，甚至连身份都抵赖！且不说有那么多证据，就是四名证人，沙威，正直的警探沙威，以及三个犯了罪的伙计，苦役犯勃列维、舍尼帝和克什帕伊，全都认出他来。众口一词，铁证如山，他怎么能抵赖得了呢？他还矢口否认。多么冥顽不化！诸位陪审员先生，请你们主持正义，等等，等等。”检察官演讲的过程中，被告张开大嘴听着，惊奇的神态中掺杂着几分赞赏。显然他十分惊诧，一个人竟然如此能言善辩。就在指控最有力的时候，检察官口若悬河，无法遏制，刻薄的话如急风暴雨，将被告团团围住；可是被告却不时摇摇头，缓缓地从右到左，再从左到右，而且从一开始辩论，他就只以这种默然的忧伤动作来抗议。

离他最近的听众，有两三回听见他咕哝：“没有问问巴卢先生，就只能这样胡说八道！”检察官提请陪审团注意，这种装疯卖傻的态度，显然是处心积虑的，非但不能表明他愚蠢，反而表明他机灵，狡猾，惯于欺骗法庭，并将这人的“劣根性”暴露无遗。最后，他保留在小杰尔卫案件上的指控，并要求严厉惩处。

---

① 德拉门（公元前450—前404年）：古希腊雅典政治家。

大家还记得，这就意味暂时判处终身苦役。

被告律师站起来，首先祝贺“检察官先生”的“高论”，接着又极力反驳，但已绵软无力，显然他立足不稳了。

十　否认的方式

到了该结束辩论的时刻。庭长让被告起立，向他提出例常的问题：“您为自己辩护还有话要补充吗？”

这个人站起来，双手揉搓着破烂不堪的帽子，仿佛没有听见。

庭长重复问一遍。

这人总算听见了，似乎听懂了，如梦初醒一般动了动，抬眼环视周围，瞥见听众、法警、他的律师、陪审团、司法官员，把他那巨大的拳头往坐凳前的木栏杆上一撂，又环视一遍，目光突然盯住检察官，开口讲话了。就好像决堤一样。那些话毫不连贯，猛烈躁急，杂乱无章又相互撞击，拥挤着要同时从嘴里冲出来。他说：

“我有话要说。从前在巴黎我当过大车匠，就是给巴卢先生干活儿。这行当很苦。当车匠，成年累月要在外面干活儿，在院子里，在像样的东家那里还算有个棚子，但是从来没有在安了门窗的车间里干过活儿，因为这活儿占地方，明白吧？冬天冷极了，就拍打自己的胳膊取暖；可是东家不愿意，说这样耽误工夫。铺石地上冻了冰，用手摆弄铁器，真够人受的。一个人很快就给折腾完了。干这行当，年龄不大人就老了。到四十岁，就算活到头了。我呢，有五十三岁了，受了不少罪。还有，那些工匠，都特别尖酸刻薄！年龄稍微大一点儿，就叫人家老傻瓜、老畜生！工钱也减了，每天我只能挣三十苏了，东家拿我年龄当借口，尽量少给我钱。此外，我还有个女儿，在河边给人洗衣裳，也能挣点儿钱。我们父女二人，日子还过得去。她也够受罪的。半截身子整天泡在洗衣桶里，不管下雨，下雪，也不管割脸的寒风，上冻也一样，还得洗，有些人没有多少衣裳，等着换洗；你不洗，活儿就丢了。洗衣板也全是缝儿，到处往下漏水，弄你一身，裙子和衬裙全湿了，还往里边浸。她也在红娃娃洗衣场干过，那里使用自来水，不用站在洗衣桶里，对着水龙头洗就行了，在身后的水池里漂净。那是在房子里干活，身上就不那么冷了。不过，那里面水蒸气太厉害了，能熏坏你眼睛。她晚上七点钟回来，赶紧上床睡觉，实在太累了。她丈夫常打她。她已经死了。我们没有过上快活的日子。她是个本分的姑娘，不去跳舞，总是安静地待着。记得有一次狂欢节，晚上八点钟她就睡觉了。就这样。我讲的句句都是老实话。打听一下就知道了。唔，是啊，打听打听！我真笨！巴黎，那是个无底洞。谁认识尚马秋老头儿呢？可是，我把巴卢先生告诉你们了。去巴卢先生家里瞧瞧。说完这些，我不知道还要我干什么。”

这人住了口，但仍旧站着。他讲这些事，声音又高又急，恶狠狠的，天真的口气带几分火气和粗野。中间他停下一次，跟听众席上一个人打招呼。他说明的情况，好像随意抛出来的，如同打出的一声声嗝逆，还伴随樵夫劈柴那样的动作。他讲完了，听众哄堂大笑；他注视大家，看见大家笑了，不禁莫名其妙，自己也跟着笑起来。

这情景实在凄惨。

庭长态度和蔼，又注意听人讲话，现在他高声发言。

他提请“各位陪审员先生”注意巴卢先生，“被告声称从前雇他干活的那个车匠，在法庭上援引无效。那人破产了，现在下落不明。”接着，他转向被告，要他注意下面说的话，并且补充说：“您现在这种处境，必须认真考虑。推定您有重大嫌疑，可能会带来严重后果。被告，为了您自身的利益，我最后一次督促您，要明确解释这两件事实：第一，您有没有越过皮红园的围墙，有没有折断树枝并偷窃苹果，也就是说，有没有犯越墙盗窃罪呢？第二，您是不是那个释放的苦役犯冉阿让？”

被告摆出一副应付裕如的样子，摇了摇头，就好像他完全明白，要怎么回答也胸有成竹似的。他张开口，转向庭长，说道：“首先……”

他随即看了看帽子，又望了望天棚，戛然住口了。

“被告，”检察官声色俱厉地说，“您要注意。您总是答非所问。您这样语无伦次，就等于不打自招。您明明不叫尚马秋，而是苦役犯冉阿让，隐姓埋名，先用母姓改为让马秋，去了奥弗涅，又改为尚马秋；其实您生在法夫罗勒，在那里当树枝剪修工。您明明跳墙进入皮红园，偷了熟苹果。陪审员先生们会作出判断的。”

被告本已坐下，等检察官讲完，他忽地站起来，高喊道：

“您这人，太坏啦！这就是我刚才要说的意思，当时没有想到合适的词儿。我什么也没有偷。我不是天天能吃上饭的人。那天我从埃利来，经过一个地方，刚下过大雨，田地一片黄泥浆，沼泽都漫出水来，路边的沙子里只钻出小草茎；我看见地上有一根树枝，上边有苹果，就拾起来，没曾想惹起这么大麻烦。我已经坐过三个月的牢，现在又让人押来押去。除了这些，我没法儿说什么，别人指控我，对我说：

“‘回答吧！’这位警察挺和气，小声对我说：‘回答吧。’我不知道怎么解释好，我是个穷人，没有念过书。你们瞪眼睛看不见，真不应该。我没有偷，东西本来在地上，是我拾起来的。你们说什么冉阿让、让马秋！那些人我不认识，他们都是乡下人。我是在济贫院大街给巴卢先生干活儿。我叫尚马秋。说得出我生在什么地方，就算你们有本事，连我自己都不知道。不是人人来到世上就有房子住。有房子住就太舒服了。我想我父亲和母亲是四处流浪的人。再说，我也不知道。我小时候，别人叫我小家伙，现在，别人叫我老家伙。这些就是我洗礼的名字。随便你们叫哪个。我到过奥弗涅，我到过法夫罗勒，见鬼！那又怎么样？难道没有在苦役场关押过，就不能去过奥弗涅，就不能去过法夫罗勒吗？告诉你们，我没有偷东西，我是尚马秋老头儿。我在巴卢先生那里干过活儿，就住在他家里。你们这样胡说八道，真让我烦透啦！你们这帮人，干吗缠住我不放呢？”

检察官仍站在那里，他向庭长说：

“庭长先生，被告语无伦次，但十分狡猾，无非要装疯卖傻，极力抵赖，可是我们有言在先，他绝不会得逞；我们面对这种狡赖，只能请庭长先生和法庭再次传讯囚犯勃列维、克什帕伊和舍尼帝，以及探长沙威，最后一次让他们证明，被告就是苦役犯冉阿让。”

“我请检察官注意，”庭长说，“探长沙威因有公务，作证之后便离开法庭，甚至离开本城，到邻县去了。我们征得检察官先生和辩方律师的同意，准许他离去。”

“不错，庭长先生，”检察官又说道，“沙威先生既然离去，我认为有必要请各位陪审员先生回想一下，刚才他在这里所说的话。沙威是个受人尊敬的人，他在完成下层但又重要的职守方面，表现出色，一向正直廉洁，不徇私情。他是这样作证的：‘我甚至不用精神上的推定和物质上的证据，就能戳破被告的否认。我完全认得他。这个人不叫尚马秋，而叫冉阿让，从前是个非常凶狠、非常可怕的苦役犯。万分遗憾，服刑期满不得不释放他。他因重大盗窃罪而判了十九年苦役。他企图越狱达五六次之多。除了小杰尔卫和皮红园两桩窃案之外，我还怀疑他在已故迪涅主教大人家中行窃。我在土伦苦役场监狱当副典狱长时期，经常见到他。再重复一遍，我完全认得他。’”

这种十分精确的证词，似乎引起听众和陪审团强烈的反应。最后，检察官坚持说，虽然沙威缺席，还是要再次传讯另外三名证人，郑重听取勃列维、舍尼帝和克什帕伊作证。

庭长将一张传票交给执达吏。不大工夫，证人室的门就开了，执达吏由一名法警保护，将囚犯勃列维带进来。听众都非常紧张，所有胸膛都一齐跳动，仿佛只有一颗心灵。

老苦役犯勃列维身穿黑灰两色囚衣，有六十来岁，一副企业家的长相，却又一副无赖的神态。有时这两者并行不悖。他总干坏事，结果锒铛入狱，在狱中当上了类似看守的东西。监狱头头对他这样评价：他总想效犬马之劳。狱中忏悔师也证明他有良好的宗教习惯。不要忘记事情发生在复辟时期。

“勃列维，”庭长说，“您受过一种终生耻辱的刑罚，不能宣誓……”

勃列维垂下目光。

“然而，”庭长又说道，“一个人受法律的贬黜，只要上帝怜悯并恩准，还会有荣誉和公道的意识。在这种决定性的时刻，我就是要唤起他这种意识。如果这种意识在您身上还存在，我希望如此，那么回答我之前，要仔细考虑，要想到您一句话，一方面可以断送这个人，另一方面可以让法庭了解真相。这是庄严的时刻，您若是认为自己先前证词不对，改口还来得及。被告，起立。勃列维，仔细瞧瞧被告，好好回忆一下，再凭着良心告诉我们，您是否坚持认为，这个人就是您从前的狱友冉阿让。”

勃列维打量一下被告，转身对法庭说：

“不错，庭长先生，是我头一个认出他来，现在我也不改口。这人就是冉阿让。1796年入土伦监狱，1815年出狱。我出狱要晚一年。现在，他样子有点痴呆，大概是老年痴呆症；在狱中他可阴阳怪气了。没错，我认得他。”

“您去坐下吧，”庭长说，“被告，站着别动。”

舍尼帝又押上来，他身穿红囚衣，头戴绿帽子，一望便知是终身苦役犯。他在土伦苦役场监狱服刑，是为这件案子提出来的。他有五十岁左右，个头儿矮小，满脸皱纹，皮肤蜡黄，一副厚颜无耻的样子，性情急躁，好冲动，四肢和全身都显示一种病态的羸弱，而眼神却蕴含无穷的力量。狱友遂给他一个绰号，叫做“否上帝”。

庭长大致向他重复了对勃列维说过的话，提醒他因丧失名誉而无权宣誓。舍尼帝听到这儿便抬起头，面对面注视听众。庭长让他收拢心思，又像刚才问勃列维那样，问他是否坚持说认得被告。

舍尼帝放声大笑：“见鬼！我是否认得他！我们有五年锁在同一条铁链上。怎么，老兄，你在赌气哪？”

“去坐下吧。”庭长说道。

执达吏又带上来克什帕伊。他也判了终身徒刑，跟舍尼帝一样从狱中提出来，身穿红色囚衣。他原是卢尔德地区的农民，是比利牛斯山区五分像熊的人。从前，他在山里放牧，又从牧人沦为强盗。比起被告来，克什帕伊同样粗野，而且显得更加愚痴。这类不幸的人，始由自然造成野兽，终由社会打成苦役犯。

庭长说了几句深沉而感人的话想打动他，又像问另外两名证人那样，他是否毫不犹豫，也毫不含混地坚持说他认得眼前这个人。

“他是冉阿让，”克什帕伊说，“他特别有劲，我们都管他叫千斤顶。”

这三个人指证显然是老实诚恳的，在听众中间引起对被告不利的议论，而每多一个证词，这种议论声就越高，持续的时间也越长。被告听了他们作证，总是满脸惊讶，据起诉书称，这是他主要的自卫办法。听一个证人讲完时，看守他的法警就听见他咕哝一句："嘿！一个亮相啦！"听了第二个证人，他几乎带着满意的神情，稍微提高点嗓门又说道："好哇！"听完第三个证人，他就嚷了一声："精彩！"

庭长问他："被告，您听见了，还有什么话要讲吗？"

他回答："我要说：精彩！"

听众哄起来，几乎波及陪审团。显而易见，这人完蛋了。

"执达吏，"庭长说，"让大家肃静。我要宣布辩论结束。"

这时，庭长那边有人活动，只听一个声音喊道：

"勃列维、舍尼帝、克什帕伊！你们看这边。"

这声音十分凄厉骇人，全场人听了无不毛发倒竖，目光一齐投向那一边。坐在庭长身边贵宾席上的一个人刚站起来，他推开审判席和法庭之间的栅栏门，走到大厅中央站定。庭长、检察官、巴马塔林先生，以及不少人都认出他来，异口同声地喊道："马德兰先生！"

十一　尚马秋越发惊奇

正是他。书记员的灯光正好照见他的脸。他的帽子拿在手中，衣着很整齐，礼服也扣得紧紧的。他脸色十分苍白，浑身微微发抖。刚到阿拉斯时，他的头发还是花白的，现在全白了。到这儿一个小时的工夫，头发就全然变白了。

大家都抬起头。引起的轰动是难以描绘的，旁听者一时全愣住了。那声音十分凄惨，而站在那儿的人却十分平静，起初大家都莫名其妙，心中纳罕是谁喊了那一嗓子，难以相信那可怕的叫喊，会是这个神态自若的人发出来的。

这种惊疑仅仅持续了几秒钟，未待庭长和检察官开口讲句话，未待法警和执达吏动一下，此刻还被大家称为马德兰先生的这个人，已经走向证人克什帕伊、勃列维和舍尼帝。

“你们认不出我来了吗？”他问道。

他们三人目瞪口呆，只是摇摇头，表示根本不认识他。克什帕伊胆怯地打了个军礼。马德兰先生转向陪审团和法庭，声音和婉地说道：

“各位陪审员先生，让人把被告放了吧。庭长先生，让人逮捕我吧。你们追捕的人不是他，而是我。我叫冉阿让。”

人人都敛声屏息。一阵惊愕之后，又是一阵死一般的沉默，感到大厅里弥漫着宗教的敬畏气氛：当某种崇高之举要实现的时候，众人就会被这种敬畏气氛所震慑。

这时，庭长脸上现出又同情又感伤的表情，他同检察官迅速交换了一下眼色，又同陪审员低语几句，这才以大家都明了的声调问听众：“这里有医生吗？”

检察官也发言了：“陪审员先生们，这个事件实在离奇，实在意外，打扰了审判，使我们，也同样使你们产生了无须言明的感觉。诸位都认识海滨蒙特伊市市长，尊敬的马德兰先生，至少也知道他的大名。听众之间如果有医生，我们也同庭长先生一起恳请他出来，照顾一下马德兰先生，并护送他回去。”

马德兰先生绝不让检察官讲完，他口气十分温和，但又断然地抢过话头。下面就是他讲的一番话，这是一位旁听者在退堂后，立刻原原本本记录下来的；将近四十年前听到的人，如今还感到这些话在耳边回响。

“我感谢您，检察官先生，不过，我没有疯癫。您这就会明白。您险些铸成大错，快释放这个人吧，我要尽一项义务，我才是这个不幸的罪犯。这里唯独我看得清楚，我来告诉你们真相。此刻我的所作所为，在天上的上帝在注视着，这也就足够了。既然我来了，您就可以逮捕我。然而，我曾经尽力向善，更名改姓，隐藏身份，发了财，又当上市长，就是要回到善良人的行列里。看来是行不通了。总之，许多事情我还不能讲，不能向你们叙述我的一生，有朝一日大家会知道的。我偷了主教大人的东西，这是真的；我抢了小杰尔卫的钱，这也是真的。别人告诉你们，冉阿让是个穷凶极恶的人，说得有道理。这也许不是他一个人的过错。各位审判官先生，请听我说，像我这样一个堕落的人，不应当指责上天，也不应当告诫社会；不过，要知道，我极力摆脱的那种侮辱，实在是害人的东西。苦役场制造苦役犯。你们若是愿意，请想一想这个问题。入狱之前，我是一个可怜的乡下人，智力很低，像个傻瓜；牢狱改造了我；原先愚蠢，后来变得凶恶了；原先是块劈柴，后来变成了焦木。严厉惩罚毁了我，后来宽厚和仁慈又救了我。哦，对不起，你们还听不懂我说的这些话。你们在我家壁炉的灰烬里，能找见七年前我抢小杰尔卫的那枚四十苏银币。我不用再说什么了。抓起我来吧。上帝啊！检察官先生还摇头，您说：‘马德兰先生疯了。’您不相信我。这实在叫人难过。至少，千万不要判处这个人！怎么！这些人都认不出我啦。我真希望沙威在场，他一定能认出我来。”

讲这番话的声调所包含宽厚的忧伤、凄怆的意味，是绝难描绘出来的。

他转向三名苦役犯：“喂，我可还能认出你们！勃列维，您还记得吧？……”

他住了口，犹豫一下，又说道：

“你在狱中用的织成花格的背带，你还记得吧？”

勃烈维惊抖了一下，神色惶惑地从头到脚打量他。他继续说道：

“舍尼帝，你的绰号叫‘否上帝’。你整个右肩是很深的烧伤疤，因为你想去掉TFP三个字母的烙印，有一天就把肩膀伸进一盆炭火里，然而字母还是看得见。你回答，对不对？”

“对。”舍尼帝答道。

他又对克什帕伊说：

“克什帕伊，你左臂肘弯旁边，用烧粉纹了蓝色字母，是皇帝在戛纳登陆的日子，即1815年3月1日。你把衣袖撸起来。”

克什帕伊将袖子撸起来。他周围所有的目光都投向他赤露的手臂。一名法警拿来一盏灯：胳臂上果然有这个日期。

这个不幸的人转向听众和法官，脸上那副笑容，当年目睹的人至今想起来还难受。那是胜利的微笑，也是绝望的微笑。“现在你们明白了，我就是冉阿让。”他说道。

在这法庭上，再也没有审判官，没有控告方，没有法警了，只有凝视的眼睛和感动的心。谁也不记得自己要扮演的角色：检察官忘记他在那里是为了起诉，庭长忘记他在那里是为了主持审判，被告律师忘记他在那里是为了辩护。令人惊讶的是，谁也没有提出问题，谁也没有行使职权干预。这种景象最奇妙之处，就在于抓住了每一颗心灵，并把所有见证人变为观赏者。也许谁也不明白自己的感受；毫无疑问，谁也没有考虑自己看见的是灿烂的光辉在照耀；不过，所有人内心都感到通明透亮。

显然，大家眼前看到的是冉阿让。这就光芒四射。这个人一出现，就足以照亮刚才还十分模糊的案子。此后无须任何解释，这群人仿佛受到启示而豁然开朗，一眼就看清这件事既简单又壮美，是一个人舍身阻止另一个人当他的替罪羊。原先的种种小动作、种种迟疑、种种可能的小小抵制，都在这光明磊落的壮举中化解了。

这种印象虽然转瞬即逝，但当时是无法抵抗的。

“我不愿意再打扰法庭了，”冉阿让又说道，“既然不逮捕我，那我就走了，还要去办好几件事。检察官先生知道我是谁，也知道我要去什么地方，他随时都可以派人逮捕我归案。”

他朝门口走去，谁也没有吭一声，谁也没有伸手阻拦，大家都让开一条路。当时，他似乎具有某种神威，逼使众人在一个人面前退避，纷纷闪到两侧。他缓步穿过人群。后来始终没有弄清到底是谁打开的门，但有一点是肯定的，他走到门口时，门已经打开了。他走到门口，又转身说道：

“检察官先生，我听候您的处理。”

然后，他又对听众说：

“你们所有的人，你们在场的每个人，都觉得我值得怜悯，对不对？上帝啊！我一想到自己差点儿干出来的事，就认为自己值得羡慕。不过，我更希望没有发生这一切。”

他走了出去，又有人把门关上了，如同刚才有人打开一样；要知道，有壮举的人，确信在民众里总能找到肯为他效力的人。

过了不到一小时，陪审团就决定撤销对尚马秋的全部指控，并立即释放。尚马秋走了，他心中不胜惊诧，认为所有的人都疯了，一点也不理解目睹的场面。

第八卷　祸　及

一　马德兰先生在什么镜中照发

天刚刚破晓。芳汀发高烧，彻夜未眠，但是这一夜却充满幸福的幻影；直到凌晨，她才睡着。一直守护她的辛朴利思嬷嬷趁她打盹儿的工夫，去药房准备一剂金鸡纳汤药。天色微明，看什么东西都灰蒙蒙的，可敬的嬷嬷俯着身，仔细辨认药水和药瓶，在药房里耽误了一会儿。她倒好药，急忙回身，轻轻叫了一声。马德兰先生出现在面前，他是悄悄进来的。

"是您啊，市长先生！"她高声说。

他压低嗓音问道："那可怜的女人怎么样啦？"

"现在还好。不过，有一阵真叫人担心！"

嬷嬷向他讲述了昨天的情况：芳汀病情加重，只因以为市长先生去蒙菲郿接她孩子，她现在才好些。嬷嬷不敢问市长先生，但是看他那神色，便明白不是从那里归来。

"这样很好，"他说道，"您做得对，不能向她说破。"

"是啊，"嬷嬷又说，"可是现在呢，市长先生，让她看见您没有把她孩子带来，我们怎么对她说呢？"

他沉吟了一下，又说道："让上帝启发我们吧。"

"总不能对她说谎啊。"嬷嬷低声说道。

屋里已经大亮了，阳光直射到马德兰先生的脸上；正巧这时，嬷嬷抬起头来，惊叹道："上帝啊！先生，出什么事儿啦？您的头发全白啦！"

"白啦！"他重复道。

辛朴利思嬷嬷根本没有镜子，她搜索药箱，取出一面小镜子，那是医务室大夫用来检验患者是否咽气了。马德兰先生接过镜子，照了照头发，说了一声："怪啦！"

他说这话时若不经意，仿佛在想别的事情。

嬷嬷心凉了半截，觉得这一系列表现有一种说不出来的陌生感。

他问道："我能看看她吗？"

"市长先生不是要把孩子给她接回来吗？"嬷嬷说道，她几乎不敢问这件事。

"当然要接了，不过，那至少要两三天的工夫。"

"在那之前，她若是没见到市长先生，就不知道市长先生回来了，"嬷嬷怯声怯气地又说道，"这样就容易让她耐心等待，等孩子一到，她自然会以为是同市长先生一同回来的。我们可不能说谎啊。"

马德兰先生沉吟片刻，仿佛在考虑，然后，他平静而严肃地说道："不行，我的嬷嬷，我应当看看她。我的时间也许很紧。"

"也许"这个字眼，给市长先生的话增添一种隐晦而奇特的意味，但是，这位修女好像没有注意，她垂下目光，压低声音，恭恭敬敬地回答："既然这样，她在休息，市长先生可以进去。"

他见一扇门关不严，便提醒说响动会惊醒病人，然后才进入芳汀的房间，走到床前，掀起床帷。她正睡着，从胸膛传出的呼唤声惨不忍闻，也是母亲守护患了不治之症的孩子睡觉时，听着心痛欲碎的。然而，这种困难的呼吸，并没有怎么打扰她脸上一种安详的神态。这种安详神态难以描摹，改变了她的睡容：惨白的脸色变得洁白，两颊也略显绯红；金黄色长睫毛，是她少女和青春留下的唯一美色，现在虽然低垂而闭合，却不断地颤动。她全身也在颤抖，好像有什么翅膀要展飞，携她而去，不过，只是让人感到颤动，眼睛并看不出来。见她这般模样，绝难相信那是个生命垂危的病人。她不像要死去，倒像要展翅飞走。

有人伸手折花时，花枝就会战栗，仿佛半迎半避；同样，死亡的神秘手指要摄走灵魂时，人的躯体也会战栗。

马德兰先生在床前站了一会儿，瞧瞧病人，又望望那耶稣受难像，正如两个月前，他初次来到病房探视的情景。他们二人，一个睡着，一个祈祷，各自还是原来的姿势，然而时过两月，她的头发由白变灰，他却白发苍苍了。

嬷嬷没有跟进屋。他站在床前，一根手指放在嘴唇上，仿佛要让屋里什么人不要出声似的。

她睁开眼睛，看见他，微微一笑，平静地问道：“珂赛特呢？”

二　芳汀幸福了

她既没有表示惊奇，也没有表示快乐；她本身已经化为快乐了。“珂赛特呢？”这句简单的问话，基于深深的信赖，讲得十分肯定，毫无疑虑，倒让马德兰先生无言以对。她接着说道：

“我知道您在这儿。我在睡觉，但是看见您了，早就看见您了。一整夜我的眼睛都在注视您。您罩在光环中，周围全是神仙。”

马德兰先生举目望耶稣受难像。

“可是，”芳汀又说道，“告诉我，珂赛特在哪儿呢？为什么不把她放在我床上，好等我醒来呢？”

马德兰先生机械地回答了一句什么话，但是事后怎么也回忆不起来了。

幸而医生闻讯赶来救驾。

“我的孩子，”医生说，“要安静下来。您的孩子就在那儿呢。”

芳汀的双眼顿时亮起来，那张脸也豁然开朗。她双手合十，那神态具有祈祷所能包含的最强烈而又最温柔的情感。

“噢！”她高声说，“快给我抱来呀！”

做母亲的感人的幻想！在她的心目中，珂赛特始终是个小孩子，可以抱来。

“还不行，”医生又说道，“现在还不行。您的高烧还没有完全退，一看见您孩子就会激动，对病情不利。先得把病治好！”

她急切地打断医生的话：

“我的病已经治好啦！跟您说我已经好啦！这个大夫，怎么跟驴一样固执！哼！我呀，要看我的孩子！”

“瞧您，又激动起来了，”医生说道，“只要您还这样，我就不能让您见孩子。光见她还不够，必须好好为她活着。等您通情达理了，我就亲自把孩子给您领来。”

可怜的母亲耷拉下脑袋。

“大夫先生，我请您原谅，我真的请您务必原谅。从前，我讲话也不是像刚才这样；我的遭遇太惨了，有时就信口胡说了。我明白，您怕我冲动，您让我等多久都行，不过我向您保证，见见我女儿，对我不会有什么坏处。我见到她了，从昨天晚上起，我的眼睛就没有离开她。您知道吗？现在要是把她带来，我准能跟她和声细语地说话。事情就是这样。人家特意去蒙菲郿把孩子接回来，我想见见不是很自然的事儿吗？我不会发火，我完全明白我就要幸福了。整个这一夜，我净看见洁白的东西、向我微笑的人。大夫先生什么时候愿意，就把我的珂赛特给我带来。我不发烧了，病治好了；我真的觉得一点儿也不难受了；不过，我还得装作有病的样子，躺着不动，好讨这儿的女士喜欢。别人看见我非常安静了，就会说：应当把孩子给她了。”

马德兰先生坐在床边的一张椅子上。芳汀转向他，显然在极力显得平静和“听话”的样子，如同她在类似稚气的病态中所讲的，好让别人看见她完全平静了，就不再作难，把珂赛特给她领来。然而，她再怎么控制，也忍不住问这问那，要马德兰先生回答。

“您一路很顺利吧，市长先生？哦！您心肠太好了，去为我接她！先给我说说她怎么样了。这一路她受得了吧？唉！她一定认不出我了！可怜的心肝儿，这么多年，她把我忘啦！小孩子不记事儿；就跟小鸟一样，今天看见一样东西，明天又看见另一样东西，结果什么也不想了。至少，她的衣衫还白净吧？德纳第那家人还能给她穿干净衣衫吧。她吃的怎么样呢？噢！您哪里知道！我在受难的那段时间，想到这些问题，心里是多么痛苦啊！现在全过去了。我高兴了。啊！我真希望见到她！市长先生，您觉得她长得好看吗？我女儿模样儿很俊，不是吗？你们乘坐那种驿车，一定很冷！不能领她来吗，哪怕待一会儿呢？来见一面，可以马上领走。您说吧！这事由您做主，您若是愿意就行！”

马德兰先生握住她的手，说道：

“珂赛特长得很美，也很健康。很快您就能见到她，不过，您还是安静下来吧。您的话太多了，胳臂也露在外面，这会引起咳嗽。”

芳汀的嘴咳得厉害，说话断断续续。

她并不抱怨，本来是要让人相信她，担心说得过多反而坏事，于是就讲些不相干的话。

“蒙菲郿那地方，还挺好看的，对吧？夏天，有人到那儿去游玩儿。德纳第他们生意不错吧？他们那儿过往行人不多。那家客栈，就跟车马店差不多。”

马德兰先生一直拉着她的手，惴惴不安地注视着她；他来探视，显然是要告诉她一些情况，现在思想却犹豫了。医生诊视完已经离去了，只有辛朴利思嬷嬷留在他们身边。

就在这静默中，芳汀忽然喊道；

“我听见她啦！上帝呀！我听见她啦！”

她伸出手臂，让旁边的人安静，她则屏住呼吸，兴冲冲地倾听。

有个孩子在院子玩耍，可能是门房或哪个女工的孩子。这正是常常发生的天缘巧合，冥冥中的一种神秘的安排。那孩子是个小姑娘，她为了取暖，在院子里跑来跑去，同时大声笑，高声唱歌。唉！什么事情没有儿童的嬉戏掺和进来呢！芳汀听见的，正是那个小姑娘的歌声。

“哦！”她又说道，“是我的珂赛特！我听出她的声音啦！”

那孩子来得突然，走得也意外，她的声音渐渐消失；芳汀又听了一会儿，继而，她的脸色阴沉下来，马德兰先生听见她咕哝道：“这个大夫心真狠，不让我看看女儿！看他那人长相就不善！”

不过，她又恢复了思想深处的欢乐情绪，脑袋枕在枕头上，继续自言自语：“我们会多么幸福啊！首先，我们要有个小花园！马德兰先生答应过。我女儿就在花园里玩耍。现在，她应当认识字母了。我教她拼写。她在草地上追逐蝴蝶。我在一旁看她玩儿。以后，她要去教堂第一次领圣体。哦，真的！她什么时候初领圣体呢？”

她开始数手指头；

“……一，二，三，四……她七岁了。再过五年，她要有一条白色头纱，穿上挑花袜子，像个大姑娘了。噢！我的好心的嬷嬷，您不知道我有多傻，现在就想到我女儿初领圣体啦！”

她笑起来。

马德兰先生已经放下芳汀的手。他眼睛看着她，听这些话就好像倾听刮起的风声，精神沉入无底的思索中。戛然，芳汀停止说话，这使他下意识地抬起头。芳汀大惊失色。

她不说话了，也不再喘气了，用臂肘半支起身子，瘦削的肩膀从睡衣里露出来，刚才还喜悦的面孔忽然变得惨白，眼睛惊恐地张大，望着前方，仿佛盯着屋子另一端什么可怕的东西。

“上帝啊！”马德兰先生高声说，“您怎么啦，芳汀？”

她不回答，目不转睛地盯着她似乎看见的东西；她用手碰了碰他的胳臂，另一只手示意他朝后看。

他转身望去，看见沙威。

三　沙威得意

事情的经过是这样。

马德兰先生从阿拉斯的重罪法庭出来，已经是午夜十二点半了。我们记得，他定了邮车的座位。他回到旅馆，正好赶上邮车，将近凌晨六点钟便回到海滨蒙特伊，第一件事就是把他给拉斐特先生的信投到邮局，然后到医务室来看芳汀。

他刚离开法庭，检察官就从最初的惊愕中醒来，发言惋惜可敬的海滨蒙特伊市长的荒唐行为，声称这件意外的怪事日后会弄清楚，而他丝毫不改变指控，坚信尚马秋就是真正的冉阿让，要求先判他的罪。检察官坚持起诉，显然违背听众、审判官和陪审团所有人的感情。被告律师没费什么劲儿就驳斥了这种论调，指出由于马德兰先生，即真正的冉阿让披露了真相，案情就彻底改变了，在陪审团面前的这个人根本无罪。律师还就审判程序的谬误发表一通感慨，可惜不是什么新鲜东西……庭长在总结中同意律师的见解，陪审团只用几分钟，就决定对尚马秋免予起诉。

然而，检察官需要一个冉阿让，抓不住尚马秋，那就抓住马德兰。

释放了尚马秋，检察官立即和庭长密谈，商议了“逮捕海滨蒙特伊的市长先生的本人的必要性”。这句话有许多“的”字，完全出自检察官的手笔，写在他呈给检察长的报告的底稿上。庭长一阵激动之后，也没有提出什么异议。司法必须运行。再者，说到底，庭长虽然是相当聪明的好人，但同时也是坚定的、而且相当激进的保王党人；海滨蒙特伊市长提到戛纳登陆的事件时，使用“皇帝”的字眼，没有说“布奥拿巴”，他听了觉得很刺耳。

就这样，签发了逮捕令。检察官派了专骑，星夜兼程送往海滨蒙特伊，责成沙威探长执行。

大家知道，沙威作证之后，立刻赶回海滨蒙特伊。

沙威刚起床，专差就把逮捕令和传票交给他了。

那专差也是个干练的警吏，几句话就向沙威交代清楚阿拉斯所发生的情况。由检察官签发的逮捕令这样写道：沙威探长，速将海滨蒙特伊市长马德兰先生逮捕归案，在今日的法庭上，已经确认他就是刑满释放的苦役犯冉阿让。

一个不认识沙威的人，如果看见他走进医务室的门厅，绝猜不出发生了什么事情，会觉得他的神态再正常不过了。他的神态冷漠、平静而严肃，花白头发光溜溜地贴在两鬓，上楼梯的步伐也跟平时一样从容不迫。一个深知沙威的人，如果仔细观察他，就会不寒而栗。他衣领的带扣没有搭在颈后，而是搭在左耳上面，这表明他异常激动。

沙威是个完人，无论职务还是衣着，不留一点皱褶；他对凶手有条不紊，对衣服的纽扣也一丝不苟。

这次，他竟然把衣领的带扣搭歪，那种激动程度，一定像人们所说的内心的地震。

他从附近派出所要了一名下士和四名士兵，布置在院子里，让门房指明芳汀的病房，便只身前来了。那看门的女人毫不怀疑，早已习惯武装人员求见市长先生的情况。

沙威走到芳汀的病房，扭动门把手，用护士或密探那样轻轻的动作，推开房门，走了进来。

确切地说，他并没有进屋，而是站在半开的门口，没有摘下帽子，左手插在一直扣到脖领的礼服里，粗手杖则隐在身后，肘弯处只露出铅头手柄。

他在门口立了约有一分钟，没人发觉。忽然，芳汀抬起眼睛，瞧见他，并让马德兰先生转过身去。

马德兰的目光和沙威的目光相遇的时候，沙威一动不动，并不走上前去，但是他立刻变得十分凶狠可怕了。人的任何情感，都不如得意之色那样显得可怕。

魔鬼重又捉到它要投入地狱的人，正是那副面孔。

他确信终于能捉住冉阿让，内心的感觉就完全流露在脸上了。沉底的东西一搅动，又浮上水面。有一阵他失掉线索，又有几分钟错认了尚马秋，不禁感到耻辱，然而他当初就识破冉阿让，并且长时间保持准确的直觉，想想又十分得意；这样，耻辱的感觉也就消失了。沙威的欣喜，展现在他那不可一世的姿态中。他那狭窄的额头，因焕发了胜利而变为畸形。一副沾沾自喜的面孔，狰狞丑恶到了无以复加的程度。

此刻，沙威简直飘飘欲仙。他虽然没有明确意识到，但直觉中模模糊糊地感到他的职务不可或缺和功绩，他，沙威，恰恰体现了法律、光明和真理，替天行道，铲除罪恶。他身后和周围，无边无际，那是政权、理性、既决的案件、合法意识、舆论、满天星斗；他维护这种秩序，让法律发出雷霆，为社会伸张正义，为专制效力；他挺立在光环中；他稳操胜券，还有余勇可贾，雄赳赳、气昂昂地屹立在那里，向整个天宇展示一个恶魔的超人的兽性；在他行动的可怕阴影中，社会利剑的寒光在他紧握的拳头上隐约可见；他又兴奋又气愤，要踏平犯罪、丑行、叛逆、堕落、地狱，他光芒四射，除恶务尽，而脸上却挂着笑容；毋庸置疑，这个执法大天神的身上具有伟大的气概。

沙威凶猛，但绝不卑鄙。

正直、坦率、诚实、自信、忠于职守，这些品质一旦误入歧途，就会变得丑恶，但即使丑恶，也不失其伟大；这些品质的庄严性是人类良知所特有的，因而能在丑恶中延续。这是有瑕疵的美德，错了。一个狂热分子在肆虐中所表现的诚实而无情的快乐，含有难以名状的令人敬畏的惨光。沙威在欣喜若狂的时候，也还像得志的小人那样令人可怜。他那张面孔显露善中的万恶，比什么都更可怕，更令人痛心。

四　重新行使权利

芳汀由市长先生从沙威手中救出之后，再也没有见到沙威。她在病中，头脑还不明白什么，不过，她并不怀疑，沙威是来抓她的。她看到那副凶相，就吓得魂不附体，觉得自己要断气了，用双手捂住脸，惶恐地喊叫：

“马德兰先生，救救我！”

冉阿让——此后我们不再用别的名字称呼他——站起来，他用极温柔极平静的声调说：“放心吧，他不是冲您来的。”

接着，他又对沙威说：“我知道您的来意。”

沙威回答：“喂，快走！”

沙威讲这句话时声音都变了，有一种说不出来的野蛮和疯狂的意味。他不是讲：“喂，快走！”而是讲：“喂寇！”任何文字都难以表示这种声调；这已不是人的语言，而是野兽的吼叫了。

他并不照例行事，并不说明情况，也不出示传票。在他的心目中，冉阿让是一个捉不住的神秘对手，是他搂住五年而未能摔倒的阴险的角斗士。这次逮捕不是开始，而是结束角斗。因此，他仅仅说了一句：“喂，快走！”

他这么说，却没有向前跨一步，只是向冉阿让抛去铁钩似的目光；他就是用这种目光硬把穷苦的人勾过去。

两个月前，芳汀也就是感到这种目光刺入骨髓。

芳汀听见沙威的吼叫，又睁开眼睛。但是市长先生就在跟前，她怕什么呢？

沙威走到屋子中间，嚷道：“嘿！你走不走？”

不幸的女人看看周围：屋里只有修女和市长先生。对谁这样轻蔑地称呼“你”呢？只可能对她。她不寒而栗。

这时，她看见一件怪事，闻所未闻，就是在发高烧做噩梦中，也没有见过。

她看见警探揪住市长先生的衣领，看见市长先生低下头。她觉得世界要消逝了。

的确，沙威揪住冉阿让的衣领。

“市长先生！”芳汀喊道。

沙威哈哈大笑，在狞笑中露出所有牙齿。

“这里没有市长先生啦！”

冉阿让并不想挣脱揪住他礼服领的手。他说道：

“沙威……”

沙威截口说道：“叫我探长先生。”

“先生，”冉阿让又说道，“我想单独跟您说句话。”

“大声说！你得大声说！”沙威答道，“跟我讲话要大声！”

冉阿让压低嗓门继续说道：

“我对您有个请求……”

“我跟你说了，要大声讲话。”

“可是，这事只能说给您一个人听……”

“这又怎么样？我不听！”

冉阿让转向他，声音很低又很快地对他说：

“请您容我三天时间！用三天去接这个可怜女人的孩子。费用由我来付。您若是愿意，可以陪我去。”

“开什么玩笑！”沙威喊道，“来这套！我没想到你这么蠢！要我容你三天好溜走！你说是去接这个婊子的孩子！哈！哈！好啊！好极啦！”

芳汀浑身一抖。

“我的孩子！”她高声说，“去接我的孩子！原来她不在这里！嬷嬷，回答我，珂赛特在哪儿？我要我的孩子！马德兰先生！市长先生！”

沙威跺跺脚。

“现在，又掺和进来一个！还不闭嘴，骚货！这个脏地方，苦役犯当行政长官，妓女像伯爵夫人一样让人侍候！真邪门儿！这一切都要变变，到时候啦！”

他又揪住冉阿让的领带、衬衫和衣领，眼睛盯着芳汀，又说道：

“告诉你，这儿根本没有马德兰先生，也根本没有市长先生，只有一个贼，一个强盗，一个叫冉阿让的苦役犯！我抓住的就是他！就是这码事！”

芳汀拨棱一下起来，僵直的手臂支撑住身子，她瞧瞧冉阿让，瞧瞧沙威，又瞧瞧修女，张嘴好像要说话，可是嗓子眼里只发出一声咕噜，她的牙齿打战，惶恐地伸出双臂，痉挛地张开手指，就像溺水的人那样向周围乱抓，继而，她颓然倒在枕头上。她的脑袋撞在床头，弹回到胸前，嘴张着，眼睛也睁着，但是暗淡无光了。

她死了。

冉阿让把手放在沙威揪他的那只手上，如同掰孩子的手一样将它掰开，然后对沙威说：“您害死了这个女人。”

“还有完没完！”沙威气冲冲地嚷道，“我来这里不是听人说教的。废话少说。军警就在下面。马上走，要不然，就给你上手指铐啦！”

屋子一角有一张破铁床，是给守夜的嬷嬷歇息用的。冉阿让走过去，一眨眼就把已经破损的床头抓下来，有他这样的膂力，这是轻而易举的事，他操起粗铁条，凝视沙威。沙威退向房门。

冉阿让手持铁条，缓步朝芳汀的床铺走去，到了床前，又转过身去，以别人几乎听不见的声音对沙威说：“奉劝您这会儿不要打扰我。”

有一点是确切的，就是沙威发抖了。

他想去叫军警，但又怕冉阿让乘机跑掉，只好守着，手握住手杖的尖端，背靠着门框，目不转睛地注视冉阿让。

冉阿让臂肘倚在床头的圆球上，手托着额头，开始凝望躺着不动的芳汀。他这样静默地待着，心中想的显然不是这世间的事了。他脸色和神态，只表现一种难以名状的痛惜。他这样冥想一会儿之后，又俯过身去，低声对芳汀说话。

他对她说什么呢？这个被社会排斥的男人，对这个已死的女人能说什么呢？讲的究竟是些什么话呢？尘世上任何人也没有听见。这个死去的女人听见了吗？有些动人的幻想，也许是最高的现实。有一点是毫无疑问的，当时的唯一见证人辛朴利思嬷嬷，常常讲起在冉阿让对着芳汀的耳朵说话的时候，她清楚地看到在那灰白的嘴唇上，在那对坟墓充满惊奇之色的茫然的眸子里，浮现出一丝难以描摹的微笑。

冉阿让像母亲对孩子那样，双手捧起芳汀的头，端正地放在枕头上，把她睡衣的带子系好，再把她的头发塞进睡帽里。然后，他闭上眼睛。

一时间，芳汀的脸庞仿佛出奇的明亮。

死亡，就是跨进大光明的境界。

芳汀的手耷拉到床外。冉阿让跪到这只手前，轻轻把它拉起来，吻了一下。

然后，他站起来，转身对沙威说：“现在，我跟您走。”

五　合适的坟墓

沙威将冉阿让送进市监狱。

马德兰先生被捕的消息，在海滨蒙特伊引起轰动，准确地说，引起异常的震动。我们十分遗憾，不能掩饰这样一个事实，只因“他当过苦役犯”这一句话，几乎所有的人就把他抛弃了。他做过的好事，不到两小时就会被人遗忘，而他不过是一个“苦役犯”了。应当指出，当时大家还不知道阿拉斯事件的详情。这一整天，全城各处都能听到这样的议论：

“您还不知道？原来他是个刑满释放的苦役犯！”——“谁呀！”——“市长呗。”——“啊！马德兰先生！”——“对呀！”——“真的吗？”——“他不叫马德兰，真名很难听，叫什么贝让，保让，布让。”——“哦，上帝啊！”——“他被抓起来了。”——“抓起来啦！”——“关押在市监狱里，等着押走。”——“等着押走！要把他押走！押到哪儿去呀？”——“要送上重罪法庭，审判他从前所犯的抢劫罪。”——“这就对啦！我就觉得不对头。这个人心太善，太完美，太虔诚了。他谢绝授予的勋章，遇见那些流浪儿就给钱。我一直想，那背后肯定有什么见不得人的事。”

“沙龙”里，这种议论尤为丰富多彩。

一位订阅《白旗报》的老夫人，提出这样一种几乎深不可测的见解：

“我看不足为惜。这倒是给布奥拿巴的党徒一个教训！”

一度称为马德兰先生的幽灵，就这样在海滨蒙特伊城消逝了。全城只有三四个人还怀念他。服侍过他的那个守门的老太婆就是其中一个。

当天傍晚，可敬的老太婆还坐在门房里，满心愁苦，无限凄惶。工厂停了一整天，大门紧闭，街上行人寥寥。楼里只有两名修女，佩尔陪递和辛朴利思嬷嬷，为芳汀守灵。

快到平日马德兰先生回来的时刻，忠实的门房机械地站起来，从抽屉里取出马德兰先生房间的钥匙，挂在他习惯自取的钉子上，又拿起他每晚上楼回房用来照亮的烛台，放在身边，就好像她还在等候他。然后，她重又坐到椅子上，又陷入沉思。可怜的老太婆下意识地做这些事。

过了两个钟头，她才如梦初醒，高声说道：

“咦！仁慈的上帝耶稣！我还把钥匙挂在钉子上！”

恰好这时，门房的玻璃窗开了，一只手伸进来，摘下钥匙，拿起烛台，凑到一支燃着的蜡烛点着。

门房老太婆抬头一看，不禁目瞪口呆，差点儿叫出声来。

她熟悉这只手，这条胳臂，这礼服的袖子。

正是马德兰先生。

过了几秒钟，她才说出话来，“吓呆了”，正如后来她讲述这件意外事时常说的。

“上帝呀，市长先生，”她终于高声说，“我还以为您……”

她戛然住口，这后半句话会抵消开头的敬意。在她心目中，冉阿让始终是市长先生。

他替她把话说完。

“……进监牢了。”他说道，“我是进去了。不过，我折断窗口的铁条，从房顶跳下来，又回到这里。我要上楼回房间，您去替我叫一下辛朴利思嬷嬷。她一定守在那位可怜女人的旁边。”

老太婆遵命，急忙去了。

他一句也没有嘱咐，确信她保护他会比他保护自己还要可靠。

一直没有搞清，他没叫人开大门，是怎么进入院子里的。确实，他有一把小角门的钥匙，始终带在身上；不过，狱警一定搜过他的身，把钥匙搜走了。这一点没有澄清。

他登上通他房间的楼梯，到了楼上，就把烛台放在楼梯的最上一级，轻轻地打开门，摸黑走去关上窗户和窗板，再返身拿起烛台，回到房间。

这样小心是必要的；不要忘记，从街上能望见他的窗户。

他扫视一下周围，瞧瞧桌子、椅子，以及三天没有动过的床铺。前天夜晚的慌乱没有留下丝毫痕迹。看门老太婆“整理过房间了”。不过，她也从灰烬里拾起他那根棍子的两个铁头，以及烧黑了的那枚四十苏银币，擦干净了放在桌子上。

他拿过一张纸，在上面写道：“这是我在法庭上提到的那根棍子的两个铁头、从小杰尔卫抢来的四十苏银币。”他又把银币和两个铁头放在纸上，好让进屋的人一眼就能看见。他从衣柜里取出一件旧衬衫，撕下几条，用来包那两只银烛台。他既不慌忙，也不急躁，一面包主教的两只烛台，一面吃黑面包。大概是狱中的面包，他越狱时带出来的。

事后，法庭来检查，在地板上发现面包屑，证明他吃的确是监狱的面包。

有人轻轻敲了两下房门。

“请进。”他说道。

进来的是辛朴利思嬷嬷。

她脸色苍白，眼睛发红，手中拿的蜡烛直摇晃。命运的剧变有这样一种特点，无论我们怎么完善或者怎么冷静，这种剧变也会从我们五脏六腑里掏出人性，并迫使其重现在外面。这位修女经过一天的激动，又恢复女性。她痛哭过，进屋时还在发抖。

冉阿让刚在一张纸上写了几行字，将这张纸递给修女，同时说道："嬷嬷，请将这个交给本堂神父。"

这张纸没有折起来，修女望了一眼。

"您可以看看。"他说道。

修女念道："我请本堂神父先生料理我留在这里的一切。请他用我留下的钱支付我的诉讼费和今天去世的这个女人的丧葬费。余款捐赠给穷人。"

嬷嬷想说什么。但是结结巴巴，语不成句，最后才勉强说道："市长先生不想最后再看一眼那可怜的女人吗？"

"不看了，"他答道，"有人在追捕，如果在她的房间抓住我，就会搅扰她的安宁。"

他的话音未落，楼梯就响成一片，那是上楼的嘈杂的脚步声，以及看门老太婆极力尖叫的声音：

"我的好先生，我以仁慈的上帝向您发誓，今儿整个白天，整个晚上，没有一个人进来，我也没有离开过这个门！"

一个男人回答："可是，那屋里有灯光。"

他们听出是沙威的声音。

这个房间的门一开，便遮住左边的墙角。冉阿让吹灭蜡烛，立刻躲到那个墙角里。

辛朴利思嬷嬷跪到桌子旁边。

房门打开了。

沙威走进来。

楼道里传来好几个人的私议声和门房的争辩声。

修女眼睛不抬，继续祈祷。

放在壁炉台上的蜡烛火焰微弱。

沙威看见嬷嬷，愕然止步。

不要忘记，沙威的本性、他的气质、他呼吸的中心，就是对一切权威的崇敬。他完全是死板的，不允许任何质疑，也不允许打丝毫的折扣。在他看来，教会的权威当然高于一切。他是信徒，在这点上就像在其他方面一样，他既浅薄又规矩。在他眼中，神父是不会出错的神灵，修女是不会作孽的人。他们都是超尘拔俗的灵魂，只有一扇门与尘世相通，而且也只为真话放行。

他一见嬷嬷，头一个反应就是要退出去。

然而，另一种职责拉住他，猛力朝相反的方向推他。他的第二个反应就是留下来，至少冒昧地问一句。

这位辛朴利思嬷嬷一生没有说过谎。沙威了解这一点，因此特别尊敬她。

“嬷嬷，”他问道，“这屋里只有您一个人吗？”

一时间，可怜的女门房吓得魂不附体。

嬷嬷抬起眼睛，回答说：“是的。”

“既然这样，”沙威又说道，“请原谅我再多问一句，这是我的职责，今天晚上，您没有看见一个人，一个男人吗？他越狱了，我们正在追捕——他叫冉阿让，您没有看见他吗？”

嬷嬷回答：“没有。”

她说了谎。接连两次，毫不迟疑，两句谎话脱口而出，就像效忠的人那样。

“对不起。”沙威说道。他深施一礼，退出去了。

圣女啊！多少年来，您已经脱离了尘世，归入贞女姐妹们的天使兄弟们的光辉行列，但愿这次谎言计入您上天堂的善举。

沙威觉得嬷嬷的回答十分干脆，即使看见刚吹灭的蜡烛在桌上冒烟，也不觉得奇怪。

一小时之后，一个汉子匆遽离开海滨蒙特伊，穿过树林和夜雾，朝巴黎方向走去。那人就是冉阿让。据调查，有两三个赶大车的遇见他，说他背了个包裹，穿一件布罩衫。他是从哪儿弄到的那件罩衫？无从知晓。不过，在工厂的医务室里，前几天死了一名老工人，只留下一件工作服。也许就是那件。

关于芳汀，最后再交代几句。

我们所有的人有一个母亲：大地。芳汀回到慈母的怀抱里。

本堂神父认为冉阿让留下的钱应当尽量留给穷人，也许他做得不错。说到底，这事牵涉到谁呢？只牵涉到一名苦役犯和一名妓女。因此，他简化葬礼，将费用减到最低限度，把芳汀埋葬在公墓。

就这样，芳汀葬在义冢：那一角地方属于大家，而不属于任何人，穷人就是在那里湮没无闻了。幸而上帝知道在什么地方招魂。他们让芳汀在黑暗中，伴随乱骨长眠，让她躺在男女混杂的骨灰上。她被抛进公墓。她的坟墓如同她生前的床铺。

第二部　珂赛特

第一卷　滑铁卢

一　从尼维勒来时所见

去年，即1861年，在5月的一个晴朗的上午，一位行客，本故事的叙述者，从尼维勒前往拉羽泊。他徒步，沿着两排树木夹护的一条铺石大道行进；一路丘冈连绵，时起时伏，犹如巨大的浪涛。他已经走过利卢瓦和我主伊萨克树林，望见西边勃兰拉勒的那座形若覆瓮的青石钟楼。他过了高冈的一片树林，到一条岔道口，看见一根虫蛀斑斑的立柱，上面写着："古关卡四号"，旁边有一家酒店，门前招牌上写着："爱煞伯四面风独家咖啡馆"。

从那家酒店往前走八分之一法里，便进入一个小山谷；谷底一条小溪，流经土石填高的道路下的涵洞。树木青翠而疏朗，覆盖道路的一侧，在另一侧散布而悦目，朝勃兰拉勒方向延展。

一家客栈坐落在这条路的右边，门前停着一辆轻便四轮车，戳着一大捆啤酒花杆儿，一把犁，靠绿篱有一堆干荆柴，一个方坑里的石灰正冒着热气，一架梯子横放在用麦秸作隔壁的破棚子的墙脚。一个大姑娘在田里锄草，田上随风飘动着一张大幅黄色广告，大概是什么集市上的野台戏。在客栈的斜角，靠近一群鸭子戏水的水塘一侧，有一条糟糕的石径没入荆丛。那行客走上石径。

他沿着一道花砖尖脊的15世纪院墙，走了一百来步，便来到一扇拱形的大石门前。大门的拱墩笔直，两侧饰有圆形浮雕，表现出路易十四世纪庄重的建筑风格。大门上方，赫然显现楼房十分古朴的正面；一道与楼房正面垂直的墙，几乎伸延到门口，却突然折个直角。门前的草地上放着三把钉耙，耙齿中间，5月的各种野花混杂开放。大门关着，双合门扇已经破旧，上面的旧门锤也生了锈。

阳光明媚；树枝5月间的这种微颤，仿佛由鸟巢传来，而不是风吹的。一只勇敢的小鸟，也许由于发情，在一棵大树上放声鸣唱。

行客俯下身，仔细观察门右下角左边这块石头，只见上面有一个类似洞穴的大圆坑。这时，两个门扇打开，走出一个村姑。

她看见行客，看到他观察的东西。

“这是法国一颗炮弹炸的。”她对行客说道。

她又补充说：“您再往高处看一看，大门上面，在一颗钉子旁边，有一个大火铳打的洞。大火铳没有把门板打穿。”

“这地方叫什么名字？”行客问道。

“乌果蒙。”村姑答道。

行客立起身，走了几步，又观看绿篱上面，目光越过树梢儿，望见一个土丘；土丘上有个东西，远远望去像头狮子。

他来到滑铁卢战场。

二　乌果蒙

乌果蒙，伤心惨目的地方，是那个叫拿破仑的欧洲大樵夫在滑铁卢遇到的第一道障碍，遇到的初次抵抗；是大斧劈下时遇到的第一个树节。

这原是一座古堡，现成为普通农舍了。对于好古者来说，乌果蒙应是“雨果蒙”。这座庄园，是索墨雷的乡绅雨果建造的。正是他资助维赖修道院的第六任院长。

行客推开门，擦着停在门洞里的一辆四轮马车过去，走进庭院。

首先映入眼帘的是一道16世纪的门，仿造圆拱形，但四周已经坍塌了。宏伟的景象往往产生于废墟。在圆拱门不远的墙上另开了一个角门，门媚是亨利四世时代的拱顶石，从门里望出去是一个果园的树木。角门旁边有一个肥料坑，还放着几把锹和镐、几辆小车，还有一口石沿和铁辘轳的古井；庭院里一匹马驹在蹦跳，一只火鸡在开屏，还有一座带小钟楼的礼拜堂，贴礼拜堂墙根儿长着一棵开花的梨树。就是这座庭院，当年拿破仑梦想攻破。这一隅之地，果真让他攻占，也许全世界就属于他了。一群母鸡觅食啄起尘土。忽然一阵狗叫，那是代替英国人的凶相毕露的一条大狗。

当年把守此地的英国人值得称赞。库克的四连守军坚持七个小时，顶住大军的猛攻。

乌果蒙，包括房舍和院子，看地图上的几何图形，是一个缺了一角的不规则长方形。南门就在这缺角上，紧贴着这道护墙。乌果蒙有两道门：南门是古堡正门，北门是农舍的门。当年，拿破仑派他兄弟杰罗姆攻打乌果蒙；吉勒米诺、伏瓦和巴什吕各师受阻，雷伊投入全部兵力仍归失败，凯勒曼的炮弹在那堵英雄墙上消耗殆尽。搏端旅增援攻打乌果蒙北面，也并不多余；索亚旅攻打南面，只能打个缺口而无法占领。

农舍的几间房子从南侧围住庭院。北门被法军打破一块，至今还挂在墙上，那是由两条横木钉在一起的四块木板，上面还看得出弹痕。

北门曾一度被法军攻破，后来补了一块门板，代替挂在墙上的那一块；这道虚掩着的门对着庭院，是在院子的北墙中间开出来的，而围墙下半截用石头，上半截用砖砌成的。每户庄稼院都有这种能通马车的便门，两扇门是粗木板做成的，门外边则是草地。当年争夺这一入口，战斗十分激烈；门上斑斑血迹手印历久不褪，搏端就在这里阵亡。

这庭院尚存战斗的腥风血雨，惨状历历，横尸喋血之迹化入景物。生死存亡，恍若昨日。墙垣垂危，砖石跌落，缺口惨叫，弹洞涔涔流血，树木倾斜抖瑟，仿佛竭力逃灾避难。

这座庭院在1815年营造，如今已多不见。当年的工事、凸角堡、地道犬牙交错，战后也都拆毁了。

英军在这里设防，法军攻破而又难以立足。古堡的一翼，还屹立在礼拜堂旁边，这是乌果蒙古宅仅存的遗迹，但也有些坍塌了，徒留四壁，仿佛剖膛破腹了。战时，古堡充作指挥部，礼拜堂当做掩避所。两军厮杀，伤亡惨重。法军受到各个方向火枪的袭击：从院墙后面，阁楼上边，地窖里，从每个窗口。每个通气窗，从每个石缝都射出子弹；于是，他们就搬来一捆捆柴草，点上火烧围墙和里边的人：以火攻回答枪击。

古堡的这一翼被战火毁了，从窗口的铁条望进去，还能看见墙砖塌了的房间：英国守军就埋伏在这些房间里；一条旋梯，从楼下到楼上完全破损，好像打破了壳的海螺的内脏。楼梯有两层，英国受到攻击，聚在二楼的梯级上，拆毁了下面的楼梯。大块大块的青石板，在荨麻丛中堆得像座小山。还有十来个梯级挂在二楼的墙上，犹如三齿叉戳进墙里。这些悬空而无法攀登的石级牢牢嵌在墙壁里，而下面则像脱了齿的牙床。这里有两棵古树，一棵枯死，另一棵下部受伤，但到了4月份仍旧发青，1815年之后，树枝渐渐穿过楼梯。

礼拜堂里也有过拼杀，现在复归寂静，但里边景象很奇特。那次杀戮之后，这里再也没有做弥撒。不过祭坛还在，那是靠着粗石壁的粗木祭坛。四壁粉刷了白灰，门对着祭坛，有两扇拱顶小窗。门上方有一个巨大的木雕的耶稣受难像，雕像上面有一个方形通风洞，用干草堵住了。一个玻璃全打碎的旧窗框，躺在墙角的地上。礼拜堂就是这种景象了。在祭坛旁边的墙上，还钉着一个15世纪的圣安娜木雕像，怀中圣婴耶稣的头也被火铳打飞了。法军曾一度占领礼拜堂，又被赶走，走时放了一把火。这座破损的建筑烈火熊熊，成为一个火炉，门烧着了，地板烧着了，然而，基督木雕却没有烧着。火舌舔到脚，继而熄灭，留下两只焦黑的残肢。据当地人说，这是显灵。童年耶稣丢掉脑袋，就没有基督幸运了。

墙壁布满字迹。在基督像的脚旁，能看到这个名字：亨吉内兹。还有其他名字：德·里约·马约尔伯爵、德·阿马格罗（阿巴纳）侯爵及侯爵夫人。也有一些法国人的名字，加了惊叹号，表示愤怒。那道墙于1849年重新粉刷过，因为各国在上面相互辱骂。

当时，一个手握板斧的尸体，就是在这礼拜堂门口收起来的。那是勒格罗少尉的遗骸。

从礼拜堂出来，朝左便看见一口井。院内有两口井。我们不禁要问：为什么那口井没有吊桶和滑车呢？因为不再从井里汲水了。为什么不再汲水了呢？因为里面填满了枯骨。

最后一个从这口井打水的人，名叫吉约姆·冯·库尔松。他是农民，在乌果蒙当园丁。1815年6月18日，他全家逃进树林避难。

在那几天几夜当中，那些不幸的居民全分散躲进维赖修道院附近的林中。如今还有些遗迹可辨，例如一些烧焦的古树干，便标示那些胆战心惊的可怜难民在密林中宿营的地点。

吉约姆·冯·库尔松住在乌果蒙，是“看守古堡”的，当时蜷缩在地窖里。英军发现他，并把这个吓破胆的人从躲藏的地方拖出来，用刀背打他，让他侍候。那些士兵渴了，吉约姆就给他们端水喝。他就是从这口井打的水。许多人都是这样喝了最后一口水。喝了井水的许多人死了，这口井随后也死掉了。

战斗之后，大家匆忙掩埋尸体。死神自有骚扰胜利的办法，让瘟疫紧随光荣之后。伤寒是武功的副产品。这口井很深，成了万人墓，丢进去三百具尸体。也许太匆忙了，丢下去的人果真全死了吗？传说没有全死。埋葬的当天夜晚，有人听见井里发出微弱的呼救声。

这口井孤零零在庭院中央，三面围着半石半砖的墙，好似折着的屏风，看上去仿佛小方塔。第四面敞开，是打水的地方。中间的墙上有个怪形的牛眼洞，估计是个弹洞。这个小塔原先有顶，现在只剩下木架了。右面的撑铁呈十字形。俯身望下去，只见砖壁圆洞黑黝黝的，深不见底。井四周长了荨麻，遮住了围墙脚。

比利时的水井，一般前沿都铺有大块青石板，而这口井前只架了一根横木，横木上钉了五六块类似粗大枯骨的多节而畸形的木头。井口既没有吊桶，也没有绳索和滑车；但是石头水槽还在，里面积了雨水，附近树林不时飞来一只鸟儿，喝了水又飞走。

这片废墟中，有一所房子，即那排农舍，还住着人。农舍的门对着院子，上面镶着哥特式精致的锁板，还有一个安斜了的梅花头铁门钮。当年，汉诺威的维乐达中尉抓住门钮，想躲进农舍里，却让一名法国士兵一斧子砍掉手。

住在这里的一家人，是早已故去的那个园丁冯·库尔松的孙子辈。一位头发花白的妇人会告诉您：“当年我就在这儿，那时只有三岁。我姐姐岁数大，吓得直哭。家里人把我们送进树林，母亲抱着我。大人把耳朵贴在地上倾听。我呢，就学大炮声：轰，轰。”

我们讲过，靠左边，院子有个角门通园子。

园子惨不忍睹。

园子分三部分，几乎可以说分三幕。第一部分是花园，第二部分是果园，第三部分是树林。三部分有一道总围墙，靠正门一侧，是古堡和农舍的建筑，左侧是一道绿篱，右侧有一道墙，正面的另一端也有一道墙。右侧是一道砖墙，底端是一道石墙。从角门先进入花园。花园地势较低，长了一些醋栗，杂草丛生，到一座石砌平台为止；那石头平台相当高大，栏杆呈双弧形。这是一座贵族花园，在勒诺特尔①之前，显示法兰西早期的园林风格，如今已经荒废，遍地杂草荆棘。栏杆柱顶端呈浑圆状，好似石球。数一数，还有四十三根栏杆立着，其余都卧在杂草丛了。几乎每根栏柱都有弹痕。一根折断的栏柱横在平台前，看上去像一条断腿。

在那场战役中，第一轻步兵团的六名士兵，闯进这座比果园地势低的花园，就好像几头熊落入陷阱，再也冲不出去了，只好跟汉诺威的两连兵力搏斗。其中一连还装备了卡宾枪，他们凭着石栏杆，从下射击。那些轻步兵则在低处还击，六个对付三百，英勇顽强，只有醋栗作为掩体，对峙了一刻钟，终于全部阵亡。

登上几级台阶，便从花园来到真正的果园。这几图瓦兹②见方的弹丸之地，不到一小时的工夫，就有一千五百人倒下了。那堵墙似乎还要迎接战斗。英军在墙上凿出三十八个高低不等的枪眼，至今还存在。对着第十六个枪眼，有两座英式花岗岩坟墓。只有南面这道墙设了枪眼，这是主攻的方向。墙外面还有一道绿篱作为掩护，法军攻来，以为只有一道篱障，殊不知越过去，却有一道设了埋伏的高墙挡住去路。英国守军躲在墙里，三十八个枪眼一齐射

① 勒诺特尔（1613—1700年）：法国建筑师和园林学家，创造法兰西园林风格。

② 图瓦兹：法国旧长度单位，1图瓦兹等于1.949米。

击，子弹好似暴风雨；索瓦伊旅就在这里覆灭。滑铁卢战役也就这样开始。

果园还是攻占了。法军没有梯子，就用指甲抓住墙往上爬。在树下展开了肉搏战。这片草地全染上鲜血。纳索营七百士兵在这里被歼灭。凯勒曼的两个炮兵连从外面轰击，墙上布满霰弹的创痕。

这座果园同其他果园一样，对5月十分敏感：无莨和雏菊开了花，草长起来了，耕马在啃青；树木之间拉了毛绳，晾着衣衫，游人不得不低头通过，走在这片荒地上，脚时常陷入田鼠洞里。一棵连根拔起的树干，躺在乱草中又发绿了。布拉克曼少校就是靠着这棵树死去的。而德国将军杜普拉则死在旁边一棵大树下，他原是法国人，在废止南特敕令的时候，他全家才迁往德国。就在近前，斜长着一棵害病的老苹果树，树身缠了草，涂了黏泥。几乎所有苹果树都老化干枯。而且无不有枪伤弹痕。园中到处是枯树的遗骸。乌鸦在枝头乱飞。稍远一点还有一片树林，下面开满了蝴蝶花。

搏端战死，伏瓦受伤，战火，屠杀，血流成河，英国人、德国人和法国人的鲜血汇成激流，一口井里填满了尸体，纳索团和勃兰维克团被歼。杜普拉战死，布拉克曼战死，英国遭受重创。雷伊所部四十营法军损失二十营，在乌果蒙这个残破的宅院里，三千将士死于非命，刀砍，斧劈，扼杀，枪击，火烧，凡此种种，只为今天一个农夫对一个行客说："先生，给我三法郎，您若是高兴，滑铁卢的事儿我就说给您听听。"

三　1815 年 6 月 18 日

追溯前尘，是讲故事的人的一种权力，让我们回到1815年，甚至比本书第一部分开场的时间还要早些。

1815年6月17日至18日的夜晚假如不下雨，欧洲的未来就会改变。多几滴雨或少几滴雨，决定了拿破仑的成败。上天只需洒一点雨，就让滑铁卢成为奥斯特利茨的收场，只要一片乌云违反时令穿越天空，就足以让一个世界崩溃。

滑铁卢战役，直到十一点半才打响，这就让布吕歇及时赶到。为什么？就因为地面潮湿，法军炮队要等地面硬实一点才好行动。

拿破仑当过炮兵军官，他很喜欢使用大炮。他在呈给督政府阿布吉战况的报告中写道“我们的某颗炮弹炸死六个人”，这足以说明这位天才将领的特质。他的全部作战方案都建立在炮击上。将炮火集中于确定的一点，这便是他取胜的秘诀。他把敌军将领的战略视为一个堡垒，定要打破缺口。他用霰弹猛击敌军薄弱部分，以大炮开战，也以大炮结束战斗。他的天才在于用炮。攻破方阵，歼灭营团，突破防线，粉碎并驱散集结的部队，全用这种打法，炮击，炮击，不停地炮击，把打的差使交给炮弹。运用这种令人胆战心惊的打法，再加上天才，这个城府极深的斗士，在战场上驰骋十五年，总是所向披靡。

1815年6月18日，他的大炮数量占优势，就更有恃无恐：威灵顿只有一百五十九门，而拿破仑有二百四十门。

假如地面是干的，适于炮队移动，早晨六点钟就开火，那么这场战役就能取胜，下午两点钟结束战斗，比普鲁士军队突然来增援还早三个小时。

这场战役失势，拿破仑有几分过错呢？沉船遇难总要怪舵手吗？

那个时期，拿破仑体力明显削弱，难道精力也减退了吗？征战二十年，难道像磨损剑鞘一样也磨损了剑锋，像消耗身体一样也消耗了心灵吗？这位将领难道遗憾地感到自己垂垂老矣？一言以蔽之，如同许多著名的历史学家所认为的那样，这位天才也才尽智穷了吗？难道他也进入疯狂状态，以掩饰自己的虚弱吗？他也开始轻举妄动了吗？他也犯了将帅的大忌，面对危险变得不清醒了吗？这类人称行动巨人的伟大的凡体，难道也有天才近视的年龄吗？高龄对典型的天才并不起作用，例如但丁和米开朗琪罗一类人，年事愈高，才气愈大；对汉尼拔和波拿巴一类人来说，难道才气要消减吗？难道拿破仑已经丧失打胜仗的直觉了吗？他再也辨认不出礁石，再也测不出陷阱，再也看不清悬崖的滑坡了吗？他已经丧失对灾难的嗅觉了吗？从前，他熟谙胜利的所有道路，在雷电的战车上，指挥若定，难道现在他昏聩到如此地步，将他乱哄哄的人马带入深渊吗？他到了四十六岁，真的疯狂到了无以复加的程度？这个掌握命运的巨灵神，难道成了一个地地道道的莽汉了吗？

我们绝不这样想。

他的作战计划公认是一个杰作。直捣联军防线的中心，在敌人营垒打出一个洞，将敌军切断。半截英国赶到阿尔，半截普鲁士驱逐到通格尔，让威灵顿和布吕歇首尾无法相应，占领圣约翰山，攻克布鲁塞尔，将德国人扔进莱茵河，将英国人抛进大海。在拿破仑看来，这些都可以在这场战斗中解决。以后的事就再看了。

当然，我们无意在这里撰写滑铁卢战役史；我们所讲述的故事中，一个有伏线的场面与这场战役紧密相关；而这段历史并不是我们的主题；况且，这段历史已经撰写完了，洋洋洒洒，鸿篇巨制，一方面，由拿破仑本人的作为，另一方面，出自史界七贤①的手笔。至于我们，还是让历史学家聚讼去吧，我们不过是事后的见证人，是这片原野的过客，是在这曾经血肉横飞的土地上俯身寻觅者，也许把表面现象认作事实；我既然没有军事实践，也没有战略眼光，

① 即瓦尔特·司各特、拉马丁、伏拉贝勒、沙拉、基内、梯也尔（雨果原注仅此六人）。

不能提出一套方略，因而无权以科学的名义，视而不见一系列带有幻影的史实。在我们看来，滑铁卢的双方将领，都受到一系列偶然事件的支配；而对命运这个神秘的被告，我们也像天真的审判官——民众那样进行审判。

四　A

谁要想了解滑铁卢战役，只需想象在地上写个A字就行了。A字的左撇表示尼维勒公路，右捺表示格纳普公路，一横表示从奥安到勃兰拉勒的一条凹路。A字的尖端即为圣约翰山，是威灵顿雄踞的地方。左下角是乌果蒙，是雷伊和杰罗姆·波拿巴争夺之点；右下角为佳盟，是拿破仑大营所在的地方。横线与右捺相交点稍下一点是圣篱；横线的中心点，则是战役结束时，最后抛出那句话[①]的地方，而象征帝国羽林军最高英勇的狮子，无意中就是安排在这一点上。

A字上半部分的三角，正是圣约翰山高地。争夺那块高地，便是战役的全部过程。

两军的侧翼，在格纳普和尼维勒两条公路上，向左右展开；德尔戈与皮克东对阵，雷伊和希尔对阵。

在A字顶端的后面，即在圣约翰山高地的后面，是索瓦涅森林。

至于那片平川，可以想象为波浪起伏的旷野，一浪高过一浪，涌向圣约翰山，直到那片森林。

战场上两军对阵，恰似二人角斗，彼此搂抱，力图摔倒对方。抓住什么都不放松，一片荆丛就是一个支撑点，一个墙角就是一处掩体；缺少一点依靠，一团人马就立不住脚；平野上的一片洼地、

---

① 事见本卷第十四、十五节。

一个土岗儿、一条斜插的捷径、一片树林、一条山沟，都可以撑住大军的脚跟，免其后退。退出战场就是失败。因此，率军的将领必须观察地形，仔细察看每一处极小的树丛、极轻微起伏的地段。

两军将领都仔细研究过圣约翰山平原，如今改称为滑铁卢平原。威灵顿早有远见，去年就察看这一带，做了大战的准备。6月18日决战那天，他占据了有利地形，拿破仑处于劣势。英国居高，法军临下。

在此速描拿破仑于1815年6月18日拂晓，手拿望远镜，骑马立在罗索姆高地上的姿态，可以说多此一举。在展示他的速描像之前，所有人都看到了。这副镇静自若的形象，头戴布里埃纳学校小帽，身穿绿色军衣，白色翻领遮住勋章，灰色礼服遮住肩章，背心下面露出红色绶带的一角，下身穿着皮短裤，足蹬丝袜和银马刺的马靴，骑着白马，马背披着角上绣有带皇冠的N和鹰的紫绒被，佩着马伦戈剑，这副最后一个恺撒的形象，挺立在人们的想象中，受到一些人的欢迎，也受到另一些人的敌视。

这副形象久已处于光辉之中；这是由于大部分英雄人物，在传说中都模糊朦胧，相当长时间难见真相；不过时至今日，历史和事件都真相大白了。

历史是冷酷无情的，这种明朗具有奇异和神妙的特点，虽为光明，正因为是光明，就往往在人们看到光芒的地方投下阴影，把同一个人化为两个不同的鬼魂，相互攻击，彼此惩罚：专制者的黑暗和统帅的辉光搏斗。民众在下定论时，从而掌握了比较准确的尺度。巴比伦遭蹂躏，损害亚历山大的声誉；罗马受奴役，损害恺撒的声誉；耶路撒冷遭屠戮，则损害提图斯的声誉。暴政继暴君而兴。一个人身后留下类似他形体的黑暗，这对他来说是一种不幸。

五 战役的烟云模糊处

大家都了解这场战役的最初阶段：开始的形势模糊不清，难以把握，犹豫不决，两军都面临危险，而英军更甚于法军。

雨下了一夜，地面一片泥泞；旷野低洼处像盆一样，都积了水；有些地方，积水没到车轴，马的肚带也滴着泥浆。如果小麦和黑麦不是让大量车轮压倒，填满了辙沟，给车垫平道路，那么任何军事行动，尤其在巴普洛特一带的山谷行动，都是不可能的。

进攻开始迟了；我们说过，拿破仑有个习惯，总是亲自掌握全部炮兵部队，如同握着手枪，在战役中，时而瞄向这一点，时而瞄向那一点，因此，他要等待套好马的炮车能够自由驰骋，这就要等太阳出来，晒干地面。然而，迟迟不出太阳；这次，太阳不像在奥斯特利茨那样守约了。等到射出第一发炮弹的时候，英国柯威尔将军看了看表，正是十一点三十五分。

开始攻势很猛，法军左翼进攻乌果蒙的猛烈程度，也许超过了拿破仑的愿望。同时，拿破仑进攻中路，将吉奥旅压向圣篱，而内依则指挥法军右翼，冲击据守巴黎洛特的英军左翼。

进攻乌果蒙有几分诱敌作用，想把威灵顿吸引过去，使其偏重左面，这就是作战方案。如果四连英军和佩蓬歇尔师英勇的比利时士兵真能牢牢守住阵地，那么，这项作战方案就奏效了。然而，威灵顿并没有向乌果蒙集结兵力，仅仅派去四连近卫军和勃兰维克营驰援。

法军右翼攻占巴普洛特，击溃英国左翼，切断通往布鲁塞尔的道路，阻击可能来援的普鲁士部队，强行夺取圣约翰山，逼使威灵顿退守乌果蒙，再退至勃兰拉勒，再退至阿尔，这种战事进程再清楚不过了。如果不出点儿意外情况，这种进攻就会成功。夺取了巴普洛特，也攻占了圣篱。

要交代一个情况。英国步兵，尤其坎普特旅，招收了许多新兵。那些年轻士兵，面对我们勇猛的步兵，表现十分英勇；他们顽强作战的精神，弥补了经验的不足，尤其充当了出色的狙击手；狙击手士兵，稍微自主一点儿，就可以成为自己的将军；这批新兵有几分法军那种独立作战和奋不顾身的特点。这支新军极有活力，但威灵顿却为之不悦。

夺取圣篱之后，战事变幻不定。

那天，从中午到下午四点钟，是一个形势不明朗的阶段；这场战役的中间阶段几乎模糊不清，陷入一场混战，而暮色更加渲染了这种景象。只见暮霭中，千军万马往来飘忽，构成一幅令人目眩神摇的奇观；当年的战场阵容，如今几乎生疏了：红缨军盔、挂在刀旁飘动的扁皮袋、错综复杂的马革、榴弹袋囊、轻骑兵肋状盘花纽的军服、千褶红马靴、璎络纷披的沉重的筒状军帽，勃兰维克所部几乎一色黑军装的步兵，同以白色大圆环代替肩章的红军装英国兵相混杂，汉诺威轻骑兵头戴红缨铜箍长方形皮军帽，苏格兰兵赤裸双膝，身穿方格花呢军服，而我国榴弹兵则缠着白色长绑腿；这些图景色彩斑驳，不成其为战阵队列，正是萨尔瓦托·罗查①所追求，而不是格里博瓦尔②所需要。

一场战役，总要有一场暴风雨干预。“扑朔迷离，必有天意。”③这种混乱的场面，每个历史学家都可以取其所好，描写几笔。不管统军将领如何筹划，两军一旦交锋，曲折变幻就层出不穷。双方计划一投入实战，就要相互穿插，相互牵扯而变形。战场

① 萨尔瓦托·罗查（1615—1673年）：意大利画家。

② 格里博瓦尔（1715—1789年）：法国将军，炮兵指挥。

③ 原文为拉丁文。

的这一处比另一处吞没更多的兵卒，就像地面松软程度不同，吸进泼下的水也有快有慢一样。率军将领迫不得已，要投进去更多的兵力。出乎意料的耗损。战线犹如浮丝，蜿蜒飘动；鲜血毫无道理地汇成溪流，两军前锋来回动荡，双方部队你进我退，犬牙交错，形成岬角海湾之势，所有这些对峙的礁石还不断蠕动；哪里有步兵，炮队就赶到；哪里有炮队，骑兵就追去；各种部队好似一片片云烟。那里明明有刀光剑影，仔细寻觅又不见了。疏朗之处时时转移，浓密之处进退无常；阴风阵阵，吹得人群或进或退，或聚或散，演出血肉横飞的惨剧。一场混战是怎样的情景呢？就是变幻不定。周密的作战方案是一种静态，只规划一分钟，而不能确定一整天。若描绘一场战役，非得气度恢宏、笔势雄浑的画家不可。伦勃朗就胜过冯·德·默伦[①]。冯·德·默伦画中午准确，画下午三点钟就虚假了。几何会给人以假相，唯独飓风才是真实的。因此，佛拉尔[②]有理由驳斥波利伯[③]应当补充一点：战役进行到某一时刻，往往转为混战，一个对一个拼杀，分散为无数的搏斗场面，借用拿破仑的说法，这类搏斗“属于各团队的传记，而不是全军的战史”。在这种情况下，历史学家显然有权概述，只能抓住战事的大轮廓；任何叙述者，再怎么力求写实，也绝不可能把狰狞的战云固定成型。

不过，到了下午的某一时刻，战局明朗了。

六　下午四点钟

将近四点钟，英军形势严峻。威灵顿·德·奥朗奇亲王指挥

① 冯·德·默伦（1634—1690年）：佛兰德画家。
② 佛拉尔（1669—1752年）：法国军事作家。
③ 波利伯：公元前2世纪希腊历史学家。

中军，希尔在右翼，皮克东在左翼。英勇无畏的亲王打得眼红，冲着荷比联军叫喊：“纳索！勃兰维克！绝不准后退！”希尔受到重创，向威灵顿靠拢。皮克东战死了。就在英国夺取了法军一〇五团军旗的时候，法军一颗子弹打穿脑袋，击毙了英国将军皮克东。这场战役，威灵顿有两个据点：乌果蒙和圣篱。乌果蒙还在死守，但是着了火；圣篱已经失守。守圣篱的德军一营只活下来四十二人；所有军官，不是战死就是被俘，只有五名幸免。在这座粮仓里，有三千士卒丧命。英国近卫军的一个中士，在英国是第一拳击好手，被他的伙伴赞为无懈可击，却让法军一个小小鼓手给干掉了。巴林丢了阵地。阿尔坦死于刀下。好几面军旗被夺走，其中有阿尔坦师军旗，有双桥家族一个王子举着的吕内堡营的一面军旗。苏格兰灰装部队死伤殆尽。蓬松比龙骑兵被刀斧手砍绝。骁勇的龙骑兵严重受挫，敌不过勃罗的长矛队和特拉维尔的铁甲军，一千二百骑仅余六百；三名中校有两名倒在地上：哈密顿受伤，马特战死。蓬松比落了马，身上被长矛戳了七个洞。戈登死了，马尔什死了。两师兵力，第五师和第六师被歼灭。

乌果蒙被突破，圣篱失守，只剩中路一个结了。那个结一直打不开。威灵顿不断增援，从梅伯勃兰调来希尔部，从勃兰拉勒调来沙塞部。

英军大营所处地势略凹，地形十分有利，兵力又极其密集。它盘跨圣约翰山高地，背靠村庄，前有相当陡的斜坡；据守的石楼是尼维勒乡的公产，标志道路的交叉口，建于16世纪，非常厚实坚固，炮弹打上去会弹回来，根本毁坏不了。英军还在高地周围处处设障。山楂林里设了炮兵阵地，炮口从枝丫中探出，以荆丛作掩护。他们的炮兵埋伏在树丛里。战争中当然允许设陷阱，用诈术；英军的这一诈术十分巧妙；就连皇帝在早晨九点钟派去侦察敌军炮位的哈克索，什么也没有发现，回来向拿破仑报告说没有障碍，只有尼维勒和格纳普两条大道上设了路障。那个季节，麦子长高了，而坎普特旅的卡宾枪营，就埋伏在高地边缘的麦田里。

英荷联军大营有这些掩护和据点，处境当然有利。

这一营地的危险在于索瓦涅森林：那片森林连着战场，中间只隔着格罗南达耳和博瓦弗沼泽。军队一旦撤向那里，必然覆灭，各团队会立刻溃散，炮车也会陷入泥沼。不少行家认为，往那里撤退，就意味各自逃命；对此也有人提出异议。

威灵顿加强中心的兵力，从右翼调来沙塞旅，从左翼调来维克旅，再加上克林顿师。他还派了勃兰维克的步兵、纳索部队、琪尔芒塞格所部的汉诺威部队和翁普达的德军，支援他的英国部队：哈凯特各团、米切耳旅、麦朗德的近卫军。这时，他就掌握了二十六个营。正如沙拉斯①所说："右翼折回到中路的后面。"在今天所谓"滑铁卢陈列馆"的地点，当年就有一大队炮兵隐蔽在沙袋的后面。此外，威灵顿还把索姆塞的龙骑兵，一千四百骑，布置在一长条洼地里。那是名不虚传的英国骑兵的另一半。蓬松比部被歼，只剩下索姆塞部了。

这个炮兵阵地布置在园子一道矮墙后面，还有匆忙叠的沙袋和一道土坡作为掩体，如果布置完成，就能发挥极大威力。然而，这个工事没有完成，周围还来不及设置一圈障碍。

威灵顿惴惴不安，却不动声色，立马在圣约翰山老磨坊靠前一点的榆树下，终日保持同一姿势。那座磨坊如今还在，但是那棵榆树，让一个热心摧残古迹的英国人花二百法郎买去，锯断运走了。威灵顿立在那里，英勇无畏又镇静自若。炮弹如雨点一般，

① 沙拉斯著有《1815年战史》。

副官戈尔登炸死在他身旁。希尔勋爵指着一颗炸开的炮弹问他："王爷，万一您身遭不测，您给我们留下什么指示，留下什么命令呢？""像我们这样做。"威灵顿答道。他还简洁地对克林顿说："守住这里，直到最后一个人。"那一天，形势明显恶化。威灵顿冲他在塔拉韦拉、萨拉曼卡和维克多利亚[①]的老战友喊道："孩子们！难道你们想后退了吗？想一想古老的英格兰吧！"

将近四点钟，英军防线动摇后退了。高地上只剩下炮兵和狙击手，其余部队忽然不见了，各营队遭受法军霰弹和炮弹的轰击，都退缩到后面去了：圣约翰山农庄的便道，如今还穿过那里；出现了退却之势，英军的前锋回避了，威灵顿后退了。——"开始退却啦！"拿破仑喊道。

七　拿破仑心绪极佳

那天，皇帝虽然有病，又因骑马而局部肢体不舒服，但是心情从来没有那样好过。从早晨起，他那张无人看得透的脸上，却露出了笑容。他那颗掩饰在大理石后面的深沉灵魂，在1815年6月18日那天，却盲目地焕发光彩。在奥斯特利茨脸色阴沉的那个人，在滑铁卢却心情愉快。天生负有大任的人，都会有这种反常的表现。我们的欣喜未能脱离阴影。最终一笑属于上帝。

"恺撒笑，庞培哭。"[②]雷霆军团的外籍军人如是说。这次，庞培未必哭，但恺撒确实笑了。

从夜里一点钟起，拿破仑就冒着狂风暴雨，同贝特朗骑马察看

---

① 塔拉韦拉—德拉雷纳、萨拉曼卡和维克多利亚，都是西班牙城市，威灵顿率军先后于1808年、1812年、1813年在此三地战胜法军，并将法军驱逐出西班牙。

② 原文为拉丁文。帝国第十二军团号称雷霆军团。

罗索姆一带的山丘，望见英军营地长长一线火光，从弗里什蒙延至勃兰拉勒，照亮了天边，他颇为满意，仿佛觉得在指定的日期，由他确定滑铁卢战场的命运，是确切无疑的。他勒住马，站立片刻，眼望闪电，耳听惊雷，有人听见这个宿命论者在黑暗中抛出这样一句神秘的话："我们想法一致。"拿破仑错了。他们想法不一致了。

那一夜他没有合眼，时时刻刻都流露出一种快乐。他巡视了整个前沿阵地，不时停下同哨兵说话。约摸两点半钟，在乌果蒙树林附近，他听见行军的脚步声，一时以为威灵顿后撤了，就对贝特朗说："那是英军后队拔营移寨了。刚刚到达奥斯坦德城的六千英军，我要全部俘获。"他兴致勃勃地交谈，又恢复了3月1日登陆时的那种豪情：登陆那天，他指着茹安湾那个欣喜若狂的农民，高声对大元帅说："喂，瞧啊，贝特朗，增援部队到啦！"6月17日到18日那个夜晚，他不断嘲笑威灵顿。——"那个小小的英国佬，就得受点儿教训。"拿破仑说。雨越下越大，皇帝说话伴随雷声。

凌晨三点半，他的一个幻想破灭了：派去侦察的军官回来向他报告说，敌军毫无行动。根本没有拔寨，一处营火也没有熄灭。英军在睡觉。大地寂静无声，只有天空在喧嚣。到了四点钟，巡逻队带来一个为英国骑兵旅当过向导的农民，那可能是维卫安旅，要去左端奥安村扎营。到了五点钟，两名比利时逃兵对他说，他们刚离开部队，英军正等着开战。

"好极啦！"拿破仑高声说，"现在我不是要把他们击退，而是要击垮。"

早晨，他来到普朗努瓦路拐弯的高坡上，下了马，站在泥中，命人从罗索姆农舍搬来一张桌子和一把乡下椅子，坐下来，又命人铺了一捆干草当地毯，在桌上展开军事地图，对苏尔说："多好看的棋盘！"

由于下了一夜雨，辎重车辆阻在泥泞的路上，早晨没有赶到；士兵全身淋湿了，没有睡觉，还饿着肚子。尽管如此，拿破仑还快活地高声对内依说："我们有百分之九十的把握。"八点钟，皇上的早餐送来了。他邀请了好几位将军一起用餐。餐桌上谈到前一天夜晚，威灵顿在布鲁塞尔，参加了里什蒙公爵夫人的舞会；苏尔是一个貌如大主教的粗鲁武夫，他说："舞会，就是今天。"内依则说："威灵顿不至于那么简单，等待陛下的圣驾吧。"拿破仑也跟着取笑，这是他的一贯作风。弗勒里·德·夏布隆就说："他喜欢戏谑。"古尔戈也说："他天生一副诙谐的性情。"邦雅曼·贡斯唐则说："他动辄取笑，但是怪话多而妙语少。"这个伟人的玩笑话值得一书。正是他称他的羽林精兵为"老兵痞"；他揪他们的耳朵，扯他们的胡须。"皇上就爱捉弄我们。"他们当中有人就这么说。2月27日，拿破仑神不知鬼不觉从厄尔巴岛回法国的途中，乘坐的"无常号"在海上遇到"和风号"，"和风号"上的人打听拿破仑的消息，当时他躲在船上，还藏着他在岛上采用绣蜜蜂的红白徽章的帽子，他笑着拿起传话筒，亲自回答说："皇上身体健康。"能这样谈笑的人，自然能掌握局面。拿破仑在滑铁卢早餐过程中，就有好几次这样放声大笑。吃过饭，他静坐了一刻钟，然后，坐在干草上的两名将军拿起笔，将纸垫在膝上，开始记录皇上口授的作战命令。

到了九点钟，法军排成五列纵队，展开阵式，开始行进，左右师各分两列，炮队居中，军乐队排在队首，鼓声雷动，军号齐鸣，头盔、战刀和枪刺汇成海洋，显示出强大、壮阔而欢乐的阵容，皇帝见了非常激动，连声高喊："壮观！壮观！"

从九点钟到十点钟，真令人难以置信，整个大军都排好阵列，分为六列纵队，照皇帝的说法，组成"六个V形"。阵列排好之后，在大战之前一段时间，战场如暴风雨来临之前一样寂静，皇帝望着三队重炮行进，拍了拍阿克索的肩膀，对他说："将军，瞧那二十四个美丽的姑娘。"那三队重炮是从埃尔龙、雷伊和洛博各部抽调出来的，准备用来轰击尼维勒和格纳普两条交叉口的圣约翰山。

他成竹在胸，看见第一军工兵连从面前经过，便以微笑鼓励他们；他们奉命一旦夺取村庄，就在圣约翰山构筑工事设防。在整个检阅的肃穆过程中，他只讲了一句高傲而悲悯的话：他转向左面，望见如今有一座大坟墓的地方，聚集骑着骏马的苏格兰灰装骑队，不禁说道："真可惜。"

继而，他跨上马，跑到罗索姆的前沿，在格纳普通布鲁塞尔的大道右侧，选了一块小草坪作为观察所。这是他的第二个驻足点。第三个驻足点非常险恶，那是如今还在的颇高的土丘，位于佳盟和圣篱之间；土丘后面平川的一个斜坡上，集结着羽林军；周围石头路面纷纷弹起弹片，有的直飞到拿破仑身边。还像在布里埃纳那样，他的头上枪子霰弹呼啸。后来，几乎就在他立马之处，有人拾得枯烂的炮弹、旧战刀和变形的枪弹，全都生锈了。"锈迹斑斑。"[①]就在几年前，还在那里挖出一颗未炸的重磅炮弹，信管贴着弹壳断了。也正是在这最后的驻足点，他的向导，一个叫拉科斯特的抱敌意的农民，被拴在一名轻骑兵的马鞍上，吓得要命，每当榴霰弹爆炸，就转过身去，想躲到那骑兵的后面，皇帝见了就申斥道："蠢货！真丢人，你要让人在背后给打死。"记述这话的人，在那土丘坡上松软的沙土里，也挖出锈了四十六年的一颗炮弹的弹头，还挖出一块块像接骨木那样一捏就碎的烂铁。

① 原文为拉丁文。引自维吉尔的《农事诗》。

众所周知，拿破仑和威灵顿交战的那片原野，起伏不平的形貌，已非1815年6月18日的情景了。在这片凄惨的战场上建起纪念碑，却削平了原来的地势，历史遭到篡改，也就面目全非了。旨在颂扬，反而毁了它的原貌。战后过了两年，威灵顿重游滑铁卢，惊叹道："别人把我的战场给改变了。"如今用土堆起的顶着石狮的金字塔那地方，当初是一条山脊，向尼维勒大道一侧，地势渐低，但还不难走；可是朝格纳普大道那边，却是一个陡坡。如今，从格纳普到布鲁塞尔的大道两旁的两座大土冢，还能测出那陡坡的高度；道左侧为英军冢，道右侧为德军冢。法军没有坟墓，不过，整个那片平原，全是法军的墓地。那座高一百五十英尺、底基周长半英里的纪念塔，用了成千上万车沙土，因此，圣约翰山高地的坡度，如今平缓多了；而在大战那天，尤其是圣篱那一面，地势非常陡峭，英国大炮都瞄不到下面山谷作为战场中心的农舍。1815年6月18日那天，大雨把陡坡冲出一道道沟，满坡泥浆，更难攀登，不仅要上坡，而且要登泥泞溜滑的陡坡。沿着山脊原有一条深沟，这是在远处观察的人所难推测的。

那条深沟是怎么回事呢？需要说明一下。勃兰拉勒和奥安都是比利时村庄，都隐藏在低洼地段。一条长约一法里半的道路连接两座村庄，它通过起伏不平的川地，往往深入丘峦之间，仿佛耕出一条犁沟，因而有几段路形成沟壑细谷。那条路位于格纳普和尼勒维两条路之间，切开圣约翰山的山脊，如今还像1815年一样，只不过当初是凹路，现在同两旁地面齐平了。路两旁高坡的沙土挖走去筑纪念墩了。那条路其他地段，大部分还像从前一样，仍然是一条沟，有时深达十二尺，而且路坡陡峭，不少地方塌了方，尤其是冬季下暴雨造成的。路上发生过伤亡事故。进入勃兰拉勒处路面特别狭窄，一个过路人就被马车压死，有石头十字架证明。那个十字架立在墓地旁边，上面有死者的姓名："贝纳尔·德·勃里先生，布鲁塞尔商人"，车祸发生在1637年2月[①]在圣约翰山高地那段路基极深，一个名叫马西厄·尼盖斯的农民，因为路坡坍塌，于1783年被压死在那里，这也有一个石头十字架作证。那十字架上半截没入田中，但是翻倒的石座，今天仍然见得到，在圣篱和圣约翰山之间那条路的左侧草坡上。

大战那天，沿着圣约翰山脊的那条凹路不露形迹，到达山顶的那段所形成的深沟，就像被浮土掩饰的辙沟，根本看不见，也就是说非常凶险。

八　皇帝问向导一句话

可见，滑铁卢那天早晨，拿破仑很高兴。

他有理由高兴，他酝酿的作战方案，我们已经看到，的确令人赞叹。

然而，一旦交战，形势变化就十分曲折复杂。乌果蒙顽抗，圣篱固守，搏端阵亡，伏瓦丧失战斗力；那道意想不到的围墙使索亚旅受到重创，吉勒米诺因疏忽没带炸药包而造成惨重的伤亡；炮队陷在泥淖中，没有护卫队的十五门大炮被于克伯里奇掀翻在凹路上，轰击英军阵地效果甚微，炮弹扎进雨水浸透的泥土里，只高高溅起泥浆，结果开花弹变成了烂泥泡；皮雷部进击勃兰拉勒不见功

---

① 碑文如下：
布鲁塞尔商人
贝纳尔·德·勃里
在此遇车祸，
不幸丧生。
1637年2月（日期字迹不清）——原注。

效，十五连骑兵几乎全部覆灭；英军右翼触动不大，左翼也伤亡较轻；内依莫名其妙地误解命令，没有把第一军的四个师人马排成纵队，反而聚成一堆，横列二百人，接连二十七列．齐头并进，去迎击榴霰弹，让炮弹在人群中开花，瓦解进攻的队列；斜插的炮队侧翼突然暴露目标，布儒瓦、东兹洛和杜吕特各队受到攻击；齐奥部被击退，而维厄中尉，那个巴黎综合工科大学毕业的大力士，冒着防守格纳普通布鲁塞尔大路弯道的英军从工事俯射的枪弹，正用大斧砍开圣篱大门的时候中弹受伤；马科涅师受到步兵和骑兵的两面夹击，又受到埋伏在麦田里贝斯特和帕克部队的迎面射击，以及蓬松比部队战刀的砍伐，他的炮队七门大炮的炮口被堵死；萨克斯-魏玛亲王死守弗里什蒙和斯莫安，顶住德·埃尔龙伯爵部队的冲击，夺了一〇五联队军旗，又夺了四十五联队军旗；那个黑军装的普鲁士轻骑兵，让在瓦夫尔和普朗努瓦之间侦察的三百飞骑队俘获，他说出了令人不安的情况；格鲁奇的援军迟迟不到，而不到一小时，在乌果蒙果园里就损失一千五百名士卒，在圣篱周围倒下一千八百人，用的时间还要短；所有这些风云变幻，如同硝烟，在拿破仑的眼前掠过，他的眼神几乎没露惊色，坚信不疑的龙颜也丝毫没有暗淡。他习惯直面战争，从不一笔一笔计算令人痛心的局部损失；在他看来，数字并不重要，只要最后总数是胜利就行了；他自信能控制和掌握结局，开头失误丝毫也不惊慌；他善于等待，置身事外进行思考，以平等的身份对待命运，仿佛对命运说：想必你也不敢。

拿破仑自身半明半暗，也就感到在善中受到护佑，在恶中得到宽容，他同种种事变有一种，或者自认为有一种默契，几乎可以说一种合谋的关系，类似古代所说的金刚不坏之身。

然而，经过了贝雷西纳、莱比锡和枫丹白露[①]的人，对滑铁卢恐怕也得稍存戒心。天空深邃之处，一种讳莫如深的皱眉的神色，已经隐约可见了。

威灵顿后撤的时候，拿破仑不禁暗暗吃惊。他突然发现圣约翰高地兵力空虚，前沿阵地的英军不见了。英军在重新集结，但又逃避。皇帝在坐骑上半立起身子，眼里掠过胜利的闪电。

威灵顿一旦退至索瓦涅森林，全军覆灭，那么，英国就要永远被法国压垮，克雷西、普瓦图、马普拉凯和拉米利[②]之耻全部可雪。马伦戈的英雄就抹掉阿金库尔[③]之役。

于是，皇帝考虑这种可怕的突变，同时举起望远镜，最后一次扫视战场的每一点。他身后的卫士武器冲下，以一种虔诚的神态仰视他。他正在思考，正在观察山坡，衡量斜坡，测度树丛、方块黑麦田、小道，仿佛计数每一簇灌木。他凝视一阵两条大道上的英国防御工事：那两处宽宽的鹿砦，一处设在圣篱上面一点的格纳普大道上，装备两门大炮，是英军瞄向纵深战场的唯一炮队；另一处设在尼维勒大道上，荷兰军沙塞旅的枪刺在那里闪闪发亮。他还注意到，荷军防御工事附近那座古老的、粉刷成白色的圣尼古拉小教堂，坐落在通向勃兰拉勒的岔道口上。他俯身对向导拉科斯特说了一句话。向导摇了摇头，可能存心欺骗。

皇帝挺起身，又默想了片刻。

威灵顿退却了。法军只要压上去，就会使他溃不成军。

拿破仑猛地回过身，派了一名骑差，火速赶往巴黎报捷。

---

① 贝雷西纳是俄国的河名，1812年拿破仑出征，在此受挫。1813年，拿破仑与同盟军会战莱比锡失利。1814年，拿破仑在巴黎郊区枫丹白露宫被迫逊位。

② 法军在这些战役都曾败北。

③ 1800年在马伦戈，拿破仑大败奥军。阿金库尔是加来海峡省的一个乡，在英法百年战争中，1415年，英方亨利五世战胜法方军队。

拿破仑是个雷厉风行的天才。

他已经找准迅雷打击的要害。

他命令米楼的铁甲骑兵夺取圣约翰山高地。

九　意料之外

铁甲骑兵共三千五百名，排成四分之一法里宽的阵列，个个彪形大汉，骑着高头大马。他们分二十六队，后援部队则有勒费夫尔-德努埃特师、一百六十名精锐骑警、羽林军的一千一百九十七名轻骑兵和八百八十名长矛手。他们头戴无缨铁盔，身穿铁甲，挎着带枪囊的短枪和长刀。早晨，他们已受到全军的赞赏：九点钟军号吹响，各部队军乐队一齐奏起《保卫帝国》曲，他们列队走过来，浩浩荡荡，一个炮队在侧翼，一个炮队在中路，在格纳普和弗里什蒙之间的大路上分两列展开，在第二条强大的战线上列好阵式。这第二条战线是由拿破仑布成的，十分巧妙，左翼有凯勒曼的铁甲骑军，右翼有米楼的铁甲骑军，可以说安上了两只铁翅膀。

副官贝纳尔传达御旨。内依拔出剑，一马当先。大队人马开始进发。

那场面十分壮观，声势足能夺人心魄。

整个骑军高举马刀，族旗迎风飘扬，军号激荡，由一师纵队殿后，步伐整齐犹如一人，动作准确又像攻城的一个铜羊头撞锤，从佳盟丘冈上冲下来，深入横尸遍野的险谷，消失在硝烟之中，继而又走出那幽暗之地，出现在山谷的另一边，队形始终密集紧凑，冒着枪林弹雨，冲上那令人畏惧的圣约翰山高地泥坡。他们往上冲，军容严整，凶猛而又沉稳，在枪炮声间歇的刹那间，可以听见大军行进踏地的声响。这支骑军分两个师，因而排成两列纵队，华蒂耶师居右，德洛尔师居左，远远望去，就像两条钢铁巨蟒爬向高地的山脊。这种长蛇阵穿越战场，真是一种奇观。

自从用大队骑兵夺取莫斯科河大炮台之后，再也没有见到类似的战争场面。这次缪拉不在，但是有内依。这一大队人马仿佛变成一个巨怪，而且只有一颗心灵。每支骑队起伏伸缩，宛如爬行动物的一个环节。通过浓密硝烟的缝隙可以望见他们：头盔攒动，喊声阵阵，马刀挥舞，而在大炮和军号声中，骏骑腾跃，势如暴风骤雨，一片奔腾，又整齐又威猛，那马上的铁甲仿佛巨蟒的鳞片。

叙述的这些场景好像发生在另一个时代。类似的情景，当然出现在古代志异的诗篇里，那种半人半马，人面马身的巨怪，奔驰而上奥林匹斯山，凶猛可怕，英勇无敌，显示出一种神威：既是神也是兽。

数字也天缘巧合：二十六营步兵迎击二十六队骑兵。在高地的背面，英国步兵在隐蔽的炮队的掩护下，每两营组成一个方阵，共有十三个方阵，又分成两列，前列七个方阵，后列六个方阵，他们肩托抵着肩膀，对准要冲过来的敌人：一动不动，沉默平静地等待着。他们看不见铁甲骑兵，铁甲骑兵也看不见他们。他们倾听这股人潮上涨，听见三千骑的声音越来越大：飞奔的铁蹄有节奏的声响、铁甲的摩擦声、战刀的撞击声，以及粗声大气的喘息。有一阵惊心动魄的寂静，接着，山脊上突然出现一长列高举战刀的手臂，出现头盔、号角和旌旗，三千蓄着灰胡子的脑袋齐声高呼：“皇帝万岁！”铁骑全军冲上高地，就好像开始一场大地震。

突然，又出现惨不忍睹的场面，英军的左翼，即我军的右翼，铁骑纵队的排头战马竖起前蹄，并伴随惊叫的喧哗。他们一气冲上山顶，锐不可当，正要冲下去歼灭方阵和炮队，却猛然发现他们和英军之间有一条沟，一条深沟。那正是奥安的凹路。

那一刻真是鬼神皆惊。一条细谷，出乎意料地在那里显现，张着大口，直悬在马蹄之下，两壁之间深达两图瓦兹；第二排推动第一排，第三排又簇拥第二排，战马竖起，仰天倒下去，四蹄朝天往下滑，冲撞并打乱骑军阵列，根本无法后撤，整个纵队成为一颗炮弹，用以摧毁英军的冲力，却反弹回来摧毁法军；这无法规避的细谷，只有填满才肯罢休，骑兵和战马，乱纷纷滚下去，相互挤压，在这深渊里成为一堆血肉，等深沟被活人填满，后边人马才从他们身上踏过去。杜布瓦旅将近三分之一人马葬入这个深渊。

这场战役从此开始失利。

当地有一种传说，无疑言过其实，说是奥安凹路里葬送了两千匹战马和一千五百人。若是把大战次日抛进去的尸体全计算在内，这个数字还差不多。

顺便交代一句，伤亡惨重的杜布瓦旅，一小时前还单独作战，夺取了吕内堡营的军旗。

拿破仑在命令米楼铁甲军冲锋之前，也曾仔细观察过地形，但是凹路在高地上连一点皱褶也没有显露，他无法看到。不过，他注意到那座白色小教堂和尼维勒大路所形成的角度，便警觉起来，估计可能有障碍，于是问了向导拉科斯特。向导回答没有。几乎可以这么说，正是一个农民摇了摇头，造成了拿破仑的惨败。

其他的败象也有显露。

拿破仑可能赢得这场大战吗？我们回答不可能。为什么呢？是威灵顿的缘故吗？是布吕歇的缘故吗？都不是。天意使然。

拿破仑在滑铁卢获胜，这不再符合19世纪的发展规律。一系列变故正在酝酿中，没有拿破仑的位置了。形势不祥的征兆，早已显露出来了。

时候已到，这个巨人该倒下了。

这个人的分量太重，打破了人类命运的平衡。他独自一人所占的比重，竟然超过全人类。人类过剩的精力集中在一颗头脑中，全世界都升华到一人的脑子里，这种情况如果持续过久，就会给人类文明带来致命的打击。至高无上而又永不腐蚀的公正，到了晓谕公众的时候了。决定精神和物质均衡的各种原则和因素，大概愤愤不平了。冒着热气的鲜血、人满为患的公墓、母亲的眼泪，这些全是感泣鬼神的控诉。大地苦难到了不胜负荷的时候，冥冥中就会发出神秘的怨艾，上达天庭。

拿破仑在无限中受到控告，他注定要垮台。

他妨碍了上帝。

滑铁卢绝非一场战役，而是世界面貌的焕然一新。

十　圣约翰山高地

凹路显现，炮队也同时卸下伪装。

六十门大炮和十三个方阵，迎面同时向铁骑军开火。无畏将军德洛尔向英国炮队致以军礼。

英军轻炮队悉数飞驰回到方阵中。铁甲骑军一刻不停。凹路的惨祸伤了他们的元气，却未能稍挫他们的勇气。他们人员减少，勇气却倍增。

只有华西厄纵队惨遭横祸，德洛尔纵队则全员到达，因为内依仿佛预感到陷阱，让他们从左面斜插过去。

铁甲骑军猛冲英军方阵。

他们伏在鞍上，放开缰绳，牙齿咬住战马，手握着短枪，这就是当时冲杀的姿势。

在战斗中，人心有时变硬了，乃至把士兵变成石雕，整个肉体变成花岗岩。英军营阵受到疯狂的冲击，却岿然不动。

那场面叫人胆战心寒。

英军方阵每一面都同时受到冲击。狂暴的旋风将他们团团裹住。但是，英军步兵毫不动摇，沉着应战。第一排一条腿跪在地上，用刺刀迎击铁甲骑兵，第二排一齐射击，炮兵在第二排后面则装炮弹；接着方阵正面敞开，让排炮射击，随即又闭合。铁骑军则以铁蹄践踏回击，他们的高头大马竖起前蹄，跨越排列，从刺刀上面飞跃过去，重重地砸在四堵人墙的中间。炮弹在铁骑队中炸出空洞，铁骑军则把方阵冲出缺口。一排排人被铁蹄踏得血肉模糊，刺刀也深深戳进这些神骑的肚腹。因此，这里的创伤奇形怪状，恐怕在别处战场见不到。方阵被这疯狂的骑队啃噬，逐渐缩减，但仍不后退半步。排炮霰弹也射不完，在进攻的骑队中开花。这场战斗的场面十分狰狞可怕。方阵已不再是营队，而成为火山口；铁骑军也不再是骑队，而成为暴风雨。每个方阵都是受到乌云袭击的火山，熔岩同雷霆大战。

右翼角上的方阵最为暴露，毫无凭依，经过第一阵冲击，就几乎被歼灭了。这个方阵由苏格兰高地兵七十五团组成。方阵正中有个吹风笛的士兵，坐在一面军鼓上，胳臂下夹着风笛，就在四周厮杀的时候，他仍吹奏山歌，出神的眼睛低垂着，忧郁的目光里映现出森林和湖泊。那些苏格兰士兵临死还想念他们的山乡，正如希腊人临死还惦记阿尔戈斯城。一名铁甲骑兵一刀将风笛连同那条胳臂砍掉，杀死歌手，山歌也就戛然而止。

铁骑军的数量相对少些，在凹路上又惨遭伤亡，现在几乎是同全部英军作战，但是他们以一当十，人数倍增了。在那阵工夫，几营汉诺威兵开始后退了。威灵顿见此情景，便想到他的骑兵。当时，拿破仑若是想到他的步兵，就可能赢得这场战役。这一疏忽铸成他无法弥补的大错。

横冲直撞的铁骑军，忽然感到遭受袭击：英军骑兵从背后攻来。对面是方阵，后面是索姆塞；索姆塞部有一千四百名龙骑兵，右侧有道恩堡的德国轻骑兵，左侧有特里普的比利时火枪队。这样，铁骑军正面侧面，前后左右受到步兵和骑兵的攻击，不得不四面应敌。这对他们又有什么关系呢？他们是旋风，那种勇猛已经无法形容。

此外，大炮还始终从背后轰击他们。不如此不足以伤他们的后背。铁骑军有一副左肩胛穿了弹孔的铁甲，就陈列在所谓滑铁卢纪念馆里。

必须有这样的英国人，才能对付这样的法国人。

这不再是一场混战，而化为一片阴影、一种疯狂，化为令人目眩的心灵的奋勇、寒光闪闪的刀剑的风暴。刹那之间，英军一千四百名龙骑兵，仅剩下八百了，富勒中校也落马而死。内依率领勒费夫尔-德努埃特的长矛队和轻骑兵赶来。圣约翰山高地攻占了，丢掉，重又攻占。铁骑军丢下龙骑兵，回身对付步兵，更确切地说，千军万马扭作一团，杀得难分难解。方阵始终固守，顶住十二次冲击。内依胯下连死四匹战马。铁骑军半数死在高地上。这场恶战持续两小时。

英军根基动摇。毫无疑问，铁骑军开始冲锋时，如果不是在凹路突遭横祸，那就会突破英军中路防线，决定战役的胜利。在塔拉维拉和巴达若兹见过大场面的克林顿，望着这种异乎寻常的铁骑军，也惊得呆若木鸡。威灵顿十有七八要败绩，仍不失英雄气概，低声赞道："出色！"①

---

① 原话如此。——作者原注。

铁骑军歼灭了十三个当中的七个方阵，夺取或堵塞六十门大炮，夺得英军团队的六面军旗，由羽林军的三名铁骑兵和三名轻骑兵送至佳盟庄，献给皇帝。

威灵顿处境恶化。这场奇特的战役，仿佛两个负伤者的激烈决斗，彼此流尽了鲜血，仍在死死地拼搏。两者看谁先倒下。

高地争夺战仍然继续。

这些铁骑军冲到什么地方呢？谁也说不准，但有一点是确切无疑的：就在大战的次日，在尼维勒、格纳普、拉羽泊和布鲁塞尔四条大路的交叉口，有人发现一名铁骑兵，连人带马死在圣约翰山车辆过磅的磅秤架上。那名铁骑兵穿越了英军的防线。抬过那尸体的人中间，有一个还在世，住在圣约翰山。他名叫德阿兹，当年十八岁。

威灵顿感到要倾覆了。危机的时刻临近了。

英军中部防线没有突破，在这个意义上，铁骑军根本没有成功。两军都拥有高地，因此谁也没有占领，总之，大部分还在英军手里。威灵顿掌握村庄和最高的山坪，内依仅仅夺取山脊和山坡。双方都好像在这伤心惨目的土地上扎了根。

不过，英军似乎无法补充损失的兵员了。这支军队伤亡惨重。左翼坎普特部求援。“没有援军，”威灵顿回答，“让他死拼吧！”事情也是奇巧，两支军队战斗力几乎同时衰竭。内依也请求拿破仑派步兵增援，拿破仑则喊道：“步兵！他要我到哪儿去找？是要我现变出来吗？”

然而，英军却病入膏肓。那些铁甲钢盔的大队人马疯狂地冲击，已经把步兵踏成肉酱。寥寥数人围着一杆旗帜，就标志一个团队方阵的位置，营队的军官，只剩下一名上尉或中尉指挥了；阿尔坦师在圣篱已受重创：高地这一役就几乎全军覆没了；冯·克吕兹旅的顽强的比利时兵，全部倒在尼维勒大路旁的黑麦田里；1811年混在我军中去攻打威灵顿的荷兰榴弹兵，1815年又同英军联合攻打拿破仑；这次几乎无人幸免。阵亡军官的数字也很惊人。于克伯里奇勋爵膝骨折断，次日要埋葬自己的断肢。铁骑军一战，法军方面，德洛尔、勒里蒂埃、克贝尔、德诺普、特拉维尔和勃朗卡尔，固然都或伤或亡，退出战阵，但英军方面，阿尔坦受伤了，巴恩受伤了，德兰塞阵亡，冯·默伦阵亡，奥姆特达阵亡，威灵顿的参谋部死伤大半，在这场两败俱伤的恶战中，英军伤亡更为惨重。近卫军步兵第二团失去五名中校、四名上尉和三面军旗；步兵三十团第一营，损失二十四名军官和一百一十二名士兵；第七十九山地团，则有二十四名军官受伤，十八名军官和四百五十名士兵丧命。坎贝兰德部的汉诺威轻骑兵有一整团人马，在哈克上校率领下，看到混战的场面，竟然掉转马头，全部逃进索瓦涅森林，致使布鲁塞尔都人心惶惶；后来，哈克上校受到审判，免去了军职。当时，他们望见法军步步推进，要逼近森林，就赶着炮兵运输车、辎重车、行李车、满载伤员的篷车，慌忙躲进森林。荷兰兵遭到法国骑兵的砍杀，纷纷高呼：不好啦！据还在世的目击者说，从绿布谷到格罗南达尔，在通往布鲁塞尔方向近两法里的路段上，挤满了逃难的人。就连流亡在马利纳的孔德亲王、流亡在根特的路易十八，也都惊慌失措。威灵顿的骑军，只剩下少量后备骑兵，分布于设在圣约翰山农场的战地医院后面，以及左翼的维卫安和汪德勒旅。许多毁坏的大炮躺在地上。西博恩承认了这些事实；普林格尔则过于渲染，甚至说英荷联军锐减到三万四千人。那位铁公爵还保持镇静，但是他的嘴唇都白了。派到英军作战参谋部的奥地利特派员万森、西班牙特派员阿拉瓦，都认为公爵大势已去。到了五点钟，威灵顿掏出怀表，低声说了这样一句凄惨的话：“布吕歇不来，就是黑夜！”

大约就在这种时候，弗里什蒙那边高冈上，远远出现一排明晃晃的刺刀。

从此，这场恶战发生剧变。

十一　拿破仑的坏向导，布吕歇的好向导

大家知道拿破仑痛心疾首的错误估计：盼格鲁奇，却来了布吕歇，救星不来死神到。

命运就有这类转折突变：本来期望登上统治世界的宝座，却望见圣赫勒拿岛。①

布吕歇的副将布洛当做向导的那个牧童，假如建议他从弗里什蒙上边，而不是普朗努瓦下方走出森林，那么，19世纪也许就是另一种样子。拿破仑就会取得滑铁卢战役的胜利。普鲁士军不走普朗努瓦下方，而走任何别的路，炮队就会陷在谷中，布洛也就无法到达了。

普鲁士军将军穆福林也明确地说，布吕歇军迟到一小时，就见不到还站着的威灵顿了："这一仗丢掉了。"

可见，刻不容缓，布洛适时赶到。况且，他已经大大迟到了。他在狄翁山宿营，天一亮就拔营起寨，但是道路难走，部队在泥淖中跋涉，辙沟很深，抵达炮车的轴。此外，要过狄耳河，还必须走狭窄的瓦伏尔桥，而通向窄桥的街道被法军放了火，两边房舍火势正旺。炮队弹药车和辎车只能等大火熄了才通过。直到中午，布洛的前锋还没有到达圣朗贝尔礼拜堂。

如果进攻提前两小时，到四点钟战斗就会结束，等布吕歇军赶

---

① 圣赫勒拿岛：拿破仑战败后囚禁之地。

到，拿破仑已经打胜了。总之，这类偶然性无穷无尽，非人力所能预测。

皇帝用望远镜观察，从中午就头一个注意到地平线上有动静。他说：“我看见那边有一块乌云，好像是军队。”接着，他又问达尔马梯公爵：“苏尔，圣朗贝尔礼拜堂那边，您看见有什么？”那位元帅举起望远镜望了望，答道：“有四五千人马吧，陛下。显然是格鲁奇部了。”然而，那片人影，却在雾霭中停滞不动。参谋部所有人都举起望远镜，研究皇上指出的“云影”。有人说：“那是中途休息的部队。”大部分人却说：“那是树木。”只有一点是确实的，那片乌云并不移动。皇上派道蒙的轻骑兵师去侦察那点黑影。

布洛的确驻足未动。他率领的先头部队力量太弱，上阵于事无补，必须等待大部队；而且，他也接到命令，先集结兵力再投入战斗。可是，到了五点钟，布吕歇见威灵顿形势危急，就命令布洛出击，并且说了这样一句出色的话：“应当给英军送点空气了。”

时过不久，洛辛、希勒、哈克和里塞尔各师人马，全在洛博部队的前面展开阵式；普鲁士吉约姆亲王的骑兵也从巴黎树林冲出来。普朗努瓦大火熊熊，普鲁士军的炮弹像雨点一样射来，一直落到留守在拿破仑身后的羽林军队列中。

十二　羽林军

后来的情况大家知道了：第三支军队又突然投入，战场四分五裂，八十门大炮齐鸣，布洛率领的皮尔茨第一团、布吕歇亲自率领的泽坦骑兵突袭过来，法军被压下去，马科涅师被逐出奥安高地，杜吕特被赶出帕普洛特，东兹洛和齐奥部也且战且退，洛博侧翼遭到袭击，暮色中，一场新的战斗向我们伤亡惨重的部队逼来，英军全线反攻，猛冲猛打，法国首尾难顾，英普两军的炮火竞相逞凶，大量杀伤，法军前部惨败，侧翼惨败，正是在这种全线崩溃的情况下，羽林军投入战斗了。

羽林军士感到必死无疑，于是高呼："皇帝万岁！"历史上，再也没有比这种欢呼着誓死赴难更动人的场面了。

那天，天空一直阴沉沉的，恰好在那时候，到了傍晚八点钟，天边忽然亮晴，云隙中露出夕阳，血红血红的，透过尼维勒大路边榆树的枝叶。在奥斯特利茨战场上，他们看到的是初升的朝日。

羽林军义无反顾，每营都由一名将军指挥。弗里昂、米歇尔、罗盖、阿尔莱、马莱、波雷·德·莫尔旺都在战场上。羽林军士戴着雄鹰徽的高高军帽，队列整肃镇定，军容威武轩昂，在战火硝烟中出现，连敌军也对法兰西肃然起敬，以为看到二十位胜利女神展翼飞临战场，他们这些胜利者反倒以为战败，纷纷后退了。可是，威灵顿却高喊："近卫军，起立！瞄准！"趴在绿篱后面的英国红装近卫团站起来，一排子弹射出去，打穿了在我们雄鹰周围飘动的三色旗，大家一齐冲击，开始最后的血战。羽林军在黑暗中感到周围军心动摇，要全线溃退，他们听见逃命的喊声代替了皇帝万岁的呼声，尽管大部队在身后溃逃，他们却继续前进，每走一步就遭到更大的打击，也更加接近死亡。绝无一人犹豫，也无一人胆怯。在这支军队里，士兵同将军一样，个个是英雄，没有一人不为国捐躯。

内依拼命了，他决心一死，勇气能与死神比肩，在混战中奋不顾身；胯下坐骑死了五匹，他大汗淋漓，两眼冒火，嘴冒白沫，军服纽扣解开，一个肩章被敌骑砍掉一半，大鹰徽章也被子弹打了个坑，他浑身血污，满身泥浆，高举一把断剑，显得英勇绝伦，大吼道："过来看看吧，一个法兰西元帅是怎样死在战场上！"然而事与愿违，他求死不得，于是又惊奇又愤怒。他向德鲁埃·德·埃尔龙抛出这样的问题："喂！难道你不想死吗？"大炮从四面轰击这一小堆人，他在中间大吼："怎么不往我身上打！哼！我真希望英军炮弹全打进我的肚子里！"不幸的人哟，你活下来是留给法国人的子弹①！

十三　大难

羽林军后面，大溃败惨不忍睹。

大军各个方位：乌果蒙、圣篱、帕普洛特、普朗努瓦，都突然同时退却。"叛国！"的吼声刚落，又响起"赶快逃命！"的喊声。一支军队瓦解，犹如江河解冻。无不弯曲，折裂，崩断，无不飘荡，席卷，跌落，相互撞击，相互推拥，张皇失措。真是空前的大溃散。内依借了一匹马，跨上去，他没了军帽，没了领带，没了指挥剑，却横在通向布鲁塞尔的大道上，同时拦挡英国兵和法国兵。他还想力挽狂澜，召唤军卒，斥骂他们，力图阻止大军溃退。然而，他独力难支。军卒见了他纷纷逃避，同时高呼："内依元帅万岁！"杜吕特的两团人马惊慌失措，往来奔突，左右失据，忽而投向骑队的马刀，忽而撞上坎普特、贝斯特、帕克和里兰德各旅的排枪。大混战最糟的就是溃退，为争夺逃路，友军相互屠杀；骑队步营相互践踏，全部冲散，在战场上涌起惊涛骇浪。洛博和雷伊各守两翼的一端，也被狂澜卷走。拿破仑用仅余的羽林卫队组成人墙堵截，甚至用上亲随马队，做最后的努力，然而徒劳。齐奥部在维卫安面前退却，凯尔曼部在旺德勒面前退却，洛博部在布洛面前退

① 内依被元老院判处死刑，1815年10月7日执行枪决。

却，莫朗部在皮尔茨面前退却，道蒙和苏伯维克部在普鲁士亲王吉约姆面前退却，吉奥率领皇帝马队去冲锋，却落到英国龙骑兵的铁蹄下。拿破仑策马在逃兵面前来回奔驰，又是训话，又是催促，又是威胁，又是恳求。所有这些人的嘴，早晨还高呼皇帝万岁，现在却哑然无声了；他们几乎不认识皇上了。普鲁士骑兵是刚到的生力军，他们挥舞马刀，飞奔冲杀，大肆砍伐屠戮。马匹拖着炮车奔逃，乱冲乱闯；辎重兵丢掉弹药车，骑上马逃跑；撞翻的车辆四轮朝天，阻碍道路，造成屠杀的机会。人员马匹挤压践踏，从死人和活人身上踏过去。胳膊乱挥乱打。呼叫，悲号，军包和枪支丢到黑麦田里，用刀剑开路，不管什么战友，不管什么军官，也不管什么将军，仓皇逃命的情景难以形容。泽坦部队大杀大砍法兰西。狮子变成了麋鹿。这便是这次大溃败。

在格纳普。法军还试图调转枪口，准备阻击。洛博收拢了三百人，在村口建了防御工事；然而，普鲁士军一阵枪炮，守军又全逃散，结果洛博被俘。那一排射击在一座破砖房山墙上留的弹痕，如今还能见到；那座砖房在大道右侧，离格纳普村有十分钟的路。普鲁士军冲进村里，他们一上阵就获胜，自然还没有杀过瘾。追杀的场面十分残忍。布吕歇命令赶尽杀绝。罗盖已经开了恶劣的先例：凡是给他带来被俘普鲁士兵的法国羽林军士，就必须处死。比起罗盖，布吕歇有过之而无不及。青年羽林军将军杜埃斯姆退到格纳普客栈门口，交出剑束手就俘，却被死神的骑兵用他的剑刺死了。屠杀战败者，胜利才算圆满。既然我们代表历史，那就惩罚吧：布吕歇老儿名誉扫地。这种残酷的杀戮，更使溃败混乱到极点。溃军争相逃命，穿过格纳普村，穿过四臂村，穿过戈斯利村，穿过弗拉斯恩村，穿过查理王村，穿过特浑，直到边境才停止。唉！是什么人这样逃窜？是大军啊。

历史为之惊叹的那种勇武精神，忽然这样张皇失措，惊恐万状，完全崩溃，这其中难道没有缘故吗？当然有。一只巨大的右手在滑铁卢投下阴影。那是决定命运的一天。一种超人的力量指定了那个日子。因此，万众都惊慌逃窜；因此，那些勇武绝伦的人交剑就擒。那些人一度征服欧洲，这回却一败涂地，再也没有什么可说的，再也无能为力，只觉得冥冥中有一种可怕的东西。“天数使然。”[①]那天，人类的前景起了变化。滑铁卢，就是19世纪的户枢。那个伟人必须退出历史舞台，历史才能进入伟大世纪。最高主宰做出了安排。英雄们惊慌失措，则事出有因了。在滑铁卢战场上空.不仅仅有乌云，还有一种奇象：是上帝经过那里。

天要黑下来的时候，在格纳普村附近的田野里，贝纳尔和贝特朗扯住衣襟，拦住一个人。那人眼睛怔忡，神色凄然，一副沉思的样子，被溃军的潮流裹卷到那里，他刚刚下马，挽着缰绳，精神迷离恍惚，独自一人转向滑铁卢。他就是拿破仑，梦游的巨人，还要走向已然崩摧的梦境。

十四　最后一个方阵

羽林军的几个方阵，好似江流中的岩石，在溃军的洪水中屹立不动，一直坚持到夜晚。夜色同死亡一同降临，他们毫不动摇，等待这双重的黑影，任其将自己团团裹住。每个团队都孤立作战，同四处溃散的大军也失去联系，只待以身殉难。他们排开阵式，准备最后一搏，有的在罗索姆高地，有的在圣约翰山的平川。那些孤立无援的方阵，明知战败，也英勇不屈，准备壮烈牺牲。乌勒姆、瓦

---

① 原文为拉丁文。

格拉姆、耶拿、弗里兰各战役的胜利，也附在他们身上死去。

大约晚上九点钟，在圣约翰山高地脚下，夜色中还剩下一个方阵。这个方阵，在山坡脚下阴惨的谷中，还继续战斗；谷上的这面山坡，铁骑军曾经跃马冲锋，现在英军却如潮涌来，敌军胜利的炮火也集中疯狂地轰击。这个方阵由一个不知名的军官康伯伦指挥，每遭受一次轰击，就缩小一圈儿，但是仍然还击，以排枪对抗炮火，四面人墙逐渐消减。逃远的溃兵有时停下喘口气，在黑暗中倾听这沉雷声渐渐小了。

等到这队人马只剩下一小堆，等到他们的战旗只剩下一小片儿，等到子弹打完，他们的步枪只能当棍子使用，等到死尸堆超过活人堆的时候，胜利者对这些英勇卓绝奄奄待毙的人，也油然产生一种敬畏，就连英军炮火也停止射击，一时静默下来。这只是一段间歇。这些战士觉得周围鬼影憧憧，纷纷涌动：骑马的人影、炮身的黑影、从车轮和炮架之间窥见的白色天空。从一开始，这些英雄就隐约望见远处硝烟中的死神，只见死神的巨大头颅渐渐逼近，并且死死盯着他们。暮色中，他们还能听见敌人上炮弹的声响，点燃的导火线好似黑夜中猛虎的眼睛，在他们头的上方围了一圈；英军炮队的点火棒一齐凑近炮身，就在这千钧一发的时候，有个英国将军，有人说是柯维耳，有人说是麦兰德，他似乎心有所感，抓住最后一秒钟，对他们喊道：“勇敢的法国人，投降吧！”康伯伦则回答：“狗屎！”

十五　康伯伦

这也许是法国讲的最美妙的话，但是法国读者喜欢受到尊重，不愿听人重复。不准将振聋发聩的妙语写进历史。

我们甘冒大不韪，破此禁忌。

须知在所有这些英豪中，有个巨人，名叫康伯伦。

说出这句话，然后就义。还有比这更伟大的吗！他务求一死。此人在枪林弹雨中幸存，不是他的过错。

赢得滑铁卢战役的人，不是溃不成军的拿破仑，也不是四点钟退却、五点钟绝望的威灵顿，更不是不打就胜的布吕歇，赢得滑铁卢战役的人是康伯伦。

这样一句话如一声霹雳，回击要劈死你的雷霆，这就是胜利。

这样回答大灾大难，这样回答命运，给未来的狮子[①]提供这样的基座，以此驳斥那一夜的大雨，驳斥乌果蒙险恶的围墙，驳斥奥安的凹路，驳斥格鲁奇的姗姗来迟，驳斥布吕歇的赶来援敌，进入坟墓还要嘲讽，纵然倒下也不失为挺立的铮铮铁汉，将欧洲联盟淹没在这两个字里，把恺撒们领教过的这类秽物贡献给各国君主，给这最粗鄙的话掺上法兰西的闪光，合成一个最辉煌的字眼，用嬉笑怒骂来给滑铁卢收场，用拉伯雷补充勒欧尼达斯[②]，以这句最难启齿的话来总结这场胜利，丢掉阵地而保全历史，在这场大屠杀之后，让敌方成为嘲笑的对象，这就是气壮山河。

这就咒骂雷霆，这就与埃斯库勒斯[③]同样伟大。

康伯伦的话产生撕裂的音响效果。一个胸膛因鄙夷而撕裂，因愤懑涨满而爆破。谁战胜啦？是威灵顿吗？不是。没有布吕歇，他就完蛋了。难道是布吕歇吗？也不是。如果没有威灵顿打头阵，布吕歇怎能收拾残局。这个康伯伦，不过是最后一刻的过客，一个无名小卒，在大战中微不足道，然而他却感到荒唐，这次惨败太荒

---

① 指滑铁卢纪念墩上的铁狮子。

② 勒欧尼达斯：公元前5世纪斯巴达王，与波斯作战阵亡。

③ 埃斯库勒斯：公元前5世纪，希腊悲剧之父。

唐，因而倍加痛心，他满腔怒火要发泄的时候，恰好有人送来这样可笑的东西：逃生！他怎能不暴跳如雷呢？

他们全到场了，欧洲各国的君主、得意洋洋的将军们、大显神威的朱庇特们，他们有十万胜利大军，后面还有数十万、上百万大军，还有点燃导火线的大炮，张着大口；他们恣意践踏羽林军和法兰西大军，压垮了拿破仑，只剩下康伯伦了，只剩下这条小虫来抗争。他决心抗争。于是他寻找一句话，如同寻找一把剑。这句话发自嘴角的唾沫，唾沫就是这句话。面对这种奇异而又平庸的胜利，面对这种没有胜利者的胜利，他这悲痛欲绝的人挺身而出；他承认这场胜利的重大，却又看到它的空虚；他不止唾它，既然在数量、力量和物质方面相差悬殊，他就在心灵里找出一种表达方式，也就是粪便。我们在此实录下来。他这样说，这样做，想出这个字眼，就成为胜利者。

就在这种决定命运的时刻，伟大日子的精神进入这个默默无闻的人的心灵。康伯伦找到滑铁卢的说法，正如鲁杰·德·李勒想出《马赛曲》，同是受到上天的启迪。一股神风离开天宇，下来穿过这两个人的身心，于是，他们有所感悟，一个唱出至高无上的战歌，另一个发出惊世骇俗的怒吼。这句极端蔑视的话，康伯伦不仅以帝国的名义抛向欧洲，这样分量太轻，而且还以革命的名义抛向过去。我们听见康伯伦的怒吼，听出他的声音有先烈精魂的遗韵，仿佛是丹东的演说，又像克莱伯[①]的狮吼。

康伯伦的话一抛出来，英国人就回敬一句：开火！大炮顿时火光连天，一个个青铜大口喷出最后一批霰弹，声震山岳，硝烟遍野，滚滚升腾，被初升的月亮微微映成白色；等到硝烟飘散，阵地

---

① 克莱伯（1753—1800年）：法国将军，曾屡建战功。

上什么也没有了。这一点顶天立地的残部全歼了；羽林军死掉了。那座活人堡垒的四堵墙坍倒，地上的尸体堆里只是偶尔有的还在抽动。比罗马大军还雄壮的法兰西大军，就这样死在圣约翰山上，倒在那片雨水血水浸透的土地上，倒在阴惨的麦田里；而如今，那是约瑟夫每天凌晨四点钟必经之地；他轻快地吹着口哨，挥鞭催马，赶着尼维勒的邮车驶过。

十六　将军的分量[①]

滑铁卢战役是个谜，无论对赢家还是输家，都同样模糊不清。在拿破仑看来，这是一场恐慌；布吕歇只见炮火；威灵顿则莫名其妙。看看那些报告吧。战报杂乱无章，评论自相矛盾。这些人结结巴巴，那些人吞吞吐吐。约迷尼将滑铁卢战役分成四个阶段；穆弗林则划为三次转折；唯有沙拉独具慧眼，看出一点儿门道，认为这是人类智慧同天意较量的一场灾难，尽管在某些方面我们和他见解不同。其他所有历史学家，都程度不同地眼花缭乱，在眩惑中摸索。那一天真是电闪雷鸣，军事专制政体崩溃，波及所有王国，强权政治衰落，黩武主义溃败，令各国君主惊诧不已。

这一事件具有天意难违的色彩，人力是微不足道的。

从威灵顿和布吕歇手中拿掉滑铁卢，难道就剥夺英国和德国什么东西了吗？不然。无论显赫的英国还是神圣的德国，都与滑铁卢的问题毫无关系。感谢上天，人民之所以伟大，并不牵涉穷兵黩武。无论德国、英国，还是法国，都不是区区一个剑鞘所能容下的。在这个时期，滑铁卢不过是刀剑的一阵撞击声，在布吕歇之

① 原文为拉丁文。

上，德国有歌德，在威灵顿之上，英国有拜伦。思想普遍兴旺昌盛是本世纪的特点，而在这曙光中，英国和德国也都各自放射出灿烂的光芒，因其思想而显得崇高，以其内在的东西提高人类文明的水平；这种贡献绝非偶然之举，而是来自它们的本身。在19世纪，两国壮大的根源不是滑铁卢。唯有野蛮民族，才仅凭一役之功而突然强盛起来，那是旋生即灭的虚荣，如同一阵风暴掀起的浪涛。文明的民族，尤其处于我们这个时代，不会因为一个将领的胜负，地位就提高或者降低。他们在人类中的特殊分量，来自比一场战事更深的东西。谢天谢地，他们的荣誉、他们的尊严、他们的智慧、他们的才能，都不是什么筹码，不可能让那些赌徒式的英雄和征服者投入战场去赌输赢。战败了，往往取得进步。少些光荣，却多些自由。战鼓声止，理性就发言了。这是输赢颠倒的游戏。双方还是心平气和地谈论滑铁卢吧。是偶然就归于偶然，是上帝就归于上帝。那么，滑铁卢是怎么回事呢？是一场胜利吗？不是。那是掷骰子掷出个双五。

掷出双五，欧洲赢了，法国输了。

在那里立起一个狮子并不过分。

况且，滑铁卢是历史上最奇特的一次遇合。拿破仑和威灵顿。他们并不是仇敌，而是截然相反的人。上帝最喜欢对比反衬，但是还从来没有制造出如此惊人的对比，如此出色的反衬。一方面是精确缜密，深谋远虑，行止合度，谨慎从事，撤退有方，留有余力，镇定而又坚忍不拔，既有坚定不移的作风，又有因地制宜的方略，部署兵力不失均衡，杀戮务合准绳，作战分秒不差，毫无侥幸的心理，总之，老谋深算，绝对合乎规矩，一副传统型将帅的风范；而另一方面，则全凭直觉，全凭灵感，是军事上的奇才，具有特异的本能，目光如炬，像鹰一样注视，像霹雳一样打击，恃才傲世，常以迅雷不及掩耳之势出奇制胜，心曲高深莫测，能与命运联手，号令乃至胁迫江河、平野、森林和丘峦服从，甚至战场也玩于股掌之中的专制者，既相信星相又相信战略学，既夸大又扰乱这种信念。威灵顿是战争的巴雷姆，拿破仑是战争的米开朗琪罗；然而这次，天才败于心计的手下。

双方都等待一个人。这样，计算精确的人就得手了。拿破仑等待格鲁奇而不来。威灵顿等待布吕歇却等来了。

威灵顿为战，是后发制人的传统型。拿破仑初露头角的时期，在意大利同他相遇，把他打得落花流水。老枭在雏鹰面前望风而逃。传统的战术不仅一败涂地，而且声誉扫地。这个二十六岁的科西嘉人是干什么的？这个意气风发的无知青年究竟是怎么回事？他身孤力单，以寡敌众，既没有粮草，没有弹药，又没有大炮，连鞋都没有，几乎没有军队，只带领一小撮人，对抗万众，冲向勾结起来的欧洲，在根本不可能的情况下，竟然连连取胜，简直荒唐到了极点！这个摧枯拉朽的狂人是从哪儿来的呢？他手中只掌握那点儿兵力，几乎没有喘息，一口气接连粉碎德皇的五个军，把博利叶摔到阿文泽身上，把乌姆塞摔到博利叶身上，把梅拉斯摔到乌姆塞身上，又把马克摔到梅拉斯身上！这个傲岸一切的战场新手，究竟是什么人呢？学院派军事家纵然败退，也把他判为异端。正因为如此，老恺撒主义对新恺撒主义，规定刀法对闪光花剑，方正棋盘对非凡天才，就怀有一种刻骨的仇恨。1815年6月18日，这种仇恨有了结论。在洛迪、蒙贝洛、蒙诺特、芒图、马伦戈、阿科尔的下面，又添上了滑铁卢。庸人得胜，多数人宽慰。命运同意了这种嘲讽。拿破仑到了衰退的晚年，又撞见了年轻的乌姆塞。

的确如此，要睹乌姆塞的风貌，只需染白威灵顿的头发就行了。

滑铁卢，是二流将领赢得的头等大战役。

在滑铁卢战役中，值得赞赏的是英格兰，是英国式的坚定、英国式的决心、英国的血统；值得赞赏的是英格兰的精华，请别见怪，也正是英国本身。值得赞赏的不是它的统帅，而是它的军队。

威灵顿也怪得很，竟然忘恩负义，在给巴图斯特勋爵的信中，说他在1815年6月18日作战的军队，是一支“糟糕的军队”。埋在滑铁卢垄沟下的幽幽白骨，又作何感想呢？

英格兰在威灵顿面前，也太谦抑过分了。把威灵顿捧得多么伟大，就是把英格兰贬得非常渺小。威灵顿不过是一个普通的英雄。那些灰军装的苏格兰士卒、那些近卫骑兵、梅兰德和米切耳的团队、帕克和坎普特的步兵、蓬松比和索姆塞的骑队、在枪林弹雨中吹风笛的苏格兰高地兵、里兰德的营队，所有那些新兵，敢于同埃斯兰和里沃利的老营对抗，这才是伟大的。威灵顿表现出顽强的精神，这是他的长处，我们并不想贬低；然而，他的军队最普通的步卒和骑兵，也都跟他一样坚忍不拔。铁军配得上铁公爵。而我们的全部敬意，要献给英国士兵、英国军队、英国人民。如果有战功的话，那也应当归属于英格兰。滑铁卢的纪念柱，如果不是把一个人的形象，而是把一国人民的雕像高举入云，那就更加公允了。

然而，听到我们在这里讲的话，伟大的英格兰要恼怒发火。英格兰经过它的1688年和我国的1789年之后，仍然对封建制抱有幻想，还信奉世袭制度和等级制度。那国人民，要论强盛和光荣谁也比不过，他们却自认为是民族而不是人民。他们作为人民甘居人下，奉一个勋爵为首领。做工的人[①]，任人蔑视；当兵的人，也任人鞭笞。大家还记得，在印克门那场战役中，据说有一名中士救了大军脱险，但是，雷格兰勋爵却未能论功行赏，因为英国军队的等级

① 原文为英文。

制度不准许在战报中，表彰不够军官阶衔的任何英雄。

在滑铁卢这种类型的会战中，我们最欣赏的还是偶然的奇巧。一夜大雨，乌果蒙坚固的围墙，奥安的凹路，格鲁奇充耳不闻炮声，拿破仑受向导的欺骗，布洛得到向导的指引，这一系列天灾人祸都安排得极其巧妙。

总括来说，在滑铁卢，屠杀超过战斗。

在所有阵列战中，滑铁卢是战线最短而兵力最多的一次。战线的长度，拿破仑拉开四分之三法里，威灵顿布了二分之一法里，而双方各投入七万两千名官兵。这种密集导致了屠杀。

有人做过统计，列出这样的比例数字。阵亡人数：奥斯特利茨战役，法军百分之十四，俄军百分之三十，奥军百分之四十四；瓦格拉姆战役，法军百分之十三，奥军百分之十四；莫斯科河战役，法军百分之三十七，俄军百分之四十四；包岑战役，法军百分之十三，俄普联军百分之十四；而滑铁卢战役，法军百分之五十七，联军百分之三十一。滑铁卢战役阵亡人数，总计百分之四十一。十四万四千官兵，阵亡六万人！

滑铁卢战场，如今平静了，仍属于大地——这一人类始终如一的寄托，又同所有平野一样了。

然而，到了夜晚，一种梦幻的薄雾从大地升起，一位行客若是经过那里，若是观察，若是倾听，若是像维吉尔经过凄惨的腓力斯平野那样幻想，就会悚然产生幻觉，看见那一幕刀兵之灾。可怕的6月18日的场面重又显现，虚假的纪念墩隐没了，那只俗不可耐的狮子也消失了，战场又恢复原状：一队队步兵像波浪一样在平野上推进，骑兵在天边狂奔飞驰！沉思者魂惊魄动，看见刀光剑影，炮弹火光纷飞，雷电交加；他听见鬼魂交战的呐喊，仿佛从坟墓传出的呻吟；那些黑影，正是羽林军士；那片荧光，正是铁骑军；那副枯骨，则是拿破仑；而另一副枯骨，便是威灵顿；那一切已不复存在，但是还在较量，还在搏斗；丘谷染成殷红色，树木为之抖瑟，杀气直达云霄，而所有那些凶险的丘峦：圣约翰山、乌果蒙、弗里什蒙、帕普洛特、普朗努瓦，在黑暗中显现，都隐隐笼罩着幽魂厮杀的一团团阴气。

十七　滑铁卢是好事吗

有一个非常可敬的自由派，根本不憎恶滑铁卢。我们却不能苟同。在我们看来，滑铁卢不过是自由的一个凶日。那样一只卵孵出那样一只鹰，当然出人意料。

如果高瞻远瞩地看待这个问题，那么滑铁卢则是处心积虑的反革命的胜利。那是欧洲反对法兰西，是彼得堡、柏林和维也纳联手反对巴黎，是守旧反对倡新，是通过1815年3月20日打击1789年7月14日，是惶惶不可终日的各个王国反对不可遏制的法兰西骚动。总之是一种梦想：扑灭这个博大的人民二十六年来突起的气焰。那也是勃伦维克、纳索、罗曼诺夫、霍亨佐伦、哈伯斯堡等王室和波旁王室的联盟。滑铁卢背负着神权。的确，由于事物的自然反应，既然帝国是专制的，那么王国就必然是自由的了；同样，事与愿违，从滑铁卢产生出了立宪体制，令那些胜利者无比遗憾。这是因为：革命不可能真正被战胜，它顺应天理，必然大行其道，总能复现出来，在滑铁卢之前，体现在推翻旧王朝的波拿巴身上，在滑铁卢之后，则体现在接受宪章的路易十八身上。波拿巴还把一个驿站车夫①

① 指缪拉。但他是乡村客栈老板的儿子，并没有当过驿站车夫。1808年封他当那不勒斯王时，他已经是元帅了。

安插在那不勒斯王位上，把一名中士[①]安插在瑞典王位上，以不平等来体现平等。路易十八在圣都安签署了人权宣言。您要想了解革命是什么，那就称它为“进步”吧；您要想了解进步是什么，那就称它为“明天”吧。明天势不可当，必行其道，而且从今天就开始；说来也怪得很，它总能达到目的。他利用威灵顿，将区区一个士兵的伏瓦造就成演说家。伏瓦在乌果蒙倒下，又在讲坛上站起来[②]。进步就是这样进行。这个工人用什么工具都得心应手。它从容不迫，调动跨越阿尔卑斯山的那个人和爱丽舍神父[③]的那个虚弱而善良的老病夫，一同为它神圣的工作效力。它既利用那个足痛风患者，也利用那个征服者；外用征服者，内用足痛风患者。滑铁卢制止武力毁灭欧洲各王朝，只产生一种效果，就是从另一方面推动革命进程。征伐者退位，轮到思想家上场了。滑铁卢要阻止时代前进，时代却从上面跨过去，继续它的行程。这次险恶的胜利，又被自由战胜了。

总之，毋庸置疑，在滑铁卢得胜者，站在威灵顿身后微笑者，把全欧洲，据说也把法兰西大元帅令杖送去者，欢快地推车运送满是白骨的沙土建筑狮子纪念墩者，在纪念墩基座得意地刻上1815年6月18日这个日期者，鼓励布吕歇屠戮溃兵者，站在圣约翰山上就像盯着猎物一样俯视法兰西者，正是反革命。正是反革命窃窃说出这样无耻的话：分割肢解。然而到达巴黎，它就靠近观察了火山口，感到这片火山灰烫脚，只好改变初衷，又回过头来结结巴巴地谈论宪章。

在滑铁卢中只应看其内涵。有意拥护自由吗？绝不是。反革命

① 指贝纳道特。他在1789年是上士，1810年被瑞典国遴选为王权继承人，1818年才成为瑞典和挪威国王。

② 伏瓦（1775—1825年）：法国将军，在滑铁卢战役中是第十五次负伤。1819年进入议会，成为自由派的主要发言人。

③ 指路易十八。“爱丽舍神父”是他的外科医生的绰号。

无意中成为自由派，而且无独有偶，拿破仑也同样无意中成为革命者。1815年6月18日，罗伯斯庇尔从马上摔下来了。

十八　神权东山再起

独裁制寿终正寝。欧洲一整套体制瓦解了。

帝国沉沦了，如同垂死的罗马帝国，隐没在黑影中。就像回到野蛮时代，人们又经历一场大劫难。1815年的蛮族，如果称其乳名，就叫做反革命；不过，这一蛮族气数太短，很快就气息奄奄而夭折了。应当承认，人们悼念帝国，而且洒下英雄的眼泪。如果说武功的荣耀造成了霸权，那么帝国本身就是荣耀；它将专制所能放射的光，全部散射到大地上。但这是暗淡的光，说得更甚一点，是昏暗的光，比起名副其实的白昼来，简直就是黑夜。然而，这一黑夜消尽，却产生日食的效果。

路易十八返回巴黎。7月8日①的圆舞冲淡了3月2日的狂热。那个科西嘉人和那个贝阿内人②形成鲜明的对照。土伊勒里宫圆顶上的旗帜换成白色。亡命之君重登宝座。路易十八百合雕花的坐椅前，又放上哈维勒杉木桌。大家谈论布维讷和封特努瓦，仿佛是昨天发生的事，奥斯特利茨已经是老皇历了。神坛和王座亲如手足，弹冠相庆。在19世纪法国和欧洲大陆，确立了社会安全的最无可争议的一种形式。欧洲佩戴上白色徽章。特大容③名声大噪。在盖道塞兵营正门太阳形韵拱石上，又出现“高于万众”的箴言④。凡是驻过

---

① 1815年7月8日，路易十八第二次返回巴黎。

② 指路易十八。

③ 在尼姆城制造白色恐怖的雅克·杜蓬的绰号。

④ 原文为拉丁文。作者把路易十八的箴言稍作改动，实际是：“非同一般。”

羽林军的地方，就有一所红房子。卡鲁塞耀武门满是病恹恹的胜利女神，来了这些新客，它倒产生沦落异乡之感，也许还对马伦戈和阿科尔的胜利颇感羞愧，只好立了个昂古莱姆公爵的雕像来撑撑门面。马德兰墓地，是93年惨不忍睹的万人冢，因为那片土里有路易十六和玛丽-安东妮特的枯骨，这会儿地面上就铺了大理石和燧石板。在万森墓地上，土中露出一截儿墓碑，令人想起昂菲安公爵就死于拿破仑加冕的那个月。教皇庇护七世在公爵被处决后不久，主持了那次加冕大典；他就像当初祝福拿破仑登基那样，现在又坦然地祝贺他的倾覆了。是啊，这些事情全实现了，这些国王又重登宝座，欧洲的霸主被关进囚笼，旧朝又变成了新朝，大地的黑暗和光明完全颠倒了位置，只因在夏天的一个下午，一个牧童在树林里对一个普鲁士人说："请走这边，不要走那边！"

1815年就像阴沉的4月天。各色各样有害有毒的旧东西，表面上都焕然一新。谎言也紧紧抓住1789年，神权戴上一副宪章的假面具，虚假的东西也都变成立宪的货色，那些成见、迷信和私欲，嘴边挂上宪章第十四条，纷纷称起自由主义了。那不过是蛇蜕皮而已。

人通过拿破仑，既变得伟大，又变得渺小了。在这金玉其外浮饰成风的时代，理想也得了一个怪名：空论。嘲笑未来，是一个伟大的严重疏失。然而，作为炮灰的人民，无比爱戴炮手，还举目四望寻找他。他在哪里？他在做什么？"拿破仑已经死了。"一个行人对一个参加过马伦戈和滑铁卢战役的伤兵说。"他，还会死！"那士兵嚷道，"你也太了解他啦！"在想象中，那个垮台的人已经神化了。滑铁卢之后，欧洲天昏地暗。拿破仑一消失，很长时间留下巨大的空虚。

各国君主来填充这种空虚。旧欧洲趁机改头换面。他们拼凑了一个神圣同盟。决定命运的滑铁卢战场，早就称为佳盟了。

面对乔装打扮过的旧欧洲，一个新法兰西初具规模了。受皇帝嘲笑过的未来，也已破门而入。它的额头有颗自由之星。年轻一代的热切目光一齐转向未来。事情奇就奇在，他们同时热爱自由这个未来和拿破仑这个过去。败仗反而使败者更加伟大。倒下的波拿巴比站立的拿破仑还要显得高大些。得胜者却惶惶不可终日。英国派了哈德逊·洛维去看守他，法国派了蒙什奴去监视他。他叉起的手臂，也成为那些王位的忧患。亚历山大称他为：我的失眠症。这种恐惧来自他身上所负载的革命的分量。这样，波拿巴信徒的自由主义就好解释，也值得谅解了。这个幽灵让旧世界战栗。当政的国王都坐卧不安，总望见天边的圣赫勒拿岩岛。

拿破仑在龙坞奄奄待毙的时候，倒在滑铁卢战场上的六万人的尸骨也静静地腐朽了，他们的静谧扩散到人间。维也纳会议签订了1815年协定，而欧洲称这为复辟。

这就是所谓的滑铁卢。

然而，对于无限来说，这又算什么呢？整个这场暴风雨、整个这阵乌云、这场战争，继而这种和平、整个这片阴影，丝毫也没能扰乱无限慧眼的光芒；在这慧眼里，从一根草茎跳到另一根草茎的蚜虫，同圣母院上从一个钟楼飞到另一个钟楼的鹰，并没有什么差别。

十九　战场夜景

书归正传，再来叙述这片凄惨的战场。

1815年6月18日正是望月。月光给布吕歇的残酷追杀提供了方便，照出逃兵的踪迹，将溃散的乌合之众交给疯狂的普鲁士骑兵，从而协助了这场大屠杀。在这类天灾人祸中，黑夜往往起可悲的作用。

最后一发炮弹射出之后，圣约翰山平野便一片空荡。

英军占据了法军的营地，这是确认胜利的通例：在败军的榻上高卧。他们越过罗索姆安营扎寨。普军则勇追穷寇，大力向前推进。威灵顿回到滑铁卢村，起草给巴图斯特勋爵的捷报。

如果说“这当然不是指您”[1]这句话真的实用，那么用在滑铁卢村上肯定最贴切了。滑铁卢离战场半法里远，毫无作为。圣约翰山遭受炮击，乌果蒙焚毁，帕普洛特焚毁，普朗努瓦焚毁，圣篱受到猛攻，佳盟目睹两个胜利者拥抱；然而，这些名字鲜为人知，滑铁卢毫无战功，却尽享荣誉。

我们不是那种颂扬战争的人，但是有了机会，就要讲一讲战争的真情实况。毋庸隐讳，战争有一种凄美；当然也要承认，战争有其丑恶的方面。其中最令人吃惊的一丑，便是胜利后立即剥夺死者的衣物。战后第二天的晨光，照见的总是赤条条的尸体。

是谁干的呢？是谁这样玷污胜利？是什么丑恶的手偷偷摸进胜利的衣兜？是什么扒手在光荣后面干出这种勾当？有些哲学家，伏尔泰就是其中一个，他们断言这样干的人恰恰是胜利者。他们说那全是一丘之貉，并无二致；仍然站立的人洗劫倒下的人。白天的英雄，夜晚变成吸血鬼。况且，连人都杀了，再顺手捞点油水，也是合乎情理的。至于我们，却不敢苟同。既摘了胜利的桂冠，又扒窃死者的鞋子，我们觉得不可能是同一只手。

有一点确切无疑：胜利者的后面往往跟着窃贼。我们还是排除士兵，尤其是现代士兵。

---

① 原文为拉丁文，是维吉尔一首讽喻诗的起句。

但凡大军都有一只尾巴，那才是应当谴责的。那是蝙蝠似的东西，半土匪半仆役，是从所谓战争的这种暮晚产生的各种飞鼠，是穿军装不上阵的假兵，是装病和假伤员而心黑手辣的家伙，是走私的食品贩子，有时还带着女人，坐着小马车，卖出去再偷回来，还有主动给军官当向导的乞丐、随军仆役、扒手窃贼，我们不说当代，从前部队行军，总拖着这批货色，以致有专门语言称为“收容队”。这帮家伙，不属于任何军队，也不属于任何民族；他们讲意大利语却随着德国军队，讲法语却追随英国部队。切里索勒斯战役胜利的那天夜晚，德·费瓦克侯爵就是让这样一个坏蛋给害死了：侯爵遇见那个讲法语的西班牙收容队员，听他讲蹩脚的庇卡底方言，就当成是本国人，结果性命和财物全丢了。盗窃生贼。有句可鄙的格言：靠敌人吃饭。产生了这种麻风病，只有严惩才能治愈。有些人欺世盗名；我们有时就弄不明白，一些大名鼎鼎的将军为什么那样深孚众望。图雷纳[①]受到部下的爱戴，就因为他纵容掠夺。纵容的恶也成为善了。图雷纳太善了，听任部下在帕拉蒂纳城烧杀抢掠。跟随部队的窃贼多寡，因率军的将领而异。贺什和马尔索[②]的军队就根本没有收容队；我们也说句公道话，威灵顿的军队有而不多。

不过，6月18日夜晚到19日凌晨，仍有人盗尸。威灵顿纪律严明，下令当场抓获格杀勿论；然而，盗窃是顽症，战场这边枪决盗匪，那边照样行窃。

月光惨淡，照着这片平野。

将近半夜，奥安凹路那边，有个人在徘徊，确切地说，他在匍

---

① 图雷纳是法国元帅，死于1675年，显然不会参加1693年帕拉蒂纳城的烧杀行为，但他纵容部下抢掠占领的地方却是事实。

② 贺什和马尔索均为法国革命时期的将领。

匐爬行。一看那样子，就知道他正是我们刚刚描述的那类人，既不是英国人，也不是法国人，既不是农民，也不是士兵，三分像人七分像鬼，被死尸的气味吸引过去，以盗窃为胜利，要抢劫滑铁卢。他穿一件带风帽的罩衣，鬼头鬼脑，又贼胆包天，朝前走又不住往后看。他是什么人？关于他的来历，也许黑夜比白昼还要清楚些。他没有行囊，但是显而易见，他罩衣的口袋又肥又大。他走走停停，四下张望，看看是否有人暗中注意，有时他突然弯下腰，翻动地上静止不动的什么东西，然后直起身，又悄悄溜走。他那样悄声游荡，那副鬼鬼祟祟的样子、那种偷偷摸摸的急促动作，就像黄昏时出没在废墟中的野鬼，也就是诺尔曼人古代传说中所说的游魂。

夜间水泽的某些涉禽，就有这种鬼影。

有人若是注意观察，就会透过那片迷雾，看见不远处有一辆小货车，仿佛躲在尼维勒大道边的一座破房子后面，恰好在圣约翰山到勃兰拉勒那条路的拐角；那辆车柳条编的车篷涂了柏油，驾着一匹饿得戴嚼子吃荨麻的驽马；车上有个女人模样的人，坐在箱匣和包裹上。那辆货车和这个游荡者之间，也许有点儿关系。

夜晚宁静。天空没有一丝云彩。大地染红，而月光依然皎洁。正所谓老天无情。牧场上，被霰弹打折的树枝，有的连皮还吊在树上，在晚风中轻轻摇曳。荆丛微动，好像发出气息，几乎像在呼吸。青草抖瑟，又仿佛灵魂离去。

远处隐隐传来英军营盘巡逻队往来、军士查哨的声响。

乌果蒙和圣篱，一东一西，还在燃烧。两片大火，又由丘岗上拉成巨大半圆的英军营帐篝火连起来，远远望去，好似解下来的红宝石项链，两端各缀一大块深红色光彩夺目的宝石。

上文谈过奥安凹路的惨祸。多少勇士死于非命，一想起来就胆战心寒。

若说惨事超出梦幻，果真存在的话，那就是这种情景：活在世上，看见太阳，全身有一种活力，又健康又快活，敞声大笑，奔向锦绣前程，感到胸中的肺畅快地呼吸，心脏有力地跳动，也感到有一个明辨是非的意志，能讲话，能思考，能希望，能爱，还有母亲，有爱妻，有子女，有光明；不料陡然一下，还不到一分钟，仅仅一声惊叫的工夫，就坠入深渊，身不由己地跌落，翻滚，砸别人，也受挤压，瞪眼看见麦穗、鲜花、叶茎和枝丫，却什么也抓不到，只觉得战刀无用了，身下人压人，身上是战马，徒然挣扎，黑暗中遭到马蹄践踏，骨断筋折，感到一只鞋跟儿将自己的眼珠蹬出来，发狂地咬着马蹄铁，窒息，号叫，浑身挛缩，压在下面，心里还会念叨一句："刚才我还是个大活人！"

惨祸发生的地点一片呻吟的喘息，现在全归寂灭了。凹路填满了战马和骑兵，横七竖八地堆在一起。乱尸堆惨不忍睹。两侧的路坡消失了。尸体堆到边缘，填得道路和旷野齐平了，真像量得平准的一斗大麦。上层尸体成堆，下层血流成河。这条路在1815年6月18日夜晚就是这种情景。血一直流到尼维勒大道上，在一堆砍掉树木的路障受阻，积成一个大血泊：这地点如今还供人凭吊。大家记得，铁骑军遇险的地点在对面，靠格纳普大道那边。尸体堆积的厚薄，同凹路的深浅成正比。这条路的中段逐渐平缓，正是德洛尔师通过的地方，尸体层就变薄了。

刚才我们让读者窥见的那个夜游鬼，正朝这段路走来。他嗅着这座无比巨大的坟墓，仔细观看，不知在检阅一支什么可怕的死人队伍。他踏着血泊往前走。

突然，他站住了。

前边几步远的地方，凹路中尸堆那一端，从人和马尸堆里伸出一只张开的手，被月光照得一清二楚。

那只手的指头上，戴着闪闪发亮的东西，那是一只金戒指。

那人俯下身，蹲了片刻，等到站起来的时候，那只手上的戒指不见了。

他并没有真正站起来，那姿势像一只惊恐的野兽，背对着死尸堆，双膝着地，两根食指着地撑住身子，头探出凹路边，眼睛窥视远处。豺狗的四只爪子，正适于做出这种动作。

继而，他打定主意，站了起来。

这时，他猛然一惊，觉得身后有人拉他。

他回头一看，原来是那只手合拢了，抓住他的衣襟。

换个老实人一定吓坏了，而这家伙却笑起来。

“嘿，”他说道，“原来是个死人，我宁愿撞着鬼，也不想碰见宪兵。”

他说话的工夫，那只手力气衰竭而松开了。在坟墓里，气力很快就用尽。

“咦，怪啦！”夜游鬼又说道，“这死人还活着吗？让我来看看。”

他重又俯下身，搜索死尸堆，把碍事的搬开，抓住那只手，再拉胳膊，拉出脑袋，又拉出身子，不大工夫，他就把一个像死了的，至少是昏过去的人拖到凹路的暗地。那是铁骑军的一名军官，还是个级别相当高的军官，铁甲下露出大肩章，不过头盔没有了。他脸上狠狠挨了一刀，血迹模糊。除了脸上的刀伤，他的肢体似乎没有骨折的地方；完全是侥幸，如果这里可以用这个词的话，尸体交叉成为拱形，撑在上面，没有压死他。他的双眼紧闭着。

他的铁甲上挂着银质的荣誉团勋章。

夜游鬼一把扯下勋章，装进他那罩衣的无底洞里。

接着，他又摸军官的小兜，感到有一只怀表，就掏了去。随后他又搜索背心，找到一个钱包，也装进自己的口袋里。

他正这样抢救这个垂死的人，军官的眼睛睁开了。

“谢谢。”他声音微弱地说。

他被这样急促地翻动，又有清爽的晚风，畅快地呼吸到新鲜空气，也就从昏迷中醒来。

夜游鬼没有应声。他抬起头。平野上传来脚步声，大概是巡逻队走过来。

军官还处于气息奄奄的状态，声音微弱地问道：“谁打胜啦？”

“英国人。”夜游鬼答道。

军官又说：“翻翻我的口袋吧，您能找到一个钱包和一只表，全拿去吧。”他早就拿去了。

夜游鬼假装翻了翻，说道：“什么也没有。”

“让人偷走了，”军官又说道，“实在遗憾，不然就送给您了。”

巡逻队的脚步声越来越清晰了。

“有人来了。”夜游鬼说着就要走。

军官艰难地抬起胳臂拉住他：“您救了我的命。您是谁？”

夜游鬼慌忙低声回答：“我同您一样，是法国军队的。我得离开您了。若是让人抓住，我就得被枪毙。我救了您的命。现在您自己想办法吧。”

“您是什么军衔？”

“中士。”

“您叫什么名字？”

“德纳第。”

“我不会忘记这个名字，”军官说道，“您也记住我的名字，我叫彭迈西。”

第二卷　奥里翁战舰

一　24601号变成9430号

冉阿让重又被捕。

那种惨痛的经过一笔带过，想必大家能见谅。我们只想转录两则小新闻，是在海滨蒙特伊轰动的事件发生之后几个月，由当时的报纸登载的。

两则新闻相当简略。要知道，当时还没有《法院公报》。

第一则录自1822年7月25日的《白旗报》：

> 加来海峡省的一个县刚刚发生罕见的事件。一个名叫马德兰的外地人，利用新方法生产人造墨玉，几年间振兴了地方旧工业。他发财致富了，也应当说，地方也因而富裕起来。为了表彰他的业绩，他被任命为市长。不料警方发现，这个马德兰先生真名叫冉阿让，原是苦役犯，1796年因盗案判刑，刑满释放又违禁私迁。冉阿让又重新逮捕入狱。据说他在被捕前，从拉斐特银行提取存款五十多万，不过一般人认为，那是他在经营中所取得的非常合法的利润。冉阿让重又押回土伦苦役犯监狱，但是他那笔款藏在何处却不得而知。

第二则新闻略微详细，是同一天《巴黎日报》的摘录：

一个名叫冉阿让的刑满释放苦役犯，最近又在瓦尔刑事法院受审。案情颇引人注目。该犯曾更名改姓，骗过警方的监控，居然在诺尔省的一座小城混上市长的职位。他在该城经营的企业规模相当大。多亏警方工作勤奋，不辞劳苦，他才终于暴露原形，被捕归案。他的姘妇是名妓女，在他被捕时因惊吓而死。该犯膂力惊人，寻机越狱，三四天后潜逃至巴黎，正要上来往于京城和蒙菲郿村（塞纳—瓦兹省）之间的一辆小马车，又被警方抓获。据说他利用那三四天的时间，从我国一家大银行提取大宗存款；又据起诉书称，那笔钱款隐藏的地点只有他一人知道，因而无法查获。总之，那个冉阿让已押到瓦尔省高等法院受审，审他约八年前手持凶器拦路抢劫案，受害者正是费尔内族长的千古流传的诗句中所说的那种诚实孩子。

…………

岁岁都从萨瓦来，
轻轻妙手善拂拭，
拂去长突厚烟炱[①]。

该盗匪放弃申辩。由于司法机构妙审雄辩，已确定是团伙抢劫案，冉阿让系南方一个匪团的成员。因此，冉阿让被判有罪，处以死刑。该犯却拒不上诉。不过，国王宽大无边，减判终身苦役。冉阿让随即押赴土伦苦役犯监狱。

① 引自伏尔泰的诗《可怜鬼》（1758年），前一句为：“诚实孩子更可爱”。

他们也没有忘记，冉阿让在海滨蒙特伊谨守教规；包括《立宪报》在内的几种报纸，还称这次减刑是修士派的胜利。

冉阿让到苦役犯监狱变了号码，他叫9430号。

此外，有个情况交代一下，此后就不再赘述了。海滨蒙特伊的繁荣，随着马德兰先生一同消失了；那天夜晚他左右为难，忧心如焚，所预见的一切后来都成了事实：的确，少了他便“失去灵魂”。他一垮台，就像霸业之主倒台那样，在海滨蒙特伊就出现了群私分割的局面，兴旺的事业分崩离析的这种悲剧，在人类社会中，天天都在暗自进行，而历史上只有一次最显著，因为那是在亚历山大死后发生的。部将们纷纷称王；工头们也纷纷充当企业主。于是彼此猜忌竞争。马德兰先生的各个大车间全关了门，厂房坍毁；工人走散了，有的背井离乡，有的改了行。从此以后，一改大型生产，全都小规模进行；一改为了公益，全都争取高利。没有中心了，竞争四起，而且十分激烈。当初，一切事务全由马德兰先生控制和指挥。他一倒台，人人争抢一己之利，倾轧的思想取代了协作的精神，刻毒贪婪取代了团结友爱，相互仇视取代了创办者对所有人的关怀；由马德兰先生所织结的关系，全部打乱并中断了；生产偷工减料，产品低劣，丧失信誉，销路减少，订货锐减；这样，就降低工资，工厂停工，终至破产了。结果，穷人再也没有指望。一切烟消云散了。

连政府也发觉，什么地方折了一根栋梁。高等刑事法院确认马德兰先生和冉阿让是同一个人，并判处他终身苦役之后不过四年，海滨蒙特伊地区征税就翻了一番，而1827年2月，德·维莱勒先生就在议会里谈到这一点。

二　或许是两句鬼诗

往下叙述之前，不妨稍微详细地谈一件奇事儿：事情发生在蒙菲郿，大约在同一时期，同司法机构的推测有些巧合。

蒙菲郿那一带有一种迷信，由来已久，因是巴黎附近的一种民间迷信，也就跟西伯利亚长出芦荟一样珍奇了。我们就是这种人，看重一切像奇花异草那样的东西，这就谈谈蒙菲郿的迷信。那里的人相信，从久远难考的年代起，魔鬼就选定森林埋藏财宝。老太婆都肯定地说，在天要黑下来的时候，走在林中僻静的地方，时常能碰见一身黑的人，瞧模样像个车夫或者樵夫；他穿一双木底鞋，穿一身粗布衣服，但有一点好辨认，他不戴帽子，头上却长两只大角。的确，一看脑袋就能认出他来。那个人往往在忙着挖坑。碰到这种情况，有三种处理办法。第一种就是上前同那人搭话，这才发现他不过是个农民，因为是在暮色中，他才显得全身是黑色的。他并没有挖什么坑，而是在给奶牛割草，原来看成角的东西，也不过是他背上的一把粪叉，在暮色中望去，就像头上长出两只角。你回到家里，一周之内就会死去。第二种办法，就是在一旁观察，等他挖好坑再埋上，走了之后，就赶紧跑过去，将坑扒开，取走那黑衣人必然放在里面的财宝。这样，你一个月之内就会死去。还有第三种办法，就是既不跟那黑衣人说话，也不看他，而是赶紧逃掉。这样，一年之内也要死去。

三种办法都有不妥之处，但是第二种至少还有些好处，好处之一是拥有财宝，哪怕仅仅一个月；因此，一般人都采取这种办法。那些吃了豹子胆、图财不要命的人，据说大多扒开黑衣人挖的坑，要偷窃魔鬼的财宝。收获似乎并不可观。如果相信传说，尤其相信关于这件事用蹩脚拉丁文写的两句费解的诗，情况至少是这样。诗的作者名叫特里风，是个诺曼底的花和尚，好弄点邪门歪道，死后葬在卢昂附近博舍维尔的圣乔治修道院，那坟上竟生出癞蛤蟆。

那些坑通常挖得很深，重新挖开，要费极大的气力，要流汗水，要搜寻，要干一个通宵，须知那种事总是在夜晚干的，总之，衣衫湿透了，蜡烛燃尽了，镐头磨钝了，终于挖到坑底，要伸手取“宝”的时候，会发现什么呢？魔鬼的财宝是什么呢？一个铜板，或是一个银元、一块石头、一具骸髅、一具血淋淋的尸体，还兴许是一个幽灵，一折为四，就像折起来放在公文包里的一张纸，有时空无一物。这似乎就是特里风的诗向冒失的好奇者所宣示的含义。

他挖出深坑，埋藏起财宝：铜板、
银元、石块、尸体、雕像，空无一物。

据说，如今还能从坑里挖出东西，有时是一个火药壶和子弹，有时是一副显然群魔用过的油污发黄的旧纸牌。这两种奇物，特里风的诗根本没有提到，因为他生在12世纪，当时魔鬼好像根本没有想到，要赶在罗杰·培根[①]之前发明火药，赶在查理六世之前发明纸牌。

再说，若是用这种纸牌赌博，那一定会输得精光；至于火药壶，也只能使你的枪筒爆炸，炸你满脸花。

且说司法机关就猜测，刑满释放苦役犯冉阿让，在潜逃的那几天里，就曾在蒙菲郿一带转悠；在那之后不久，那村子里又有人注意到，有个叫布拉驴儿的老养路工，就在树林里有“那种举动”。当地人都似乎听说，布拉驴儿进过苦役犯监狱，他在一定程度上，

① 罗杰·培根（1214—1294年）：英国神学家和哲学家，在声学和光学上很有建树。

还受警察监视，由于到哪儿也找不到工作，就由当地政府廉价雇佣，在加尼到拉尼那段路上当养路工。

那个布拉驴儿，当地人都不拿正眼看。他客气谦卑得过分，遇见任何人都急忙摘帽，在警察面前更是战战兢兢，满脸堆笑，据说他跟匪帮有联系，怀疑他天黑时分埋伏在树丛打劫。此外，他还是个酒鬼，这样，他就是个完人了。

别人似乎注意到他的行为有点异常：

近来，布拉驴儿早早离开铺石补路的活儿，扛着镐钻进树林去。黄昏时分，有人见到他在林中最僻静的空地上，在最茂密的树丛里，仿佛在寻找什么，有时在挖坑。老太婆经过那里，乍一看以为是鬼王，继而才认出是布拉驴儿，但是仍然提心吊胆。布拉驴儿似乎特别讨厌让人撞见，显然他有意躲躲藏藏，在干什么不可告人的事情。

村里人议论说："事情明摆着，魔鬼露面了，布拉驴儿瞧见，就到处寻找。老实说，他若真抓住魔鬼的尾巴，那就完蛋了。"爱开玩笑的人则说："没准儿，究竟是布拉驴儿追魔鬼，还是魔鬼追布拉驴儿呢？"老太婆都连连画十字。

后来，布拉驴儿不再去林中捣鬼，重又老老实实干他养路的活儿了。大家也就换了话题。

不过，有几个人好奇心未减，他们认为这里面不见得是传说中的财宝，而是比魔鬼银行的钞票更实在、看得见摸得着的大笔外财，其中的秘密，那个养路工一定发现了一半儿。最"技痒动心"的人，要算乡村教师和客栈老板德纳第；德纳第跟谁都交朋友，甚至跟布拉驴儿套交情。

"他在苦役犯监狱关过吗？"德纳第说，"哼！天主啊！真不知道今天谁坐牢，明天谁入狱！"

有一天晚上，乡村教师肯定地说："若是从前，法庭早就传讯布拉驴儿。问清树林中的事，他不得不供出来，必要时就施刑，比方说用水刑逼供，布拉驴儿就准顶不住。"

"那么，咱们就给他用酒刑逼供。"德纳第说道。

于是，他们极力给老路工灌酒。布拉驴儿酒喝得很多，话却说得极少。他技巧高超，手法老练，把醉鬼的酒量和法官的慎言结合起来，相得益彰。然而，他们轮番进攻，反复盘问，还是从他口中套出几句含混不清的话，德纳第和小学教师是这样理解的：

有一天早晨，天刚亮的时候，布拉驴儿去上工，走到树林中的一个角落，惊奇地发现荆丛下有一把锹和一把镐，好像是藏在那里的。不过，他想那可能是挑水夫六福爹的锹和镐，也就把这事儿丢在脑后了。可是当天傍晚，他看见一个人从大路朝密林深处走去，而他站在一棵大树后面，不会被人瞧见，他看出"那根本不是本乡人，而且是他布拉驴儿的老熟人"。德纳第解释为："苦役监狱的一个狱友"。布拉驴儿就是不肯说出那人的姓名。那人有个包裹，方方的，像个大匣子或者小箱子。当时布拉驴儿十分诧异。过了七八分钟，他才猛然想到应当跟踪上去。可是太迟了，那人已经钻进密林深处，天又黑了，布拉驴儿未能找见"那个人"。于是，他打定主意守在树林边上。"月亮出来了"。过了两三个钟头，布拉驴儿瞧见那人走出树丛，但不是拿着小箱子，而是扛着一把镐和一把锹。他让那人走过去，并不想上前搭话，心中合计那人力气比他大三倍，又拿着家伙，一发觉被他认出来，很可能一镐要他的命。故友重逢，两情相知，真令人感叹。不过，看到那把锹和镐，布拉驴儿灵机一动，赶紧跑到早晨的那片荆棘丛边，藏在那里的锹和镐都不见了。从而他得出结论，那人钻进树林，用镐刨了坑，埋了箱子，又用锹铲土，把坑填平。看那箱子很小，装不下尸体，装的肯定是钱财。因此，他就寻找。布拉驴儿搜寻，探索，整片树林都找遍了，凡是发现哪儿有新动土的迹象，就挖一挖瞧瞧。然而徒劳无益。

他什么也没有“挖出来”。蒙菲郿村没人再想这件事了。只有几个天真的老太婆还念叨：加尼的那个养路工，绝不会无缘无故那么折腾，肯定魔鬼来过了。

三　只有事先准备好才会一锤断脚镣

同一年，1823年大约10月底，土伦居民看见奥里翁号战舰回港。奥里翁号编在地中海舰队，在海上遇到大风浪，有些毁损，回港修理，后来派往布雷斯特充当训练舰。

那艘舰遭到海浪风暴的袭击，进港时颇为隆重。记不得当时舰上挂的什么旗，但是得到十一响礼炮的欢迎，它也一响回报一响，总共二十二响礼炮。礼炮，是王室和军队的礼仪，互致敬意的轰鸣，也是等级的标志、港湾和要塞的例规，每天日出日落，开城闭城，等等，诸如此类事情，所有要塞和所有战舰都要鸣炮。有人计算过，在整个地球上，文明世界为此虚礼，每二十四小时要鸣放十五万发炮。按每发六法郎计算，每天耗费九十万法郎，每年就是三亿，全化作硝烟了。这不过是一笔小账。而在鸣放礼炮的同时，穷人却饿死。

1823年，是复辟王朝所称的“西班牙战争时期”①。

那次战争一个事件就包含许多事件，而且有许多奇特之处。对

---

① 这是俄奥普法四国王室进行武装干涉西班牙的战争，旨在打击掌握政权的自由派力量，恢复西班牙的专制制度和天主教统治。当时，赴西班牙的法军统帅是路易十八的侄儿昂古莱姆公爵。

于波旁王室来说，那是一件重要的家事：法兰西这支救援并保护马德里那支，也就是说行使长房权，在表面上恢复我们的民族传统，恢复隶属于北方王朝的关系；自由派报刊称为“安杜雅尔英雄”的昂古莱姆公爵，颇反往常的安详之态，露出得意之色，抑制了同自由派空幻的恐怖主义较量的宗教裁判所那种实有的老牌恐怖主义；以“赤臂汉”称号复活的长裤党[①]令那些富有的孀妇恐慌万状；君主主义称社会进步为无政府主义而横加阻碍；1789年的各种理论遭到颠覆破坏而突然中断；一致对付法兰西思想的口号在欧洲风行起来；卡里尼安王子[②]，正像当初他作为自愿军人，戴上红呢肩章，参加帝国羽林军那样，现在又改名为查理阿勒贝，参加反对人民的这种君主十字军，同大军统帅法兰西的儿子并肩作战；帝国士兵休息了八年，已然衰老，萎靡不振，现在戴上白色徽章，重赴战场；正像三十年前，白旗曾在科布伦茨[③]上空飘扬一样，一小部分英勇的法国人也在外国摇过三色旗；僧侣也混在我们大兵的队伍里；自由和革新的精神被刺刀镇压下去，各种原则被大炮轰得粉碎；法兰西以武力摧毁了以她的精神取得的成就；而且，敌军将领被收买，士兵无所适从，城池受到不计其数的金钱的围攻；毫无军事危险，却有爆炸的可能，如同突然闯进弹药库里；流血不多，也没有赢得什么荣誉，少数人引为耻辱，没有人感到光荣；这就是西班牙战争，由路易十四的龙子龙孙发动的、拿破仑当年麾下的将领指挥的一场战争，其可悲的命运，恰恰在于不伦不类，既不像大规模的战争，又不像大规模的政治。

---

① 长裤党是法国1789年革命中的平民派；“赤臂汉”则指1820年发动西班牙革命的自由派。

② 卡里尼安王子曾参加拿破仑的羽林军，也许为了求得宽谅，1823年又参加法军至赴西班牙作战。1831年他当上庇埃蒙国王。

③ 普鲁士城市，1792年，法国逃亡贵族在那里组织反革命军队。

还有几件战事值得一提，其中夺取特罗卡德罗，就是一次出色的军事行动。但是总括来说，我们再重复一遍，这次战争的号角声听着有些嘶哑，整个局面令人疑惑，历史也证实法兰西绝难接受这种虚假的胜利。显而易见，指挥抵抗的一些西班牙军官，那么轻易就退却了，让人想到这种胜利是贿赂的结果：赢得的仿佛不是战役，而是将军们，因而凯旋的士兵感到羞耻。的确是一次丢人的战争，在飘扬的旗帜上，能看到“法兰西银行”的字样。

在1808年，攻陷坚城萨拉戈斯的士兵，到了1823年，看见要塞轻易开城投降，都不禁皱起眉头，纷纷遗憾没有碰到巴拉弗斯克[①]那样的对手。这就是法兰西的性格，宁肯碰到劲敌罗斯托普金，也不愿面对草包巴莱斯特罗[②]。

还从一个角度看尤为严重，也值得强调一下。这次战争在法国损害了尚武精神，也激怒了民主精神。这是推行奴役的一次行动。法兰西士兵，民主的儿子，在这场战斗中，目的却是为别人争取枷锁。多么丑恶的反常。法兰西的天职，就是唤醒，而不是压抑人民的灵魂，自从1792年以来，欧洲的所有革命，都是法兰西革命；自由闪烁着法兰西的光芒。这是太阳一般的事实，只有瞎子才看不见！这是拿破仑讲的。

1823年的战争，既然残害了善良的西班牙人民，也就同时残害了法兰西革命。这种残忍的暴行，却是法兰西犯下的，但是被迫的；因为，除了解放战争以外，军队无论做什么，都是被迫的。“被动服从”的说法，就表达了这一点。一支军队是一件奇特的杰

---

① 1808年，拿破仑率军攻打西班牙，在萨拉戈斯城遇阻。守将巴拉弗斯克坚守七个月之久。

② 1812年拿破仑攻打俄国时，罗斯托普金任莫斯科总督。巴莱斯特罗是1823年西班牙将领。

作：由大量软弱无力的成分组合成的力量。这就可以说明，战争是人类不由自主地反对人类的行为。

对于波旁家族来说，1823年战争也是致命的。他们以为是一次胜利，却根本无视以强令扼杀一种思想的危险。他们天真到了极点，竟错误地把大大削弱自己力量的一次犯罪，当成确立自己力量的因素。他们把阴谋诡计那一套纳入政治，1830年在1823年就发芽了[①]。在内阁会议上，西班牙战争成为他们使用武力，为神权而冒险的一种论据。法兰西既然在西班牙扶起“纯粹的国王”，那么也完全能在国内恢复专制的君主。他们陷入后果不堪设想的谬误中，把士兵的服从当做全民族的认同。这种自信毁了王位。无论在芒齐涅拉毒树还是在军队的阴影下，都不是高枕无忧的地方。

书归正传，再回到奥里翁号战舰。

就在亲王统帅率军征战的时候，一支舰队正横渡地中海。上文讲过，奥里翁号属于这支舰队，遇到风暴遭受损坏，便驶回土伦港。

一艘战舰进入港口，不知为什么吸引了那么多人围观。大概因为那是庞然大物，民众喜欢巨大的东西。

一艘战舰，是人的智慧和自然力量的一种最巧妙的结合。

一艘战舰同时由最重和最轻的东西构成，同时和固体、液体、气体三种状态的物质发生关系，又必须同这三种状态的物质作斗争。它有十一个铁爪，能抓住海底的岩石；还有比飞虫多得多的翅膀和触须，能在空中抓住风。它用一百二十门大炮喘息，仿佛吹响巨大的军号，能自豪地回答雷鸣。海洋企图让它在无边而相似的惊涛骇浪中迷失方向，但是战舰有灵魂，有始终指向北方并引导航行

① 1830年7月革命推翻了波旁王朝。

的罗盘。在漆黑的夜里，它有舷灯代替星光。这样，它有帆和索对付风，有木板对付水，有铜铁铅对付礁岩，有灯光对付黑暗，有一根指针对付茫茫大海。

若想了解战舰的巨大结构，只需走进布雷斯特或土伦港的一个船坞。在那里，建造中的战舰就好像罩起来。这根巨木是一条桅桁；这根躺在地上的巨柱，一眼望不到另一端，是主桅杆，根部直径有三尺，若是竖起来，从底座到插入云中的顶端，高达一百二十尺。英国大战舰的主桅杆，从水面算起，高达二百一十七尺。我们前辈的海船用缆绳，如今则用铁链。一般安装百门大炮的战舰，仅仅锚链盘起来，就有四尺高，二十尺长，八尺宽。建造这样一艘舰需要多少木料呢？三千立方米。这是漂在海上的一整片森林！

此外，我们还应注意，这里谈的只是四十年前的战舰，仅仅是帆船。当时，蒸汽机还处于幼稚时期，后来才把这种新的奇迹给所谓战舰的这种奇物装配上。例如现在，一艘带螺旋桨的机帆船，就是一部骇人的机器，它的帆面有三千平方米，汽锅达到两千五百马力。

且不说这些新的奇迹，单讲克里斯托夫·哥伦布和吕伊特尔①所乘的那种古船，就是人类的一件伟大杰作。它的力量用之不竭，如同太虚永不衰竭的气息，它用帆兜住风，乘风破浪，在浩瀚的波涛中自由航行。

然而，有时也会狂风骤起，六十尺长的帆桁像麦秸一般折断，四百尺高主桅杆就像芦苇似的弯曲；万斤重的大锚也在惊涛的巨口里扭曲，如同白斑大狗鱼咬住渔人的钓钩；大炮则哀叫悲鸣，但是水天空阔，黑夜沉沉，炮声消失在飓风中；大船的全部威力、整个

---

① 吕特伊尔（1607—1676年）：荷兰海军司令。

雄姿，淹没在另一种更加雄伟巨大的威力中了。

一种伟力展现出来，曾几何时，又衰弱到了极点，这种现象每每引人深思。因此，港口总有无数闲人，观看那些作战和航行的奇妙机器，连他们自己也不完全清楚为什么围观。

土伦港也一样，在码头、防波堤和突堤堤首，从早到晚都有大批闲人，照巴黎人的说法就是看热闹的人，这回他们要干的事便是观看奥里翁号。

奥里翁号舰早就有了毛病。在以往航行期间，船底结了一层层厚厚的贝壳，结果影响航行，速度降低一半；去年把它拖出水面，除掉贝壳，然后重又下水。但是，那次除贝壳时损伤了船底的螺栓，行驶到巴利阿里群岛，船壳板承受不住而开裂，当时船体没有铁皮护板，于是进了水。不巧又遇到风暴，船首左舷和一扇舷窗破损，前桅的侧支柱也损坏，因此，奥里翁号驶回土伦港。

奥里翁号停泊在海军兵工厂附近，一面检修，一面补充弹药。右舷船壳没有受伤，但是按照惯例拆下几块舷板，以便船底舱空气流通。

有一天早晨，围观的人目睹了一个事故。

船员正忙着起帆，负责大方帆右上角的那个海员忽然失去平衡，只见他身子摇晃不稳，大头朝下，身体转过帆桁，双手就伸向深渊了，码头上围观的人都惊叫起来。他跌下去时，幸好一手抓住了一条软踏绳索，接着另一只手也抓住，整个人就悬在半空，下面是深深的大海，叫人头晕目眩。而且，他跌落时带动软索，就像秋千一样猛烈摇荡。那人吊在绳索上荡来荡去，好似抛石兜上的一块石子。

要去救他就得冒生命危险。船上的海员，大多是新近招募的渔民，谁也不敢冒险去救人。那个不幸的帆工力量渐渐不支，只见他脸上现出惊恐的神情，肢体也显然无力了。他的胳臂拉得极长，他每次用力要上去，只能使软索摆得更厉害。他怕空耗力气，不敢喊叫。已经无望了，大家只等着他放开绳索的那一瞬间，不时扭过头去，不忍看他掉下去的惨景。有时，人的生命完全系在一段绳子、一根木杆、一根树枝上，而一个活生生的人，忽然脱手离开抓的东西，像一个熟果似的掉下去，那真是惨不忍睹。

突然，大家看见一个人敏捷如猫虎，攀援直上帆索。他身穿红囚衣，显然是苦役犯，头戴绿帽子，无疑是终身苦役犯了。他到达桅楼那样高时，一阵风刮走了帽子，露出满头白发，原来他不是个年轻人。

不错，他是个苦役犯，在船上服苦役。事故一发生，船上人员一片慌乱，犹豫不决，所有水手都吓得发抖，纷纷退缩，而他却立刻跑去见值勤军官，请求允许他豁出命来去救那个帆工。军官只点了一下头，他一锤就砸断脚镣，操起一根绳子，飞身上了侧支索。当时，谁也没有留意脚镣那么容易就砸开了，事后有人才想起来。

眨眼工夫，他就登上帆桁，停了几秒钟，仿佛要目测一下。那个帆工在绳索末端随风摇荡，对围观的人来说，这几秒钟竟像过了几世纪。那苦役犯终于举目望着天空，向前跨了一步。众人这才松了一口气。只见他踏着帆桁跑过去，到了末端，把他带的粗绳一端系在杠上，双手抓住垂下的绳子溜下去；这时，众人担心到了极点：深渊上悬着的又多了一人。

那情景，就像一只蜘蛛捉住一只苍蝇；不过，那是救命而不是害命的蜘蛛。万目一齐注视那两个人，谁也不喊一声，不讲一句话，全皱着眉头，全都不寒而栗。人人都屏住呼吸，唯恐稍一喘气，就会助风摇晃那两个不幸者似的。

这工夫，那苦役犯已经顺着绳索滑到那海员身边。正是时候，再拖延一分钟，那人力竭绝望，就要脱手掉进深渊了。苦役犯一手抓住绳索，另一只手把绳索牢牢系在那人身上。然后，只见他重又爬上帆桁，将海员提上去，扶住那人停了一下，让他缓一缓劲儿，接着抱住他，沿着帆桁一直走到上下主桅连木，再从那里到桅楼，将他交给他的伙伴。

这时，观众鼓掌喝彩；有些老狱卒还流下眼泪，码头上的女人都相互拥抱，众人感动极了，齐声狂呼："赦免那个人！"

这工夫，那人又准备立刻下去，归队去干苦役。他要尽快赶回去，便顺着帆索滑下，又踏着下桅桁跑起来。所有的眼睛都跟着他，有一阵大家都担心，不知是他累了还是头晕，只见他脚步迟疑，身子摇晃。突然，大家惊叫一声：那苦役犯掉下海去了。

他摔下去的地方很危险。阿尔西拉号巡洋舰就停泊在奥里翁号旁边，可怜的苦役犯掉在了两艘舰的夹缝中，很可能被卷进哪艘舰下面去了。四个人急忙跳上小艇。众人也都给他们鼓劲儿，每颗心重又焦虑起来。那人没有浮上水面，沉入海里，没有激起一丝波纹，就仿佛掉进油桶里。艇上的人探测，还泅到水下寻找。结果不见踪影。一直寻找到傍晚，连尸体也没有见到。

次日，土伦报纸刊载这样几行消息："1823年11月17日。——昨天，在奥里翁号舰上干活的一名苦役犯，在搭救一名海员之后归队时，不慎坠海溺死。没有找见他的尸体，推测他可能卷入海军修船厂入海尖端的桩基下面了。他在狱中的号码是9430，名叫冉阿让。"

第三卷　履行对死者的诺言

一　蒙菲郿的用水问题

蒙菲郿位于利夫里和晒勒之间，坐落在分开乌尔克运河和马恩河的高地南麓边缘。如今，那里已经成为相当大的市镇，一座一座白墙别墅是终年的点缀，星期日更添兴高采烈前来游玩的士绅。1823年那时候，蒙菲郿还没有这么多白房子，也没有这么多喜气洋洋的士绅，那不过是一个林木环绕的村庄，只有零星几座别墅，从那气派，从那盆花的铁栏杆的阳台，从那小块玻璃在关闭的白窗板上映出深浅不同绿色的长窗，可以看出那是上个世纪遗留下来的建筑。然而，蒙菲郿照旧还是个村子，还没有被歇业的商贾和游憩的雅士们发现。但那的确是一片景色宜人的幽境，远离交通要道，物价低廉，人们过着丰衣足食的乡野生活。唯一不足之处是地势较高，缺乏水源。

取水要走很长一段路。靠近加尼那边的村头，要到树林中优美的水塘取水；以教堂为中心的村子另一端靠近晒勒，要走一刻钟，到离晒勒大路不远的半山腰一眼小泉取水。

因此，对每家来说，打水是一件苦差使。大户人家，包括开客栈的德纳第在内的贵族阶层，往往以每桶一文钱买水；在蒙菲郿村以挑水为业的老汉，每天大约可以赚八苏钱。不过，夏季到傍晚七点钟，冬季到傍晚五点，他就收工了；天黑下来，楼下的窗板都关上之后，谁家没有水喝，自己不去打水就得干渴着。

那正是小珂赛特最怕的活儿。读者也许没有忘记那个可怜的小姑娘，记得珂赛特对德纳第夫妇有双重用处：既能向孩子的母亲要钱，又能让孩子干活。因此，在母亲完全停止寄钱之后——在前面几章已经看到她不再寄钱的原因——德纳第夫妇仍然扣留珂赛特：她在那里顶替一个女工。既然是这种身份，只要没水她就得赶紧去提。孩子一想到黑灯瞎火要去山泉提水，就胆战心惊，因此，她特别留意，从不让客栈里缺水。

1823年过圣诞节，蒙菲郿格外热闹。初冬天气和暖，既没有上冻，也没有下雪。从巴黎来了一帮要把戏的人，得到村长先生的许可，在村子的主街道上搭起棚子；同时又来了一帮流动商贩，同样得到允许，在教堂前广场上搭起摊棚，一直排到面包师巷；大家也许还记得，德纳第客栈就在那条巷里。这样一来，客栈和酒店都客满了，这个清静的小地方一时笼罩在热闹欢乐的气氛中。我们要忠实地叙述历史，就还应当提到一个情况。在广场上陈列的稀奇古怪的东西中，还有一个动物展览棚，里边有几个穿着破衣烂衫的小丑，不知是从哪里来的；他们在1823年，就拿一只巴西产的凶猛的秃鹫给蒙菲郿村民观赏，而国家博物馆直至1845年才弄到那样的一只。那种秃鹫的眼睛恰似三色徽章，我想自然科学家称为卡拉卡拉·波利包鲁斯，属于鹰类的鹫族。村里住着几个和善的退役老军人，是波拿巴旧部，他们怀着虔敬的心情前去看那只秃鹫。几个要把戏的人声称，三色徽章式的眼睛是独一无二的奇相，是仁慈的上帝特意造出来让他们展示的。

圣诞节那天晚上，在德纳第客栈的楼下餐厅里，不少人，有车老板和货郎，围着餐桌四五支蜡烛坐着喝酒。那间餐厅同所有酒馆餐厅一样，有餐桌，有锡酒罐、玻璃酒瓶，有人喝酒，有人抽烟，烛光昏暗，人声嘈杂。不过，1823年这个日期却有标志，餐桌上放着两件在有产阶级中时髦的物品：一个万花筒和一盏亮晶晶的白铁灯。德纳第老婆正看着明亮的炊火上做的晚餐；德纳第老公正陪客人饮酒，谈论政治。

主要的政治话题是西班牙战争和昂古莱姆公爵，此外，在喧嚣声中，也能听到纯粹地方问题的议论。例如：

“在南泰尔和苏雷纳一带，酒产量很高。原指望产十桶的，却有十二桶。榨出来的葡萄汁特别多。”“葡萄恐怕没有熟吧？”“那地方，葡萄不能等熟了再收。等熟了才收，酿出的酒一打春就黏稠了。”“这么说，那是很淡的酒了？”“比这地方的酒还淡呢。葡萄还青的时候就收。”

等等。……

再如，一个磨坊主嚷道：

“口袋里的东西，我们能管得了吗？里面净是杂质，我们哪有闲工夫挑出去，不管什么黑麦草籽、空壳、麦仙翁籽、大麻籽、加食草籽、野豌豆籽、山萝花籽，也不管许多别的什么杂草籽，全都倒进磨里；这还不算，有些地方的小麦，尤其布列塔尼产的麦子，掺进大量石子儿。我可不爱磨布列塔尼小麦，就像锯工不愿锯有钉子的木头一样。您想想，磨出来的是什么灰渣子。等到吃的时候，都说面粉不好。没道理。出那种面粉，不是我们的过错。”

在两个窗户之间，有个割草工跟一个农场主坐在一起，正在估价来春草场的活儿，割草工说：

“草湿点儿绝没有坏处，反而好割。露水有好处。先生，没关系，您那草还嫩着呢，不好割，刀一下去，草就打弯儿。”

等等。……

珂赛特待在老地方，坐在炉灶旁边菜案下面的横木上。她的衣衫破烂，光脚穿着木鞋，借着炉火光在给德纳第女儿织袜子。一只猫崽儿在椅子下玩耍；隔壁房间传出两个孩子清脆的说笑声：那是爱波妮和阿兹玛。

炉角的钉子上挂着掸衣鞭。

从这座房子的什么地方，不时传来一个极小孩子的哭叫声，冲破餐厅里的喧闹。那是前两年冬天，德纳第婆娘生的一个男孩，她常说："莫名其妙，可能是天冷的缘故。"那男孩有三岁多一点儿，母亲喂他奶，却不喜爱他。等小家伙的哭闹叫人受不了的时候，德纳第就说："你那儿子又鬼哭狼嚎了，去看看他要干什么。"孩子的母亲却回答："管他呢！烦死我了！"而那孩子丢在黑屋子没人管，就连续号叫。

二　相得益彰的两幅肖像

在本书中，还只见德纳第夫妇的侧影，现在应当围着他们转一转，从各个角度观察一下。

德纳第刚过五十岁；德纳第太太将近四十，不过，女人到这个年纪，就跟五十岁一样；因此，这对夫妇在年龄上保持平衡。

德纳第婆娘一露面，想必就给读者留下一点印象，记得这个女人身材高大，一头黄发，肌肤红赤赤的，膀大腰圆，满身肥肉，块头虽大但动作敏捷；我们讲过，她属于蛮婆的种类，人高马大，头发上缀着几个铺路的石子，常常昂首挺胸逛集市。她操持全部家务：收拾床铺，打扫房间，洗衣服，做饭。在家里耀武扬威，横冲直撞。她唯一的仆人就是珂赛特，一个服侍大象的小耗子。她一开口，家里的一切，窗玻璃、家具和家里人，无不颤抖。她那张宽脸满是雀斑，看上去就像一个漏勺。她还长了胡须，是菜市场男扮女装的搬运工的理想形象。她骂起人来特别精彩，常夸耀自己能一拳打碎一个核桃。说来也怪，这个母夜叉竟从小说中学了些娇声媚态，否则，谁也不会想到她是个女人。德纳第婆娘就像多情女人嫁接在悍妇身上的产物。别人听到她讲话，就会说：那是个警察；别人看到她喝酒，就会说：那是个赶大车的；别人见到她摆布珂赛特，就会说：那是个刽子手。她歇着的时候，嘴里龇出一颗獠牙。

德纳第相反，是个矮小瘦弱的男人，脸色苍白，瘦骨嶙峋，一副多病多灾的样子，而其实身体十分健康；他的狡诈就是从这点开始的。他出于谨慎，总是面带笑容，几乎对所有人都客客气气，就是对向他讨不到一文钱的乞丐也不例外。他的眼神像榉貂一样柔和，形貌像文人一样温雅，酷似德利勒神父的肖像。他的殷勤态度体现在陪车老板喝酒，从来没有人能灌醉他。他用一只大烟斗抽烟；上身穿一件粗布罩衣，下身穿一条旧黑裤。他雅好文学，标榜信奉唯物主义，嘴边常挂着一些人的名字，用来证明他讲的话，诸如伏尔泰、雷纳尔①、帕尔尼②，说来也怪，还有圣奥古斯丁③。他声称自有“一套理论”。当然是骗人的一套，完全是个贼学家。确有贼和学结合而成为家的人。我们记得，他声称在军队中效过力，常常得意地叙述在滑铁卢战役中，他是什么第六或第九轻骑团的中士，独自抵挡过一队死神骑兵的冲杀，冒着枪林弹雨，舍身遮护并救了“一位受了重伤的将军”。因此，他的门口墙上挂了一块火红的招牌，他的客栈在当地称为“滑铁卢中士酒家”。他是自由派，

① 雷纳尔（1713—1796年）：法国历史学家和哲学家。

② 帕尔尼（1753—1814年）：法国诗人。

③ 圣奥古斯丁（354—430年）：拉丁教会博士。

又是传统派和波拿巴派，曾签名支持流亡营[①]。村里人说他受过教育，可以当传教士。

我们认为，他仅仅在荷兰受过当客栈老板的教育。这个杂种的无赖，到什么地方说什么话，到佛兰德称为里尔的佛兰德人，到巴黎称为法国人，到布鲁塞尔称为比利时人，跨在国境线上观望，去哪里都方便。大家了解他在滑铁卢的英勇行为。显而易见，他有点夸大其词。他生活的要素就是起伏、曲折和冒险，破裂的良心拖着飘零的身世；在1815年6月18日那个狂风暴雨的日子，德纳第很可能属于我们介绍过的那种随军小贩，一路窥探，向这些人售兜，又向那些人偷窃，男人、女人和孩子，全家坐在破车上，追随部队，而且凭着本能，始终追随着打胜仗的军队。那次战役之后，拿他自己的话来说，他捞了点“油水”，便到蒙菲郿来开了客栈。

那些油水，无非是钱包和怀表，金戒指和银奖章，是收获季节从播满尸体的田垄中收获来的，但总数并不多，没有让这个当上客栈老板的随军小贩维持多久。

在德纳第的言谈举止中，有一种说不出来的直线条的意味：听他讲一句粗话，就能想到兵营，看到画个十字，就能想到神学院。他能言善道，总让人相信他很有学问。然而，小学教师却注意到他说话读了“白字”。他卖弄学问，给旅客开账单，但是明眼人时常看出上面有错别字。德纳第为人狡诈，好吃懒做，但能见机行事。他绝不讨厌女用人，因此之故，他老婆不愿再雇用。这个女人是个大醋缸，她以为这个面黄肌瘦的矮男人，是天下女人垂涎的对象。

德纳第的最大特点，即奸诈又沉稳，确是一个极有节制的恶棍。这种人最坏，因其虚伪险诈。

---

① 1818年，在法国开展签名活动，支持法国流亡者——那些自由派和波拿巴派流亡到美国，在德克萨斯州创建一块殖民地，称为“流亡营”。

并不是说，德纳第不会发火，连他老婆都不如，但是这种情况很少见；他一旦发火，那样子会吓死人，因为他仇视全人类，满腔燃烧着仇恨的烈火，因为他这类人一辈子都想报复，总指责眼前发生的一切，自己遭遇的一切，时刻准备抓个人出气泄愤，他一旦发火，生活中的全部失意、破产和灾难，就会在他心中膨胀，胀到满口满眼，化作冲天的怨气。在他发作的时候，谁撞上谁倒霉。

德纳第还有许多长处，其中一点就是处处留心，洞察事物，根据情况保持沉默或者信口开河，总能体现出绝顶的聪明。他眯缝眼睛的那种神色，就像看惯了望远镜的海员。德纳第是个政治家。

初来客栈的人，见了德纳第婆娘，心里就会想：家里一定是她做主。错了。她连主妇都算不上。主人和主妇，全是丈夫一个人。汉子出主意，婆娘动手。他以一种无形的磁力不断地指挥一切。他讲一句话就够了，有时只丢个眼色，大块头女人总是唯命是从。德纳第婆娘并没有完全意识到，其实她跟丈夫就像老百姓和君主的关系。她自有做人的道德标准，就是在一件小事上，也从不同“德纳第先生”争执，而且，这种假设就不能成立，无论什么事情，她绝不当着外人的面说丈夫的不是。她从未犯过妇女常犯的那种“家丑外扬”的错误，用议会中的说法，就是“揭王冠”的错误。夫妇和睦的结果，虽然只是为非作歹，但是德纳第婆娘对丈夫的恭顺中，却有虔敬仰慕的成分。这座虎啸狼嚎的肉山，竟让一个羸弱的专制君主动一下小手指就随意驱使。以庸人的粗俗之见，这是天地间的一件大事：物质崇拜精神；须知，有些丑恶的东西，在永恒之美的极点也有存在的理由。德纳第有让人捉摸不透的地方，因此，这个男人对这个女人就拥有绝对权力。有时候，她把丈夫视为一支明烛，有时候她又觉得他是一只魔掌。

这个女人也是个奇物，她只爱自己的孩子，只怕自己的丈夫。

她只因是哺乳动物才当了母亲；而且，她的母爱也只限于对两个女儿，没有男孩的份儿，这情况以后我们会看到。至于他，作为男人，只有一个念头：发财。

但事与愿违，根本没有发起来。这个天才没有用武之地。德纳第在蒙菲郿破产了，如果说一文不名还能破产的话。这个一文不名的人若是到了瑞士或者比利牛斯地区，也许成为百万富翁了。然而，这个客栈老板被命运抛在哪里，就得在哪里吃草。

要知道，所谓“客栈老板”，在这里当然是狭义，并非泛指整个阶层。

就在1823这一年，德纳第欠了催还的债款一千五百法郎，因而坐卧不安。

无论命运对他多么一贯不公道，德纳第却能以最现代的方式，极深刻极透彻地理解待客之道：这件事在野蛮人那里是一件美德，在现代人这里则是一种商品。此外，他还是一个出色的偷猎者，枪法常常受人称赞。他有一种平静的冷笑，那是最阴险莫测的。

他经营客栈的理论，时常像电光石火，从他头脑闪现，并把这种职业诀窍灌输到他老婆的头脑里。有一天，他咬牙切齿地低声对老婆说：“客店老板的职责，就是客人一来，要赶紧卖给他烩肉、歇息、烛光、炉火、脏被单、女用人、跳蚤、笑脸；要拉住行客，掏空他们的小钱包，客客气气地减轻他们大钱包的分量，恭恭敬敬地招待旅行的人家住宿，剐男人的肉，拔女人的毛，剥孩子的皮；什么都要开出价：敞开的窗户、关起来的窗户、壁炉周围、扶手椅、普通坐椅、圆凳、矮凳、鸭绒被、褥子和草垫，都要收钱；要知道没有光亮，镜子多么容易发污，这也得收费；总之，要出五十万个鬼主意，什么都要旅客出钱，就连他们的狗吃的苍蝇也不能免！”

这一对男女结合起来，一个唱白脸，一个唱红脸，演出又丑恶又可怕的一场戏。

丈夫总是挖空心思，运筹帷幄，而那婆娘却不考虑要登门的债主，既不愁昨天，也不愁明天，天天欢欢喜喜，一心过当前的日子。

这两口子就是这样，珂赛特夹在中间，受到双重的压力，犹如一个小动物，既受磨盘的碾磨，又受铁钳的撕裂。这一男一女各有惩治的办法。珂赛特的遍体鞭痕，是那婆娘的手艺；小姑娘冬天光脚出门，却是那汉子的高招儿。

珂赛特上楼下楼，忙里忙外，洗洗涮涮，擦擦扫扫，连跑带颠，忙得喘不上来气，那样羸弱的身子，要搬重东西，要干粗活。得不到一点怜悯：主母是个母老虎，主人是只毒蝎。德纳第客栈就像一面蜘蛛网，珂赛特缚在上面发抖。理想的压迫，由这种当牛做马的可悲方式体现出来。这情景颇似苍蝇服侍蜘蛛。

可怜的孩子，逆来顺受，总是不声不响。

小小的生灵，赤身露体，在拂晓就这样落到人世间，那颗刚刚离开上帝的灵魂里会产生什么呢？

三　人要喝酒，马要饮水

又新来四位旅客。

珂赛特暗自发愁；要知道，她虽然只有八岁，但已经饱受苦难，那愁苦的样子像个老太婆了。

她有个眼眶发黑，是让德纳第婆娘打的，而那婆娘还时常说：“这丫头真难看，一个眼眶子是青的！”

珂赛特心想天黑了，已经很黑了，突然到来的客人房间里的水罐和水瓶要灌上水，而水槽里的水用完了。

幸好德纳第客栈的人不大喝水，这使她稍微心安一点。当然有人口渴，但是他们还是愿意饮酒，而不想喝水。在这交杯换盏中，谁若是要一杯水，他在众人看来无异于一个蛮人。然而有一阵，小姑娘却担心得发抖：炉灶上的一口锅滚开，德纳第婆娘揭开锅盖，操起杯子急忙走向蓄水池，拧开水龙头。小姑娘早就抬起头，盯着她的每一个动作。从龙头里流出一线细水，勉强灌了半杯。“哦，”她说道，“没水啦！”

接着她沉吟一下，小姑娘也屏住了呼吸。

“算啦，”她看着半杯水说道，“这点儿水也差不多够了。”

珂赛特重又做她的活计，但是有一刻多钟，她感到心怦怦狂跳，仿佛要跳出胸口。

她一分一秒计数过去的时间，恨不能一下子就天亮。

有的酒客不时望望街上，嚷一声：“天黑得像锅底！”或者感叹一句：“这种时候，不打灯笼上街，只有夜猫子才行！”珂赛特听了心惊肉跳。

突然，有个住店的客商走进来，粗声粗气地说：

“你们没有给我的马饮水。”

“哪儿的话，饮过了。”德纳第女人答道。

“我说没饮就没饮，大妈。”客商又说道。

珂赛特从桌子底下钻出来。

“嗳！不对，先生，”她说道，“马喝过水了，是在桶里喝的，喝了满满一桶，还是我给马拎的水，我还跟它说话了。”

事情不是这样，珂赛特说了谎。

“这小丫头，还只有拳头大，就能撒天大的谎。”客商嚷道，“小妖精，告诉你，马没有饮水！我非常清楚，它没喝水喘气不一样。”

珂赛特还要争辩，因惶恐而说话声都嘶哑了，几乎听不见：

“它甚至喝了很多！”

“好啦，”客商发了火，又说道，“这些全是废话，少啰唆，快给我的马饮水！”

珂赛特重又钻到桌子下面去了。

“真的，这话不错，”德纳第婆娘说，“牲口若是没饮，那就应当给它水喝。”

接着，她环视周围：

“咦，人哪儿去啦？”

她哈下腰，发现珂赛特缩成一团，躲到桌下另一端，几乎到酒客的脚下。

“你出来不出来？”德纳第婆娘吼道。

珂赛特从藏身洞里钻出来。德纳第婆娘又说道：

“没名姓的狗小姐，去给马饮水。”

“可是，太太，”珂赛特怯声怯气地说，“水池里没水了。”

德纳第婆娘敞开临街的店门：

“那就去提水！”

珂赛特垂下头，走到壁炉角落，拎了一只空桶。

这只桶比她人还大，她坐到里面肯定很宽裕。德纳第婆娘又回到炉灶，拿木勺盛点锅里的汤尝尝，口里还嘟囔着：

“山泉那里有水。这有什么难的呢。唔，我想该放葱头了。”

她回身翻一个抽屉，只见里面有零钱、胡椒和葱头。

“拿着，癞蛤蟆小姐，”她又说道，“回来路过面包店，买一个大面包，钱在这儿，十五苏的硬币。”

珂赛特罩衫侧面有个小兜；她一声不响接过钱币，塞进兜里。

房门在面前大敞四开，她拎着水桶，却一动不动，仿佛等待有人来搭救。

“快去呀！”德纳第婆娘喊道。

珂赛特出去了。房门重又关上。

四　娃娃上场

大家还记得，露天摊棚从教堂一直扩展到德纳第客栈。由于有产者要去做午夜弥撒，即将经过那里，摊铺都点亮了蜡烛，放在漏斗形的纸罩里；据在德纳第店里喝酒的小学教师说，蜡烛放在这种纸罩里有“魔力”。反之，天上却不见一颗星星。

最后一个摊位正好对着德纳第店门，是卖小摆设的，有金属箔饰物、玻璃制品和白铁的精巧玩意儿，都闪闪发亮。客商把一个大娃娃摆在货摊第一排，娃娃下面垫着一条白毛巾，有两尺来高，身穿粉红绉纱裙，头上围着一圈金麦穗，头发是真的，眼珠则是珐琅质的。这件奇物摆了一整天，十岁以下的孩子经过这里都看待了，但是蒙菲郿全村还没有一个孩子的母亲那么有钱，或者那么大手大脚肯买下来。爱波妮和阿兹玛傻看了几小时不肯离开，就连珂赛特，老实说，也敢偷偷看上几眼。

珂赛特拎着水桶出门来，不管多么愁苦和沮丧，也难免要抬眼望望那奇异的娃娃，望望她称作的“贵妇人”。可怜的孩子站那里看呆了。她还没有走到这么近前来看过，觉得整个货棚是座宫殿，她看到的也不是布娃娃，而是下凡的天仙。苦命的孩子深深陷入凄寒悲惨的境地，从这种虚幻的光彩中，恍若看到了欢乐、荣华、富有和幸福。珂赛特以孩子的天真而忧郁的智慧，测量把她同这个娃娃隔开的深渊，心想只有王后，至少是公主，才能得到这样一个

“玩意儿”。她端详着这件漂亮的粉红衣裙、光滑美丽的头发，不禁想道：“这个布娃娃，该有多么幸福啊！”她的眼睛简直离不开这奇妙的店铺，越看越眼花缭乱，真以为见到天堂了。大娃娃后面还有不少小娃娃，在她眼里都像仙女仙童。商贩在摊铺后面走来走去，在她看来也像天父。

她只顾观赏，把什么都丢在脑后，甚至忘记派她的差使。突然，德纳第婆娘恶狠狠的声音，又把她拉回到现实中来：

“怎么，蠢丫头，你还没走！等着吧！看我去跟你算账！真叫人纳闷儿，她待在那儿干什么！小妖精，快去！”

刚才，德纳第婆娘朝街上望了一眼，发现珂赛特站在那儿出神。

珂赛特拎着水桶，尽量放大步子逃走了。

五　孤苦伶仃的小姑娘

德纳第客栈在村子里的位置，由于靠近教堂，珂赛特就得到晒勒大道旁的林中山泉打水。

她不再看任何摊铺陈列的东西了。只要走在面包师巷和教堂附近，就有店铺的烛光照着路，可是不大工夫，最后一个铺子的最后一点光亮也不见了。可怜的孩子走进黑暗，还要往黑暗的深处走去，她心情很紧张，就边走边用力摇动水桶梁，弄出声响为自己做伴。

越走越黑，街上一个人也没有了。不过，她还是遇见一个妇人；那妇人停下脚步，回头看她走过去，嘴里咕哝道：“这孩子要去哪儿啊？这是个狼孩怎么的？”继而，她认出是珂赛特，又说道，“唔，是云雀啊！”

珂赛特就这样穿过蒙菲郿村靠晒勒这边迷宫似的、弯曲而空无一人的街道。只要还有房屋，哪怕路两旁还有墙壁，她就能大着胆子朝前走。她不时看见窗板缝透出一点烛光，那就是光明，就是生命，那里就有人，她的心也就踏实一点。可是，她走着走着，不觉脚步就慢下来。走过最后一座房子的墙角时，珂赛特站住了。越过最后一个店铺，就非常难了；过了最后一座房子再往远走，简直不可能了。她把水捅撂在地上，手插进头发里慢慢搔着，这是儿童害怕而拿不定主意，时常有的动作。这里不是蒙菲郿村，而是田野了。眼前黑乎乎一片，阒无一人。她绝望地注视着这片黑暗，这里没人了，只有野兽豸虫，也许还有鬼魂。她仔细观看，听见野兽豸虫在草里行走，清晰地望见鬼魂在树林里移动。她一害怕就添了胆子，又拎起水桶，说了一句："哼！管她呢！我就说没水啦！"于是，她坚决返身回蒙菲郿。

她刚走一百来步，忽又站住了，重又搔起头来。现在，站在她眼前的是德纳第那婆娘：面目狰狞，眼睛冒着怒火。孩子前顾后盼，目光凄然。怎么办？会怎么样呢？往哪走呢？前面是德纳第婆娘的魔影，后面是黑夜树林的鬼魂，她还是在德纳第婆娘面前退却了，又走上去水泉的路，而且跑起来，跑出村子，跑进树林，什么也不看，什么也不听了，直到喘不上来气才不跑，但并没有停下脚步，还是不顾一切地朝前走。

她一路跑，一路想哭。

黑夜抖瑟的树林整个把她包围。她什么也不想，什么也看不见了。这个小小的生命面对无边的黑夜。一边是昏天黑地，一边是一粒原子。

从树林边到泉边，只需走七八分钟。这条路很熟，珂赛特白天常走。说来也怪，她没有迷失，残存的本能隐约在指引，虽然她不朝左看，也不朝右看，唯恐看见树枝间荆丛里有什么东西，但这样还是走到水泉。

这是一个狭窄的天然水潭，由泉水在黏土地上冲出来的，深约两尺，周围长满青苔和人称“亨利四世皱领”有凸凹纹的高草，还垫了大块石头。潭口潺潺流出一条小溪。

珂赛特也不停下喘口气。周围一片漆黑，不过，她常来泉边，伸左手摸黑寻找一株斜在水面上的小橡树，这是她平日打水时的把手；她抓住一根树枝，胳膊吊在下面，弯腰把桶沉到水中。此刻她心情异常紧张，力量倍增。她弯腰打水时，没有注意罩衫兜里的东西落水。那枚十五苏铜币掉进水泉，珂赛特没有看见也没有听到声响。她提起几乎满满一桶水，撂在草地上。

这时她才发觉，自己一点劲儿也没有了。她本想立刻回去，可是，一满桶水提上来，力气用尽，一步也走不动，只好坐下歇一歇，身子就往下一瘫，蜷缩在草地上。

她闭上眼睛，随即又睁开，不知为什么，反正非睁开不可。

身边桶里的水荡起一圈圈波纹，仿佛白色的火蛇。

头上天空布满大块乌云，仿佛滚滚黑烟。黑暗的悲惨面孔，依稀在俯视这个孩子。

天神朱庇特睡在那幽邃的黑暗中。

孩子直愣愣地望着那颗巨星，她不认识，就不禁害怕。此刻，那颗巨星接近地平线，从浓雾中出来，显得红红的，确实有点儿吓人。夜雾呈现出惨淡的紫红色，把那颗星晃大了，看似一处发光的伤口。

旷野刮着冷风。然而树林里一片漆黑，枝叶没有一点声响，也绝无夏夜那种清亮的波动。巨大的枝杈张牙舞爪，低矮怪状的荆丛则在林间空地咝咝作响。长草在寒风中偃伏，好似鳗鱼一般游动。

荆枝扭曲弯折，仿佛长臂，伸出利爪捕捉猎物。几株干枯的欧石南被风卷走，就好像仓皇逃难。四面八方，都是阴森可怕的旷野。

黑暗教人目眩神摇。人需要光亮。谁从阳光下走进黑暗的地方，立刻会感到心情紧张。眼睛一看到黑暗，思想就看到混乱。每逢日食月食，在黑夜里，在漆黑一团的地方，连最坚强的人也不免惶惶不安。黑夜独自在森林里行走，无不感到心惊肉跳。黑影和树木，这是双重可怕而又深不可测的东西。一种虚幻的现实，在深邃幽微中出现。不可思议的东西，就在离你几步远的地方，像幽灵一样清晰地显形。在空间或在自己的头脑里，有时会看到莫名其妙的东西在游动，既朦胧又难以捕捉，犹如鲜花的睡梦。天边时常出现诡谲的形影。我们还能嗅到黑暗的太虚散发的气息。我们既恐惧又想回头看。黑夜的空旷、变得凶险的景物、走近看便化为乌有的暗影、错杂纷披的朦胧之影、灰白的水洼、阴惨惨反射的幽光、墓地般的无边的寂静、可能存在的陌生的生灵、神秘树枝的垂拂、古怪可怕的树干、抖瑟的一簇簇长草，这一切，人都无法抵御。多么胆大的人都要战栗，感到惶恐近在咫尺，就好像灵魂同幽暗结为一体，成为怪异可怕的东西。黑暗的这种侵袭，在一个孩子身上，则阴森恐怖到了难以描摹的地步。

森林就是阎王殿，在这阴森森的穹隆下面，一颗小小心灵的鼓翅声就像垂死挣扎。

珂赛特并不明白自己的感受，只觉得自身被天宇的无边黑暗所震慑。震慑她不仅仅是恐怖，而是比恐怖还要可怕的东西。她浑身战栗。一直冷到心头的这种寒噤，有一种难以言传的奇特意味。她的眼神变得惊慌失措，仿佛感到明天此刻，恐怕还要来到此地。

于是，她出于本能，要摆脱这种她又不理解又惊恐的境况，就开始高声数一、二、三、四，一直数到十，然后再从头数起。她这样做，是要真实地感到周围的事物。首先她感到手冷，那是打水时弄湿了。她站起来，重又萌生了恐惧，是一种既自然又难以克制的恐惧；现在只剩下一个念头：逃离，拼命跑出树林，跑过田野，跑到有人家，有窗户，有烛光的地方。但是，她也被德纳第婆娘吓坏了，不敢丢下水桶逃跑，于是双手抓住桶梁，使出全身力气才提起来。

她提桶走出十来步，但是一桶水太满太沉，她不得不又撂在地上，喘了口气，再提起来往前走，这回坚持的时间稍长些。然而，她还得停一停，歇息几秒钟，接着再走，现在她低着头，弓着腰，好像个老太婆，两条瘦胳臂让沉重的桶给拉长，变得僵直了；一双湿手握着铁梁也冻木了。她不得不走走停停，每停一下，桶里的水就泼到两条光腿上。这样悲惨的事情发生在冬天的黑夜，发生在密林中，发生在一个八岁的孩子身上，无人知晓，此刻唯有上帝看见了。

唉！当然她母亲也看见了。

要知道，有些事情能让坟墓中的死者睁开眼睛。

珂赛特痛苦地倒着气，阵阵饮泣硬塞喉咙，然而她不敢哭出声来，甚至远远离开德纳第那婆娘，她也怕得要命，总想象那婆娘就在身边，这已经成为她习惯的念头了。

然而，她这样走不多远，越走越慢了，心想非得一个多钟头才能回到蒙菲郿，准得挨那婆娘一顿狠打，不禁焦急万分，要缩短每次停歇的时间，多走一点路，可是办不到。焦灼的情绪，又添上黑夜在树林里独行的恐惧心情，因而累得精疲力竭，也没有走出树林。她走到一颗熟识的老栗树下，就最后停一次，歇的时间长一些，好缓过劲来，然后集中全身力气，再提起水桶，鼓足勇气往前走。不过，可怜的孩子心中绝望，禁不住叫出声来：“天主啊！天主啊！”

声音未落，她突然感到水桶一点分量也没有了。有一只在她看来无比粗大的手，刚刚抓住桶梁，有力地提起来。她抬头一看，有一个高大直立的身影，在黑暗中挨着她往前走。这大汉是从后面赶上来的，她没有听见。这人一声不吭，只管抓过她提的水桶。

人一生各种际遇，都有本能的反应。这孩子并不害怕。

六 或许能证明布拉驴儿的聪明

正是1823年圣诞节那天下午，在巴黎济贫院大街最僻静的路段，有一个汉子徘徊了好久。他好像要找个住处，而且挑选圣马尔索城郊路边的破烂街区，特意停下来看最简陋的房舍。

看下文就可以知道，此人的确在这偏僻的街区租了一间房子。

这个人的衣着和整个举止神态，显得极为穷困又极为整洁，体现一种典型人物，可以称为有教养的乞丐。这种混合类型相当罕见，能让明慧的人油然而生双重的敬意：既敬其清贫，又敬其庄重。他头戴一顶刷得十分干净的旧圆帽，上身穿一件快磨破了的赭黄色粗呢礼服，这种颜色在当时并不奇特，里面套一件老式带兜的大坎肩，下身穿一条膝部变成灰色的黑裤，脚上穿着黑毛线袜和镶铜扣绊的厚鞋。他很像在大户人家当过家庭教师并流亡归国的人。他满头白发，额头有皱纹，嘴唇苍白，脸上看样子饱经风霜，年纪六十开外。然而看他稳健的步法，一举一动所显示的特殊力量，又觉得他还不到五十岁。他额头的皱纹生得匀称，能给仔细端详他的人以好感；嘴唇则聚了一条奇特的线条，显得又冷峻又谦和；眼神深处透出一种难以描摹的凄然而恬静的神情。他左手拎一个用手绢扎的小包；右手拿一根木棍，好像是从树篱砍的，仔细修削过，样子并不难看，每个节都巧加利用，上端用红蜂蜡镶了一个珊瑚圆头，说是棍棒，但是很像手杖。

这条大街行人一向很少，尤其冬天。此人不想接触行人，但也不显出有意回避的样子。

当时，国王路易十八几乎天天去舒瓦西王苑，那是他爱去游憩之地。因此，几乎每天二时许，都能看到王驾和扈从沿济贫院大街飞驰而过。

这成为这个街区穷苦妇女的钟表，她们说："两点钟了，他又回土伊勒里宫了。"

于是，许多人跑出来，行人也排列路两旁；国王经过，总是件热闹的事儿。何况路易十八忽现忽隐，在巴黎街头总要引起一点儿轰动。车驾飞驰而过，但是非常气派，这位残废的国王却爱好乘车驰骋；他不能走路，却喜欢奔跑；他双腿患了残疾，却情愿被拖着风驰电掣。他在明晃晃的刀枪中间，却要显得平和而庄严。他那辆大轿车全身漆成金黄色，厢壁绘有大朵的百合花，在街道上隆隆驶过。人们刚望一眼就过去了，只见里座右角的白缎软垫上坐着一个人，他紫红宽宽的脸膛显得很坚毅，刚扑过粉的额头上戴着御鸟式羽冠，眼神骄横而锐利，有一副文雅的笑容，一身绅士打扮，戴着流苏飘动的大肩章、金羊毛骑士勋章、圣路易十字勋章、荣誉团十字勋章、圣灵银牌、圣灵骑士章，挺着大肚子，那便是国王了。车驾一驶出巴黎城，他就摘下白羽冠，放到了裹了英国绑腿的膝上；返回城时，他又戴上羽冠，但不大向民众致意。他冷冷地望着民众，民众也这样回敬他。他初次在圣马尔索街区亮相时，所得到的赞誉就是郊区一个居民对同伴讲的一句话："那个胖家伙就是朝廷了？"

国王在同一时间经过，这在济贫院大街是每天轰动的事件。

那个穿黄色粗呢礼服的行人，显然不是本区人，也许不是巴黎人，因为他不了解这一情况。王驾在一队身穿银饰带军装的骑卫簇拥着，两点钟从硝石库拐上济贫院大街时，他露出惊奇之色，几乎有点惊恐。当时侧道上只有他一人，他慌忙躲到一道院墙的角落后面，但还是让这天值勤的卫队长哈弗雷公爵瞧见了。哈弗雷公爵坐在国王的对面，对国王说："那个人恐非善类。"为国王开道的警察也注意到他了，其中一个便奉命跟踪察看。但是，那人钻进僻静的小街曲巷里，而天又黑下来，警察也就失掉了目标；这一情况，记录在当晚呈给国务大臣兼警察总署署长安格莱斯伯爵的报告中。

那个身穿黄礼服的人甩掉了跟踪的警察，更加快了脚步，仍频频回首，看看是否还有人跟踪。到了四点一刻，天完全黑下来了，他经过圣马丁门剧院，门口路灯照亮当天演出的剧告：《两名苦役犯》，引起他的注意；当时他虽然走得很快，还是停下脚步瞧了一瞧。过了一会儿，他走进小板巷，再拐入锡盘巷的拉尼线旅行车站。这趟车四点半出发，马已经套好，旅客听见车夫招呼，都急忙蹬着高高的铁踏板上车。

那人问道：

"还有座位吗？"

"只剩下一个，就在我赶车的座位旁边。"车夫答道。

"我要了。"

"请上来吧。"

不过，启程之前，车夫打量旅客一眼，见他穿戴寒酸，包裹又小，就要他先付钱。

"您直到拉尼吗？"车夫问道。

"对。"那人回答。

于是，他付了直到拉尼的车费。

马车启程了，驶出栅门之后，车夫就同他拉话，但是这位旅客总是哼哼哈哈，爱答不理。车夫也就作罢，只好吹口哨，喝骂几匹马。

车夫裹上大衣。天气很冷。那人好像并不觉得。马车就这样驶过古尔奈和马恩河畔纳伊。

将近六点钟，车行驶到晒勒。车夫让马喘口气，把车停到王家修道院老房改的大车店门前。

“我就在这儿下车了。”那人拿起小包和木棍，跳下车去。

转眼工夫，他就不知去向了。

他没有进客栈。

过了几分钟，旅行车接着往拉尼行驶，在晒勒大街沿路没有遇见他。

车夫回头，对车厢里的旅客说：

“那个人我不认识，显见不是本地人。他那样子不像个有钱的主儿，可是他并不在乎钱，付车费去拉尼，到晒勒就中途下车了。天都黑了，家家户户都关了门，他又没进客栈，人就没影儿了，难道钻进地里啦！”

那人没有钻进地里，而是沿晒勒大街，摸黑快步走去，在教堂前面拐上通向蒙菲郿的乡间小道，就好像他来过此地，熟悉这里似的。

他疾走在小道上，走到同那条从加尼到拉尼的林荫老路的交叉口，忽然听见有行人，就急忙躲进沟里，要等人走过去。其实，这样小心大可不必：我们已经说过，这是12月份的夜晚，天色一片漆黑，空中只有两三点星光隐约可见。

从岔道口开始就登山坡了。那人没有回到去蒙菲郿的路，而是朝右拐去，穿越田野，大步流星走向树林。

他走进树林，才放慢脚步，开始仔细察看每棵树木，一步一步往前走，仿佛在寻找什么，沿着一条唯独他知道的神秘路线，有时好像迷失方向，踟蹰不前，继而边走边摸索，终于走到一片林间空地，只见有一堆灰白色的大石头。他急忙朝石堆走去，透过黑夜的迷雾仔细察看每块石头，如同检阅一般。离石堆几步远有一棵长满树瘤的大树。他走到那棵树下，用手摸主干的树皮，好像要摸出并数清那些树瘤。

这是一棵梣树，对面有一棵害病脱皮的栗树，上面钉了一块铅皮护住疮疤。他踮起脚，就摸到了铅皮。

继而，他在那棵树和石堆之间的地面踏了一阵，仿佛要试出这里是否新动过土。

他踏完之后，再辨明方向，又穿过树林。

刚才正是这个人遇见了珂赛特。

他沿着一片矮林朝蒙菲郿走去，瞧见一个小黑影边移动边呻吟，把一件重物放下，接着又提起来，继续往前走。他走近一看，才知道是一个小孩拎一大桶水。于是，他走到孩子身边，一声不响，抓起了桶梁。

七　珂赛特同陌生人并排走在黑夜中

我们说过，珂赛特并不害怕。

那人同她说话，声音粗壮，几乎是低沉的。

“我的孩子，你提这东西，也太重了。”

珂赛特抬起头，答道：“是的，先生。”

“给我，”那人又说，“我替你拎着。”

珂赛特松开手，那人拎着水桶走在她身边。

“这确实很重。”他喃喃说道。继而他又问道：

“小姑娘，你几岁啦？”

“八岁了，先生。”

“你从好远的地方打来的水吧？”

“从树林里的水泉打来的。”

“你要去的地方还远吗？”

“从这里还要足足走一刻钟。”

那人沉默了片刻，随后又突然问道：“你没妈了吗？”

“不知道。”孩子回答。

未等那人再张口，她又补充说：

“我不相信我有妈。别的孩子都有，可我没有。”

她停了一下，又说道：“我想我就从来没有过妈。”

那人站住，放下水桶，俯下身去，双手放到孩子的肩上，在黑暗中极力想看清孩子的面孔。

天光惨淡，只隐约照见珂赛特那张瘦削的小脸。

“你叫什么名字？”那人问道。

“珂赛特。”

那人仿佛触了电。他又细细端详，接着把双手从珂赛特的肩上抽回来，提起水桶，继续往前走。

走了一会儿，他又问道：“小姑娘，你住在哪儿？”

“住在蒙菲郿村，也许您知道那地方。”

“我们就是去那儿吗？”

“对，先生。”

他又沉吟一下，然后问道：“这么晚了，是谁让你到树林里打水的？”

“是德纳第太太。”

那人再说话时，想竭力保持无动于衷的口气，但是声音还是抖得出奇："你那德纳第太太，她是干什么的？"

"是我的东家，"孩子答道，"她开客栈。"

"客栈？"那人又说道，"那好，今晚儿我就去那里住店。带我去吧。"

"我们正往那儿走呢。"孩子说道。

那人走得相当快。珂赛特跟着也不费劲，她不觉得累了。她不时抬眼看看那人，脸上显出一种难以描摹的平静和信赖的神态。从来没有人教她面向上帝并祈祷，然而，她自身有某种感觉，类似飞向天空的希望和欢乐。

过了几分钟，那人又问道："德纳第太太没有雇女用人吗？"

"没有，先生。"

"就你一个人吗？"

"是的，先生。"

谈话又中断了。珂赛特提高声音说："对了，还有两个小姑娘。"

"什么小姑娘？"

"波妮和兹玛。"

孩子简化了德纳第婆娘心爱的浪漫名字。

"波妮和兹玛是谁？"

"是德纳第太太的小姐，也就是她的女儿。"

"那两个做什么呢？"

"唔！"孩子答道，"她们有漂亮的布娃娃，有带金子的东西，玩儿的东西多极了。她们就是玩儿，游戏。"

"成天玩儿吗？"

"对，先生。"

"那么你呢？"

“我呀，我得干活儿。”

“成天干活儿？”

孩子抬起一双大眼睛，滚动的泪珠由于天黑而看不见，她轻声回答：“是的，先生。”

她沉默了一下，继续说道：“有时候，我干完了活儿，要是允许，我也玩一玩儿。”

“你玩儿什么？”

“有什么玩儿什么。没人管我。但是，我没有多少玩具。波妮和兹玛不愿意让我玩儿她们的布娃娃。我只有一把小铅刀，就有这么长。”

孩子伸出小指头。

“切不了东西？”

“能切，先生，”孩子说道，“能切生菜和苍蝇脑袋。”

他们到了村头，珂赛特领着陌生人走在街上，经过面包铺，她也没有想起买面包的事儿。那人也沉闷下来，不再问她什么话了。过了教堂，那人看见那么多露天摊棚，就问珂赛特：

“这儿有集市啊？”

“不是，先生，是过圣诞节。”

快走到客栈的时候，珂赛特轻轻地捅了捅他的胳膊。

“先生？”

“什么事儿，孩子？”

“就要到家了。”

“要到家又怎么样？”

“现在，能不能让我提水桶？”

“为什么？”

“太太要是看见别人替我提水，就会揍我。”

那人把水桶交还给她。不大工夫，他们就到了客栈门口。

八　接待一个可能富有的穷人的麻烦

那个大布娃娃还摆在玩具摊上，珂赛特禁不住扭头望了一眼，这才敲门。店门打开，德纳第婆娘举着蜡烛出现在门口。

“唔，是你呀，小贱货！谢天谢地，用了这么长时间！准是玩儿去了，鬼东西！”

“太太，”珂赛特浑身发抖地说，“这儿有位先生要住店。”

德纳第婆娘那副怒容立刻换成奸笑，用眼睛贪婪地寻找新来的客人，这种瞬间变脸术是客店老板的特长。

“就是这位先生？”她问道。

“对，太太。”那人回答，同时手举到帽檐儿上。

有钱的客商不会这么客气。德纳第婆娘看到陌生人这一举止，又迅速打量一眼他的衣着和行囊，就立刻收起奸笑，重显怒容，她冷淡地说了一句：“进来吧，伙计。”

“伙计”进门了。德纳第婆娘又瞥了他一眼，特别注意他那件快磨破了的外衣、有了洞的帽子，然后点了点头，紧了紧鼻子，眨了眨眼睛，向她一直陪车夫喝酒的丈夫讨主意。她丈夫微微摇了摇手指，同时努了努嘴唇，这种情况则表示：十足的穷光蛋。于是，德纳第婆娘提高嗓门儿说：

“喂！老头儿，对不起，店里没床位了。”

“随便给我安排个地方吧，”那人说道，“阁楼、马棚都行。我还是付一间客房钱。”

“四十苏。”

“四十苏，行啊。”

“好吧。”

“四十苏！”一名车夫对德纳第婆娘低声说，“不是只要二十苏吗？”

“他住店就得四十苏，”德纳第婆娘也同样低声说，“我让穷鬼住店，少给一个子儿也不行。”

“这话不错，”她丈夫轻声补充道，“店里接待这种人，总是煞风景。”

这工夫，那人已经把包裹和木棍放在板凳上，拣一张餐桌坐下来；珂赛特急忙给送上一瓶葡萄酒和一只玻璃杯。先头要水的那位客商亲自提桶去饮马。珂赛特又钻到菜案下面，回到老地方打毛线活儿。

那人倒了一杯酒，举杯抿了一小口，便开始出奇地注视那孩子。

珂赛特相貌挺丑，她若是快乐，或许会好看些。她那张愁苦的小脸，我们已经勾画过。她长得面黄肌瘦，虽然快满八岁，看上去也只有六岁。那双大眼睛由于经常流泪的缘故，深深陷入阴影中，几乎丧失了神采。那嘴角的弧线是经常惶恐不安的结果，在判处的犯人和不治之症的患者脸上就能看到。那双手正如她母亲猜想的，“满是冻疮”。此刻，炉火突现她骨骼的棱角，更显得枯瘦如柴了。她总是发抖，因此形成紧紧并拢双膝的习惯。她的全套衣裳就是一身破布片，夏天见了叫人可怜，冬天见了叫人心疼：满身没有一片毛织品，粗布衫也全是破洞，露了肉，看得见德纳第婆娘打出来的紫块青瘢。那两条细腿光着，冻得红红的。那锁骨窝叫人见了也心酸落泪。那孩子举止神态、嗓音语调、迟钝的话语、看人的眼神、无言的沉默，总之，她的一举一动，整个人儿，只表达和显露一种心情：恐惧。

恐惧散布全身，可以说将她笼罩住；恐惧使她双肘紧贴在胯上，脚跟紧缩在裙子里，使她尽量少占地方，尽量少喘气；也可以说，恐惧成为她躯体的习惯，而且有增无减，不可能改变。她的眸子里有惊诧的一角，那便是恐怖所在。

珂赛特这种恐惧达到极点，她打水回来全身湿漉漉的，也不敢凑近炉火烤干，而是一声不吭，又去干活儿了。

这个八岁的孩子眼神总是那么暗淡、往往还显得那么凄然，有时她真好像要变成白痴或妖怪。

前面说过，她从来不知道什么是祈祷，也从来没有踏进过教堂。“我还有那闲工夫？”德纳第婆娘常说。

那个身穿黄衣裳的人目不转睛地注视珂赛特。

德纳第婆娘突然嚷道：“哦，对啦！面包呢？”

每次德纳第婆娘一提高嗓门儿，珂赛特总是从案子下面钻出来。

买面包的事，她忘得一干二净，就采取终日战战兢兢的孩子的那种办法：撒谎。

“太太，面包铺关门了。”

“那就敲门。”

“敲过了，太太。”

“敲了怎么样？”

“不开门。”

“明天我就能弄清楚，这话是不是真的，”德纳第婆娘说道，“若是撒谎，看我不好好收拾你一顿。那十五苏铜子先还给我。”

珂赛特把手伸进罩衫兜里去摸，脸儿刷地变青了。十五苏铜子没有了。

“怎么的！”德纳第婆娘又说，“听见没有？”

珂赛特把兜儿翻出来看，什么也没有。钱哪儿去了呢？倒霉的孩子哑口无言，完全吓傻了。

“那十五苏铜子，你丢了吧？”德纳第婆娘暴跳如雷，“还是你想骗我钱？”

说着，她伸手去摘挂在壁炉旁的掸衣鞭。

一见这可怕的动作，珂赛特情急喊道：

“饶了我吧，太太！太太！下次不敢了。”

德纳第婆娘摘下掸衣鞭。

这时，那个黄衣人伸手摸坎肩的兜儿，但是这一动作没有引起任何人注意。况且，其他客商都在喝酒打牌，根本不管周围的情况。

珂赛特恐慌万状，蜷缩到壁炉的角落，竭力收拢并藏起半裸的可怜的四肢。德纳第婆娘扬起胳膊。

“对不起，太太，”那人说道，“刚才，我看见有什么东西从这孩子罩衫兜里掉出来，滚到地上，也许就是那枚硬币吧。”

他说着就俯下身，好像在地上摸了一阵。

“没错儿，在这儿呢。”他直起身来说道。

他把一枚银币递给德纳第婆娘。

“对，正是它。”她说道。

其实不是，因为，这是二十苏的银币。不过，德纳第婆娘得到便宜，把钱装进兜里，就瞪了孩子一眼，说了一句：“永远记住，别再给我出这事儿。”

珂赛特又回到德纳第婆娘所说的“她的窝”，大眼珠盯住那个陌生的旅客，脸上开始显现她从未有过的表情。现在还只是一种天真的惊异之色，不过从中已经透出一种略带愕然的信赖。

“喂，您要用晚餐吗？”德纳第婆娘问这客人。

他没有应声，似乎陷入沉思。

“这是个什么人呢？”德纳第婆娘咕哝道，“肯定是个穷光蛋，连吃饭的钱都没有。我的房钱他付得起吗？幸好他从地上捡了钱，没有想到放进自己的腰包。”

这时，旁边一扇门开了，爱波妮和阿兹玛走进来。

她们的确是两个美丽的小姑娘，不那么土气，倒像城里孩子，非常可爱。一个挽着光亮的褐色发髻，另一个背后拖着长长的黑发辫；二人都特别活泼、整洁，长得胖乎乎的，皮肤鲜艳、健康，招人爱看。她们都穿得很暖和，而且由于母亲做工精巧，衣料虽厚，但毫不减色，整身搭配得很漂亮。真所谓冬寒可御，春光不减。两个小姑娘都光彩照人，而且，身上颇有点儿做主子的派头儿。她们的服饰、快活的神情、高声的嬉笑，都显得随心所欲。德纳第婆娘一看见她们进来，就以充满慈爱的责备口气说：“哼！你们俩，这会儿才过来！”

接着，她把两个女儿先后拉到膝上，给她们梳头发，又扎好绸带，再以母亲所特有的方式，轻轻地摇了一阵，才放开她们，同时高声说了一句：“她们打扮得够整齐的！”

小姐儿俩走到火炉旁坐下，将一个布娃娃放在膝上翻来翻去，同时快活地叽叽喳喳。珂赛特的眼睛不时离开毛线活儿，悲伤地看她们玩耍。

爱波妮和阿兹玛一眼也不瞧珂赛特：在她们眼里，她就像一条狗。这三个小姑娘年龄加在一起，也不到二十四岁，可是她们已经代表人类的整个社会：一方面是羡慕，另一方面是蔑视。

德纳第姊妹俩的布娃娃已经玩得很旧很破，也褪色了；尽管如此，珂赛特照样觉得可爱，她生来就没有得到过个娃娃，拿孩子们都懂的话来说：“一个真的娃娃。”

德纳第婆娘在厅堂里走来走去，忽然发现珂赛特愣神儿，不干活却只顾看玩耍的小姐妹。

“哼！这回让我抓着啦！”她吼道，“你就是这样干活儿的呀！我来抽你鞭子，教你好好干活儿！”

那陌生客没有离座，转身对德纳第婆娘。

“太太，”他神色几近畏怯地微笑着说，“算啦！让她玩玩吧！”

这种愿望，如果是一个晚餐吃一大块羊腿、喝两瓶葡萄酒的客人表示的，而不是出自“一个穷鬼”模样的人之口，那就成为命令了。然而，戴这样帽子的一个人还敢表达希望，穿这样衣裳的一个人还敢表达意愿，德纳第婆娘觉得不能容忍。她口气尖酸刻薄地答道：

“她要吃饭就得干活儿，我可不能白养活她。”

“她在干什么活儿呢？”那外乡客又问道；他那柔和的声调，同他要饭花子的衣衫和脚夫一般的肩膀，形成异常奇特的对照。

德纳第婆娘赏脸答道：

“瞧嘛，在织袜子，给我的两个小女儿，她们没得穿了，这样说差不多，过一会儿就要光脚走路了。”

那人瞧了瞧珂赛特红红的两只可怜的脚，接着说道：

“这双袜子她什么时候能织完？”

“她这个懒虫，至少还得三四个整天。”

“这双袜子织出来，能值多少钱？”

德纳第婆娘不屑地瞥了他一眼。

“至少三十苏。”

“出五法郎您肯卖吗？”那人又问道。

“老天！”一个车夫听在耳里，哈哈笑着说，“五法郎？这价钱我可想不到！五法郎！”

这当口儿，德纳第汉子认为应当开口了。

“行啊，先生，如果您有这种兴致，这双袜子五法郎就卖给您。我们对客商有求必应。”

“要马上付钱。”德纳第婆娘断然地说道。

“这双袜子我买下了，”那人回答，他从兜里掏出一枚五法郎硬币，放到桌子上，“我付钱。”

接着，他转向珂赛特。

“现在，你的活儿归我了，玩儿吧，孩子。”

那车夫见了五法郎，非常冲动，放下酒杯就跑过来。

“这可货真价实！”他边检查钱币边嚷道，“一枚真正的后轮币！一点儿不假！”

德纳第汉子走过来，一声不响将钱币放进兜里。

德纳第婆娘无话可说，她咬着嘴唇，脸上现出一副仇恨的表情。

这时，珂赛特还在发抖，她大着胆子问：

“太太，是真的吗？我能玩儿了吗？”

“玩儿吧！”德纳第婆娘大吼一声。

“谢谢，太太。”珂赛特说道。

她嘴上谢德纳第婆娘，整个小小的心灵却感激那旅客。

德纳第汉子又去喝酒，他老婆对着他的耳朵问：

“那个黄衣人会是干什么的？”

“我见过，”德纳第以权威的口气答道，“有的百万富翁就穿这样的礼服。”

珂赛特放下手中的活计，但是没有从她待的地方钻出来。她总是尽量少动，这时从身后一个盒子里取出破布片和那把小铅刀。

爱波妮和阿兹玛有一个重大行动，一点也没有留意周围发生的情况。她们捉住了猫，把布娃娃丢在地上；爱波妮是姐姐，她用许多旧衣裳，用红色和蓝色破布片往猫身上缠，也不管它怎么叫，怎么挣扎。她一面做这项严肃而艰巨的工作，一面对妹妹讲，儿童这种温柔美妙的话语，好似彩蝶，想要捉住却飞走了：

“瞧哇，妹妹，这个娃娃比那个好玩儿多了。它会动，会叫，还热乎乎的。瞧哇，妹妹，咱们玩儿这个吧。这就是我的宝贝女儿。我是一个阔太太。我来看你，你就盯着看它，看见它的胡须，吓了你一跳。接着，你又看见它的耳朵，又看见它的尾巴，又吓了你一跳。你就会对我说：哎呀！老天爷！我就会对你说：对，太太，我的宝贝女儿就是这样。如今的小姑娘全是这样子。”

阿兹玛听爱波妮讲，心中非常佩服。

这时，那些喝酒的人唱起一支淫秽的小调，边唱边狂笑，震得天棚直颤动。德纳第给他们鼓劲儿，伴随他们。

鸟儿做窝不择泥草，孩子用什么也都能做娃娃。爱波妮和阿兹玛这边往猫身上缠布，珂赛特那边也往小铅刀上缠破布片，她缠好了，就抱在怀里，轻轻唱起催眠曲。

布娃娃是女童的一种最迫切的需要，也是一种最可爱的本能。把东西想象成孩子，又是照顾，又是穿衣，又是打扮，穿了又脱，脱了又穿，还教它学习，有时责备几句，又是摇又是亲，哄它睡觉，这便是做女人的全部未来。正是在幻想和饶舌中，在做小襁褓和婴儿用品中，在缝小裙子和小内衣中，幼儿长成小姑娘，小姑娘长成大姑娘，大姑娘又长成少妇。头生孩子接替最后一个布娃娃。

一个小女孩儿没有布娃娃，几乎跟一个女人没有孩子一样痛苦，都是绝难忍受的。

因此，珂赛特用小铅刀给自己做了一个娃娃。

这工夫，德纳第婆娘凑到那“黄衣客”跟前，她心想：“我老公说得对，他也许是拉斐特先生。有些富翁特别爱搞这种鬼名堂！”

她走过来，臂肘支在他的桌子上。

“先生……”她叫了一声。

听到“先生”这两个字，那人扭过头来。从投店之后，德纳第婆娘还只叫他“伙计”或“老头儿”。

“喏，先生，”她接着说道，同时换上一副献媚之态，比她的凶相还叫人受不了，“我也很愿意让孩子玩儿，这事儿我不反对，不过，偶尔玩一次还成，因为您慷慨。您想想，她什么也没有，总得干活儿呀。”

“这孩子，不是您的吗？”那人问道。

“噢，天哪！不是，先生！她是个穷苦人家的孩子，我们好心收养。是一个非常笨的孩子。她脑袋里一定有水。您瞧见了，脑壳儿那么大。我们尽量拉扯她，要知道，我们不是有钱的人。我们往她家乡写信也没用，半年了也没个信儿。看来她妈妈一定死了。”

“唔！”那人应了一声，重又陷入遐想。

“那个妈也是个没出息的东西。”德纳第婆娘又说道，“就这么抛下孩子不管了。”

在这场谈话过程中，珂赛特仿佛受本能的暗示，别人在谈论她，眼睛就盯着德纳第婆娘，模模糊糊地听着，也零星听到几句话。

这工夫，那些酒客全有七八分醉意了。他们反复唱着那支淫曲，越唱越起劲儿。他们唱的是一支趣味高尚的风流小曲，里边提到圣母和圣婴耶稣。德纳第婆娘也跟着一起大笑。珂赛特在菜案下面呆呆地望着炉火，眸子里反射着亮光；她也摇起刚才做的小襁褓，边摇边低声唱道：“我母亲死啦！我母亲死啦！我母亲死啦！”

经过老板娘再三劝说，黄衣客，“那个百万富翁”，终于肯吃顿晚饭。

“先生要点儿什么？”

“面包和奶酪。”那人答道。

“这人肯定是个穷鬼。”德纳第婆娘想道。

那些醉汉还一直唱歌，珂赛特在案子下也唱她的歌。

珂赛特忽然不唱了，她刚才扭头，看见德纳第小姐儿俩玩猫时扔在菜案旁边的布娃娃。

于是，她丢下只将就抱着的小铅刀缠成的娃娃，眼睛慢慢扫视整个厅堂。德纳第婆娘跟丈夫窃窃私语，一边数着零钱，爱波妮和阿兹玛在玩猫，旅客都在吃饭喝酒或者唱歌；没人注意她。机不可失，她从菜案下爬出来，又瞧了瞧，确实没人窥视她，就赶紧溜过去，抓起布娃娃。过了一会儿，她回到原来位置，坐着一动不动，只是转身有意让自己的影子遮住怀里的布娃娃。对她来说，玩一个布娃娃的快乐实在难得，竟达到一种情欲的强烈程度。

除了慢慢吃便饭的那个客人之外，谁也没有看见她。

这种快乐持续了将近一刻钟。

然而，珂赛特再怎么小心，也没有发现娃娃的一只脚“伸出去了”，让炉火照得明晃晃的。这只鲜亮的粉红脚从暗影中露出来，突然映入阿兹玛的眼帘，她对爱波妮说：“你看呀，姐姐！”

小姐儿俩愣住了：珂赛特竟敢动她们的布娃娃！

爱波妮站起来，抱着猫走到母亲身边，扯了扯她的裙子。

“别来闹我！”母亲说，“你要干什么呀？”

“妈，你瞧呀！”孩子说道。

她说着，用手指了指珂赛特。

珂赛特拥有娃娃，已经完全陶醉了，她什么也看不见，什么也听不到了。

德纳第婆娘勃然变色，露出动辄大惊小怪、因而得名为悍妇的那副凶相。

这下子，尊严受到挫伤，她更加火冒三丈。珂赛特太不像话了，居然冒犯“小姐们”的娃娃。

俄罗斯女皇瞧见农奴偷试皇太子的大绶带，也不会有另一副面孔。

她大吼一声，因盛怒嗓音都嘶哑了：

“珂赛特！”

珂赛特猛一惊抖，就好像脚下发生了地震。她扭过头来。

“珂赛特！”德纳第婆娘又喊一声。

珂赛特拿起娃娃，轻轻放在地上，她那虔敬的神态中透出绝望，眼睛还盯着娃娃，十根手指交叉起来，而且绞来绞去，一个小小年龄的孩子有这种动作，说起来真惨；接着，她哭了，受一天的折磨，无论夜晚去树林，提重重的一桶水，丢了钱，无论看见举到头上的鞭子，还是听到德纳第婆娘抛出来的瘆人的话，她都没有流泪，现在却哭了，而且泣不成声。

这时，那位旅客已经站起来。

“怎么回事儿？”他问德纳第婆娘。

“您没有看到吗？”德纳第婆娘说着，指了指卧在珂赛特脚旁边的罪证。

“那怎么啦？”那人又问道。

“这个贱丫头，竟敢动我孩子的娃娃！”德纳第婆娘答道。

“只为这点小事就大嚷大叫！”那人说道，“她玩儿玩儿这个布娃娃又怎么样呢？”

“还拿娃娃，瞧她那双脏手，那双讨厌的手！”

听到这话，珂赛特哭得更厉害了。

“你还不住声！”德纳第婆娘喝道。

那人径直朝临街的店门走去，开门出去了。

那人刚一出门，德纳第婆娘就趁机朝案下狠狠踢一脚，踢得珂赛特高声号叫。

店门重又打开，那人回来了，双手抱着我们讲过的、全村孩子眼馋了一整天的那个神奇娃娃，放到珂赛特面前，说道：

“拿着，这是给你的。”

他投店来有一个多小时，在沉思默想中，大概透过玻璃窗，隐约注意到烛火辉煌的玩具摊，仿佛受到启示。

珂赛特抬起眼睛，看见那人捧着娃娃朝她走来，就好像看见来了太阳，她听见这句闻所未闻的话“这是给你的”，就瞧瞧那人，又瞧瞧娃娃，然后慢慢往后退，躲到案子下的墙角里。

她不哭也不叫了，好像连气儿也不敢喘了。

德纳第婆娘、爱波妮、阿兹玛，全都呆若木鸡。那些喝酒的人也都停下来。整个店里一片肃静。

德纳第婆娘愣在那里，一句话也说不出来，心中又开始猜测：“这个老家伙究竟是什么人？是穷鬼还是百万富翁？也许两样都是，也就是说，是个强盗。”

德纳第汉子脸上堆起皱纹，那是本能以全部兽性力量控制人面时所突现的表情。这个客栈老板轮番打量布娃娃和那个客商，嗅那个人仿佛嗅到了钱袋。这只是一刹那的事。他走到老婆跟前，低声对她说：“那玩意儿至少值三十法郎。别犯傻。在那人面前赶快服服帖帖。”

粗俗和天真这两种天性有一个共同点，都没有过渡阶段。

“怎么的呀，珂赛特？怎么不拿你的娃娃呢？”德纳第婆娘说道，她的声音要极力温柔一点，但完全是恶妇那种发酸的蜂蜜的味道。

珂赛特大着胆子从洞里钻出来。

“我的小珂赛特，”德纳第婆娘摆出怜爱的样子又说道，“这位先生送给你一个娃娃。拿着吧，娃娃是你的了。”

珂赛特恐惧地注视着娃娃，她还满面泪痕，但是眼睛像拂晓的晴空，开始充满喜悦的奇异光芒。她此刻的感受，犹如有人突然对她说：“孩子，您是法兰西王后。”

她好像觉得一碰这娃娃，就会从里面打出响雷。

她这种念头在一定程度上是对的，因为她想到德纳第婆娘会训斥她，还会打她。

然而，诱惑力占了上风，她终于凑上来，转向德纳第婆娘，怯声怯气地问道：“我能拿吗，太太？”

任何言语都难以描摹这种又绝望，又恐惧，又狂喜的神态。

“当然啦！”德纳第婆娘说道，“既然先生给了你，这就是你的了。”

“真的吗，先生？”珂赛特又问道，“真的吗？这贵妇人，就是我的啦？”

那外乡客好像泪水盈眶，他激动到了极点，一张口就难免要流泪，只好冲珂赛特点了点头，把“贵妇人”的手放到她的小手上。

珂赛特急忙把手缩回来，就好像被“贵妇人”的手烫着似的，她又开始注视地面。我们要补充一句：这时，她的舌头耷拉出来老长。突然，她转过身，欣喜若狂地抓住布娃娃。

“我就叫她卡德琳。”她说道。

这一时刻颇为怪诞：珂赛特的破衣烂衫，同娃娃的彩带和鲜艳的粉红罗裙紧紧贴在一起。

“太太，”她又问道，“我能把她放在椅子上吗？”

“可以，我的孩子。”德纳第婆娘回答。

现在，轮到爱波妮和阿兹玛眼红地望着珂赛特了。

珂赛特把卡德琳放到椅子上，然后在对面坐到地上，待着一动不动，一声不吭，一副景仰的神态。

“玩吧，珂赛特。”那外乡人说道。

“哦！我是在玩儿呀。”孩子回答。

这个素不相识的外乡客，好像是上天派来看望珂赛特的，但此刻却成为德纳第婆娘最恨的人。然而，必须克制自己。在平日，一举一动她都极力模仿丈夫，惯于虚伪那一套，可是这回她太冲动，简直咽不下这口气。她急忙打发女儿去睡觉，又请求黄衣客“准许”，也让珂赛特睡觉去，还像慈母似地补充一句：“今天她够累的了。”珂赛特抱着卡德琳去睡觉了。

德纳第婆娘不时走到餐厅另一端，到她丈夫待的地方，如她所说“安慰安慰灵魂”。她跟丈夫交谈了几句，因是恼火的话而不敢大声说出来：

“老畜生！他怀着什么鬼胎？到这儿来跟我们捣乱！要让这个小鬼玩耍！给她娃娃！把值四十法郎的娃娃，给一条四十苏我就卖的小狗！差一点他就像对待贝里公爵夫人那样称她陛下啦！这像话吗？这个装神弄鬼的老家伙，大概疯了吧？”

“为什么？这很简单，”德纳第答道，“只要他开心！你呢，让孩子干活儿，你觉得开心；而他，让孩子玩儿，他觉得开心。他有这种权利。一位客商，只要付钱，干什么事都行。那老头儿若是个慈善家，碍你什么事儿呢？他若是个傻瓜，又关你屁事儿，你管什么闲事儿，反正他有钱！”

一家之主的言论和客栈老板的推理，两者都不容置疑。

那人双肘撑着餐桌，又恢复冥思遐想的姿态。其他所有客人，商贩和车老板都稍微离开一点儿，不再唱歌了。他们怀着敬畏的心情，远远地打量他。这个人穿得如此寒酸，却这么容易地从兜里往外掏银币，把那么大的布娃娃，随便送给穿木鞋干粗活的小姑娘，这样一个人肯定不简单，肯定不好惹。

几个小时过去了。午夜弥撒已经做完，喝酒的人都散去，酒店关门了，楼下的厅堂空荡荡的，炉火也已熄灭，可是，那外乡人始终坐在原地，保持原来的姿势，只是时而换一下着力的臂肘。自从珂赛特离去，他也没有再讲一句话。

只有德纳第夫妇出于礼貌和好奇，还留在厅堂里。“他就要这样过夜吗？”德纳第婆娘咕哝一句。凌晨两点的钟声响过，她声称实在支持不住，对她丈夫说：“我去睡了，怎么对付随你的便。”她丈夫坐在角落的一张餐桌旁，点了一支蜡烛，开始看《法兰西邮报》。

这样又足足过了一小时。可敬的客栈老板把《法兰西邮报》至少看了三遍，从这期的日期一直看到印刷厂的名称。那位外乡人没有动弹。

德纳第又是晃动，又是咳嗽，又是吐痰，又是擤鼻涕，弄得椅子咯咯直响。那人却纹丝不动。“难道他睡着了？”德纳第想道。那人没有睡着，但是又无法将他唤醒。

德纳第终于摘下便帽，蹑手蹑脚走过去，试探着说：

“先生不想去安寝吗？”

他觉得若是说“不去睡觉”，就显得唐突和过分亲热。“安寝”则给人以款待之感，包含恭敬之意。这两个字还具有妙不可言的功能，使次日的账单数目膨胀起来。一间“睡觉”的客房要你二十苏，一间“安寝”的客房则要你二十法郎。

“咦！”那外乡人说道，“您说得对。您的马棚在哪儿？”

“先生，”德纳第微微一笑，说道，“我带您去，先生。”

他端起蜡烛，那人则拿起小包和木棍，两人一前一后走进二楼的一间屋子。这个房间的陈设异常华丽，全套红木家具，一张船式大床，挂着红布帷帐。

“这是什么地方？”客人问道。

“这是我们结婚时的洞房，”客栈老板回答，“我和妻子现在住另一间屋，一年只来这里三四回。”

“我还是愿意睡在马棚里。”那人口气生硬地说道。

德纳第装作没听见这种不大客气的想法。

他点燃壁炉上的两支新蜡烛，炉火也着得很旺。

壁炉上的玻璃罩里有一顶银丝橘花女帽。

“这个，又是什么呢？”那人又问道。

“先生，”德纳第答道，“这是我妻子的婚礼帽。”

客人看着这件物品，那眼神似乎在说：那个魔鬼也有过当处女的时候！

其实，德纳第说了谎。他租这所破房开店时，这间屋就如此陈设了，只是买了这几件家具，将橘花冠罩起来，认为这可以给“他妻子”罩上曼妙的阴影，也如英国人所说的，给自家门庭增添体面。

等客人回过头来，店主已经不见了。德纳第悄悄溜走，未敢向他道晚安；他要等次日早晨狠狠敲一笔，就不想以不恭的亲热态度对待人家。

客栈老板回到房间。他老婆躺下了，但是还没有睡着，她一听到丈夫的脚步声，就翻过身来对他说：

“告诉你，明天我就把珂赛特赶出大门。”

德纳第冷冷地答了一句：“你忙的哪份儿？”

他们再没有说别的话，过了几分钟就吹灭了蜡烛。

那客人则把小包和木棍放在角落里，等主人走了，他就坐到扶手椅上，若有所思地待了片刻。然后，他脱下鞋子，端起一支蜡烛，吹灭了另一支，推门走出房间，四下望了望，仿佛寻找什么。接着，他穿过走廊，来到楼梯口，听见类似孩子喘息的极轻微的声响，便顺着声音找去，走到一个三角形的凹室，也就是楼梯底下构成的空间。那里面堆满了旧筐、破瓶烂罐，净是灰尘和蜘蛛网，中间放了一张床。所谓床，不过是一条破洞露出草来的垫子，以及一条破洞露出草来的被子。没有床单，就直接铺在方砖地上。珂赛特正在这床铺上睡觉。

那人走近前端详她。

珂赛特睡得很香。她穿着衣裳，冬天这样睡觉可以稍微御寒。

她紧紧搂着的娃娃睁着一双大眼睛，在黑暗中闪闪发亮。她不时长出一口气，好像要醒来似的，手臂又用力搂住娃娃。她床边只有一只木鞋。

在珂赛特的陋室附近，有一扇敞开的房门，看得出是一个相当大的昏暗的房间。那外乡人走进去，里端又有一扇玻璃门，透过玻璃门能看见一对洁白的小床，上面睡着阿兹玛和爱波妮。两张床后面露出半截没挂帐子的柳条摇篮，里边睡着哭了一晚上的小男孩。

外乡人猜想这间屋一定同德纳第夫妇的卧室相连。他正要抽身回去，忽然看到一个壁炉，正是客栈里总有一点小火而看着又发冷的大壁炉。这个壁炉里没有火，连炉灰也没有，但是却有一样东西引起那旅客的注意，那是大小不一两只艳丽的童鞋，他这才想起久远难考的这种美好的习俗：每逢圣诞节这天，儿童总把鞋放进壁炉，好让善良的仙女乘黑夜把金光闪闪的礼物放在鞋里。爱波妮和阿兹玛自然不会错过机会，各自把一只鞋放进壁炉。

那旅客俯下身。

仙女，也就是她们的母亲，已经光顾过了，只见每只鞋里都有一枚十苏的亮晶晶的新币。

那人直起身要走，忽又看见炉膛里最隐蔽的角落还有一样东西，仔细一看，才认出是一只木鞋，那是最粗制的木鞋，已经裂开，沾满灰渣和干泥巴。正是珂赛特穿的。珂赛特怀着儿童那种感人的信心，年年落空而永不气馁，她也把木鞋放到炉膛里。

一个孩子屡屡失望，仍怀着希望，这真是一件绝妙的事情。

这只木鞋里什么也没有。

那外乡人摸了摸坎肩的口袋，弯下腰，将一枚金币放在珂赛特的木鞋里。

然后，他悄手悄脚回到客房。

九　德纳第耍手段

第二天清晨，离天亮至少还有两小时，德纳第就来到酒店的厅堂，点了一支蜡烛，在桌子上为那黄衣客制造账单。

那婆娘哈着腰，站在旁边看他写，他们没有交换一句话。一方面是深思熟虑，另一方面则佩服得五体投地；一个人抱着这种虔敬的态度，就能看到一种奇迹从人类精神中产生并发展。房子里能听见响动，那是云雀在打扫楼梯。

几经涂改，用了足足一刻钟，德纳第才制造出这样的杰作：

一号客房账单

晚餐	3法郎
客房	10法郎
蜡烛	5法郎
炉火	4法郎
服物	1法郎
共计	23法郎

服务写成了“服物”。

“二十三法郎！”那婆娘又兴奋又略微迟疑地嚷道。

德纳第同所有大艺术家一样，并不满意，他说了一声：“呸！”

这正是在维也纳会议上，卡斯特莱①开列法国赔款清单时的声调。

“德纳第先生，你做得对，他就应当付这么多钱。”那婆娘咕浓道，她想起那人当着她女儿的面把布娃娃送给珂赛特的情景，“这样合情合理。不过，要得太多，恐怕他不肯付钱。”

德纳第冷笑一声，说道：“他准得付。”

这种冷笑是坚信和权威的最高表现。事情这样一讲，就是板上钉钉了。那婆娘不再提出任何异议。她开始收拾桌子，丈夫则在厅堂里走来走去。过了一会儿，他又补充一句：

“我呢，还欠人家一千五百法郎啊！”

他走到壁炉角，坐下来思索，双脚踏在热灰上。

“哦，对了！”那婆娘又说，“今天我要把珂赛特赶出门，你没有忘吧？这个妖魔！她拿着那娃娃，就是吃我的心！我宁愿嫁给

① 反法同盟战败拿破仑之后，在维也纳开会制定法国赔款条例。卡斯特莱（1769—1822年）勋爵是英国全权代表。

路易十八，也不肯在家里多留她一天！”

德纳第点着烟斗，吐了一口烟说道：“你把账单交给那人。”

说罢，他就出去了。

他前脚出厅堂，那位旅客后脚就进来了。

德纳第又立即返身跟回来，走到半开的房门口站住不动了，但是只有他老婆看得见。

那黄衣客手中拿着木棍和小包。

“起得这么早啊！”德纳第婆娘说道，“先生要离开客店啦？”

她嘴上这么说着，手里却摆弄着账单，用指甲折了又折，一副尴尬的神态；她那张凶狠的脸一改常态，隐隐露出胆怯和迟疑的神色。

这样一张账单，交给一个十足“穷鬼”模样的人，这事她实在觉得为难。

那旅客仿佛心事重重，心不在焉，随口应了一声：

“对，太太，我要走了。”

“先生，在蒙菲郿没有事情要办吗？”

“没有，我只是路过这里。太太，”他又说道，“我该付多少钱？”

德纳第婆娘没有回答，只把折起来的账单递给他。

那人将账单打开，瞧了一眼，但是，他的注意力显然在别处。

“太太，”他又说道，“你们在蒙菲郿这儿生意不错吧？”

“还凑合吧，先生。”德纳第婆娘答道，她见客人并没发作，心中不免诧异。

她以哀伤的声调继续说道：

“唉！先生，这年头可够艰难的！再说，我们这地方有钱人家太少！要知道，全是小家小户的。如果不时常来些像先生这样，又慷慨又有钱的客人，那就更糟啦！我们的开销太大。喏，就说这个小丫头，叫我们搭上多少钱。”

“哪个小丫头？”

“您知道，就是那个小丫头呗！珂赛特！这地方人叫她云雀！”

“唔！”那人应了一声。

她接着说道：

“这帮乡下佬，都这么蠢，起这种绰号！她那样子，叫蝙蝠还差不多，哪儿像什么云雀。您瞧，先生，我们不求人施舍，但也无力施舍给别人。我们赚不了什么钱，却要付大量费用，什么营业税、人口税、门窗税、什一税！先生知道，政府要钱太狠啦！再说，我自己有女儿，没必要养活别人的孩子。”

那人接口说道：“若是有人替您养活呢？”他说话的声音尽量显得平淡，但还是有点颤抖。

“养活谁？养活珂赛特？”

“对。”

这店婆的脸立刻涨成紫红色，笑逐颜开，越发丑恶了。

“唔，先生！我的行善积德的先生！领她走吧，留着她吧，带她去吧，带她去吧，给她加上糖，配上块菰，做好了喝掉她，吃掉她，您会得慈悲的圣母和天国所有圣徒的保佑！”

“说定了。”

“真的吗？您把她带走？”

“我把她带走。”

“马上带走？”

“马上带走。把孩子叫来吧。”

“珂赛特！”德纳第婆娘喊道。

“等着这工夫，我先付店钱吧，”那人继续说道，“一共多少钱？”

他瞧了一眼账单，不禁吃了一惊：“二十三法郎！”

他注视店婆子，又说了一遍：“二十三法郎？”

他重复这句话的声调，将惊叹号同疑问号区别开来。

德纳第婆娘已从容准备招架，便沉着地回答：“当然了，先生！二十三法郎。”

外乡客将五枚五法郎银币放在桌上。

“去叫孩子吧。”他说道。

这时，德纳第走到厅堂中央，说道：“先生应付二十六苏。”

“二十六苏！”那婆娘嚷道。

“客房二十苏，”德纳第又冷静地说道，“晚餐六苏。至于那孩子，我得跟先生稍谈谈。老婆，你走开一下。”

德纳第婆娘心头豁然一亮，仿佛意外照进智慧的光芒。她感到大角色登场了，便一声不吭出去了。

等到只剩下两个人了，德纳第便搬了一把椅子，请客人坐下。客人坐下，德纳第却站着，他的脸换上和善而诚朴的特殊表情。

“先生，”他说道，“喏，我要告诉您，那孩子，我非常喜爱。”

外乡客眼睛盯着他，问道：“哪个孩子？”

德纳第继续说道：

“真怪啦！就是心连着心。这么多钱放这儿干什么？您这一百苏的银币收起来吧。我非常喜爱那孩子。”

“谁呀？”外乡客问道。

“嗳，我们的小珂赛特呀！您不是要从我们身边把她带走吗？那好，我就实话实说，我不能同意，这是实在话，就跟您是正派人一样。那孩子走了，我会想念的。我是眼看着她从小长大的。不错，她害我花了许多钱；不错，她有不少缺点；不错，我们不是有钱人家；不错，她得过几场病，单单一场病的药钱我就花了四百多法郎！然而，总得为慈悲的上帝干点事儿啊。小家伙没爹没娘，我把她拉扯大。我挣了面包，给她和我吃。这孩子，我实在舍不得。您也理解，人在一起就有了感情；我是个老好人，头脑简单，不会想什么道理。这孩子，我很喜爱；我老婆性子急，但是她也喜爱。您瞧见了，就像我们亲生的孩子。我需要她待在家里，叽叽喳喳，说说笑笑。"

外乡客一直盯着看他。他继续说道：

"对不起，请原谅，先生，自己的孩子，总不能随便给一个过路人吧。我这话说得不对吗？除了这一点，我不是说，您有钱，看样子您也是个正派人，这是不是为了她的幸福呢？总得弄清楚啊。您理解吧？假如我割舍了，放她走，我也得知道她去哪儿，我不愿意失去她的音信，要知道她住在什么人家，能时常去看看她，让她知道她的好养父还在这儿，还一直关心她。总而言之，有些事儿是不行的。我连您的尊姓大名都不知道！您把她带走了，我就要说：咦，云雀呢？她到哪儿去啦？不管什么烂证，一张小小的通行证，也总得瞧一眼啊！"

那外乡客一直凝视他，可以说目光直透他的心灵，这时以严肃而坚定的口气回答：

"德纳第先生，来到离巴黎五法里的地方，并不需要通行证。我要带走珂赛特就带走，没什么啰唆。您不知道我的姓名，不知道我的住址，也不知道她去哪儿了，而我的意图，就是今生今世，她再也不见你了。我要割断拴住她双脚的绳子，让她离开。您觉得合适吗？行还是不行？"

妖魔鬼怪看到某些迹象，就能认出一尊更高的神降临，同样，德纳第也明白他遇到一个非常厉害的对手。他就好像凭直觉，一下子恍然大悟了。昨天夜晚，他陪车夫喝酒，抽烟，唱下流小调，同时也观察这个外乡客，像猫那样窥视，像数学家那样研究人家。他这样窥察既出于兴趣和本能，也为自己打算，却好像被人买通来暗中监视似的。这个黄衣客的一举一动，都没有逃过他的眼睛。早在这个来历不明的人对珂赛特如此明确表现出关切之前，德纳第就已经看出来了。他捕捉到这老人深沉的目光总围着那孩子打转。为什么这么感兴趣？他究竟是什么人？为什么穿戴如此寒酸，而钱袋里却有那么多钱？他心中提出这些疑问，得不到答案，不禁十分恼火，而且想了整整一夜。这人不可能是珂赛特的父亲。难道是祖父辈的人吗？那么，为什么不立刻相认呢？有了某种权力，就要显示出来。显而易见，此人对珂赛特并无权力。那又是怎么回事呢？德纳第在种种假设中转不出来。他隐约望见一切，但什么也没有看清楚。不管怎样，他开始同这人谈话时，就确信这其中必有秘密，确信此人不想暴露身份，因而感到自己理直气壮，可是一听这外乡客明确干脆的回答，便看出这个神秘的人物又神秘到如此单纯的程度，因而他又感到自己软弱无力了。他绝没有料到这种情况，他的种种推测全部瓦解了，于是又理了理思想，在一瞬间权衡这一切。德纳第这个人，一眼就能认清形势，他认为该是单刀直入的时候了。他像所有善于当机立断的伟大统帅那样，在这关键的时刻，突然亮出他的底牌。

“先生，”他说道，“必须给我一千五百法郎。”

这外乡客从侧兜掏出一个旧的黑皮夹，打开来，抽出三张现钞，放在桌上，又用粗壮的拇指按住，对店主说：

“把珂赛特叫来。”

在发生这种情况的时候，珂赛特干什么呢？

珂赛特一醒来，就去找她的木鞋，在里面发现那枚金币。那不是拿破仑币，而是复辟王朝发行的面值二十法郎的新币，上面的图案是普鲁士小尾巴，代替了原来的桂冠。珂赛特眼睛都看花了，她的命运开始令她激动，她还不知道什么是金币，从未见过。她急忙把这枚金币藏在兜里，就好像是偷来的。然而，她感到这确实属于她了，而且猜得出是从哪儿来的，不过，她所感到的欢喜却充满惧怕。她虽然高兴，但尤为惊诧。这样华丽的东西，在她看来不像真的。布娃娃令她害怕，金币也令她害怕。面对这些华丽的东西，她浑身隐隐发抖。她唯独不怕那个外乡客，非但不怕，还十分放心。从昨天晚上起，她在惊喜中，在睡梦中，那颗小小孩子的头脑一直想这个人：这人的样子又老又穷，神色那么忧伤，却又那么富有，那么善良。自从在林中遇见这位老人，周围一切似乎都变了。珂赛特，还不如天上一只小燕子幸福，生来始终不知道躲在母亲的卵翼之下是什么滋味。五年以来，也就是从她最早记事的时候起，可怜的孩子就在抖瑟战栗中度日。在不幸的刺骨寒风中，她总是赤身露体，现在觉得穿上衣裳了。她的心灵从前发冷，现在暖和了。她也不再那么怕德纳第婆娘了。她身边有了一个人，不再孤苦伶仃了。

她赶快去干每天清晨的活计。她身上的那枚金币，就放在昨晚丢掉十五苏钱币的罩衫兜里，时时分散她的注意力。她不敢摸，但是每隔五分钟就要观赏一下，应当说观赏的时候还伸出舌头。她打扫楼梯不时停下来，愣在那儿不动，将扫把和整个世界都丢在脑后，一心望着在兜里的闪光的这颗明星。

她正在愣神儿瞻仰的时候，德纳第婆娘来找她了。

她奉丈夫之命来找这孩子，但是没有扇耳光，也没有骂一句，这真是闻所未闻的事。

“珂赛特，”她几乎温和地说，“马上过来一下。”

不大工夫，珂赛特就走进楼下的大厅。

外乡客拿起带来的包裹打开，只见里边包着一件毛线小衣裙、一件罩衫、一件毛绒内衣、一条衬裙、一条方围巾、长筒毛袜、皮鞋，是八岁小姑娘的一整套穿戴。全是黑色的。

“孩子，”那人说，“拿去赶快穿上吧。”

天色渐渐亮了，蒙菲郿居民有的起来开门，看见通往巴黎城的街上过去两个人，朝利弗里方向走去：一个穷苦打扮的老头儿，手拉着一个全身孝服、怀抱一个粉红大布娃娃的小姑娘。

谁也不认识那个人，而珂赛特换掉了破衣烂衫，许多人也没有认出她来。

珂赛特走了。跟谁走呢？她不清楚。去哪儿呢？她也不知道。她仅仅明白丢下德纳第客栈走了。谁也没有想到同她告别，同样，她也没有想到向任何人告别。她走出了她恨的人家，而人家又恨她的那个家。

可怜的小娇娃，一颗心始终受压抑。

珂赛特板着脸朝前走，她睁着一对大眼睛望着天空。将那枚金币已经放进新罩衫兜里，她不时低头瞧一眼，再瞧一眼这老人。她就觉得是慈悲的上帝走在身边。

十　弄巧成拙

德纳第婆娘一如既往，一切由她丈夫处理。她期待着重大事件。那人和珂赛特走后，德纳第沉住气，足足过了一刻钟，才把老婆拉到一边，给她看一千五百法郎。

“就这个呀！”她说了一句。

自从他们结为夫妇以来，她这是头一回敢于批评一家之主的举动。

一句话击中要害。

“真的，你说得对，”他说道，“我是个笨蛋。把帽子给我。”

他将三张钞票折起来，揣进兜里，匆匆出门去了，可是一头扎错了路，先朝右边走去。他问了几个邻居，才找准了去向；有人看见云雀和那人去往利弗里。他大步流星，朝别人指的方向走去，边走边自言自语：

“这个身穿黄衣的人，显然是个百万富翁，而我呢，是个蠢货。他先头给二十苏，接着给五法郎，然后给五十法郎，最后又给一千五百法郎，出手总那么容易。也许他能给一万五千法郎。我一定得追上他。”

还有，事先就给小丫头准备好了一包衣裳，这一切怪得很，其中必有不少奥秘。抓到秘密就不能放手。富人的秘密是吸满金子的海绵，必须善于挤出来。所有这些念头，在他的脑子里盘旋。“我是个蠢货。”他说道。

走出蒙菲郿村，就到了通往利弗里的岔道口，可以望见那条路在高地上延展至远方。德纳第赶到岔道口，心里盘算应当望得见那人和小丫头。他极目远望，却什么也没有看到。他又打听，这就耽误了工夫。有几个过路人告诉他，他寻找的那个人和孩子朝加尼方向的树林走去了。他又赶紧奔向那里。

他们把他落下很远，可是，小孩子走路慢，而他却走得很快。再说，他非常熟悉这地方。

他猛地站住了，拍了拍脑门儿，仿佛忘了主要的事，要折回去似的。

“我那支枪应当带来呀！”他想道。

德纳第这种人具有双重天性，有时他们从我们中间经过，我们却不了解，他们直到消失了，也不为人所知，因为命运只显示他们的一个侧面。许多人的命运，就是这样在半掩蔽中生活。在平凡安定的环境中，德纳第完全可以做一个——我们不说是一个——称得上诚实的商人，善良的士绅。同时，如果某些动荡将他掩蔽在下面的天性激发起来，他也完全可能成为一个恶人。这个小店主身上附着魔鬼。有时撒旦大概就蹲在德纳第居住的破房角落里，对着这个丑恶的杰作做美梦。

他犹豫了片刻，转念又一想："算啦！这工夫，他们会溜掉！"

于是，他继续赶路，飞快往前奔，一副近乎胸有成竹的样子，就像嗅到一群山鹑的狐狸那样精明。

他过了水塘，从美观林荫路右侧的大片旷地斜插过去，走到几乎环绕丘冈一周、覆盖晒勒修道院古渠涵洞的草径，果然望见一片荆丛上露出一顶引起他种种猜测的帽子。正是那人的帽子。荆丛不高，德纳第认出坐在那里的正是那人和珂赛特。孩子太小，还看不到，但是他望见了那个布娃娃的头。

德纳第没有弄错。正是那人坐下来，让珂赛特歇一歇。小店主绕过荆丛，突然出现在他寻找的两个人眼前。

"对不起，请原谅，先生，"他气喘吁吁地说，"这是您的一千五百法郎。"

他说着，就把三张钞票朝那外乡人递过去。

那人抬起眼睛。

"这是什么意思？"

德纳第恭恭敬敬地回答：

"先生，这就是说，我要把珂赛特领回去。"

珂赛特打了个寒噤，紧紧偎在老人身上。

那人目光直透德纳第的眼底，一字一顿地回答：

“您—要—把—珂—赛—特—领—回—去？”

“对，先生，我要把她领回去。我来向您说一声。我考虑过了。其实，我没有权力把她交给您。要知道，我是个诚实的人。这孩子不是我的，而是她母亲的。她母亲把她托付给我，我就只能把她交还给她母亲。您会对我说：可是，她母亲去世了。好。在这种情况下，我只能交给拿着她母亲签字的信来接孩子的那个人。这是显而易见的。”

那人并不回答，伸手掏兜儿，德纳第看见装钞票的那个皮夹子又出现在眼前。

小店主一见心喜，浑身都颤动了。

“好嘛！”他心想，“要稳住神儿，他要来收买我啦！”

那行客先游目四望，只见周围渺无人迹，树林和山谷绝无人影，这才打开皮夹，但从里边抽出来的，不是德纳第期待的大把钞票，而仅仅是一小张纸，他把纸展开，递给小店主，说道：“您说得对，念一念吧。”

德纳第接过纸条，念道：

德纳第先生：

请将珂赛特交给持信人。他会付给您所有零星欠款。

即颂

近安。

芳汀

1823年3月25日

于海滨蒙特伊

“您认识这签字吧？”那人又问道。

这正是芳汀的签字，德纳第也认得。

无可反驳。德纳第感到两种强烈的恼恨：恼恨必须放弃他所期望的贿赂，也恼恨自己被击败。那人又说：

“这封信您可以留着，好交卸责任。”

德纳第退却也步步为营。

“这个签字模仿得很像，”他咕哝道，“行啊，就算是吧！”

接着，他还试图最后挣扎一下，说道：

“先生，这样行啊。您既然就是指定的人。不过，还应当付给我‘所有零星欠款’。那可是欠我大笔钱啊。”

那人站起来，用手指弹了弹破衣袖沾的灰尘，说道：

“德纳第先生，1月份，她母亲算过，共欠您一百二十法郎；2月间，您寄给她五百法郎的账单；您在2月底收到三百法郎，3月初收到三百法郎。此外又过了九个月，按讲好的价钱每月十五法郎，共计一百五十法郎。先头您多收了一百法郎，现在也就欠您三十五法郎的尾数。刚才我给了您一千五百法郎。”

德纳第此刻的感受，就像狼被捕兽夹的钢齿咬住时的感觉。

“这人是什么鬼东西？”他心中暗想。

他的举动也跟狼一样，抖了抖身子。他已经尝过一次胆大妄为的甜头。

“我—不—知—尊—姓—大—名的先生，”他这回抛掉恭敬的姿态，毅然说道，“要么我把珂赛特领回去，要么您给我一千埃居银币。”

那外乡客平静地说：“走，珂赛特。”

他左手拉住珂赛特，右手拾起他放在地上的木棍。

德纳第注意到棍子很粗，这里很僻静。

那人领着孩子走进树林，丢下愣在原地不动的小店主。

眼看他们越走越远，德纳第注视着那人有点驼的宽肩膀和两只大拳头。

接着，他的目光又移到自身，垂到自己细弱的胳膊和枯瘦的双手上，心中又念道："既然出来打猎，却没有带枪，我真是个十足的笨蛋！"

然而，小店主还不善罢甘休。

"我要弄清楚他去哪儿。"他咕哝一句。于是，他远远跟踪。他手上还留下两样东西：一样是嘲弄，芳汀签了字的破纸条；另一样是安慰，那一千五百法郎。

那人带珂赛特朝利弗里和朋地走去，他低着头，脚步很慢，一副愁思苦索的姿态。入冬木叶凋零，林木间显得透亮，因此，德纳第虽然远远跟随，也不会失去目标。那人不时回头，看看是否有人跟踪，他突然发现德纳第，就急忙和珂赛特钻进灌木丛中不见了。"见鬼！"德纳第骂了一句，就加快了脚步。

灌木丛稠密，德纳第不得不拉近距离。那人走到最密实的地方时，又转过身来。德纳第这回无处躲藏，树枝遮不住，不免被那人看见。那人戒忌地瞥了他一眼，随即摇了摇头，又继续往前走。小店主还是紧追不舍。他们又走了两三百步。那人又猛地转过身来，这回脸色十分阴沉，德纳第这才认为"没必要"再跟下去，于是折回去了。

十一　9430 号再现，珂赛特中彩

冉阿让没有死。

他掉进海里，应当说他跳进海里的时候，正如人们所见的，

已经卸掉了脚镣。他潜水游到一艘停泊的海船底下，旁边正巧有一只驳船，就爬上去躲起来，直到天黑。天黑之后，他又跳下水，游向离勃兰岬不远的海岸，上岸后弄了一身衣服。他身上有钱，在巴拉吉埃附近一家小咖啡馆又专门向逃犯提供衣物，这是赚钱的特殊生意。然后，冉阿让像所有狼狈的逃亡者那样，极力躲避法网和社会厄运，走上一条隐蔽而曲折的道路。他在博塞附近的普拉多，找到头一个避难所。继而，他又进入上阿尔卑斯省，奔向勃里昂松附近的大维拉尔。那是惶惶不安而时时探索的逃窜，走的路线就像鼹鼠的地道，净是摸不清的岔路。后来在许多地方，例如在安省西夫里厄地区，在比利牛斯省阿空名叫杜海克仓的地方，在沙瓦伊村附近，在佩里格附近戈纳盖教堂地区的勃里尼镇，都发现了他的足迹。他到达巴黎。我们在上文看见他到过蒙菲郿。

他到达巴黎要做的头一件事，就是为一个七八岁的小姑娘买一身孝服，然后找了一个住所。办完这两件事，他就前往蒙菲郿。

大家记得，他上次越狱后，曾到过那地方，或者到了那附近；那次诡秘的旅行，司法人员也查出了一些蛛丝马迹。

可是这回不同，大家以为他死了。这样，他的情况就更加隐晦难测了。他到巴黎，偶然看到一份登载这条消息的报纸，也就放下心来，心神几乎恬然，就好像真的死了。

冉阿让从德纳第夫妇魔爪中救出珂赛特之后，当天晚上便回到巴黎。他带着孩子，在天黑的时候从蒙梭门进城，上了马车，到观象台广场下来，付了车钱，便拉着珂赛特的手，二人在黑夜中，沿着乌尔辛和冰库附近的僻静街道，朝济贫院路走去。

对珂赛特来说，这一天十分离奇，充满令人激动的事情。路上，他们在篱笆后面，吃了从偏僻客栈买来的面包和奶酪，换了几次马车，步行几段路，她并不叫苦，但是太累了，冉阿让也发觉她越走越用力牵他的手了。于是，他背起孩子走；珂赛特仍抱着卡德琳，头枕着冉阿让的肩膀睡着了。

第四卷　戈尔博老屋

一　戈尔博先生

四十年前，有个孤独的行人，偶尔闯到妇女救济院的僻静地段，从济贫院大道沿上坡路朝意大利门走去，走到可以说成巴黎消失的地点。那里并不是荒无人烟，还是有过往行人；也不是旷野，还有房屋和街道；但是算不上城市，街道跟大路一样，有辙沟，长了荒草；同样不是乡村，房舍都很高。那是什么地方呢？那是个无人居住的住宅区，是个还有人的荒僻之地，是大都市的一条大道，巴黎的一条街，夜晚比森林还荒蛮，白天比墓地还凄惨。

那就是马市老街区。

那行人若是信步走过马市的四堵老墙，将右首围着高墙的花园丢在后面，穿过小银行家街，经过一片牧场，只见场上耸立着一垛垛鞣料树皮，好像巨大的水獭窝；再往前走，又见一片围着的空地，里边堆满了木料、树根、锯末和刨花，顶端有一条大狗汪汪狂吠；接着便是长长的一道矮墙，已经颓塌，上面长满青苔，春天还开花，旁边有一扇服丧似的黑色小角门，又经过最荒僻的地段，只见一座破旧建筑的墙上写着“禁止张贴”的大字，他就走到圣马塞尔葡萄园街的拐角，那是很少人知道的地方。在那一座工厂附近，当时还能看到花园两堵墙之间有一所破房子，乍一看像一栋茅屋，而其实有主教堂那么大，因为山墙对着公路而显得狭小。整座房子几乎被遮住了，只能看见房门和一扇窗户。

那所破房只有两层。

仔细观察一下，最显眼的是那扇门，只配安装在破窑子上，而那扇窗户，如果不是装在碎石墙上，而是开在方石墙里，就像一座公馆的窗户了。

房门是用几块虫蛀的木板和几条粗制的横木条胡乱拼凑的。一进门便是很陡的高台阶楼梯，和门一样宽，满是污泥、灰浆和尘土，从街上看好似一架直立的梯子，隐没在两面墙的暗影里。在畸形的门框上方有一块窄木板，中间锯出一个三角洞，那便是关门时的天窗和气窗。门背后用毛笔蘸墨水两下子涂写出数字52，而在门楣上，用同一支笔涂写了50，因而叫人游移不定。究竟是几号？门楣说是50号，而门则反驳说：不对，是52号。三角气窗上充当帘子的，不知是什么灰不溜秋的破布片。

窗户又宽又高，装有百叶窗和大格玻璃框。不过，那些大块玻璃有不同程度的破损，虽然巧妙地糊上纸，却更明显暴露了破损处；两扇百叶窗已经支离脱节，保护室内居住者不足，威胁窗下行人则有余。遮光的横板条有些脱落，便天真地钉上几块竖板条代替，结果原来的百叶窗变成窗板了。

房门一副邪恶的形象，而窗户虽破，却还显得正派，两者同在一所房屋，看上去就像两个不相配的乞丐并肩而行，虽然同样穿着破衣烂衫，却是两副截然不同的神态：一个始终是个穷鬼，另一个则曾经是个贵绅。

楼上的建筑体极其宽阔，仿佛是仓库改建成房子，中间有一条长廊作为通道，两侧是大小不等的隔门，必要时可以住人，但是更像小摊铺而不像单人房。这些房间好像在这周围空地上聚会，全都这么昏暗、丑陋、凄惨、忧伤、阴森可怕；而且屋顶或房门有缝隙，能透进寒光或冷风。这种住宅还有一种有趣的特色，就是蜘蛛个头儿大得出奇。

房门左侧临街的墙上，离地面约一人高有一个堵死的方形小窗，成为壁龛，里面堆满了过路孩子扔的石子。

这所房子不久前拆除了一部分，如今所余的部分仍能让人想见当初的全貌。整体建筑也就有一百来年。到一百岁，一座教堂还年轻，而一所住房却老迈了。看来，人的居所随人而寿短，上帝居所随上帝而永生。

邮差称这所破房为50–52号，但是在本街区则以戈尔博老屋而知名。

谈谈这个名称的来历。

爱搜集奇闻轶事并制成标本的人，总把易忘的日期用别针别在记忆上，他们都知道上个世纪，在1770年前后，巴黎沙特莱法院有两个检察官，一个人称乌鸦的柯尔博，一个人称狐狸的列纳。这两个名字，拉封丹早有预见。两个人有这种大好机会，自然要巧鼓舌簧。不久，法院的长廊就开始传诵这样一首打油诗：

乌鸦柯尔博高栖在案卷上，
嘴里叼着一张拘捕状；
狐狸列纳嗅到味儿跑来，
大致这样巧鼓舌簧：
“喂，早安！……”①

---

① 这是根据法国诗人拉封丹（1621—1695年）的寓言诗《乌鸦和狐狸》改编的。

这两位有教养的实干家忍受不了这种戏谑，他们昂首走过时听到背后狂笑，不禁气急败坏，决意更名改姓，便呈请国王恩赐。申请书呈给路易十八的那天，正巧教皇的使臣和拉罗什·艾蒙红衣主教一边一个，手拿拖鞋跪在地上，当着陛下的面，要给下床的杜巴丽夫人穿上。国王笑声不止，兴致勃勃地将话题从两位主教转到两位检察官身上，要赐姓或者近乎赐姓给两个法官。国王恩准，柯尔博头一个字变动一下，改称戈尔博；列纳的运气差点儿，只在前面加一个“普”字，改称普列纳，结果新改的姓跟原来的差不多，都同样名副其实。

根据当地传说，戈尔博先生曾是济贫院大街50–52号的房主。甚至那扇大窗户，也是他雇人安装的。

这就是戈尔博老屋名称的来历。

大道旁的树木中，有一棵死了四分之三的大榆树，正对着50–52号；戈布兰城门街口也几乎正对着，当年那条街没有铺石，两旁没有房屋，只有发育不良的树木，一直通到巴黎城墙脚下，随着季节不同，有时绿叶成荫，有时满是污泥。附近一家工厂的房顶冒出一股股硫酸化合物的气味。

那座城门离得很近，1823年时城墙还在。

那座城门令人想起凄惨的景象。那是通往比塞特的道路。在帝国时代和波旁王朝复辟时代，死囚押回巴黎就刑那天就经过那里。1829年那桩神秘的凶杀案，所谓“枫丹白露城门案”，也是在那里发生的，至今仍是个无头案，没有抓到凶犯，真相不明，没有揭开可怕的谜团。再往前走几步，便是不祥的落须街：当年在隆隆的雷声中，乌巴克一刀刺死伊弗里的一个牧羊女，就像舞台上的一幕场景。再走几步，就到了圣雅克门，看见那几棵不堪入目的断头榆树，是慈善家用来遮掩断头台的权宜之计，那正是小店主和有钱市民阶层和平庸而可耻的格雷沃广场：他们在死刑面前退缩，既不敢大刀阔斧地废除，也不敢专横跋扈地维持。

按下那片仿佛命定始终恐怖的圣雅克广场不表，三十七年前，整个这条肃杀的大道最肃杀之点，也许就是遇到50–52号破房的地方，至今这里也缺乏吸引力。

二十五年后，有钱市民才开始在这里修建住宅。这地方满目凄凉，置身其间，心情就会抑郁凄惶，感到自己夹在望得见圆顶的妇女救济院，以及城门近在咫尺的比塞特之间，也就是说，夹在妇女的疯癫和男人的疯癫[①]之间。极目望去，所见只有屠宰场、城垣和寥寥几处类似兵营或修道院的工厂门墙；到处都是破房子和剥落的灰泥，老墙黑得像裹尸布，新墙白得像殓单；到处都是平行排列的树木、整齐划一的房舍、平庸单调的建筑，都是长长的冷线条和凄惨的直角。地势毫无起伏，建筑毫无奇处，毫无迂曲。这是一个冷冰冰的、齐整而丑恶的群体。什么也不如对称叫人揪心，因为，对称就是厌倦，而厌倦又是哀伤的基调。失意者爱打哈欠。人可能幻想出比受罪的地狱还可怕的东西，那就是百无聊赖的地狱。如果存在这种地狱，那么，济贫院大街这一段，就可能是它的林荫路。

每当天光消逝，夜幕降临的时候，尤其是在冬季，凛冽的晚风吹落榆树上橘黄的残叶，天空黑沉沉的，不见星光，或者狂风撕开乌云，露出月亮，这条大道就骤然变得阴森可怕了。那些直线条隐没在黑暗中，好似无限空间的一段段丝缕。行人不禁想到当地无数凶险的传说。这地方偏僻冷寂，发生许多命案，总叫人胆战心惊。走在这黑洞洞的地方，总觉得处处有陷阱，看到影影绰绰的各种物状也无不可疑，而树木之间隐约可见的幽深方洞，就像一个个墓

---

① 妇女救济院也收容精神病人；比塞特当时是巴黎南市郊的村子，有一个救济院，收容老年和患精神病的男子。

穴。这地方，白天丑陋不堪，傍晚萧索凄凉，夜晚则阴森可怕。

夏季黄昏时分，零星有几个老太婆，坐在榆树下因雨淋而发霉的椅子上，向过往行人乞讨。

此外，这个街区的外观，与其说是古老，还不如说是陈旧，当时就有改变面貌的趋势了。从那时起，要一睹原貌的人，就得尽快赶来。这个整体每天丧失一部分。二十年来至今，奥尔良火车站在此落成，紧挨着老郊区，在这里就发挥作用了。一条铁路的起点站，无论建在一个大都市边缘的哪一点，都意味一片郊区的死亡和一座城市的诞生。在各族人民聚散的大中心周围，强劲有力的机车隆隆奔驰，吃煤炭吞烟火的文明巨马气喘吁吁，而布满幼芽的大地则随之震动，裂开，吞没旧住宅，让新住宅冒出来。旧房屋倒塌，新房屋升起。

奥尔良火车站侵入妇女救济院地盘之后，圣维克托城壕和植物园附近的小街古巷都动摇了，驿车、出租马车和公共马车汇成长流，横冲直撞，每天穿行三四趟，时过不久，就把房舍推向左右两侧；须看有些怪事却千真万确，值得一提；同样，我们说大城市的阳光吸引楼房朝南生长，车辆过往频繁就拓宽街道，也都是千真万确的。新生的迹象有目共睹。在这乡野的老街区，即使最荒僻的角落，也出现了铺石路面，即使尚无行人的人行道也开始伸延。1845年7月，一天早晨，值得纪念的一天早晨，人们看见一些煮沥青的黑锅滚滚冒烟；这一天可以说文明到达卢辛街，巴黎进入圣马尔索郊区了。

二　枭和莺的巢

冉阿让走到戈尔博老屋，便停下脚步。如同猛禽一样，他挑选最荒僻的地方做窝。

他摸坎肩的兜儿，掏出一把万能钥匙，开了门进去，又小心关上，一直背着珂赛特登上楼梯。

到了楼上，他又从兜里掏出另一把钥匙，打开另一道门，走进房间，又立刻关上门。这间破屋相当宽敞，就地铺了床褥垫，有一张桌子和几把椅子。靠角落有个生火的炉子，看得见炉火。路灯朦胧照见这清贫的屋内。紧里边一小间摆了一张帆布床，冉阿让就把孩子抱上床，小心没有把她弄醒。

他用打火石点着一支蜡烛；两样东西都事先准备好，摆在桌上。然后，他又像昨晚那样，开始端详珂赛特，凝注的眼神充满慈爱和温情，简直达到心醉神迷的程度。至于小姑娘，不知跟谁在一起就睡着了，也不知身在何处还继续安睡，这样坦然的信心，只能属于最强者和最弱者。

冉阿让俯下身，吻了吻孩子的手。

九个月前，他也吻过刚刚入睡的孩子母亲的手。

他心里充满了同样沉痛、虔敬、惨苦的情感。

他跪到珂赛特的床旁边。

天已大亮，孩子还在睡觉。时值12月份，一线惨白的阳光从窗口射进破屋，在天花板上拖出长条的阴暗和光线。一辆满载的采石车，突然从大街上驶过，真像雷雨大作，震得房子从上到下直摇晃。

“是，太太！”珂赛特一下惊醒，连声喊道，“来啦！来啦！”

她跳下床，惺忪睡眼还半闭着，就伸手去摸墙角。

“哎呀！上帝呀！我的扫把呢！”她说道。

她完全睁开眼睛，看见冉阿让那张笑脸。

“哦！原来是真的！”孩子说，“早安，先生。”

儿童接受快乐和幸福最快，也最随便，因为他们天生就是幸福和快乐。

珂赛特看见卡德琳在床脚下，急忙搂住，她一边玩，一边问个没完．要冉阿让告诉她——她在什么地方？巴黎是不是很大？德纳第太太离得远不远？她还会不会再来？等等，等等。她突然高声说："这屋子真好看！"

其实，这是个破烂不堪的房子；但是，她感到自由了。

"我不用扫地了吗？"她最后又问道。

"玩儿吧。"冉阿让回答。

一天就这样过去了。珂赛特根本不想弄明白，她在这个布娃娃和这个老人之间，有一种说不出来的幸福。

三　两种不幸连成幸福

次日拂晓，冉阿让还在珂赛特的床边，立在那里不动，看着她醒来。

一种新的感受进入他的心扉。

冉阿让从来没有爱过什么。二十五年来，他在世上孑然一身，从未当过父亲、情人、丈夫、朋友。在苦役犯监狱里，他显得凶恶、忧郁、洁身自好、无知而又粗野。这个老苦役犯的心充满童贞。他姐姐及其子女给他留下的印象，已然模糊而遥远，最后几乎完全消逝了。他千方百计地寻找他们，未能找到，也就把他们忘了。这就是人的天性。

他一看见珂赛特，就抓住不放，把她带走并解救出来，当时他感到五脏六腑都搅动起来。他身上的深情和爱心一齐苏醒，冲向这个孩子。他走到孩子睡觉的床前，高兴得浑身颤抖，就像一位母亲似的感到一阵阵激动，却不明白是怎么回事，因为，一颗心产生爱时，那种伟大而奇异的悸动，是一件难以捉摸而又十分甜美的事情。

可怜的老人的心焕然一新！

然而，他已经五十五岁，而珂赛特才八岁，他毕生所能产生的爱，全部化为一种难以描摹的光亮了。

这是他遇到的第二颗启明星。从前多亏了主教，他的天际升起美德的曙光；现在多亏了珂赛特，他的天际又升起爱的曙光。

头几天就在这种陶醉的心情中过去了。

珂赛特这方面，她不知不觉也变成另外一个人，可怜的小东西！母亲离开时，她还太小，已经不记得了。孩子都像葡萄藤的幼枝，遇到什么都攀附，珂赛特也同样试图爱过，但是未能成功。德纳第夫妇、他们的孩子、别人家的孩子，全都排斥她。她曾经爱过一条狗，那条狗死了之后，再也没有什么东西或者什么人喜欢她了。说起来真惨，我们指出过，她八岁就寒了心。这并不是她的过错，她绝不缺乏爱的能动性，唉！缺少的是爱的可能性。因此，从第一天起，她身上的所感所想，无不开始爱上这个老人了。她体会到一种从未有过的感觉，一种心花怒放的感觉。

这位老人，在她看来甚至不老也不穷了。她觉得冉阿让挺美，正如觉得这破屋漂亮一样。

这是曙光、童年、青春、欢乐所产生的效果。照在陋室的幸福彩光，比什么都美好。在过去的经历中，我们每人都有过这样一间蓝色的陋室。

相差五十岁，这就是一道天然的鸿沟，将冉阿让和珂赛特隔开，然而，命运却将鸿沟填平了。命运以其不可抗拒的力量，骤然将这两个无家可归的人结合在一起：他们虽然年龄不同，却经历同样的苦难，正好相辅相成。出于本能，珂赛特要找一个父亲，而冉阿让也要找一个孩子。相遇即相得。在那神秘的时刻，他们的手一经接触，便连在一起了。这两颗心灵一见如故，正好相濡以沫，因而紧紧抱在一起。

从内涵和绝对的词义出发，可以说冉阿让是个鳏夫，珂赛特是个孤女，两者都由墓壁同世间隔绝。这样，冉阿让成为珂赛特的父亲，就跟天造地设一样。

前此，在晒勒的密林中，冉阿让在黑暗里抓住珂赛特的手，给她造成的神秘印象，确非幻觉，而是现实。这个人走进这孩子的命运中，就是上帝降临。

而且，冉阿让早已选好了避难所，住在这里可以高枕无忧了。

他同珂赛特住的是带个小套间的屋子，有一扇临街的窗户。这是楼里唯一的窗户，因此不必担心邻居从旁边或对面窥视。

50–52号楼下是一大间破旧的棚屋，作为菜农的仓库，同楼上完全隔绝，中间隔了一层木板，好似横隔膜，既没有翻板活门，也没有楼梯。前面说过，楼上有好几间屋和阁楼，只有一间由一位给冉阿让收拾房间的老太婆居住，其余的房间空着。

老太婆的头衔是“二房东”，实际是照看门户的；就在圣诞节那天，她把房子租给了冉阿让。冉阿让来找她时，自称是吃年息的人，买了西班牙债券而破了产，要带小孙女儿住到这里。他预交半年的房租，请老太婆给大小房间安好家具，正如我们所看到的陈设。他们到达的那天晚上，也是老太婆生着炉火，全收拾妥当。

一周一周过去了，这两个人在鄙陋的居所过着幸福的日子。

天一亮，珂赛特就又说又笑，唱个没完，儿童跟鸟儿一样有晨曲。

有时，冉阿让拉起她冻裂的红红小手亲一下。可怜的孩子挨惯了打，不懂这是什么意思，十分羞愧地走开了。

有时，珂赛特神情变得严肃，打量自己这身黑衣裙。她脱下破衣烂衫，换上一身孝服。她脱离苦难，走进生活。

冉阿让教她识字，有时一边教孩子拼读，心中一边想，当初在苦役犯牢房时，他读书是要作恶。原来的打算变了，现在教起孩子念书，老苦役犯想到这里，若有所思的脸上不由露出天使般的微笑。

他感到这是上苍的一种安排，是超乎人的一种意志，于是陷入沉思。善的思想和恶的思想一样，都是深不可测的。

教珂赛特念书，让她玩耍，这几乎是冉阿让生活的全部内容。后来，他向孩子讲了她母亲的事，让她祈祷。

孩子管他叫爹，不知道他有旁的称呼。

有时一连几小时，他观赏孩子给娃娃穿衣脱衣，聆听她喃喃自语。从今以后，他觉得生活充满了情趣，认为世人是善良公道的，内心里不再谴责任何人，现在有了这孩子的爱，他没有任何理由不活到很老，享受天年。在他看来，珂赛特宛如一盏美好的明灯，照亮了他的整个未来。最善良的人也不免要替自己打算；有时他欣慰地想到，这孩子将来一定是个丑姑娘。

这只是个人的一种见解；不过，应当说明我们的全部想法，冉阿让爱上珂赛特时的思想状况，并未表明他要在正道走下去，就不需要这一精神给养。不久前，他又看到人的残忍和社会的卑劣新的表现——固然，这种现象并不完整，不可避免地只表明真相的一个侧面；他也看到芳汀身上所体现的女人的命运、沙威所代表的政权；这回，他因做了好事而重新入狱，又饮了新的苦汁，重又产生厌恶和颓丧之感，就连主教的形象有时都在记忆中消逝，虽然过后重现时仍旧光辉灿烂，但是这一神圣的记忆毕竟越来越淡薄了。谁能说得准，冉阿让不是处于气馁和重新堕落的前夕呢？他有了爱，就重又坚强起来。唉！他摇摆不稳，并不比珂赛特强多少。他保护这孩子，这孩子也使他坚强。多亏了他，孩子才能走上人生之路；也多亏了孩子，他才能继续走道德之路。他是这孩子的支柱，这孩子也是他的支点。天命的这种平衡，真是神秘莫测啊！

四　二房东的发现

冉阿让很谨慎，白天从不出门，每天傍晚时分，他才出去一两个小时，有时独自散步，多数情况带着珂赛特，总走大道两侧最僻静的小街，或者在天黑的时候走进教堂。他爱去最近的圣美达教堂。他不带珂赛特时，就把她交给老太婆；不过，孩子还是欢喜跟他出去玩。珂赛特觉得，同卡德琳厮守固然很有趣，但还不如同他待上一小时。他拉着她的手，边走边对她说些开心的事。

有时候，珂赛特乐不可支。

收拾房间，做饭买东西，都是老太婆的事。

他们生活很简朴，炉子里总有点火，但是像生计窘迫的人家那样。头一天摆上的家具，冉阿让一样也没有换，只是雇人把珂赛特小屋门的玻璃换成木板。

他一直穿那件黄礼服、黑裤子，戴那顶旧帽子。走在街上，别人把他当成穷汉。有几次好心肠的女人回过身来，给他一苏钱。冉阿让收下钱，深施一礼。有时候，他遇见乞求施舍的穷人，便回头瞧瞧是否有人看见，再悄悄溜过去，也把一枚硬币放进那人手里，又急忙走开，而他给的往往是一枚银币。这种举动也会招来麻烦。这个街区的人开始认识他，称他是“施舍的乞丐”。

那个“二房东”老太婆，是个看什么都不顺眼的人，以忌妒的眼光注视别人，也特别观察冉阿让，但是没有让他察觉出来。她耳朵有点背，因此爱唠叨。从前满口牙只剩下两颗，一颗在上，一颗在下，还总爱叩齿。她问了珂赛特好多话，而珂赛特什么也不知道，什么也说不上来，只讲她是从蒙菲郿来的。一天早晨，这个总在窥伺的老太婆发现，冉阿让走进破楼里没人住的一间屋，神色有点不对头，于是她像老猫一样悄悄跟过去，对着门缝观察，却不会被对方瞧见。冉阿让也一定多加了一分小心，背对着房门。老太婆瞧见他从衣兜里掏出一个针盒、一把剪子和一团线，接着拆开上衣下襟儿的衬里，从拆开的缝里抽出一张发黄的纸片，将纸片打开。老太婆大吃一惊，她认出那是一千法郎的钞票，这是她有生以来看到的第二张或第三张，吓得她仓皇逃开了。

过了一会儿，冉阿让来找老太婆，求她把一千法郎换成小票面的钱，并说这是他昨天取来的这个季度的利息。“到哪儿取的呢？”老太婆心下暗道。“他昨天傍晚六点钟才出去的，那时国家银行肯定不会还开着门。”她去换了钱，同时也作了各种猜测。这一千法郎的钞票，经过评论和夸大，在圣马赛尔葡萄园街道，引起那些婆娘纷纷议论，大惊小怪。

过了几天，冉阿让只穿着衬衣，在走廊上锯木头，珂赛特在一旁看得出神。屋里只有老太婆一个人收拾东西，她一眼就瞧见挂在钉子上的外衣，便上前察看：衬里又缝好了。她仔细摸了一阵，觉出衣襟和袖子的夹层里有厚厚的纸，一定是一千一千法郎的钞票啦！

此外，她还注意到衣兜里有各种各样的东西，不仅有她见过的针线和剪刀，还有一个大皮夹子、一把长刀，以及可疑的东西：几顶颜色不同的假发套。这件外衣的每个兜儿，仿佛都装有应付意外情况的物品。

住在这座破楼里的人，就这样挨到了冬季的最后几天。

五　一枚五法郎银币的落地声

有一个穷人，经常蹲在圣美达教堂旁边一口填平的古井台上；冉阿让总爱向他施舍，从他面前走过时总要给几个钱，有时还同他说说话。眼红的人就说那乞丐是“警察的眼线”。那老头儿有七十五岁，从前当过教堂执事，因而口里总念念有词。

有一天傍晚，冉阿让又经过那里，这回没带珂赛特，路灯刚刚点上，他看见那乞丐还在老地方，跟平时一样，佝偻着身子仿佛在祈祷。冉阿让走过去，像往常那样把钱放到他手上。那乞丐猛地抬起头，注视冉阿让，又迅速低下头去。这动作犹如一道闪电，冉阿让心头一惊，刚才借着路灯的昏光，看到的仿佛不是老执事那张平静呆呆的脸，而是一张可怕而熟悉的面孔。当时的感觉，就像黑夜中突然撞见猛虎。他不胜骇然，吓得倒退一步，既不敢喘气也不敢说话，既不敢停留也不敢逃走，只是愣愣地看着那乞丐。那乞丐脑袋罩一块破布，低着头，似乎不知道他还站在那里。在这奇特的时刻，一种本能，也许是自卫的神秘的本能，使得冉阿让一句话没讲。那乞丐个头儿、破衣烂衫和相貌，还跟平时一样。“咦！”冉阿让说道，“我疯啦！简直在做梦！不可能啊！”他回到家里，心中惴惴不安。

他几乎不敢承认，看到的仿佛是沙威的面孔。

到了夜晚，他还想这事儿，后悔没有问问那人，好迫使他再抬一下头。

次日要黑天的时候，他又去那里。乞丐还在老地方。“您好，老伙计。”冉阿让给了一苏钱，毅然问道。那乞丐抬起头，以忧伤的声调答道：“谢谢，我的好心的先生。”没错，正是那老执事。

冉阿让完全放下心来。他嘿嘿一笑，心中想道：“见鬼，我在哪儿看到沙威啦？怎么，我的眼睛要花啦？”于是，他不再想这事儿了。

又过了几天，约莫晚上八点钟，他在房间里，正在让珂赛特高声拼读，忽然听见打开并关上楼门的声响，心中诧异。这破楼里除了他，只住着那个老太婆，她为了省蜡烛，总是天一黑就上床睡觉。冉阿让示意珂赛特不要出声。他听见有人上楼。大不了，只能是老太婆病了，出去抓药回来了。冉阿让侧耳细听，脚步很重，那声响像个男人走路；不过，那老太婆总穿一双大鞋，而一位老太太的脚步声，听起来比谁都更像一个大汉了。这工夫，冉阿让吹灭了蜡烛。

他打发珂赛特去睡觉，悄声对她说：“去睡吧，别弄出动静。”就在他亲孩子的脑门儿时，那脚步停下了。他背对着房门，坐在椅子上没有动窝儿，不动也不出声响，在黑暗里屏住呼吸。过了好一阵，听不见动静了，他才无声无息地回过身，抬眼望望房门，只见锁眼透进亮光。在黑乎乎的房门和墙壁上，这点亮光真像一颗灾星。显然，门外有人举着蜡烛在偷听。

又过了几分钟，那光亮移走了。不过，一点脚步声他也没听见，这表明来到门口偷听的那个人脱掉了鞋子。

冉阿让和衣躺下，一夜未合眼。

天蒙蒙亮的时候，他因疲倦昏昏睡去，忽然被开门的声响惊醒：声音是从走廊里端一间阁楼传来的；接着，他又听见跟昨夜上楼同样的男人脚步声。脚步声越来越近。他急忙跳下床，一只眼对着锁孔窥视，锁孔相当大，可望见昨夜潜入楼里到他门口偷听的那个人经过时，看看究竟是谁。从冉阿让门外走过去的的确是个男人，这回没有停步。楼道里还太昏暗，看不清那人的面孔；不过，那人走到楼梯口时，外面射进来的一束阳光，正好鲜明地衬出他的身影，冉阿让看到了他的整个背影。那人身材高大，穿一件长礼服，腋下夹一根短棍，正是沙威那副凶相。

冉阿让本可以再从临街的窗户看一看，但是，那必须打开窗户，他不敢妄动。

显然，那人有钥匙，进楼就像进自己家一样。那把钥匙是谁给他的呢？究竟是怎么回事呢？

早晨七点钟，老太婆来打扫房间。冉阿让犀利的目光瞧了她一眼，但是没有盘问。老太婆的神色同往常一样。

她一边扫地，一边对他说："昨夜，先生也许听见有人进楼来吧？"

那年头，在那条大道上，晚上八点钟，就是漆黑的夜晚了。

"哦，对了，是听见了。"他以最自然的口气回答，"那是谁呀？"

"是新来的房客，"老太婆说，"住到这楼里了。"

"叫什么名字？"

"弄不清楚。叫杜蒙或者道蒙先生。差不多是这种名字。"

"那位杜蒙先生，是干什么的？"

老太婆挤着一对狡猾的眼睛注视他，答道："吃年息的，跟您一样。"

说者也许无意，但冉阿让却多心了。

等老太婆一走，他就把放在壁橱里的一百来法郎银币卷起来，揣进衣兜里。他收钱时尽管十分小心，怕人听见声响，还是有一枚五法郎的银币，丁零零滚在方砖地上。

黄昏时分，他下楼到街上，注意察看周围，没有看见一个人。这条大道似乎渺无人迹。当然，树木后面也许有人躲藏。

他又上楼去。

"走。"他对珂赛特说。

他拉起孩子的手，二人一道出门去了。

第五卷　夜猎狗群寂无声

一　曲线战略

在此要说明一点，这对于下面几页和以后的篇章都是必不可少的。

本书作者——非常抱歉，不能不谈及他本人，已经多年离开巴黎。自从他离去之后，巴黎发生了变化，面貌一新，在一定程度上，成为他所陌生的城市。他无须讲他多么爱巴黎，巴黎是他精神的故乡。由于许多建筑物拆毁或改建，他青年时代的巴黎，他虔诚地铭刻在心的巴黎，如今已是昔日的巴黎。请允许我谈谈那时的巴黎，就当它依然如故似的。作者带着读者到一个地方，介绍说“在某条街上，有某所房子”，很可能今天那里既没有房子也没有街道了。读者若肯劳神，可以去查证一下。至于作者，他对新巴黎一无所知，眼前只有旧巴黎，抱着他所珍视的幻想来写作。梦想当年他在法国所见的事物，并没有荡然无存，有的还存留下来，这对他来说是非常惬意的事。一个人只要在故乡来来往往，就总以为那些街道与自己无关，那些窗户、那些屋顶和那些门都不算什么，那些墙壁非常生疏，那些树木也无足轻重，没有踏进去的房舍则毫无用处，脚下所踏的路石也不过是石块而已。后来一旦背井离乡，就会发觉自己珍视那些街道，怀念那些屋顶和门窗，离不开那些墙壁，热爱那些树木，没有踏进去的房舍天天要出入。而且，自己的五脏六腑、血液和心脏，都留在那些铺路的石块之间了。所有那些地点见不到了，也许此生再也见不到了，但是形象却保留在你的记忆中，而且有了一种令人心碎的魅力，带着幻象的忧伤重现在你的眼前，成为你见得到的圣地，也可以说，化为法兰西的本相，于是你爱上了，你极力回想那本来的样子，那旧时的模样，而且乐此不疲，不愿意那模样发生丝毫变化，因为，你珍视祖国的形象，如同珍视母亲的容貌一样。

因此，我们请求允许，在现在谈谈过去，这一点交代之后，请读者记下来，我们再往下叙述。

冉阿让立刻离开那条大道，拐进小街，尽可能转弯抹角，有时甚至突然折回去，看看是否有跟踪。

这种招数，正是受围猎的麋鹿喜欢采用的，在容易留下足迹的地段有许多好处，错杂的印迹能误导猎人和猎犬。这在狗群围猎中叫做“假遁树林”。

这天夜晚正是望月，冉阿让倒不气恼。当时，月亮还贴近地平线，将街道割成大块大块的阴影和亮地。冉阿让可以躲在阴影里，沿着房舍和墙壁游走，观察明亮的一边。也许他没有充分意识到忽视了阴影的一侧；不过，他确信波利沃街附近每条僻静的小巷里，都没有人跟在后面。

珂赛特只跟着走，并不问什么。她来到世上不久，就经历了六年苦难，天性中潜入了某种被动性。还有一点，今后我们还要不止一次地指出，她在不知不觉中，早已习惯这老人的怪异行为以及命运的离奇变化。再说，同他在一起，她有安全感。

其实，冉阿让不见得比珂赛特清楚要去什么地方。他依赖上帝，就像孩子依赖他一样。他感到自己拉着一个比他更高大的人之手，觉得一个无形的人在指引他。此外，他根本没有准主意，毫无计划，也毫无打算。他甚至不能确定究竟是不是沙威，即便是沙威，沙威也不能认定就是他冉阿让。他不是乔装打扮了吗？别人不是以为他死了吗？然而，近日来，有些情况很怪，这就足以令他警觉起来。他决计不再回戈尔博老屋。如同一只被逐出巢穴的野兽，他要找一个洞穴藏身，然后再找一处安身之地。

冉阿让在穆夫塔尔街区摆迷魂阵，兜了许多圈子。这一带居民都已安歇，就好像还恪守中世纪的法度和宵禁的限制。他在贡吏街和刨花街，在圣维克托木杵街和隐士井街，兜来转去，巧妙地周旋。这里有些小客栈，但是他一步也不跨进去，没有看到合适的。其实他并不怀疑，万一有人追踪，也早已失掉目标了。

圣艾蒂安·杜蒙教堂打了十一点钟，他正穿越蓬图瓦兹街，从41号的警察派出所门前走过。过了一会儿，他出于上文所指出的本能，又转过身来，借着派出所门前的路灯，清清楚楚地看见三个紧紧跟随的人，靠街道昏暗的一侧鱼贯从那盏路灯下走过。其中一个走进派出所的甬道。打头的那个人十分可疑。

“过来，孩子。”冉阿让对珂赛特说了一声，就急忙离开蓬图瓦兹街。

他绕了个弯子，转过此时已关门的族长巷通道，大步走上木剑街和弩弓街，又拐进驿站街。

前面是十字路口，正是今天罗兰学校所在地，也是连接圣日内维埃芙新街的地点。

（自不待言，圣日内维埃芙新街是一条老街，而驿站街十年也不见有一辆驿车驶过。早在13世纪，驿站街的居民是制陶工，真正的名字为阿尔巴尼陶器街。）

一轮皓月照在十字路口上。冉阿让藏在一个门洞里，心里打算那三人若是还跟着，就得通过那片亮地，他也就必定看得一清二楚。

没过三分钟，那些人果然出现了。现在他们共四人，个个人高马大，身穿棕色长礼服，头戴圆顶帽，手持粗棍。他们在黑夜中的行迹就够阴森可怕的，那大块头儿和大拳头也同样令人胆战心惊，看上去真像化身士绅的四个鬼魂。

他们走到十字街头中央便站住了，聚成一堆，似乎要商量事情，那样子显得犹豫不决。像是领头的那个人转过身来，气冲冲地抬起右手，指着冉阿让所走的方向；另一个人好像固执地指着相反的方向。前者回身的时候，正巧月光照在他脸上。冉阿让完全认出来，正是沙威。

二 奥斯特利茨桥上幸而行车

冉阿让疑团顿消，幸而那些人还游移不定，他便加以利用：他们耽误的时间，就是他赢得的时间。于是，他从潜伏的门洞里出去，冲进驿站街，朝植物园街区走去。珂赛特开始疲倦了，他就抱着她走。街上不见一个行人，因是月夜，也没有点路灯。

他加快脚步。

他大步流星，几下就跨到葛伯莱陶器店；月光照在老招牌上，字迹清晰可见：

老字号店葛伯莱，
水罐酒壶全都卖，
花盆砖管样样有，
凭心出售方砖块。

他连续把钥匙街、圣维克托水泉抛在身后，走下坡街，顺着植物园走到河边。他再回头望望，河滨路阒无一人，其他街道也空荡荡的。后边没人跟随，他长出了一口气。

接着，他走上奥斯特利茨桥。

当时还要付过桥费。

他走到收费处，给了一苏钱。

“应当付两个苏，”守桥的收费员说，“您还抱了一个能走路的孩子。要付两个人的钱。”

冉阿让照付了，但心中不快，怕有人窥见他过桥。凡是逃匿应当潜行，要神不知鬼不觉才好。

恰好有一辆大车跟他同时过河去右岸，这对他很有利。桥上这段路，他可以在大车的影子里隐身了。

走到桥中间，珂赛特说腿麻了，要下来走走。于是，他就放下孩子，又拉着她的手往前走。

过了桥，他望见前面偏右一点有一片工地，便朝那里走去。必须冒险穿过一大片明亮的空地，才能到那里。他并不迟疑。追捕他的那些人显然被甩掉了，冉阿让认为脱险了。追踪，不错；跟踪，办不到。

在两个有围墙的工地之间，出现一条小街，即圣安托万绿径街，街道又窄又暗，仿佛专为他修建的。钻进去之前，他又回头张望一下。

他从自己所处的地点，能望见整座奥斯特利茨桥身。

有四个人影刚上桥头。

那些人背对着植物园，直奔右岸而来。

冉阿让不寒而栗，如同重陷围猎的野兽。

他尚存一线希望，但愿他拉着珂赛特穿过这一大片明亮的空场时，那些人还未上桥，没有看见。

情况若是这样，他钻进小街，潜入工地、沼泽、农田和空场，就能逃脱了。

他觉得这条寂静的小街靠得住，于是钻了进去。

三　看看1727年巴黎市区图

冉阿让走了三百来步，到了小街的岔口，分出左右两条斜街，展现在他面前的是Y字的两根枝杈。选哪一条好呢？

他毫不犹豫，拐上左边一条。

为什么？

因为，左边一条通往城郊，也就是说有人住的地方，而右边一条通往郊外，也就是荒僻无人的地方。

不过，他不像先前走得那么快了，珂赛特慢下来，拖住他的脚步。

于是，冉阿让又抱起珂赛特。孩子头枕在老人的肩上，一声也不吭。

他不时回头望望，而且留心一直靠街道昏暗的一侧。身后的街道笔直，他回头望了两三回，什么也没有看见，一片寂静，也就稍放宽心，继续往前走。过了一会儿，他又猛一回头，仿佛看见他刚走过的那段街上，远远的黑地里有东西在移动。

现在他的步伐不是走，而是往前飞奔了，只希望找到一条侧巷，赶紧逃避，再次甩掉跟踪的尾巴。

他撞见一道围墙。

那道墙并没有挡住去路，而是贴着与冉阿让所走的那条街连接的一条横巷。

到了街口，又得作出决定，是往右还是往左走。

往右边一望，只见小巷延伸，两侧全是板棚和仓库之类的建筑物，巷尾是死的，横着一堵白色高墙，清晰可辨。

再往左边一看，只见巷子二百来步远处，与另一条街相通，那才是生路。

冉阿让正要拐进左边巷口，打算逃向隐约望见与巷尾相连的那条街上，忽然发现一尊黑乎乎的雕像，一动不动立在街巷的拐角。

那是一个人，分明是刚刚派去守住巷口。

冉阿让慌忙后退。

当时他处于圣安托万街和拉佩街之间，正是巴黎彻底翻建的一个地段；这种翻建工程，有人斥为丑化，有人誉为改观。农田、工地和老建筑物统统消失了，如今这里是新建的大街、竞技场、马戏场、跑马场，还有一座马扎斯监狱，足见进步少不了刑罚。

半个世纪前，民众的传统用语还坚持把法兰西学院称作“四国”，把歌喜剧院称作“费陀”，同样，也把冉阿让站立的地点称作“小皮克普斯”。圣雅克门、巴黎门、中士便门、小门廊村、迦利奥特街、则勒司定会修士街、嘉布遣会修士街、槌球场林荫道、淤泥路、克拉克夫树街、小波兰街，这些全是在新巴黎浮游的旧名称。民众的记忆附在这些过去的漂浮物上。

其实，小皮克普斯作为街区只具雏形，存在时间极短，面貌酷似西班牙一座城市的修道之地，街道多半没有铺石块，两侧房舍稀少，除了我们要讲的两三条街道之外，各处全是围墙和空地。没有一家店铺，没有一辆马车，只有零星几点烛光从窗户透出，一过十点钟就全熄了。这里全是园圃、修道院、工地、沼泽、寥寥几座低矮的房舍以及同房屋一样高的围墙。

这就是这个街区在上个世纪的面貌。那场革命给它造成严重的损害。共和国市政官对它又是拆毁，又是开凿，又是穿透，因此到处是一堆堆的瓦砾。三十年前，一群新建筑将这个街区一笔勾销。如今，小皮克普斯已不复存在，市区图上没有它一点痕迹了，可是在1727年出版的巴黎市区图上，标示得相当清楚；当年印行巴黎市区图的有两家出版商，一是巴黎的德尼·蒂埃里书局，位于石膏街对面的圣雅克街，一是里昂的若望·吉兰书局，位于天主广场的服装店街。小皮克普斯这里有我们所说的Y形街道，是由圣安托万绿径街劈叉而成的。两条枝杈，左边一条叫皮克普斯小街，右边一条叫波龙索街，顶端由一条横杠连起来。那横杠叫直壁街。波龙索街到横杠为止，皮克普斯小街则穿过去，上坡通到勒努瓦集市场。从塞纳河边来的人，走到波龙索街尽头，左首便是直壁街，来个九十度的急拐弯，就沿着这条街的围墙往前走了；右首则是直壁街的尾段，是条死路，叫做洋罗死胡同。

冉阿让就是到了这里。

上文说过，他望见一个黑影守在直壁街和皮克普斯小街的拐角，就慌忙后退。再也没有疑问了。那鬼影在窥伺他。

怎么办？

走回头路已来不及了。先前他回头张望，看见远处暗地里有活动的影子，那一定是沙威和他的小队。冉阿让走到街尾的时候，沙威很可能已经进入街口。看来，沙威非常熟悉这一小块迷宫似的地段，早就有所防备，派他手下一个人把住出口。这种种猜测显然都是事实，在冉阿让伤透的脑子里立刻乱纷纷飞旋起来，就像一把灰尘被一阵风吹飞一样。他仔细望望洋罗死胡同，那里无路可通。他再仔细望望皮克普斯小街，那里有人把守。他看见明亮的月光映白的铺石街道，突兀地衬出那个黑黝黝的身影。往前走吧，必然撞到那个人。往后退吧，又要落入沙威的魔掌中。冉阿让感到陷入罗网，感到罗网渐渐收紧了。他悲痛欲绝地仰望苍天。

四 探索逃路

为了看懂下文，就必须准确地想象出直壁小街，尤其从波龙索街拐进直壁街时抛在左首的街角。沿直壁街直到皮克普斯小街，右侧几乎一座连一座，全是外观贫寒的房舍；左侧只有一座形貌肃穆的建筑，是由连成一体的几栋房子构成的，而且往皮克普斯小街方向一栋比一栋高出一两层，因此，这座建筑靠皮克普斯小街一边非常高，靠波龙索街一边又相当矮，到我们提过的那个拐角处，建筑就低到仅有一堵墙了。不过，这道墙并不直趋波龙索街，而是缩回去一块，由左右两角遮掩，无论站在波龙索街还是站在直壁街的人都望不见。

这堵墙从斜壁的两角，往波龙索街方向延伸到45号住宅，往直壁街方向延伸的一段极短，连到我们提过的那座黑乎乎的楼房，斜切着楼房的山墙，在直壁街又形成一个缩角。这面山墙灰秃秃的，只有一扇窗户，说得更准确些，只有终日关着的两块包了锌皮的窗板。

我们在此描绘出来的这一街区的形貌，完全符合实际状况，在老住户的心中，一定能唤起种种真切的记忆。

斜壁完全被一样东西所占据，看似一扇门，无比高大又破烂不堪，是用竖条木板胡乱拼凑起来的，上边比下边的板条要宽些，横向又用长条铁皮连接固定。旁边还有一道大车门，大小正常，看样子辟建的时间不长，顶多有五十年。

一棵椴树的枝杈从斜壁上探出来，靠波龙索街的这面墙上爬满了常青藤。

情势凶险，在这千钧一发之际，冉阿让见这座房子孤零零，好像没有住人，就想试一试。他急速用眼睛扫了一遍，心想若能进去，也许就能逃命。他这才有了一个主意，有了一线希望。

这楼房正面中间部分临直壁街，各层的每个窗口都安有破旧的铅皮漏斗。从一根总管道分出粗细不同的排水管，接在各个漏斗上，整个看上去，就像画在楼房正面的一棵树，那些支管弯弯曲曲，又像盘曲攀附在老农舍前面的枯藤。

那些铅管铁管条条枝杈，贴在墙上十分奇特，首先引起冉阿让的注目。他让珂赛特靠着一个石桩坐下，叫她不要出声，然后跑到排水管接触路面的地方。也许能设法顺着管道爬上去，潜入楼内。然而，管道年久失修，已经朽烂，勉强着附在墙上。而且，这座楼房直到阁楼，每扇窗户都镶了粗铁条。再说，月光正照在这一面，冉阿让若是爬上去，就会让守在街口的那个人发现。况且，珂赛特又怎么办呢？怎么把她带上四层楼呢？

于是，他放弃攀援排水管的打算，又顺着墙根爬回波龙索街。

他回到他让珂赛特留在那儿的斜壁，发现谁也瞧不见这里。前面说过，这个角落避开了从任何方向射来的目光，而且处在暗地里。这儿还有两扇门，也许能撬开吧。墙头探出的椴树枝和爬着的常青藤，显然表明里面是座园子，尽管树叶落光了，但至少可以藏身，度过下半夜。

时间流逝，要赶紧行动。

他试试那扇大车门，立刻明白里外都钉死了。

他抱着更大的希望，凑近另一扇大门。这扇门已经破旧不堪，而且又高又宽，就更不牢固了，木板都朽烂，横连的长条铁皮只有三条，也全生锈了。这虫蛀朽烂的木栅，也许能打穿个洞。

他仔细一看才发现，这并不是门，既没有铰链，也没有合页，既没有锁，也没有中缝。只有铁皮条横贯在上面，但是并不衔接。从木板缝往里瞧，能隐约看见三合土中的粗沙石：十年前，行人经过这里还能看到。冉阿让不禁愕然，只好承认这扇徒具虚表的门，只不过是一所房子后山的护墙板。撬开板子容易，但是还要碰壁。

五　有煤气路灯便不可能

这时，远处传来低沉而有节奏的声响。冉阿让冒险探出头，从街角向外张望一眼，只见七八名士兵列队走进波龙索街口，枪刺闪着寒光，正朝他走来。

他辨认出走在排头的大个子就是沙威。他们谨慎地缓缓行进，时常停下，显然是搜索每一处墙角、每一个门洞和每一条小道。

见此情景不会猜错，那支巡逻队是沙威半路遇见并调用来的。

沙威的两名助手也走在队列中。

根据他们行进的速度和停顿的情况，可以计算出他们还得一刻钟，才能到达冉阿让所在的地点。这一时刻万分危急，他第三次面临可怕的深渊，再过几分钟就坠落下去。这回判处苦役，就不单纯是服苦役的问题了，还意味珂赛特断送一生，要成为孤魂野鬼了。

只有一个办法可行了。

冉阿让有这样一个特点，可以说他身上有个褡裢，一头囊中装着圣徒的思想，另一头囊中装着苦役犯的惊人才能。他掏哪头行囊，要视情况而定。

从前他在土伦服苦役，曾多次企图越狱，练就一整套本领，其中攀登一技堪称高手，令人难以置信；我们还记得，他不用梯子，不用扣钉，仅凭自身肌肉的力量，运用后颈、肩头、臀部和双膝，稍稍撑一下砌石偶然的突起部分，就能顺着两面墙构成的直角一直登上七层楼。二十年前，囚犯巴特摩勒就是运用这种技巧，从巴黎裁判所附属监狱逃走，致使那处墙角既令人惊恐，又大名鼎鼎。

冉阿让看着探出椴树枝的墙头，目测一下高度，约有十八法尺。这堵墙和那座大楼的山墙的切角里，砌了一个三角形砖石墩，大概防范人称行人的那些粪虫到这异常方便的角落行方便。这类墙角防护墩在巴黎相当普遍。

这个砖石墩约五尺高。墩顶距墙头，多说有十四尺。

墙头盖了石板，没有披檐。

事情难在珂赛特，她不会爬墙。丢下她吗？冉阿让连想也不想。驮她上去又不可能。这种奇特的攀登，需要他使出全身的力气；哪怕一点点累赘，也能让他失掉重心而栽下去。

要有一条绳子。冉阿让身上没带。大半夜的，在波龙索街，到哪儿去找绳子呢？此刻，冉阿让若是拥有个王国，也会拿去换一条绳子。

危难关头总有闪光，有时令我们头晕目眩，有时叫我们心明眼亮。

冉阿让绝望的目光碰到洋罗死胡同的路灯杆。

当时巴黎街头还没有煤气路灯，只有带反射镜的油灯，每隔一段距离设一盏，天要黑时点亮，用绳子拉起或放下；那灯绳从空中横拉过街道，安在杆子的槽里，收放灯绳的绞盘装在灯下面一个铁盒里，钥匙由点灯工保管；灯绳下半段则用金属管保护。

冉阿让拿出殊死斗争的劲头儿，一个箭步蹿过街道，冲进死胡同，用刀尖撬开小铁盒的销闩，转瞬间又回到珂赛特身边。他有了绳子。这些不幸的人，同命运搏斗总能急中生智，行动干脆利落。

前面交代过，这天夜晚没有点路灯。洋罗死胡同和别处一样，路灯是黑着的；有人就是从旁边走过，也不会注意那盏灯不在原来位置上了。

然而，时辰那么晚，在那种地方，周围那么黑暗，冉阿让又神色惶遽，行为怪异，忽来忽往，这一切开始让珂赛特不安了。换个别的孩子，早就惊叫起来了，而她只是扯扯冉阿让的衣襟儿。巡逻队走近的脚步声一直听得见，而且越来越清晰了。

“爹，”她小声说，“我怕。那是谁来啦？”

“别出声！”不幸的人回答，“那是德纳第婆娘。”

珂赛特打了个寒噤。冉阿让又说道：“别说话，让我来对付。你若是喊叫，若是哭，那么德纳第婆娘就会找来，把你抓回去。”

接着，他解下领带，扎在孩子的腋下，注意松紧适度，再把领带同绳子一端系住，打了个海员所说的燕子结，咬住绳子另一端，脱下鞋袜扔过墙头，这一系列动作，不慌不忙，又干净利索，绝不重复，在巡逻队和沙威随时可能突然出现的这种时刻，尤为显得出色；然后，他跳上那砖石墩，身子贴住墙壁和山墙的切角往上升，动作十分沉稳，就好像脚跟和臂肘下有梯级似的。只用半分钟，他就跪在墙头上了。

珂赛特惊呆了，一声不响地望着他。冉阿让的叮嘱，以及德纳第婆娘的名字，早把她吓呆了。

忽然，她听见冉阿让轻声喊她：“背靠在墙上。”

她照办了。

“不要出声，也不要害怕。”冉阿让又说道。

珂赛特感到双脚离了地。

她还未弄清是怎么回事，就被拉上墙头了。

冉阿让抓住她，放到自己背上，用左手拉住她两只小手，匍匐爬到斜壁上。他判断得不错，果然有一座小房，房顶与那木墙头相连，拂着椴树枝，坡度也平缓，披檐离地面不高。

这境地很可喜，因为墙里比临街一面高得多。冉阿让往下看，地面相当幽深。

他爬到斜屋顶，手还未放开墙脊，就听见一片喧扰，表明巡逻队赶到了，又听见沙威如雷的声音说道："搜这个死胡同！直壁街有人把守，皮克普斯小街也守住了。我敢打保票，他在这死胡同里！"

士兵冲进洋罗死胡同。

冉阿让背着珂赛特，顺屋顶滑下去，碰到椴树，便跳下地。也许由于恐惧，也许由于勇敢，珂赛特一声未出，她双手擦破了点皮。

六 谜的开端

冉阿让发现到了一座园子。园子很大，但形貌奇特，景色凄凉，仿佛建来专供人在冬夜观赏。园地呈长方形，里侧有一条林荫道，长着两排高大的杨树，角落还有一片高树，园中央是一片没有阴影的空地，只挺立一棵大树，另有几棵果树，枝干蜷曲，支棱八翘，好似大丛荆棘；此外，还有几畦菜地、一块瓜田，只见瓜秧培育罩在月光下闪闪发亮，旁边有一口排污水古井。几条石凳散布在各处，黑乎乎的，好像长了苔藓。一条小径两旁都栽有挺直幽暗的小树，路径半边杂草侵占，半边青苔覆盖。

冉阿让旁边有一所房子，他正是从那房顶滑下来的，还有一个柴堆，柴堆后面靠墙有一尊石像，面部损坏，成为一副畸形面具，在黑暗中若隐若现。

房子破烂不堪，只见几间屋门窗都拆毁，只有一间好像改作仓房，里边堆满杂物。

临直壁街延至皮克普斯小街高起来的那座大楼，有两面对着园子，呈直角突进来。园内这两面比临街那两面显得凄惨，窗户全安了铁栏，没有一点灯光，楼上几层还装有窗斗，同监狱的窗户一样。一面墙投在另一面墙上的阴影，又落到园地上，犹如巨幅黑布。

再也望不见别的房舍。园子尽头隐没在夜雾中。不过，有些纵横交错的墙头还依稀可见，仿佛园外还有园子；波龙索街的低矮房顶也依稀可见。

想象不出还能有比这更荒僻更冷清的园子了。园中一个人也没有，这很简单，时间太晚；可是这地方，即使在中午，好像也不适合人来散步。

冉阿让要做的头一件事，就是找到鞋子，重新穿上，然后带珂赛特走进仓棚。逃跑的人，总觉得自己藏匿的地点不够隐蔽。孩子还一直想德纳第婆娘，她出于同样的本能，也尽量蜷伏起来。

珂赛特浑身战栗，紧紧靠着他。他们听见巡逻队搜索死胡同的喧闹声、枪托碰到石头的声响、沙威招呼他布哨的警察的喊声，以及他那掺杂着无法听清的话语的咒骂声。

过了一刻钟，那种狂吼的风暴渐渐离去。冉阿让敛声屏息。

他的手一直轻轻按着珂赛持的嘴。

不过，他置身的荒僻之地幽静得出奇，外面的喧嚣那么凶，又那么近，却丝毫也没有惊扰这里面。这里的墙壁，就像是用《圣经》里所说的哑石砌成的。

然而，在这一片沉寂中，忽然响起一种新的声音，是来自上天的无比美妙的仙音，跟刚才那阵可怕的喧闹，恰成鲜明的对照。这是从黑暗中传出来的天主颂歌，是在朦胧夜色和可怕寂静中由祈祷与和声汇成的炫目之光；这是妇女的声音，由贞女纯洁的声调和女孩天真的声调组合，这不是人间的声音，而像新生婴儿还听得到、垂死之人已经听到的声音。这歌声从屹立在园中的灰暗大楼里传出来。在魔鬼的喧嚣离去的时刻，从夜色中继之而来的仿佛是天使的合唱。

珂赛特和冉阿让一同跪下。

他们并不知道这是什么，也不知道身在何处，但是这老少二人，一个赎罪者和一个无罪者，都感到应当下跪。

这声音的奇特之处，就是并不妨碍大楼给人空荡荡的印象。听来就像空楼传出的超自然的歌。

冉阿让听着歌声，什么也不想了。他眼前不再是漆黑的夜，而是蔚蓝的天空。他感到我们每人心中都有的翅膀要展开了。

歌声止息。这歌声也许持续很久。冉阿让说不准。陶醉忘情的时间，从来就像一刹那。

周围又沉寂下来。街上悄无声息，园内也悄无声息了。凶险恐怖的、给人慰藉的，所有声响都消失了。只有墙头上的几株枯草在风中抖瑟，微微发出凄惶的声响。

七　谜的续篇

夜晚的寒风刮起来了，表明已是凌晨一两点钟。可怜的珂赛特一声不吭，挨着冉阿让坐在地上，头靠着他的身子。冉阿让以为她睡着了，就低头瞧了瞧，看见她睁大眼睛，一副沉思的样子，心中不禁一阵难过。

她浑身一直发抖。

“想睡觉吗？”冉阿让问道。

“我冷。”孩子答道。

过了一会儿，她又说：“她还在那儿吗？”

“谁呀？”冉阿让反问道。

“德纳第太太呀。”

冉阿让已经忘了让珂赛特噤声的办法。

“唔！”他说道，“她走了，不用怕了。”

孩子叹了一口气，好像一块石头从胸口拿掉了。

地面潮湿，破棚四处透风，而晚风也越来越冷了。老人脱下外衣，给珂赛特裹上。

“这样暖和一点了吧？”他问道。

“嗯，爹！”

“那好，你等我一会儿，我这就回来。”

他走出破棚，开始顺着大楼察看，想找个更好的避身之所。他看到好几扇门，但是都关着，楼下的窗户也都安了铁栏。

他绕过大楼的里角，发现几扇圆拱窗透出点亮光，于是在一扇窗前踮脚往里张望。这些窗户全开在一座相当宽敞的厅堂，厅堂地面铺了宽幅石板，由有拱廊石柱间隔开，只见一点微光和巨大的阴影，什么也看不清楚。光亮来自挂在墙角的一盏长明灯。大厅空荡荡的，没有一点儿动静。不过，他极力凝望，似乎看见石板地上有什么东西，好像一个人体的形状，盖着一块裹尸布。那东西面朝下，直挺挺地趴在石板地上，两臂平伸，全身构成一个十字，但纹丝不动，就跟死了一般。看着石板上伏着一条蛇似的东西，真以为那骇人的形体脖子上套根绳索。

整个大厅灰蒙蒙的，灯光幽暗，平添了几分恐怖的气氛。

后来冉阿让常说，他一生也见过不少怖怪的景象，但还没有比这形体更令人胆战心寒的；这谜一样的形体，僵卧在这阴森的地方，在夜色中隐约可见，该是多么神秘莫测啊。设想那东西可能是死的，就够吓人了；设想那可能是活的，就更吓人了。

冉阿让还算有胆量，脑门儿贴着玻璃窗，窥视那东西动不动，这样徒然地待了一会儿，觉得过了很长时间，那僵卧的形体始终纹丝不动。突然，他感到被一种无名的恐惧所震慑，就慌忙逃开了。他跑回仓棚，一路不敢回头望一望，觉得一回头，就会看见那僵尸晃动手臂，大步流星地跟在后面。

他气喘吁吁回到破棚，双膝发软，腰间出了汗。

他到了什么地方？谁能想象得出，在巴黎市区，竟有这种鬼蜮？那奇异的楼房是什么场所？充满黑夜神秘的建筑，在黑暗中以天使的歌声招引灵魂，等招来灵魂，又赫然展示这种可怖的景象，本来许诺打开光辉灿烂的天国大门，却打开了阴森恐怖的墓穴之门！而这确确实实，是一座建筑，一座楼房，临街有门牌号！这绝非梦幻！他要摸一摸墙上的石头才相信。

寒冷，惶恐，忧虑，这一夜的惊扰，真把他弄得浑身燥热；千头万绪，在他头脑里乱成一团麻。

他走近珂赛特，见她睡着了。

八　谜上加谜

孩子枕着石头睡着了。

冉阿让在她身边坐下，开始端详她的睡容。在端详的同时，他的情绪也渐渐平静下来，又能重新把握思想的自由了。

他清楚地认识这样一个现实，也就是他余生的底蕴：只要这孩子还在，只要在他身边，他就除了为她以外什么也不需要，他就除了因她以外什么也不害怕了。他脱掉外衣盖在孩子身上，甚至没有感到自己身子很冷。

这阵工夫，他在冥思遐想中，听见一种奇特的声响，好像摇动的铃铛声。声音来自园内，虽然微弱，但是听得很真切，如同夜间牧场上牲口颈下小铃铛发出的幽微的音乐。

冉阿让闻声回头张望。

他定睛一看，发现园里有一个人。

那像个男人，走在瓜田的秧苗培育罩之间，不时停下，弯下腰又直起来，仿佛在地上拖着或者展开什么东西。那人走路好像一瘸一拐。

冉阿让浑身一哆嗦；不幸的人就是这样，动辄惊悸，看什么都可疑，都有敌意。他们提防白天，因为白天容易让人看见；他们也提防夜晚，因为夜晚容易让人突袭。刚才因为园子阒无一人，他心惊肉跳，现在园里有了人，他也心惊肉跳。

他从虚无缥缈的恐惧，又跌入实有真切的恐惧，心想沙威和警探也许没有离开，必定留人在街上守望；这个人万一发现他在园内，就要大喊捉贼，把他交出去。于是，他轻轻抱起熟睡的珂赛特，移到仓棚最里面的角落，放在一堆搁置不用的旧家具后面。珂赛特一动也不动。

他从里面观察瓜田上那个人的行迹。奇怪的是，铃声完全随着那人的动作而变异。人近声近，人远声远；他动作急促，铃声也急促，他停下不动，铃声也止息。显然，铃铛系在那人身上；可是，这其中有什么奥妙呢？那究竟是什么人，像牛羊一样系着铃铛呢？

他一面在心中提出这些疑问，一面伸手摸摸珂赛特的手，感到她的小手冰凉。

“上帝啊！”他叹道。

接着，他就低声唤她：

“珂赛特！”

珂赛特不睁眼。

他又用力推她。

她也不醒来。

“她别是死了吧！”他说着，就霍地站起，从头到脚浑身战栗。

他惊慌失措，一阵胡思乱想。有时候，可怕的设想如同一群疯魔，猛烈袭击我们，要冲破我们的脑颅。一涉及我们所爱的人，我们就慎而又慎，凭空想出各种荒唐的情况。他忽然想道，寒冷的冬夜，露天睡觉会丧命。

珂赛特面无血色，一动不动，瘫在他脚下的地上。

冉阿让倾听她的呼吸，感到她还喘气，但气息微弱，快要断了。

怎么让她暖和过来呢？怎么把她叫醒呢？与此无关的念头，全从他头脑里消失了。他发狂似的冲出破屋。

刻不容缓，一刻钟之内，必须把珂赛特放到火前和床上。

九　佩带铃铛的人

冉阿让径直朝园里那人走去，手里攥着从坎肩兜里掏出来的一卷钱。

那人低着头，没有瞧见他走近。冉阿让几步就跨到他跟前。

他开口就喊道：“一百法郎！”

那人吓了一跳，抬起眼睛。

“一百法郎给您赚，”冉阿让又说道，“只要您给我一个过夜的地方！”

月亮迎面照着冉阿让那惊慌的脸。

“咦，是您啊，马德兰老爹！”那人说道。

这名字，在黑夜的这一时辰，在这陌生之地，由这陌生人叫出来，使冉阿让连连后退。

他准备好应付任何局面，就是没有料到这一点。同他说话的是位老者，背驼腿瘸，身上的穿戴跟农民差不多，左膝绑条皮带，挂一个挺大的铃铛。他的脸背着月光，看不清楚。

这时，那老人摘下帽子，提高嗓门颤抖地说：

“天主啊！您怎么在这儿，马德兰老爹！耶稣上帝啊，您是从哪儿进来的？是从天上掉下来的吧？这不难猜，您若是真的掉下来，那只能是从天上。您怎么这身打扮！没扎领带，没戴帽子，也没穿外衣！不认识您的人见了会吓着的，您知道吗？天主上帝啊，如今的圣徒全疯了吗？真的，您是怎么进来的？”

一句紧接一句，老人像乡下人那样爽快，说起话来滔滔不绝，但绝不让人下不来台。语气中既流露出惊讶，又显得天真而纯朴。

“您是谁？这里是什么宅院？”冉阿让问道。

“嘿，老天爷，太过分啦！”老人高声说，“我就是您安置在这儿的呀，这个宅院，就是安置我的地方啊。怎么！您认不出我来啦？”

“不认识，”冉阿让说，“我怎么会认识您呢？”

“您救过我的命啊。”那人又说。

他转过身，一束月光照见他的侧面，这下冉阿让认出是割风老头儿。

“哦！”冉阿让说，“是您吗？对，我认出您了。”

“还真行！”老人带着责备的口气说。

“您在这儿干什么？”冉阿让又问道。

“还用问！我在盖瓜秧苗呀！”

刚才冉阿让上前搭话时，割风老头儿确实提着一片草席，正要盖在瓜田上。而且，他到园子里来已有个把钟头，盖了相当一片了。冉阿让在破屋观察到的，正是他这种奇特的动作。

他继续说道：

“出来之前我心想，要上冻了，趁着月亮地儿，干吗不给瓜秧披上大衣呢？”他看着冉阿让，哈哈大笑，又补充说道，“真的，您也应当披上一件啊！对了，您怎么在这儿呢？”

冉阿让心中暗道，这人既然认识他，至少知道他叫马德兰，那么自己就要谨慎从事，于是一连串提了许多问题。事情也真怪，双方似乎调换了角色，他这个不速之客，反倒盘问起人家来了。

“您膝上挂个铃铛干什么？”

“这个？”割风回答，“这是让别人避开我呀。”

“什么？让别人避开您？”

割风老头儿诡秘的样子，挤眉弄眼地说：

“当然喽！这大楼里住的全是女的，还有不少年轻姑娘，好像撞见我会有危险。铃声警告她们回避。我一来，她们就纷纷走开。”

“这是什么宅院啊？”

“唉！您还不知道？”

“我真的不知道。”

“是您安置我到这儿来当园丁的呀！”

“回答我的话，就当我根本不知道。”

“好吧，这就是小皮克普斯修道院呀！”

冉阿让想起来了。两年前，割风老头儿出了车祸，成了残废，由他介绍到圣安托万区修道院来，而他恰恰闯到这里，真是巧遇，也是上天的安排。他自言自语似的重复道：

“小皮克普斯修道院！”

“是啊，不过，”割风又说，“您，马德兰老爹，真见鬼，您是怎么进来的？您是个圣徒也没用，总归是个男人，是男人就不许进这里。”

“您不是能在这儿嘛。”

“只有我一个例外。”

“不管怎么说，我得留在这儿。”冉阿让又说道。

“上帝啊！”割风叹了一声。

冉阿让凑到老人面前，严肃地说：“割风老爹，我救过您的命。”

“这还是我头一个想起来的。”割风回答。

“那好，从前我为您做的事，今天您也能为我做了。”

割风两只皱巴巴的老手，颤抖着拉住冉阿让两只结实的大手掌，好一阵说不出话来，最后才高声说道：

“我若能报答您一点儿，那真是慈悲上帝的恩惠！我！救您的命！市长先生，用得着我这老头儿，您就吩咐吧！”

这老人一阵喜悦，连容貌都变了，脸上似乎焕发出光彩。

“您让我干什么？”他又说道。

“等一下我再向您解释。您有一间屋吗？”

“有一所破板房，在老修道院破房后边，孤零零在一个隐蔽的角落，谁也看不见。有三个房间。”

果然，破棚在老楼后面，被遮住，十分隐蔽，谁也瞧不见，冉阿让也没有发现。

“很好，”冉阿让说，“现在，我要求您两件事。”

“什么事，市长先生？”

“头一件，关于我的情况，您对谁也不要讲。第二件，我的事您不要多问。”

“听您的。我知道您只能干正当的事，您始终是慈悲上帝的人。再说，是您把我安置在这儿的。这是您的事儿。我听您的。”

“一言为定。现在随我来，一道去找孩子。”

“啊！还有孩子！”割风说道。

他不再多说一句话，像狗随主人一样跟着冉阿让。

没过半小时，珂赛特睡在老园丁的床上，烤着旺旺的炉火，脸蛋儿就又变红了。冉阿让重又打上领带，穿上外衣，也找到了从墙头扔过来的帽子。冉阿让这边穿上外衣时，割风那边也解下系铃带，挂到背篓旁边一根钉子上，算是墙壁的点缀。割风往桌子上放一块奶酪、黑面包、一瓶葡萄酒和两只杯子；二人臂肘撑着桌子烤火，老头儿一只手按住冉阿让的膝盖，说道：

“唉！马德兰老爹！您没有一下子认出我来！您救了人家的命，却把人家给忘啦！噢！真不够意思！人家还总记着您！您这人真没良心！”

十　沙威如何扑空

这一系列事件，我们可以说看到了反面，其实发生的经过极其自然。

冉阿让在芳汀去世的床边，被沙威逮捕，当天夜里，他就逃出了海滨蒙特伊市监狱；警方推测，这个越狱的苦役犯必定前往巴黎。巴黎是吞没一切的大旋，如同大海的旋流一样，什么进入这人世的旋流都会消失。巴黎藏匿一个人的踪迹胜过任何森林。各色各样的亡命之徒都深知这一点。他们奔向巴黎，就像钻进无底洞，而有些无底洞确是避难之所。警方也深知这一点，因此在别处丧失了线索，就到巴黎去寻觅。警方确实在巴黎察访海滨蒙特伊的前市长。沙威也调到巴黎协同破案，他在重新逮捕冉阿让归案过程中，的确卖了很大力气。安格莱斯伯爵主管警察总署时，秘书夏布叶先生注意到在这件案子中，沙威表现出的忠勇和智慧，而且，当初他就提拔过沙威，趁这次机会，就把这个警探从海滨蒙特伊调到巴黎总署供职。沙威调到巴黎之后，屡次立功，其表现——还是明说吧，尽管这个字眼用于这种差使未免出人意料——忠勤可嘉。

天天出猎的狗追捕今天的狼，就会忘掉昨天的狼；同样，沙威也不再想冉阿让了，直到1823年12月，他这从不看报的人忽然看了一份报纸，作为保王党徒，他要了解“亲王大元帅”[①]凯旋，进入巴约讷城的详细报道。他看完感兴趣的一篇报道，在版面下端发现一个名字，是冉阿让，引起他的注意。报纸报道苦役犯冉阿让死了，发布了正式消息。沙威看了深信不疑，随口说了一句：“那真是个好下场。”他扔了报纸，就不再想这事了。

不久，赛纳-瓦兹省警察厅转给巴黎警察总署一份报单，是发生在蒙菲郿乡的拐带儿童案，情节相当离奇。一个七八岁的小姑娘，由母亲托付给当地一个小客店主抚养，被一个陌生人拐走；小姑娘名叫珂赛特，是一个名叫芳汀的女子的女儿，那女子已死在医院中，时间地点不详。沙威看到这份报单，便又想起旧事。

芳汀这名字，他很熟悉，还记得冉阿让曾请求宽限三天，去领那贱人的孩子，当时引起他沙威哈哈大笑。他又想起，冉阿让是要上去蒙菲郿的驿车时被捕的。有些迹象表明，当时他是第二次搭那趟车了，前一天他到过那村子附近，只是因为没人见他进村子。他

---

① 亲王大元帅指昂古莱姆公爵。1823年4月，他率法军进入西班牙，镇压那里的资产阶级革命。回国第一站便是临西班牙边境的小城巴约讷。

到蒙菲郿那地方去干什么？当时令人费解。现在沙威恍然大悟。芳汀的女儿在那里，冉阿让要去接她。而现在，那孩子被一个陌生人拐走。那陌生人究竟是谁呢？莫不是冉阿让？可是冉阿让死了啊。沙威没有对任何人提这事儿，就到木板死胡同锡盘车行租了一辆单人马车，前往蒙菲郿。

他满以为到了那里，就能弄个水落石出，谁料又坠入五里雾中。

出了那事儿的最初几天，德纳第夫妇心中懊恼，不免张扬了一阵。云雀失踪的消息在村子里传开了，而且立刻出现几种说法，最后归结成拐带儿童案。这就是警局报单的由来。然而，德纳第气过一阵之后，凭他那灵敏的本能，很快就意识到惊动检察官先生，绝不会有什么便宜，他就“拐走”珂赛特之事告官，产生的头一个后果，就是把司法那炯炯的目光引到他德纳第身上，引到他所干的许多不清白的事情上。猫头鹰最忌讳的事，就是有人把一支点燃的蜡烛拿到面前。首先一点，他收了一千五百法郎，又怎能脱离干系呢？于是，他来个急刹车，又把他老婆的嘴堵上，再有人向他提“拐走的孩子”，他就故作惊讶，表示莫名其妙，说他舍不得那宝贝孩子，出于感情想多留她两三天，可是人家不由分说把孩子“抢走”，当时他固然抱怨了几句，但来领孩子的人是她祖父，这是天经地义的事儿。他编出个祖父来，效果极佳。沙威来到蒙菲郿，听说的就是这个故事。出来个祖父，冉阿让就化为乌有了。

不过，沙威还是追问了几句，想探探德纳第那套话的虚实。

“那祖父是个什么样的人？他叫什么名字？”

德纳第爽快地回答：“是个有钱的庄稼人。我看了他的通行证，记得他叫吉约姆·朗贝尔先生。”

朗贝尔是个善良的名字，听了叫人放心，沙威又回巴黎去了。

“冉阿让那家伙明明死了，”沙威心想，“我犯什么糊涂。”

这件事他又丢在脑后了，到了1824年3月间，他听说圣美达教区住着一个怪人，人称“好施舍的乞丐”。据说那人靠年息度日，真名实姓却无人知晓，他独自带一个八岁的小女孩生活；那女孩也一无所知，仅仅知道她是从蒙菲郿的。蒙菲郿！这个地名总是反复出现，这回又让沙威竖起耳朵。有一个老乞丐，从前在教堂当过执事，后来给警察当眼线，他就常得到那怪人的施舍，他还提供一些情况：“那个吃年息的人特别怕同人交往……总是天黑才出门……跟谁也不说话……只是偶尔跟穷人说两句……也不让任何人接近。他穿一件黄色旧礼服，破烂不堪，但里边缝满了钞票，价值几百万。”这些话引起沙威极大的好奇心。他想接触一下，瞧瞧那个怪息爷，又不打草惊蛇，有一天就向当过教堂执事的老眼线借了那身破衣裳，到他每天傍晚边念祷文边侦察的老地方。

“那可疑的人”果然来了，走到化了妆的沙威面前，施舍了钱。沙威趁机抬头看一眼，以为见了冉阿让，而冉阿让也以为见了沙威，二人都同样一惊。

然而天太黑，可能认错人；冉阿让的死讯正式公布过；因此，沙威还心存疑虑，而且是重大的疑问。沙威是个一丝不苟的人，在犯疑的时候绝不乱抓人。

他跟踪那人，一直跟到戈尔博老屋，向“老太婆”了解情况，这不费什么周折。老太婆向他证实了那外衣衬里有好几百万，还讲了兑换那张一千法郎钞票的事例。她亲眼看到！她亲手摸到！于是，沙威租下一间屋，当天晚上住进去，还到那神秘的房客门口偷听，可望听到他的嗓音；然而，冉阿让从锁眼发现了烛光，就不做声了，挫败了警探的计谋。

次日，冉阿让准备溜之大吉，可是，那枚五法郎银币落地的声响，引起老太婆的注意，她心想那房客要迁走，就急忙通知了沙威。到了夜晚，冉阿让出去的时候，沙威带两个人已经守候在大道旁的树后了。

沙威又到警署要了帮手，但是没有透露他要抓的那人姓名。这是他的秘密，他谨守秘密有三条理由：首先，稍有不慎，就可能引起冉阿让的警觉；其次，追捕一个公认死了的老逃犯，追捕一个法院案底曾列入“最危险的匪徒”之类的一个罪犯，如能逮捕归案，就是大功一件，这样一个案子，巴黎警署的老人绝不会让沙威这样一个新来乍到的人去办；最后，沙威是个讲究技艺的人，喜欢出奇制胜，他讨厌那种老早就宣布、谈得乏了味才得到的功绩。他要暗中准备杰作，然后赫然展示出来。

沙威从一棵树到另一棵树，跟踪冉阿让，再从一个街角到另一个街角，一刻也没有失掉目标。即使在冉阿让自以为十分安全的时候，沙威的眼睛也盯着他。

为什么沙威不逮捕冉阿让呢？那是因为他仍有疑虑。

回想一下，那时候警察不能为所欲为，还受自由言论的约束。报纸曾揭露几起武断的逮捕事件，在议会里引起反响，致使警署畏首畏尾了。侵犯人身自由是严重的事件。警察害怕错抓了人，署长责怪下来，一个过错就砸了饭碗。设想一下，二十种报纸同时刊登一则短讯，会在巴黎引起什么后果吧：昨天，一位可敬的老息爷领着八岁的孙女散步，被警察认作在逃的苦役犯逮捕，押进警署大牢！

此外，我们还要重复一遍，沙威本人也有顾虑：上级叮嘱，内心也百般叮嘱，他确确实实把握不准。

冉阿让背对着，一直走在黑地里。

往日的忧伤、不安、焦虑、沮丧，今天又遭不幸，不得不连夜潜逃，在巴黎临时为珂赛特和自己找个藏身之所，走路又必须适应这孩子的步伐，这一切，在冉阿让不知不觉中，改变了他走路的姿势，还给他躯体的习惯动作增添了龙钟的老态，这就势必让沙威所体现的警方产生错觉，而且他确也产生错觉了。沙威本来就没有把握，跟踪又不能靠得太近，看那人一身落魄学究的打扮，想起德纳第把他说成祖父的证词，尤其公认为他已死在服刑期间，因此，这个警探就更加疑虑重重了。

有一阵，他真想突然上前检查那人证件。可是转念又一想，即使那人不是冉阿让，也不是安分守己的老息爷，那他也不是个善类，很可能同巴黎的犯罪团伙有渊深而密切的关系，他很可能是匪帮的危险盗魁，平日施舍点钱财，以掩饰他其他的本领，这是掩人耳目的老伎俩了。他一定有党羽，有同伙，有应急的巢穴。他在街上所走的迂回曲折的路线表明，那家伙绝不那么简单。下手太快，无异于“杀鸡取卵”。再等一等，又有何不可呢？沙威确信他跑不掉。

直到相当晚的时候，在蓬图瓦兹街，他才借着一家酒馆的明亮灯光，确认那是冉阿让。

世上有两种生灵能在心灵深处战栗：一是寻回孩子的母亲，一是抓到猎物的猛虎。沙威就在内心深处战栗起来。

他一确认了可怕的苦役犯冉阿让，就发觉他们只有三个人，于是到蓬图瓦兹街派出所请求帮手。

先要戴上手套，才能去抓带刺的木棍。

这样一耽搁，他又在罗兰十字路口同警探商量，就险些失掉目标。不过，他很快就断定，冉阿让必是过了河，以便甩掉追踪的人。他低头想了想，就好像猎犬鼻子贴着地面要辨准踪迹似的。沙威凭着本能的精确判断，径直走向奥斯特利茨桥，一句话就问明了情况。“您看见一个男人带着一个小姑娘吗？”他问过桥收费员。“我让他交了两苏钱。”收费员答道。沙威一上桥，恰好望见冉阿让在河对岸，拉着珂赛特走过月亮地的一片空场，还望见他走进圣安托万绿径街；他想到洋罗死胡同在那里好似陷阱，只有直壁街通往皮克普斯小街的唯一出口。正如猎人所说，他要“赶到前面堵截”，急忙派了一个人绕道去守住那个出口。一个巡逻队要返回兵工厂营房，正巧经过那里，沙威就调用来协同追捕。在这类较量中，大兵就是王牌。再说，要猎获野猪，猎人用智，猎犬用力，这也是原则。这样布置完毕，沙威感到冉阿让已入围，右有洋罗死胡同，左有埋伏，后有他沙威追赶，想到此处，他不禁取一撮鼻烟嗅嗅。

接着，他开始耍戏了。一时间，他心怀杀机，乐不可支，明知对手跑不掉了，还故意让他在前面奔逃，尽量推迟下手的时间，品味已捉住对手又看着他自由行动的快感，如同蜘蛛让苍蝇翻飞，猫儿让老鼠逃窜，拿眼睛盯着时所感到的乐趣。猛禽猛兽的利爪都有一种凶残的肉欲：爪下猎物的心惊肉跳。这种生杀予夺，该有多么快活！

沙威好不开心。他的网结得十分牢固，胜券在握，只需合拢手指了。

他的人手这么多，冉阿让再怎么健壮，再怎么凶猛，再怎么拼命，也抗拒不了啦。

沙威稳步前进，一路搜索街头的每个角落，如同搜查窃贼的每个衣兜。

到了他结的蜘蛛网中心，苍蝇却不见了。

不难想象他该多么气急败坏！

他盘问布置在直壁街和皮克普斯小街路口的岗哨；那警察坚守

哨位，根本没看见那人过去。

猎犬围住的鹿，有时会蒙混出去，也就是说逃脱，多老的猎人遇到这种情况，也只好哑口无言。杜维维埃、利尼维尔和德斯普雷兹也都不知所措。阿尔东日碰到了这种倒霉事，不禁嚷道：“那不是鹿，而是个巫师。”

沙威也真想这样大吼一声。

他那种失望，一时近乎绝望和盛怒。

毫无疑问，拿破仑在俄罗斯征战中犯了错误，亚历山大在印度征战中犯了错误，恺撒在非洲征战中犯了错误，居鲁士①在西徐亚征战中犯了错误，同样，沙威在征讨冉阿让之战中也犯了错误。他也许错在犹豫不决，没有确认这个老苦役犯，本来他看一眼就行了。他错在到那破楼房里，没有直截了当地去抓他。他也错在既然在蓬图瓦兹街认定了，却没有立刻下手。他还错在到了罗兰十字路口，站在月亮地里同助手商量；主意多固然有用，了解和征询忠实的狗的意见也是好的。然而，猎人追捕多疑的野兽，例如追捕豺狼和苦役犯时，就不应该过于审慎。沙威考虑太多，一路让狗群辨认踪迹，反而打草惊蛇，把野兽吓跑了。他尤其错在既然在奥斯特利茨桥上重又发现踪影，却还要搞那种奇特而天真的游戏，用一根线遥控那样一个人。他过高估计了自己，以为能跟一头狮子玩捉老鼠的游戏。同时，他又过低估计了自己，认为必须请求增援。延误了宝贵的时间，坐失良机。沙威犯了这一系列错误，仍不失为一个历来最精明最标准的警探。他完全够得上在围猎的术语中所说的“一条乖狗”。况且，谁又能十全十美呢？

最伟大的战略家也有失算的时候。

---

① 居鲁士大帝二世：公元前550—前530年在位，波斯皇帝。

重大的蠢事，也跟粗绳索一样，是由许多股拧成的。把绳索一股一股拆开，把具有牵力的一丝一缕分开，然后一根根拉断，你就会说："不过如此！"再把那一根根编织起来，拧在一起，那就非同小可了；那就是东征马西安还是西讨瓦伦提尼安，游移不定的阿提拉①；那就是在加普亚流连忘返的汉尼拔②；那就是在奥布河畔阿尔西酣睡的丹东。

不管怎样，沙威发现冉阿让逃脱了，并没有张皇失措。他确信在逃的苦役犯不会走远，便布置暗哨，设置陷阱和埋伏，在这个街区搜索了一整夜。他首先看到路灯错了位，灯绳剪断了。这一线索很宝贵，却把他引入歧途，使他搜索的重点转向洋罗死胡同。死胡同里有几处围墙相当矮，里面的园子隔着围篱就是大片荒地。冉阿让显然从那里逃跑了。其实，当时冉阿让若是往洋罗死胡同里多走几步，就很可能那样做，那么他就完了。沙威像找一根针似的，搜遍了那些园子和荒地。

黎明时分，他留下两个精干的人继续观察，而他返回警署，自觉汗颜无地，好似被个小偷耍了的一名警探。

---

① 阿提拉（395—453年）：匈奴王（434—453年在位），曾攻打东罗马帝国皇帝马西安、西罗马帝国皇帝瓦伦提尼安。

② 汉尼拔（公元前247—前183年）：迦太基将领，曾率军攻陷罗马，一时在罗马东南的加普亚沉湎于酒色。

第六卷　小皮克普斯

一　皮克普斯小街62号

皮克普斯小街62号那道大车门，在半个世纪前再普通不过了。平日，那道门总是半掩着，特别引人注目，只见里边呈现两样不算十分惨不忍睹的景物：一座围场爬满青藤的院落，一张闲溜达的门房的面孔。对面的墙头探出几棵大树。每当一束阳光给院子带来欢快的气氛，每当一杯酒给门房增添欢喜的神气，那么，从皮克普斯小街62号门前经过的人，就很难不受感染，不带走一份愉快的心情。然而，那地方看上去相当凄暗。

门扇咧开微笑，而楼房却在祈祷并哭泣。

假如我们能通过门房那一关，——那绝非易事，几乎没人办得到，因为，必须知道“芝麻，开门！”那样一句咒语才行，——假如过了门房那一关，再走进右首的一个小门厅，就看见两堵墙之间只能容一人通过的窄楼梯，假如我们没让墙上的鹅黄色和沿楼梯墙脚的巧克力色吓住，壮着胆子登上楼梯的一层平台，再登上二层平台，就到达二楼的楼道，发现墙上的鹅黄色和墙脚的巧克力色紧追不舍，悄悄跟上了二楼，而光线从两扇美丽的窗户透进来，照亮了楼梯和楼道。不过，楼道拐了个弯就昏暗了。假如我们也拐过弯，再往前走几步，便到了一扇门前，见它没有关闭而尤觉神秘；推门进去，是一间小屋，约六尺见方，方瓷砖地擦洗过，墙上糊了十五苏一卷的小绿花南京壁纸，整个屋子显得洁净而清冷。一大扇小格玻璃窗占了整个左首一面墙，透进暗淡的白光。扫视周围，不见一人；侧耳细听，毫无动静，既听不见脚步，也听不见人语。墙壁光秃秃的，房间没有家具，连一把椅子也没有。

再仔细瞧瞧，就会看见房门对面的墙上有个一尺见方的洞，洞口安装了铁网，牢固的黑铁条交叉打结，构成小方孔，而方孔的对角可以说不到一寸半。南京壁纸的小绿花平静而整齐，一直排列到铁网，并不因为接触阴森可怖的东西就惊慌失措，四处逃散。一个腰身多么纤细的人，若想从小方洞出入也不可能；那铁网不会放过躯体，只能放过眼睛，也就是说放过精神。这一点似乎早就有人想到，因此铁网靠里一点的墙洞里，还镶嵌了一块白铁皮，白铁皮上有无数小孔，比漏勺眼还小。铁皮下方开了一个长口，跟信箱口一样。还有一根铃绳带子，从铁网右边洞里垂下来。

如果你拉一拉那条带子，就会叮当响起铃声，还会听见一个人的声音，近在咫尺，能吓你一哆嗦。

“谁呀？”那声音问道。

那是一个女子的声音，十分轻柔，轻柔得有点悲切了。

到了这一步，还有一句咒语必须掌握。如果不知道，那声音就沉默了，墙壁重又喑哑，就好像坟墓里的黑暗愕然噤声一样。

假如你知道那句咒语，那声音就会应道：“请从右边进来。”

右边正好对着窗户，你会看到一扇漆成灰色的玻璃门，门上还镶了一个玻璃框。你拉起门闩，跨进门去，当即产生的感觉，完全像到了剧院，在铁栏还未放下、吊灯还未点亮的时候进入池座包厢。所到之处，的确像剧院的包厢，只从玻璃门透进一点微光，里面很狭窄，有两把旧椅子、一块散了的草垫，正面齐肘高处挂着一块黑色木板，真像名副其实的包厢。这包厢也有栏杆，但不是歌剧院的那种漆金木栅栏，而是一排奇形怪状、铁条错乱的铁栏，而嵌在墙中的榫头就跟拳头一样。

过了几分钟，眼睛开始适应这种地窖的昏暗，目光就要越过栏杆了，但也只能看到栏杆以外的六寸远。视线到那里，又遇到一道黑色窗板；窗板由果酱面包色横木加固，是几条能开合的长薄板片连成的，遮住整个铁栏，而且始终紧闭着。

过了一会儿，你会听见窗板里面有声音叫你，并对你说：

“我在这里。您找我有什么事儿？”

那是一个亲爱的声音，有时是一个被爱慕的声音。但是你看不见人，几乎听不见气息，仿佛是幽灵隔着墓壁同你说话。

假如你符合某些必备的条件，——这种情况极少见，那么，窗板的一个窄木条就会在你面前打开，幽灵便显形了。你会隔着铁栏和窗板，勉强看见一个人头的嘴和下颏儿，其余部位则由黑纱遮住。那块黑色头巾、盖着黑色裹尸布的模糊形体，只是隐约可见。那个人头对你说话，但是不看你，也绝不冲你笑一笑。

光从你背后照过来，这样，你看她光亮，她看你黑暗。这种光照具有象征意义。

这工夫，你的眼睛通过这条开口，极力搜索这个完全避人耳目的地方。幽深的空间笼罩着那个服丧的形体。你的眼睛探索那空间，想分辨那形体的周围。不久你就会明白，你什么也瞧不见。你只看到黑夜、空蒙、幽暗，只看到掺杂墓气的冬雾，那是一种骇人的静谧、一种沉寂，绝无声息，连叹息都没有的沉寂，那是一片阴影，是什么也分辨不清，连鬼魂也分不清的阴影。

你所见到的，是一座修道院的内幕。

这就是这座阴森肃穆的楼房的内幕，当时称为永敬圣贝尔纳会修女院。你所在的包厢，就是接待室。头一个同你讲话的声音，是联络修女，她一直坐在墙里边，一动不动，一声不吭，对着有铁网和千孔板双重脸甲保护的方洞。

带铁栏的修室之所以昏暗，是因为接待室有一扇窗户通尘世，靠修道院一侧却没有窗户。绝不能让世俗的眼睛窥探这圣洁之地。

然而，这种幽暗之外，仍有光荣；这种死寂中仍有生意。尽管这座修道院壁垒森严，非别个修道院可比，我们仍要进去，并带读者进去瞧瞧，还要讲讲别人从未见过，因此也从未叙述过的故事，当然我们不会忘记分寸。

二　马尔丹·维尔加分支

这座修道院到1824年，在皮克普斯小街存在已经有年头了，是马尔丹·维尔加分支的圣贝尔纳会一座修女院。

因此，这些圣贝尔纳会修女与本会的修士不同，并不属于克莱尔伏[①]，而像本笃会修士那样属于锡托。换句话说，她们并不隶属于圣贝尔纳，而隶属于圣伯努瓦。[②]

稍微翻过书的人都知道，马尔丹·维尔加于1425年创建一个圣贝尔纳-本笃修女会，总会设在萨拉曼卡，分会设在阿尔卡拉[③]。

这个修会的分支发展到欧洲所有天主教国家。

---

① 圣贝尔纳修会，是12世纪由圣贝尔纳（1091—1153年）在法国北部小镇克莱尔伏创建的。

② 圣伯努瓦于6世纪创建本笃会。1098年在锡托创建的修道院信奉圣伯努瓦的教条。

③ 萨拉曼卡和阿尔卡拉是西班牙城市。圣贝尔纳-本笃修女会是雨果杜撰的，并不存在。

一个修会嫁接到另一个修会上，在拉丁教会中并不罕见。就拿这里所谈的圣伯努瓦创建的修会而言，分支除了马尔丹·维尔加一系，有四个修会团体：意大利有两个，卡辛山和帕多瓦的圣朱丝丁，法国有两个，克吕尼和圣摩尔；还有九种修会：瓦隆布罗萨、格拉蒙、则肋斯定会、圣罗米阿尔会、查尔特勒会、受辱修会、橄榄山会、西尔维斯特会，以及锡托修会；须知锡托修会虽然是另外一些修会的主干，对于圣伯努瓦来说却是分支的分支了。锡托修会始于圣罗伯尔，在1098年，他在朗格尔主教区任摩莱姆修道院院长。而魔鬼是在529年被逐出阿波罗古庙，退隐在苏比亚哥沙漠（他老了，难道他当了隐士？）；当初，他正是通过十七岁的圣伯努瓦住进古庙里的。

加尔默罗会修女要赤脚走路，胸前挂一根柳枝，绝不能坐下，除了她们的教规，最严的要算马尔丹·维尔加的圣贝尔纳-本笃修女会的教规了。她们穿一身黑色修道袍，并按照圣伯努瓦的特殊规定，头巾要一直包住下颏儿。一件宽袖哔叽修女袍、一条毛纺的大面罩，要包住下颏儿、在胸前折得方方正正的头巾、一直压到眼睛的扎额巾，这就是她们的装束。除了扎额巾是白色的，其余的清一色。初学修女同样装束，但是全身白色。已经发愿的修女，侧身则挂着一串念珠。

马尔丹·维尔加的圣贝尔纳-本笃会修女，同所谓圣事嬷嬷的本笃会修女一样，都躬行永敬规训；本世纪初，本笃会在巴黎有两所修女院：一所在神庙，一所在圣日内维埃芙新街。不过，我们所讲的小皮克普斯圣贝尔纳-本笃会修女，和圣日内维埃芙新街与神庙的所谓圣事嬷嬷，属于完全不同的修会，教规有许多不同，服饰也不一样。小皮克普斯的圣贝尔纳-本笃会修女戴黑头巾，而圣事嬷嬷和圣日内维埃芙新街的修女戴白头巾，胸前还佩戴银质镀金或铜质镀金的三寸来高的圣体像，小皮克普斯的修女从不佩戴圣体像。小皮克普斯和神庙两座修女院都躬行永敬规训，但绝不能因此把两者混为一谈。圣事嬷嬷和马尔丹·维尔加派的圣贝尔纳会修女，奉行这种规训仅仅貌似而已，正如在研究和颂扬有关耶稣-基督的童年、生活和死亡，以及有关圣母的所有神迹方面，菲力普·德·内里在佛罗伦萨创建的意大利经院，和皮埃尔·德·贝吕埃勒在巴黎创建的法兰西经院，虽然有相似之处，但是两个会派截然不同，有时甚至相互敌对。巴黎的经院以老大自居：菲力普·德·内里不过是个圣徒，而贝吕埃勒则是红衣主教。

扯回话题，再来看看马尔丹·维尔加派的西班牙式严厉教规。

这一派系的圣贝尔纳-本笃会修女终年素餐，在封斋节和为她们特定的日子还要斋戒，夜晚睡一觉就得起来；从凌晨一点至三点，要念日课经，唱晨经；一年四季睡在草垫上，铺盖全是哔叽布单，从来不洗澡，也从来不生火，每星期五受苦鞭，要遵守沉默不语的条规，只能在课间休息时说说话，而休息时间又很短；每年从9月14日圣十字架瞻礼节，穿上粗毛呢衬衣，一直到复活节脱下，穿六个月还是从权减短了，按戒规要整年都穿着，可是到了炎热的夏天，那种粗毛呢衬衣焐得人受不了，常常引起热症和神经性痉挛。因此必须缩短穿戴的时间，即使这样照顾，到了9月14日，修女们穿上粗毛呢衬衣，总要有三四天发烧。顺从、清苦、贞洁、安心待在修道院，这就是她们的誓愿，却由教规大大地加重了。

院长任期三年，由有发言权的“参事嬷嬷”推举产生。院长只能再连任两届，因此，一个院长任期最长为九年。

她们从来看不见主祭神甫，中间总用一道七尺高的哔叽帘子隔开。宣道师来到小教堂讲经的时候，她们就放下面纱遮住面孔。她们说话必须小声，走路必须低头，眼睛看地面。只有一个男人可以出入这座修道院，那就是本教区的大主教。

修道院里当然还有一个男人，那就是园丁，但必须是个老年人，以便他始终独自一个住在园子里，膝上还挂个铃铛，好让修女闻声回避。

她们绝对服从院长。那正是按照教规，完全忘我的驯顺，如同听到基督的声音，一看到手势和示意，立即奉命，表现出欣悦、坚定，盲目地顺从，好似工人手中的锉刀，而且未经特殊准许，不能阅读也不能写任何文字[①]。

修女要轮流做她们所称的“大赎罪”。大赎罪就是祈祷赦免世人一切罪孽、一切过失、一切放荡行为、一切暴行、一切不义之举、一切罪恶。进行“大赎罪”的修女，要一连十二小时，从傍晚四点到凌晨四点，或者从凌晨四点到傍晚四点，对着圣体像跪在石板上，合拢手掌，颈上吊着一根绳子。她累得实在支持不住的时候，就脸朝下趴在地下，双臂伸开，同身体构成十字。这是唯一的放松。她以这种姿势为全宇宙的罪人祈祷。这种行为伟大到了崇高的程度。

这种祈祷始终对着顶端有一支蜡烛的柱子，因此“大赎罪”和“缚柱子”两种说法混同。而修女们出于卑躬心理，更喜欢后一种说法，认为其中包涵受刑和受辱的意义[②]。

进行“大赎罪”，必须全身心贯注，跪柱子的修女，身后即使落下响雷，也不能回头瞧一瞧。

再者，圣体像前总跪着一名修女，每班一小时，就像士兵换岗一样。这就是所谓的永敬。

---

① 原文中从“听到基督的声音”始，以下各分句，大多有同样意思的拉丁文，只有“未经特殊准许”，原作法文译文不够准确，应为“来经院长特殊准许。”

② 因其暗指耶稣在刑架上受难。

院长和嬷嬷所起的名称，几乎都有重大的涵义，并不是令人联想起圣徒和殉道士，而是特指耶稣-基督一生的阶段，如圣诞嬷嬷、圣孕嬷嬷、献堂嬷嬷、受难嬷嬷。不过，也可以袭用圣徒的名字。

外人见她们，只能看见一张嘴。她们的牙齿全是黄的。这座修道院从未见过一把牙刷。刷牙在罪梯的顶端，而底部就是断送灵魂。

她们讲什么东西都不说“我的”。她们一无所有，也不应当留恋任何东西。无论什么她们都说“我们的”，例如说我们的面兜、我们的念珠；就是提起自己的衬衫，也说“我们的衬衫”。有时候，她们喜爱上某样小物品，如一本日课经、一件圣物、一枚祝福过的纪念章；可是，她们一发觉自己开始珍视这一物品，就必须送给别人。她念念不忘圣泰蕾丝说的一段话：一位贵妇请求入她的修会时说：“我的嬷嬷，我非常珍视一本《圣经》，请允许我派人去取来。”她回答说：“哦！您还有舍不得的东西！既然如此，您就不要进入我们的修会了。”

任何人都不准关起门来，不准有“自己的家”，“自己的房间”。她们住的修女室总开着门。她们见面时，一个说：“愿祭台的最崇高的圣体受到歌颂和崇拜！”另一个就回答：“永远如此。”敲别人房门时也是同样仪式。手指刚刚碰一下门，就能听见屋里轻柔的声音急忙说出：“永远如此！”就像所有宗教仪式那样，这种仪式习以为常，也变成一种机械行为了；有时，未待对方说完“愿祭台的最崇高的圣体受到歌颂和崇拜！”这句稍长的话，这边已经脱口说出：“永远如此！”

朝拜圣母会的修女，进屋的一个说：“圣母经”，屋里的那个就说：“雅哉圣宠”。这种问候的方式，的确够“雅哉圣宠”的。

每到整点，这所修道院礼拜堂的钟要多敲三下。听到这种信号，院长、参事嬷嬷、发愿修女、杂务修女、初学生、备修生，全都中断自己所说、所做和所想的事，一齐说道，例如敲五点钟，就一齐说道："五点钟，以及每时每刻，愿祭台的最崇高的圣体受到歌颂和崇拜！"如果敲八点钟，就说："八点钟，以及每时每刻……"依此类推，随钟点不同而稍变。

这种礼俗旨在打断人的思路，随时将人的思想引向上帝。许多修会都有这种礼俗，只是套语各异。例如，在圣婴耶稣会，修者就说："在此时，以及每时每刻，愿对耶稣的爱燃烧我们的心！"

五十年前，小皮克普斯的马尔丹·维尔加派系圣贝尔纳-本笃会修女，都以纯粹素歌的低沉声调唱圣歌，自始至终都以饱满的嗓音歌唱。凡是唱到弥撒经上有星号的地方，她们就停顿一下，低声念道："耶稣——玛利亚——约瑟夫"。在追思祭礼上，她们的声调极低，降到女声再也降不下去的音域，那效果的确悲惨感人。

小皮克普斯修道院在主祭坛下面造了地下室，以便安葬本院的修女，然而"政府"，照她们的说法，不准许将棺木放在地下室。这样，她们死后还得离开修道院，为此又痛心又惊愕，认为这违反天理。

不过聊以自慰的是，她们死后可以在特定时间，埋葬在伏吉拉尔公墓的特定地点：那一角墓地原就属于这所修道院的。

星期四同星期日一样，她们要做大弥撒、晚祷和全部日课。此外，她们还恪守所有小节日的规定。教会大量确定的那些小节日鲜为人知，从前在法国盛行，如今在西班牙和意大利仍盛行不衰。她们在礼拜堂的祈祷数不胜数。我们只要引用修女的一句天真的话，就能极好地说明她们祈祷的次数和时间；那位修女说："备修生的祈祷多得吓人，初修生的祈祷多得吓坏人，发愿修女的祈祷多得吓死人。"

修道院每周召开一次全体会议，由院长主持，参事嬷嬷都参加。修女依次跪在石地上，当众高声交代她在这周所犯的大小过失。参事嬷嬷听完一名修女的忏悔，便商议一下，再高声宣布给予的惩处。

稍微严重的过失才高声忏悔，此外，她们所犯的轻过，要行所谓服罪礼。行服罪礼，就是在做日课的时候，五体投地，匍匐在院长面前，直到她们只称为“我们的嬷嬷”的院长示意，在祷告席的木头上轻轻敲一下，那修女才能起来。为了极小的事也要行服罪礼，如打破一只玻璃杯，撕破一块面纱，该做日课时不觉迟到几秒钟，在礼拜堂里唱错了一个音，等等，就足以让人们行服罪礼。行服罪礼完全是自发的行为，是罪人——从词字源学上讲，此处用这个词正合适——自我审判，自我惩罚的。每逢节日和礼拜天，唱经台上四个乐谱架前，有四位唱经嬷嬷随着日课唱圣诗。有一天，一位嬷嬷唱圣诗时，本应以“看呀”起始，却大声唱出“1、7、5”三个音符，为了这一疏忽，她的服罪礼持续了整个一场日课；这引起全场大笑，因而过错尤为严重。

一位修女被召到接待室，即使是院长，也要放下面罩，我们还记得，只能露出一张嘴。

唯独院长能同外界打交道。其他人只能见见最近的家人，而且见面的机会很少。万一有人求见当初在社交中认识或喜欢的一位修女，那就必须经过一系列交涉。求见者若是个女子，那么有时还可能允许；修女前来，隔着窗板同来访者说话；只有母女或姊妹相见，窗板才打开。自不待言，男人求见一概拒绝。

这就是圣伯努瓦定下的教规，由马尔丹·维尔加改得更加严厉。

这里的修女了无乐趣，脸色也不像其他修会的姑娘那样红润鲜艳。她们脸色苍白，神态沉肃。从1825年至1830年，有三名修女疯了。

三　严　厉

备修至少得两年，往往要四年；初修也要有四年。二十三四岁之前发愿终身修道的极为罕见。马尔丹·维尔加派系圣贝尔纳-本笃会修道院绝不接收寡妇入会。

她们在修室中的苦行种类繁多，难以名状，而且绝不能对外人讲。

一名初修生发愿的日子，大家要给她盛装打扮，给她戴上白玫瑰花，给她做头发，做成光滑的发髻；然后，她跪伏在地，身上盖一大幅黑布，大家唱起悼亡曲，举行追思祭礼。修女分成两列，一列从她身边走过，以哀怨的声调说："我们的姊妹死了，"另一行则以洪亮的声音回答："但活在耶稣-基督的心中！"

在本书所讲的故事发生的年代，有一所寄宿学校附属于这座修道院，学员全是大家闺秀，多为有钱人家，其中有德·圣奥莱尔小姐、德·贝利桑小姐，还有一个英国姑娘，名叫德·托尔伯特，是天主教中的名门大姓。这些少女圈在四堵墙里，接受修女的教育，在憎恶人世和这个世纪中成长。有一天，她们当中一个人对我们这样说："我一见街道的石块路面，就从头到脚战栗。"她们身穿蓝衣裙，头戴白帽，胸前佩戴一枚银质镀金或铜质的圣灵章。每逢重大的节日，尤其是圣玛尔特节，特许她们一整天穿上修女服，按照圣伯努瓦的规定做弥撒，使她们乐不可支。当初，修女常把自己的黑道袍借给她们穿。后来院长明令禁止，认为这有渎圣服。只有初修生还可以借着穿一穿。在修道院里，这种试装无疑得到容忍和鼓励，暗暗符合劝人入教的精神，让这些孩子事先品味一下圣衣，而值得注意的是，寄宿生还真把这当成一件快事，当成一种消遣。她们不过觉得好玩而已。“这是新鲜玩意儿，让她们改变一下。”真是孩子的天真理由，不足以让我们这些世俗之人明白，手拿圣水刷，站在乐谱架前一连高唱几小时，究竟有什么乐趣。

除了苦行，她们大致能遵守修道院的所有教规。有一位少妇还俗结婚数年之后，还未能摆脱修道院的一些习惯，每次听见敲门就脱口说一句：“永远如此！”寄宿生同修女一样，只能在接待室同家人见面。甚至她们的母亲也不准拥抱她们。可见戒规严厉到何等程度。有一天，一位少女同来探望的母亲见面，很想亲亲带来的三岁小妹妹，未能获准而哭泣。就是不准。她请求至少让妹妹把小手伸进铁栏给她亲一下。这也遭到拒绝，几乎遭到愤怒的拒绝。

四　乐　事

尽管如此，这些少女还是使这所肃穆的修道院充满美好的记忆。

有些时刻，这所修道院也散发出童稚之气。休息的钟声一响，园门就大敞四开，鸟儿叽喳说道：“嘿！孩子们来啦！”一群姑娘随即蜂拥而入，挤进像殓单一样被一座十字形建筑切开的园子。那一张张焕发青春的面孔、一个个白皙的额头、一双双喜气洋洋的天真的眼睛，好似一朵朵朝霞，在这黑暗中散发开来。继唱圣诗声、钟声、铃声、丧钟声、祈祷声之后，突然响起小姑娘的喧闹声，听起来比蜜蜂的嗡鸣还悦耳。欢乐的蜂巢开放了，每个都带来一份蜜。有的嬉戏，有的相互召唤，有的扎堆儿，有的奔跑；有的在角落里叽喳说话，露出美丽的小白牙；那些面罩远远地监视这些嬉笑，黑暗窥视着光彩，但是这又有什么关系！她们照样兴高采烈，照样欢声笑语。那四堵阴森森的围墙也有陶醉的时刻，目睹蜂群纷飞的美妙景象，受到欢天喜地的情绪的感染，也隐隐变白，喜形于色了。这情景就像一场玫瑰雨洒在这种悲哀的氛围中。小姑娘在修女的注视下疯玩疯跑，严厉的目光并不妨碍天真的性情。幸而有些孩子，在连续严峻肃杀的时辰里，还有天真的时刻。小姑娘蹦蹦跳跳，大姑娘翩翩起舞。在这所修道院里，游戏有蓝天的参与。这些欢快而纯洁的灵魂，真是无比可爱，无比庄严。荷马在世，一定会来这里同佩罗[1]一起欢笑：这黑乎乎的庭园里有青春，有健康，有欢声笑语，有冒失憨态，有欢乐幸福，足令老妪眉头舒展，所有老妪，无论史诗中还是童话里的，无论是王座上还是茅舍中的，从赫卡柏[2]到老奶奶，都会眉头舒展。

这所修道院里讲的“孩子话”，也许比任何地方都多；孩子话总是那么美妙，令人发笑而又深长思之。在这四面阴森森的墙壁中，有一天，一个五岁的孩子就这样嚷道：“嬷嬷呀！一个大姐姐刚才告诉我，我在这里待的时间只剩下九年零八个月了。多叫人高兴呀！”

下面这段难忘的对话，也是在这里进行的：

一位参事嬷嬷：“你为什么哭呀，我的孩子？”

孩子（六岁）抽抽搭搭地说：“我对阿莉克丝说我知道法兰西历史：她对我说我不知道，可是我知道。”

阿莉克丝（大孩子，九岁）：“不对，她不知道。”

嬷嬷：“是怎么回事儿呢，我的孩子？”

阿莉克丝：“她跟我说，随便翻开书，向她提那上面一个问题，她就能答上来。”

---

① 佩罗（1628—1703年）：法国作家，开创法国童话的文体。

② 赫卡柏：希腊神话传说中特洛伊城王后。

“问了怎么样呢？”

“她没有答上来。”

“哦。你问她什么啦？”

“我照她说的随便翻开书，看到一个问题就向她提出来。”

“什么问题？”

“那问题是：后来发生了什么情况？”

一个靠年金生活的太太的女儿有点贪吃，也是在这里得到这样深刻的评价：

“她真可爱！她爱吃面包片上面抹的果酱，就跟大人一样！”

在这所修道院的石板地上，拾到一份忏悔词，是一个七岁犯罪的女孩怕忘记事先写的：

“主啊，我控告自己吝啬。

“主啊，我控告自己淫乱。

“主啊，我控告自己抬起过眼睛瞧男人。”

下面这则童话，是一个嘴唇红润的六岁女孩在园中草坪上编造的，讲给四五岁的蓝眼睛听：

“从前有三只小公鸡，住的地方开着许多花。他们采了花，放进衣兜里。然后又采了叶子，放进他们的玩具里。那地方有一只狼，还有不少树林；狼在树林里，吃了那些小公鸡。”

还有这样一首诗：

从哪儿打来一棒子。
是波利希奈勒[1]打猫的。
猫挨打只疼不好受，

① 波利希奈勒：法国木偶戏中鸡胸驼背的丑角。

一位太太就把他投入狱。

有一个遭遗弃的女孩，由这所修道院发慈悲收养，她讲了一句又美妙又恼人的话。她听见别人谈论自己的母亲，就在角落里咕哝一句：“我呀，出生的时候，我妈不在身边！”

修道院有个跑外的胖修女，名叫阿加德，她经常带着一大串钥匙，在楼道里往来匆匆。那些“太太姑娘”，即十岁以上的，都叫她“阿加多钥匙”①。

食堂是个长方形的大厅，仅从与园子成水平的圆拱回廊透进点阳光，因而又昏暗又潮湿，拿孩子们的话说，到处是昆虫。周围每一处都能提供一大堆虫子。四面墙角的每一角，都按照寄宿生的语言，取了鲜明的特殊名字。有蜘蛛角、毛虫角、鼠妇甲虫角和蛐蛐角。蛐蛐角靠近厨房，受到另眼看待。那里不像别处那样阴冷。食堂这些名字又用到寄宿学校，用以区别四伙学生，如同从前马扎然学院那样。每个学生在食堂用餐所坐的方位，就属于哪一伙。有一天，大主教前来巡视，瞧见一个金发朱唇的美丽小姑娘，就问身边一个褐发桃腮的可爱姑娘：

“那一个是谁？”

“是个蜘蛛，大人。”

“哦！另外那个呢？”

“那是个蛐蛐。”

“还有那个呢？”

“是个毛毛虫。”

“是嘛，那么你自己呢？”

① 阿加多钥匙，音近于阿加多莱斯（约公元前361—前289年，锡拉库萨的暴君）。

“我是鼠妇甲虫，大人。”

凡是这类修道院都有自己的独特之处。本世纪初，艾古安就是这样一个又美妙又肃穆的地方，姑娘的童年是在近乎庄严的昏暗中度过的。在艾古安，参加圣体列队式，可以区分为童贞女和献花女。还有“华盖队”和“香炉队”，前者拉着华盖的挽带，后者捧香炉熏圣体。鲜花自然由献花女捧持。四名“童贞女”走在前面。在这隆重节日的早晨，常听见寝室里这样问道：

“谁是童贞女？”

康邦夫人援引了一个七岁的“小姑娘”的一句话：要走在队尾的小姑娘，对着要在列队中打头的一个十六岁“大姑娘”说：“你哪，是童贞女：而我不是。”

五　弛　心

食堂的门楣上，用黑色大字体写了一篇祈祷文，称作“白色祈主文”，据说能把人直接引入天堂。

“小小的白色祈主文，上帝所创，上帝所讲，上帝在天堂展示。夜晚我去安歇，看见我的床上躺着三个天使，一个在床脚，两个在床头，仁慈的圣母玛利亚在中间，她让我睡下，切莫迟疑。仁慈的上帝是我的父亲，仁慈的圣母是我的母亲，那三位使徒是我的兄弟，三位童贞女是我的姊妹。天主降世穿的衬衣，现裹在我的身上，圣玛格丽特十字画在我胸前；圣母夫人去田野，正为天主掉眼泪，遇见圣约翰先生。圣约翰先生，您从哪里来？我从祝祷永生来。您没有看见仁慈的上帝吗？一定看见了。他在十字架的树木里，双脚垂下；双手钉住，头上戴着一顶小小的白荆冠。谁在晚上念三遍，早晨念三遍，最后一定能上天堂。”

1827年，这篇独特的祈主文盖了三层灰浆，已从墙上消失了。到如今，也要从当年的几位年轻姑娘，今天的老太婆的记忆中抹掉了。

我们似乎提过，食堂只有一扇门，对着园子，厅里墙上挂着一副大型受难十字架，全部装饰也就补充完整了。两张长长的窄桌子平行摆着，从食堂一端延至另一端，每张桌子两边各摆一长趟条凳。白色墙壁、黑色桌子，这两种丧礼的颜色，是修道院里唯一可相互替换的。饭食很粗劣，孩子的食品也十分单调。只有一盘菜，肉和菜混在一起，或者咸鱼，这就算开荤了。然而，这种专门为孩子们准备的便餐，不过是个例外。孩子们不声不响地吃饭，值周嬷嬷在一旁监视，如果一只苍蝇胆敢违反院规，前来飞旋嗡鸣，她就打开并合上一本板书，弄出啪啪的声响。受难十字架脚下有个斜面小讲台，有人立在那里宣读圣徒传记，作为这种寂静餐饭的调味品。值周宣读先是一个较大的学生。在光秃秃的餐桌上，每隔一段距离放一个上了釉的瓦盆，供学生自己洗金属杯和餐具，难以下咽的东西，如嚼不动的肉或臭鱼，有时也丢在里面，但是这样做要受罚。学生管那水盆叫圆水池。

吃饭说话的孩子，要用舌头画十字。画在哪里？画在地上。让她舐地。尘埃，这人间一切欢乐的残渣，又用来惩罚因窃窃私语而获罪的这些玫瑰花瓣儿。

这座修道院有一本书，每版都是“孤本”，禁止阅读。这是圣伯努瓦教规。俗眼不得探其奥秘。“我们的教规，或者我们的体制，不得外传。”①

有一天，寄宿生得了手，偷出这本书，贪婪地看起来，但是

① 原文为拉丁文。

看看停停，唯恐被发现，时常慌忙地把书合上。她们冒了极大的风险，所得乐趣却微不足道。“最有趣的”几页，是看不大懂的关于男孩犯罪的部分。

园中小径两边长了几株瘦弱的果树，她们常在小径上玩耍，不顾严密的监视和严厉的惩罚，有时偷偷拾起大风刮下来的青苹果、烂杏或虫蛀的梨。现在，我让放在面前的一封信讲话吧。二十五年前写这封信的寄宿生，今日成为××公爵夫人，是巴黎最风雅的一位贵妇。原文在此照录：“我们千方百计藏起梨或苹果，趁晚饭前上楼放面罩的工夫，塞到枕头下面，好等夜晚在床上吃，实在不行，就躲在厕所里吃。”这是她们最快活的一件事。

有一回，还是在大主教先生视察这所修道院的时候，一名少女，同世族蒙莫朗西沾点亲的布夏尔小姐，打赌说她能请下一天假，在这种戒规森严的修道院里，这简直是妄想。不少人跟她赌，但谁也不相信有这种可能性。时机到了，大主教从寄宿生的队列前经过，布夏尔小姐突然出列，引起同学们难以名状的惊恐，她说道：“大人，请一天假。”布夏尔小姐秀美挺拔，有一副佳妙无双的粉红小脸蛋儿。德·凯朗先生笑眯眯地答道：“怎么，我亲爱的孩子，才请一天假！还是请三天假吧。我准三天假。”大主教发话了，院长无可奈何。修女无不气愤，而寄宿生无不快活。想一想这事的效果吧。

这所壁垒森严的修道院也并非密不透风，围墙挡不住外界狂热的生活、人世的风波，乃至小说钻进来。我们在此仅仅简短地指出并讲述一件无可辩驳的真事，就足以证明这一点。这件事本身同我们叙述的故事毫无关联，我们列举出来，是要让读者了解这所修道院的全貌。

大约就在这个时期，修道院里有一个神秘的人物，称作阿尔贝汀夫人，她不是修女，但极受尊敬。她的身世不甚了了，只知道她疯了，而世人则以为她已死去。据说其中有隐情，为了一桩重大婚姻的财产问题，必须作出这种安排。

这妇人将近三十岁，褐色头发，容貌相当美，黑色大眼睛看什么都没有神。她看见了吗？这实在是个疑问。她走路就像滑动，也从不说话，连喘气不喘气都很难说。她的鼻孔紧缩而苍白，就像刚断了气似的。碰到她的手，仿佛接触冰雪。她有一种幽灵般的奇特的风韵。她所到之处，寒风袭人。有一天，一位嬷嬷瞧见她走过，就对另一位嬷嬷说："大家都以为她死了呢。"另一个回答说："也许她真的死了。"

关于阿尔贝汀夫人有种种传说。寄宿生在这上面的好奇心始终不减。礼拜堂里有个看台，叫做"牛眼台"，因为看台只有一个小圆窗，故得此名；阿尔贝汀夫人就在那看台上参加日课，通常总是独自一人，因为从这二楼的看台上，能望见讲道神父或主祭神父，这对于修女是禁止的。一天，站在讲坛上的是一位年轻的高级神父。德·罗安公爵，法兰西元老院元老，1815年他还是莱翁亲王时，任过宫廷骑卫红队军官，1830年在贝桑松任红衣主教和大主教，后来去世。这是德·罗安①先生首次来小皮克普斯修道院讲道。阿尔贝汀夫人平日听道和参加日课，一向沉静，纹丝不动。那天，她一望见德·罗安先生，便探起身子，在礼拜堂的肃静中高声叫道："咦！奥古斯特！"全场愕然，都转过头去，宣道士也抬起眼睛，可是，阿尔贝汀夫人又恢复静止的状态了。外界的一阵微风、生命的一点光亮，一时从这毫无生气而冰冷的脸上拂过去，随即又

---

① 路易-弗朗索瓦-奥古斯特·德·罗安（1788—1833年）：1815年得莱翁亲王的名号，1816年继承父号德·罗安公爵，1829年成为贝桑松的大主教，1830年升任红衣主教。

化为乌有，疯子重又变成僵尸。

然而，这两个词引起纷纷议论，这所修道院里能讲的闲话全讲了。“咦！奥古斯特！”这一声叫喊有多少含义，泄露多少隐情！德·罗安先生确实叫奥古斯特。阿尔贝汀夫人认识德·罗安先生，显然她出身上层社会；她以如此亲热的口气跟一个大贵族讲话，显然她身份很高贵，同他有关系，也许是亲戚关系，但肯定非常密切，既然她直呼他“小名”。

两位十分庄严的公爵夫人，舒瓦瑟和塞朗夫人，常来探访这所修道院；自不待言，她们以“贵妇人”的特殊身份进入修道院，让寄宿生们心惊胆战。当两位老夫人走过时，这些可怜的姑娘无不浑身发抖，垂下眼睛。

此外，德·罗安先生还不知道，他已经成了寄宿生注意的对象。当时，他刚刚就任巴黎大主教的副大主教，可望升任主教。这是他的一种习惯，常来小皮克普斯修女院礼拜堂，参加日课唱诗会。由于隔着哔叽帷幕，年轻的修女谁也望不见他，但是，她们最终能分辨出他那柔和的，有点细弱的嗓音。从前他当过宫廷骑卫，而且，别人说他极爱打扮，一头栗色美发打成卷儿，围着梳理得整整齐齐，腰间扎的黑色宽带十分华美，黑色教袍剪裁得也无比讲究。他的形象萦绕在这些十六岁少女的想象中。

世间的喧声绝传不进这所修道院。然而有一年，一支笛声却飞进来了。这是件大事，当年的寄宿生还记忆犹新。

附近有个人吹笛子，总吹同一支曲调，那曲调距今已相当久远：《我的泽吐贝姑娘，来主宰我的灵魂吧》；每天总能听他吹上两三回。

那些少女一连几小时聆听，参事嬷嬷都惊慌失措，动脑筋想办法，惩罚好似雨点落到那些少女头上。这情形持续了好几个月。

寄宿生都或多或少爱上了那个吹奏的陌生人，每人都幻想自己就是泽吐贝。笛声是从直壁街方向传来的，她们情愿不惜一切代价，不惜冒任何风险，但求看一看，哪怕瞧上一眼，瞧一下笛子吹得如此美妙的“小伙子”，瞧一下吹笛子的同时，无意中也吹动了这些少女心的那个“小伙子”。有几个从便门溜出去，爬上临直壁街的四楼上，想从钉死的窗口往外张望。可是徒劳。有一个还把手臂举过头，从铁栅探出去摇动白手帕。还有两个更为大胆，她们设法爬上房顶，冒着生命危险，终于望见那个“小伙子”。那是个老迈的流亡贵族，眼睛瞎了，又破了产，在阁楼上吹笛子消遣解闷。

六　小修道院

小皮克普斯的围墙里，有三座截然分明的建筑：修女居住的大修道院、寄宿生居住的寄宿学校，以及所谓的“小修道院”。小修道院是带园子的一组房舍，由形形色色的老修女合用居住；那些老修女属于不同的修会，是修道院被革命毁了之后苟活下来的；那是黑色、灰色和白色相混的杂色，是各式各样修会团体汇聚的杂体，如果能这样搭配字词的话，那就叫它什锦修道院吧。

帝国开创之初，就允许所有那些流离失所的修女前来，躲到圣贝尔纳-本笃会修女院的卵翼之下。政府付给她们一小笔津贴，小皮克普斯的嬷嬷热情地接待了她们。她们组成了奇特的大杂烩，各守各的教规，寄宿学校的学生有时获准去拜访她们，这是姑娘们最开心的时候，在她们记忆中留下了圣巴齐尔、圣斯科拉蒂克和雅各以及其他修会的嬷嬷形象。

那些避难的修女们，有一个觉得几乎回到老家，她是圣奥尔修会的修女，整个修道院只有她一人幸存。圣奥尔修女院旧址，从18

世纪初起，恰恰就是小皮克普斯修道院，后来才转交给马尔丹·维尔加的本笃修会。那位圣女太穷，穿不起本会华美的服装，白修道袍和朱红圣衣，就虔诚地给一个小模特穿上，喜欢拿出来给人看，临终时捐赠给修道院。到1824年，那个修会只剩下一名修女，如今只剩下一个玩偶了。

除了这些可敬的嬷嬷，还有几位上流社会的老妇人，像阿尔贝汀夫人那样，得到院长的准许，来到小修道院隐居，其中有博福尔·德·欧普勒夫人和杜弗雷讷侯爵夫人。还有一位，在小修道院仅以擤鼻涕声音洪亮而著名。学生都叫她噗喳哗啦夫人。

大约1820年或1821年，德·让利斯夫人编一种小期刊，名为《无畏》，她申请入小修道院带发修行。奥尔良公爵写了荐举信。这一下捅了马蜂窝，参事嬷嬷都胆战心惊，知道德·让利斯夫人写过小说[1]。然而她明确表示，她比谁都憎恶小说，而且，她也到了非修行不可的阶段。上帝相助，亲王也相助，她终于进了修道院。但是，六个月或八个月之后，她又离开了，走的理由是嫌园子没有树阴。修女们都为之庆幸。她虽然年事已高，还能弹竖琴，而且弹得很好。

她走的时候，在修室里留下了记号。德·让利斯夫人颇为迷信，也是拉丁文学者。这两点就能相当清楚地勾画出她的形象。她的修室有一个小五斗橱，收藏她的金银首饰，里面贴了一张黄纸，由她亲笔用红墨水写了五行拉丁文诗，在她看来具有辟盗的法力，前几年还能见到那张诗笺：

木架吊着品德不同的三具尸，

① 德·让利斯夫人（1746—1830年）：教过奥尔良公爵，即后来的法国国王路易—菲力浦，她的小说创作极丰，也很成功。

上帝两边是狄马斯和盖马斯；

前者要升天，后者倒霉下地狱。

万能的天主保佑我们和财产。

念念这首诗，财产不失保平安。

这几句诗是用16世纪拉丁文写的，这就提出一个问题，骷髅地上那两个强盗，究竟像通常那样叫狄马斯和盖塔斯，还是叫狄斯马斯和盖马斯。上个世纪，德·盖马斯子爵自称是那名坏强盗的后裔，他若是见了这种写法，准要大为恼火。此外，这几句诗的法力，修女们都深信不疑。

这所修道院的礼拜堂，从建造格局上看，是要隔开大修道院和寄宿学校，自然归寄宿学校和大小修道院共有。临街甚至还开了一道门，专供公众出入；不过整个布置有方，修道院中的任何女子都见不到外人的面孔。设想一下，一座礼拜堂的唱诗室被一只巨手抓得错了位，不像一般礼拜堂那样从祭台后面延伸一段，而是扭到主祭神父的右侧，成为一间厅室或者昏暗的石洞；再设想一下，这间厅室由一道七尺高的哔叽帷幕封住，帷幕里昏暗中有一排排祷告坐板椅，让唱诗班修女挤在左面，寄宿生挤在右面，而把杂务修女和初修生堆在后面，那么，你对小皮克普斯修女如何参加祭祀，就会有一点概念了。这个石洞，即所谓的唱诗室，由一条走廊通入修道院。礼拜堂的光线是从园子照射进去的。修女们参加日课，照规矩要敛声屏息；公众听见坐板起落碰撞的声响，才知道她们在场。

七　昏暗中几个身影

从1819至1825年的六年间，小皮克普斯修道院院长是德·勃勒默尔小姐，在教中称纯洁嬷嬷。她和《圣伯努瓦会圣徒传》作者，玛格丽特·德·勃勒默尔同属一个家族。她连任一届。她有六十来岁，又矮又胖，“唱圣诗就像破罐发出的声音”，这是前文引用的那封信中说的；除此而外，她那人倒极好，整个修道院唯独她喜气洋洋，因而深受爱戴。

纯洁嬷嬷有先人玛格丽特——修会那个达西埃[①]的遗风。她有文才，学识渊博，精通事理，熟谙历史，满腹拉丁文、希腊文和希伯来文，在本笃会虽为修女，却有修士的气魄。

副院长西内雷斯嬷嬷，是个几乎失明的西班牙籍老修女。

参事中的要员有司库圣奥诺琳嬷嬷、初修生主任导师圣杰特吕德嬷嬷、副主任导师圣安琪嬷嬷、圣器室管理员圣母领报嬷嬷、护士圣奥古斯丁嬷嬷（是全院唯一的恶人）；还有圣麦什蒂德（戈万小姐），她非常年轻，嗓音十分美妙；众安琪嬷嬷（德鲁埃小姐），曾先后在圣女修道院、吉卓尔和马尼之间的宝藏修道院；圣约瑟夫嬷嬷（德·科戈吕道小姐）、圣阿代拉伊德嬷嬷（德·欧维奈小姐）、慈悲嬷嬷（德·西福安特小姐，她受不了苦修）；怜悯嬷嬷（德·拉米蒂埃小姐，六十岁破例出家，非常富有）；天意嬷嬷（德·洛迪尼埃小姐）；献堂嬷嬷（德·西康扎小姐），1847年成为院长；最后，圣赛利涅嬷嬷（雕塑家赛拉奇的姊妹），后来疯了；圣香塔尔嬷嬷（德·苏宗小姐），后来也疯了。

容貌最美的人当中，还有一个二十三岁的妙龄姑娘，生于波旁岛，是罗兹骑士的后裔，她在尘世叫罗兹小姐，出家则称升天嬷嬷。

---

① 达西埃夫人（1651—1720年）：荷马史诗《伊利亚特》和《奥德赛》的译者。纯洁嬷嬷的先人是雅克琳·德·勃勒默尔嬷嬷（1618—1696年），《圣伯努瓦会圣徒传》的作者。

圣麦什蒂德嬷嬷负责歌唱和圣诗班，乐于选用寄宿生。她往往把她们排成一个完整的音阶，也就是说七个人，从十岁到十六岁各一人，并有相应的嗓音和个头儿，让她们按年龄排列，由最小到最大；站成一排歌唱，看上去好似少女做成的芦笛、天使做成的排箫。

在杂务嬷嬷中，寄宿生最喜欢的有圣欧伏拉吉嬷嬷、圣玛格丽特嬷嬷、老天真圣玛特嬷嬷、令人发笑的长鼻子圣米歇尔嬷嬷。

这几位妇人对孩子都非常温和。修女们仅仅严于律己。只有寄读学校才生炉火，比起修道院来，学生伙食也算精细了；此外，还有无微不至的照顾。不过，孩子碰见修女，修女从来不答话。

保持肃静的院规导致这种后果，全院里，言语撤离开人，转给无生命的物品了。时而，礼拜堂的大钟说话，时而园丁的小铃说话。传达嬷嬷旁边挂一口非常洪亮的小钟，全院都能听到，像有声电报一样，用不同的敲法表示物质生活中安排的活动，必要的时候，还能把修道院中这个或那个人召到会客室。每个人和每样物品都有其响声。院长是一声接一声，副院长是一声接两声。六声接五声表示上课，因此，学生从不说回教室上课，而是说去六五。四声接四声是德·让利斯夫人的音标，经常能听到；毫无善心的人说：这是四声魔鬼。十九声宣告重大事件，即打开“修道院的大门”；那道铁板门十分吓人，有好几道闩杠，只是迎接大主教时才打开。

我们说过，除了大主教和园丁，任何男人不得进入修道院。寄宿生倒是还能见到两个：又老又丑的神师巴奈斯神父，她们在唱诗室隔着栅栏能望见；另一个是绘画教师安西奥先生，在前面已经看到几行的那封信中称“安细腰”，别号“驼背老妖”。

可见每个男人都是经过挑选的。

这所怪修道院就是如此。

八　人心在前石在后

勾画出这所修道院的精神面貌之后，再介绍一下物质外形也不是无益的。读者对此已经有了一点概念了。

小皮克普斯-圣安托万修道院，几乎占了整个不等边四边形这一大片场地，四周有波龙索街、直壁街、小皮克普斯街，以及在老地图上叫欧马雷街的死巷；四条街相交，像城壕一样围住这个四边形。修道院由好几座建筑和一个园子组成，主建筑是几座不同的楼房连缀起来的，从空中望上去，好似放倒在地上的一根折尺。折尺的长臂从小皮克普斯街到波龙索街，占了整条直壁街的一侧；短臂是一座高楼，临小皮克普斯街，正面灰暗而肃穆，门窗都安有铁栏。62号大门则标志这趟楼房的尽头。这趟楼房正中有一道老式圆拱矮门，门板因挂满尘土而发白，门洞拉了不少蜘蛛网，只是礼拜天开一两个小时，或者修女的灵柩出院才偶然开一下。那是公众进礼拜堂的入口。折尺形建筑的折角是一个方厅，用于配膳，修女称作“食品储藏室”。折角楼长臂为嬷嬷修女的修室和初修道院。短臂中有厨房、带回廊的食堂和礼拜堂。62号大门和欧马雷死巷之间是寄宿学校，但从外面却看不见。不等边四边形的其余部分便是园子，园地比波龙索街面要低，因此，围墙里侧比外侧高一些。园地中央微微隆起，形成个小土丘，上面挺立一棵圆锥形秀丽的枞树，宛如圆盾中心的突刺；四条路径从中心向四面伸展，每一条路径都是双道，如果围墙是圆形的，八条小道所构成的几何图形，就像车轮上的十字辐条了。每条路径都通到墙根，而园子围墙又极不规则，路径也就长短不一，路两旁栽了醋栗树。有一条白杨林荫路，从直壁街角的老修道院废墟，一直通到欧马雷死巷的小修道院建筑。小修道院前面是所谓的小园子。在这整体上再添加一座院落、内部建筑体所形成的各种各样棱角、监狱似的围墙，以及作为全部视野和毗邻的波龙索街另一侧屋顶的黑色长线条，那么对于四十五年前小皮克普斯的圣贝尔纳修女院，就会有个完整概念了。从14世纪到16世纪，这地方原是一个著名网球场，叫做“一万一千魔鬼网球场”，后来在旧址上建起这所圣洁的修道院。

此外，这里全是巴黎最老的街道。直壁和欧马雷，这些名字都很古老，比以此为名的街道还要古老。欧马雷巷从前叫摩古街，直壁街从前叫野蔷薇街，须知上帝让鲜花盛开，早在人凿石之前。

九　修女巾下一世纪

我们既然详细描绘小皮克普斯修道院从前的面貌，敢于打开一扇窗户窥探这幽秘之地，想必读者能允许我们再谈一件离题的小事。这件事虽与本书无关，但是很有特点，有助于让人了解修道院本身有它的奇人奇事。

小修道院里有位百岁老妇，是从封特伏罗修道院来的，在1789年革命之前，她甚至还是社交场中人。她常谈起路易十六的掌玺官德·米罗梅尼先生，谈起她十分熟识的法院院长杜普拉夫人。她动不动就提起这两个姓名，既出于乐趣，也出于虚荣，她那封特伏罗修道院，也说得天花乱坠，跟城市差不多，里边有街道。

她说话的方式像庇卡底人，让寄宿学生特别开心。每年她都要庄严地发一回誓愿，发愿时对神父说：“圣弗朗索瓦大人向圣于连大人发过这种誓愿，圣于连大人向圣欧赛伯大人发过这种誓愿，圣欧赛伯大人向圣普罗柯泊大人发过这种誓愿，如此等等；因此，神父，我也向您发这一誓愿……”寄宿生听着偷偷地笑，那不是暗笑，而是窃笑，是压抑不住的吃吃的可爱笑声，惹得参事嬷嬷直皱眉头。

还有一回，那位百岁老人讲故事，她说在她年轻的时候，圣贝尔纳会修士绝不亚于宫廷骑卫。这是一个世纪在讲话，不过是18世纪。她讲述香槟地区和勃艮第地区敬四种酒的风俗。革命前，一个大人物，法兰西元帅、亲王、公爵或者元老院元老，经过勃艮第或香槟的一座城市，市府官员致词欢迎，并用舟形银杯敬献四种不同的葡萄酒。第一只银杯上刻着“猴酒”，第二只银杯上刻着“狮酒”，第三只银杯上刻着“羊酒”，第四只银杯上刻着“猪酒”。这四种铭文表示醉酒的四种程度：第一种薄醉快活，第二种半醉恼怒，第三种大醉愚钝，第四种烂醉成一摊泥。

她有一件隐秘的物品，宝贝似的锁在柜子里。她这样做并不违反封特伏罗会教规。那件物品，她不肯出示给任何人，每回自己要观赏时，就关起门来躲在屋子里，这也是她的教规所允许的。她一听见走廊有脚步声，那双老手就尽快关上柜门。她平时很爱讲话，一听人提起这事，就沉默不语了。好奇心多么强的人，在她的缄默面前也败下去；多么善缠能磨的人，在她的执拗面前也败下去。这也成为全院闲得无聊的人议论的话题。百岁老人如此珍视、如此保密的究竟是什么宝贝？莫非是一本圣书？莫非是独一无二的念珠？莫非是经过考证的遗物？猜测纷纭，却不知所以。等可怜的老妇人一死，大家就急不可耐，跑去打开柜子，找出包了三层布好似圣盘的东西。那是法昂扎窑的瓷盘，图案是一群起飞的小爱神，受到手拿大针管的几个药铺学徒的追逐。追逐的场面充满怪相和滑稽的姿态。一个可爱的小爱神已经被针头刺穿，但仍在挣扎，鼓动小翅膀想飞走，可是小魔头却在怪笑。图案的寓意：爱神被痛疾战胜了。那只盘确为稀有之物，也许不同凡响；曾引发过莫里哀的创作动机。直到1845年9月，此盘还存在，摆在博马舍大街一家旧货店里出售。

那位善良的老妇人不肯接见世间任何来访的客人，她说“会客室太阴暗凄惨了”。

十　永敬修会的起源

不过，我们试图勾画的这间坟墓似的会客室，只是当地的一种情况，其他修道院中并不如此严厉。尤其神庙街属于另一教派的修道院，黑色窗板由棕褐色窗帘所取代，会客室像客厅一样，也镶了地板，挂着悦目的白纱窗帘，墙上挂着各种镜框，其中有一幅本笃会修女露出面孔的画像，几幅花卉画，甚至还有一个土耳其人的头像。

正是在神庙街修道院的园子里，挺立一棵全法国最大最美的印度栗树，被18世纪的善良人们誉为“王国栗树之父”。

我们说过，神庙街修道院中为永敬本笃会修女，根本不同于锡托教派的本笃会修女，永敬修会创建并不久，超不出二百年。当初1649年，在巴黎圣绪尔皮斯和河滩广场圣约翰两座教堂，圣体受到两次亵渎，先后仅隔数日，那种渎神的弥天大罪实属罕见，震动全城百姓。圣日耳曼草地教堂副大主教兼院长先生决定，他的全体神职人员举行一次隆重的列队游行，并由罗马教皇使臣主祭。然而，两位尊贵的妇人，库尔丹夫人，即德·布克侯爵夫人和德·夏托维厄伯爵夫人，却认为这样还不足以赎罪。亵渎“神坛上极崇高的圣体”的罪行，虽是偶然事件，但两位圣女系念于心，认为只有在一所修女院进行“永敬”，才能够补赎。于是，她们二人，一个在1652年，一个在1653年，将大笔钱财捐给卡德琳·德·巴尔嬷嬷，即本笃会修女圣体嬷嬷，以实现虔诚的心愿，创建一所圣伯努瓦会的修道院。第一份建院批准书，由圣日耳曼修道院院长德·麦茨先生交给卡德琳·德·巴尔嬷嬷，“规定入院的修女必须带进三百利弗尔年金，合本金六千利弗尔”。继圣日耳曼修道院院长之后，国王也签发了批准书；到了1654年，修道院批准书和国王批准书，一并由审计院和高等法院核实通过。

这就是巴黎圣体永敬本笃修女会创建的缘起和法律依据。她们用德·布克和德·夏托维厄两位夫人的捐款，“新建”的第一所修道院，就坐落在珠宝匣街。可见，这一修会和所谓锡托的本笃修女会不能混为一谈。它隶属于圣日耳曼草地修道院院长，正如圣心会嬷嬷们隶属于耶稣会会长，慈善会嬷嬷们隶属于遣使会会长。

这一修会，和我们刚描述了内部的小皮克普斯圣贝尔纳修女院，也根本不同。1657年，教皇亚历山大七世特谕，小皮克普斯圣贝尔纳会修女，跟圣体本笃会修女一样，也奉行永敬规诫。尽管如此，这两个修会仍然了无相涉。

十一　小皮克普斯的结局

刚进入波旁王朝复辟时期，小皮克普斯修道院就开始衰败了，那是整个修会衰亡的一个环节，如同所有宗教会派经过了18世纪那样的趋势。静修同祈祷一样，是人类的一种需要；然而，它跟所有受到革命触动的事物一样，也要发生变化，从敌视转而有利于社会进步了。

小皮克普斯修道院人员锐减。到了1840年，小修道院就消失了，寄宿学校也消失了。既没有老妇人，也没有少女了：老的离世，少的离去。飞走了①。

---

① 原文为拉丁文。

永敬修会的戒律极严，令人生畏。有入会愿望，也望而却步，招募不来新人员。到了1845年，杂务嬷嬷还有几个，而唱诗班修女却一个不见了。四十年前，修女的人数将近百名；十五年前，只剩下二十八名了。今天还有多少呢？1847年，院长挺年轻，还不到四十岁；这表明选择的范围缩小了。人员越减少，负担就越重，每人的任务也就越加繁重了。当时就能预见到，过不了多久，就只能剩下十一二副佝偻痛苦的肩背，扛着圣伯努瓦那套沉重教规了。重担一成不变，人多人少一个样。重担压下去，把人压垮了。因此，修女们死了。本书作者还住在巴黎的时候，就死了两个，一个二十五岁，一个二十三岁。后者很可以效仿朱莉娅·阿勒庇奴拉的墓志铭："我葬在此地，享年二十三岁。[①]"修道院正因为如此衰败，女子寄宿学校才办不下去了。

这所幽暗的修道院非同寻常，又鲜为人知，我们从门前经过，就不能不进去瞧瞧，不能不带领陪伴我们的、听我们讲述冉阿让悲惨故事的人进去，这对一些人也许是有益的。我们已经朝这宗教团体里投了一眼；这会派层出不穷的仪式和修行十分古老，如今看来却极为新奇。这是禁闭的园子。"禁闭的园子"[②]。我们已经介绍过这奇特的地方，既详尽而又恭敬，至少尽量保持在恭敬和详尽两者可以调和的限度内。我们并非什么都理解，但是我们什么也不侮辱。我们对等距离，处于约瑟夫·德·迈斯特尔和伏尔泰之间：前者歌功颂德连刽子手都歌颂，后者冷嘲热讽连耶稣受难像都嘲讽。

顺便说一句，伏尔泰不合逻辑，他会像为卡拉斯[③]辩护那样为

---

① 原文为拉丁文。

② 原文为拉丁文。

③ 卡拉斯（1698—1762年）：法国新教商人，被诬告杀害要脱离新教的儿子而处以转刑；死后三年，伏尔泰等为之昭雪，改判无罪。

耶稣辩护；而对于那些否认神灵降世的人来说，耶稣受难像又能表示什么呢？不过是一个被杀害的贤哲而已。

进入19世纪，宗教思想经历一场危机。人们忘掉一些事情，这样也好，只要忘记这个又学会那个。人心里不能空空如也。有些东西破除，但破除之后随即建设就是好的。

当前，还是研究一下不复存在的事物吧。有必要认识那些事物，哪怕只是为了避免再现。效仿过去而取假名，爱称作“未来”。“过去”这个幽灵，善于伪造护照。我们应当了解陷阱，要特别当心。过去，有一副面孔，就是迷信，还有一副面具，就是虚伪。揭示它的真面孔，揭掉它的假面具。

至于修道院，所提出的问题很复杂。是文明问题，文明却谴责它；是自由问题，自由又保护它。

第七卷　题外话

一　修道院，抽象意念

本书是出戏剧，主角是无限。

人是配角。

既然如此，我们路上遇见一所修道院，就应该走进去看看。为什么呢？须知修道院，东西方都有，古今都有，基督教有，异教、佛教、伊斯兰教也都有，修道院是人类观望无限的一件光学仪器。

这里不是淋漓尽致阐述某些思想的地方；不过，我们尽可有所保留，有所抑制，甚至有所愤恨，但还是应当说，每逢在人身上遇见无限，不管理解不理解，我们总要肃然起敬。犹太教圣殿上、清真寺中、佛塔里、北美印第安人的茅舍中，都有我们所唾弃的丑恶一面，也有我们所崇敬的高尚一面。对于神思是何等静观，又是何等无止境的梦幻！正是上帝在人墙上的反光辉映！

二　修道院，历史事实

从历史、理性和真理的角度来看，修道制已经判决定案了。

在一个国家，修道院繁衍过盛，就成为交通的纽结、阻碍的设施、懒惰的中心，而不是那里所需要的劳动中心。对于大社会体来说，修道团体恰似橡树上的寄生物、人体上的肿瘤。修道院兴旺和肥硕，则意味地方贫困。修道制在文明初期还有益处，能用精神力量抑制野蛮行为，但是到了人民成熟的时期就有害了。况且，修道制，在纯洁时期成为有益的种种因素，到了衰朽腐败的阶段，还继续作出榜样就转为有害了。

入院修道已然过时。修道院有利于现代文明的初期教育，转而妨碍并危害文明的发展壮大了。修道院作为培养人的学堂和方式，在10世纪是好的，到了15世纪就成问题，进入19世纪则十分可悲了。意大利和西班牙那两个出色的国家，在多少世纪中，一个是欧洲的光明，一个是欧洲的荣耀，可是受到修道院这种麻风病的侵害，仅剩下两副骨架子了；多亏1789年那次有力的保健治疗，那两个杰出的民族才开始好转。

修道院，尤其古代修女院，正如本世纪初还出现在意大利、奥地利、西班牙的那种，确是中世纪的一种最可悲的产物。修道院，那类修道院，集各种恐怖之大成。地道的天主教修道院，笼罩着死亡的黑色之光。

西班牙修道院尤为阴森可怖。那里拱顶烟雾弥漫，穹窿因浓重的阴影而朦胧；下面巨大的神坛，在黑暗中高高耸立，赛似主教堂；那里黑暗中，用铁链吊着高大的白色耶稣受难像；那里乌木架上，陈列着魁伟的基督裸体象牙雕像；那些雕像不仅血迹斑斑，还血肉模糊，既丑陋又富丽堂皇，臂肘露出白骨，膝骨露了皮肉，创伤翻开血肉，头戴银制的荆冠，用黄金钉子钉到十字架上，额头流的血是镶嵌的红宝石，眼里流的泪是镶嵌的钻石。钻石和红宝石仿佛湿漉漉的，引来多少戴面纱的妇女匍匐在下面哭泣。那些女人满身被苦衣和铁针鞭刺破，乳房被柳条兜紧束，双膝因祈祷而磨破，她们自以为许配给了上帝，一个个全是以天使自居的幽魂。那些女人有思想吗？没有。她们有愿望吗？没有。她们爱吗？不爱。她们活着吗？没有。她们的神经变成了骨头；她们的骨头变成了石头。她们的面纱是夜幕做成的。她们在面纱里的呼吸，仿佛死神那种莫名凄惨的气息。修女院院长是个恶魔，既圣化又威吓她们。洁白无瑕的形象摆在那里，显得野蛮而凶残。这便是西班牙的古老修道院。残忍修行的巢穴、处女的火坑、暴虐的场所。

西班牙信奉天主教，更甚于罗马。西班牙修道院是典型的天主教修道院，有东方意味。大主教就是天国的总管，严密监视并紧紧锁住上帝备用的后宫。修女是嫔妃，神父是太监。最痴迷的修女在梦中被选中，得到基督的宠幸。到了夜晚，那个美少年从十字架赤条条走下来，成为销魂的对象。妃子以受难的耶稣为苏丹，幽居秘院，由高墙隔断人间的一切欢乐。往外窥探一眼就是不忠。“地牢”代替皮袋。在东方是投进海里，在西方是投进土中。东西方女人都呼天抢地；东方的没入波涛，西方的打入地下；那边的溺死，这边的埋葬。惨绝人寰的同工异曲。

如今，那些厚古的人也不能否认这种事实，只好一笑置之。还流行一种窍门：干脆抹杀历史的揭露，肢解哲学的评说，再省略一切碍眼的事实和模糊的问题。“这是乱弹琴的好材料”，乖巧的人如是说。“乱弹琴”，笨伯随声附和。这样，让-雅克·卢梭乱弹琴；狄德罗乱弹琴；在卡拉斯、拉巴尔和西尔旺的案件①上，伏尔泰也是乱弹琴。不知道是哪位明公，最近发现塔西陀②也是个乱弹琴的人，而尼禄则是受害者，而且毫无疑问，应当同情“那个可怜的霍

---

① 拉巴尔和西尔旺，同卡拉斯一样，都因触犯天主教而处死，伏尔泰为之申冤。

② 塔西陀（55—120年）：拉丁文历史学家，直书罗马暴君尼禄（54—68年在位）事。

洛菲尔纳”[①]。

然而，事实不会轻易给吓退，仍旧坚定不移。本书作者在离布鲁塞尔八公里处，就亲眼见过那种遗忘洞：那是如今人所共见的中世纪的缩影，在维赖尔修道院旧址，现为牧场的中间，靠迪尔河边，有四个半在地下半在水中的石室，那便是“地牢”。每座地牢都残留一扇铁门、一个粪坑、一个安了铁条的通风孔；洞口外高出水面两尺，里边离地面六尺。四尺深的河水擦墙而过。牢里地面终年潮湿，幽禁的人就以这湿土为卧榻。有一间地牢里，墙上还嵌着一段枷锁；另一间里还有一个方匣，是用四块花岗岩石板砌成，卧不够长，立不够高，把一个人放在石匣里，上边再盖上石板。实物俱在，眼睛看得见，手摸得着。那些地牢、那些囚室、那些铁门、那些枷锁，还有那高高的气窗，河水齐着窗沿流过，没有那盖着花岗岩石板的石匣，好似一座坟墓，唯一的区别就是里边埋葬个活人，还有那粪坑、那泥泞的地面、那渗水的墙壁，全是乱弹琴！

三　什么情况下可尊重过去

出家修行的体制，像在西班牙存在的，也像在西藏存在的那样，对文明来说，无异一种肺痨，能让生命猝然终止。简言之，这种体制使人口锐减。进修道院，就成为阉人。这情况在欧洲泛滥成灾。此外，还应指出，对精神施暴司空见惯，强迫许愿献身。封建制度依靠修道院，长子制将家族过剩的成员投入修道院，上面我们也谈了残酷的戒规、地牢，将人的口堵住，将头脑封死，多少聪明才智终生许愿，穿上修道袍，不幸幽禁在地牢，活活地埋葬了。还

---

① 犹滴是古代犹太侠烈女子，为拯救一城百姓，诱杀了敌将霍洛菲尔纳。事见《圣经·旧约》中的《犹滴传》。

应指出，个人所受的折磨伴随民族的堕落，无论你是谁，面对人类发明的修道袍和面纱这两种殓装，你总要不寒而栗。

然而，已经到了19世纪，在某些角落和某些地方，出家修行的思想还顽抗哲学和社会进步，继续招募苦修者的怪现象，着实令文明世界震惊。陈旧过时的机构还执意存在下去，那样顽固就像哈喇的头油还要往头发上抹，那样妄想就像臭鱼还要让人吃进肚子里，那样暴虐就像孩子衣裳硬要穿在大人身上，那样温柔又像尸体回家来拥抱活着的人。

“忘恩负义！”衣裳说，“在天气恶劣的时候，我保护过你。为什么你不要我了呢？”“我来自大海。”鱼说。“我曾经是玫瑰花。”头油说。“我爱过你们。”尸体说。“我教养过你们。”修道院也这样说。

对此只需回答一句：“过去了。”

梦想死去的东西无限延续下去，给人的遗体涂上香料以防腐烂，修复残破的教条，给圣徒遗骸盒重新涂一层金漆，将修道院粉刷一新，重新圣化圣骨盒，重新粉饰各种迷信，给宗教狂热鼓劲打气，给圣水刷和马刀换上新柄，重新确立修道制度和黩武主义，坚信社会的保障在于大力繁衍寄生虫，把过去强加给现在，这实在怪得很。然而，确有主张这些理论的理论家。那些理论家也有真才实学，掌握一套极为简便的方法，他们给过去涂上一层釉彩，即所谓社会秩序、神权、道德、家庭、尊老、古代权威、神圣传统、合法性、宗教；他们还高声叫卖：“瞧一瞧！诚实的人，请要这个吧！”这种逻辑，古人早已知晓。古罗马肠卜僧就运用过。他们给一头黑色牛犊全身扑上石灰，说道：“牛犊是白色的。”用石灰刷白的牛[①]。

至于我们，该尊重的就尊重，而且处处宽容，只要过去肯承认已经死了。如果它还要活在世上，我们就打击，将它打死。

迷信、虔诚、伪善、成见，这些鬼魂，虽已成鬼，却死活不肯离世，鬼气中还有牙齿和利爪；必须向它们开战，展开肉搏，永不停歇地跟它们拼杀；要知道，永生永世同鬼影搏斗，这也是人类的一种命数。既为鬼影，就难扼住喉咙而置于死地。

在19世纪正午的时候，法国的一所修道院，就是对着阳光的一窝猫头鹰。在1789年、1830年和1848年革命的圣地，修道院明目张胆地鼓吹出家苦修，让罗马在巴黎大展雄威，这是一种时间的舛错。在寻常时期，要消除时间的舛错，只要令其数一数纪元就行了。然而，我们绝非处于寻常时期。

我们战斗吧。

战斗，但是要区分。真理的特点，就是从不过分。真理有什么必要夸张呢？有的事物必须消灭，还有的事物，只需辨识清楚就行了。善意而严肃的审查，具有何等力量啊！有光就足够的地方，我们就根本不必送去火焰。

因此，既已19世纪，那么各国人民，无论亚洲还是欧洲，无论在印度还是土耳其，一般来说，我们都反对出家修行的制度。提起修道院，就等于说沼泽。沼泽显然易于腐臭，淤泥死水有害健康，发酵的物质传染病症，使居民减少数量。出家修行的人成倍增长，成为埃及的伤痛。那些国家的僧徒、和尚、苦行僧、隐修士、隐修女、行者、苦修士，滋生繁衍，如蚁如蛆，想想怎不叫我们心惊胆战。

---

① 原文为拉丁文。献祭的牛羊应是白色的。不过肠卜僧职能是占卜，同这种献祭毫无关系。

话虽如此，宗教问题却依然存在。这个问题有几方面很神秘，几乎很可怕，请允许我们凝神观察一下吧。

四　从本质看修道院

一些人聚集而同居。凭什么权利呢？就凭结社的权利。

他们闭门幽居。凭什么权利呢？就凭人人在家都有开门关门的权利。

他们足不出户。凭什么权利呢？就凭行止的权利，其中包含守在家中的权利。

他们待在家里，干什么呢？

他们低声说话，低垂着眼睛；他们干活。他们放弃社交、城市，放弃声色享乐，放弃虚荣、自尊和利益。他们身穿粗呢或粗布衣袍，谁也不拥有任何财物。原本有钱的人，一进入那里就成为穷人，财物全分给大家。原来人称贵族、绅士和大老爷的人，就跟原来的农民一律平等。所有人的修室都一样。所有人都同样剃度，都穿同样的修道袍，吃同样的黑面包，睡在同样的草铺上，死在同样的灰堆上。身后背着同样的口袋，腰上扎着同样的绳子。如果决定赤脚走路，大家都同样赤脚。那中间也许有个王子，但王子也同样是一个影子。头衔没了，甚至连姓氏也消失，只叫名字。洗礼的名是平等的，大家都得遵从。他们解脱了骨肉的家庭，在团体里组成了精神的家庭。除了全人类，他们别无亲人。他们救助穷人，护理病人。他们服从共同选举出来的人。他们彼此以弟兄相称。

你会截口高声说：“真的，那正是理想的修道院！”

只要可能有那样的修道院，就足以引起我的重视了。

因此，在本书上一卷中，我以尊敬的口吻谈了一所修道院。

除开中世纪，除开亚洲，姑且不谈历史和政治问题，从纯哲学观点出发，摆脱宗教论战的手段，只要修道院绝对自愿、只关着情愿的人，我就始终以严肃认真的态度，有些方面还以尊敬的态度对待修道团体。有团体的地方，就有村社；有村社的地方，就有权利。修道院是平等博爱这种公式的产物。啊！自由多么伟大！转变多么壮丽！自由足能将修道院变为共和国。

接着谈下去。

那些男人，或者那些女人，在四堵高墙里面，穿着棕色粗呢袍，大家平等，以兄弟姊妹相称；这很好，可是，他们还干别的事情吗？

是的。

干什么呢？

他们注视影子，双膝跪下，合拢手掌。

那是什么意思呢？

五 祈 祷

他们祈祷。

祈祷谁？

上帝。

祈祷上帝，这话是什么意思？

我们身外还有个无限吗？那个无限是否一体、内在的、永恒的呢？既是无限，就必然是物质的，那么一旦没有物质了便是止境吗？既是无限，就必然有智力，那么一旦没有智力了便到终点吗？我们只能赋予自身以存在的观念，那个无限是否在我们身上唤起本体的观念呢？换言之，难道它不是我们作为相对体所属的绝对吗？

我们身外有无限，难道身上同时没有个无限吗？这两个无限（这种复数多骇人！）难道不是相互重叠的吗？第二个无限难道不是头一个无限的内里吗？难道它不是另一个无限的镜子、反光和回声，共有一个中心点吗？第二个无限是否也有智力呢？它在思考吗？它爱吗？它有愿望吗？假如两个无限都有智力，那么各有一个能产生意愿的本质，在上方那个无限中有个我，同样，在下方这个无限中也有个我。下方这个我就是灵魂，上方那个我就是上帝。

通过思想，让下方这个无限接触上方那个无限，这就叫做祈祷。

从人的意识中绝不要抽掉任何东西；取消即坏事。应当变革。人的某些特性，思考、幻想、祈祷，都指向未知世界。未知世界是浩瀚的大洋。意识是什么呢？是未知世界的罗盘。思考、幻想、祈祷，都是巨大而神秘的辐射。我们应当尊重。灵魂这种壮丽的光辉射向哪里？射向黑暗，也就是说射向光明。

民主的伟大，就在于对人类什么也不否定，什么也不否认。在人权旁边，至少在人权之外，还有灵魂的权利。

摧垮狂热，崇敬无限，这才是正道。我们不能仅仅匍匐在造物主大树之下，瞻仰那缀满星辰的巨大枝丫。我们还有一种职责：为人的灵魂而工作，维护神秘而反对奇迹，崇拜未知而鄙弃荒谬，在不可解释的事物方面只接受必然的东西，净化信仰，扫除宗教上面的迷信，清掉上帝周围的丑类。

六　祈祷的绝对善

只要诚挚，任何祈祷方式都是好的。把你的书反扣过去，置身无限中。

我们知道，有一种哲学否认无限。还有一种哲学否认太阳，按病理分类，这种哲学叫盲论。

杜撰出一种我们实所未有的感觉，这是盲人的一种大胆创造。

奇怪的是，这种瞎摸哲学，对待看见上帝的哲学，采取了高傲、妄自尊大而又垂怜的态度。人们仿佛听见鼹鼠叫嚷：“他们的什么太阳，真叫我可怜！”

我们知道，有的无神论者既杰出又能干。其实，他们恰恰由自身的能力拉回到真实上来，难以肯定自己就是无神论者，对他们来说，这仅仅是一个定义问题，不管怎样，他们即使不信上帝，但作为大智大慧却证实了上帝。

我们尊他们为哲学家，同时毫不留情地对待他们的哲学。

让我们接着谈下去。

也有令人叹服的，那就是玩弄字眼的才干。北方有一个形而上学的学派，有点云山雾罩的，以为用意志一词取代力量一词，就在人的智力上进行了一场革命[①]。

不说“植物生长”，而说“植物想要”；如果再加一句“宇宙想要”，那就确实会有极大的繁殖力。为什么？因为从中可以得出这样一点：植物想要，于是它就有了一个我；宇宙想要，于是宇宙就有了一个上帝。

我们和那个学派不同，绝不先行否定任何观点，在我们看来，那个学派采取植物有意志的说法，比起他们所否认的宇宙有意志的说法来，更难令人接受。

否认无限的意志，也就是说否认上帝，这只有在否认无限的前提下才有可能。这一点我们已经阐明了。

---

① 很可能指德国哲学家叔本华（1788—1860年），他确实用“意志”的概念取代“力量”的概念。

否定无限直接导致虚无主义。一切都变成“思想的概念”。

同虚无主义无法论争，因为讲逻辑的虚无主义者怀疑论争对方的存在，也难确定他本身是否存在。

以他的观点而论，他自身也可能只是“他思想的一个概念”。

然而，他丝毫没有觉察，只要一说出“思想”这个词，他就一股脑儿接受了他所否认的一切。

总之，一种哲学，将一切都归纳为一个“无”字，在思想上是无路可走的。

对于“无”，只有一个回答：“有”。

虚无主义毫无意义。

没有所谓虚无。“零”并不存在。无并非无，一切无不为物。

人赖以生存的东西，“肯定”比面包还重要。

观察和说明，仅此已然不够了。哲学应当成为一种能量，应当努力并卓有成效地改善人。苏格拉底应当进入亚当的体内，生育出马尔库斯-欧雷利乌斯①，换言之，就是把享乐的人变为明智的人。把伊甸园变为学苑。科学应当是一种强身增智的补药。享乐，多么可悲的目的，多么微不足道的志向！愚昧的人才享乐。思考，这才是灵魂的真正胜利。用思想供人解渴，将上帝的概念当做琼浆供大家畅饮，让心灵和科学在他们身上结为兄弟，通过这种神秘的对晤使他们成为正义的人，这就是真正哲学的功能。静观沉思导致身体力行。绝对，应当是实用的。理想，对人的精神来说，也应当是可呼吸的，可饮并可食的。理想有权这么讲：“请用吧，这是我的肉，这是我的血。”智慧是一种圣餐。智慧只有在这种情况下，才不再是对科学的无益的爱，而变成人类唯一至上的联络方式，并从

---

① 马尔库斯-欧雷利乌斯（121—180年）：罗马皇帝（161—180年），也是哲学家，信奉禁欲主义，有《论思想》传世。

哲学升华为宗教。

哲学不应当是建在神秘上的看台，仅仅便于观赏，便于满足好奇心，除此别无功用。

以后有机会再阐发我们的思想，现在我们只想说，如果没有相信和爱这两种动力，我们就无从理解作为出发点的人，也无从理解当做目的的进步。

进步是目的；理想是象征。

理想是什么？是上帝。

理想、绝对、完美、无限，全是同义词。

七　慎于责备

历史和哲学负有的责任，既永恒又简单：打击大司祭该亚法①、法官德拉孔②、立法官特里马西翁③、皇帝提比略④，这是清楚、直接而明白的，毫无疑义。然而，离群索居的权利，即便有其种种缺陷和弊端，也要予以确认和宽待。群居苦修则是人类的一个重大问题。

修道院那种地方，既荒唐谬误，又清静纯洁；既导向迷途，又有良好愿望；既让人愚昧无知，又充满献身精神；既苦修折磨，又殉难得道，因此一提起修道院，几乎总是有褒有贬。

一所修道院就是一大矛盾。目的，是永福；方式，是牺牲。修道院，是以极端克己为结果的极端自私。

---

① 该亚法：判处耶稣死刑的大司祭。

② 德拉孔：雅典立法官，公元前7世纪改革了司法。

③ 特里马西翁：公元1世纪拉丁作家彼特罗尼乌斯的作品《萨特里孔》中的人物。

④ 提比略（约公元前42—37年）：罗马皇帝（14—37年），暴君。

以放弃为进取，这似乎是修道制的格言。

在修道院中，受苦是为了享乐。开了一张到死神那里兑付的期票。拿尘世的黑夜贴现上天的光明。在修道院中，是鉴于许诺赠予天堂才接受地狱生活的。

戴上面纱或穿上修道袍，是支付永生的一种自杀。

这样一个话题，我们觉得不容嘲笑。是好是坏，一概是严肃的。

正义的人只能皱眉头，绝不会嘿然讪笑。我们理解愤怒，但不能理解恶意。

八　信仰，法则

再说几句。

我们谴责阴谋诡计猖獗的教会，蔑视热衷于俗权的教权；但是，我们处处敬佩思考的人。

我们向跪着的人致敬。

信仰，人所必需。毫无信仰的人实在不幸！

凝神静思不是无所事事。有有形的劳作，也有无形的劳作。

沉思静观，就是劳作；思考玄想，就是行动。交叉的胳臂在干活，合拢的手掌在工作。举目望天也是一种事业。

泰勒斯①静坐四年，创建了哲学。

在我们看来，静修者不是好逸恶劳的人，避世隐修者，也不是懒惰成性的人。

遐想幽冥世界，是一件严肃的事情。

---

① 泰勒斯（约公元前625—约前547年）：希腊数学家，哲学家，米利都学派的奠基者。

我们认为，活着的人应当念念不忘坟墓，这样讲丝毫无损于我们上述的话。在这一点上，神父和哲学家达成共识。“总要死的。”拉特拉普修道院院长这样反驳贺拉斯。

生活中常念叨点儿坟墓，这是智者的法则，也是苦行僧的法则。在这方面，苦行僧和智者见解一致。

物质繁荣，我们需要；精神宏大，我们坚持。

性急的人不假思索，问道：“那些木然不动的偶像神神秘秘的，究竟有什么必要呢？他们有什么用呢？他们究竟干什么呢？”

唉！面对围住并等待我们的黑暗，不知道这无边的弥撒要把我们怎么样，我们只能这样回答：那些人所为，也许是无比崇高的事业。我们还要补充一句：也许没有更为有用的工作了。

从不祈祷的人，确实需要总在祈祷的人。

在我们看来，全部问题就在于掺杂在祈祷中的大量思想。

莱布尼茨祈祷，那很伟大；伏尔泰崇拜，那很美好。“这是伏尔泰为上帝建造的。”①

我们拥护宗教，但反对五花八门的宗教。

我们认为祷文空泛而祈祷崇高。

再说，我们所经历的时刻，幸而在19世纪中不会留下影像，就在这种时刻，多少人垂下头，意志消沉，而周围那么多人追求享乐，沉溺于短暂而丑恶的物质生活，无论谁能退隐修道，在我们看来都是可敬的。修道院就是引退的地方。牺牲即或失当，总还是牺牲。将重大的谬误当做天职，也不失为伟大。

就事情本身而论，并围绕真理巡视，直到公正而毫无遗漏地审视了所有方面，那么修道院，尤其修女院最为理想，因为在我们社

---

① 原文为拉丁文，刻在菲尔奈教堂的门脸上。那座教堂是伏尔泰于1770年出资建造的。

会中，妇女受苦最深，隐居修道院就是对社会的抗议，可以说修女院无可争辩的有几分庄严。

修道院生活极为清苦、极为惨淡，上文粗略地谈及；那不是人生，因为没有自由；那也不是坟墓，因为尚不完满；那是个奇特的地方，犹如高山的山脊，从那里望这边可见我们身处的深渊，望那边可见我们将去的深渊；那是隔开幽明两界的狭长地带，明不明，暗不暗，烟雾迷茫，生命的衰弱之光和死亡的朦胧之光交相辉映，正是墓穴中的那种晦明。

当然，我们并不相信那些女人所信的东西，但是和她们一样生活在信仰中。那些心诚的女人，战战兢兢又信心百倍，她们心灵又卑微又崇高，敢于生活在神秘世界的边缘，在已经闭合的尘世和尚未开放的天堂之间等待，面向世人看不见的光亮，仅有一种幸福，就是想到自己知道光亮在哪里，一心向往幽冥和未知，目光凝望悄然不动的黑暗，跪在那里不能自持，浑身抖瑟，有时受太虚深邃气息的吹拂，身子又飘飘欲起；我们只要一观察她们，就不免动情，产生一种宗教式的恐惧、一种满怀钦羡的怜悯。

第八卷　墓地来者不拒

一　如何进入修道院

按照割风的说法，冉阿让“白天而降”，正是掉进这所修道院里。

他从波龙索街拐角翻墙进入园子。他所听见的午夜仙乐，正是修女们唱的早弥撒；他在黑暗中窥探的那座大厅，正是小礼拜堂；他瞧见趴在地上的那个幽灵，正是行大赎礼的修女；他觉得十分怪异的铃声，正是系在园丁割风伯膝上的铃铛。

珂赛特睡下之后，正如我们见到的那样，冉阿让和割风对着一炉木柴的旺火，喝了一杯葡萄酒，吃了一块奶酪。过后，他们就分头躺在就地铺的干草上，因为破房里只有一张床，让珂赛特占用了。冉阿让合眼之前说了一句：“从今往后，我得留在这里了。”

这句话在割风头脑里闹腾了一夜。

老实说，他们二人谁也没有睡着。

冉阿让感到自己被发现，沙威穷追不舍，他明白他和珂赛特一回到巴黎街头，就全交代了。狂风骤起，既然把他吹到这所修道院里，他就只有一个念头：留在这里。然而，对于落到他这种境地的不幸者来说，这所修道院既是最危险又是最安全的地方。说最危险，是因为此地男人不得入内，违犯者一经发现，就以现行罪犯论处，而冉阿让只有一步之差，就从修道院进入监狱；说最安全，是因为只要获准留在这里，谁还会来寻找他呢？住在一个绝无可能的地方，倒是万全之计。

割风那边却伤透了脑筋，心中开始承认他全然不摸头脑。围墙那么高，马德兰先生是怎么进来的呢？没人敢翻修道院的围墙。还带了个孩子，怎么进来的呢？怀里抱个孩子，不可能翻越陡立的墙壁。那是谁的孩子？两个人从何处来？割风来到修道院之后，从未听人提过海滨蒙特伊，根本不知道那里发生了什么事。看马德兰老爹那副神态，割风也不敢开口多问，况且他心中暗道：绝不能盘问一个圣徒。在他的心目中，马德兰先生始终保持全部威信。冉阿让倒是透露了几句话，园丁觉得可以这样推断，也许由于时世艰难，马德兰先生破了产，遭受债主的追逼；也许他牵连到一个政治案件中，不得不躲起来；是这种情况，割风绝不扫兴，他跟许多北方农民一样，内心里还是波拿巴分子。马德兰先生要藏身，选中修道院当避难所，要留下来是自然的事情。然而，割风百思不得其解的是，马德兰先生到这里，还带来一个小姑娘。割风看得见他们，摸得着他们，还同他们说话，可就是不相信这是真的。割风的破屋里出了不可理解的怪事。他胡猜了一通，仍不得要领，只明确一点：马德兰先生救过我的命。明确这一点就足以令他下定决心。他心里暗道：现在该轮到我了。他在头脑里还补充一句：当初要钻到车下才能救我时，马德兰先生可没有想这么多。于是，他决定搭救马德兰先生。

然而，他心中还是提出种种疑问，并给予回答："他对我有了恩情之后，若是成了盗匪，我该不该救他呢？还是要救的。他若是成了杀人凶手，我该不该救呢？既然他是个圣徒，我该不该救，还是要救的。"

不过，要让他留在修道院里，这是多大的难题啊！面对这种近乎虚幻的企图，割风绝不退缩，这个来自庇卡底的可怜农民，只有一颗忠心、一个良好愿望，还有这次用来见义勇为的乡下老头儿的那点精明，舍此别无梯子，但还是要攀登修道院无法逾越的障碍，翻越圣伯努瓦教规所构成的悬崖峭壁。割风伯这个老汉，自私了一辈子，到了晚年，腿也瘸了，身体也残废了，在世上再也没有什么盼头，倒觉得感恩图报还有点意思，看到一件义举可为，就冲上去，就好像一个人临终时，伸手摸到一杯从未饮过的美酒，便贪婪地喝下去。还应当补充一点，多年来他在修道院呼吸的空气，已然磨灭了他的个性，结果使他感到，无论如何要干一件好事。

因此，他下了决心：全心全意为马德兰先生效劳。

刚才我们称他为“来自庇卡底的可怜农民”，称呼虽恰当，但是不完全。故事叙述到这里，有必要略微描绘一下割风伯的相貌。他原是农民，务农之前在公证事务所干过事，这就给他的精明增添了诡辩，给他的天真增添了敏锐。由于种种原因，他在职业生涯中失意，丢掉事务所的差使，沦为车夫和苦力。他赶车时虽然挥鞭子骂骂咧咧——对牲口似乎必须如此，但他在内心里始终是个公证事务员。他天生脑瓜儿挺灵，说话不像“俺哪”、“咱哪”那么土气，说起来一套一套的，这在乡村极为罕见，其他农民提起他来都说：他讲话就跟戴礼帽的先生差不多。割风这种人，的确是上世纪的挖苦话所称的：“半城品，半乡坯”；或在平民圈子里，用贵族城堡掉到普通茅屋的隐喻牙慧，给他贴上这样的标签：“有点乡巴，有点市井；胡椒和盐巴”。割风这个可怜的老家伙，尽管命不好，多灾多难，到了穷途末路，但他还是个直性子人，干事十分痛快；一个人有了这种可贵的品质绝不会变坏。他从前也有过缺点和恶习，但那只是表面现象。总之，他的面相能给仔细观察的人以好感。老人的额头上，没有一条显示残忍或愚蠢的凶纹。

割风伯琢磨了一整夜，天亮的时候睁开眼睛，瞧见马德兰先生坐在草铺上，正注视珂赛特睡觉。割风翻身起来，说道：

“现在，您人在这儿了，再怎么办才能进来呢？”

一句话概括了当时的处境，把冉阿让从沉思中唤醒。

两个老人开始合计。

“首先，”割风说，“您就不能从这房中跨出一步。您和小丫头都一样。跨进园子一步，我们就全完蛋了。”

“不错。”

“马德兰先生，”割风又说，“您来的这时候好极了，我是说糟极了。有一位嬷嬷病得厉害。这样，别人就不大注意我们这边的事了。看样子她快死了。她们正做四十小时的祈祷。整个修道院一片混乱，大家都忙这事儿。要走的那位嬷嬷是一位圣女。其实呢，我们这儿的人全是圣徒，那些修女和我们只有一点差别：她们说‘我们的修室’，而我说‘我的窝’。要为快断气的人祈祷，等人死了还要祈祷。今儿一整天，我们在这儿可以安稳；明天就说不准了。”

“可是，”冉阿让指出，“这所房子缩在墙角里，前面有废墟遮着，还有树木，修道院那边的人根本看不见。”

“我还可以补充一点，修女从不过这边来。”

“那还有什么说的？”冉阿让说道。

加重语气的这句问话表示：我觉得可以躲在这里。割风回答这个疑问：“还有小的。”

“什么小的？”冉阿让又问道。

割风正要开口解释，一口钟响了一声。

“那修女死了，”他说，“这是丧钟。”

他示意让冉阿让听。

钟又敲响第二声。

“这是丧钟，马德兰先生。那钟要一分钟一分钟敲下去，持续二十四小时，直到出殡，遗体运出礼拜堂。喏，又敲了。在课间休息的时候，只要有一个皮球滚过来，她们就不管什么禁令，全跑过来，到处乱翻乱找。就是那些小鬼头，那些小天使。”

“谁呀？”冉阿让问道。

“那些小丫头。哼，她们很快就会发现您，会叫起来：咦！有个男人！不过，今天不会有危险，她们没有课间休息，要祈祷一整天。您听钟声，我不是跟您说过，一分钟敲一下。这是丧钟。”

“我明白了，割风伯。这里有寄宿学生。”同时，冉阿让心中暗道：“这样，珂赛特的教育也没问题了。”

割风高声叹道：

“唉！有那些小姑娘！她们会围住您吵吵嚷嚷！她们会逃开！男人在这里，就等于瘟疫。您也看到了，对我就像对待猛兽，腿上系了个铃铛。”

冉阿让越来越陷入沉思。“这所修道院能救我们！”他自言自语。接着，他提高声音：“是啊，难就难在怎么才能留下。”

“不，”割风说，“难在怎么出去。”

冉阿让立刻感到周身血液涌进心房。

“出去！”

“对，马德兰先生，您得先出去，才好重新进来。”

割风等着一声丧钟敲过，才接着说：

“不能就这样，让人发现您。您是从哪儿来的？在我看来，您是从天而降，因为我认识您；可是那些修女可有规矩，只让人从门进来。”

突然，另外一口钟敲出相当复杂的声响。

“哦，”割风说，“这是召集参事嬷嬷的。她们要开会。每次有人死了就要开会。她是天刚亮死的。天亮死人是常见的事，真的，您打哪儿进来的，为什么就不能打哪儿出去呢？喏，倒不是追问您，您是打哪儿进来的呢？”

冉阿让脸刷地白了。一想到再翻墙跳回那条可怕的街道，他就不寒而栗。一旦逃出虎啸狼啼的森林，又有朋友劝你回林子里，你想想是什么感觉。冉阿让想象得出，这个街区还布满警察，到处明岗暗哨，一个个可怕的拳头伸向他的衣领，也许沙威就在街口的拐角上。

“不行！”他说道，“割风伯，就当我是从上面掉下来的。”

“这我相信，这我相信。”割风又说，“这话不用您对我讲。慈悲的上帝大概把您抓在手掌上，仔细瞧了之后，又把您放下来了。不过，上帝本来要把您投进修士院，不料投错了。喏，又是几声钟响，是让门房去市政厅登记，好让人去通知法医来检验死者。这些，就是人死了要搞的仪式。那些善良的嬷嬷，不喜欢接待那种人。一名医生，什么也不信。他要掀开面纱，有时甚至还掀开别的什么。这回，她们这么快就通知医生啦！这里边有什么奥妙呢？您这小丫头还呼呼大睡。她叫什么名字来着？”

“珂赛特。”

“是您的闺女？看样子，您大概是她爷爷吧？”

“对。”

“对她来说，从这里出去好办，我有一道便门通大院。我一敲门，门房就打开。我背上背篓，小丫头就躲在篓子里。我出门。割风老头背着篓子出门，这是极平常的事。您嘱咐小丫头一句，在篓子里老实待着别吭气。她头上盖一块油布。不用多大工夫，我就到绿道街；把她放在一个好朋友家；那是个开水果店的老太婆，耳朵聋，家里有张小床。我会对着那卖水果的婆子耳朵喊：小丫头是我的侄女，要她照看到明天。接着，您再带小丫头回来。可是您呢，怎么出去呢？”

冉阿让点了点头。

“还不能让人看见我，关键就在这儿，割风伯。您让珂赛特躲进背篓里，盖上油布，也给我想个办法出去吧。”

割风用左手中指搔了搔耳根，表明十分为难。

第三阵钟声转移了他们的注意力。

“验尸医生要走了，”割风说，“他检查过了，说一句：她死了，没错。等医生签发了上天国的通行证，殡仪馆就派车送一口棺木来。死的是老嬷嬷，就由老嬷嬷入殓；死的是修女，就由修女入殓。然后，由我去钉上棺木。这也是我做园工的职责。园工也多少是个掘墓工人。尸体停放在临街的礼拜堂的一间矮厅里，除了验尸的医生，别的男人一概不准进去。我和殡仪馆的送葬工都不算男人。我就到那间矮厅里钉上棺木。殡仪馆的送葬工前来抬走，车夫鞭子一挥！人就这样上天国去。送来一口空箱子，装进点东西再运走。这就是所谓埋葬。‘出自深处’①。”

一束横射过来的阳光拂着珂赛特的脸，她还在睡梦中，微微张开口，仿佛一个天使在饮阳光……冉阿让转而凝视她，不再听割风讲什么了。

没人听，也不是住口的理由，厚道的老园工还滔滔不绝，平静地讲下去：

“在伏吉拉尔墓地上挖个坑。听说，要取消伏吉拉尔墓地了。

① 原文为拉丁文成语。

那是块古老的墓地，不合规格，外形不一致，该退休了。真可惜，那块墓地很方便。那儿有我个朋友，梅斯天老头，是个掘墓工。这里的修女受到优惠待遇，在天黑的时候送到那块墓地。这是警察局专门为她们作出的一项决定。真的，从昨天起，发生了多少事啊！受难嬷嬷死了，而马德兰老爹……”

“埋葬了。”冉阿让苦笑着说。

割风接过这句话：“嘿！您若是在这儿待下去，那真的就埋葬了。”

第四阵钟声响了，割风连忙从钉子上取下拴铃铛的皮带，又系在膝上。

“这次叫我了。院长嬷嬷叫我去。好家伙，皮带扣针扎了我一下。马德兰先生，您别动窝儿，等着我。那边有什么事儿了。您若是饿了，这儿有葡萄酒、面包和奶酪。”

他走出房门时还连声说：“来啦！来啦！”

冉阿让目送他拐着腿尽快穿过园子，边走边望两旁的瓜田。

割风一路铃声不断，吓得修女们纷纷逃窜，不到十分钟，他就轻轻敲了一下门；有人柔声答道：“永远如此，永远如此。”表示：“请进”。

那是接待室的门，是派活儿时专门接待园工的，隔壁便是会议室。院长坐在接待室唯一的一把椅子上，正等着割风。

二　割风为难

具有某种性格和从事某种职业的人，尤其是神父和修士修女，一遇到紧急情况，神情就显得十分紧张和严肃，这是相当特别的现象。割风进门的时候，就看见院长脸上有这两种表情。院长纯洁嬷嬷，原是才貌双全的德·勃勒默尔小姐，平时总是一副快活的神态。

园工敬畏地施了个礼，站在门口。院长正拨弄念珠，抬起眼睛，说道："唔，您来了，割伯。"

修道院里都用这种简称叫惯了。

割风又施了个礼。

"割伯，是我叫您来的。"

"我来了，尊敬的嬷嬷。"

"我要同您谈谈。"

"我也有点事儿，要跟十分尊敬的嬷嬷谈谈。"割风壮着胆子说，而心里却直打鼓。

院长注视着他："哦！您要向我反映什么情况。"

"有个请求。"

"那好，您说吧。"

割风老头儿从前当过公证事务员，是沉得住气的那种乡下人。几分无知加几分机灵，就形成一股力量；别人不防备，不觉就上了圈套。割风住进修道院两年多，给人的印象不错。他一直独来独往，除了忙着侍弄园子，几乎没有别的事可做，不免产生好奇心。他远远望着那些戴着面纱的女人，在他眼前像影子似的来往忙碌。他注意凝望和洞察，久而久之，终于看到那些鬼影又恢复血肉之身，那些死者又全活了。他就像聋子而目力越看越远，又像瞎子而听力越发敏锐。他极力识辨各种钟声的含义，终于完全掌握了，结果这所谜一般沉闷的修道院，什么事也瞒不过他了；这个斯芬克斯把全部秘密都灌进他的耳朵里。割风无所不知，却只字不提，这就是他的乖巧之术。全修道院的人都以为他愚笨。这在宗教上是一大优点。参事嬷嬷都很器重割风。他是个难得的哑巴，能赢得别人的信赖。而且，他很守规矩，除非为了果园菜地非办不可的，平时轻易不出门。他谨慎的作风也是公认的，但他还是能向两个人套出话来：修道院里的门房，了解接待室里发生的奇事；墓地里的掘墓工，了解丧葬中的怪事。因此，他就像有了两盏灯照着那些修女：一盏照生，一盏照死。然而，他绝不胡来。修道院的人无不看重他。年迈，腿瘸，眼神儿不好，耳朵可能还有点背，这么多长处！很难找到替代他的人。

老头子觉出受人重视，便信心十足，对尊敬的院长讲了一大套话。这套话有鲜明的乡村特点，相当含混，又极为深刻，拉拉杂杂地谈到他的年纪、身体的残疾，谈到岁月不饶人，此后加倍成为他的负担，而要干的活计不断增加，园子又很大，有时晚上还得干活儿，例如昨天夜晚，他就趁着月亮地，给瓜秧盖草垫，绕来绕去引出这句话：他有个兄弟，——（院长动了一下）——那兄弟年纪可不轻了，——（院长又动了一下，却是放心的表示）——如果这里愿意要的话，他那兄弟可以来跟他住在一起，帮着干活儿，那兄弟是个出色的园艺工人，能给修道院出大力气，干活儿比他强多了；否则的话，如果修道院不要他兄弟，他作为兄长，感到身体垮了，干活儿力不从心，就得说句对不起的话，只好离开了；——他兄弟身边有个小姑娘，也要带来，在修道院里培养她信奉上帝，也许有一天，谁说得准呢？她会当修女的。

等他讲完，院长就停止数念珠，对他说道：

“今天晚上之前，您能弄来一根粗铁棍吗？”

“干什么用？”

“当撬棍。”

“好吧，尊敬的嬷嬷。”割风回答。

院长没有再讲什么，起身走进隔壁房间。隔壁是会议室，参事嬷嬷可能聚在那里了。割风独自留在接待室。

三　纯洁嬷嬷

大约过了一刻钟，院长回来，又坐到那张椅子上。

这两个对话的人似乎各有心思。我们尽量记录下来二人的对话。

“割伯？”

“尊敬的嬷嬷？”

“您熟悉礼拜堂吧？”

“我在那儿有个小隔间，能听弥撒和日课。”

“您进入唱诗室干过活儿吧？”

“去过两三次。”

“这回要掀起一块石板。”

“重吗？”

“就是祭坛旁边的铺地石板。”

“盖地窖的那块石板？”

“对。”

“正是这种时候，最好有两个男人。”

“升天嬷嬷会来帮您，她跟男人一样强壮。”

“一个女人怎么也不如男人。”

“只能有一个女人帮您，各尽所能吧。让·马毕雍[1]发表圣贝尔纳的四百一十七封书信，而梅洛努斯·荷尔梯乌斯只发表三百六十七封，我不能因此就鄙视梅洛努斯·荷尔梯乌斯。”

“我也不会。”

“可贵的是各尽其力。一所修道院不是一个工场。”

“一个女人也不是一个男人。我那兄弟非常强壮！”

---

① 让·马毕雍（1662—1707年）：法国本笃会修女。他致力于搜集手迹，发表了圣贝尔纳的著作。

"您还得弄一根撬棍。"

"那种门，只能用那种钥匙。"

"石板上有个铁环。"

"我把撬棍插进去。"

"那石板是可以转动的。"

"很好，尊敬的嬷嬷。我会打开地窖。"

"另外还有四名唱诗嬷嬷协助您。"

"地窖打开之后呢？"

"还要重新盖上。"

"这样就完事啦？"

"不。"

"指示我怎么干吧，极为尊敬的嬷嬷。"

"割伯，我们可信赖您。"

"我在这儿，让干什么就干什么。"

"而且什么也不讲。"

"是的，尊敬的嬷嬷。"

"等地窖打开……"

"我再重新盖上。"

"不过，盖上之前……"

"怎么样呢，尊敬的嬷嬷？"

"要放进去一点东西。"

双方默然半晌。院长咬了咬下嘴唇，仿佛犹豫，终于打破冷场。

"割伯？"

"尊敬的嬷嬷？"

"您知道，今天早晨一位嬷嬷去世了。"

"不知道。"

“难道您没有听见敲钟？”

“在园子尽里头，什么也听不见。”

“真的吗？”

“召唤我的钟声，我也就勉强听见。”

“她是天刚亮时去世的。”

“难怪，今天早晨，风不是往我那边刮。”

“是那位受难嬷嬷。一个得福的人。”

院长住声了，嘴唇嚅动了一会儿，仿佛默念一段祷文，然后又说道：“三年前，一个冉森派教徒，德·贝图纳夫人，仅仅看见受难嬷嬷祈祷，就皈依了正宗。”

“不错，现在我听见丧钟了，尊敬的嬷嬷。”

“嬷嬷们把遗体抬到连着礼拜堂的太平间里。”

“我知道。”

“除了您，任何男人都不许，也不应该进那间屋。您要好好照看。太平间里若是放进去个男人，那可就热闹啦！”

“更是常事儿！”

“啊？”

“更是常事儿！”

“您说什么？”

“我说更是常事儿。”

“比起什么更是常事儿？”

“尊敬的嬷嬷，我没说比起什么更是常事儿，我只说更是常事儿。”

“我不明白您的意思。为什么您说更是常事儿？”

“是按照您的说法，尊敬的嬷嬷。”

“可是，我没有讲更是常事儿。”

“您没有讲出来，但是我讲出来了，是按照您的说法。”

这时，钟报九点。

“早晨九点钟，每时每刻都要赞美和崇拜祭坛上最神圣的圣体。”院长说道。

“阿门。”割风说。

报时钟响得正是时候，打断“更是常事儿”的讨论。不响起报时钟，院长和割风恐怕永远也理不清这团乱麻。

割风擦了擦额头。

院长又默念了一小会儿，大概是圣祷，继而提高声音说：

“受难嬷嬷生前感化了不少人，死后还会显灵的。”

“她肯定能显灵！”割风答道，同时挪动一下瘸腿，运了运劲儿，免得再出差错。

“割伯，多亏了受难嬷嬷，整个修道院都得到祝圣。当然，并不是人人都像贝吕勒红衣主教那样，正做圣弥撒时咽了气、口中念着‘以此祭献……’[①]时灵魂升天。不过，受难嬷嬷尽管没有达到那么大程度的幸福，她的死也是弥足珍贵的。直到最后的时刻，她的神志还十分清晰：她跟我们说话，继而又跟天使说话。最后，她把遗言留给我们。假如您更虔诚一点，假如您能进入她的修室，她摸一摸就会治好您的腿。她面带笑容，让别人感到她在上帝身上复活了。她的亡逝中有天堂的影子。”

割风以为讲完了一段悼词，便说了一句：“阿门。”

“割伯，应当实现死者的遗愿。”

院长拨动了几个念珠。割风沉默不语。她接着说道：

“就这个问题，我请教了好几位神职人员，他们为耶稣-基督效力，撰写教士生平，而且成绩卓著。”

---

① 祝圣祷词开头语，原文为拉丁文。

“尊敬的嬷嬷，在这里听丧钟，比在园子里清楚多了。”

“况且，她不止是个死者，而是个圣徒。”

“同您一样，尊敬的嬷嬷。”

“她在自己的棺木里睡了二十年，那是我们的圣父庇护七世特许的。”

“正是他给皇……布奥拿巴特加冕。”

割风这样一个机灵的人，回忆起这事儿太不适宜了。幸好院长凝神思索，没有听见。她继续说道：“割伯？”

“尊敬的嬷嬷！”

“卡帕多基亚[①]的大主教圣第奥多尔，要求在他的墓上只写：Aca-rus[②]，这词的意思是蚯蚓；别人照办了。这可是真的？”

“是真的，尊敬的嬷嬷。”

“阿奎拉[③]修道院院长，那位幸福的梅佐卡纳，要求把他埋葬在绞刑架下。这事照办了。”

“是的。”

“台伯河入海口的港口主教圣特伦梯乌斯，要求在他的墓碑刻上弑君父者坟冢的标志，以期过往行人唾他的坟墓。那也照办了。应当遵从死者的遗愿。”

“但愿如此。”

“贝纳尔·吉道尼，出生在法国的蜂岩附近，到西班牙的图伊当主教，可是人们不顾卡斯蒂利亚[④]国王的禁令，还是按照他的遗命，把他的遗体运到利摩日城的多明我会教堂。能说这不对吗？”

---

① 卡帕多基亚：土耳其地区名，6世纪末成为基督教的一个中心。

② 拉丁文，意为螨属类，如疥虫，寄生在人或动物体内。

③ 阿奎拉：意大利城市名。

④ 西班牙地区名，历史上曾为王国。

“当然不能，尊敬的嬷嬷。”

“这件事，普朗塔维·德·拉弗斯证实了。”

院长又默然拨了几个念珠，才接着说道：“割伯，受难嬷嬷在那棺木里睡了二十年，要装殓在那里面。”

“这是理所当然的。”

“在那里接着长眠。”

“要我把她钉在那口棺木里吗？”

“对。”

“把殡仪馆的那口棺木撂在一边？”

“正是。”

“我遵从非常可敬的修道院的命令。”

“四名唱诗嬷嬷会协助您的。”

“钉棺木吗？用不着她们当帮手。”

“不。是要帮您把棺木放下去。”

“放哪儿去？”

“放进地窖。”

“什么地窖？”

“祭坛下面的。”

割风不禁一抖。

“祭坛下面的地窖！”

“祭坛下面的地窖。”

“可是……”

“您弄来一根铁棍。”

“嗯，可是……”

“您把撬棍插进铁环里，掀起石板。”

“可是……”

“应当遵从死者的遗愿。葬在礼拜堂祭坛下的地窖里，绝不送到凡尘去，死后留在她生前祈祷过的地方，这就是受难嬷嬷最后的遗愿。她向我们提出请求，也就是说发出命令。”

“可这是禁止的。”

“人禁止，上帝却命令。”

“万一走漏风声呢？”

“我们信赖您。”

“唔，我呀，我是你们墙壁上的一块石头。”

“已经召开了会议，我刚才还征询了参事嬷嬷的意见；她们经过辩论，决定按受难嬷嬷的遗愿，把她装殓在她的棺木里，埋葬在祭坛下面。您想一想，割伯，这里会显灵的！对我们修道院来说，多么为上帝增光啊！显灵，往往是从坟墓里发生的。”

“可是，尊敬的嬷嬷，万一卫生委员会的人员……”

“圣伯努瓦二世，在丧葬问题上，就抵制了君士坦丁·波戈纳图斯①。”

“然而，警察分局局长……”

“科诺德麦尔，君士坦斯帝国时期进入高卢的德意志七王之一，特喻承认修士葬在修道院的权利，也就是说可以葬在祭坛下面。”

“可是，警察局的探长……”

“在十字架面前，人世无足挂齿。查尔特勒修会第十一任会长马尔丹，为他的修会选定这句箴言：‘天翻地覆，而十字架独立’②。”

“阿门。”割风说了一句，每次他听人讲拉丁语，就以这种办

---

① 君士坦丁四世（654—685年）：拜占庭皇帝。

② 原文为拉丁文。

法应付。

沉默过久，无论遇到什么对象都足以宣泄一番。古代雄辩术大师吉姆纳托拉斯出狱那天，体内积满了两刀论法和三段论法，碰见一棵大树便停下来高谈阔论，极力说服那棵大树。同样，院长平时受沉默堤坝的遏制，水库中积蓄过满，也像开了闸门似的，起身滔滔不绝地讲起来。

“我右首有伯努瓦，左首有贝尔纳。贝尔纳是何许人？是克莱尔伏修道院的第一任院长。勃艮第地区的方丹见他出生而成为福地。他父亲叫特斯兰，母亲叫阿莱特。他到锡托创业，到克莱尔伏发展，由索恩河畔沙隆的主教，纪尧姆·德·香波任命为修道院院长。他有过七百名初修生，创建一百六十所修道院；1140年在桑斯的主教会议上，他驳倒了阿贝拉尔，还驳倒了皮埃尔·勃吕伊及其门徒亨利，以及所谓使徒派的另一伙旁门左道；他驳得阿尔诺·德·勃雷斯哑口无言，痛斥屠杀犹太人的和尚拉乌尔；1148年，他控制了在兰斯举行的主教会议。提议惩处了普瓦捷的主教吉勒贝尔·德·拉波雷，惩处了艾翁·德·莱图瓦勒，调解了王公之间的纠纷，开导过国王青年路易[①]，辅助过教皇欧仁三世，整顿过圣殿，倡导过十字军，一生中有二百五十次显圣，甚至有一天连续显圣三十九次。伯努瓦是何许人呢？是蒙迦散的长老，是圣修道院的第二创建者；他是西方的巴西勒[②]。他创立的修会，培养出四十名教皇、二百名红衣主教、五十名长老、一千六百名大主教、四千六百名主教、四位皇帝、十二位皇后、四十六位国王、四十一位王后、三千六百名敕封的圣徒；这个修会延续至今，已有一千四百年[③]。

---

① 即路易十二（1120—1180年），法兰西国王（1137—1180年）。

② 圣巴西勒（329—379年）：希腊教会主教，他大大促进修会的发展。

③ 以上数字全夸大了。修会创建于6世纪初，至19世纪初，仅有1300年历史。

一边是圣贝纳尔，另一边又是什么卫生委员会的人员！一边是圣伯努瓦，另一边是什么路政检查员！国家、路政、殡仪馆、规章、行政机构，难道我们管那一套？行人看见如何对待我们，都会感到气愤。我们连化作尘埃献给耶稣-基督的权利都没有！你们那卫生委员会，是革命党的发明。上帝还要受警官的管制；这是什么世道。别说了，割伯！”

割风挨了这阵大雨浇，不大自在。院长继续说道：

“修道院处理丧葬的权利，不容任何人怀疑。唯独极端派和信仰不定者，才怀疑这种权利。我们生活在一片混乱的时候。该知道的事全然不知，不该知道的事又全知道。卑鄙下流，亵渎宗教。今天，许多人分不清两个贝尔纳：一个是无比伟大的圣贝尔纳，另一个则是所谓穷苦天主教徒派的贝尔纳，即生活在13世纪的一个善良教士。还有些人，居然亵渎天主，将路易十六的断头台和耶稣-基督的十字架相提并论。路易十六不过是个国王。我们可要当心天主啊！现在也不管公道不公道了。伏尔泰的名字众所周知，而恺撒·德·布斯[①]的名字却无人知晓。殊不知恺撒·德·布斯得了真福，伏尔泰则是个不幸者。前任大主教，佩里戈尔的红衣主教，竟然不知道查理·德·孔德朗继承了贝吕勒，弗朗索瓦·布尔果安继承了孔德朗，让-弗朗索瓦·色诺继承了布尔果安，而圣玛尔特的父亲又继承了让-弗朗索瓦·色诺[②]。大家知道戈东神父这个名字，并非因为他是奥拉托利会的三个倡导者之一，而是因为那名字成为信奉新教的国王亨利四世的骂人话[③]。圣弗朗索瓦·德·撒勒能得

① 恺撒·德·布斯（1544—1607年）：法国传教士，将天主教兄弟会引入法国。

② 贝吕勒、查理·德·孔德朗、弗朗索瓦·布尔果安、让-弗朗索瓦·色诺、圣玛尔特，是奥拉托利会自创建起直到17世末的历届会长。

③ 法王亨利四世骂人时常说“我否认天主”，后来接受忏悔师戈东的建议，改说“我否认戈东”。戈东由此出了名。

到上流社会的青睐，是因为他赌博善于作弊。再者，还有人攻击宗教。为什么呢？因为有过坏神父，因为迦普的主教萨吉泰尔和昂勃兰的主教萨洛讷是兄弟，二人都曾追随摩莫勒。那又怎么样呢？图尔的马尔丹还不照样是个圣徒，照样把他半件袍子送给穷人吗？有人迫害圣徒。他们闭眼不看真理。黑暗习以为常了。最凶残的野兽是瞎了眼的野兽。谁也不肯认真想想地狱。唉！讨厌的世人啊！国王的旨令，今天就意渭奉革命之命。现在，无论对活人还是对死人所负的责任，全都置之脑后，竟然禁止以圣洁的方式死去。丧葬成了一件民事。这真叫人寒心。圣列翁二世写过两封信，一封信给皮埃尔·诺泰尔，另一封给西哥特人国王，专就死者的问题，痛斥并拒绝总督的跋扈和皇帝的专断。在这方面，沙隆的主教戈蒂埃也抵制勃艮第公爵奥通。旧朝的司法官员倒是同意过。当年，甚至在俗事上，我们也有发言权。锡托修道院院长，本修会会长，是勃艮第高级法院的当然顾问。我们按照自己的意愿料理死者。圣伯努瓦虽然于1543年3月21日星期六，死在意大利的蒙迦散，但是，他的遗体不是还运回法国，葬在弗勒里修道院，即卢瓦尔河畔圣伯努瓦那里吗？这一切都是不容置疑的。我憎恶哼哼呀呀唱诗的人，痛恨那些修道院院长，憎恨异端分子，但是我尤其鄙视任何同我唱反调的人。只要读一读阿尔努·维翁、迦伯里埃尔·布斯兰、特里泰姆、摩罗利库斯，以及堂·吕克·达什里①的著作，就全明白了。”

院长喘了口气，继而转身，对割风说：“割伯，说定了吧？”

“说定了，尊敬的嬷嬷。”

“可以指望您吧？”

---

① 迦伯里埃尔·布斯兰：17世纪本笃会作者。若望·特里泰姆（1462—1516年）：德国本笃会修士。摩罗利库斯：16世纪学者。堂·吕克·达什里：17世纪本笃会作者。

“我听从吩咐。”

“很好。”

“我对修道院忠心耿耿。”

“就这么办。您钉上棺木。几位嬷嬷将棺木抬进礼拜堂。大家做追悼弥撒。然后再回到修道院。夜晚在十一点和十二点之间，您带着铁棍来。这事儿从头至尾要极其秘密地进行。礼拜堂里只有四名唱诗嬷嬷、升天嬷嬷，还有您。”

“还有跪柱子行大赎礼的修女呢。”

“她不会扭头看的。”

“可是她听得见。”

“她不会听的。再说，修道院里知道的事，不会传出去。”

谈话又停顿一下。院长继续说：

“到时候您解下铃铛。没必要让跪柱子的修女知道您在场。”

“尊敬的嬷嬷？”

“什么事儿，割伯？”

“验尸医生来验过了吗？”

“今天四点钟他来验尸。我们敲过钟，派人去找验尸医生。怎么，什么钟声您也听不见？”

“我只注意召唤我的钟声。”

“这样很好，割伯。”

“尊敬的嬷嬷，撬棍至少得有六尺长才行。”

“您去哪儿弄呢？”

“有铁栅栏的地方，就有铁棍。在园子后头，有我一大堆废铜烂铁。”

“午夜之前三刻钟左右，不要忘了。”

“尊敬的嬷嬷？”

“什么事儿？”

“往后再有这类活儿，就用我那兄弟，他力气大，像个土耳其人！”

“到时候，您得尽快把事儿干了。”

“想快也快不到哪里，我是个残废。正是这个缘故，我需要个帮手。我腿瘸。”

“腿瘸不是过错，也许是一种福气。打倒伪教皇格列高利，重立伯努瓦八世的皇帝亨利二世，就有两个绰号：圣徒和瘸子。”

“那真不错，有两件外套。”割风自言自语，其实，他的耳朵有点背。

“割伯，我想啊，还是打一个钟头吧。一个钟头也不宽裕。十一点钟，您拿着铁棍到主祭坛旁边。追悼祭礼午夜十二点开始。在那之前全弄妥当，必须留足一刻钟。”

“我竭尽全力表达我对修道院的热忱忠诚。就这样说定了。我钉上棺材。十一点钟，我准时到礼拜堂。唱诗嬷嬷同时到那里，升天嬷嬷也到那里。若有两个男人，就更好了。行啊，没关系！我有撬棍。我们打开地窖口，将棺材放下去。事后不留一点痕迹。政府肯定毫无觉察。尊敬的嬷嬷，事情就这样妥善安排啦？”

“不行。”

“还有什么？”

“还有那口空棺材呢。”

说到这里，二人一时住了口。割风在想，院长也在考虑。

“割伯，那口棺木怎么办呢？”

“抬去埋掉。”

“空着埋掉？”

又是一阵沉默。割风挥了挥左手，仿佛挥走一个令人不安的问题。

“尊敬的嬷嬷，那口棺材停放在教堂的矮厅里，由我去钉上，除了我，谁也不能进去，我用殓布将棺材盖上就行了。”

“行啊，不过，那些搬运工要抬上灵车，放到墓穴里，他们会感到棺木里什么也没有。”

“噢！见了……”割风嚷起来。

院长立刻画了个十字，凝视着园工。“鬼”字哽在他喉咙里了。

割风情急之下，临时抓来一个办法搪塞，好把他这句亵渎话掩饰过去。

“尊敬的嬷嬷，我弄点泥土放进棺材里，就跟里面有人一样了。”

“这话有道理。泥土和人是同样的东西。您就这样处理那口空棺吧？”

“这事包在我身上。”

院长的脸一直阴沉着，隐有忧色，现在才开朗了。她摆了摆手，做了个上级要下级退下的手势。割风便朝门口走去，就要出门时，院长微微提高声音说：

“割伯，我对您很满意；明天出殡之后，就把您那兄弟带来，告诉他把小姑娘也领来。”

四　冉阿让俨然读过欧斯丹·卡斯提约①

瘸子跨步，如同独眼人送秋波，都不能迅速抵达目标。此外，割风正意乱心烦。他几乎花了一刻钟，才回到园角的破屋。此时，

① 这多半是作者杜撰出的一个人。

珂赛特已经醒来。冉阿让让她坐到火炉前。当割风进屋时，冉阿让正指着园丁挂在墙上的背篓，对她说：

“好好听我说，我的小珂赛特。我们必须离开这房子，不过我们还要回来，就能安稳住在这里了。这里的老爷爷要把你放在那里面背出去。你在一位太太那里等我，我好去接你。你若是不想让德纳第那婆娘抓回去，就千万听话，一声也别吭！”

珂赛特一本正经地点了点头。

冉阿让听到割风推门声，便转过身去：“怎么样？”

“全安排好了，就有一点没安排好。”割风答道，“我得到允许让您进来；可是，先得带您出去，才能领你进来。就是这点让人伤脑筋。小丫头的事儿好办。”

“您背她出去吗？”

“她答应不出声吗？”

“这我敢担保。”

“可是您呢，马德兰老爹？”

在焦虑不安的气氛中，二人沉默片刻，然后割风嚷道：

“您从哪儿进来，再从哪儿出去，不就得啦！”

冉阿让还像头一回那样，只回答一句：“不可能。”

割风咕哝着，倒像自言自语：

“还有一件事叫我不放心。我说了往里边装泥土。可是我想，不装尸体而放泥土，那不一样，这办法不成，泥土在里面会移动，会乱窜。那些人能感觉出来。您明白，马德兰老爹，政府会发现的。”

冉阿让定睛注视他，以为他说起胡话了。

割风又说道：“真见……鬼，您怎么出去呢？要知道，明天全都得办妥！明天我要带您来。院长等着见您。”

于是，他向冉阿让解释，这是他，割风，为修道院效力所得的报偿。协助办理丧事是他分内的事，他要钉上棺木，帮助掘墓工葬到墓地。可是，今天早晨去世的那位修女要求，把她装殓在她平日睡觉的棺木里，葬在礼拜堂的祭坛下面，这是违反警察条例的；而对她那样一位死者，别人什么也不能拒绝。院长和参事嬷嬷决定执行死者的遗愿。管他政府不政府呢。他，割风，要到太平间去钉上棺木，到礼拜堂去撬起石板，将死者下葬到地窖里。院长为了酬谢他，同意他带兄弟进修道院当园工，带侄女儿来寄读；他兄弟就是马德兰先生，他侄女儿就是珂赛特。院长对他说，等明天到墓地假安葬之后，傍晚把他兄弟带来；然而马德兰先生不先在外面的话，他就没法把人从外面带进来。这是头一个难题。还有一个难题，就是那口空棺材。

“什么空棺材？”冉阿让问。

割风答道：“政府部门的棺材。”

“什么棺材？什么政府部门？”

“一名修女死了。市政厅的医生来检查，然后说：有一名修女已死。政府就送来一口棺材。第二天，再派一辆灵车和几个掘墓工，将棺材抬走，运到墓地。那些掘墓工要来，要抬起棺材，可是里面什么也没有。”

“放进去点东西嘛。”

“放进去个死人？我没有啊。”

“不是。”

“那放什么？”

“放个活人。”

“什么活人？”

“我呀。”冉阿让说道。

割风本来坐着，听了这话，就好像椅子下面响了一个爆竹，嚯地站起来。

“您！”

“怎么不行呢？”

冉阿让脸上露出难得的笑容，宛如冬季天空透出一束阳光。

“您不是说了么，割风，受难嬷嬷死了，我再补充一句：马德兰老爹埋葬事情就这么办了。”

“哦，好哇，您开玩笑。您讲的不是正经话。”

“非常正经。不是得从这里出去吗？”

“当然了。”

“我不是跟您说过，也给我找一个背篓和一块油布来。”

“那又怎样呢？”

“背篓将是松木做的，油布是一块黑布。”

“首先，那是块白布。埋葬修女用白色殓布。”

“白色殓布也成。”

“您这人真不一般，马德兰老爹。”

这种奇思异想，无非是苦牢里粗野而狂妄的创见，而割风生活在宁静的事物当中；现在他忽然看见这种奇思异想从宁静事物中出现，要参与他所说的“修道院里婆婆妈妈的事儿”，所感到的惊愕，就好比一个行人看见海鸥在圣德尼街水沟里捕鱼。

冉阿让继续说：“关键是从这里出去，又不让人瞧见。这就是个办法。不过，您先得把情况告诉我，事情是怎么安排的？那口棺材停放在哪儿？”

“那口空的吗？”

“对。”

“在楼下，所说的太平间里，停放在两个木架上，上面盖着殓布。”

“那口棺材有多长？”

“六尺。”

“那太平间是什么样子？”

“那是底层的一间屋子，对着园子有一扇安了铁条的窗户，窗板要从外面开合；有两扇门，一扇通修道院，一扇通教堂。”

“什么教堂？”

“临街的教堂，大家都能进去的教堂。”

“您有那两扇门的钥匙吗？”

“没有。我只有连修道院那扇门的钥匙，通教堂那扇门的钥匙掌握在门房手里。”

“门房什么时候开那扇门？”

“殡仪馆的人来抬棺木的时候，才开门放进去。棺木一抬走，门又重新关上。”

“谁钉棺木？”

“我钉。”

“谁盖殓布？”

“我盖。”

“您一个人干吗？”

“除了法医之外，男人一概不准进太平间。这一点甚至写在墙上了。”

“今天夜晚，等修道院所有人都睡下的时候，您能把我藏在那屋里吗？”

“不能。不过，我可以把您藏到通太平间的一间小黑屋里，我在那里放下葬工具，还掌握着钥匙。”

“明天几点钟灵车来运棺木？”

“约莫下午三点。天快黑的时候，在伏吉拉尔公墓下葬。那地方可不近。”

“我要在工具房里躲一整夜和一上午。那么吃饭呢？我会饿的。”

“我给您送吃的来。”

“下午两点钟，您就来把我钉在棺材里。”

割风退了一步，将手指骨节掰得嘎嘎响。

“这可不行！”

“嗳！拿个锤子，将几根钉子往木板上一钉就行啦！”

我们再说一遍，在冉阿让看来很普通的事，割风就觉得闻所未闻。冉阿让一生艰难险阻，是过来人。当过囚犯的人，都有一套技巧，能按照越狱途径的尺寸缩小自己的躯体。囚犯要逃跑，就像患者病情要发作，生死系于一线。越了狱，就等于治好病。要治愈病症，什么药方不能接受呢？让人钉在木箱里，像包裹一样运走，在箱子里尽量延长生命，缺少空气也要找到空气，连续几小时节省呼吸，善于闭气而不至于死去，这是冉阿让的一种可悲的才能。

其实，活人躲进棺木里，苦役犯的这种应急办法，帝王也用过。假如欧斯丹·卡斯提约修士的记载属实，那么查理五世[1]逊位之后，想见卜隆白那女子一面，就用这种办法将她抬进圣茹斯特修道院，事后又抬出去。

割风稍微定下神儿来，高声说道：“可是，您怎么呼吸呢？”

“我能呼吸。”

“就在那箱子里！我呀，只要想一想，就喘不上气来。”

“您一定有螺旋钻吧。在靠近我嘴的地方钻几个小洞，您钉盖

① 查理五世（1500—1558年）：德国皇帝（1519—1556年）。

板时，也不要钉得太死。”

“好吧！可是，万一您咳嗽或者打喷嚏呢？”

“要逃命的人不会咳嗽，也不会打喷嚏。”

冉阿让还补充说：“割风伯，要拿个准主意：要么在这里被人逮住，要么接受由灵车带出去的办法。”

大家都注意到一种现象，猫爱在虚掩的门前徘徊。谁没有对猫说过：倒是进来呀！同样，有人碰到微开的事变，也容易举棋不定，左右为难，不惜让陡然截断冒险之路的命运给砸死。那些过分谨慎的人，完全属猫性，也正因为如此，才比敢作敢为的人冒更大的危险。割风生性就是这种首鼠两端的人，但是他见冉阿让如此镇定，也就不由自主地服了，嘴里咕哝一句：“老实说，还真没有别的办法。”

冉阿让又说道：

“我唯一担心的事儿，就是到墓地会发生什么情况。”

“恰恰这一点我不担心，”割风高声说，“您有把握出得了棺材，我就有把握让您出得了墓穴。那个埋葬工人是我的朋友，又是个酒鬼，叫麦斯天老爹。那老家伙见酒没命。埋葬工把死人放进墓穴里、而我把埋葬工放进我兜里。那里会发生什么情况，让我跟您说吧。我们在天黑之前，离关门还有三刻钟到达墓地。灵车一直驶到墓穴旁边。我跟到那里，那是我分内的活儿。我的兜里带着锤子、凿子和钳子。灵车停住，殡仪馆的人用绳索套住棺材，将您放下去。神父念了悼词，画个十字，洒了圣水，然后就溜了。只有我留下来陪麦斯天老爹。跟您说了，那是我的朋友。二者必居其一：他不是醉了，就是还没有醉。如果他还没醉，我就对他说：趁好木瓜酒馆还开着门，去喝一杯吧。我带他去，把他灌醉，麦斯天老爹灌不了几下就要醉倒，他每次开始喝酒就有几分醉意了，我替您把他撂倒在餐桌底下，拿着他的工卡回到墓地，抛下他，一个人回去。这样，您就只同我打交道了。如果他已经醉了，我就对他说：您走吧，这活儿我替您干了。他一走，我就从坑里把你拉出来。”

冉阿让伸过手去，割风扑上来，以乡下人那种感人的热忱紧紧握住。

“就这样定了，割风伯。肯定会非常顺利。”

“但愿别发生意外，”割风心想，“万一出点事儿，那就不堪设想啦！”

五　酒鬼不足以长生不死

次日，太阳偏西的时候，一辆老式灵车行驶在曼恩大道上，寥寥的过往行人摘下帽子。灵车上画了骷髅、胫骨和眼泪，里面装一口棺木，盖着一块白殓布；殓布上平放着一个黑色大型十字架，好像一个高大的死人，垂着两条胳膊。后边跟随一辆布篷四轮马车，只见里面坐着两个人：身穿白色法袍的神父和头戴红色瓜皮小帽的唱诗童子。两名殡仪馆的人走在灵车左右，他们身穿黑色镶边的灰制服。最后跟着一个身穿工装的瘸腿老人。这一队列正朝伏吉拉尔公墓行进。

那老人衣兜里露出一个锤子柄、一根冷淬钢凿刃，以及一把铁钳的两个把手。

在巴黎的公墓中，伏吉拉尔公墓十分独特，还保存特殊的习惯，正如这个区的老人还认准老字眼，管墓地的大门和侧门叫跑马门和人行门一样。我们已经提过，小皮克普斯的圣贝尔纳-本笃会修女得到许可，单独划出一块墓地，并在傍晚下葬；那块地从前就属于修道院。正因为如此，那个墓地的埋葬工，在夏天黄昏和冬天夜晚还干活时，必须遵守一条特殊纪律。当年，巴黎各公墓都在日落时关门，这是市政府的一项规定，伏吉拉尔公墓也不例外。跑马门和人行门是并排的两道铁栅门，旁边的亭子是建筑师佩罗奈建造的，里边住着墓地的看门人。一到太阳在残废军人院的圆顶后面消失的时候，那两道铁栅门就刻不容缓地关闭。假如哪个埋葬工耽搁了，关门时还在墓地里，那他只能凭殡仪管理处发给的埋葬工卡方可出去。门房窗板上挂一个类似信箱的木箱，埋葬工将工卡投入箱里，门房听见工卡落下的响声，便拉动绳子，人行门就开了。埋葬工没带工卡，就得报出姓名，门房有时上床入睡了，还不得不起来，等认清了埋葬工，才拿钥匙开门，让埋葬工出去，但是要收十五法郎罚金。

这个公墓不合规定的土政策，妨碍了统一管理，因此过了1830年不久便取消了。蒙巴纳斯公墓，也称东墓地，取代了伏吉拉尔公墓，也接收了它那位于幽明两界之间的著名酒馆：酒馆构成的墙角，一面对着酒客的餐桌，另一面对着坟墓，上面有一块木瓜图案的木板，便是“好木瓜”的招牌。

可以说，伏吉拉尔公墓是一块凋敝的墓地，渐渐废弃不用了，里面处处发了霉，将花卉挤走了。市民都不大考虑葬在伏吉拉尔，那阴宅显得太寒酸了。拉雪兹神父公墓，那好极啦！葬在拉雪兹神父公墓，那就像配置了红木家具，一看就有华贵的气派。伏吉拉尔公墓是一座古老的园子，树木是按照法国旧式园林栽植的。一条条笔直的林荫小道，夹护着黄杨、侧柏和冬青；野草芊绵，古老的紫杉阴下一座座古老坟冢。夜晚一片凄凉，景物的轮廓阴森恐怖。

那辆白殓布黑十字架的灵车，驶进伏吉拉尔公墓林荫路时，太阳还没有落下去。跟在车后的那个瘸腿老人便是割风。

受难嬷嬷安葬到祭坛下面的地窖里，珂赛特转移出去，冉阿让潜入太平间，这一切毫无阻碍，进行得十分顺利。

附带说一句，受难嬷嬷葬在修道院的祭坛下面，在我们看来是完全可以宽恕的事。这种过错也近乎一种天职。修女们这样做，不仅理得，而且心安。在修道院里，所谓“政府”，无非当局的一种干预，而且总是令人置疑的一种干预。首先遵循教规，至于法规，那就看情况了。世人啊，随便你们高兴订多少条法律，不过，还是留给你们自己用吧。给天主的贡税，向来有剩余才给人主。比起一条教规来，一位王公无足挂齿。

割风一瘸一拐高高兴兴地跟在灵车后面。他的两件秘事，两个孪生的阴谋诡计，一个同修女合谋，一个同马德兰先生合谋；一个助修道院，一个背修道院，却相辅相成。剩下来要做的事就易如反掌了。两年来，他灌醉不下十次那个埋葬工，那个肥胖的老家伙，忠厚的麦斯天老爹。他摆弄麦斯天老爹，怎么摆弄怎么是，怎么别出心裁，随意给他戴什么帽子都行。麦斯天的脑瓜儿，扣上割风的便帽。这样，割风就万无一失了。

车队驶入通公墓的林荫路，割风喜滋滋的，瞧了瞧灵车，搓着两只大手，自言自语：“这真是一场恶作剧！”

灵车戛然停下，到了铁栅门了。要出示埋葬许可证。殡仪馆的人和公墓看门人交涉。交涉总要耽误两分钟，这工夫，一个陌生人走到灵车后边，挨着割风站住。他是个工人模样的人，穿一件大口袋的外套，腋下夹一把镐头。

割风看了看陌生人，问道：“您是干什么的？”

那人回答：“掘墓工。”

当胸挨一发炮弹还幸存的人，一定会像割风这副模样。

“掘墓工！”

“对。”

“是您？”

“是我。”

“掘墓工，是麦斯天老爹呀！”

“原来是他。”

“什么？原来是他？”

“他死了。”

一名掘墓工还会死，割风想得十分周全，就是没料到这一点。然而这是事实：掘墓工也会死掉。总给别人挖墓穴，也就给自己掘开一个。

割风呆若木鸡，结结巴巴几乎说不出话来：“这不可能呀！”

“事实如此。”

“可是，”他怯声怯气地又说，“掘墓工，是麦斯天老爹呀！”

“拿破仑之后，有路易十八。麦斯天之后，有格里比埃。乡下佬，我叫格里比埃。”

割风面无血色，打量这个格里比埃。

这个人又瘦又长，脸色苍白，一副十足的哭丧面孔。那样子就像没做成医生，转而当了掘墓工。

割风猛然放声大哭。

“哈！真出了怪事儿啦！麦斯天老爹死了。麦斯天小老儿死了，那么勒努瓦小老儿万岁！勒努瓦小老儿是什么，您知道吗？那是柜台上六法郎一小罐的红葡萄酒。棒极了，那是苏雷纳罐装酒！名副其实巴黎的苏雷纳酒。哈！他死了，麦斯天老伙计！真叫我不痛快！他是多么快活的家伙。其实您也一样，是个快活的家伙，对吧，伙计？等一会儿，我们一道去喝一杯。”

那人回答：“我念过书，念到初中二年。我从来不喝酒。”

灵车走了，驶入公墓的林荫大道。

割风放慢了脚步，他一瘸一拐，固然是腿有毛病，更主要是六神无主。

那掘墓工走在他前头。

割风再次打量突然冒出来的格里比埃。

他这种类型的人，年纪不大却老气横秋，肢体干瘦却很有力气。

“伙计！”割风高声说。

那人回过头来。

“我是修道院的埋葬工。”

“同行啊。”那人说了一句。

割风没文化，但很精明，他心下明白，碰到个不好对付的主儿，嘴皮子厉害的家伙。他咕哝道：“这么说，麦斯天老爹死了。”

那人应道：“一点不错。慈悲的上帝查了他的生死簿，麦斯天老爹期限到了。于是，麦斯天老爹就死了。”

割风机械地附和道：“慈悲的上帝……”

“慈悲的上帝，”那人断言说道，“哲学家称为永恒之父；雅各宾党人称为最高主宰。”

“我们彼此认识认识吧？”割风结结巴巴地说。

“已经认识了。您是乡巴佬，我是巴黎人。”

“不喝酒交情不深。干了酒杯，才肝胆相照。您得跟我去喝一杯。这可不能拒绝。”

“先干活儿。”

割风心想：这下我完了。

车轮在林荫小道上再转几圈，就到达修女那角墓地了。掘墓工又说：“乡巴佬，我有七个小家伙要养活。他们得吃饭，所以我不能喝酒。”

他像严肃的人那样，以心满意足的口气，又抛出一句格言：

“他们的饥腹与我的干渴为敌。”

灵车绕过一棵参天的古柏，离开林荫大道，驶上小路，进入泥地和草丛，表明马上就到墓穴了。割风放慢脚步，却不能放慢灵车的速度。幸而冬季雨多，地面松软泥泞，粘住并阻碍车轮的转速。

割风又凑近掘墓工。

“还有，阿让特伊酒，味道好极了。”割风低声说道。

“村里人，”那人又说，“本来我不应该当掘墓工。家父在会堂当传达，他要我从事文学。可是，也该他倒霉，在交易所里蚀了本。我就不得不放弃当作家的打算。不过，我还是摆摊儿代写书信的先生。”

“这么说，您不是掘墓工啦？”割风抓住这根细细的稻草，急忙问道。

“这个不妨碍那个。我兼职。”

割风不听后面这个词。

“去喝一杯。”他说道。

这里应当指出一点。割风尽管心急如焚，邀人家喝酒，还是没有说明：谁付钱？往常，割风邀请，麦斯天老爹付账。要请人喝酒，显然是新掘墓工造成的新局面引起的，这次应当请喝酒，可是老园丁还是有意置之不顾拉伯雷的那著名的时刻①。割风急归急，还根本不想付酒钱。

掘墓工高傲地笑了笑，接着说道：“要糊口啊。我同意接麦

① 拉伯雷的那个著名时刻，指困境。当年拉伯雷去巴黎，到里昂身无分文，便弄了三个小包，分别写明给国王、王后和太子的毒药，放在住所旁边。密探发现，把他押到巴黎，呈报国王。国王弗朗索瓦一世听了大笑，立即释放拉伯雷。

斯天老爹的班。一个人差不多完成学业，就有哲学头脑了。我既动手，又动胳膊，在塞夫尔街集市上摆了个字摊儿。您知道吗？那是雨伞市场。红十字会的那些厨娘全来找我。我要替她们编写寄给大兵的情书。上午，我写一些温情脉脉的书信，傍晚就给人挖墓穴。这就是生活，土包子！”

灵车往前行驶，割风不安到了极点，眼睛四处张望，额头淌下大颗大颗的汗珠。

“然而，”掘墓工继续说道，“总不能侍候两个女主人，我得选择，要么笔，要么镐。镐会把我的手弄粗糙的。”

灵车停下了。

唱诗童子和神父先后从篷车下来。

灵车的一个小前轮稍微压上土堆边，再往前就是敞口的墓穴了。

“这真是一场闹剧！”割风不胜惊愕，反复念叨。

六　在棺木里

谁装在棺木里？大家知道是冉阿让。

冉阿让设法在里面存活，保持细微的呼吸。

这的确是件奇事，内心的安全感，在这么大程度上保证了一切安全。冉阿让的整个安排，从昨夜起按步骤进行，而且顺利进行。他同割风一样，把宝押在麦斯天老爹的身上。对于结局他毫不怀疑。形势无比严峻，而心情又无比平静。

四块棺材板透出一种可怕的宁静。冉阿让的恬静，似乎注入了死者长眠的某种特点。

这是他同死亡做的一场游戏，他在棺材里能做到，也注视着进行的每个阶段。

割风钉上棺材盖板之后不久，冉阿让就感到被抬走，继而放在车上行驶。从颠簸减轻的感觉来判断，马车从铺石路驶上碎石路，也就是说从小街道驶上大马路。有一阵发出低沉而空洞的声响，他猜到是过奥斯特利茨桥。第一次停车的时候，他明白要进公墓；第二次停车的时候，他心想：“到墓穴了。”

忽然，他感到不少人的手抓住棺材，继而粗拉拉摩擦板壁的声响，他明白是往棺材上捆绳子好下葬。

接着，他感到一阵眩晕。

殡仪馆职工和掘墓工在下葬时，棺木大概悬空摇晃，并且大头先下去。等到接触穴底，平稳不动了，他的感觉才完全恢复正常。

他感到一股寒气。

从他上方响起冷冰冰而严肃的声音。他听见拉丁语词一个一个传来，极其缓慢，能抓得住，但是全然不懂：

“睡在尘土中的人将醒来；一些人获得永生，另一些人蒙受耻辱，以便让他们永远看见……”①

一个孩子的声音说：“出自深处。”②

那严肃的声音又说：“主啊，让她永世长眠吧。”③

那孩子的声音回答：“让永恒的光为她照耀吧。”④

冉阿让听见棺材盖上轻轻敲击，仿佛落下几滴雨。那大概是洒的圣水。

他心中暗道：“仪式就要结束了。再忍耐一会儿。神父快走

---

① 原文为拉丁文。

② 原文为拉丁文。

③ 原文为拉丁文。

④ 原文为拉丁文。

了。然后，割风独自回来，我就出去了。恐怕还得足足一小时。”

那严肃的声音又说：“但愿她安眠。”①

孩子的声音回答：“阿门。”

冉阿让竖起耳朵，听见点动静，仿佛越走越远的脚步声。

“他们走了，”他想道，“只剩下我一人了。”

突然，他听见头上轰隆一声，好似遭到雷击。

那是落到棺材上的第一锹土。第二锹土又落下来。

他的一个气孔堵住了。

第三锹土落下来。

接着，第四锹土。

有些事情，连最坚强的人也受不了。冉阿让失去知觉。

七　“别遗失工卡”②这句成语的出典

在冉阿让躺着的棺材上方，发生了这种情况。

灵车已经驶远，神父和唱诗童子也上车走了，割风目不转睛地盯着掘墓工，这时看见他弯腰拿起插在土堆里的铁锹。

于是，割风拿出最大的决心。

他走到墓穴和掘墓工之间，叉起胳膊，说道：“我付钱！”

掘墓工惊奇地看着他，反问道：“什么，乡巴佬？”

割风重复道：“我付钱！”

“什么钱？”

“酒钱。”

“什么酒钱？”

---

① 原文为拉丁文。

② “遗失工卡”或“遗失证件”，意为不知所措。

“阿让特伊。”

“在哪儿，阿让特伊？”

“好木瓜。”

“见你的鬼去吧！”掘墓工说道。

他随即铲一锹土扬在棺材上。

棺木咚的响了一声。割风只觉得头重脚轻，几乎要跌进墓穴里。他叫喊起来，声气开始有几分哽塞了。

“伙计，趁好木瓜还没关门！”

掘墓工又铲了一锹土。割风继续说：“我付钱！”

说着，他抓住掘墓工的胳膊。

“听我说，伙计。我是修道院的掘墓工。我是来帮您忙的。这种活儿，晚上干也可以。还是先去喝一杯吧。”

他嘴上这么讲，而且死缠活缠，心里却愁苦地考虑：“他就是去喝酒了，会不会醉呢？”

“外地人啊，”掘墓工说道，“您若是非请不可，那我就接受。我们一道去喝。完活儿再去，绝不能撂下活儿。”

他又铲土。割风拉住他。

“那可是六法郎一瓶的阿让特伊酒！”

“还是这套，”掘墓工说，“您简直是敲钟的，叮当，叮当，只会说这个。您是想让人给赶走啊。”

他扬下去第二铲土。

到了这种时候，割风不知所云了。

“倒是去喝酒啊，”他嚷道，“我付钱嘛！”

“先把孩子哄睡了再去。”掘墓工说道。

他扬下去第三铲土。

接着，他又把铲子插进土里，补充说道：“您瞧，今晚儿会很冷，如果我们不给盖上被，就把这个死女人丢在这儿，她会在我们身后叫喊的。”

这时，掘墓工弯腰铲土，外套的兜口就张开了。

割风失神的目光机械地移入那衣兜，在里面停留。

太阳尚未没入地平线，天色还挺亮，看得见那敞口的兜里有个白色东西。

割风的眸子里，放射出一个庇卡底乡下人眼中所能有的全部光芒。他灵机一动，有了主意。

他趁掘墓工铲土不注意的时候，从背后伸过去，从那兜里掏出白色的东西。

掘墓工往墓穴里抛下第四锹土。

在他回身铲第五锹土的时候，割风异常平静地注视他，问道：“对了，新来的，您有工卡吗？”

掘墓工停下手，反问道：

“什么工卡？”

“太阳要落了。”

“好啊，让他戴上睡帽吧。”

“公墓的铁栅门要关了。”

“关了又怎么样？”

“您有工卡吗？”

“哦，我的工卡！”掘墓工说了一句。

他当即摸衣兜。

他搜了一个兜，又搜另一个兜，进而摸坎肩口袋，掏了第一个，又翻过来第二个。

“没有，”他说道，“我没带工卡，忘带了。”

“罚款十五法郎。”割风说道。

掘墓工的脸刷地绿了。脸色苍白的人一失态就变绿了。

“哎呀——耶稣——我的——弯腿——上帝——月亮——完蛋啦！”他嚷道，“罚十五法郎！”

“三枚一百苏的银币。”割风又说。

掘墓工的锹脱了手。

割风这下得逞了，他说道：“嗳，小伙子，别痛不欲生嘛。别在这坟坑就便寻短见嘛。十五法郎，就是十五法郎，再说，您也不是非付不可。我是老手，您还是新手。我懂得窍门、妙法、奇计、绝招。看在交情份儿上，我给您出个主意。有一件事很清楚，太阳落了，已经碰到那圆顶，再过五分钟，墓地就要关门了。”

“这话不错。”掘墓工应声道。

“这跟鬼坑一样，真够深的，五分钟之内，您填不满墓穴，在关门之前也来不及出去了。”

“一点不错。”

“那就难免要罚十五法郎。”

“十五法郎。”

“不过，您还来得及……您住在哪儿？”

“离城关只有两步路。从这儿走一刻钟就到。伏吉拉尔街87号。”

“您拔腿飞跑，还来得及赶出大门。”

“没错儿。”

“您一出了铁栅门，就跑回家，拿了工卡再返回，让公墓的门房给您开门。有工卡，一文钱也不花。到那时，您再埋葬死者。我先替您看着，不让死者逃掉。”

“您救了我一命，乡下人！”

“快点儿给我滚开吧。”割风说道。

掘墓工感激涕零，抓住他的手拼命摇晃，然后撒腿跑了。

等掘墓工一消失在树丛里，脚步声也听不见了，割风才往墓穴探下身子，低声呼唤："马德兰老爹！"

没人应声。

割风打了个寒战。他连滚带爬下到墓穴，扑在棺材头上，喊叫："您在里边吗？"

棺木里毫无动静。

割风浑身抖得厉害，连呼吸都停止了，他拿出凿子和铁锤，撬开棺材板。在朦胧的暮色中，冉阿让的脸显得惨白，双目紧闭。

割风头发都竖起来，他直起身，背靠墓壁，又颓然瘫倒，几欲瘫在棺材上。他注视冉阿让。

冉阿让躺在那里，面色青灰，纹丝不动。

割风像吹气似的低声说道："他死啦！"

他又站起身，猛一使劲叉起胳膊，两只拳头击在双肩上，同时嚷道："哼！我就是这样救他的呀！"

这时，可怜的老人失声痛哭，边哭边自言自语。认为天地间不会有自言自语就大错特错了，强烈的情绪往往化为语言，高声表达出来。

"这是麦斯天老爹的过错。这个蠢货，干吗死了呢？何必在出乎人意料的时候，一命呜呼呢？是他要了马德兰先生的命。马德兰老爹！他躺在棺材里。他归天了。全交代了。——可是，这种事情，有什么情理吗？噢！上帝啊！他死啦！好嘛，扔下小丫头，让我怎么安置呢？那卖水果的老婆子会怎么说呢？一个大活人，就这么死了，上帝呀，还会有这种事！一想起当年他钻到我的车底下！马德兰老爹呀！马德兰老爹！老天爷，他憋死了，我早就说过，他就是不听。这回可好，闹出个天大的笑话！这个大好人死了，他是好上帝的好人中最好的人。还有他那小丫头！噢！我干脆也不回那儿了，就留在这儿算了。干出了这种事！两个老家伙，活了这么大年纪，还成了两个老糊涂。真的，他是怎么进修道院的呢？开头就不妙。不应当那么干。马德兰老爹！马德兰老爹！马德兰老爹！马德兰！马德兰先生！市长先生！叫他也听不见。现在，快点醒过来吧！”

他揪起自己的头发。

远处树木之间传来尖锐的吱扭的声音；那是墓地的铁栅门关闭了。

割风朝冉阿让伏下身子，又突然往后一蹿，直抵墓壁。冉阿让睁着眼睛，还看着他。

看见一个死人很可怕。看见一个死而复活的人几乎同样可怕。割风变成一尊石像，面如死灰，眼睛怔忡，他惊愕到了极点，一时懵了头，不知要跟活人还是死人打交道；他和冉阿让四目相对。

“我睡着了。”冉阿让说。

他随即坐起来。

割风却跪下。

“公正仁慈的圣母啊！您可把我吓坏啦！”

他又站起来，高声说：“谢谢，马德兰老爹！”

冉阿让只是昏过去一阵，一有了新鲜空气，他就苏醒过来了。

喜悦是恐惧的逆反。割风几乎要跟冉阿让费同样的劲儿，才能缓过神儿来。

“看来您没有死啊！唔！您这个人，可真会开玩笑！我这么呼唤，才把您叫醒。我看见您紧闭着双眼，就说：‘好嘛！他憋死了。’我非得发疯不可，会真疯，成为狂暴的疯子，要捆起来才行，也许要关进比塞特疯人院里。您若是死了，叫我怎么办呢？还有您那个小丫头！那个开水果店的老婆子也会莫名其妙！把孩子丢到她怀里，老爷爷一甩手不管就死啦！真是天大的怪事儿！天堂那些善良的圣徒啊，真是天大的怪事儿！哦！您还活着，这才是天大的喜事儿。”

“我冷。”冉阿让说。

一句话把割风完全拉回紧迫的现实来。两个人虽然苏醒了，却没有意识到神志还不太清，还显得失态，是这种阴森地方所引起的精神恍惚。

“赶快从这儿出去。”割风高声说。

他摸了摸衣兜，掏出自备的酒葫芦。

“先喝一口吧！”他说道。

酒葫芦完成新鲜空气开始起的作用：冉阿让喝了一口酒，神志就完全恢复了。

他从棺材里出来，帮助割风重新钉上棺材盖。

三分钟之后，他们从墓穴里爬出来。

割风既然安了心，也就从容不迫了。墓地关了门，不必担心那掘墓工会突然闯来。格里比埃那个“新手”在家里，正忙着寻找工卡，绝难在他住所找到，因为工卡装进割风的口袋儿里。没有工卡，他就不能回墓地了。

割风操起锹，冉阿让操起镐，二人合力掩埋那口空棺材。

等到坟坑填满，割风对冉阿让说道：

“咱们走吧。我扛着锹，您带着镐。”

天色黑下来。

冉阿让抬腿行走有点费劲。他躺棺材里肢体僵了，在一定程度上变为尸体。活人钉在四块棺材板里，就会像死尸一样僵硬了。可以说，他必须摆脱坟墓中的状态。

“您冻僵了，”割风说，“可惜我是个瘸子，要不咱们就跑一段了。”

“没事儿！”冉阿让回答，“走几步，我的腿脚就活动开了。”

他们先沿着灵车驶过的林荫小道往前走，到了关闭的铁栅门和门亭。割风就把拿在手上的掘墓工卡投进木箱，门房于是拉门绳，将门打开，放他们出去了。

“这事儿真顺利！”割风说道，“您这主意太好啦，马德兰老爹！”

他们过城关十分容易。在墓地附近，一把锹和一把镐就是两张通行证。

伏吉拉尔街上阒无一人。

“马德兰老爹，”割风望着路边的房舍，边走边说，“您的眼神儿比我好，告诉我87号在哪儿。”

“碰巧就是这儿。”冉阿让答道。

“街上一个人也没有，”割风又说，“把镐给我，等我两分钟。”

割风走进87号，他受总把穷人引向阁楼的那种本能指引，一直登到最高层，摸黑敲了一间顶楼的房门。有人应声回答：“请进。”

那是格里比埃的声音。

割风推开门。掘墓工跟所有穷苦人一样，住在堆满破烂家具的陋室里。一只旧货箱，——也许是一口棺材，——当柜橱使用，一个黄油罐用来盛水，一张草垫当床，方砖当桌椅。屋角铺着一块破地毯片，上面挤着一堆：瘦弱的女人和许多孩子。这穷苦的家里看样子翻得乱七八糟，就好像发生了一场“独家”地震。各种盖子都移开，破衣烂衫扔得到处都是，瓦罐打碎了；孩子的母亲刚哭过，孩子也许还挨了打；那是强行搜查所留下的痕迹。显而易见，那个掘墓工丢了工卡，拼命寻找，气急败坏，怪罪家里的一切，从瓦罐到他老婆无一幸免。他一副垂头丧气的样子。

不过，割风急于要结束这场冒险，无心观察他的成功这种可悲的一面。

他进门便说："我把镐和锹给您送来了。"

格里比埃惊愕地看了看割风。

"是您啊，乡巴佬？"

"明天早晨，您到公墓门房那儿，就能拿到工卡。"

割风说着，把锹镐撂在方砖地上。

"这是怎么回事？"格里比埃问道。

"就是这么回事：您的工卡从兜里掉出来，您走后我在地上拾到，于是我埋葬死者，把坑填满，替您把活儿干完，门房会把工卡还给您，您也不用付十五法郎。就是这样，新手。"

"谢谢，老乡！"格里比埃喜笑颜开，高声说道，"下回喝酒我付钱。"

八　答问成功

一个钟头过后，在漆黑的夜晚，两个汉子和一个孩子走进皮克普斯小街62号，其中年龄最大的汉子拉起门锤敲门。

他们正是割风、冉阿让和珂赛特。

两位老人去过绿径街，接回昨天割风寄放在水果店老太婆家的珂赛特。珂赛特在那里度过二十四小时，根本不明白怎么回事，她一声不吭，只是浑身发抖，连哭都哭不出来，既不吃东西，也不睡觉。可敬的水果店老板娘问了她多少话，什么也问不出来，面对的总是那双毫无神采的眼睛。这两天所见所闻，珂赛特一点儿也没有透露。她猜出他们正渡过一个难关。她深深感到必须“听话”。一个吓得要命的孩子的耳边，听见以某种声调说出“别吱声”这三个字，就觉得有无比的威力，这一点谁没有体验过呢？恐惧是个哑巴。况且，谁也不如孩子保密。

不过，熬过这可怕的二十四小时之后，她又见到冉阿让，立刻欢叫一声，而一个善于思考的人就能听出，这是脱离深渊的欢叫。

割风是修道院的人，知道各种口令。一道道门全开了。

一出一进这双重可怕的问题，就这样解决了。

门房已得到指示，打开由庭院通园子的便门：那道便门开在里侧的院墙上，正对着大门，二十年前从街上还能望得见。他们三人由门房带领，由便门进去，到了内部专用接待室，而前一天，割风正是在那里接受院长的命令。

院长手上拿着念珠，正等着他们。一名戴着面纱的参事嬷嬷站在她身边。一烛荧然，几乎可以说那幽光恍若照着接待室。

院长审视冉阿让。怎么观察都没有低垂的眼睛更仔细了。

接着，她发问了：“这就是您兄弟？”

“对，尊敬的嬷嬷。”割风回答。

“您叫什么名字？”

割风回答：“于尔梯姆·割风。”

他有个死去的兄弟，确实叫于尔梯姆。

“您是什么地方人？”

“庇奇尼人，离亚眠不远。”

“您多大年纪？”

割风回答：“五十岁。”

“您是干哪行的？”

割风回答："园艺工人。"

"您是虔诚的基督教徒吗？"

割风回答："一家全是。"

"这小姑娘是您的吗？"

割风回答："对，尊敬的嬷嬷。"

"您是她父亲？"

割风回答："是她祖父。"

参事嬷嬷低声对院长说："他答得挺好。"

可是，冉阿让一句话未讲。

院长又仔细端详珂赛特，然后低声对参事嬷嬷说：

"她会是个丑姑娘。"

两个嬷嬷在接待室一角小声商量几分钟，接着，院长返身回来，说道："割伯，您再弄一副铃铛膝带，现在需要两副了。"

第二天，大家果然听见园子里有两个铃铛声了，修女们都忍不住撩起一角面纱，望见远处树下两个男人并肩翻地，割伯和另外一个。这是一件轰动的大事。她们打破沉默，相互转告："那是园工助手。"

参事嬷嬷们则补充说："他是割伯的兄弟。"

不错，冉阿让正式安顿下来了，膝上系了皮带铃铛，从此成为修道院的人员了。他叫于尔梯姆·割风。

修道院接收他们的决定因素，还是院长对珂赛特的那句评语："她会是个丑姑娘。"

院长有些预言，也当即善待珂赛特，让她作为免费生入学念书。

这种做法完全合乎逻辑。修道院里没有镜子也是徒然，女人都会意识到自己的容貌；那些觉得自己漂亮的姑娘，都不会甘心当修女；出家修行的意愿同美貌成反比，貌丑比貌美的人更有希望。因此，她们对丑姑娘怀有浓厚的兴趣。

这一场风波提高了割风老头的身价，一举三得：他救了冉阿让，给他安置了藏身之处；掘墓工格里比埃念念不忘：多亏了他，我才免交罚金；修道院也多亏了他，将装殓受难嬷嬷的灵柩葬在祭坛底下，骗了恺撒，满足了天主。一口有尸的棺木留在小皮克普斯，一口无尸的棺木葬到伏吉拉尔墓地；社会秩序无疑受到严重干扰，却没有觉察到。修道院对割风尤为感激。割风一举成为最出色的仆人、最难得的园丁。后来大主教前来视察修道院，院长叙述了这件事的经过，既有忏悔的成分，又有点炫耀的意味。大主教离开修道院，又以赞赏的口气，悄悄把这事告诉了德·拉梯先生；德·拉梯先生是御善忏悔师，后来又就任兰斯大主教和红衣主教。对割风的敬佩不胫而走，一直传到罗马。我们手头有一封信，是当时的教皇莱昂十二世写给他的族人的；他那族人和他同名，也叫德拉·让迦，是教廷驻巴黎的使臣。信中写道：“据说巴黎一所修道院里有一个出色的园丁，是个圣人，名叫割风。”名声远扬，却没有传到割风这座破房里；他还继续嫁接，薅草，盖瓜秧，根本不知道自己那么出色，那么圣洁。他并不比达勒姆或隆里的公牛强什么：《伦敦新闻画报》刊登那头牛的照片，并注明“这头牛获得有角动物竞赛大奖”，可是牛对它那份儿光荣却一无所知。

九 隐 修

珂赛特到修道院，仍然少言寡语。

珂赛特以为是冉阿让的女儿，这是自然而然的事。再说，她什么也不知道，也不可能讲出什么去；不管了解不了解情况，她也绝不会透露。刚才我们指出过，不幸的遭遇，最能培养孩子缄口慎言的习惯了。珂赛特受尽了苦难，什么都怕，就连说话，连喘气都不敢。她常常因为说一句话，就招来一顿毒打！自从跟了冉阿让，她才稍微放了点儿心。她相当快就习惯了修道院的生活，不过还是想念卡德琳，但是不敢讲。只有一次，她对冉阿让说："爹，我早知道就好了，准要把她带着。"

珂赛特成为修道院的寄宿生，便换上修道院的学生装。冉阿让获准收回孩子换下的衣服，那还是要离开德纳第客栈时让她穿的一身孝服，还不太旧。这些旧衣服，连同毛线袜和鞋子，都放在冉阿让设法弄到的一只小提箱里，还大量塞进修道院足备的樟脑和各种香料。他把手提箱放在自己床边的一张椅子上，钥匙总随身带着。"爹，"珂赛特有一天问他，"这是什么箱子，这么香呀？"

割风伯这种好行为，除了我们讲过的连他自己都不知道的好名声之外，还得到好报：首先，他做了好事心里高兴；其次，活计有人分担，就减轻多了；最后，他爱抽烟叶，自从有马德兰先生陪伴，烟量比过去增加两倍，而且越发抽出无穷的滋味儿，因为烟叶是马德兰先生花钱买的。

修女们根本不接受于尔梯姆这个名字，就把冉阿让叫做"割二伯"。

假如修女们有几分沙威那种目光，久而久之她们会发现，侍弄园子缺什么东西要外出购置时，每次总是那个又老又残疾的瘸腿割大伯，而不是割二伯出去；不过，她们根本没有注意这一点，也许是她们眼睛总盯着上帝，不善于窥视，也许是她们更喜欢相互窥探。

冉阿让潜伏不动，的确很明智。沙威监视这一带街道长达一个多月。

对冉阿让来说，这所修道院好比一个四面绝壁深水的孤岛。从今往后，这四面围墙之内就是他的世界。能望见天空，这足以令他心情恬静；能看到珂赛特，这足以令他快乐。

对他来说，又开始了一种甜美的生活。

他同老割风住在园子后面的破房里。那房子是用残砖破瓦建造的，到1845年还存在，共有三间屋，里边只有光秃秃的墙壁。那间大屋，割风硬给了马德兰先生，怎么推让也不行；屋里墙上，除了挂膝带和背篓的两个钉子外，壁炉上方还有一样装饰：93年发行的一张保王党纸钞，原样复制如下①：

这张旺岱军用债券，是上一个园丁钉在墙上的；那个园丁是老朱安党徒②，死在修道院，差事由割风接替。

冉阿让整天在园子里干活儿，而且十分得力。从前他当过树枝剪修工，这次又当上园丁正合心意。大家记得，在栽植方面，他掌握各种妙法和窍门，现在正好借上力。果园里的树几乎全是野生的，由他施行芽接，便结出丰美的果实了。

珂赛特获准每天回到他身边待一小时。修女个个愁眉苦脸，而他却和颜悦色，两相比较，孩子就更热爱他了。每天一到时间，她就跑来，一跨进门，就使这所破房变成天堂。冉阿让立刻喜笑颜开，他感到自己的幸福随着他给珂赛特的幸福而增长。我们给人带来的欢乐有这样一种妙处：这种欢乐不像反光那样渐趋削弱，而是反弹回来更加光辉灿烂。课间休息时，珂赛特嬉戏奔跑，冉阿让远远望着，能从笑声中分辨出她的笑声来。

---

① 票面上文字为：天主教军队
奉国王圣旨
拾利弗尔商业债券
专购军用物资
和平时期兑现

② 法国革命时期，保王派在旺岱地区组织力量顽抗，称为朱安党。

要知道，现在珂赛特爱笑了。

甚至珂赛特的相貌也发生一定变化，抑郁的神色消失了。笑，就是阳光，就不难从脸上驱走冬色。

珂赛特长得还是不美，但是变得招人喜爱了；她那童稚的声音很甜，讲起生活小事来头头是道。

课间休息过后，珂赛特又回去上课，冉阿让就望着她那教室的窗户，半夜他还起来，望着她寝室的窗户。

这自然是上帝指引的路；修道院和珂赛特起同样作用，要通过冉阿让保持并完成那位主教的功业。自不待言，好品德也有引人走向骄傲的一面，那是魔鬼建造的一座桥梁。冉阿让由天意投入小皮克普斯修道院，也许不知不觉中，接近了那一面和那座桥梁。他只要还拿自己同主教相比，就觉得自己很差劲，总保持谦卑的态度；然而近来，他开始同人比较，就滋长了骄傲情绪。谁说得准呢？到头来，他也许会又轻轻地滑回到仇恨上去。

在这面滑坡上，是修道院把他截住了。

这是他所见的第二个囚禁人的地方。他年轻时代，在他的人生开端的时候，以及后来，直到最近，他见过另外一个囚禁人的地方。那地方骇人听闻，十分恐怖，而他总觉得，那种严酷的惩罚是司法的不公和法律的罪恶。关过苦役牢之后，今天，他看到了修道院，心想他从前是苦役牢囚犯，现在可以说成为修道院的旁观者；他怀着惶恐的心情，暗暗比较两种地方。

有时，他臂肘倚着锄把儿，神思沿着旋梯，缓缓走下无底的玄想。

他忆起早年的伙伴，想到那些人太苦了，天一亮就得起来干活儿，一直干到天黑，连睡觉的时间都所剩无几，而且睡在行军床上，只准铺两寸厚的褥垫；那么大工棚，一年只有最寒冷的两个月才生点儿火；只有在最炎热的日子，才发善心准许穿上粗布裤子；只有“干重活”时才给点儿酒喝，给点儿肉吃。他们在生活中无名无姓了，仅用号码表示，可以说变成数字了；他们走路低垂着眼睛，说话压低声音，头发被剃光，在棍棒下忍辱苟活。

继而，他的思绪重又移到他眼前这些人身上。

这些人同样剃光了头，同样低垂着眼睛，压低声音，虽不是忍辱偷生，却受世人的嘲笑，背上虽无棒伤，肩头的皮肉却被戒律撕破了。这些人的姓名，也同样在世间消失，仅仅有尊号了。他们从不吃肉，也绝不喝酒，时常一天到晚不进食；身上虽然不穿红囚衣，但是终年披着黑呢裹尸布，夏天太厚，冬天又太薄，既不能加也不能减，想随季节换上布衫或毛外套也不成，一年有六个月哔叽衣衫，结果时常害热症。他们还住不上只在最寒冷的日子才生火的大房间，而是住在从不生火的修室里；他们也睡不上两寸厚褥垫，而是躺在麦秸上。更有甚者，就连个安稳觉也不让他们睡：劳累一整天之后，每天夜晚刚休息正困惫不堪，刚刚入睡，被窝里刚有点儿热乎气儿的时候，他们又被唤醒，不得不起来，去冰冷昏暗的祭坛里，双膝跪在石地上祈祷。

在规定的日子里，他们还轮流跪石板，或者匍匐在地，张开双臂呈十字架形。连续待上十二个小时。

那些是男人，这些是女人。

那些男人干了什么呢？他们奸淫抢掠，杀人害命。他们是强盗、骗子、下毒犯、纵火犯、杀人犯、弑亲犯。这些女人又干了什么呢？她们什么也没有干。

一方面是抢劫、走私、欺诈、暴力、奸淫、残杀，形形色色的邪恶，五花八门的罪行。而另一方面，只有一件事：清白。

尽善尽美的清白，这种升华，近乎一种神秘的圣母升天，以其美德还依恋着尘世，又以其圣洁已经连着上天了。

一方面是低声陈述罪恶，另一方面高声忏悔过失。而那是什么罪恶！这又算什么过失呢！

一方面是乌烟瘴气，另一方面则是清芬异香。一方面是精神瘟疫，要严密监视，用枪口控制，却还慢慢吞噬染上瘟疫的人；另一方面则是所有灵魂熔于一炉的纯洁的火焰。那边一片黑暗；这里则一片幽冥，不过，幽冥中却充满亮点，而亮点又光芒四射。

两处同是奴役人的地方，但是第一处还有可能解放，还有一个法定的期限可盼，还可以越狱。第二处则永无尽期，只是在未来的遥远的尽头，有一点儿自由的微光，即人们所说的死亡。

在前一个地方，那些人只是用锁链锁住，在后一个地方，这些人则用信仰锁住。

前一个地方散发出什么呢？散发出大量的诅咒、咬牙切齿的咯咯声，散发出仇恨、穷凶极恶、反对人类社会的怒吼，以及对上苍的嘲笑。

第二个地方散发出什么呢？散发出祝福和爱。

在这两种极其相似而又迥异的地方，两类截然不同的人正完成同一种事业：赎罪。

冉阿让十分了解前一类人的赎罪，那是个人赎罪，为自己赎罪。然而，他不理解另一类人的赎罪，那些无可指责、没有污点的人的赎罪，因此，他心惊胆战，暗自问道：那些人赎什么罪？什么赎罪？

他内心的一个声音回答：人类最神圣的慷慨，是为别人赎罪。

在这里，我们只是作为叙述者，将个人的见解完全抛开，站在冉阿让的角度表述他的印象。

他看到克己为人的最高境界、美德所能达到的顶峰：清白的心恕人之过并代人赎罪，没有过失的心灵，甘为堕落的心灵受奴役，受折磨和受刑罚；以人类的爱沉浸到对上帝的爱中，但又不混同，始终保持祈求的姿态；一些温和柔弱的人承受被惩罚者的苦难，同时面带受奖赏者的微笑。

于是，冉阿让想到，自己从前竟敢抱怨！

睡到半夜，他时常爬起来，聆听那些备受戒规折磨的清纯修女的感恩歌声，想到受惩罚的人却抬高嗓门一味亵渎上天，而他本人也是个无耻之徒，竟然朝上帝挥过拳头，转念至此，不禁感到胆战心寒。

他逃脱追捕，翻过修道院的围墙，冒死脱险，向上奋进虽十分艰难，却竭尽全力脱离另一个赎罪之地，只为了进入这个赎罪之地，这次经历确实惊心动魄，也令他深思，仿佛这是上苍低声向他提出的警告。难道这是他命运的征兆吗？

这所修道院也是一座监狱，很像他逃离的那个地方，同样阴惨惨的，然而，他早先从来没有这样想过。

他又见到了铁栅门、铁门闩、铁窗栏，可是关谁呢？关天使。

这四面高墙，他从前见过圈着猛虎，现在却看见圈着羔羊。

这是赎罪，而不是惩罚的地方，不过比起另一个地方来，这里更加严厉，更加肃穆，更加残酷无情。这些贞女不堪重负，腰弯得比那些苦役犯还厉害。这种凛冽的寒风，从前冻僵了他的青春，后来穿过紧锁秃鹫的铁栏坑穴；如今，一股更加冷峭刺骨的朔风，吹袭关着鸽子的牢笼。

这是为什么？

他一想到这种事情，就觉得自身的一切，在这崇高的奥秘面前倾覆了。

在这种沉思默想中，傲气消失了。他反躬自省，感到自己多么渺小，因而多次潸然泪下。这六个月以来，凡是进入他生活的人和事物，珂赛特以其热爱，修道院以其谦卑，无不指引他重新奉行那主教的神圣指令。

黄昏时分，等园子寂静无人了，有时就能看见他跪在小礼拜堂旁边的小路中间，面对着他初到的那天夜晚窥探过的窗户，他知道进行大赎罪的修女，正匍匐在里面祈祷。他就是朝向那位修女，这样跪着祈祷。

他似乎不敢直接跪到上帝面前。

他周围的一切：这静谧的园子、芬芳的花朵、这些欢叫的孩子、这些严肃而朴实的女人、这寂静的修道院，都慢慢进入他的心扉；他的心境逐渐变化，也像这修道院一样寂静，像这些鲜花一样芬芳，像这园子一样静谧，像这些女人一样朴实，像这些孩子一样欢乐了。继而，他又想到，生活中两次危急关头，而两处上帝的住宅都相继收容了他；头一次是所有大门都关闭，人类社会拒绝他；第二次是苦役牢门重又打开，人类社会重又追捕他。没有头一处接纳，他就会再次堕入犯罪的道路；没有第二处接纳，他就会再次陷入牢狱之灾。

他的一颗心化为感恩戴德，越来越变为一颗爱心了。

一连几年就这样过去，珂赛特渐渐长大了。

第三部　马吕斯

第一卷　从其原子看巴黎

一　小不点儿

巴黎有个小孩儿，而森林有只小鸟；小鸟叫麻雀，而小孩儿叫流浪儿。

这两个概念，一个包含整个大火炉，一个包含全部曙光，两个概念结合起来，巴黎和童年这两点火星儿相撞，就会迸射出一个小家伙。若按普劳图斯[①]的说法，就是小人儿。

这小家伙乐乐和和。他不一定每天都吃上饭，可是他只要愿意，每天晚上就去看演出。他身上没穿衬衫，脚下没穿鞋子，头上没有屋顶，这些一样没有，就好似空中的飞虫。小家伙的年龄，在七岁至十三岁之间，过着群体生活，终日在街上游荡，露宿街头，穿着父亲的一条旧裤，裤角拖在鞋后跟，头戴另一个父亲的一顶破帽，一直扣到耳朵上，只挎着一条黄边背带，总是跑来跑去，东瞧瞧，西望望，到处耗时间，烟斗抽得挂满烟炱，满嘴脏话，搅扰酒馆，结识盗贼，亲近窑姐儿，会讲黑话，哼唱淫荡小曲，而心地却没有一点邪恶。这是因为他心灵里有一颗珍珠：天真无邪，珍珠不会融化在污泥里。人只要处于童年，就天真无邪，这是天意。

---

① 普劳图斯（约公元前254—前184年）：拉丁喜剧诗人。

假如有人问这大都市："那是什么东西？"就能得到这样的回答："那是我的孩子。"

二 他的一些特征

巴黎的流浪儿，就是女巨人生的小豆子。

无需夸张，这个在水沟边长大的小鬼，有时也穿衬衫，但只有一件；有时他也穿鞋，但是没有鞋底；有时他也有住处，而且挺喜爱，因为到那里能找见母亲；但是他更喜欢街头，因为在街头能找到自由。他有自己的一套把戏，有自己的一套诡计，而那套诡计是基于对有产者的仇恨；他也有自己的一套隐喻，人死不说死了，而叫做"吃蒲公英的根"；同样，他有自己的一套行业，替人叫马车，给人放下车踏板，在瓢泼大雨中收取过街费，他称作"艺术桥赏"，大声宣扬当局对法兰西人民有利的讲话，给铺路石块剔缝儿；他也有自己的一套货币，是从街上拾来的各种各样小铜片。那种奇特的钱叫做"破布片"，在这群流浪儿中始终流通，有固定的面值。

最后，他还有自己的一系列动物，而且在各个角落细心观察：圣体虫、骷髅头蚜虫、盲蛛、"鬼虫"，即扭动双尾吓人的黑虫子。他有自己传奇的怪物：腹下有鳞片又不是蜥蜴，背上长癞又不是蟾蜍，住在旧石灰窑洞或干涸的污水坑里，黑不溜秋，毛烘烘黏糊糊的，爬行时慢时快，不会叫，但是瞪眼瞧你，样子十分可怕，谁也没有见过，他管那怪物叫"聋子"。到石头缝里找聋子，是一件非常吓人的开心事儿。另外一件开心事儿，就是猛地掀起一块石头，瞧瞧躲在下面叫鼠妇的甲虫。巴黎每个区都有点儿名堂，能发现有趣的玩意儿。玉树林工场有钻耳虫，先贤祠有千足虫，演武场水沟里有蝌蚪。

至于辞令，这孩子比得上塔列朗[①]。比较起来，他同样厚颜无耻，但是更为诚实。不知怎么，他天生就有一种出人意料的快活劲头儿；他突发一阵狂笑，弄得店铺老板目瞪口呆。他开的玩笑非常精彩，从高级喜剧到闹剧，能表现各种不同的风格。

看见出殡的队列经过，送葬的人中有一名医生，一个流浪儿就嚷道："嘿！打什么时候起，医生还要把自己的活计护送回去！"

另一个流浪儿混在队伍里。一个戴眼镜、身上挂着小饰物的严肃男人，突然回过身来，恼火地说："流氓，你摸了我的女人的腰！"

"说我，先生！搜我的身好啦。"

三　他有趣

这"小人儿"[②]总有法儿弄到几个铜板，晚上便去看戏。一跨进那道神奇的门，他就变了一副模样：从流浪儿一变而为"弟弟"[③]。戏院犹如底舱翻到上面的船。弟弟就挤在底舱里。弟弟之于流浪儿，恰如飞蛾之于幼虫，同是飞翔的生物。只要他在场，有他那洋洋的喜气，有他那热烈欢快的劲头，有他那鼓翅般的鼓掌，这个狭窄、恶臭、昏暗、肮脏不堪、污秽丑陋、令人作呕的底舱，就能称得上天堂了。

你把无用的东西给一个人，再从他那儿取走必需的东西，你就

---

① 塔列朗（1754—1838年）：法国政治家，给拿破仑和路易十八当过外交部长。

② 原文为拉丁文。

③ 俗语，指巴黎街头的顽童。

有了一个流浪儿。

流浪儿对于文学不是一点感受能力也没有。不过，我们相当遗憾地指出，他对古典主义毫无兴趣，天生与学院派没有什么渊源。举个例子来说吧，在这群能闹翻天的孩子中间，马尔斯小姐①名气特别大，简直具有讽刺意味。野孩子都叫她“妙煞”小姐。

小家伙总是吵闹，嘲笑，戏弄，打架，形容花哨像个孩童，衣衫褴褛又像个哲人，在污水沟里捕鱼，在垃圾场里打猎，从肮脏污秽的东西中寻乐子，在街头巷尾找激情，冷嘲热讽，又吹哨又唱歌，又是喝彩又是叫骂，用淫调浪曲来冲淡天主颂歌，而且从“深渊底”到“狗上床”，什么节律音调都能唱，无论什么，他不寻就能找见，不了解也会知道，顽强到了不择手段，疯狂到了冷静明智，多情到了追腥逐臭，上能蹲在奥林匹斯神山顶，下能滚在粪堆里，而出来却满身星辰。巴黎的野孩子，就是小时候的拉伯雷。

他不满意自己的裤子，除非裤子上有个表袋。

他不轻易大惊小怪，更不会惊慌失措，用歌谣讽刺迷信的东西，用舌剑戳破妄言诳语，嘲笑神秘怪异，对着鬼魂伸舌头，剥掉空架子上的华彩，画一画浮夸虚饰的丑相。这并不是说他缺乏诗意，远非如此，而是他以滑稽的怪诞代替庄严的幻象。假如巨人阿达马托尔出现在面前，流浪儿也要说：“哼！吓唬小孩子的妖怪！”

四　他可能有用

巴黎以闲汉始，以流浪儿终，这两类人是任何别的城市所难具

① 马尔斯小姐（1779—1847年）：法国喜剧院著名演员。

备的：前者是满足于观望的被动接受，后者表现出无穷无尽的主动性；一个是普吕多姆[①]，一个是伏义乌[②]。唯独巴黎在其自然发展史中，拥有这两种人物。整个君主制体现在闲汉身上。整个无政府主义则体现在流浪儿身上。

巴黎城郊的这个孩子脸色灰白，在苦难中生活并成长，开花结果并“长个儿”，面对社会现实和人间事物，他看在眼里，并若有所思。他自以为无忧无虑，其实不然。不管你是谁，不管你叫成见也好，叫流弊也罢，叫厚颜无耻也好，叫压迫、不公道、专制也罢，叫不义、狂热也好，叫暴政也罢，你可得当心愣头愣脑的流浪儿。

小家伙要长大的。

他是什么材料做成的呢？随便一点污泥，一把泥土、吹一口气，就有了亚当。只需哪位神仙过一下。而流浪儿身上总有神仙经过的痕迹。命运在塑造这小家伙。我们这里所说的命运，有点偶然侥幸的意思。这个用普通泥土捏出来的小人儿，既无知又不识字，既傻里傻气，又粗俗低下，将来他能成为英才还是蠢物呢？等着瞧吧，“制陶轮子旋转”[③]，巴黎的精神，这个恶魔凭偶然造孩童，凭命运制造成人，它与拉丁陶土不同，能把粗瓦罐变成精陶瓮。

五　他的疆界

流浪儿爱城市，也爱荒野，他身上有贤哲的影子。像伏斯库

---

① 普吕多姆：法国作家亨利·莫尼埃（1799—1877年）所创作的喜剧中的人物，一种关注时事而又自以为是的市民典型。

② 伏义乌：法国文学中流浪儿的形象。

③ 原文为拉丁文。

斯那样，“是城市的情人”①；也像弗拉库斯那样，“是乡野的情人”②。

大凡哲人，总好边走边想，即信步游荡，这是消磨时间的好办法；尤其某些大城市，特别是巴黎周围的郊野，由两种景物合成，类似杂种，既丑陋又怪异。观赏城郊，如同观赏两栖动物。树木终止即屋顶的开始，荒草终止即铺石路的开端，垄沟终止即店铺的起始，辙沟终止即欲望的前奏，天籁终止即尘嚣的先声，因此特别引人注目。

也正因为如此，思考者漫无目的，爱到这种缺乏魅力、又被过路人冠以“凄凉”的永久别号的地方散步。

写下这一行行文字的人，就曾在巴黎城郊久久徘徊，至今这还是他深长回忆的源泉。那浅草地、那石子小径、那白垩土、那泥灰石、那白灰墙、那单调刺眼的荒地和休耕地、突然瞧见洼地中栽种的时鲜蔬菜，还有那野趣和市民气的混杂景物、那大片荒僻的角落、军营战鼓咚咚以打仗为儿戏的地方、那白天的旷野而夜晚打劫的凶险之地、那笨拙旋转的磨坊风车、采石场上的轮盘、墓地角上的酒馆，还有那黝黯的高墙切断大片阳光灿烂、蝴蝶纷飞的空场所具有的神奇魅力，那一切无不吸引他。

世上几乎没人了解这些奇特的地方：冰窖村、排水沟城关、格雷奈勒街区弹痕累累而难看的墙壁、帕纳斯山、豺狼坑街区、马尔纳河畔的欧比埃镇、蒙苏里村、伊索瓦坟，还有夏蒂荣石台：那里有个旧采石场，废弃不用，改种蘑菇了，齐地面的井口盖了一道朽了的活板门。罗马周围的乡村是一种景象，巴黎的郊区是另一种景象；举目眺望，如果只见田野、房舍和树木，那就是停留在表象；

① 原文为拉丁文。语出拉丁诗人贺拉斯的《书简集》。弗拉库斯即贺拉斯。
② 原文为拉丁文。语出拉丁诗人贺拉斯的《书简集》。弗拉库斯即贺拉斯。

须知事物的各种面貌都体现上帝的思想。原野和城郭的结合部，总有一种令人销魂的莫名的惆怅。在那种地方，大自然和人类同时对你说话；那里也就显现出地方特色。

我们四周的郊野，可以称为巴黎的边缘；谁同我们一样在那里游荡过，就会在最偏僻的地方，最意想不到的时候，撞见一群面黄肌瘦、头发蓬乱、衣衫褴褛、满身灰尘的孩子，聚在一起吵吵嚷嚷，一个个头戴矢车菊花冠，躲在一道稀疏的树篱后面，或在一个阴森的墙角进行赌博游戏。他们是穷苦人家跑出来的孩子，城外大道是他们的自由天地，郊野是他们的地盘。

那是他们永久逃学的地方。

他们在那里天真地唱着成套的下流歌曲。

他们待在那里，更确切地说，他们在那里生存，远离别人的视线，沐浴着五六月明媚的阳光，跪在地上，围着小坑弹球，要赌几文钱的输赢，大家什么也不放在心上，无拘无束，快活极了；可是，他们一瞧见你，就想起自己的行当，得挣钱糊口，于是向你兜售一只爬满金龟子的旧毛袜，或者一把丁香花。碰见这些怪孩子，是游巴黎郊区的一件特别有趣又令人痛心的事。

在男孩儿堆里，也时有女孩儿，那是不是他们的姐妹呢？几乎是大姑娘了，瘦瘦的，显得急躁不安，两手黝黑，脸上有雀斑，头上插着黑麦穗和虞美人，光着脚，又快活又粗野。还有的在麦田里吃樱桃。夜晚，能听见他们的笑声。那一伙伙孩子，在中午的太阳下暖烘烘的，或者在暮色中隐约可见，那景象在沉思的漫步者心头久久萦绕，同他的遐想交织起来。

巴黎，市中心，城郊，周遭，那就是那些孩子的整个世界。他们从不贸然出界。鱼儿离不开水，同样，他们也离不开巴黎的空气。对他们来说，城关以外两法里就什么也没有了。伊弗里、让蒂伊、阿尔克伊、美丽城、欧贝维利埃、梅尼蒙唐、苏瓦西王、比扬库尔、默东、鸽城、罗曼城、夏图、阿尼埃尔、布吉瓦勒、南地、昂菲安、努瓦西旱地、诺让、古尔奈、德朗西、戈奈斯[①]，那就是天尽头。

六　一点历史

本书故事发生的时期，几乎是现代了，但还不像今天这样，巴黎每个街口都有个警察（这是善政，但还不是讨论的时候），那时，到处都是流浪儿。据统计，警察巡逻队在没有围墙的空场上、建造中的房屋里和桥拱下面，平均每年要收容二百六十名孩子。他们的巢穴有一处名声远扬，养育了“阿尔科勒桥的燕子”。当然，那是社会最严重的病兆。人类的全部罪恶，都是从儿童的流浪生活开始的。

不过，巴黎自当别论。尽管我们提起那种往事，但是在一定程度上，将巴黎列为例外还是对的。可以说在任何一个大城市里，一个流浪儿就是一个毁掉的成人，儿童放任自流，就要不可避免地染上社会的种种恶习，丧失天生的诚实和良心，几乎无处不是如此；然而，我们还要强调指出，巴黎的流浪儿，表面上看再怎么粗野，再怎么学坏了，可是内心差不多却完好无损。这种现象确实壮观，在我们历次民众革命所显示的光明磊落中大放异彩。巴黎空气的氛围，就像海水中的盐一样，能产生拒腐蚀性。呼吸巴黎的空气，能保持心灵的纯洁。

我们这样讲，绝不表明我们遇见那样一个孩子不会感到揪心：

① 全是巴黎城郊地名。

在他们周围，似乎漂浮着离散家庭的游丝。现代文明还远非完善，一些家庭抛弃亲骨肉，将子女丢进黑暗，丢在大马路上，不知所终，这种事情也绝非极不正常。这样就命运难卜。这种可悲的事还形成固定的说法，叫做“扔在巴黎石马路上”。

附带说一句，旧朝君主制绝不禁绝丢儿弃女的现象。城郊下层人的行为有点像埃及和吉卜赛，倒合乎城里上层人的口味，给那些有权有势的人解决问题。仇视平民百姓孩子的教育，原就是一种信条。何必培养“半瓶子醋”呢？这就是当年的口号。因此，无知儿童必然成为流浪儿。

况且，君主制有时需要儿童，于是就在大街上搜罗。

不必追溯得太远，就说路易十四在位的时候，国王要建一支舰队，自有其道理。主意不错，再看看办法如何。帆船是风的玩物，必要时还得牵引，如果仅有帆船，而没有以桨或蒸汽为动力，随意航行的战船，就谈不上舰队。当年海军的桨帆船，就相当于今天的蒸汽舰。因此，必须造桨帆船，而桨帆船航行要靠桨手，也就需要当桨手的苦役犯了。柯尔柏授意各省总督和高等法院尽多制造苦役犯。司法官员都积极配合。在宗教仪式行列走过时，一个人不脱帽，就表明是新教徒，就要送去当桨手。儿童只要到十五岁还流离失所，在街上撞见就送去当桨手。圣朝盛世啊！

在路易十五统治时期，巴黎街头的孩子消失了，让警察劫走，秘而不宣，不知弄去干什么了。老百姓恐怖万分，窃窃私议，推测国王洗红水浴那种骇人听闻的事。巴尔比埃①也直书其事。有时，孩子供不应求，军警就抓那些有父亲的孩子。父亲悲痛欲绝，跑去向军警讨还。于是法院出面干涉，判处绞刑。绞死谁呢？绞死军警

---

① 巴尔比埃（1805—1882年）：法国诗人。事见他的《日记》（1847—1856年发表）。

吗？不是，要绞死父亲。

七　在印度等级中，也许有流浪儿的地位

巴黎流浪儿差不多构成一个阶层。也可以说，哪个阶层也不要。

流浪儿gamin这个词，到1834年才初次印成文字，从大众语言进入文学语言。那是出现在题名为《无赖汉克罗德》的大书里[①]，当即引起轰动。这个词也就得到公认了。

流浪儿之间赢得敬重的因素是多种多样的。我们认识并与之交往的流浪儿，有的特别受到尊敬和钦佩。其中一个是因为见过有人从圣母院的钟楼顶摔下来，另一个是因为钻进残废军人院的后院，从暂时存放在那儿的大圆顶的塑像身上“抠”了一块铅，第三个是因为见过一辆驿车翻车，还有一个是因为“认识”一个险些打瞎一位绅士眼睛的士兵。

这就是为什么巴黎流浪儿动不动就嚷一句：“上帝的上帝！我真倒霉！都没见过有人从六楼摔下来！”（“我真”说成“我整”，“六楼”说成“流楼”。）这种含义深刻的感叹，那些俗物听不懂，只能笑一笑。

当然，乡下人也能语出惊人：“我说老爹，您老婆害病死了，您干吗不去请医生呢？”“有什么办法呢，先生，我们这些穷人，自己死自己的就完了。”如果说这句话完全表明了乡下人那种揶揄的消极态度，那么下面这句话则完全包含郊区孩子自由思想的无政府状态。一名死犯在囚车里听忏悔师说教，巴黎的孩子就嚷道：

① 其实，这个词早就见于印刷文字。《无赖汉克罗德》是雨果的小说，1834年刊载在《巴黎杂志》上。

“他还跟狗教士说话！哼！这只草鸡！”

在宗教事各上胆大妄为，能提高流浪儿的声价。保持极强的个性非常重要。

去看处决犯人是一种天职。他们指着断头台，又说又笑，给那些人起了各种各样的绰号：喝光的菜汤、咕哝鬼、蓝天（升天）妈妈、最后一口，等等。那种热闹场面，他们什么也不愿漏掉，都纷纷上墙头，上阳台，上树，钩住铁栅栏，搂住烟囱。流浪儿天生是水手，也天生是盖瓦匠。在他们看来，上房顶并不比爬桅杆可怕。什么节日也不如河滩广场热闹。桑松和蒙泰斯神父的名字的确妇孺皆知。对于要处决的犯人，他们用嘘声给鼓劲儿，有时也发出赞美声。拉斯奈尔[①]，当年就是流浪儿，目睹悍匪都屯勇敢就刑，说过这样一句预示未来的话：“看着真叫我眼红。”流浪儿不知伏尔泰为何人，却都了解巴巴乌瓦[②]。他们把“政客”和杀人犯混为一谈。所有死犯临刑的装束，大家都口耳相传。他们知道，托勒龙头戴一顶炉工帽，阿夫里尔头戴水獭鸭舌帽，卢威尔头戴圆帽，老德拉波特是个秃头，没戴帽子，卡斯坦皮肤鲜红，非常好看，博里斯留着浪漫派的山羊小胡，若望-马尔丹还穿着有吊带的裤子，勒库弗勒还同母亲吵嘴。“别再相互埋怨啦！”有个流浪儿冲他们嚷了一句。另外一个人要看德巴克经过，挤在人群中个子太矮，瞧见河沿儿的路灯杆，都要爬上去。旁边一名站岗的警察皱起眉头。“让我上去吧，警察先生！”那孩子说，为了打动那执法官，他又赶紧补充一句：“我不会摔下来的。”“我管你摔不摔下来呢！”那警察回答。

---

① 拉斯奈尔（1800—1835年）：法国诗人，是窃贼和凶手。1815年3月28日处决都屯时，他正是流浪儿。

② 巴巴乌瓦（1794—1825年）：杀害两名儿童的凶手。

在流浪儿中间，一件难忘的意外事特别受到重视。一个人割了深口子，如果“伤到骨头”，那么受人尊敬就会达到顶峰。

拳头也是令人敬畏的一种不可忽视的因素。流浪儿常挂在口头上的一句话：“哼，我这儿可够块儿的！”左撇子特别受人羡慕。对眼也会得到高度的评价。

八　末代国王的妙语

到了夏天，流浪儿就变成青蛙；黄昏时分，夜幕降临的时候，流浪儿不顾任何廉耻和治安条例，在奥斯特利茨桥和耶拿桥的前边，脑袋朝下，从煤炭船队和洗衣女工船的上方扎进塞纳河。然而，城区警察总在监视，有时就发生极富戏剧色彩的情况，例如有一次引起令人难忘的呼喊，约莫在1830年，那声情同手足的呼喊十分出名，是流浪儿向流浪儿发出的战略性的警告，那节奏跟荷马的诗句一样铿锵有力，那韵味几乎跟雅典娜节日上埃莱夫西斯人朗诵一样难以描摹，颇有祭酒神欢呼声的古调。

那声呼喊是这样：“噢唉，弟弟，噢唉！恶鬼来啦！警棍来啦！小心点儿，快溜啊，溜进阴沟里去！”

流浪儿自称小鬼，这小鬼有时还识字，还会写字，总能胡乱写出来。不知道是什么互教互学的秘法，他们能掌握各种各样本领，有利于公益事业：从1815年到1830年，他们都模仿火鸡叫；从1830年到1848年，他们又往墙壁上画梨。夏天一个傍晚，路易·菲力浦步行回宫，瞧见一个小不点儿，踮着脚在讷伊铁栅门的一根柱子上画一个巨型的梨，累得满头大汗，国王继续了亨利四世的和善性情，帮孩子把梨画完，又给一枚路易金币，说了一句：“这上边也有一个梨。”[①]流浪儿爱起哄，爱采取激烈的态度。他们痛恨“神父”。有一天在大学街，那样一个淘气鬼对着69号大门，右拇指顶着鼻尖并摇动其余四指[②]。一个过路人问道：“你干吗对着这道门这样做？”孩子回答：“里面住一个本堂神父。”那里确实住着教廷的使臣。然而，不管信奉什么伏尔泰主义。如果有机会当唱诗童子，流浪儿也可能接受，而且会规规矩矩地做弥撒。有两件事儿，对他们来说总是可望而不可即：推翻政府和补好自己的裤子。

流浪儿熟知所有治安警察，碰到一张面孔就能叫上名字。他们掐着指头能一一点出来，还研究他们的脾气，对他们各有各的评价。他们就像翻看书一样，了解警察的内心，能一口气流畅地告诉你：“某某阴险；某某非常凶狠；某某伟大；某某可笑……”（阴险、凶狠、伟大、可笑，所有这些词，在他们嘴里都有特殊意义。）“这家伙自以为新桥是他的，不许人家到栏杆外边桥沿上散步；那家伙有个怪癖，‘爱揪别人的耳朵’；等等，等等。”

九 高卢古风

菜市场的儿子波克兰[③]的作品中，有这种孩子，博马舍的戏剧中有这种孩子。这种调皮相是高卢精神的余韵。调皮掺入良知，有时能给良知增添力量，如同葡萄酒掺了酒精一样。有时，这种调皮是缺点。荷马总是翻来覆去，不错；伏尔泰，则可以说是调皮。加

---

① 火鸡和梨，都有“蠢物”的意思，讽刺当时的国王路易十八查理十世。国王的脸形像个梨，故讽刺国王画梨成风。

② 表示鄙视的动作。

③ 波克兰：法国著名戏剧作家莫里哀的姓氏。

米尔·德穆兰[①]是郊区人。尚皮奥奈[②]出身巴黎街头，对神迹毫不客气，他在很小的时候，就随人潮到博维的圣约翰和山上圣艾蒂安两座教堂，“淹没那里的回廊”；他对圣日内维埃芙[③]的圣体盒相当不敬，还向圣让维埃的圣血瓶发号施令[④]。

巴黎流浪儿既恭敬，又好嘲弄，又特别放肆。他们的牙齿难看，因为营养不良，肠胃有病；他们的眼睛美丽，因为他们有智慧。他们当着耶和华的面，能单脚跳上天堂的台阶。他们的拳脚很棒，无论什么情况都能发育成长。他们在水沟里嬉戏，一遇骚乱就挺身而出，面对枪林弹雨也狂放不羁，既是顽童，又是英雄，就像庇比斯城的孩子，敢于揪住狮子的皮毛摇晃。军鼓手巴拉[⑤]，当初就是巴黎流浪儿；他高呼：前进！正如《圣经》中的马叫一声：哗！眨眼工夫，他就由猴崽子变成巨人。

污泥中的孩子也是理想的孩子。衡量一下从莫里哀到巴拉所包容的范围吧。

总之，一言以蔽之，流浪儿因为受苦，才是寻开心的人。

十　瞧这巴黎，瞧这人[⑥]

再简而言之，今天巴黎的流浪儿，就是昔日罗马的希腊小瘪

---

① 加米尔·德穆兰（1760—1794年）：法国政治家，1789年参加法国革命，持温和态度，被革命法庭逮捕并处以绞刑。

② 尚皮奥奈（1762—1800年）：法国革命时期的将军。

③ 圣日内维埃芙：巴黎城的保护神。

④ 圣让维埃：那不勒斯城的保护神，他殉教时留下的圣血装在瓶里，据说每年三次沸腾显圣。尚皮奥奈率法军到达时，听说不再显圣，他怕此事激起人民反对法军，就威胁神职人员，不显圣就轰炸城市。结果他的威胁收到效果。

⑤ 约瑟夫·巴拉（1779—1793年）：参加共和军，中埋伏被俘，14岁就英勇就义。

⑥ 原文为拉丁文。

三，即额头有古国皱纹的孩子大众。

流浪儿是民族的一颗美痣，同时也是一种病症。是病就得医治。如何医治呢？通过光明。

光明能消灾除病。

光明能发智启蒙。

社会上一切善行义举，都是科学、文学、艺术和教育放射的光芒。培养人，培养人。开启他们的心智，好让他们给你温暖。全民教育的光辉问题，迟早要以绝对真理的不可抗拒的威力提出来。到了那时，在法兰西思想监督下统治国家的人，就必须作出选择：要法兰西的儿女还是巴黎的流浪儿；要光明中的火焰还是黑暗中的鬼火。

流浪儿表示巴黎，而巴黎表示世界。因为，巴黎是个总和，巴黎是人类的顶棚。这座奇异的城市，是已死和现存的各种习俗的缩影。谁见到巴黎，就以为见到全部历史的内幕，以及缝隙间的天空和星辰。巴黎有座卡皮托利山①，就是市政厅；有座巴特农神庙，就是圣母院；有座阿文蒂诺山②，就是圣安托万城郊；有个阿西纳驴路，就是索尔邦③；有座潘提翁神殿④，就是先贤祠；有一条神圣大路，就是意大利大街；有座风塔⑤，就是舆论。巴黎还丑化地取代了罪犯暴尸示众场⑥。巴黎的马若叫法罗⑦，它的河对岸人⑧叫郊区

---

① 卡皮托利山：罗马周围七个山丘之一，古罗马发祥地，宗教中心。

② 阿文蒂诺山：罗马周围七个山丘之一，位于城南。

③ 阿西纳驴路：雨果杜撰的词。罗马有一条驴路；索尔邦神学院是巴黎大学前身。

④ 潘提翁神殿：古罗马的万神殿。

⑤ 风塔：公元前1世纪在雅典建造的。

⑥ 罗马卡皮托利山坡的曝尸台阶。

⑦ 马若是西班牙语，法罗是法语，均有爱打扮的自命不凡的男人之意。

⑧ 指隔着台伯河与罗马城相望的地区人。

人，它的哈马尔[①]叫菜市场的壮工，它的拉杂罗尼[②]叫盗贼，它的柯克内[③]叫花花公子。别处有的，巴黎无不具备。杜马尔塞的卖鱼妇可以反驳欧里庇得斯的卖草妇，踩绳人弗雅努斯转世为绳技演员弗里奥索[④]，士兵特拉朋戈努斯挽着羽林军士瓦德朋克尔[⑤]的胳臂，古董收藏家达马西普斯[⑥]肯定喜欢逛巴黎的旧货店；万森会抓住苏格拉底，正如阿戈拉[⑦]能囚禁狄德罗；格里莫·德·拉雷尼埃尔发现羊脂牛排，正如库尔提卢斯发明了烤刺猬[⑧]；我们看见星门的气球下面又出现普劳图斯剧中的高空杂技，阿普列乌斯在坡西勒遇见的吞剑人[⑨]，就是新桥上的吞刀人；拉摩的侄儿和寄生虫库尔库利翁[⑩]是孪生兄弟；埃尔加西勒斯由埃格尔费伊介绍，会到康巴塞雷斯[⑪]家作客；罗马四大公子：阿勒塞西马库斯、佛德罗穆斯、狄亚博卢斯和阿尔格里普[⑫]，乘坐拉巴士的邮车，从库尔蒂勒[⑬]驶过来；欧吕-惹勒在孔格里奥面前停留的时间，并不比查理·诺蒂埃在波利希奈勒[⑭]

---

① 哈马尔：阿拉伯国家的搬运工。

② 拉杂罗尼：那不勒斯的乞丐。

③ 柯克内：伦教市中心的时髦青年。

④ 弗雅努斯：拉丁诗人贺拉斯书信中提到的斗士。弗里奥索是巴黎的著名杂技演员。

⑤ 士兵特拉朋戈努斯：拉丁喜剧诗人普劳图斯（公元前254—前184年）的剧中人物。瓦德朋克尔：18世纪勇敢士兵的化身。

⑥ 达马西普斯：贺拉斯在讽喻诗中的对话者。

⑦ 万森：巴黎东部万森树林，有万森城堡。阿戈拉不是监狱，而是广场。

⑧ 库尔提卢斯发明的不是烤刺猬，而是烤小熊。

⑨ 阿普列乌斯（约125—170年之后）：拉丁作家，他的著名小说《金驴》的开头，就写到吞剑人。

⑩ 拉摩的侄儿是狄德罗的同名小说。库尔库利翁是普劳图斯的一部小说的主人公。

⑪ 埃尔加西勒斯也是寄生虫，康巴塞雷斯十分好客。

⑫ 这四人全是普劳图斯作品中的人物。

⑬ 库尔蒂勒：巴黎东部的一个旧区名。封斋前的星期二狂欢节，戴假面具的人，就从美丽城经过库尔蒂勒进城。

⑭ 孔格里奥是普劳图斯作品中的厨师，欧吕-惹勒在《雅典之夜》中谈过。诺蒂埃是19世纪初的法国作家。波利希奈勒是文学作品中的滑稽人物。

面前停留的时间长；马尔通不是母老虎，但帕尔达利斯卡[①]也绝非一条龙；庞托拉布斯那个滑稽家伙，在英国咖啡馆嘲弄享乐的家伙诺门塔努斯[②]；赫尔摩热努斯[③]是香榭丽舍的男高音歌唱家，而且，在他周围，乞丐特拉西乌斯装扮成博贝什[④]行乞；你走在土伊勒里公园，被一个讨厌鬼揪住衣扣，不得不停下脚步，又重复两千年前台斯普里翁的惊呼："我正有急事儿，是谁拉住我的衣襟？"[⑤]苏雷纳酒滑稽地模仿阿尔伯酒；德索吉埃的红滚边正配巴拉特龙[⑥]的大礼服；拉雪兹神父公墓在夜雨中发出埃斯琪利公墓那种磷光；购置用五年的穷人墓穴，比得上奴隶租用的棺材。

找一找巴黎没有的东西吧。特罗弗尼乌斯的桶里所装的，无一不在梅斯迈[⑦]的小木桶里。埃尔伽菲拉斯在加格利奥斯特罗身上还魂；婆罗门僧人梵隆方塔转世为圣日耳曼伯爵；圣梅达尔公墓[⑧]同大马士革乌姆密埃清真寺一样显灵。

巴黎也有个伊索，名叫马耶[⑨]；也有个卡妮狄，名叫勒诺尔芒小姐[⑩]。巴黎同德尔菲[⑪]一样，在幻视的耀眼现实前惊慌失措；它转

---

① 普劳图斯作品《卡西纳》中的奴隶。

② 两个人都是贺拉斯在《讽喻诗》中嘲笑的人物。

③ 贺拉斯在《讽喻诗》中提到的歌手。

④ 博贝什是巴黎神庙大街的小丑，在帝国时期和王朝复辟时期很出名。至于特拉西乌斯，雨果可能记混：在奥维德著作中，有一个叫这个名字的预言者，但不是乞丐。

⑤ 原文为拉丁文。见普劳图斯《埃皮狄克》的第一句。

⑥ 巴拉特龙：是说大话的通用名字，见贺拉斯的《讽喻诗》。德索吉埃（1772—1827年）：滑稽歌舞剧作家。

⑦ 特罗弗尼岛斯：希腊古地区被俄提亚人信奉的神，住在地下，预言人间事。梅斯迈（1734—1815年）：德国医生，他自称发现动物磁性，从而找到包治百病的药方。

⑧ 圣梅达尔公墓：影射18世纪冉森派新教徒。

⑨ 马耶：漫画家特拉维埃创造的人物，同伊索一样是瞎子。

⑩ 勒诺尔芒小姐（1772—1843年）：著名的算卦先生，连大人物都向她问卦。

⑪ 德尔菲：希腊古城市名。

动桌子，正像多多纳转动三脚架一样[①]。它让轻佻的年轻女工坐上宝座，如同罗马让妓女坐上宝座；总而言之，如果说路易十五比克劳狄还差劲，那么杜巴丽夫人却比梅萨琳[②]要好些。巴黎将希腊的裸体、希伯来的脓疮和加斯科涅的嘲笑合起来，造出一个前所未闻的家伙，一个确曾存在并同我们擦肩而过的人。巴黎将第欧根尼[③]、约伯和帕雅斯[④]糅杂一起，用《立宪报》的旧报纸做衣裳，给一个幽灵穿上，装扮出肖德吕克·杜克洛[⑤]。

普卢塔克尽管说过："暴君不易老"，但是罗马在苏拉统治下，正如在多米蒂安统治下一样，最能忍气吞声，情愿往酒中掺水。台伯河是一条迷津，假如我们相信瓦鲁斯·维毕斯库有点空泛的赞扬："我们有台伯河对付格拉克库斯。喝了台伯河水，就会忘记反叛。"[⑥]巴黎每天要喝一百万公升水，尽管如此，时机一到，它总要吹号紧急集合，敲钟进入警备状态。除开这一点，巴黎是个好孩子，豁达大度，什么都能容下，在维纳斯的问题上也从不挑拣，把霍屯都[⑦]女郎奉为美神；巴黎只要情绪好，就能宽谅一切，见了丑陋就高兴，见了畸形就发笑，见了恶行就开心；你的行为怪诞吧，就可以成为一个怪人；即使见了虚伪这种极端的无耻，巴黎也不会反感；它酷爱文学，见到巴西尔[⑧]不会捂上鼻子，见到达尔丢夫[⑨]的

---

① 多多纳：希腊伊庇鲁斯著名宙斯神殿，但以鸟儿、橡树和神泉显灵，而不像德尔菲那样以三脚架显灵。

② 克劳狄（公元前10—54年）：罗马皇帝。梅萨琳死于公元48年，是克劳狄的皇后，生活淫荡，甚至充当妓女。

③ 第欧根尼：希腊作家，公元3世纪初的人。

④ 帕雅斯：闹剧中的丑角，愚蠢而可笑。

⑤ 肖德吕克·杜克洛：王朝复辟时期的一个怪人，穿着奇装异服在王宫花园露面。

⑥ 原文为拉丁文。格拉克库斯指罗马一个平民家族，这里泛指平民百姓。

⑦ 霍屯都：非洲西部的部族。

⑧ 巴西尔：博马舍剧本《塞维利亚的理发师》中的伪君子。

⑨ 达尔丢夫：莫里哀剧本《伪君子》中的主人公。

祈祷，也不会比贺拉斯听见普里阿普斯的“嗝逆”[①]更为憎恶。全世界面貌的线条，巴黎身影上一根也不少。马比勒舞会跳的不是雅尼古卢姆山上的波吕许尼亚[②]舞，不过，卖化妆品的女贩，眼睛盯着漂亮而轻佻的女人，恰似媒婆斯塔菲拉拿眼瞟着处子普拉内修姆[③]。搏斗城关不比罗马斗技场，但是这里的人十分凶狠，就好像恺撒在观赏。叙利亚老板娘比萨盖大妈[④]风流多了，然而，如果说维吉尔光顾罗马酒馆，那么，大卫·德·昂热、巴尔扎克和夏尔莱则泡巴黎小酒馆。巴黎君临天下。

在巴黎，天才俊士大放异彩，红尾小丑兴旺发达。阿多纳伊[⑤]乘坐十二轮雷鸣闪电车经过巴黎；西勒诺斯[⑥]骑着母驴进城。西勒诺斯，就是指朗波诺[⑦]。

巴黎是宇宙的同义词。巴黎是雅典、罗马、锡巴里斯、耶路撒冷、庞丹[⑧]。这里有所有文明的缩影，也有所有野蛮的缩影。巴黎若是没有断头台，就会太遗憾了。

来一点河滩广场就好。没有这种调料，这一桌永不散的筵席会成什么样子呢？我们的法律高明而齐备；多亏了法律，这断头大斧就能在狂欢节上滴血了。

---

① 引自贺拉斯的《讽喻诗》。

② 马比勒舞会是香榭丽舍公共跳舞的场所。雅尼古卢姆山是罗马周围的七山丘之一。波吕许尼亚：希腊神话中主管颂歌的缪斯。

③ 斯塔菲拉、普拉内修姆都是普劳图斯作品中的人物。

④ 萨盖大妈在巴黎蒙巴纳斯开饭馆。

⑤ 阿多纳伊：希伯来语“天父”，上帝的另一称呼。

⑥ 西勒诺斯：酒神狄俄尼索斯的抚养者和伙伴。

⑦ 朗波诺：巴黎著名酒馆老板。

⑧ 锡巴里斯：意大利古地名。庞丹：巴黎街区名。

十一　嘲笑，统治

巴黎的边界，根本没有。任何城市也不像巴黎这样，不但统治，还往往嘲弄自己所控制的人。“要赢得你们的欢心，雅典人啊！”亚历山大叹道。巴黎不止制定法律，还制造风尚，也不止制造风尚，还制造常规。巴黎若是愿意，可以成为傻瓜；有时，它就这样任性奢侈一下；于是普天下都跟着它傻了；继而，巴黎清醒过来，揉揉眼睛，说道：“我可真愚蠢！”并且冲人类的面孔哈哈大笑。这样一座城市实在绝妙。事情怪就怪在，雄伟壮丽和荒唐可笑并行不悖，而这种滑稽模仿毫不妨害崇高的尊严，同一张嘴，今天能吹响末日审判的号角，明天又能吹奏葱管笛子！巴黎有一种君主帝王式的快活。它的欢欣如同霹雳，它的戏谑持着权杖。它的风暴有时起于一个鬼脸怪相。巴黎的发作、纪念日、杰作、奇迹、丰功，一直波及天涯海角，它的胡言乱语也传到天涯海角。巴黎的笑口就是火山口，熔浆飞溅全球。它的插科打诨就是火花。它的讽刺夸张和理想，都同样强加给别国人民。人类文明的最高丰碑，都接受它的嘲讽，任由它戏弄自己的永世盛名。巴黎的确出色：它有一个能解放全球的神奇的7月14日；它促使所有民族都像网球厅①那样宣誓；它的8月4日夜晚仅用三小时就废除了一千年的封建制；它将自己的逻辑变成万众一心的力量；它分身化为各种各样的崇高形象；它的光辉普照华盛顿、柯斯丘什科②、玻利瓦尔③、博察里

① 1789年6月20日，第三等级代表在巴黎网球厅宣誓，不完成宪法不解散。

② 柯斯丘什科（1746—1817年）：波兰军官和爱国者，反抗俄国和奥地利占领军，为国家独立而战。

③ 玻利瓦尔（1783—1830年）：南美洲将军和政治家，反对西班牙殖民者，为南美独立而战。

斯[①]、里格[②]、贝姆[③]、马宁[④]、洛佩斯[⑤]、约翰·布朗[⑥]、加里波第[⑦]；凡是点亮未来的地方都有它的身影，1779年在波士顿[⑧]，1820年在莱翁岛，1848年在佩斯，1860年在巴勒莫；它对着聚在哈佩渡口渡船上的美国废奴运动者的耳朵，对着聚在海边戈兹客栈门前阿尔齐暗地里的安科纳爱国者的耳朵，轻声传播这有威力的口号：自由；它创造出卡纳里斯[⑨]，创造出基罗加[⑩]，创造出比萨卡纳[⑪]；它的伟大光辉射到全球；正是受它灵气的吹拂，拜伦去迈索隆吉翁，马泽[⑫]去巴塞罗那献出生命；它在米拉博脚下是讲坛，在罗伯斯庇尔脚下是火山口；它的书籍、戏剧、艺术、科学、文学、哲学，都是人类的教科书；它有帕斯卡尔、雷尼埃、高乃依、笛卡儿、卢梭、伏尔泰，这些都是须臾不可少的人物，而莫里哀则是世代不可少的人物；巴黎让全世界都讲它的语言，这种语言成为圣言；它让每人的头脑都树起进步的思想；它铸造的解放信条，是世代人的床头剑，而1789年以来各国人民的所有英雄，都是由它的思想家和诗人的灵魂陶冶出来的；尽管如此，它还照样顽皮；人称巴黎的这个巨

① 博察里斯（1788—1823年）：希腊独立战争中的英雄。

② 里格（1785—1823年）：西班牙将军和政治家，先后率军反对拿破仑一世和波旁王朝。

③ 贝姆（1795—1850年）：匈牙利将军，1849年率军起义反抗奥地利军。

④ 马宁（1804—1857年）：意大利政治家，为反对奥地利占领军而鼓动共和议会，又参加1848年革命，驱逐奥地利军。

⑤ 洛佩斯（1827—1870年）：巴拉圭总统，曾反抗阿根廷和巴西的干涉。

⑥ 约翰·布朗（1800—1859年）：美国农民起义领袖。

⑦ 加里波第（1807—1882年）：意大利政治家，1859年率军打败奥地利军。

⑧ 波士顿是在1773年爆发起义，很快蔓延北美英国殖民地。

⑨ 卡纳里斯（1790—1877年）：希腊独立战争的领袖人物。

⑩ 基罗加（1784—1841年）：1820年西班牙自由运动的首领之一。

⑪ 比萨卡纳（1818—1857年）：意大利革命者。

⑫ 英国诗人拜伦前往希腊，投入希腊人民反抗土耳其统治的独立战争，1824年死于迈索隆吉翁。法国医生马泽（1793—1821年）：1821年前往西班牙巴塞罗那研究鼠疫，染病而死。

大天才，在用它的光明改变世界的同时，还去忒修斯神庙，涂黑墙上布吉尼埃的鼻子，还往金字塔上涂写："盗贼克雷德维尔。"

巴黎总露出牙齿：它不是吼叫，就是咧嘴笑。

这个巴黎就是如此。它房顶的炊烟是整个世界的思想。若说这是一堆烂泥和石头也未尝不可，但是，最主要的它有一种精神；它不仅伟大，而且还无边无际。为什么呢？就因为它敢作敢为。

敢作敢为，这就是进步的代价。

任何卓越的成就功绩，都多少取决于胆识。要革命，单凭孟德斯鸠预感，狄德罗宣扬，博马舍宣布，孔多塞测算，阿鲁埃筹备，卢梭策划，还是不够的，必须有丹东的敢作敢为。

"要有胆量！"这一喊声就是一句"要有光"。人类要前进，就必须高瞻远瞩，不断进行关于勇气的自豪教育。大无畏行为彪炳千古，是人的一束强光。

晨曦升起时，就敢于冲破黑暗。尝试，闯荡，坚忍不拔，锲而不舍，矢志不移，同命运肉搏，处变不惊而反令灾难惊怪，时而抗拒多行不义的势力，时而羞辱欣喜若狂的胜利，站得稳，顶得住，这就是人民所需要的榜样，这就是激励他们的电光。正是这神奇的闪电，从普罗米修斯的火炬传到康伯伦①的烟斗。

十二　人民潜在的未来

至于巴黎民众，虽已成年，但始终是个顽童；描绘这个孩子，就等于描绘出这座城市；正因为如此，我们才通过这只无拘无束的麻雀来研究这只雄鹰。

---

① 康伯伦在滑铁卢战场上，面对英军宁死不降。事见本书第二部第一卷。

应当着重指出，巴黎人种尤其出现在城郊，那是纯种，是真正的相貌；巴黎人在那里劳作和受苦，而苦难和劳作则是人的两副面孔。那里众生芸芸，默默无闻，麇集着形形色色的奇人怪客，从拉培的卸货工到鹰山的屠夫。“城市的渣滓。”①西塞罗叫嚷。“贱民。”柏尔克咬牙切齿地补充。群氓，乌合之众，贱民，这些字眼，随口就说出来。就算如此，又有何妨？他们赤脚走路又怎么样呢？他们不识字，那也只好认倒霉。难道因此就要丢弃他们吗？难道还要诅咒他们受了苦难吗？难道光明就不能透进这密集的人群吗？我们要再次高呼：光明！我们坚持追求光明！光明！光明！谁敢说有朝一日，这重重黑暗不会变得通明透亮呢？革命不就是改观吗？干吧，哲学家们，要教导，要启发，要点燃，要把想法讲出来，要高声讲话，要欢欣鼓舞奔向大太阳，去熟悉广场，宣布好消息，不惜苦口婆心，要宣扬人权，高唱马赛曲，要散播热情，折下橡树的青枝条。要把思想变成旋风。这民众就可以升华。我们要善于利用原则和美德的烈火，到了一定时候，这烈火就噼啪作响，抖动跳跃，势成燎原。这些赤足、这些赤臂、这些破衣烂衫、这种种愚昧无知、这种种卑贱下流、这重重黑暗，都可以利用来争取实现理想。你深入民众里观察，就会发现真理。任人践踏的毫无价值的沙子，如果投进炉里熔化沸腾，就会变成光彩夺目的水晶，而伽利略和牛顿正是借助于这种水晶，才发现了那些星球。

十三　小伽弗洛什

在这个故事第二部分叙述的事件发生后八九年，在神庙大街和

① 原文为拉丁文。

水塔一带，常能看见一个十一二岁的男孩，嘴角挂着他那年龄所常有的笑容，正是前面勾画的流浪儿典型的化身，相当准确，只是他的心灵完全凄苦而空虚。那孩子确也穿一条成人长裤，但不是接他父亲的；他确也穿一件女人上衣，但不是接他母亲的。一些普通人行善，给他穿上了破衣烂衫。然而，他却有父有母。不过，父亲想不到他，母亲根本不爱他。有父母而又成为孤儿，他这种孩子真值得可怜。

他一向觉得，待在街上最自在。铺路的石块也不如他母亲的心肠硬。

他父母早就一脚将他踢进人生。他干脆独自起飞了。

这孩子脸色发青，爱吵闹，也爱嘲笑人，他又敏捷又机警，一副病态而又快活的样子。他来来往往，哼唱歌曲，玩赌铜板，掏水沟，有时还偷点东西，但是就跟馋猫和鸟雀一样，只为好玩儿，听人叫他淘气鬼，他就嘻嘻笑，听人叫他流氓，他就恼火。他没有住处，没有面包，没有爱，但是他很快活，因为他自由自在。

这些可怜的孩子一旦长大成人，几乎总要滚进社会秩序的磨盘，被磨碎；不过，他们只要还是孩子，因为小就能逃脱。有一点点小洞就能救他们。

这个孩子，尽管完全被抛弃，但每隔两三个月，他还会说一句："咦，我得去瞧瞧妈妈！"于是，他离开大街，离开马戏场、圣马尔丹门，来到河滨马路，过了桥，往郊区走去，到了硝石库，到达什么地方呢？恰恰是读者所熟悉的戈尔博老屋50–52那个双号。

当时，50–52老屋常年空着，总挂着"房屋出租"的牌子。有时里边也住了几个人，但这种情况是罕见的；那些人之间毫无关系，也不来往。这在巴黎也是常事。他们全属于穷困潦倒的阶层，原本是生活艰难的小市民，在社会底层越混越悲惨，最终沦为清淤泥的阴沟工和收破烂的小贩：这两类人最后接收人类文明的所有物质的残渣。

冉阿让居住时的那个“二房东”已经死了，接替的人也一模一样。不知哪位哲学家说过：什么时候也不缺老太婆。

新来的老太婆叫布尔贡太太，她一生没有任何值得一提的事，唯有三只鹦鹉的王朝，曾相继统治她的心灵。

老屋住户最穷困的是一个四口之家：父母领两个已经长大的女儿，四人挤在一间破屋里，那种单间屋我们已经介绍过了。

头一眼望去，这家人除了一贫如洗，并没有什么特别之处；租房时，户主自称容德雷特。他搬家的情景，出奇地像二房东讲的一句令人难忘的话，借用来就是：“什么也没搬进来。”二房东可以当他的长辈，既看门，又打扫楼道；容德雷特住下不久，就对老太婆说：“我说大妈，万一有人来找一个波兰人，或者意大利人，再或者西班牙人，那就是找我。”

这就是那个赤脚的快活小孩儿的家。他到了家里，看到的是穷困、愁苦，更可悲的是见不到一丝笑容；炉膛是冷的，亲人的心也是冷的。他一进门，家里人就问他：“你从哪儿来？”他回答：“从大街上来。”他要走时，家里人又问他：“你到哪儿去？”他回答：“到大街上去。”母亲还对他说：“你到这儿干什么来啦？”

这孩子就生活在这种缺乏亲情的环境里，就像地窖里长出的苍白的小草。他这样并不难过，也不怨恨任何人。他还弄不清楚父母应该是什么样子。

况且，他母亲爱他姐姐。

我们忘记说了，在神庙大街上，大家管这孩子叫小伽弗洛什。为什么叫伽弗洛什呢？大概是因为他父亲叫容德雷特吧。

割断骨肉关系，这似乎是一些穷苦家庭的本能。

容德雷特住的那间屋，位于戈尔博破房走廊的最里端。隔壁的单间住一个很穷的小伙子，名叫马吕斯。

下面谈谈马吕斯先生是何许人。

第二卷　大绅士

一　九十岁和三十二颗牙

布什拉街、诺曼底街和桑东日街，现在还有几个老住户，都记得一个叫吉诺曼先生的老人，提起他来还都津津乐道。在他们年轻的时候，那老人就年事已高。对于惆怅地回顾所谓往昔那朦胧的憧憧黑影的人来说，那老人的身影，还没有完全消失在神庙一带迷宫似的街道里。在路易十四时代，那些街是用全国行省来命名，正如今天，蒂沃利新区[①]街道以欧洲各国首都命名一样。附带说一句，这种进展，其中进步意义是显而易见的。

在1831年，那位吉诺曼先生活得十分健朗，他仅仅因为活得长久而成为引人注目的奇人，也因为从前像所有人而今不像任何人则成为老怪物。那老人确实特别，是另一个时代的人，是个有点儿18世纪傲慢的十足的绅士，还一成不变地保持他那老绅士派头，犹如侯爵保持那爵衔和领地。他过了九旬高龄，走路还挺直腰板，说话声音洪亮，眼睛看得清楚，能喝酒，也吃得多，睡得好，睡觉还打呼噜。他三十二颗牙齿完好无损，看书不用戴花镜。而且，他还有香艳的情怀，不过他说，十年来，他已经毅然决然放弃了女人。

---

① 蒂沃利新区，如今改为“欧洲”街区。

他说他再也不能讨人欢心了，还补充一句：“我太穷”，而不是：“我太老了”。他还常说：“假如我的家道没有衰败的话……哼，哼！”的确，他只剩下大约一千五百利弗尔年金了。他梦想继承一笔遗产，能有十万法郎年金，好找几个情妇。可以看出，他绝不像伏尔泰先生那样，一辈子半死不活，恹恹瘦损的八十老翁；也不像满身残疾、风烛之年的老寿星，这位顽健的老人身子骨始终硬实。他看事肤浅，又风风火火，容易动怒，动辄大发雷霆，却往往违拗情理。谁反驳他的话，他就举起手杖；他时常打人，就好像还生活在伟大的世纪[①]。他有个五十出头的女儿，未结过婚，他发火时就痛打女儿，恨不能用鞭子狠抽，还拿她当八岁的孩子。他还时常恶狠狠地骂用人，说什么：“哼！烂货！”他的骂人话有一句是：“蠢货中的蠢东西！”有时候，他又沉静得出奇；他天天让人给刮脸，那理发匠害过疯症，非常讨厌吉诺曼先生，有点儿吃醋，因为他那女人、理发店老板娘又漂亮又风骚。吉诺曼先生特别欣赏自己对一切事物的分辨力，自称明察秋毫，他这样说过：“老实讲，我还有点儿洞察力，我能说出叮我的跳蚤，是从哪个女人那儿跳到我身上来的。”他常挂在口头上的字眼是：“敏感的男人”和“天性”。他所说的“天性”，没有我们时代所赋予的主要含义，而是按照他自己的意思，将这个词用在他的俏皮话里。“天性，”他说，“就是让文明什么都有点儿，甚至带点儿有趣的野蛮的标本。欧洲有亚洲和非洲的一些样品，只是尺寸小点儿。猫是沙龙的老虎，壁虎是袖珍鳄鱼。歌剧院的舞女是玫瑰色的蛮女，她们不吃男人，只是榨取男人。也可以说，她们是巫婆，将男人变成牡蛎，再把他们吞下去。加勒比蛮婆吃人只剩下骨头，而她们只剩下贝壳。这就是我们

① 伟大的世纪：法国人指17世纪。

的风尚。我们不吞食，只是啃噬；我们不屠戮，只是撕抓。”

二 有其主，必有其屋

他住在沼泽区受难会修女街6号。房子为他所有。那所房子后来拆毁重建，门牌号可能也改了，顺应巴黎街道大排号的潮流。他在二楼占用一大套老式房间，一面临街，一面靠花园，墙壁直到棚顶，全镶了戈伯兰和博维生产的大幅牧羊图案的壁毯；天棚和镶壁的图案，又缩成微幅出现在扶手椅上。一扇九折柯罗曼德尔①漆画长屏围住床铺。窗口垂帘披散修长，那几折几弯的大褶纹显得十分美观。窗外便是花园，由把角的一扇落地窗外的台阶连接起来，那十二至十五级台阶，老人每天都健步上上下下。卧室隔壁是书房，此外还有一间小客厅，非常雅致，最受他的青睐，墙围麦黄色壁布十分华美，上面有百合花和其他花卉图案，是路易十四的帆桨战舰上的产品，由德·维沃纳先生为他情妇向苦役犯定做的。这东西是吉诺曼先生从一个脾气古怪、活了百岁的姨祖母那继承来的。他结过两次婚。他的举止介乎于朝臣和法官之间，但他从未做过朝臣，本来可以却也没有当法官。他终日兴致勃勃，愿意的时候对人很亲热。他年轻时，属于总受妻子欺骗而从不受情妇欺骗的那种男人，因为他们既是最讨厌的丈夫，又是最可爱的情夫。在绘画方面他是行家，他卧室里挂一幅约尔丹斯②的作品，不知是何人的肖像画，笔势纵恣，配有无数细腻的处理，看似杂乱，仿佛随意涂抹的。吉诺曼的衣着不是路易十五时期，甚至也不是路易十六时期的式样，而是督政府时期新潮青年的奇装异服。到了这个年头，他还自以为非

① 柯罗曼德尔：印度地名。

② 约尔丹斯（1593—1678年）：佛兰德著名画家。

常年轻，还在赶时髦。他的薄呢礼服有肥大的翻领、长长的燕尾和大号钢扣。下身穿礼服短裤，脚上穿着带搭扣的皮鞋。他的双手总插在坎肩兜里。他时常武断地说："法兰西革命是一堆无赖。"

三 明 慧

他十六岁那年，一天晚上在歌剧院，有幸受到两个成年美人用观剧镜的注视：处于伏尔泰歌颂过的著名的卡玛戈和萨莱①两面火力的夹击，他勇敢地退下阵，去找一个他爱上的跳舞小姑娘；那个姑娘名叫娜安丽，和他一样正当二八妙龄，也像猫儿一样默默无闻。往事历历，回忆不尽。他时常高声说道："她真美啊，那个吉玛尔②——吉玛尔狄妮——吉玛尔狄乃特，最后一次我在龙尚跑马场看见她，那一往情深式的鬈发、那快来瞧式的绿松宝石首饰、新来人式的花衣裙，还有那急不可待式的手笼！"青少年时，他穿过一件伦敦矮子呢的外衣，后来总是津津乐道。他常说："那年头，我打扮得像一个东方日出的土耳其人。"他二十岁那年，德·布弗莱夫人偶然瞧见，称他是"疯狂的美少年"。他看到政界和当权人物的所有名字，都认为又卑贱又庸俗。他看报纸，即他所说的"新闻"、"小报"，每每忍俊不禁，放声大笑。"哈！"他说道，"这都是些什么人！科比埃尔！于曼！卡西米尔·佩里埃③！这些东西也叫大臣！我这样设想，报上刊登吉诺曼先生，大臣！这可能被

---

① 卡玛戈（1710—1770年）、萨莱（1743—1816年）：巴黎歌剧院的舞蹈演员，确实因伏尔泰的一首小情诗而出名：啊！卡玛戈，照人的容貌多光艳！而萨莱，神明，又这么秀色可餐！

② 吉玛尔（1743—1816年）：巴黎歌剧院著名舞蹈演员。

③ 科比埃尔：波旁王朝复辟时期的内政大臣。于曼：路易-菲利浦在位时的财政大臣。卡西米尔·佩里埃：七月王朝初期的议会议长。

看成是恶作剧。好哇！他们愚蠢透顶，才会出现这种情况。”任何事物的名称，不管干净不干净，他都直呼出来，有女士在场也毫无顾忌。他谈论各种粗俗、淫荡和污秽的事情，却还那么泰然自若，不以为怪，有一种说不出来的文雅之态。这是他那时代不拘小节的作风。应当指出，那个时代诗歌迂回隐晦，散文也粗糙生涩。他的教父就曾预言：将来他能成为才华横溢的人，而且替他取名用这样两个含义隽永的字：明慧。

四　长命百岁

他生于穆兰城，小时在穆兰中学得过几项奖，是他称为讷韦尔公爵的尼韦泰公爵亲自授予的。无论国民公会、处死路易十六、拿破仑，还是波旁王朝复辟，都丝毫未能从他的记忆中抹掉那次授奖仪式。在他的心目中，“讷韦尔公爵”才是那个世纪的伟人。他常说：“多么和蔼可亲的大老爷，佩戴着圣灵勋章多么神气！”在吉诺曼先生的眼里，卡特琳娜二世花三千卢布，向贝图切夫买了金酒的秘方，就算补赎了瓜分波兰的罪恶。他提起这个话题非常兴奋，抬高嗓门儿说：“金酒，那是贝图切夫的黄酊，是拉莫特将军的琼浆，在18世纪，每半两瓶装卖一个路易金币，那是医治情场失意的灵丹妙药，是对付爱神维纳斯的万灵药方。路易十五就赠送给教皇二百瓶。”假如有人对他说，金酒不过是过氯化铁，他一定会怒不可遏，暴跳如雷。吉诺曼先生崇拜波旁王室，憎恶1789年。动不动他就叙述一遍，他在恐怖时期如何逃脱，又如何强颜欢笑，见机行事，才没有被人砍掉脑袋。假如哪个年轻人胆敢在他面前称赞共和制度，他会气得脸色发青，甚至背过气去。有时他影射自己的九十高龄，说道："但愿我不要两度碰见九十三[①]。"有时他又向人暗示，他打算活到一百岁。

五　巴斯克和妮珂莱特

他有一套理论。举例来说："一个男子贪恋女色，自己有妻室又不大放在心上，因为妻子长得丑陋，脾气又糟糕，但有合法地位，享有各种权利，稳坐在法典上，必要时还要争风吃醋，那么，当丈夫的要想解脱，要想安宁，只有一个办法，就是把财权交给妻子。拱手让权，换取自由。于是，太太就有了营生干，整天热衷于摆弄钱，手指都染上铜绿，她还用心培养佃户，训练长工，召见诉讼代理，主持公证人会议，指导公证事务人员，拜访法官，出席法庭判案，草拟租契，口授合同，感到自己掌家理财，卖出买进，处理问题，发号施令，许诺又收回许诺，合作又分手，出让，租让，转让，安排好，又打乱安排，聚敛资财，挥霍浪费；她干了不少蠢事，却又趾高气扬，自鸣得意；她从中得到安慰。就在丈夫不屑理睬她的时候，她把丈夫弄破产而心满意足。"这一理论，吉诺曼先生躬行实践，也就成了他的一段身世。他的夫人。即那个续弦，为他管理财产，管到他成为鳏夫那一天，剩下的产业仅够他维持生活了；他几乎将所有东西抵押出去，才能拿到一万五千法郎的年金，其中四分之三还要随他离世而注销。他没有犹豫，也并不怎么在乎留遗产。况且他见识过遗产遭遇了变故的情况，例如转变为"公有财产"；他也见识过有保证的公债的神话，不大相信那公债的大账

① 指93年和93岁。1793年是法国革命进入高潮的一年。

本；他说："全是甘康普瓦街[①]的那套把戏！"我们说过，他在受难会修女街住的是自己的房子。他有两个用人，"一公一母"。用人受雇进门的时候，吉诺曼先生总要给人家更改名字。男用人，他按省籍称呼："尼姆人、孔泰人、普瓦图人、庇卡底人"。最后那个男用人五十五岁，终日气喘吁吁，显得疲惫不堪，跑不动二十步，但他生在巴约讷城，吉诺曼先生就叫他巴斯克人。女佣则统统叫妮珂莱特（甚至后文要谈的马侬大妈也是一样）。有一天来了一位很自负的厨娘，是个高明的厨师，属于门房种类的佼佼者。"您想每月挣多少工钱？"吉诺曼先生问道。"三十法郎。""您叫什么名字？""奥林匹。""你可以挣五十法郎，但名字要叫妮珂莱特。"

六　略谈马侬及其两个孩子

在吉诺曼身上，苦痛往往表现为恼怒；他失望的时候更是火冒三丈。他有各种各样偏见，而又放荡不羁。组成他外表特色和内心满足的一种表现，正如我们刚刚指出的，就是老当益壮，风流不减，并且极力给人这种印象。他管这叫"声华卓著"。有时，他那卓著声华会意外地给他引来奇货。一天，有人往他家送来一只装牡蛎的筐子，装的却是一个初生的胖娃娃；那男婴包得严严实实，大哭大叫，是半年前一个被赶走的女佣送还给他的骨肉。当时，吉诺曼先生已是十足的八十四岁老人了。四邻都很愤慨，高声谴责。这个厚颜无耻的坏女人，想让谁来相信这种鬼事呢！真是胆大妄为！

① 苏格兰银行家约翰·劳（1671—1729年）应法国朝廷的邀请，到法国创建印度公司，1716年创建总银行，设在巴黎甘康普瓦街，还创建存款贴现银行。后者改为发行银行，于1720年宣布破产，使买公债的人遭受损失。

真是可恶透顶的诬陷！然而，吉诺曼先生却不气不恼，他笑呵呵地看着襁褓，就像受诬陷而开心的老好人，对围着的一圈人说：“嗳！干什么？怎么啦？这有什么？有什么不得了的？你们这样大惊小怪，实在无知到了极点。昂古莱姆公爵先生，就是查理九世陛下的私生子，到了八十五岁，还同一个十五岁的傻大姐结了婚[①]；魏吉纳耳先生，德·阿吕伊侯爵，苏尔迪红衣主教的兄弟，波尔多的大主教，到了八十三岁，还同雅甘院长夫人的侍女生了一个儿子，那是名副其实的爱情结晶，后来成为马耳他骑士和御前军事参赞；本世纪一个伟大人物，塔巴罗神父，就是八十七岁老头生的儿子。这种事儿平常得很。《圣经》里还有那么多呢！说过这些，我声明这个小先生不是我的。大家来照看他吧。这不是他的过错。”这种方式倒显得很宽厚。那个女人叫马侬，下一年又给他送来一份礼。同样是一个男婴。这样一来，吉诺曼先生让步了。他将两个孩子交还给那母亲，答应每月出八十法郎抚养费，但不许她再故伎重演。他还补充说：“我要求那母亲精心照料孩子。我要不时去看望。”他的确去看望过。他有一个做神父的兄弟，三十三岁当上普瓦捷大学校长，七十九岁去世。吉诺曼先生常说：“他那么年轻，就丢下我走了。”那个兄弟给人留下的记忆不多，为人平和而悭吝，认为自己既然是神父，遇到穷人就应当布施，但出手一向只给几个小钱，或者贬了值的铜板，那是他找到的通过天堂之路下地狱的途径。至于老大吉诺曼先生，他施舍起来并不计较，出手既痛快又大方。他那人性情粗暴，但是心肠好，乐善好施，他若是富有，会做得更加出色。凡是涉及他的事情，哪怕是欺诈的行为，他都要求做

① 昂古莱姆公爵，即查理·德·瓦卢瓦·奥弗涅伯爵，查理九世和玛丽。图什（1573—1650年）的私生子，他于1644年71岁时，同23岁的弗朗索瓦丝·德·纳尔戈纳结婚。

得有气派。例如有一天，在继承财产一事上，他让一个代理人给骗了一笔，而且手段又拙劣又露骨，就当场郑重其事地发了一通感慨：“呸！这事干得太不地道啦！这种鼠窃狗盗的伎俩，真让我感到羞愧。当今时代，什么都退化，连恶棍也退化了。见鬼！向我这样的人窃取，绝不该用这种手段。我就像树林里给人抢了，可是干得太糟糕。‘森林总得无愧于一个执政官！’①”

我们讲过，他一生结过两次婚，同头一个妻子生个女儿没有出嫁，同续弦也生个女儿；二女儿嫁过人，活了三十岁，不知由于爱情还是偶然，或者别的什么原因，她嫁给一个走运的军人。那人在共和国和帝国的军队里效力，在奥斯特利茨战役中得过勋章，在滑铁卢战役中晋升为上校。“这是我的家丑。”老绅士常说。他的鼻烟瘾很大，用手背拂一拂花边胸饰，动作特别文雅。他不大信上帝。

七　规矩：晚上才会客

明慧·吉诺曼先生就是这样，他一点儿也没有脱发，也只是花白而未斑白，总梳成狗耳朵式发型。总之，尽管如此，他还是可敬的人。

他从18世纪继承了轻浮和高贵。

在波旁王朝复辟时期头几年，吉诺曼先生住在圣日耳曼城郊，圣绪尔皮斯教堂附近的塞旺道尼街，当时还很年轻，1814年刚满七十四岁；到了八十出头好一阵，他才退出社交界，到沼泽区隐居了。

---

① 原文为拉丁文，引自维吉尔的作品。此处只引半句话，前半句为：“如果我们歌颂森林”。

他虽然离开社交界，但仍然恪守老习惯。主要习惯就是白天杜门谢客，这条规矩雷打不动，不管什么人，也不管有什么事情，只有等到晚上才接待。他五点钟用晚餐，餐后就敞开大门。这是他那个世纪的风尚，他绝不肯放弃。“阳光是恶棍，”他说，“只配吃闭门羹。有教养的人，要等苍穹点亮星光，才点燃自己的智慧。”他森严壁垒；任何人，哪怕国王也不接待。这是他那时代的古雅之风。

八　两个不成双

我们刚才提到吉诺曼先生的两个女儿。她们相差十来岁，年轻时长得就很不相像，无论从相貌还是性格上看，简直不像姊妹俩。妹妹是个可爱的姑娘，目光总转向光明的事物，心思总放在鲜花、诗歌和音乐上，整个人儿翱翔在光辉灿烂的空间，她又热情又纯洁，童年时就怀着理想，许身给一个朦胧的英雄人物。姐姐也有自己的幻想，她望见蓝天上有个商人，是个和善的胖家伙，富有的军火商，望见一个顶呱呱的傻丈夫，百万堆成的一个男人，或者一位省督；她还望见省府的招待会、颈上挂着链子的前厅执达吏、官方举办的舞会、市府里的演说，以及做“省督夫人”，这些情景在她的想象中萦绕回旋。两姊妹在青春年少时，各做各的美梦。她们都有翅膀，但是一个像天使，另一个像鹅。

任何抱负都不会百分之百地实现，至少在人间是这样。在这年头，什么地方都不可能变成人间天堂。那妹妹嫁给了意中人，却好命不长，而那姐姐根本没有嫁出去。

她在我们叙述的故事中上场的时候，已是一位老贞女，一个烧不着的死木头疙瘩，那尖鼻子见所未见，那钝脑袋也闻所未闻。一件很典型的事例：除了家里极少几个人，从来没人知道她的昵称。大家都叫她吉诺曼大小姐。

在假装正经方面，吉诺曼大小姐要胜过一个英国密斯。她一生中有件往事，一想起来就不寒而栗：有一天，一个男人瞧见了她的吊袜带。

那种无情的羞耻心，只能随着年岁而增长。她总嫌自己的胸衣不够厚实，总嫌开领不够高。衣裙上谁也想不到看一眼的部位，她也密密麻麻加了搭扣和别针。假正经的特点，就像越不受威胁而越设防的堡垒。

这种老妪贞洁的秘密，谁能解释呢，然而，她让在长矛骑队当军官的侄孙特奥杜勒亲吻，却是不无快感的。

尽管有这样一个心爱的长矛骑兵，我们给她贴上“假正经”的标签，还是绝对适合的。吉诺曼大小姐的心灵颇为晦暗。假正经也是五分贞洁，五分邪恶。

假正经加上笃信上帝，恰好互为表里，相得益彰。她是圣母会的信女，每逢某些节日就戴上白面纱，喃喃念着特定的经文，拜“圣血”，拜“圣心”，待在不对一般信徒开放的小教堂里，面对洛可可-耶稣式祭坛静思几小时，让她的灵魂在大理石的小片云烟之间飞旋，穿过漆金柱子的巨大光线。

她在小教堂交了一个朋友，也是老处女，名叫伏布瓦小姐，绝对痴呆。吉诺曼小姐与她交往，能尝到自己成为鹰的乐趣。伏布瓦小姐那点儿脑子，除了念上帝羔羊经和圣母经之外，就只会做果酱的几种方法。她是她那类人的完美形象，愚蠢得好像白鼬皮，毫无聪明的斑点。

应当说，吉诺曼小姐进入老境，所得多于所失。这种现象发生在天性被动顺随的人身上。她对人从无恶念，这就是一种相对的善良；而且，岁月磨平了棱角，久而久之，她也变得温和了。她一副忧伤的神态，是淡淡的忧伤，连她自己都不知其来由。她整个人儿透出人生还未开场就已结束的那种惊愕。

她为父亲料理家务。吉诺曼先生身边有这个女儿，正如前文看到的，卞福汝主教身边有他妹妹。由一个老头子和一个老姑娘组成的家庭并不罕见；两个年老体弱的人相依为命，那情景总是非常感人的。

家里除了老姑娘和老头儿之外，还有一个孩子。那小男孩到了吉诺曼先生面前总发抖，不敢吭声，吉诺曼先生跟他讲话也一向声色俱厉，有时还扬起手杖："站起来！先生！——孽种，淘气精！到近前来！回答我，小坏蛋！——让我瞧瞧你，促狭鬼！"等等，全是这类话，可是在心里，他却把孩子当宝贝。

孩子是他外孙。下文我们还会见到。

第三卷　外祖和外孙

一　古老客厅

吉诺曼先生住在塞旺道尼街时，经常出入几处高雅华贵的沙龙。他是资产者，虽非出身世族，却受到接待。他有双倍的智慧，一是本来有的，二是别人以为他有的，因此，有人甚至主动邀请和款待他。而他也只去他能控驭全场的沙龙。有些人不惜一切代价造成影响，引起别人的关注，他们所到之处，不能语惊四座，也要充当小丑。吉诺曼先生可不是这种性情，他光顾保王党人沙龙，能掌握整个场面，又毫不损及自己的尊严。他到处都谈锋甚健，有时还同德·保纳尔先生，甚至同班吉-普伊-瓦莱先生分庭抗礼。

约摸1817年，他每周必到附近费鲁街德·T男爵夫人府上，消磨两个下午，那是位高尚可敬的夫人。她丈夫德·T男爵在路易十六时期，曾出任法国驻柏林大使；他生前迷恋通灵玄想和幻视，流亡期间家道破败而死，留下的财产只有十册红色山羊皮面切口涂金的精装手稿，是关于迈斯梅尔及其小木桶的珍奇的回忆。男爵夫人考虑到尊严，没有拿出去发表，只靠不知怎么残留下来的一小笔年金度日。她疏远朝廷，说那是“鱼龙混杂的场所”，自己过着孤独而高尚，清贫而自豪的生活。几个朋友每周两次聚到这位孀妇的炉火旁，组成一个纯粹的保王派沙龙。大家一起喝茶，随着风向低沉或激烈，发几声哀叹，或者怒斥这个世道，怒斥宪章、布奥拿巴分子、授勋给资产者的出卖行为、路易十八的雅各宾主义，随后又窃窃私议，寄希望于后来成为查理十世的御弟。

他们兴高采烈地传唱将拿破仑称作尼古拉的粗俗歌曲。一些公爵夫人，世上最文雅最可爱的女子，也都忘情地高唱，例如唱这首针对“联盟军①军人”的歌：

你们别拖衬衣尾，
赶快塞进裤子里。
免得人说爱国者，
已经投降举白旗！

他们玩弄自以为非常可怕的同音异义的词句，玩弄自以为非常恶毒实则无伤大雅的文字游戏，戏作四行诗，甚至戏作对子，例如，以德索勒内阁，有德卡兹和德塞尔②参加的温和内阁为题，作了一个对子：

要从基础上巩固动摇的宝座，
必须更换土壤换温室和间格③。

要不然，他们觉得“元老院的雅各宾气味太浓”，就排列元老名单，巧妙地将名字连成语句，例如连成这样一句话：达马斯、沙

① 联盟军：指1815年拿破仑百日政变时组成的军队。

② 德索勒将军于1818年12月至1819年11月出任内阁总理大臣；德卡兹任内政大臣；德塞尔任司法大臣。

③ “更换土壤换温室和间格”，原文谐音意为：更换德索勒、德塞尔和德卡兹。

白朗、古维雍·圣西尔[①]。整个排列过程乐趣无穷。

在那种场所，他们滑稽地模仿革命的事物，不知怀着什么意图，从反方向激发同样的愤怒。他们改唱《一切都会好》，变成自己的小调：

啊！一切都会好啊！一切都会好！
布奥拿巴分子路灯柱上高高吊[②]！

歌曲好似断头台，今天砍这个脑袋，明天砍那个脑袋，视同儿戏。这可不是一种变异。

弗阿代斯案件[③]发生在1816年，正是那个时期；他们都站在巴斯莘德和若西翁一边；只因弗阿代斯是“布奥拿巴分子”。他们称自由派为“兄弟朋友会”，这是最恶毒的侮辱了。

如同一些教堂的钟楼，德·T男爵夫人的沙龙也有两只雄鸡：一只是吉诺曼先生，另一只是德·拉莫特-华卢瓦伯爵，他们谈到那位伯爵，总带着几分敬佩耳语道：“您知道吧？就是项链事件[④]的那个拉莫特呀！”朋党之间，总是特别宽谅。

补充一点：资产阶级择交过于轻率，就会损及自己的声誉地

---

① 这三人都是元老院元老。元老院有两个叫达马斯的，都曾流亡国外，而古维雍·圣西尔曾是帝国军人。三个名字连句的意思为：“达马斯杀掉古维雍·圣西尔。”这是典型的极端保王党人的文字游戏。

② 《一切都会好》是法国1789年革命时期的革命歌曲，这里将“达官贵人”改为“布奥拿巴分子”。

③ 弗阿代斯：帝国时期的司法官，因债务被若西翁二人杀害，这一案件在社会上引起极大反响。

④ 项链事件：罗昂红衣主教想讨好王后，在拉莫特-华卢瓦伯爵夫人的怂恿下买了钻石项链，交给伯爵夫人的情夫，冒充王后侍卫官的军官。事败后，路易十六将此案交由巴黎高等法院公开审理。结果伯爵夫人被判杖刑和打烙印，关进监狱；王宫奢侈也引起公愤。

位；必须注意交往的对象：近低贱者损声望，近衣寒者耗热量。而上流社会的世族，则超越这条规律和一切规律。蓬巴杜夫人的兄弟马里尼，是苏比兹亲王府的常客[①]。不管身份？不管，自有原因。伏贝尼埃夫人的教父杜巴里，在黎塞留元帅府上极受欢迎。[②]那个社会是奥林匹亚神山。墨丘利和盖梅内亲王在那里如在家中。只要是个神，窃贼也能接纳[③]。

德·拉莫特伯爵，到1815年，已是七十五岁的老人，显得突出的是那副沉默寡言又好训人的样子、那张棱角分明的冷面孔、那种彬彬有礼的举止、那件一直扣到领结的礼服，以及那总翘着的二郎腿。他穿着锡耶纳[④]焦土色的宽松长裤，一如他的脸色。

这个拉莫特先生因其“名气”，算是这个沙龙圈子里的人，而且，说来奇怪，却又千真万确，这也是由于他的姓氏华卢瓦[⑤]。

至于吉诺曼先生，他所受到的尊敬完全货真价实。他起权威作用，就因为他起权威作用，不管多么轻浮，他还是有一种派头，显得威严、高雅而正直，但这又毫不妨碍他的快活；当然，他的高龄也起了几分作用，人活一个世纪，不会没有烙印。悠悠岁月最终要给一个人的头罩上可敬的光环。

此外，他说出话来，绝似古石的火花。例如，普鲁士王帮助路易十八复辟之后，又假冒德·吕潘伯爵前来拜访，路易十四的这位后裔接待他的方式，有点像对待勃兰登堡选侯，态度颇为傲慢，

① 德·马里尼侯爵同元老院元老苏比兹亲王（1715—1787年）过从甚密。

② 伏贝尼埃夫人即杜巴里伯爵夫人，路易十五的情妇。她的教父若望·杜巴里也是她的大伯，他和黎塞留元帅共同斡旋，使她成为国王的情妇。

③ 墨丘利：罗马神话中的商业神，即希腊神话中的赫耳墨斯，主管商业等，乃至主管盗窃之神。故说神山也能接纳窃贼。

④ 意大利地名。

⑤ 华卢瓦：法国卡佩家族的一支，从1328年至1589年统治法国。

又让人挑不出一点理来。吉诺曼先生赞赏这种态度，他说：“除了法兰西国王而外，其他所有王只能算地方王。”还有，有人在他面前这样一问一答：“《法兰西邮报》的那名编辑，是怎么判的？”“停职（A etre Suspendu）。”“sus是多余的。”[①]吉诺曼先生指出。这类话就能给人赢得地位。

在庆祝波旁王室复国的周年大弥撒上，他看见塔列朗先生走过，就说“恶大人驾到”。

通常陪同吉诺曼先生出门的有两个人：一个是他女儿，当时，那个瘦高的小姐年过四十，却像五十岁的人了；另一个是七岁的小男孩，生得白净漂亮，脸蛋粉红鲜艳，一双眼睛又喜幸又亲近人，他一走进客厅，就听见周围的人纷纷议论：“这孩子真俊！多可惜呀！可怜的孩子！这孩子就是我们刚才提到的那个。”他们称他“可怜的孩子”，只因为他父亲是“卢瓦尔河的匪徒”[②]。

那个卢瓦尔河强盗是吉诺曼先生的女婿，前面讲过，也就是吉诺曼先生所说的“家丑”。

二　当年一个红鬼

那个时期，有人若是经过小城维尔农，在美丽壮观的石桥上游览——但愿不久，那石桥就要被一座丑恶不堪的铁索桥取代了，在桥上凭栏俯瞰，就会看见一个五十岁左右的汉子。他头戴皮革鸭舌帽，身穿灰色粗呢布外衣和长裤。衣襟上缝着原本是红绸带的黄色东西，脚穿木底鞋，皮肤晒成深褐色，脸色几乎黧黑，头发几乎全

---

① Suspendu去掉sus，就变成处以“绞刑”的意思。

② 1815年巴黎沦陷之后，达乌部队撤到卢瓦尔河彼岸，半数不肯归顺波旁王朝而逃散。因此，激进保王党人称他们是“卢瓦尔的匪徒”。

白了，一道宽宽的刀伤疤从额头延至面颊，整个人弯腰驼背，未老先衰；他拿着一把锄或一把剪枝刀，整天徘徊在小庭园里。那类小庭园靠近塞纳河左岸桥头，像链子似的排开，全是由围墙隔开的土台；栽植花木，十分悦目。那些庭园再大些可以叫花园，再小些可以叫花坛。那类庭园全都一侧通河边，一侧通房舍。上面提到的那个穿外套和木鞋的人，在1817年前后，就住在这种最狭窄的一座庭园，最简陋的一所房屋里。他过着孤苦无依，默默无言的生活，有一个不老不少、不美不丑、不是农妇也不是市民的女人侍候。他管那一方块园地叫花园，因为他栽植的花卉特别鲜艳，在小城里很有名气。养花是他的营生。

他勤于侍弄，坚持不懈，又特别细心，及时浇灌，终于继造物主之后，创造出似乎被大自然遗忘的几种郁金香和大丽花。他心灵手巧，在苏朗日·博丹①之前，就合成绿肥小土堆，用来培植美洲和中国稀有珍贵的木本花卉。夏季天刚亮，他就在庭园小径上忙着插苗、修枝、薅草、浇水，在花间走动，那副样子又和善，又忧伤，又温柔，有时沉入遐想，一连几小时不动窝，倾听树上一只鸟儿鸣叫，倾听人家一个孩子的咿呀学语，或者凝视草茎尖上被阳光化为宝石的露珠。他一天粗茶淡饭，多喝牛奶少喝酒。一个小孩子能让他顺从，女佣也常申斥他。他非常胆怯，好像怕见人，极少出门，只见见来敲他家窗户的穷人和本堂神父，一个和善的老人。不过，本城居民或者外地人，无论是谁，若是想观赏他的郁金香和玫瑰，前来敲他小房的门，他就开门笑迎客人。他就是那个卢瓦尔河匪徒。

在同一时期，有人若是看了军事回忆录、各种传记、《导报》，以及大军战报，就可能注意到乔治·彭迈西的名字经常出

---

① 苏朗日·博丹（1774—1846年）：法国一个园艺学派的创始人。

现，留下深刻印象。这个乔治·彭迈西少年就从戎，在圣东日团当兵。革命爆发了。圣东日团编入莱茵军团；须知君主制废除之后许久，旧团队还保持各省的命名，直到1794年才统一改为旅建制。彭迈西先后在斯皮尔、沃尔姆斯、诺伊斯塔特、蒂克海姆、阿尔蔡、美因茨[①]等地打过仗。在美因茨一役中，他参加了乌沙尔率领的二百人断后部队。他们十二人小分队在安德纳赫[②]古城墙里面，阻击赫斯亲王所部的大军，直到敌军炮火从墙垛到护墙斜面打开缺口，他们才撤离，回归大部队。他在克莱伯麾下到过马谢纳城[③]在帕利塞尔山战斗中，被火铳打伤一条胳膊。后来，他又调到意大利边境；和茹贝尔一起，共三十名精壮军人守卫坦德山口，战功卓著，茹贝尔升为准将，彭迈西则升为少尉。在洛迪激战那天，彭迈西不离贝尔蒂埃左右，冒着炮火东奔西突；拿破仑见了那情景，说道："贝尔蒂埃当过炮兵、骑兵和榴弹兵。"在诺维，他眼看着他的老长官茹贝尔将军举起战刀，高呼"前进！"的时候倒下去。为了战事军需，他率连队乘快帆船，从热那亚出发，不知要去哪个小港口，途中逢险，遭遇七八艘英国帆船。热那亚船长主张将火炮抛进海里，士兵躲进中舱，扮成商船悄悄混过去。然而，彭迈西却将三色旗高高升到桅杆上，骄傲地冲过英国舰队的炮火。行驶二十来海里，他越发胆大，以他的快帆船攻击并俘获英国一艘大型运输舰。那艘英舰往西西里岛运送部队，装满了兵员马匹，一直拥到舱口围板。1805年，他隶属马勒师，从菲尔迪南大公手中夺取了金茨堡。在韦廷根[④]，他冒着枪林弹雨，双手抱住受了致命伤的第九龙骑队队长莫

① 德国地名。
② 德国地名。
③ 法国城市。
④ 瑞士地名。

普蒂上校。在奥斯特利茨战役中，他立下战功。参加了迎着敌军炮火英勇前进的梯队。俄皇禁卫军骑队践踏第四步兵团一个营时，彭迈西参加反击，重创了敌军骑队。皇上授予他十字勋章。彭迈西先后在曼托瓦[①]俘获沃尔姆塞，在亚历山大[②]俘获梅拉斯，在乌尔米[③]俘获马克。他还参加了莫尔蒂埃指挥的第八军团，攻占了汉堡。后来，他调入原佛兰德团的第五十五团。埃伊洛[④]之役，他在墓地作战，当时，本书作者的叔父路易·雨果上尉，率领八十三人孤军死守两小时，阻击敌军大部队的猛攻。守墓地法军仅存活三人，彭迈西即是其中一个。他转战弗里德兰，看见莫斯科，又到别列津诺、吕岑、包岑、德累斯顿、瓦豪、莱比锡[⑤]，继而穿越盖尔恩豪森隘道；继而又转战蒙米赖、蒂耶里堡、克拉翁、马尔纳河畔、埃纳河畔，以及拉昂[⑥]可怕的阵地。在阿尔奈勒迪克，他是上尉，挥战刀砍翻了十名哥萨克骑兵，救的不是他的将军，而是他的下士。在这场战斗中，他遍体鳞伤，动手术仅从左臂就取出二十七块碎骨。巴黎投降的前一周，他同一个战友对调，参加了骑兵。他像旧朝代所说的有“两手”，也就是说，当兵既会用刀，也能使枪，当官既能指挥骑兵队，也能指挥步兵营。某些特殊兵种，例如龙骑兵，就有这种才干，并通过军事教育得到提高，既是骑兵也是步兵。他随拿破仑去了厄尔巴岛。在滑铁卢战役中，他是杜布瓦旅的铁甲骑兵队长，正是他夺取了月亮堡营的军旗。他将那面军旗掷到皇上脚下，站在那儿浑身是血，他夺旗时脸颊挨了一刀。皇帝见了心头大悦，

① 意大利城市。

② 埃及城市。

③ 葡萄牙城市。

④ 俄罗斯旧地名，今称巴格拉季奥诺夫斯克。

⑤ 除别列津诺属俄罗斯，其余均为德国城市。

⑥ 以上均为法国地名。

冲他高声说："你是上校，你是男爵，你是荣誉团军官！"彭迈西回答："陛下，我代表我的寡妻感谢您。"一小时之后，他掉进奥安的凹路沟里。现在要问一句：这个乔治·彭迈西是什么人呢？正是那个卢瓦尔河匪徒。

他的经历，我们已经略知一点，还记得，滑铁卢战役之后，彭迈西被人从奥安凹路中扒出来，又辗转回到部队，从战地一个急救站转到另一个急救站，最后到了卢瓦尔河营地。

复辟王朝当局将他编入领半军饷的人员中，继而遣送到居住地维尔农，也就是说监视起来。百日政变期间的政令决定，国王路易十八认为一概无效，因此既不承认彭迈西的荣誉团军官称号，也不承认他的上校军衔和男爵爵位。然而他却不失时机，总签署"上校男爵彭迈西"。他只有一套蓝色旧军服，上街总佩带玫瑰花形荣誉团勋章。当地检察官派人警告他，再"非法佩戴这枚勋章"，法院就要予以追究。来转达这个通知的是一个非正式的中间人，彭迈西当即苦笑一下，回答说："我简直弄不明白，究竟是我听不懂法语了，还是您不再讲法语了，反正我听不懂您的话。"接着一连八天，他戴着勋章上街溜达。谁也没敢找他麻烦。国防部和省军区司令给他写来两三封信，他一见信封上写着"彭迈西少校先生收"，就原封不动地退回去。与此同时，拿破仑在圣赫勒拿岛，也以同样方式对待赫德森·洛[①]爵士写给"波拿巴将军"的信件。恕我们直言，到头来，彭迈西嘴里的唾液跟皇上的一样。

同样，从前罗马有一些迦太基士兵俘虏，他们还有点汉尼拔的灵魂，不肯向弗拉米尼努斯[②]致敬。

---

① 赫德森·洛（1769—1844年）：英国将军，看守拿破仑的典狱长。

② 弗拉米尼努斯：罗马将军，死于公元前175年。公元前197年任执政官。在第二次迦太基战争中，最后打败迦太基将军汉尼拔。

一天早晨，彭迈西在维尔农街上碰见检察官，就走过去对他说：“检察官先生，我脸上带着这条刀伤疤允许吗？”

彭迈西一无所有，仅靠微薄的骑兵队长半饷度日。他在维尔农租了所能找到的最小的房子，独自生活，我们看到了过的是什么日子。在帝国时期，他抓住战争的间歇，同吉诺曼小姐结了婚。那位老绅士心中愤恨不已。又不得不同意，连声叹气说道：“什么样的高门巨族，碰到这种事儿也只好认了。”彭迈西太太是个有教养的难得的女人，同她丈夫十分匹配，各方面都很出色，可惜1815年去世，留下一个孩子。那孩子本来可以成为上校孤寂中的欣慰，可是老外公硬要讨去，扬言不交到他手里，他就取消外孙的财产继承权。父亲为了孩子的利益只好让步，他身边失去孩子，就移情爱起花木。

再说，他什么都放弃了，既不想活动，也不想密谋，整个心思分摊到现时做的简单的事情和从前做的伟大的事情，时间也花在盼望一株新香石竹或回忆奥斯特利利战役。

吉诺曼先生同他女婿毫无来往；在他看来，上校是“匪徒”，而在上校眼里，他则是个“老傻瓜”。吉诺曼先生绝口不提上校，只是偶尔影射嘲笑两句“他那男爵爵位”。双方明确约定：彭迈西永远不得企图看望儿子，不得同儿子说话，否则就取消孩子的财产继承权，赶回他父亲家去。吉诺曼一家人把彭迈西看成瘟疫患者，他们要按自己的意愿教育孩子。也许上校错了，不该接受这种条件，但是他容忍了，以为这样做得对，只牺牲他个人。吉诺曼老头的财产微不足道，而吉诺曼大小姐却能留下大宗遗产。那位没有出嫁的姨妈很有钱，是从母亲的本家继承来的，她的继承人自然是她妹妹的孩子。

那孩子叫马吕斯，知道自己有个父亲，此外一无所知。谁也不在他面前多嘴。然而，在外公领他去的场所，别人的窃窃私议、半吞半吐的话语、相互交换的眼色，久而久之，那含义在孩子的头脑里渐渐清晰，终于使他多少明白一点；而且，那些思想和见解，可以说是他的生活环境，由于潜移默化的作用，他自然而然接受了，结果他一想到父亲，就不免又羞愧又伤心。

在他这样成长的过程中，每隔两三个月，上校总要偷偷溜到巴黎，好似违反规定的累犯，趁吉诺曼姨妈领马吕斯去做弥撒的工夫，守候在圣绪尔皮斯教堂里，躲在柱子后面不敢喘大气，战战兢兢，害怕那姨妈回头发现。这个脸上挂刀痕的汉子，还真怕那个老姑娘。

也正是这个缘故，他结交了维尔农的本堂神父马伯夫先生。

那位可敬的神父的兄弟，是圣绪尔皮斯教堂的财产管理员。那管理员多次看见那汉子凝望那孩子，注意到他脸上有刀伤，眼里噙着大滴泪水，觉得他样子像个硬汉子，流泪又像个女人，心下十分诧异，那张面孔也就印在他脑海里。有一天，他到维尔农看望兄弟，在桥上遇见彭迈西上校，认出正是在圣绪尔皮斯教堂所见之人。管理员对本堂神父讲了此事，二人便找了个借口去拜访上校。于是彼此开始往来。起初，上校还不肯透露，到后来才和盘托出，本堂神父和财产管理员终于了解整个这件事，明白彭迈西为了孩子的未来如何牺牲个人幸福。从那以后，本堂神父对他特别敬重，特别亲热，上校也特别喜欢本堂神父。况且，一位老神父和一名老战士，碰巧二人都很诚恳善良，那彼此就最容易沟通，最容易契合了。在骨子里，那原本是一个人。一个献身于尘世的祖国，一个献身于上天的祖国，此外没有别的差异。

每年两次，逢元旦和圣乔治节[1]，马吕斯才给父亲写信，那是应酬的信，由姨妈口授，很像从尺牍抄来的；吉诺曼先生只容忍这一点；而孩子的父亲的回信却充满感情，可是老外公收到连看也不看，就塞进衣兜里了。

三　愿他们安息[2]

马吕斯·彭迈西所认识的全部世界，就是德·T夫人的沙龙。那是他窥视人生的唯一窗口。那个窗口很昏暗，而那天窗给他送来的寒气却多于温暖，夜色却多于阳光。这孩子刚进这个奇怪的社会圈子，还完全是快乐和光明，然而时过不久，他的神情就变得忧伤了，尤其同他年龄不相称的是，他的神态也变得严肃了。周围的人都那么威严而奇特，他观看四周，目光里流露出极大的惊诧。全都聚拢来增加他内心的这种惊愕。德·T夫人的沙龙里，有几位非常可敬的老贵妇，名叫马德安、挪亚、改呼利未的利未斯、改呼康比兹[3]的康比斯。那一张张古老的面孔、那一个个《圣经》上的名字，在孩子的头脑里，同他背诵的《旧约》搅在一起。她们围着奄奄欲熄的炉火，坐在绿纱罩微弱的灯光下，那肃穆的身影朦胧，头发花白或全白，身穿旧时代的长裙只能分辨出惨淡的颜色，偶尔打破沉默，讲一两句又庄严又刻薄的话，而小马吕斯眼神惶恐地注视她们，真以为见到的不是妇人，而是古人先贤，不是真人而是幽灵。

一些幽灵中还杂有几位教士和贵族，都是这古老沙龙的常客。

---

① 圣乔治节为4月23日，是彭迈西的本名节。

② 原文为拉丁文。

③ 康比兹等全是历史或《圣经》中的人物。

其中有德·贝里夫人[1]的戒律秘书德·萨斯奈侯爵；用笔名查理·安托万发表单韵颂歌的德·瓦洛里子爵；相当年轻而头发已花白的博夫尔蒙王爷，带着一个身穿金丝条低领口朱红天鹅绒衣裙、令那些黑影惊慌失措的漂亮聪明的女子；还有法兰西最懂“礼节分寸”的德·柯里奥利·德斯皮努斯侯爵；一个慈眉善目的老先生德·阿芒德尔伯爵；以及德·波尔·德·居伊骑士，所谓御书房的卢浮宫图书馆的台柱子。德·波尔·德·居伊先生秃了顶，年事不高人却很老，他讲述1793年他十六岁那时候，因抗命关进苦役牢房，同米尔普瓦主教，一个八十岁老头关在一起；那主教也是个抗命者，不过，他的罪名是逃避兵役，而那主教则是拒绝宣誓[2]。当时关在土伦，他们的任务是夜晚到断头台上，去收白天处决的犯人头颅和尸体，背着血淋淋的躯干，苦役犯红帽子后面凝了血块，早晨干了，晚上又湿了。德·T夫人沙龙里讲述的这类惨事数不胜数，而且拼命咒骂马拉，还居然赞扬起特雷斯塔永[3]来。沙龙里还有几个活宝，打惠斯特牌的议员：蒂博尔·杜夏拉尔先生、勒马尚·德·戈米库尔先生，以及右派中以嘲笑著称的柯尔奈-丹库尔先生。德·费雷特大法官穿着超短裤，露出两条瘦腿，他去塔列朗先生府上的途中，有时也到这沙龙走走。他是德·阿尔图瓦伯爵[4]寻欢作乐的朋友，但不像亚里士多德那样对着康帕丝佩卑躬屈膝，而反让吉玛尔五体投地，从而向世世代代表明，一名大法官为一个哲学家雪了耻。

至于教士，有阿尔马神父，他编《雷霆》的合作者拉罗兹先生这句话，就是对他讲的：“哼！谁没有五十岁？几个嘴上没毛的

---

① 德·贝里夫人是路易十八的侄媳。

② 法国革命时期，神职人员必须宣誓遵守新宪法。

③ 特雷斯塔永：雅克·杜蓬的绰号，在尼姆城施行白色恐怖的主谋之一。

④ 德·阿尔图瓦伯爵：路易十八的兄弟，继位后称查理十世。

人，也许吧！”还有国王讲道师勒图尔奈神父；弗雷西努斯神父，当时他既不是伯爵，也不是主教，既不是大臣，也不是元老，身穿一件缺纽扣的旧道袍；另一位克拉夫南神父，圣日耳曼草场区本堂神父；教皇使臣，当时叫马齐大人的尼西比斯大主教，后来当上红衣主教，最引人注目的是给他一副思索相的那个长鼻子；另一位大人这样称呼：帕尔米里院长，教廷内侍，圣廷七名秘书之一，利比里亚大教堂司铎，圣徒的辩护士，这就与封圣有关，相当于天堂部的审查官了①；最后，还有两位红衣主教：德·拉吕泽尔纳先生和德·克莱蒙-托奈尔先生。德·拉吕泽尔纳红衣主教先生是位作家，几年之后，他有了名望，能在《保守派》上同夏多勃里昂并排发表文章了。德·克莱蒙-托奈尔红衣主教先生是图卢兹大主教，时常到巴黎来休假，住在当过海军和陆军大臣的侄儿德·托奈尔侯爵府上；他是个快活的小老头儿，常常撸起道袍，露出红色长袜；他专门痛恨百科全书，专门爱打弹子；当年夏天晚上，有人经过德·克莱蒙-托奈尔府所在的夫人街，常站住倾听弹子相击的声响，以及红衣主教那尖嗓门，只听他冲卡里斯特名义主教，教皇选举人的随员柯特雷大人高喊：“记分，神父，我连击两球！”德·克莱蒙-托奈尔红衣主教是由德·罗克洛尔先生带到德·T夫人府上的，那是他最亲密的朋友，当过桑利斯的主教，是四十位学士院院士中的一个。德·罗克洛尔先生值得注意的是他身材高大，去学士院最勤。图书馆隔壁大厅是学士院举行会议的地方，每逢星期四，好奇的人就可以隔着大厅的玻璃门，观看桑利斯的前任主教，只见他像往常那样，假发新扑了粉，穿着紫长袜，背对着门站立，显然是让人更清楚看到他那小打褶颈圈。所有这些教士，尽管大多数既是朝臣又任

---

① 评圣徒时，先审查著作和德行，然后由上帝的律师和魔鬼的律师争论，教皇最后裁决是否封为圣徒。

教职，却都给德·T夫人沙龙增添严肃的气氛，而五位法兰西元老院元老，德·维伯雷侯爵、德·塔拉吕侯爵、德·埃布维尔侯爵、当伯雷子爵和德·瓦朗蒂努瓦公爵，又加强了显贵的气派。那位瓦朗蒂努瓦公爵，虽说是摩纳哥王公，即外国君主，却把法兰西和元老称号看得特别高，并从这两个角度观察一切事物。他常说："红衣主教是罗马的法兰西元老，勋爵是英格兰的法兰西元老。"不过应当指出，在本世纪中，革命无处不在，这座封建的沙龙，也正如我们讲过的，是由一个资产者控制的。吉诺曼先生在其间起主导作用。

那是巴黎白色社会精英荟萃的地方。有名气的人，哪怕是保王派，在那里也会受到孤立。夏多勃里昂走进那里，也会给人以"傻大爷"的印象。不过，几个归顺分子①得到宽待，跻身那个正统的社会圈子。伯纽②伯爵同意接受改造才得以进去的。

如今的"贵族"沙龙，已非当年那种沙龙了。圣日耳曼城郊区，现在就有柴薪的气味。眼下的保王派，说得好听一点，不过是哗众取宠。

在德·T夫人府上，宾客显贵，趣味高雅脱俗，又特别彬彬有礼。他们的行为习惯，不自觉体现出雅人深致，不愧是已然埋葬的旧朝的活风范。有些习惯，尤其所讲的语言，听起来很怪。有的人只知其一，不知其二，把仅仅陈旧的东西当成外省的俗话。一位女子叫"将军夫人"、"上校夫人"的称谓，并没有完全弃绝不用。那位可爱的德·莱翁夫人就喜欢这种称呼，而不用她的公主头衔，无疑是念念不忘德·龙格维尔和德·舍夫勒兹③二位公爵夫人。同

---

① 指拿破仑的拥护者归顺复辟的波旁王朝。

② 伯纽（1761—1835年）：在帝国时期任高级官员，是著名的"归顺者"。

③ 德·龙格维尔公爵夫人（1619—1679年）、德·舍夫勒兹公爵夫人（1600—1679年），都积极参加投石党人运动，即权贵反对权倾朝野的宰相马扎然的斗争。

样，德·克雷齐侯爵夫人也让人叫她“上校夫人”。

正是这个上流社会小圈子，为土伊勒里宫发明了考究的字眼，在私下同国王交谈时，总以第三人称说“国王他”，绝不说“陛下您”，认为“陛下您”的称呼已“被篡位者玷污”。

他们在那里品评时事和人物，嘲笑这个时代，这就免得去理解。他们竞相大惊小怪，彼此交流所有的知识。马图扎莱姆[①]向埃庇米尼得斯[②]传授；聋子向瞎子通报。他们声称科布伦茨[③]之后的时间是无效的。路易十八奉天承运，在位已是二十五个年头[④]，同样，流亡者正当二十五岁的少壮时期，也是理所当然的。

那里一切都是那么和谐，什么也不显得过火；话语顶多像一股气息；报纸也同沙龙协调一致，好似一种纸莎草纸刊物。那里也有年轻人，但都死气沉沉。前厅里那些号服十分老气。那些完全过时的人，由同样类型的仆人侍候，那样子全都像早已故世又不肯进坟墓。保存、保守、守旧，差不多是他们词典的全部词汇。“要有香味”，这就是问题之所在。那种遗老圈子的见解中，的确有香料，而他们表达的思想，则散发香根草的气味。那是一个僵尸的世界，主人全用防腐香料保存躯体，仆人也都制成了标本。

一位年迈可敬的侯爵夫人，流亡并破产之后，仅有一个女仆，还继续说：“我的仆役们。”

在德·T夫人的沙龙里，他们干什么营生呢？当极端保王派。

---

① 马图扎莱姆：意为老寿星，《旧约》中的犹太族，据传活了969岁。

② 埃庇米尼得斯：希腊克里特的公元前8世纪哲学家，据传他在山洞里睡了57年。

③ 当时普鲁士，现在德国城市。1792年，法国流亡贵族在那里组织武装力量反对革命。

④ 路易十七于1795年死于狱中。路易十八虽然到1814年才复辟，但他继承王位时间却从路易十七死的日子算起，到1817年也只有22年。

当极端保王派，这种说法，尽管其含义也许没有消失，但如今却没有意义了。让我们来解释一下。

当极端保王派，就是要过火，就是以王位之名攻击王权，以神坛之名攻击教权。就是拉车又不好好行驶，在辕套里乱蹦乱跳；就是在烧死异端的火势上挑剔柴堆；就是责怪偶像缺少崇拜；就是敬重过分而辱骂起来；就是觉得教皇神威不足，国王王威不足，而黑夜又太明亮；就是以白色之名不满雪花石，不满白雪，不满白天鹅和百合花；就是赞同某些事物又反成仇敌；就是过分拥护以致反对了。

极端思想成为复辟王朝初期的鲜明特点。

历史上任何时期都不像这一时刻。从1814年起始，约摸到1820年右派实干家德·维莱勒先生上台为止，那六年是个非常时期，既沸反盈天，又死气沉沉；既欢天喜地，又愁眉苦脸；既像晨曦照耀那样明朗，又覆盖着仍然充塞天际并渐渐没入过去的大灾大难的乌云。在那光亮和黑影中，有那么一个小圈子人，他们既新又老，既滑稽又悲伤，既少壮又衰朽，揉着惺忪的眼睛，再也没像还乡这样如梦初醒；一小撮人气哼哼地瞧着法兰西，法兰西则投去讥笑的目光；满大街都是好玩的老猫头鹰侯爵，还乡的人和还魂的鬼，那些旧贵族，见到什么都大惊小怪，那些勇敢而高贵的绅士，回到法兰西又是笑又是哭泣，因为重又见到祖国而欢欣鼓舞，又因再也见不到他们的王朝而悲痛欲绝；十字军时代的贵族笑骂帝国时期的贵族，也就是军人贵族；历史悠久的世族丧失了历史概念；查理大帝战友的子孙蔑视拿破仑的战友。正如我们讲的，双方的剑相互辱骂；封特努瓦的剑未免可笑，完全成了一块锈铁；马伦戈的剑也很可恶，不过是一把战刀。往昔无视昨天。大家丧失了什么是伟大的观念，什么是可笑的观念。有个人曾把波拿巴称为司卡班[①]。那个世界不存在了。再说一遍，如今什么也没有留下来。我们若是随意拣出一个人物，试图让他在我们头脑中复活，就会觉得奇怪，仿佛那是大洪水之前的世界。的确，那个世界也被大洪水吞没了，消失在两次革命的下面。思潮是多大的洪流啊！何等迅速地覆盖了它负有使命摧毁并埋葬的一切，又何等快捷冲出惊人的深度！

这就是那久远而天真的沙龙的面貌，在那里，马尔坦维尔[②]先生远比伏尔泰有才智。

那种沙龙有自己一套文学和政治。那里推崇菲耶维[③]。阿吉埃[④]先生在那里发号施令。那里评论柯尔奈[⑤]先生，马拉凯河滨路的旧书商和政论家。那里把拿破仑完全视为科西嘉的吃人魔怪。后来，将德·布奥拿巴侯爵先生写进历史，称为王国军队少将，那还是向时代精神作出的让步。

那种沙龙的纯洁没有保持多久。一到1818年，有几个空论家[⑥]在那里开始亮相，那是令人不安的苗头。那些人的作风，既为保王派，又感到歉疚。在极端派神气十足的地方，空论家有点惭愧。他们有头脑，也能金人缄口；他们的政治信条适当附了一层自负的色彩；他们一定能够成功。他们的领带特别洁白，衣冠特别整饬，而

---

① 司卡班：莫里哀的剧作《司卡班的诡计》中的主人公，是个善用计谋的仆人。

② 马尔坦维尔（1776—1830年）：《白旗报》创办人，极端保王派的狂热鼓吹者。

③ 菲耶维：法国平庸的小说家，狂热的极端保王派。

④ 阿吉埃：在政治活动中，起初为保王派，但从1824年起，在议会中成为中间派首领。

⑤ 柯尔奈：《法兰西报》的主编。

⑥ 复辟时期，从基佐、库辛等为代表的一些思想家，试图从理论上建立第三党，介于保王派和自由派之间。

且，这种仪容相当有用。空论派的过错或不幸，就在于要创造老青年。他们摆出智者的姿态，梦想将一种温和政权嫁接到过激的绝对原则上，有时还表现出少见的机智，以保守型的自由主义反对破坏型的自由主义。时常听见他们这样讲：“饶了保王主义吧！保王主义还是有不少功劳的。它带回来传统、崇拜、宗教、尊敬。它体现了忠实、勇敢、骑士精神、多情和忠诚。它尽管遗憾，还是把君主制数百年的荣誉，掺进民族新的荣誉中。它错在不理解革命、帝国、光荣、自由、年轻的思想、年轻一代和这个世纪。然而，它错待我们，我们有时不也错待它吗？我们是革命事业的继承者，而革命应当理解一切。抨击保王主义，就是同自由主义背道而驰。大错而特错！简直糊涂透顶！革命的法兰西不尊敬历史的法兰西，也就是说不尊敬自己的母亲，不尊敬自身。9月5日之后，如何对待君主时期的贵族，7月8日[①]之后，就如何对待帝国时期的贵族。他们对雄鹰曾经不公正，我们对百合花也不够公正。人们总要废除点儿什么！除掉路易十四王冠的镀金层，抠掉亨利四世徽章的光彩，这类举动有什么益处呢？我们嘲笑德·伏布朗先生抹掉耶拿桥的N字母！他那算什么行为呢？我们也正是那样干的。布维讷[②]属于我们，马伦戈也属于我们。百合花同字母N一样，都是我们的，都是我们的遗产。为什么要贬低呢？无论过去的祖国还是现在的祖国，都不应当否认。为什么不接受全部历史呢？为什么不爱整个法兰西呢？”

空论派就是这样既批评又保护保王主义的，而保王主义者既因受批评而不满，又因受保护而恼羞成怒。

---

① 1815年7月8日，路易十八第二次返回巴黎，无双议院实行白色恐怖政策，迫害波拿巴分子。1816年9月5日解散无双议院。

② 布维讷之役：1214年7月27日，法国国王奥占斯特在法国北部布维讷城，打败日耳曼皇帝奥托四世。历史学家认为这次战役是法兰西民族的第一次胜利。

极端派是保王主义第一阶段的标志，圣会[①]则构成第二阶段的特点。灵活代替狂暴。简要的描述就到此为止。

本书作者在叙述过程中，遇到现代历史的这一奇特时期，不免顺便瞥上一眼，同时勾画几笔，再现如今已感陌生的这个社会的怪模样。不过，他匆匆走笔，毫无挖苦或嘲笑之意。这些记忆关系他母亲，因此充满感情和尊敬，并把他同这段过去联系起来。况且，未尝不可以说，即使这个小小社会，也自有它伟大之处。提起来笑一笑倒是可以，但是既不能蔑视，也不能仇视它。那是从前的法兰西。

马吕斯·彭迈西跟所有儿童一样，好歹学习点儿什么。他从吉诺曼姨妈的家里出来，又由外公托付给一个最地道的老学究。这颗刚刚发蒙的童心从一个虔婆转到一个学究手中。马吕斯念完中学，又进法学院。他成了保王派，既狂热又冷峻。他不大喜欢外公，讨厌他那快活神气和厚颜无耻，想到父亲又心情忧郁怅惘。

不过，这个小伙子内心热情而表面冷淡，品格高尚而慷慨，又自豪又虔诚，有一股激情；严肃到了冷酷无情的程度，又纯洁到了未开化的状态。

四　匪徒的下场

马吕斯读完中学古典学科，恰巧是吉诺曼先生退出社交界的时候。老人告别了圣日耳曼城郊区，告别了德·T夫人的沙龙，迁往沼泽区受难会修女街，住进自己的房子里。他的用人除了门房之外，还有接替马侬的那个清扫女工妮柯莱特，以及前面提过的那个患气

① 圣会：复辟时期创建的宗教团体，统治阶层的一些人参加，1830年解散。

喘病的巴斯克人。

到1827年，马吕斯刚满十七岁。一天傍晚，他回到家，看见外公手里拿着一封信。

“马吕斯，”吉诺曼先生说，“明天，你往维尔农走一趟。”

“干什么？”马吕斯问道。

“去看看你父亲。”

马吕斯惊抖了一下，他什么都想过，就是没有想到会有一天他要去看父亲。对他而言，没有比这更突然，更意外，可以说更讨厌的事情了。这是被迫去接近的疏远感觉。这不是一件苦恼的事，不是的，而是一件苦差事。

除了政治上对立的因素之外，马吕斯还确信，他父亲，正如吉诺曼先生在心平气和时所称呼的，那个武夫，并不喜爱他，这是显而易见的，否则就不会这么抛弃他，丢给别人不管了。既然感到别人根本不爱他，他也绝不爱别人。这道理再简单不过了，他心里这样想。

当时他十分惊诧，竟没想到问一问吉诺曼先生。外公倒是又说了一句：“他好像病了，要见见你。”

他停了一下，又补充说：“明天早晨动身吧。我想，水泉大院有一辆车，每天六点钟启程，傍晚到达。你就乘那辆车吧。他说要赶紧去。”

说罢，他把信揉成一团，塞进衣兜里。马吕斯本来当天晚上就可以动身，次日早晨赶到父亲身边。当时，布卢瓦街有一趟驿车，夜间驶往鲁昂，经过维尔农。无论吉诺曼先生还是马吕斯，谁也没有想到去打听一下。

次日，马吕斯在暮色中到达维尔农。住户开始上灯了。他逢人就打听“彭迈西先生的住所”。要知道，他在思想上同意复辟时期的举措，也一概不承认他父亲的男爵和上校头衔。

他来到人家指点给他的住所，拉了门铃；一位妇人端着一盏小油灯，来给他开门。

“彭迈西先生在吗？”马吕斯问道。

那妇人站立不动。

“是这儿吧？”马吕斯又问道。

那妇人点了点头。

“我能跟他谈谈吗？”

那妇人又摇了摇头。

“我可是他儿子呀！”马吕斯又说，“他正等着我呢。”

“他不等您了。”那妇人说道。

马吕斯这才发现她在流泪。

她指了指一间矮厅的门，让马吕斯进去。

一根羊脂烛放在厅里的壁炉上，照见三个男人：一个站立，一个跪着，另一个身穿衬衣，直挺挺躺在方砖地上。躺在地上的人便是上校。

那二人，一个是大夫，一个是在祈祷的神父。

上校害了大脑炎有三天了；刚一发病，他就感到情况不妙，给吉诺曼先生写了信，要求见见儿子。病情恶化了，就在马吕斯到达维尔农的这天傍晚，上校突然发作，进入谵妄状态，他从床上起来，推开女用人，嚷道：“我儿子还不到！我就迎他去！”接着，他走出房间，摔倒在前厅的方砖地上。他刚刚咽气。

早就有人去叫大夫和本堂神父。大夫来得太迟了，神父来得太迟了。同样，他儿子也来得太迟了。

在昏暗的烛光中，只见上校躺在地上，脸色惨白，眼里流出一大滴泪：眼睛已无神采，泪珠还没有干。那滴眼泪，是因为儿子迟迟不到。

马吕斯注视他头一次也是最后一次见到的这个人，这张令人钦敬的男子汉的脸，这双睁着而不视人的眼睛，这一头白发，这健壮的肢体，只见肢体上刀伤留下的一道道疤痕、弹洞留下的一颗颗红星。他端详着给这张面孔增添英雄气概的巨大创伤、上帝给这张面孔打上的善良的印记，心想这个人就是他父亲，这个人死了，而他却显得很冷静。

他所感到的悲哀，也是面对任何躺着的死者就会产生的悲哀。

然而，这屋里人都在哀悼，沉痛地哀悼。女用人在角落里抹眼泪，本堂神父听得出在抽噎着祈祷，大夫在擦眼睛，死者本身也流泪了。

大夫、本堂神父和那女人，在悲痛中看着马吕斯，谁也没有讲一句话；这里他才是外人。马吕斯无动于衷，不免感到惭愧，持这种态度也很尴尬，便让手中拿的帽子失落到地上，以便让人相信他十分痛苦，连拿帽子的气力都没有了。

同时他又感到几分内疚，蔑视自己这种行为。然而，这是他的过错吗？他不爱父亲，就是这样！

上校什么也没有留下。变卖家具的钱也勉强够丧葬费。女用人发现一张破纸，交给了马吕斯，纸上有上校亲笔写的几句话：“吾儿亲览：皇上在滑铁卢战场上亲口封我为男爵。既然复辟政权否认我用鲜血换来的这一爵衔，吾儿就应当承袭过去。毫无疑问，吾儿是当之无愧的。”

上校在后面还补充几句：“就在滑铁卢那场战役，一名中士救了我的命。那人叫德纳第。近来，我恍惚听说，他开一家小客栈，在巴黎附近一个村庄，晒勒或者蒙菲郿。吾儿若遇见那个德纳第，万望尽力报答。”

马吕斯接过纸条，紧紧握在手里，他倒不是多么崇敬父亲，而是对死者产生一种泛泛的尊重；须知这种尊重，在人心里总是不可遏制的。

上校的遗物什么也没有留下。吉诺曼先生派人把他的佩剑和军服卖给旧货商。左邻右舍将他的园子掠夺一空，窃取了稀有花草。其余花木变成了杂草丛生的荆棘或者死掉。

马吕斯在维尔农只逗留了四十八小时。等安葬一结束，他就回到巴黎，继续修法律，并不怀念父亲，就好像世上从来没有他那个人似的。上校两天就葬入地下，三天就被人遗忘了。

马吕斯帽子上多了一条黑纱。仅此而已。

五　去做弥撒能变成革命派

马吕斯保持了童年养成的宗教习惯。一个星期天，他去圣绪尔皮斯做弥撒，那正是他小时由姨妈带去做弥撒的圣母堂。那天，他比平常更加心不在焉，神不守舍，随意跪在一根柱子后面的椅子上；那张乌得勒支丝绒面的椅子靠背上写着这个名字：“本堂财产管理员，马伯夫先生。”弥撒刚刚开始，一位老人走过来，对马吕斯说：“先生，这是我的席位。”

马吕斯赶紧让开，老人这才就座。

弥撒结束后，马吕斯站在几步远的地方，还在想心事。老人又走上前来，对他说：“先生，我请您原谅刚才打扰您，现在又来打扰您；您大概觉得我这人不讲情理，我有必要向您解释一下。”

“先生，不必了。”马吕斯说道。

“不行！”老人又说道，“我不愿意给您留下坏印象。您看到了，我特别看重那个座位，觉得在那个位置上做弥撒好得多。为什么呢？让我来告诉您。一连好几年，每隔两三个月，我总看见一个可怜的好父亲来到这里，就坐在那个位置上，看望他的孩子；除此以外，他没有别的机会和办法，因为家里达成协议，不准他接近自己的孩子。他及时赶来，掌握什么时候有人带他儿子来做弥撒。那孩子并不知道他父亲来了。天真的孩子，也许他都不清楚自己还有个父亲！那父亲怕被人瞧见，就躲在这根柱子后面，一边望他孩子一边流泪。那可怜的人，他多么喜爱那孩子呀！那情景我见到了，因此在我的心目中，这里变得神圣了，我来这里做弥撒已经形成习惯。我是本堂财产管理员，有权坐功德凳，但我更喜欢这里。我还多少了解一点那位不幸的先生。他有个岳父，有个富有的大姨子，还有几个亲戚，我就不大清楚了，他们威胁不准他这个做父亲的看儿子，否则就取消孩子的财产继承权。他牺牲了个人，好让儿子有朝一日又有钱又幸福。他们是因为政治见解拆散那对父子的。当然，我同意政治见解，但是有些人不懂得适可而止。上帝啊！一个人只因到过滑铁卢，总不能就说是魔怪，不能为了这个就把父亲和孩子拆开。他是波拿巴的一名上校，听说已经死了。当时他住在维尔农，那里有我一个任本堂神父的兄弟；他好像叫什么彭迈里，或者彭派西……好家伙，他脸上有一大道刀伤。”

“叫彭迈西！”马吕斯脸刷地白了，说道。

“一点不错。彭迈西。您认识他吗？”

“先生，”马吕斯答道，“那是我父亲。”

那位老管理员合拢双手，高声说道：“哦！您就是那个孩子！对，是这样，现在该长成大人了。嘿！可怜的孩子，您可以说，您有个非常爱您的父亲！”

马吕斯让老人挽住胳臂，一直送他回到住所。次日，马吕斯对吉诺曼先生说：“我们几个朋友约好去打猎，您能准许我出去三天吗？”

“四天吧！”外公回答，“去吧，痛快玩一玩。”

接着，他眨了眨眼，低声对他女儿说：“去会小妞儿啦！”

六　遇见教堂财产管理员的后果

马吕斯去什么地方，稍后就会知晓。

马吕斯出去三天，返回巴黎，又径直去法学院图书馆，借阅《政府公报》的合订本。

他读了《政府公报》，读了共和国和帝国的全部历史、《圣赫勒拿岛回忆录》、各种回忆录、报纸、战报、公告；他饱览一切。他在大军战报上头一次遇见他父亲的名字；就整整发了一周的高烧。他去拜访乔治·彭迈西曾在麾下效过力的那些将军，其中有H伯爵。他又去看过本堂财产管理员，那位马伯夫神父向他讲述了上校退休，在维尔农的生活，栽种花草和孤单的日子。马吕斯这才完全了解他父亲那个人，那个少有的杰出而温厚的人，那个猛如雄狮又驯如羔羊的人。

这期间，他全部时间和整个心思，都用来研究文献，几乎不怎么见吉诺曼家的人，只到吃饭的时刻才露面，饭后再找他就不见了。姨妈开始咕哝起来。吉诺曼老头则微微一笑，说道：“嗳！嗳！这是追小妞儿的时候嘛！”有时，老人还补充一句：“我还以为随便玩玩呢，看样子还真迷上啦！”

的确迷上了。马吕斯开始着迷地崇拜他父亲。

与此同时，他的思想发生了异乎寻常的变化。这种变化有许多阶段，也是逐步进行的。这也是我们时代许多人的思想历程，因此，我们认为有必要一步一步追踪，逐个勾画出这些阶段。

这段历史，他刚投上几眼就大为惊骇。

头一个反应便是眼花缭乱。

直到那时，共和国、帝国这些字眼，对他来说十分可怕。共和国，是黄昏中一个绞刑架；帝国，是黑夜里一把战刀。可是，他投眼望去，本以为只能看见一片黑暗的混沌，不料望见闪闪发光的星辰、冉冉升起的太阳，真是万分惊讶，又喜又怕；那些星辰是米拉博、韦尼奥、圣茹斯特、罗伯斯庇尔、加米尔·德穆兰、丹东，而那太阳就是拿破仑。他晕头转向，连连后退，只觉得辉光耀眼。继而，一阵惊愕过后，他渐渐适应这一道道灿烂的光芒，注视那些行动而不目眩，审视那些人而不恐惧了；革命和帝国通明透亮，远远出现在他幻视的目光前面；他望见那两组事件和人分别概括在两个巨大的事实中：共和国的事实，就是归还给民众的民权取得崇高地位；帝国的事实，就是强加给欧洲的法兰西思想取得崇高地位；他望见从革命里出现人民的伟大形象，从帝国里出现法兰西的伟大形象。他在内心里宣布，这一切都是好的。

这种初步评价还太笼统，他一时目眩所忽略的方面，我们认为没有必要在此指明。须知，这是人的思想进展中的状态。进步不可能一蹴而就。这话对上文和下文都适合，交代了这一点，我们再往下说。

于是他发觉，直到那时候，他既不了解自己的国家，也不了解自己的父亲。无论祖国还是父亲，他都毫无认识，真好像故意让夜幕蒙住自己的眼睛。现在，他看见了：对祖国他赞美，对父亲他热爱。

他心里充满懊悔和愧疚，现在他百感交集，只能向一座坟墓诉说了，想想怎不悲痛欲绝！唉！如果他父亲还在人世，如果他还拥有父亲，如果上帝大慈大悲，还让这位父亲活着，那么，他会怎样飞速跑去，会怎样扑向父亲，会怎样高喊："父亲！我来啦！是我呀！我有你这样一颗心！我是你儿子呀！"他会怎样拥抱父亲的头，泪水洒满他的白发，他会怎样瞻仰父亲的刀伤，紧握父亲的双手，会怎样欣赏父亲的衣服，亲吻父亲的双脚！唉！这位父亲，为什么早早就离世，还没有上年纪，还没有得到公正待遇，还没有得到儿子的爱呀！马吕斯心中无时不在饮泣，无时不在唉声叹气！与此同时，他变了，变得真的更加严肃，真的更加深沉，真的更加确信自己的信念和思想了。真实的光芒时刻照来，充实他的理念。他内心仿佛成长起来，感到自身壮大了，那是两种新事物，他的父亲和祖国给他带来的。

一旦有了钥匙，什么门都能打开；同样，马吕斯也弄明白了他从前所仇恨的，洞悉了他从前所憎恶的；从此他清晰地看到，别人教他鄙视的那些伟大事物，别人教他诅咒的那些伟大人物所体现的天意、神意和人意。原来的见解不过是昨天的事，现在想起来却恍若隔世，他心中又气恼，又哑然失笑。

他转变了对父亲的看法，接着也自然改变了对拿破仑的看法。

不过应当指出，改变对拿破仑的看法，不是一帆风顺的。

他从小脑袋里就灌满了1814年党人对拿破仑的评价。复辟王朝的各种偏见、全部利益和本能，都极力歪曲拿破仑。王朝憎恨罗伯斯庇尔，更憎恨拿破仑，而且相当巧妙地利用了国家的疲敝和母亲的怨恨，把波拿巴描绘成了近乎传说中的魔怪；正如我们刚才指出的，民众的想象类似儿童的想象，为了按照民众的想象来描绘拿破仑，1814年党人陆续抛出形形色色的骇人脸谱，从可怕而不失为伟大的直到可怕转而可笑的，从提比略[①]直到吓唬孩子的妖怪。因此，

① 提比略（公元前42—37年）：罗马皇帝（14—37年），历史上被视为暴君。

一提起拿破仑，只要泄愤，就可以号啕大哭，也可以纵声大笑。对于人们习惯称呼的“那个人”，马吕斯的头脑里从来没有别的看法。而那种看法又同他的倔强秉性相结合，他身上附了一个憎恨拿破仑的顽固小人儿。

在阅读历史，尤其通过文献和材料研究历史的过程中，在马吕斯眼中遮盖拿破仑的幕布渐渐撕开了。他隐约望见无比巨大的影像，怀疑起自己直到这时为止，就像看错其他事物一样，也看错了拿破仑；他一天比一天看得清楚了，并开始一步一步缓慢地攀登，起初还颇为遗憾，继而兴奋起来，仿佛受到一种不可抗拒的诱惑力所吸引，他步上的是狂热崇拜的梯阶，开头很昏暗，渐渐才有了亮光，最后终于光明灿烂了。

一天夜晚，马吕斯独自待在顶楼的小卧室里，双肘支靠在敞着窗口的桌子上，借着烛光阅读。各种各样的幻想自天而降，同他的思想交织起来。夜景多么奇妙！不知从什么地方隐隐传来声响，比地球大一千二百倍的木星好似一块火炭，闪耀着红光，幽暗的苍穹星光闪烁，真是奇妙无比。

他在翻阅大军战报，那是在战场上写出来的荷马史诗般的诗篇；他时而遇见父亲的名字，随处可见皇帝的名字，眼前就出现整个大帝国；他胸中的海潮汹涌上涨，有时觉得父亲像一股清风，从他身边经过，对着他耳朵说话；他越来越变得怪异了，恍若听见战鼓声、炮声、军号声、营队行进的整齐步伐、远处骑队奔驰的隐约马蹄声；他不时抬起眼睛眺望天空，凝望无垠的深邃中闪耀着巨大的星辰；继而目光收回到书本，他看见另一些巨大的事物影影绰绰地晃动。他的心缩紧，激动起来，浑身开始颤抖，呼吸也急促了，突然，他站起来，不知心里想到什么，也不知在顺从什么，双臂却伸到窗外，凝望那巨影、那沉寂、那幽邃的无限、那茫无垠际的永恒，高喊了一声：皇帝万岁！

从这时起，大势已定。什么科西嘉的吃人魔怪，什么篡位者，什么暴君，什么同胞妹乱伦的禽兽，什么跟塔尔马学艺的小丑，什么在雅法下毒的罪犯，什么老虎，什么布奥拿巴，这一切统统化为乌有，在他头脑里让位给一片浩茫而灿烂的光芒，在那光芒中高不可攀的地方，挺立一尊恺撒大理石像，好似惨白的幽灵。在马吕斯父亲的心目中，皇帝还仅仅是人们所敬佩并愿为效命的亲爱的统帅；而在马吕斯看来，他是继罗马人之后，法国人统御世界的命定的设计师，他是一个崩溃世界的伟大建筑师，继承了查理大帝、路易十一、亨利四世、黎塞留、路易十四，以及公安委员会，当然他也有污点，有过错，甚至有罪恶，就是说他是人；不过，他在过错中仍不失庄严，在污点中仍不失辉煌，在罪恶中仍不失英伟。他是上天派的人，来迫使所有国家说："伟大的国家。"他做得还要出色：他是法兰西的化身，以他手中之剑征服欧洲，以他放射的光明征服世界。在马吕斯看来，波拿巴是个闪闪发光的幽灵，始终屹立在边境线上，保卫着未来。他是独裁者，却是狄克推多[①]，是从一个共和国诞生出来并概括一场革命的独裁者。在马吕斯看来，拿破仑成为人民的人，正如耶稣成为神人一样。

可以看出，他的行为酷似新皈依一种宗教的人，因自己的皈依而极度兴奋，急不可待地投进去，而且走得太远。他天性如此，一旦从斜坡往下滑，就很难收住脚了。对武力的狂热占据了他的头脑，使他对思想的热忱变得复杂了。他丝毫也没有意识到，他崇拜天才，也夹杂着崇拜武力，换句话说，他往自己偶像的两个格子里，分别安放了神圣的东西和野蛮的东西。在许多方面，他也出了

---

① 狄克维多：古罗马的独裁官。

别的差错。他什么都接受。在追求真理的路上，有可能遇到谬误。他有一种强烈的诚心，什么都囫囵吞下去。他走上新的道路，无论审判旧制度的错误，还是衡量拿破仑的光荣，他都忽略了应当打折扣的情况。

不管怎样，飞跃了一步。他看到从前君主制衰败的地方，现在法兰西崛起了。他改变了方向，落日变成日出的地方。他掉了个头。

这一系列转变在他身上完成，而他家人却毫无觉察。

在这种隐秘的变化中，他完全蜕掉波旁和极端派的那层旧皮，抛掉了贵族、雅各派①和保王派，变成完全的革命派、彻底的民主派，而且接近革命派了，于是，他到金银河滨路的一家刻字店，定制了一百张“马吕斯·彭迈西男爵”的名片。

他围绕着父亲在内心所发生的变化，这仅仅是极合逻辑的一种后果。可是，他不认识任何人，又不能把名片散发到人家的门房，就只好揣在自己的衣兜里。

还有一种自然的后果，就是他越接近他父亲及其名望，越接近上校为之战斗二十五年的事物，就越疏远他外公。我们说过，他根本不喜欢吉诺曼先生的性情，这情况由来已久。在这个严肃的青年和这个轻浮的老人之间，处处都不合调儿。老东西的快活刺激并加剧维特的忧伤。只要政治见解和思想一致，就等于有一座桥梁，马吕斯可以在上面和吉诺曼先生相会。一旦这座桥梁坍毁，就出现鸿沟了。还有最重要的一点，吉诺曼先生出于愚蠢的动机，无情地把他从上校的身边夺走，既让父亲失去孩子，也让孩子失去父亲，马吕斯一想到这事儿，心里对吉诺曼先生就产生一种难以名状的

---

① 英国1688年革命后，还拥护雅各二世和斯图亚特王朝的人，称雅各派。

激愤。

马吕斯对父亲实在太敬重了，结果对老外公几乎产生了厌恶的情绪。

我们已经提过，这一切丝毫也没有流露出来，只是他变得越来越冷淡了，在餐桌上寡言少语，也不大待在家里。姨妈为此责备过他，他回答的口气非常温和，总说有事，研究，上课，考试，听讲座等等。老外公总脱离不开他那把握十足的判断：“有了心上人！这事儿我懂！”

马吕斯不时要外出。

“他总走，到哪儿去呢？”姨妈问道。

他外出旅行，时间总是很短，有一次去了蒙菲郿，那是遵从父亲的遗言，去找从前在滑铁卢那个中士，客栈老板德纳第。德纳第破了产，小客栈关了门，下落不明。马吕斯离家寻访了四天。

“毫无疑问，他什么也不顾了。”老外公说道。

有人仿佛看到，他胸前衬衫里有什么东西，吊在他颈上的一条黑带上。

七　追小妞儿

我们提过一个枪骑兵。

他是吉诺曼先生的侄孙，一向离家在外，也远离所有居家住户，过着军营生活。特奥杜勒·吉诺曼中尉具备所谓英俊军官的全部条件。他有一副“仕女的身段”，有一种拖曳战刀的英武姿势，还有两撇向上翘的小胡子。他极少来巴黎，就连马吕斯也从未见过。这对儿表兄弟彼此仅仅知道名字。我们好像说过，特奥杜勒是吉诺曼姑妈的宠儿。只因见不到，姑妈才特别喜欢他。见不到面的人，就会令人想得非常完美。

一天早晨，吉诺曼大小姐回到屋里，一副平静惯了所能表露出来的激动神情。刚才，马吕斯又请求外公准许他外出短期旅行，并说打算当天晚上就动身。“去吧！”老外公回答。吉诺曼先生随即又转过身，两道眉毛挑到额头上，旁白了一句：“在外留宿，屡教不改。”吉诺曼小姐上楼回房，在楼梯上抛出这样一个感叹句：“太过分啦！”还抛出这样一个疑问句：“他到底去哪儿呢？”她隐约猜出多少难于启齿的一次艳情，隐约看到暗中有个女人，是一次约会，一次偷情；她很想借助眼镜仔细瞧瞧。领略一下偷情，就像乍见一场风波那样新鲜；圣洁的灵魂也绝不厌恶。虔诚的心曲也有密室，装着对丑闻的好奇。

因此，她隐约渴望了解这样一件事的经过。

这种好奇所引起的躁动稍微打乱她的习惯，为了转移注意力，她就往自己的手艺中逃避，开始把剪布图案绣在布上；那种剪接绣满车轮图案的饰物，在帝国和王朝复辟时期非常流行。腻烦的活计，烦躁的绣工。吉诺曼小姐已经坐了好几个小时未动窝，忽然房门打开，她扬起鼻子，看到特奥杜勒中尉站到面前，正向她行军礼。她高兴得叫起来。一个女人老了，又一贯正经、虔诚，又是姑妈，不过，看到一名枪骑兵走进房间，总归是件快活的事儿。

“你到这儿啦，特奥杜勒！”她惊叫道。

“是顺道看看，姑妈。”

“倒是快点拥抱我呀。”

“好哇！”特奥杜勒回答。

他上前拥抱了吉诺曼姑妈。姑妈走到写字台前，打开抽屉。

“你至少陪我们一周吧？”

“姑妈，今天晚上我就得走。”

“怎么可能！”

“一点儿不错！”

“留下吧，我的小特奥杜勒，求求你啦。”

“心要留下，可是军令不行。事情很简单。我们要换防，原先驻扎在默伦，现在转移到加永。从老防地去新防地，要经过巴黎。我就说：我要去看看姑妈。”

“喏，这是你的辛苦费。”

她往侄儿手中塞了十枚金路易。

“您是说给我的娱乐费吧，亲爱的姑妈。”

特奥杜勒再次拥抱姑妈，而老姑妈脖子让他军服的饰带划了一下，产生一阵快感。

“一路上，你是随着团队骑马走吧？”姑妈问他。

“不，姑妈。我打定主意来看您，得到特殊允许。我的勤务兵把我的马带走了，我乘驿车去。对了，我要问您一件事。”

“什么事？”

“我那表弟马吕斯·彭迈西，他也要外出吗？”

“这事儿你怎么知道？”姑妈说；一句问话突然搔到她好奇心的最痒处。

“我刚一到，就去驿站定了一个下座。”

“那又怎么样？”

“有个旅客来过，定了一个上层座。我在单子上见到他的名字。”

“叫什么？”

“马吕斯·彭迈西。”

“坏小子！”姑妈嚷道，“哼！你那表弟可不像你这样规矩。在驿车上过夜，成什么体统！”

“跟我一样。”

“你不一样，是执行任务；而他呢，是去胡闹。”

“好家伙！”特奥杜勒说道。

说到这里，吉诺曼大小姐灵机一动，有了个主意。她若是个男子汉，一定会拍拍额头。她责备特奥杜勒：

“你知道吗？你那表弟都不认识你！”

“不知道。我是见过他，可是，他从来不屑仔细瞧我一眼。”

“你们是要同车旅行啦？”

“他在上层座，我在下层座。”

“那趟车去哪儿呢？”

“去昂德利斯。”

“马吕斯要去那儿吗？”

“除非跟我一样中途下车。我到维尔农换车去加永。马吕斯的路线，我根本不知道。”

“马吕斯！这名字难听死了！怎么能想到起马吕斯这名字呢！而你，叫特奥杜勒，至少说得过去！”

“我倒更愿意叫阿尔弗雷德。”军官说道。

“听我说，特奥杜勒。”

“我听着呢，姑妈。”

“注意。”

“我注意了。”

“准备好了吗？”

“好了。”

“告诉你，马吕斯时常不回家。”

“嘿，嘿！”

“他时常旅行。”

“哦，哦！”

“他时常在外面过夜。”

“嗬，嗬！”

“我们想了解这里面有什么名堂。”

特奥杜勒像老练而麻木的人那样，平静地回答：

“有条短裙子吧。”

接着，他皮笑肉不笑，显得把握十足，又补充一句：

“有个小妞儿吧。”

“显而易见。”姑妈高声附和。她听那口气，真像吉诺曼先生说的话：叔公和侄孙几乎以同样的腔调说出“小妞儿”这个词，这就使她确信无疑了。她又说道：

“请你帮我们一个忙，盯着点儿马吕斯；这事儿容易做，他不认识你。既然有小妞儿，那就设法瞧瞧那小妞儿。然后写信来，向我们讲讲这段有趣的故事，让他外公开开心。”

对这种跟踪盯梢儿的事，特奥杜勒不大感兴趣；不过，他接了十路易金币，非常感动，觉得以后还可能哗哗地跟来。于是，他接受使命，说道：

“听您的吩咐，姑妈。”但他心下又暗说一句：“这下子我成了老保姆了。”

吉诺曼小姐亲了他一下。

“你呀，特奥杜勒，你可不会干那种荒唐事儿。你遵守纪律，是营规的奴隶，是安分尽职的人，你绝不会离开家，去会那种女人。”

枪骑兵做了个鬼脸，那种满意的神色，就像伽尔图什[①]听人称

---

① 伽尔图什（1693–1721年）法国一个盗匪团伙的首领。

赞他奉公守法一样。

在这次谈话的当天晚上，马吕斯上了驿车，根本想不到会有人监视他。至于那位监视人，他做的头一件事就是呼呼大睡，可以说高枕无忧，完全进入梦乡。阿耳戈斯①鼾声响了一整夜。

天蒙蒙亮的时候，车夫嚷道："维尔农！维尔农站到啦！到维尔农的旅客下车啦！"特奥杜勒中尉醒来。

"对，"他还处于半睡状态，咕哝道，"我是在这儿下车。"

继而，他完全醒来，头脑也渐渐清晰了，这才想到他姑妈、那十路易，以及他肩负的使命，要汇报马吕斯的举动。想到这里他笑了。

他一边重新把紧身军衣扣上，一边想道：也许他不在车上了。他到普瓦西就可能下去了，到特里埃尔就可能下去了；他若是没在默朗下车，就可能在芒特下车，除非到罗勒布瓦兹下去了，或者一直到帕西，再换车往左边去埃夫勒，或者往右边去拉罗什-吉永。你在后边追吧，我的姑妈。鬼晓得我写信向那个老太婆说什么？

正在这时候，从顶层车厢下来一条黑裤子，出现在下层车厢的窗口。

"会是马吕斯吗？"中尉说道。

正是马吕斯。

车下有个农村小姑娘，混在马匹和马夫当中，正向旅客叫卖鲜花："鲜花送给您的太太小姐吧。"

马吕斯走上前，买了她篮子里最美的鲜花。

"这下可把我的劲头挑起来！"特奥杜勒说着，跳下底层车厢，"见鬼，这些花，他要送给谁呢？这样一束美丽的花，只有一

---

① 阿耳戈斯：希腊神话中的百眼巨人，奉天后之命看守被变成小母牛的伊娥。她睡觉时闭五十只眼睛，睁五十只眼睛。

个绝色女子才配。我要见她一面。”

于是，他开始跟随马吕斯，但现在不再顾什么使命，而是受好奇心的驱使了，就好像猎犬被自己捕猎了。

马吕斯根本不注意特奥杜勒。驿车上下来几位衣着华丽的女子，而他旁若无人，连看也不看一眼。

“他可真够痴情的！”特奥杜勒想道。

马吕斯朝教堂走去。

“好极了！”特奥杜勒心下暗道，“教堂！正是。情侣约会，加点弥撒当佐料，就最有味道了。从仁慈上帝的头顶抛送秋波，再也没有比这更美妙的事了。”

马吕斯走到教堂，却没有进去，而是绕到后殿，过了半圆后殿的一个墙垛就不见了。

“露天约会，”特奥杜勒咕哝道，“瞧瞧那小妞儿。”

他踮起长筒靴，朝马吕斯拐过去的墙角走去。

到了那儿，他惊愕地站住了。

马吕斯双手捧着额头，跪在一座坟茔的杂草中，他揪下那束鲜花的花瓣撒在坟前。坟墓一端突出的部分，表明是坟头，插着一支黑色木十字架上面白色的字是这个名字：“上校彭迈西男爵”。只听马吕斯痛哭失声。

那“小妞儿”就是一座坟茔。

八　大理石碰花岗岩

马吕斯头一回离开巴黎，就是来这里。后来吉诺曼先生每次说他在外留宿，他也是来这里。

特奥杜勒中尉不料碰上一座坟墓，真是惊诧不已，产生一种特殊的不快，这种感觉难以分析，既有对一座坟茔，也有对上校的敬意。他退回去，丢下马吕斯独自待在公墓里；这种后撤也是遵守纪律的表现。眼前出现的戴着大肩章的死者，他差一点行了个军礼。他不知道该如何给姑妈写信，就干脆不写了；如果不是偶然中常见的那种鬼使神差，使维尔农这一场面立即在巴黎掀起一场风波的话，马吕斯的爱被特奥杜勒发现，大概也不会造成任何后果。

第三天大清早，马吕斯从维尔农返回外公家。在驿车上过了两夜，他感到十分疲惫，需要去学一小时游泳才能补偿睡眠，于是匆忙上楼回房间，脱下旅行装，摘下脖子上的黑带子，就赶往浴场。

吉诺曼先生同所有健康的老人一样，早早就起床，听见外孙回来，就迈动两条老腿，以最快的速度爬楼梯，到马吕斯住的阁楼拥抱他，问问情况，了解一下他从什么地方回来。

可是，小伙子下楼比八旬老人上楼用的时间少得多，等吉诺曼老头走进阁楼房间，马吕斯已经不在了。

床铺没有动过，上边随意摊着那身旅行装和那条黑带子。

“有这东西更好。”吉诺曼先生说了一句。

过了一会儿，他走进客厅，只见吉诺曼大小姐已经坐在那儿，正绣她那车轮图案呢。

吉诺曼先生进来得意洋洋。

他一手拎着旅行装，一手提着脖颈带子，进门就嚷道：

“胜利啦！我们就要探到秘密啦！我们就要弄个水落石出啦！我们就要摸到这个鬼鬼祟祟的小子的风流事儿啦！我们掌握了他的浪漫故事。我拿到了肖像！”

果然，颈带吊着一个黑色驴皮圆盒，颇像一枚大勋章。

老人拿起小盒，先不忙打开，赏玩了一阵，那神态就像一个可怜的饿鬼，眼看一顿丰盛的晚餐从自己鼻下给别人端去；真是又欣喜若狂，又心头火起。

“里面装的显然是肖像，这事我内行，这东西情意缠绵地挂在胸口。他们也太傻啦！很可能是个丑八怪，见了叫人不寒而栗！如今的年轻人呀，口味儿也太差劲啦！”

“先拿出来瞧瞧吧，父亲。”老小姐说道。

按一下弹簧盒子就开了，可是里面只有仔细折叠好的一张纸。

“老一套，”吉诺曼先生哈哈大笑，说道，“我知道是什么玩意儿。一封情书！”

“哦！那就念念吧！”老小姐说道。

说着，她戴上眼镜。他们打开那张纸，只见上面写道：

“吾儿亲览：皇上在滑铁卢战场上亲口封我为男爵。既然复辟政权否认我用鲜血换来的这一爵衔，吾儿就应当承袭过去。毫无疑问，吾儿是当之无愧的。”

父女二人的感觉真是难以言传，浑身仿佛让骷髅头吹的寒气冻僵了。他们没有交换一句话，只有吉诺曼先生好像自言自语，低声说道：

“正是那个武夫的笔迹。”

老小姐翻来覆去地检查那张纸，然后放回小盒里。

与此同时，一个长方形的蓝纸包从旅行装的一个兜里掉出来。吉诺曼小姐拾起，打开蓝纸包。那正是马吕斯的一百张名片。吉诺曼先生从她手里接过一张，念道：“马吕斯·彭迈西男爵”。

老人拉铃叫来妮珂莱特，拿起颈带、小盒和旅行装，全扔到客厅中央的地上，说道：

“把这些破烂儿都拿走！”

在沉默中整整过去了一小时。老头子和老姑娘背对背坐着，各自想心事，也许在想同样的事。一小时过后，吉诺曼姨妈说了一句：

“精彩！”

又过了一会儿，马吕斯回来了。他刚一到，还未跨进客厅的门，就看见他外公手里拿着他的一张名片；外公一同他照面，就摆出高人一等的绅士派头，带几分蔑视的口气，大声嘲笑道：

“嗬！嗬！嗬！嗬！好家伙，现在你是男爵啦！恭贺你呀。这究竟是什么意思呢？”

马吕斯的脸微微一红，答道：

“这就是说，我是我父亲的儿子。”

吉诺曼先生收敛冷笑，厉声说道：

“你父亲是我！”

“我父亲，”马吕斯垂下目光，神态严肃地接着说，“是个低微而英勇的人，他为共和国和法兰西光荣地效过力，他是人类最伟大的历史时期的伟大的人，他在野营中度过四分之一世纪，白天冒着枪林弹雨，夜晚冒雨睡在雪地泥地，他夺过两面敌军军旗，受过二十几处伤，死后遭人遗忘和背弃，他一生只有一个过错，就是过分爱了两个忘恩负义的东西：他的国家和我！”

吉诺曼先生哪能容忍这种话，他一听到“共和国”，就霍地起来，说得更恰当些，挺身而立。马吕斯说的每一句，都像鼓风炉吹旺火的热气，扑到那老牌保王派的脸上。只见他那张脸由阴沉变红，由红变紫，又由紫变得燃烧起来。

“马吕斯！”他吼道，“你这可恶的孩子！我不知道你父亲是什么东西我也不想知道！我不知道他干了什么，也不知道他那个人！而我所知道的，就是他们那伙人当中，全都是无耻之徒！他们那些人，全是无赖、杀人凶手、红帽子党徒、盗匪！我说全是！我说全是，但我一个也不认识！我说全是！听见了吗，马吕斯！你明白了吧，你是男爵，就跟我这拖鞋一样！他们全是为罗伯斯庇尔卖命的匪徒！全是为布一奥一拿一巴卖命的强盗！他们全是逆贼，背叛，背叛，背叛！背叛了他们合法的国王！他们全是胆小鬼，在滑铁卢见到普鲁士和英国人望风而逃！我就知道这个。令尊大人也在那里，我不得而知，我很遗憾，算他活该，恕在下直言！”

马吕斯一听这话，面颊也变成炭火，而吉诺曼先生却成热风了。马吕斯浑身颤抖，脑袋冒火，不知道该怎么办，如同眼睁睁看人将圣饼扔一地的神父，又像干看着行人唾其偶像的僧人。在他面前说出这种话，绝不能不受惩罚。可是怎么办呢？刚才当着他的面，把他的父亲践踏了一阵，是谁践踏的呢？是他外公。怎么能为一个雪耻而又不冒犯另一个呢？他不可能辱骂外公，同样不可能不为父亲雪耻。一边是一座神圣的坟墓，另一边是白发苍苍的脑袋。这一切在他头脑中回旋翻腾，他一时像醉了一样，站立不稳；继而，他抬起头，眼睛盯着老外公，像打雷一般吼叫一声：

“打倒波旁王室，打倒肥猪路易十八！”

老人本来涨红的脸陡然变色，比头发还白了。他转向摆在壁炉上的德·贝里公爵半身像，以庄严得出奇的姿态深鞠一躬。接着，他从壁炉到窗口，又从窗口到壁炉，缓步默默地走了两个来回，如同一尊石雕像行走那样，踏得地板咯咯山响。走第二趟的时候，到了在冲突面前像老绵羊一样惊得发呆的女儿跟前，他便俯过身去，面带近乎平静的微笑说道：

“一位像先生那样的男爵，一个像我这样的市民，是不能住在同一个屋顶下的。”

他猛地直起身，面无血色，额头因盛怒的骇人光芒而扩大了，颤抖地朝马吕斯举起手臂，吼道：

“滚出去！”

马吕斯离开了住宅。

第二天，吉诺曼先生对他女儿说：

“每六个月，您寄六十皮斯托尔[1]给那个吸血鬼，今后，您永远也不要向我提起他。”

还有满腔怒火无处发泄，他就连续三个多月用“您”称呼女儿。

马吕斯也气冲冲地走了。应当指出，有一个情况更加激怒了他。这类意外的小误会，总要使家庭风波变得更复杂。各人过错实际上虽然没有增加，可是怨恨却加深了。那个妮珂莱特遵照老外公的吩咐，急忙将那些“破烂”送回马吕斯的卧室，无意中将珍藏上校遗书的黑色圆皮盒失落，大概掉在昏暗的顶楼楼梯上。那张纸和圆盒再也没有找见。马吕斯断定是“吉诺曼先生”——从这天起，他不再以别的称谓叫他——把“他父亲的遗嘱”烧了。上校写的几行字都记在他心里，因此一个字也没有丢掉。然而，那张纸、那笔迹，是神圣的遗物，是他整个一颗心。而别人怎么那样对待呢？

马吕斯走了，没说去哪里，也不知道去什么地方，身上只有三十法郎、一只表，以及装着日常衣物的一个旅行包。他登上一辆出租马车，说好按时计费，便漫无目的地朝拉丁区驶去。

马吕斯后来的情况如何呢？

---

① 法国古币名，一皮斯托尔相当于10利弗尔。

第四卷　ABC朋友会

一　几乎载入史册的一个团体

那个时期表面上风平浪静，而暗中却激荡着一股革命潮流。1789年和1792年幽谷的气流，又吹回到空中。青年一代，请允许我们使用这个字眼，正在“蜕变”。他们几乎毫无觉察，就随着时间的流动而改变了。表盘上行走的时针，也在心灵里行走。每人都不可避免地迈出前进的脚步。保王党人变成自由派，而自由派则变成民主派。

那就像一次大海潮，只见无数浪涛起落流转，而浪涛起落流转的特点就是大交汇，那便是蔚为奇观的思想大汇合：人们同时崇拜拿破仑和自由。在此我们谈一点历史。这正是那个时期的幻景。观点和主张经过不同阶段。伏尔泰保王主义，这一奇特的变种，也有同样怪异的类似物，就是波拿巴自由主义。

另外一些思想团体较为严肃。有的探讨原理，有的看重人权。有的热衷于绝对真理，放眼可望实现的无限远大的目标；绝对真理，以其自身的刚硬严苛，把人的思想推向霄汉，在无限空间里飘浮。信条比什么都更能令人产生梦想；而梦想又比什么都更能孕育未来。今天的乌托邦，就是明天的骨肉。

先进的主张有双重背景。一种神秘的端倪威胁了“既定秩序”，显得可疑而诡秘。这是最为革命的一种标志。当权者的意图，在坑道里同人民的意图狭路相逢。酝酿起义正好道出密谋政变。

当时，法国还没有德国道德团[①]，或者意大利烧炭党那样庞大的地下组织；然而，有些地方，挖掘的暗道正伸展蔓延。艾克斯那儿的苦古德社[②]已见雏形；巴黎这类社团中，有一个叫ABC朋友会。

何谓ABC朋友会呢？是一个团体，其宗旨，表面上为教育孩子，实际上为培训成人。

他们自称为ABC的朋友。ABC就是民众[③]。他们要把民众拉起来。双关语的文字游戏，谁要嘲笑就错了。这种文字游戏，有时在政治上相当严肃。例如：“阉人上战场”[④]，就使得纳尔雷斯当上将军；再如：“野蛮人所不为，巴尔贝里尼干出来”[⑤]；再如：“自由和家”[⑥]；再如：“你是石头，在这石头上我要建造……”[⑦]等等。

ABC朋友会成员不多，是一个处于萌芽状态的秘密团体，几乎可以说是个小集团，当然要有小集团能产生英雄的含义。他们在巴黎聚会有两个地点：一个是“科林斯”酒馆，在菜市场附近，以

---

① 道德团：1808年德国爱国青年组成的团体。

② 苦古德社是一个小型的共和党人秘密组织；在普罗旺斯地区，意为“笨蛋社”。

③ ABC与法文词“身份低下”发音相似，故隐含“民众”之意。

④ 原文为拉丁文。拜占庭皇帝查士丁尼一世（527—565年在位），曾派宦官纳尔雷斯出征。

⑤ 原文为意大利文。17世纪，巴尔贝里尼家族为建府邸，在罗马拆毁古建筑。巴尔贝里尼与“野蛮人”读音相近。

⑥ 原文为西班牙文。是西班牙自由派联合的口号。

⑦ 原文为拉丁文。耶稣对彼得说的话。彼得意味石头，故说在石头上建教堂。

后还要谈到；另一个是穆赞咖啡馆，在先贤祠附近圣米歇尔广场[①]边上，那家小咖啡馆如今已然拆毁。两个聚会地点，前一个接近工人，后一个接近大学生。

ABC朋友会经常在穆赞咖啡馆后间秘密聚会。后间离店铺相当远，由很长一条走廊相通，有两扇窗户和一道后门，出后门下一道暗梯，便是砂岩小街[②]。他们聚在那里抽烟，喝酒，打牌，说说笑笑，纵论天下大事，谈到某些事又压低嗓门。墙上钉着一幅共和时期的法国旧地图，这一标志就足以唤起警探的嗅觉了。

ABC朋友会的成员大部分是大学生，他们同几个工人关系十分密切，主要人物的名字如下：安灼拉、公白飞、若望·普鲁维尔、弗伊、库费拉克、巴奥雷、赖格尔或飞鹰、若李、格朗太尔。在一定程度上，他们成为历史人物了。

这些青年极重友情，成为一家人了。除了赖格尔，他们全是南方人。

这伙人很出色，但是，他们已经消失在我们脑后无形的深渊中了。故事叙述到这里，趁读者还未目睹他们坠入一场悲壮冒险的黑暗中，也许有必要移过去一束光，照一照这些年轻的面孔。

安灼拉是有钱人家的独生子，以后会明白我们为什么头一个提到他。

安灼拉是个可爱的小伙子，但厉害起来也很吓人。他像天使一样俊美，是安蒂诺乌斯[③]再世，但又桀骜不驯。看他那沉思眼神的反光，可以说他在前世就经历过革命的大风暴。他以见证人的身份继承了革命传统，了解这件大事的全部细节。他天生仪态威严，

① 后改为埃德蒙·罗斯唐广场。

② 即今天的古雅街。

③ 古希腊美少年，阿德里安皇帝的宠儿，130年溺死在尼罗河后被封为神。

而又勇武好斗，这集在青年一身，简直不可思议。他既是主祭，又是斗士；以直接的观点来判断，他是民主的战士，如果超越当时的运动来看，他是宣扬理想的教士。他目光深邃，眼睑微红，下嘴唇厚实，容易做出鄙夷之态，而额头则显得高耸。一张面孔上额头高耸，就像天际上一片晴空，如同上世纪末本世纪初少年得志的一些人，他的青春也跟少女一样，奔逸而鲜艳，尽管也有略显苍白的时候。他已成年，却还像个孩子。他到了二十二岁，却还像十七岁少年。他十分严肃，就仿佛不知道天下还有所谓女人。他只有一种迷恋，就是人权：只有一个念头，就是清除障碍。他在阿文蒂诺山上会是格拉库斯①，在国民公会里会是圣茹斯特。他视而不见玫瑰，不理睬春天，也听不见鸟儿歌唱；他看见爱娃德奈裸露的酥胸，也不会比阿里斯托吉通更为动情，在他眼里，就像在哈尔莫狄乌斯眼里那样，鲜花只配掩藏利剑②。他在欢乐中也不苟言笑。凡遇同共和无关的事物，他总怕被玷污似的垂下目光。他是自由女神大理石雕像的情人；他的语言直穿胸腔，像圣歌一般娓娓动听。难以预料他什么时候张开翅膀。哪个多情女子去试探他，那就自找倒霉！康伯雷广场或圣让·德博维街的年轻女工，见到这张逃学的中学生面孔，这副少年侍从的模样儿，见到这金黄的长睫毛、这蓝眼睛、这迎风蓬乱的头发、粉红的脸蛋、鲜艳的嘴唇、洁白的牙齿，如果要饱餐这整个曙光，走到安灼拉面前搔首弄姿，那她就从一副惊人而凶狠的目光中突然看到深渊，从而明白不该把以西结的威猛天使，同博

---

① 阿文蒂诺山是罗马城外七山冈之一。格拉库斯兄弟二人先后是罗马护民官：兄蒂贝里乌斯（公元前162—前133年）、弟卡伊乌斯（公元前154—前121年），因主张土地改革而被大地主杀害。

② 爱娃德奈是古代传说中的钟情女子，她见人焚烧她丈夫的尸体，便跳进柴堆里。哈尔莫狄乌斯和阿里斯托吉通是雅典人，他们合力杀了暴君希帕尔克（公元前527—前514在位），然后将凶器藏在爱神木枝叶下面。

马舍的风流天使[①]混为一谈。

安灼拉这边代表革命的逻辑，而公白飞那边则体现革命的哲学。革命的逻辑和哲学之间，唯一的差异就是它的逻辑能导致战争的结论，而它的哲学则能达到和平的结果。公白飞补充并修正安灼拉，个头儿没有那么高，肩膀却要宽些。他主张往人们的头脑里灌输总体思想的广泛原则；他常说：革命，其实就是文明；他在悬崖峭壁的山峰周围，展示了辽阔的碧空。因此，在公白飞的全部主张里，有些切实可行的东西。公白飞倡导的革命。要比安灼拉所倡导的容易让人接受。安灼拉宣扬革命的神圣权利，公白飞则宣扬自然的权利。前者追慕罗伯斯庇尔，后者接近孔多塞[②]；对于大众生活，公白飞要比安灼拉体验多。这两个青年若能留名青史，那么一个是义人，另一个则是贤哲。安灼拉更多阳刚之气，公白飞更多人情味儿。“人”和“成年人”[③]，这正是两者之间的细微差异。安灼拉严厉，公白飞则不同，由于天性纯洁而显得温和。他喜欢“公民”这个词，但是更爱“人”这个词，还好故意像西班牙人那样讲：Homhre[④]。他博览群书，常去看、去听公共课，听阿拉戈[⑤]讲解光的极化，特别爱上若弗鲁瓦·圣伊赖尔[⑥]的课，听他讲外颈动脉和内颈动脉的两种功能，一个管面部，一个管大脑；他密切注视并了解科学的发展，对比分析圣西门和傅立叶的学说，解读古代象形文字，砸开鹅卵石推测地质，凭记忆能画出蚕蛾，指出法兰西学院词

---

① 以西结是《圣经·旧约》中四大先知的第三名，是自述体的《以西结书》。博马舍的风流天使指他剧作的主人公费加罗。

② 孔多塞（1743—1794年）：法国数学家，哲学家，经济学家，政治家，法国革命中持温和态度，国民公会议员。

③ 原文为拉丁文。

④ 西班牙文“人”的书写。

⑤ 阿拉戈（1786—1853年）：巴黎观象台台长。

⑥ 若弗鲁瓦·圣伊赖尔（1772—1844年）：法国自然学家。

典中法文的错误，还研究普伊塞古和德勒兹[①]，什么也不肯定，连奇迹也不例外，什么也不否定，连鬼魂也一样，还浏览政府《公报》合订本，而且总爱思索。公白飞宣称，未来掌握在教师手中，他特别关心教育问题。他希望社会要不懈地努力，提高人民的才智和道德水平，推广使用科学，传播思想，使青年增长智慧；他担心目前的教学方法太贫乏，文学观点太浅陋，仅仅局限于两三个世纪的所谓古典主义，学阀专断的教条肆虐，以及种种经院的偏见和陈规，这一切要把我们的学校搞成牡蛎[②]的人工培植场。他学识渊博，什么都讲求纯正、精确，又多才多艺，有开拓精神，同时又善思索，正如友人所说，“简直到了想入非非的程度”。所有这些梦想：建造铁路，动手术免除疼痛，暗室里固定影像，打电报，气球定向行驶，他都深信不疑。不仅如此，他也不畏惧由迷信、专制和成见在各处建造的反对人类的堡垒。他这种人认为，科学迟早要扭转局面。安灼拉是首领，公白飞则是导师。人们愿意跟随前者战斗，跟随后者前进。这并不是说公白飞不能战斗，他遇到障碍照样展开肉搏，奋力猛攻；但是，他更喜欢通过原理的教育和颁布切实可行的法规，逐步让人类同命运协调一致；在两种光明中，他倾向于光照而不是火焰。熊熊大火固然能映红半边天，但是何不等日出呢？火山爆发也能照亮，但是毕竟不如曙光。公白飞欣赏壮丽的红焰，也许更看重美的白色。混杂着烟尘的光明、由暴力换取的进步，只能给这个温和而严肃的人带来一半儿满足。像1793年那样，让人民从悬崖直坠真理之谷，他望而生畏，然而，他更憎恶一潭死水的状态，能嗅出那里的恶臭和死亡。总而言之，他喜欢飞沫而讨厌瘴气，喜欢激流而讨厌污水坑，喜欢尼亚加拉瀑布而讨厌鹰山湖。一

① 普伊塞古和德勒兹：帝国旧军官，成为磁学专家。

② 法语中的“牡蛎”，引申意思为“愚蠢的人”。

句话，他既不愿停顿，也不愿过激。他那些闹哄哄的朋友，一个个威武雄壮，力主完美绝对，赞赏并呼唤波澜壮阔的革命冒险行动，而公白飞却倾向于自然的进步：这种有益的进步也许显得平静，但是很纯洁；也许显得按部就班，但是无可指摘；也许显得冷漠，但是不可动摇。他不惜跪在地下，双手合拢，祈求未来以其完全纯洁的面貌到来，又丝毫不打扰人民向善的巨大进程。“善必须是纯洁的。”他反复这样强调。的确，如果说革命的伟大，就是凝视光彩夺目的理想，利爪携着血和火，穿越雷电向它飞去，那么进步的美，就是保持纯洁无瑕；华盛顿代表一个，丹东体现另一个，两者的区别就在于，一个是长着天鹅翅膀的天使，另一个是长着鹰翅膀的天使。

若望·普鲁维尔的色彩比公白飞还要柔和。一段时间他任点儿性，叫做“若安”，当时正研究一场强有力的深刻运动，那对于了解中世纪是必要的。若望·普鲁维尔很重情，他侍弄盆花，喜欢吹笛子，作诗，热爱民众，可怜妇女，为儿童流泪，同样相信未来和上帝，责备革命砍了一个王者的头，即安德列·舍尼埃[①]的头。他的声音平时很轻柔，有时又突然雄壮起来。他是文人，博古通今，可以说通晓东方事物。他的最大长处就是心地善良；他作诗气魄恢宏，这对于深知善良和伟大相近的人来说，是极其自然的事。他会意大利文、拉丁文、希腊文和希伯来文；他会这些文字，只用来读四位诗人的作品：但丁、尤维纳利斯、埃斯库罗斯和以赛亚。至于法国诗人，他喜欢高乃依超过拉辛，喜欢阿格里帕·德·奥比涅超过高乃依。他爱在长满野燕麦和矢车菊的田野里游荡，关心云彩不亚于关注时事。他的精神有两种姿态，一种对人，一种对上帝；他

① 安德列·舍尼埃（1762—1794年）：法国诗人。他先是参加革命运动，后又反对恐怖政策而被送上断头台。

不是研究探索，就是冥思静观。他整天都深入考虑社会问题，诸如工资、资本、信贷、婚姻、宗教、思想自由、爱好自由、教育、刑罚、贫困、结社、财产所有权、生产和分配、昏昧蒙蔽芸芸众生的底层之谜；到了夜晚，他观望星相，观望那些巨大的天体。他跟安灼拉一样，是富家的独生子。他讲话慢声细语，低着头，垂下目光，局促不安地微笑着，神态不自然，样子笨拙，动不动就脸红，性情十分腼腆。然而，他却英勇无畏。

弗伊是制扇子工人，自幼父母双亡，每天干活勉强挣三法郎，却只有一个念头：解放全世界。他还关心一件事：学习；他说这也是自我解放。他自学读书写字，他获取的知识全靠自学。弗伊为人慷慨仗义，胸襟豁达。这个孤儿却收养了民众。他想念母亲，就思考祖国。他不希望有一个人没有祖国。他来自民众，具有远见卓识，心中蕴涵着今天所说的“民族意识”。他自修历史，就是要了解情况，有的放矢地表示愤慨。这小圈子乌托邦青年特别关注法国，唯独他面向国外，专门了解希腊、波兰、匈牙利、罗马尼亚、意大利。他以理所当然的顽强态度，总提起这些国名，也不管场合适当不适当。土耳其对希腊和色萨利的侵犯，俄罗斯对华沙，奥地利对威尼斯的侵犯，这些暴行令他义愤填膺。尤其1772年的那场大暴行[1]，更令他切齿痛恨。愤慨中所包含的真确，是最有威力的雄辩；他的雄辩就是这种类型。他滔滔不绝地谈论1772这个无耻的年份，论谈这个被出卖的高尚而勇敢的人民，这种三国共同犯下的罪行；这种骇人听闻的阴谋诡计，竟然成为消灭别国的模式，从那之后有多少高尚的民族遭殃，可以说被勾销了出生证。现代社会的全部行凶犯罪，无不是从瓜分波兰的行动中派生出来的。瓜分波兰已

---

① 1772年，列强第一次瓜分波兰。

成为定理，现在所有政治暴行全是它的推论。近百年来，所有独裁者、所有叛逆，无一例外，都参与策划，在合谋瓜分波兰书上签字画押了。要查阅近代叛卖案件的档案，这便是头一卷。维也纳会议①先参照了这一罪案，才完成自己的罪行。1772年吹响出猎的号角，1815年则吹响分赃的号角。这就是弗伊常说的一套话。这位可怜的工人充当起正义的保护者；正义作为回报也使他伟大。这是因为正义中的确有永恒。华沙绝不会变成鞑靼城，同样，威尼斯也绝不能成为条顿的国度。那些君主枉费心机，只能名誉扫地。沉没的国家迟早要浮出水面。希腊还要恢复为希腊，意大利还要恢复为意大利。伸张正义而反对暴行，会永远坚持下去。掠夺一国人民的暴行，也不会随着时间的推移而一笔勾销。这种大规模的诈骗毫无前途。绝不可能像从一块手帕上撕掉商标那样，抹掉一个国家的名称。

库费拉克有位父亲，人称德·库费拉克先生。复辟王朝时期，资产阶级在贵族问题上有个认识错误，就是太相信这个小小的“德”字。众所周知，这个词在这里毫无意义。然而，在《密涅瓦》②刊行时期，资产者把这个可怜的“德”字估计得过高，认为必须取消。德·肖夫兰改称肖夫兰先生，德·科马尔丹先生改称马尔丹先生，德·孔斯唐先生改称孔斯唐先生，德·拉法耶特先生改称拉法耶特先生。库费拉克也不愿意落伍，去掉一切累赘，只叫库费拉克。

关于库费拉克，说这一点就差不多了，余下的只补充一句：欲

① 1815年，拿破仑在滑铁卢失败后，被迫再次退位。俄、普、奥三国为战胜国，在维也纳开会制裁法国。

② 《密涅瓦》：法国波旁王朝复辟时期的刊物。

知库费拉克，请看托洛米埃[①]。

库费拉克有一种青春活力，可以说是机灵鬼的慧美。过了一段时间，整个这种慧美，就跟小猫的娇媚一样消失，如果原来是两只脚的，就会成为绅士，如果原来是四条腿的，就会成为老猫。

这种鬼机灵，通过读书的一届一届学生，通过服兵役的一批一批青年，几乎总是以同样方式相互传递，就像接力赛跑一样；因此，正如我们指出的，谁在1828年听库费拉克讲话，就会以为听到托洛米埃1817年的讲话。不过，库费拉克是个诚实的小伙子，表面上看两个人都显得同样聪明，但差异却很大，两者身上潜在的成年人，截然不同。托洛米埃身上蕴藏着一名检察官，库费拉克身上蕴藏着一名勇士。

安灼拉是首领，公白飞是导师，库费拉克是中心。其他人多发光，而他则多发热。他的确具备一个中心的所有品质：圆形和辐射。

巴奥雷参加了1822年6月小拉勒芒[②]出殡时的流血冲突。

巴奥雷性子好，修养差，人很诚实，手上留不住钱，他挥霍的程度近于慷慨，健谈的程度近于口若悬河，大胆的程度近于放肆无礼，真是最优质的当魔鬼的料儿；身穿怪模怪样的坎肩，持有鲜红色的见解；他是起哄大王，最喜欢争吵，只要还不是一场暴乱，也最喜欢暴乱，只要还不是一场革命；随时准备砸玻璃，接着掀起街道的石块，再接着搞毁政府，就是要看看行动的效果。他上了十一年学，嗅嗅法律，但又不修。他的座右铭是：律师绝不干；他的徽章是一个床头柜，里边露出方形睡帽。他难得去法学院，偶尔去一下，便扣好礼服的纽扣儿（须知当时还没有发明短外套），并采取

① 参看本书第一部第三卷。

② 拉勒芒：1820年6月，巴黎自由派游行示威中被杀害的大学生。

一点卫生措施。他对学校大门说：多标致的老头儿！见到院长戴万库尔先生就说：多雄伟的建筑！他在课本里时常发现歌曲的题材，在教师身上时常发现漫画的原型。他无所事事，干吃着相当一大笔生活费，每年差不多三千法郎。父母是农民，这儿子很有一套，反复向他们表示敬意。

他常这样说他们：他们是农民，不是资产阶级；正因为如此，他们才聪明一些。

巴奥雷是个任性的人，要去好几家咖啡馆；别人都有习惯的固定地方，他则不然，喜欢游荡。流浪是人类的特点，游荡是巴黎人的特点。表面上看不出来，其实他洞察事理，很有头脑。

在ABC朋友会和后来逐渐成形的一些团体之间，他起纽带作用。

在这个青年的团体中，有一个秃顶的成员。

德·阿瓦雷侯爵在路易十八出亡那天，把国王扶上一辆出租马车，当即被封为公爵。他讲述一件事，1814年国王返回法国，在加来上岸，一个男子递上一份申请书。国王问道："您有什么请求？""陛下，想要一个驿站。""您叫什么名字？""赖格尔。"①

国王皱起眉头，看了看申请书上的签字，见到名字是这样写的：Lesgle。这种缺乏波拿巴色彩的写法打动了国王，他开始面露笑容。"陛下，"申请人又说，"我的祖先是宫廷饲养狗的仆从，绰号叫'赖狗儿'。这个绰号成为我的姓氏，我就叫'赖狗儿'，简写为'赖格儿'，又错写成'赖格尔'。"听到这里，国王终于笑了。后来，不知是特意还是失误，国王还真的委派那人管理莫城

① 法文为"鹰"，是拿破仑的徽志，因此路易十八听了不悦。

驿站。

这个团体的秃顶成员就是那个赖狗儿或赖格儿的儿子，署名为赖格尔·德·莫。伙伴们都简化叫他博须埃[①]。

博须埃是个倒霉的快活的小伙子。他的特长是一事无成。反之，他却嘲笑一切。到二十五岁便秃了顶。他父亲终于置了一所房子和一块田产；可是这个儿子却急不可待，在一次失算的投机交易中，一下子将房产地产赔进去了，什么也没有剩下。他人聪明，又有学识，就是办不成事。他事事落空，处处上当；他搭起来的架子，倒塌在自己身上。他若是劈木柴，准会剁掉自己的手指；他若是有一个情妇，就会很快发现又多了个男友。他随时都会碰到倒霉事儿，因此，他总是那么快活。他常说："我住的房子总往下掉瓦。"他不以为怪，因为对他来说，意外事件全在意料之中；他对晦气泰然处之，对命运的戏弄一笑置之，就像善解玩笑话儿的人那样。他钱袋空空如也，而口袋里的好兴致却取之不尽，用之不竭。往往出现这种情况，他很快就用到最后一文钱，但是从未发出最后一声大笑。他见厄运进门，就热烈欢迎这个老相识；他见灾星降临，也会拍拍灾星的肚子；他同命运混得极熟，甚至用小名称呼，常说：

"你好，倒霉鬼！"

他受命运的迫害多了，就增长了创造力，一肚子鬼点子。他身无分文，但只要高兴，就会"大肆挥霍一通"。一天夜晚，他跟一个傻大姐吃饭花掉"一百法郎"，席间突发灵感，讲了这么一句值得回忆的话："五路易姑娘[②]，给我脱靴子。"

博须埃缓步走向律师那一行业，他修法律，学习态度同巴奥雷

---

① 博须埃（1627—1704年）：是当时法国教会的实际领袖，曾任莫城的主教。

② 五路易等于一百法郎，又是"圣路易"的谐音。

一样。博须埃没有什么住处，有时根本没有，时而住这人家里，时而住那人家里，往若李家投宿的次数最多。若李攻读医学，比博须埃小两岁。

若李是个疑心害了病的青年。他学医所得，当患者比从医更够格。年仅二十三岁，他就认为百病缠身，整天对着镜子照舌苔。他断言，人体同针一样能磁化，因此将卧室的床摆成头朝南脚朝北，以便夜晚睡觉时，血液循环不受地球巨大磁流的阻碍。每逢暴风雨，他就给自己把脉。不过，他比谁都快活。年轻、乖僻、病弱、快活，这些毫不相干的属性，却在他身上和睦相处，结果他成了一个既古怪又可爱的人，而喜欢连发轻快辅音的伙伴都叫他若勒勒勒李。“你可以用四只翅膀飞翔①了。”若望·普鲁维尔对他说。

若李爱用手杖头戳自己的鼻子，这是头脑机敏的一种标志。

所有这些青年尽管各不相同，却有同一种信念，谈论他们只能以严肃的态度。

他们全是法兰西革命的亲儿子。一提起1789年，最轻浮的人神情也都变得庄严了。他们的生身之父曾经是，或者仍然是君主立宪派、保王派，还是空论派，这已无关紧要；从前发生的混乱，同这些年轻人毫不相干；道义的血液在他们的脉管里流淌。他们色调一致地信奉不受腐蚀的正义和绝对的职责。

现在，他们参加了秘密团体，暗中开始描绘理想的蓝图。

在这些满腔热忱、坚信不疑的人中间，却有一个怀疑派。他是进去的呢？连带进去的吧。这个怀疑派名叫格朗太尔，好用字谜式的签名：R②。格朗太尔特别当心，绝不相信什么。在巴黎求学的大

---

① 若李的名字只有一个L，现在连发四个L，而法语这个字母的发音跟“翅膀”相同．故说“用四个翅膀飞翔”。

② 格朗太尔的发音与“大R”相同。

学生，他是学得的东西最多的人，知道最好的咖啡是在朗索兰咖啡馆，最好的台球设施是在伏尔泰咖啡馆，知道在曼恩大道[①]的隐士居有美味的烘饼和美妙的侍女，在萨盖大妈店有烤子鸡，在居奈特城关有水手鱼[②]，战斗城关有一种自酿的白葡萄酒。无论什么东西，他全知道哪里的最好。此外，他还会拳击、踢打术，会跳几种舞蹈，棍术也很有造诣，还尤其嗜酒。他的长相丑得出奇；当时最漂亮的制鞋女工伊尔玛·布瓦西，挺恨他那副丑相，说了这样一句精辟的话：“格朗太尔没法儿看。”然而，格朗太尔自命不凡，对此并不介意。他多情地注视所有女人，那神气仿佛是说无论她们哪一个：“只要我愿意！”而且，他也极力让伙伴们相信，到处都有女人追他。

所有这些词语：民权、人权、社会契约、法兰西革命、共和、民主、人道、文明、宗教、进步，等等，在格朗太尔看来都毫无意义，他总是一笑置之。怀疑主义，人类智慧的这种干性骨疡，没有给他的头脑留下一个完整的思想。他以嘲笑的态度对待生活，这便是他的原则：“我的酒杯满着，只有这一点是真实可信的。”无论何党何派的何种忠心，他都一概嘲弄，不管兄弟辈还是父老辈，也不管青年罗伯斯庇尔还是洛瓦兹罗尔。“他们可真够激进的，全都死了。”他时常高声这样说。他对耶稣受难十字架的评价是：“这才是个成功的绞刑架。”他好色，爱赌博，放荡不羁，经常醉醺醺的，还不怕惹那些爱思考的青年讨厌，不停地哼唱：“我爱姑娘爱美酒”，正是《亨利四世万岁》曲[③]。

不过，这位怀疑主义者却表现出一种狂热。狂热的对象既不

---

① 如今称曼恩林荫路。

② 水手鱼：用酒和洋葱烹调的鱼。

③ 引自科来的喜剧《亨利四世出猎》。

是一种思想，也不是一种教条，既不是艺术也不是科学，而是一个人，即安灼拉。格朗太尔佩服、喜爱并崇拜安灼拉。这个无政府的怀疑者，在思想绝对的这圈儿人中间，究竟归顺谁呢？最绝对的人。安灼拉又是如何控制他的呢？是通过思想吗？不是。是通过性格。这种现象常能见到。一个怀疑主义者归附于一个有信仰的人，这就像互补色的规律简单。我们缺少的东西吸引我们。谁也没有像盲人那样喜爱阳光。矮女人崇拜高大的军鼓手。癞蛤蟆的眼睛总望天空，为什么？为了观望鸟飞。格朗太尔有怀疑趴在背上，就爱通过安灼拉看信念飞翔。他需要安灼拉。他迷恋这个贞洁、健康、坚定、正直、刚强而天真的性格，自己也不明白其中的缘故，也不想弄清楚，只是出于本能钦羡自己的反面。他的畸形而病态的思想软绵绵的，支离破碎而不成形状，就把安灼拉当做脊椎紧紧着附。他的精神支柱要依靠这个坚定不移的人。格朗太尔在安灼拉身边才有个人样儿。况且，他本身是由两种表面上互不相容的成分构成。他既爱嘲弄人，又很热情。他态度冷漠，又有所喜爱。他的头脑抛开了信仰，可是他的心却离不开友情。莫大的矛盾，须知一种感情也是一种信念。他的天性如此。有的人生来仿佛就是当背面，反面，对立面。他们是波吕丢刻斯、帕特洛克罗斯、尼索斯、厄达米达斯、埃菲斯蒂翁、佩什梅雅[①]那类人物，只有背靠另一个人才能生活；他们的姓名是接续部分，总写在连词“和”的后边；他们的存在不属于自己，而是他人命运的另一面。格朗太尔就是这样一个人。他是安灼拉的反面。

---

① 据希腊神话传说，波吕丢刻斯和卡斯托耳是异父弟兄，合称狄俄斯库里。帕特洛克罗斯是阿喀琉斯的好朋友，在特洛伊战争中身穿阿喀琉斯的盔甲冲到城下，被赫克托耳杀死，阿喀琉斯为他报了仇。尼索斯：在维吉尔的叙事诗《伊尼德》中，他是厄里亚勒的朋友。厄达米达斯：在《托克萨里斯——友谊》中，他是阿雷特和夏里克萨纳的朋友。埃菲斯蒂翁是亚历山大的朋友。佩什梅雅是医生杜勃勒伊的朋友。

几乎可以说，这种投契是以字母开始的。在字母序列中，O和P是分不开的。您随便讲，说O和P可以，说俄瑞斯忒斯和皮拉得斯[①]也可以。

格朗太尔是安灼拉的名副其实的卫星，他寄居在这伙青年的圈子里，在那里生活，只喜欢跟他们在一起，他们走到哪里就跟到哪里。他的乐趣就在于在酒气中望着那些身影来来往往。大家冲着他的好情绪才容忍他。

安灼拉有信念，瞧不起这个怀疑派，他生活有节制，也瞧不起这个醉鬼，仅仅用高傲的态度对他表示一点怜悯。格朗太尔想做个皮拉得斯，可是对方根本不接受。他总受安灼拉呵斥，粗暴地赶开，但是斥退又复来；他说安灼拉："多美的大理石雕像！"

二　博须埃悼勃隆多的诔词

一天下午，发生了上边所讲的巧合事件，下面就会看到详情。赖格尔·德·莫在穆赞咖啡馆，淫荡地靠在门框上，好似一根女像石柱，一副百无聊赖的样子，脑袋里除了幻想空无一物，眼睛注视着圣米歇尔广场。背靠门框站着，是站立睡觉的一种方式，也不为思考者所憎恶。赖格尔·德·莫在想一件倒霉事，但并不伤心：那是前天在法学院发生的事情，打乱了他的未来计划，当然他那计划也并不十分明确。

遐想并不妨碍马车经过，也不妨碍遐想的人注意那辆马车。赖格尔·德·莫的目光漫无目的地游荡，蒙眬中望见一辆双轮马车在广场上缓缓行驶，仿佛没有明确的方向。那辆马车怪谁呢？为什么

---

① 据希腊神话传说，皮拉得斯是俄瑞斯忒斯的朋友，并帮助他报了杀父之仇。

那样慢悠悠的呢？赖格尔注意一看，只见车上一个青年坐在车夫身旁，前面放着一个大旅行袋。旅行袋上缝了一张卡片，行人可以看见写着黑体大字：马吕斯·彭迈西。

赖格尔一看到这个名字，便改变姿势，直起身来，冲马车上的青年喊道：

“马吕斯·彭迈西先生！”

喊声叫住了马车。

那青年似乎也在沉思，这时抬起眼睛，应了一声：

“嗯？”

“您是马吕斯·彭迈西先生吧？”

“不错。”

“我正找您呢。”赖格尔·德·莫又说道。

“有什么事？”马吕斯问道。那青年的确是马吕斯，他刚刚离开外公家，就碰见一张新面孔。“我不认识您。”

“我也一样，根本不认识您。”赖格尔回答。

马吕斯以为碰见一个爱开玩笑的人，以为大街上要搞什么鬼名堂。当时，他可没有闲心凑趣，便皱起眉头。赖格尔·德·莫并不理会，接着问道：

“前天您没上学吧？”

“可能没有去。”

“肯定没去。”

“您是大学生吗？”马吕斯问道。

“对，先生，跟您一样。前天，我偶然走进学校；您也知道，人有时会产生这种念头。老师正在课堂上点名。您应当清楚，教师在点名时很可笑。连叫三声没人答应，就把人从名单上划掉。六十法郎学费也就白扔了。”

马吕斯开始注意听了。赖格尔继续说道：

“点名的老师叫勃隆多。您认识，勃隆多那个鼻子特别尖，又特别灵。喜滋滋地嗅着缺课的人。他阴险地从P字头开始。这个字母同我毫不相干，我也就没有注意听。点名挺顺利，没有一个被除名的。全世界的人都来了。勃隆多神情沮丧。我心下暗想：勃隆多，我的心肝儿，今天，你找人开刀，连鬼影子也抓不到。突然，勃隆多点到马吕斯·彭迈西。没人应声。勃隆多满怀希望，又提高嗓门叫了一遍：马吕斯·彭迈西，同时拿起笔。先生，我这人心肠好，当时就想：一个好小伙子要被除名了。注意，那可是个不准时的大活人，算不上个好学生，但绝不是个铅屁股，不是个用功的人。不是精通科学、文学、神学、哲学的小书呆子，也不是用别针将自己别在四个学院的书虫，而是个可敬的懒家伙，喜欢东游西逛，游山玩水，喜欢教导青年女工，追求漂亮姑娘，此刻也许正在我的情妇那里。要救他一命，让勃隆多死去！这时，勃隆多将沾有除名墨迹的鹅毛管笔插进墨水瓶，那凶恶的目光扫视课堂，第三次喊道：‘马吕斯·彭迈西！’我应声回答：‘到！’就这样，您没有被除名。”

“先生！……”马吕斯说。

“而我，却被除名了。”赖格尔·德·莫补充道。

“我不明白您这话。”马吕斯说道。

赖格尔接着说：

“这再简单不过了。我的座位靠近讲台便于应到，也靠近门口便于溜走。那教师注视我片刻。勃隆多一定是布瓦洛所说的鬼精灵鼻子①，他突然跳到L字头，恰恰是我名字的开头字母。我叫赖格

① 戏引布瓦洛《诗艺》中的话：“法兰西人，天生鬼精灵……”法语中的“鼻子”和“天生”同音。

尔·德·莫。”

“赖格尔！”马吕斯截口说道，“好漂亮的名字！”

“先生，勃隆多那家伙点到这个漂亮的名字，喊道：‘赖格尔！’我答应一声：‘到！’于是，勃隆多用老虎那种温柔的神色望着我，微笑着说道：‘您既然是彭迈西，就不是赖格尔。’这话您听了也许刺耳，但仅仅给我带来悲惨的后果。他说着，就把我的名字划掉了。”

马吕斯叹道：

“先生，我实在汗颜无地……”

“首先，”赖格尔截口说道，“我请求用几句由衷的赞语裹住勃隆多，以防腐烂；我假定他死了。我这样假定，并不冤枉他那身皮包骨、那张苍白的脸、那冰冷的神气、那僵硬的姿态，以及那股臭味。于是我说道：‘要调查清楚，人间的法官。’[1]勃隆多在此长眠，鼻子勃隆多，勃隆多长鼻猴，讲纪律如老牛，守纪如老牛[2]，执行命令牧羊狗，课堂点名当天使，又公正，又耿直，又准确，又严厉，相貌丑陋却诚实。上帝划掉他的名字，正如他划掉我的名字。”

马吕斯又说：

“实在抱歉……”

“年轻人，”赖格尔·德·莫说道，“这事儿是给您的一次教训。今后应当准时。”

“真是万分抱歉。”

“今后再也不要害得别人被除名。”

“我真是万分遗憾……”

---

① 原文为拉丁文。

② 原文为拉丁文。

赖格尔放声大笑。

“而我却喜出望外。我正在顺坡滑向律师的职业，这一除名便救了我。我放弃法庭上的荣耀风光，不用去保护什么寡妇，也不必去攻击什么孤儿。不用穿法袍，也不必见习了。我终于获准除名啦。多亏了您啊，彭迈西先生。我打算到府上拜访，郑重向您表示感谢。您住在哪里？”

“就在这车里。”马吕斯答道。

“阔气的标志，”赖格尔平静地又说道，“祝贺您。您这住所，每年要付九千法郎租金。”

这时，库费拉克走出咖啡馆。

马吕斯苦笑道：

“我在这租的地方待了两小时，正打算离开呢。可是，说来话长，我还不知道去哪儿。”

“先生，”库费拉克说道，“去我家吧。”

“本该我优先邀请，”赖格尔指出，“不过，我没有家。”

“住口，博须埃。”库费拉克又说道。

“博须埃，”马吕斯怪道，“您好像叫赖格尔。”

“赖格尔·德·莫，”赖格尔答道，“别号博须埃。”

库费拉克登上马车，说道：

“车夫，去圣雅克门旅馆。”

当天晚上，马吕斯就到圣雅克门旅馆，在库费拉克的隔壁房间住下。

三　马吕斯的惊奇

相处几天，马吕斯便成了库费拉克的朋友。青春是创伤愈合最快的季节。马吕斯在库费拉克身边能自由地呼吸，这对他来说是件颇为新鲜的事儿。库费拉克不问他什么，甚至连这种念头也没有。在这种年龄，什么事都立刻表现在脸上，用不着说话。可以说，有一种青年脸上话很多。彼此一见面，就相互了解了。

然而，一天早晨，库费拉克劈头问一句：

“喂，您有政治见解吗？”

“这还用问！”马吕斯说，他觉得对方问得有点唐突。

“您是什么派的？”

“波拿巴民主派。”

“灰色调，安心的小老鼠。”库费拉克说道。

次日，库费拉克带他去穆赞咖啡馆。然后，他面带微笑，凑到耳边轻声对他说：“我应当把您引入革命的门。”于是，他把马吕斯带到ABC朋友会那间大厅，介绍给其他伙伴，并低声说了一句简单而马吕斯却听不懂的话：“一名学生。”

马吕斯落入才气横溢的一伙人的蜂窝里。不过，他尽管神态严肃而寡言少语，但是既不少翅膀，也不少螯针。

基于习惯和情趣，马吕斯一直落落寡合，喜欢自言自语和个别谈话，乍一进入这伙青年的圈子，不免有点惶遽畏怯。这里各种各样的首创精神同时吸引他，又同时争夺他。这些思想又自由又活跃，乱纷纷地来来往往，也把他的思想卷入旋荡中。有时他六神无主，思绪跑得极远，几乎难以追寻了。他听见别人议论哲学、文学、艺术、历史、宗教，而议论的方式却出乎意料。他隐约看到一些奇特的景象，由于没有放在远景上观望，就未免觉得一片混乱。他从外公的观点转到父亲的观点上，就自以为稳定下来了；可是现在他怀疑并没有稳定，对此心里隐隐不安，又不敢承认。他观察任何问题的角度重又开始移动，头脑中的全部视野好像也随之晃动起来。这内心的翻腾来得奇特，他几乎感到痛苦。

在这些青年的眼中，似乎没有什么“定论的东西”。无论什么话题，马吕斯都听到别出心裁的言论，令他那还有几分胆怯的思想颇不自在。

一张剧院海报赫然在目，那一出悲剧的花体字标题，正是所谓古典主义的老剧目。巴奥雷喊道：“打倒资产阶级喜爱的悲剧！”马吕斯却听见公白飞反驳道：

“你错了，巴奥雷。资产阶级喜爱悲剧，在这一点上，就不要打扰他们的清兴了。人物戴假发的悲剧，自有它存在的道理。我绝不像某些人那样，以埃斯库罗斯的名义否认它的存在权利。自然界里有的初具形体，万物中有的完全是滑稽的模仿：鸟嘴不是鸟嘴，翅膀不是翅膀，鳍不是鳍，爪子不是爪子，痛苦的叫声令人发笑，这就是鸭子。不过，既然家禽与鸟类共存，那么我就看不出，为什么古典主义悲剧就不能同古代悲剧共存。”

还有一次，马吕斯走在安灼拉和库费拉克中间，碰巧经过让-雅克·卢梭街。

库费拉克抓住他的胳臂，说道：

“注意。这是石膏窑街，只因六十年前，这里住过一对奇怪的夫妇，今天就叫让-雅克·卢梭街了。那对夫妇叫让-雅克和泰蕾丝，不时生孩子，泰蕾丝只管生，让-雅克只管放生。”

安灼拉立刻呵斥公白飞。

“在让-雅克面前不要说三道四。这个人我敬佩。不错，他遗弃了自己的孩子可是他收养了人民。”

这些青年中，谁也不讲“皇帝”这个词。唯独若望·普鲁维尔有时称“拿破仑”，其他人都叫“波拿巴”，安灼拉则称作“布奥拿巴”。

马吕斯心中暗暗称奇。“智慧的初萌。[①]”

四　穆赞咖啡馆后厅

在这些青年的谈话中，马吕斯有时也插上两句，有一次谈话当真震撼了他的思想。

那是在穆赞咖啡馆后厅。ABC朋友会的成员，那天晚上几乎到齐了，郑重其事地点上了大油灯。大家随便闲聊，谈兴不高，嗓门却很大。只有安灼拉和马吕斯沉默不语，其他人都多少东拉西扯。伙伴之间的谈话有时就是这样，既心平气和，又吵吵嚷嚷。一种嬉戏，一种胡闹，也相互谈话。大家你抛一句，我抛一句，再赶紧追上话茬儿。他们从四角交谈。

女人不准进入后厅，只有洗杯盘的女工路易松例外，她从洗碗间到“配膳室”，要穿过后厅。

格朗太尔已经酩酊大醉，在占据的角落叫嚷，那声音震耳欲聋。他翻来覆去拼命地论争：

“我渴了。世人啊，我做了一个梦，梦见海德堡的大酒桶突然中了风，于是放上十二条蚂蟥吮吸，我就是其中之一。我要喝。我渴望忘掉人生。人生，不知道是谁的丑恶发明。人生一晃就过去，而且毫无意义。为了生活累死累活。生活这个布景极少可通行的门窗。幸福也只是一面上油漆的旧木框。《传道书》中说：一切都是虚荣。我跟这个传道的老兄看法一样，也许世上从来没有他那个人。零，不愿意赤条条地出去，就穿上虚荣的外衣。虚荣啊！用大话美饰一切的外衣！厨房叫配膳室，跳舞的称老师，街头卖艺的

① 原文为拉丁文。引自《圣经》中《箴言》：“上帝的担心是智慧的初萌。”

是体操家，打拳的称拳击家，卖药的称化学家，理发的叫艺术家，和泥工称建筑师，赛马手叫运动员，甲壳虫叫鼠妇。虚荣有正反两面：正面傻，是浑身挂满彩色玻璃珠子的黑人；反面蠢，是满身破衣烂衫的哲人。我要为一个流泪，为另一个发笑。所谓的荣誉和尊严，就算是荣誉和尊严吧，一般来说也是混杂的东西。帝王拿人的尊严当玩物。卡利古拉[①]曾把一匹马封为执政官，查理二世把一块牛排封为骑士。现在，你们就到'飞驰'[②]执政官和'牛排'小爵士中间炫耀自己吧。至于人的自身价值，也不见得多受两分尊重。听一听邻居是怎么赞扬邻居的吧。白对白残酷得很；百合花若是有口说话，不知会把白鸽糟蹋成什么样子！一个虔婆嚼舌头说一个信妇，那话比蛇蝎还要恶毒。可惜我是个不学无术的人，要不然，就给你们举出一大堆这类事情；可是，我什么也不知道。其实，我一直挺聪明；当初我在格罗门下学绘画，就不愿意胡乱涂抹，有时间就去偷苹果吃；艺人和强人，不过一字之差。这对我合适；至于你们这些人，跟我也不相上下。我才不在乎你们的完美、优点和长处。任何长处都会陷入一种短处：节俭接近吝啬，慷慨类似挥霍，勇敢近乎逞能；谁说十分虔诚，就表明有点虚伪；美德中的罪恶，恰恰跟第欧根尼[③]袍子上的洞一样多。你们赞赏谁，被杀者还是杀人者？恺撒还是布鲁图斯？一般来说，人总是拥护杀人者。布鲁图斯万岁！他杀了人。这就是美德。是美德吗？就算是吧，但也是疯狂。那些伟大人物身上总有些奇怪的污点。杀了恺撒的那个布鲁图斯，爱上了一个小男孩的雕像。那尊雕像是希腊雕塑家斯特隆吉利翁[④]的作

---

① 卡利古拉（12—41年）：罗马帝国皇帝，因神经错乱而行为怪异。

② 原文为拉丁文。

③ 第欧根尼（公元3世纪）：希腊作家。

④ 斯特隆吉利翁：公元前5世纪末希腊雕塑家。

品，他还雕塑了一个骑马女子的形象，名叫厄克纳莫斯，又称美腿，尼禄常携带着旅行。那个斯特隆吉利翁只留下两尊雕像，就使布鲁图斯和尼禄结为同好：布鲁图斯爱上一个，尼禄爱上另一个。整个历史就是不厌其烦地重复。一个世纪是另一个世纪的翻版。马伦戈战役是彼得那战役[①]的仿作。克洛维斯的托尔皮亚克战役[②]和拿破仑的奥斯特利茨战役，就像两滴血似的一模一样。愚蠢的行为莫过于征服；真正的胜利是说服。真的，还是尽量证明点什么吧！你们只满足于成功，多么庸俗啊！只满足于征服，多么可怜啊！唉，虚荣和卑怯到处泛滥。什么都得服从成功，连语法也不例外。贺拉斯就说过：'如果这是约定俗成。'[③]因此，我鄙视人类。难道我们要从总体降到局部上吗？难道要我赞赏人民吗？请问哪一国人民呢？是希腊吗？雅典人，即古代的巴黎人，杀了福基翁[④]，正如巴黎人杀了柯利尼[⑤]，而且谄媚暴君，阿纳塞福雷甚至说：庇西斯特拉特[⑥]的尿能引来蜜蜂。五十年间，希腊最重要的人物，就是那位语法家菲勒塔斯，可是他身子极小极矮，怕被风刮跑，鞋底不得不灌了铅。在科林斯的最大广场上，有西拉尼翁[⑦]所雕的一尊石像，曾由普林尼收入总汇，那是埃庇斯塔特的雕像。埃庇斯塔特是干什么的呢？他发明了一种勾腿绊。这就概括了希腊和光荣。再谈谈别的人

① 彼得那：希腊城市名。公元前168年，罗马执政官保罗·埃米尔率军在彼得那战胜马其顿，结束了马其顿的独立。史称彼得那战役。

② 托尔皮亚克：高卢古地名，即今天的德国城市曲尔皮西。公元496年，法兰克人在此战胜日耳曼人。

③ 原文为拉丁文。

④ 福基翁（约公元前402—前318年）：雅典将军和政治家，因主张和平而被判处死刑。

⑤ 加斯帕尔·柯利尼（1519—1572年）：海军元帅，因信奉新教而被朝廷杀害。

⑥ 庇西斯特拉特（公元前600—前527年）：雅典暴君。

⑦ 西拉尼翁：公元前4世纪希腊雕塑家。

民。我会赞赏英国吗？我会赞赏法国吗？赞赏法国？为什么呢？是因为巴黎吗？刚才对你们讲了我对雅典的看法。赞赏英国吗？为什么呢？是因为伦敦吗？我恨迦太基。再说，伦敦，作为穷奢极欲的大都市，也是贫穷困苦的首府。仅仅在查林-克罗斯教区，每年就饿死一百人。阿尔比翁[①]就是这样。再补充一点，更有甚者，我目睹一个英国女郎戴着玫瑰花冠和蓝眼镜跳舞。因此，去它的英国吧！我若是不赏识约翰牛，难道就赏识约拿单[②]。那个买卖奴隶的弟兄，不大合乎我的口味。去掉'时间就是金钱'[③]，英国还剩下什么呢？去掉'棉花就是王'[④]，美国还剩下什么呢？德国嘛，那是淋巴液；意大利嘛，那是胆汁。我们是不是对俄罗斯倾倒呢？伏尔泰赞赏俄罗斯，他也赞赏中国。我承认俄罗斯有美的东西，其中就有一种牢固的专制主义；不过，我可怜那些专制君主。他们弱不禁风。有一个阿列克赛丢了脑袋，有一个彼得被刺杀，一个保罗被勒死，另一个保罗被靴子踏成肉饼，好几个伊凡被掐死，好几个尼古拉和瓦西里被毒死，这一切表明，俄罗斯皇宫明显处于有害健康的状态。所有文明的民族无不让思想家欣赏战争这种东西；然而战争，文明战争，把强盗手抢掠的各种形式，从贾克萨山口雪茄走私者的欺诈，到柯曼什印第安人在险隘道的掠夺，全都汇总用上了。哼！你们要对我说，欧洲总比亚洲强些吧？我承认亚洲很滑稽；然而，你们这些西方人，你们时髦的盛装艳服附有高贵的各种污秽，从伊萨伯拉王后的脏衬衫到太子的便桶无不具备，我想不通你们还有什么资格嘲笑大喇嘛。称作人的先生们，告诉你们，完蛋啦！要知道，布鲁

① 阿尔比翁：英格兰的古称。

② 约拿单：美国人的贬称。

③ 原文为英文。

④ 原文为英文。

塞尔消费的啤酒最多，斯德哥尔摩消费的烈酒最多，马德里消费的巧克力最多，阿姆斯特丹消费的刺柏子酒最多，伦敦消费的葡萄酒最多，君士坦丁堡消费的咖啡最多，巴黎消费的苦艾酒最多：这就是全部有用的知识。总的来说，巴黎占了上风。在巴黎，连旧货商贩都花天酒地。第欧根尼在比雷埃夫斯当哲学家，也许同样愿意在摩贝尔广场卖破烂儿。还要学学这些：卖破衣烂衫的商贩喝酒的地方，都叫劣质酒馆，最有名的有'炒锅'酒馆和'屠宰场'酒馆。因此，啊！城郊酒家、宴席馆、小酒店、小小酒馆、大众咖啡馆、小酒家、酒馆舞厅、醉仙楼、破烂商贩去的劣质酒店、哈里发沙漠旅行队客栈，向你们说明了这些，要知道我是个爱享乐的人，常去理查饭店吃四十苏的份儿饭，我需要一块波斯地毯，在那里裹上赤条条的克娄巴特拉！克娄巴特拉在哪儿？哦！是你呀，路易松。你好。"

格朗太尔醉到十二分，待在穆赞咖啡馆后厅的角落里，就这样喋喋不休，又撩逗经过这里的洗杯盘女工。

博须埃伸手指他，试图让他住口，而格朗太尔越发起劲了：

"莫城的鹰，收起你的爪子，你那样对我不起一点作用，那姿势就像希波克拉底拒绝阿尔塔薛西斯的陈词滥调。你就不必费劲儿劝我安静。况且。我正伤心，让我对你们讲什么呢？人是坏东西，人是畸形的；蝴蝶是成功之作，人是做坏了，上帝没有把这种动物创造好。人群里一个比一个丑陋，碰到一个就是无赖。女人下流无耻。是啊，我害了忧郁症，既忧伤，又思乡，还神经衰弱，心中烦躁，好发急，好打哈欠，好憋闷，好厌倦，好无聊！让上帝见鬼去吧！"

"住口，大R！"博须埃又说。他正同周围的人讨论一个法律问题，一句法学界行话讲了大半，下面是收尾：

“……至于我，虽然还难以称上法学家，顶多是个业余检察官，但我却支持这一点：根据诺曼底的习惯做法，每年到圣米歇尔节，无论业主还是遗产被扣押者，除了其他义务之外，所有人以及每个人，都要向领主缴纳一笔等值税，这适用于长期租约、普通租约、自由地产、教产租约和公产租约、典押契约……”

“回音，哀怨的仙女。”格朗太尔低声吟咏。

格朗太尔身边有一张桌子相当安静，上面放着一张纸、一个墨水瓶和一支笔，两边各摆一只小酒杯，这表明正在酝酿创作一出闹剧。两颗运转的脑袋靠在一起，正低声商量这件大事。

“先拟定角色的名字。有了名字，就找到主题了。”

“不错。你说吧，我来写。”

“多利蒙先生？”

“吃年息的？”

“当然。”

“他女儿，赛莱丝汀。”

“……汀。还有呢？”

“圣瓦尔上校。”

“圣瓦尔这名字太旧了，叫瓦尔散吧。”

挨着两个想当闹剧作家的，还有一伙人，他们趁着别人喧嚷，正小声谈论一场决斗。一个三十岁的老手教导一个十八岁的青年，向他介绍他所碰到的对手。

“见鬼！您可得当心。那是个出色的剑手，剑术很精，善于攻击，招不虚发，手腕有力，腾闪灵活，动作疾如闪电，招架恰到好处，反击准确无误，呱呱叫！而且，他还是左撇子。”

若李和巴奥雷在格朗太尔对面的角落，一边玩骨牌一边谈论爱情。

“你呀，多幸福啊，”若李说道，“有一个总爱笑的情妇。”

“这正是她的缺点。”巴奥雷回答，“当人情妇不要总笑，总笑就鼓励人欺骗她。看见她高兴，你就不会感到内疚；反之，看见她伤心，你就会受到良心的责备。”

“真没良心！一个爱笑的女人该有多好！你们两个绝不会吵嘴。”

“这是因为我们有协定。我们组成小小的神圣同盟的时候，就划定了每人的边界，我们从不超越。北侧属于沃地区，南侧属于热克斯地区①。于是就相安无事了。

“相安无事，这种幸福是可以消受的。”

“你怎么样，若勒勒勒李，你同那姑娘闹别扭，闹到什么程度啦？……你知道我指的是谁。”

“她倒沉得住气，狠心跟我赌气。”

“你可是个情种，肯为心上人憔悴。”

“唉，是啊！”

“换了我，就让她一边儿待着去。”

“说说容易。”

“做起来也不难。她不是叫穆西什塔吗？”

“对。噢！我可怜的巴奥雷，她是个非常漂亮的姑娘，很有文学修养，小手小脚，特会穿戴打扮，生得又白净又丰满，有一双用纸牌给人算命的女人的眼睛。我迷上她了。”

“亲爱的，那就应当讨她的欢心，衣着要漂亮些，装作无精打采的样子。到斯托伯商买一条高质量皮裤吧。也有出租的。”

“要多少钱？”格朗太尔嚷道。

---

① 指法国和瑞士因1815年巴黎第二协定的条款所产生的边界争端：热克斯地区属于法国，但又位于法国海关之外。

第三个角落的人正热烈地议论诗歌。世俗的神话与基督教神话相互较量。若望·普鲁维尔正是基于浪漫主义而拥戴奥林匹斯山。别看他平时很腼腆，一旦激动起来，他就会慷慨陈词，进入兴奋状态，情绪越发高涨，显得既欢快又抒情。

“不要亵渎神仙，”他说道，“那些神仙也许并没有走。朱庇特丝毫没有给我以死去的印象。你们总说，神仙是幻象。然而，即使在自然界，在幻象消失之后今天的自然界，还能重新找到所有古老而伟大的世俗神话。有的轮廓像城堡的山，例如维尼马尔峰，在我看来还是席柏勒[①]的发髻；也没有什么能向我证明，夜晚潘神不会来吹中空的柳树干，并用手指轮番按树洞；我还始终相信，伊娥[②]同牛溲瀑布有点关联。”

最后那个角落在谈论政治，抨击御赐的宪章。公白飞支持宪章也软弱无力，库费拉克攻势很猛，已经打开缺口。那著名的图盖宪章[③]也该倒霉，正好有一份摆在餐桌上；库费拉克抓在手里，一边阐述他的观点，一边抖得那张纸刷刷作响。

“首先，我不要国王。哪怕是单从经济观点来看，也不要国王。国王是寄生虫。世上没有无偿的国王。听听这一点：国王的靡费。弗朗索瓦一世死的时候，法兰西公债为三万利弗尔；路易十四死的时候，公债为二十六亿，二十八利弗尔合一马克，据德马雷说，在1760年合四十五亿，在今天则合一百二十亿。其次，请公白飞别见怪，一部御赐的宪章，是文明的一种糟糕的措施。什么拯救过渡，缓和过程，减少动荡，通过宪章虚幻的条文，要国家在不知

---

① 席柏勒：希腊神话中的众神之母。

② 伊娥：希腊神话中天后赫拉的首席祭司，因得到宙斯的爱，被赫拉变成小母牛。

③ 由图盖刻印在鼻烟纸上的宪章。

不觉中从君主制转为民主制，这些全是拙劣的理由！不行！不行！绝不能用虚假的光去照耀人民。立国之道，在你们立宪的地窖里，定会枯萎衰败。不要变种，不要折中，不要国王恩赐给人民。在所有恩赐的条款里，就有一个第十四款[①]；一只手赠给，旁边还有一只爪子要收回。我坚决拒绝你们的宪章。宪章是个假面具，下面掩藏着谎言。人民接受宪章就等于拱手让位。只有完整，人权才成其为人权。不行！不要宪章！”

正值寒冬，两段劈柴在壁炉里噼啪作响，颇具诱惑力；库费拉克按捺不住，将那可怜的图盖宪章搓成一团，扔进火里。纸团燃起来了。公白飞以哲人的冷静态度望着路易十八的杰作燃烧，仅仅说了一句：

“宪章化为火焰。”

挖苦奚落，俏皮风趣，冷嘲热讽，这类东西在法国叫活跃，在英国叫幽默，不管趣味高低，由头好坏，谈锋好似钻天的烟火，一齐发射，在大厅的各个角落相交叉，在头上形成一种快乐的轰击。

五　扩大视野

青年的思想互相撞击，有一种奇妙的现象，就是绝难预见会迸出什么火花，也绝难预测激发何等闪电。等一会儿要迸发什么呢？无从知晓。动情的谈话中突然爆发一阵笑声。在插科打诨的时候，忽又进入严肃的气氛。随便一句话就能引起冲动，每人都受兴致的主宰，一句俏皮话就足以别开生面。这种交谈峰回路转，景象往往瞬息万变，而偶然则是这种谈话的巧妙安排者。

---

① 宪章第十四款给国王保留为国家安全颁布法令的权力，从而引起自由派的怀疑，并成为1830年7月革命的导火线。

这天，格朗太尔、巴奥雷、普鲁维尔、博须埃、公白飞和库费拉克，他们舌剑唇枪，混战一场，突然，一个严肃的思想奇怪地出现，穿过嘈杂的话语。

在交谈中，一句话是怎么出现的呢？又是如何凭自身引起听者的注意呢？刚才我们说过，谁也弄不清楚。在喧闹声中，博须埃接着公白飞的一通指责，突然说出这个日期：

“1815年6月18日：滑铁卢。”

马吕斯旁边放着酒杯，臂肘支在餐桌上，他听到这个名称，便把手腕从下颏儿抽开，开始凝视在座的人。

“没错，”库费拉克嚷道（当时，“当真”已经不大讲了），“18这个数字很特别，总令我吃惊。这是波拿巴的命数。把路易放在这个数字前边，把雾月放在这个数字的后边[①]，你就看到了这个人的整个命运，特点也很突出：开场后面紧跟着终场。”

安灼拉一直未讲话，这时打破沉默，冲库费拉克说了一句：

“你是说罪行后面紧跟着惩罚吧。”

马吕斯听人突然提到滑铁卢，就深受触动，“罪行”这个词则超出了马吕斯可能接受的限度了。

他站起身，从容走向墙上挂的法兰西地图，用手指按住地图下方有个岛屿的单独方格上，说道：

“科西嘉。一个使法兰西变得伟大的小岛。”

好似吹来一股冷风。大家都戛然住口，感到要发生什么事情。

巴奥雷昂首挺胸，正要回击博须埃，这时也放下架子倾听。

安灼拉的蓝色目光没有落到任何人身上，仿佛凝注虚空，他并不看马吕斯，答道：

---

① 指路易十八，拿破仑下台后的法国国王；法国写年月日与中国顺序相反。共和8年雾月18（1799年11月9—10日），拿破仑发动政变，上台执政。

“法兰西要伟大，不需要什么科西嘉。法兰西伟大，就因为她是法兰西。‘因为我叫狮子[1]。’”

马吕斯毫无退却之意，他转向安灼拉，以发自肺腑的洪亮声音说：

“我绝不想贬低法兰西！不过，将拿破仑同她合起来，绝没有贬低她。哦，这个问题，倒可以谈一谈。我是新来到你们中间的，但是老实说，你们叫我惊讶。我们处于什么状态？我们是什么人？你们是什么人？我是什么人？我们就来谈谈皇帝吧。我听你们讲布奥拿巴，就像保王派那样突出‘乌’音。可以告诉你们，我外公讲得更地道，他说布奥拿巴特。我原以为你们是青年。可是，你们的热情到底放在什么上面呢？到底用来做什么呢？你们不敬佩皇帝，那么敬佩谁呢？你们还要求什么呢？这个伟人你们都不要，那么还要什么伟人呢？他什么都具备，是个完人，头脑里装有人类才智的立方。他跟查士丁尼一样制定了法典，跟恺撒一样治理；他的谈话兼有帕斯卡尔的闪电和塔西陀的雷霆；他既创造历史，又写历史，他的战报就是史诗，他组合了牛顿的数字和穆罕默德的象喻，身后在东方留下了如金字塔一般巨大的话语，他在蒂尔西特[2]教导帝王们如何保持尊严，在科学院反驳拉普拉斯[3]在国务会议上同梅尔兰[4]分庭抗礼，给一些人的几何学注入灵魂，也给另一些人的诡辩注入灵魂；他跟检察官在一起就是法学家，跟天文学家在一起就是星相家；如同克伦威尔两根蜡烛要吹灭一根那样，他也去神庙街为窗帘的一个坠球讨价还价；他无所不见，无所不知，尽管如此，

① 原文为拉丁文。

② 当时俄国地名。

③ 拉普拉斯（1749—1827年）：法国天文学家、数学家和物理学家。

④ 梅尔兰（1754—1838年）：法国政治家。

他笑起来，也像守着小孩摇篮的天真汉那样；猛然间，惊慌的欧洲开始倾听了，大军浩浩荡荡，炮队滚滚向前，浮桥在河上伸延，骑兵飞驰，如同暴风中翻滚的乌云，呐喊声、军号声，各国宝座都动摇了，各王国的边界在地图上晃动，忽听一只超人的宝剑出鞘的声响，只见他在地平线上站起来，手中烈焰熊熊，眼里金光闪闪，两只翅膀在雷电里展开，即大军和老羽林军，那便是战争大天使！”

全场默然，安灼拉低着头。沉默总有点默许或无言以对的意味。马吕斯几乎没有缓气儿，更加激动地继续说：

“朋友们，大家要公正！有这样一个皇帝的帝国，这是人民多么光辉灿烂的命运！尤其是法兰西人民，能把自己的天才加入此人的天才中！纵横驰骋，节节胜利，到各国首都宿营，让手下的士卒当国王，宣布各个王朝覆灭，以冲锋的步伐改换欧洲的面貌；你一发威，就让人感到你手握上帝的宝剑；跟随的这一个人，却是汉尼拔、恺撒和查理大帝的化身；做一个用捷报每天为你报晓的人的人民；以残废军人院的大炮为闹钟；让马伦戈、阿科莱、奥斯特利茨、耶拿、瓦格拉姆这些神奇的词彪炳千古！随时让胜利之星跃上千秋万代的苍穹，使法兰西帝国同罗马帝国旗鼓相当；成为伟大的民族，孕育伟大的军队，派军飞赴世界各地，如同一座山峰遣雄鹰飞向四方，去战胜，去控制，去摧毁，在欧洲成为因荣耀而金光闪闪的人民，奏响穿越历史的天人的音乐，凭武功和叹服两次征服世界，这真是无与伦比，还有什么更伟大的呢？”

“自由。”公白飞说道。

这回，轮到马吕斯低下头。这个简单而冰冷的词儿，宛如一把钢刀，刺透他的慷慨陈词，他立时感到内心的激情化为乌有。等他又抬起眼睛的时候，公白飞已经不在了，大概驳斥了这通高论而心满意足，随即走开，除了安灼拉之外，其他人也随他而去。大厅一下子空了。只留下安灼拉独对马吕斯，神色严肃地看着他。然而，马吕斯并不认输，他稍微收拢一下思想，那内心激动的余波自然要表露出来，要同安灼拉展开论战，这时，忽听有人边下楼边歌唱。那正是公白飞，只听他唱道：

恺撒如相赠
光荣与战争，
并要我离开
母亲那份爱，
我要对伟大的恺撒说：
收回你那权杖和战车，
我更爱母亲，咿呀嗨！
我更爱母亲。

公白飞声调温柔而粗犷，赋予这段歌一种奇特的雄浑气势。马吕斯若有所思，望着天花板，几乎下意识地重复道："母亲？……"

这时，他感到安灼拉的手搭到他肩上。

"公民，"安灼拉对他说，"母亲，就是共和国。"

六　窘　境①

这次晚间聚会深深震动了马吕斯，给他心灵留下一片忧伤的阴影。他的感受，也许就像大地被铁犁破开并播下麦种那样，只感到

---

① 原文为拉丁文。

伤痛，要等以后才能尝到萌芽的颤动和结实的喜悦。

马吕斯心情沉重。一种信念刚刚树立起来，难道就要抛弃了吗？他心里明确说不行，明确说他不愿意怀疑，可是，他又不由自主地开始怀疑了。处于尚未走出和尚未走入的两种信仰之间，是难以忍受的；这种黄昏的暮色，只有蝙蝠那种心灵才喜欢。而他马吕斯心明眼亮，需要见到真正的光，受不了怀疑的半明半暗。他要留在原地，固守在那里，这种愿望不管多么强烈，他也抵挡不住另一股力量，不得不继续前进，不得不验证思考，走得更远。那股力量要把他引向何处？他走了多少路才接近他父亲，怕是现在又要一步一步远离而去。思潮翻腾，越想越苦恼。只见周围出现悬崖峭壁，无路可通。他既不赞成外公的思想，也不同意他朋友的观点；他在前者眼中大胆冒进，而在后者看来又落伍了；于是他承认自己既脱离了老一辈，又脱离了年轻一代，从两方面都是孤立的。他不再去穆赞咖啡馆了。

他的思想处于这种混乱状态，就不大考虑生存的一些实际问题。而生活的现实却不容忽视，突然来捅他一臂肘。

一天早晨，客栈老板走进马吕斯的房间，对他说道：

“库费拉克先生为您担保。”

“对。”

“可是，我得收房费了。”

“请库费拉克来跟我谈谈吧。”马吕斯说道。

老板请来库费拉克，便离去了。马吕斯和盘托出他还没有想到告诉库费拉克的情况，说他父母双亡，在世上孤单一人。

“那您打算怎么办呢？”库费拉克问道。

“毫无打算。”马吕斯答道。

“您打算做什么呢？”

“毫无打算。”

“您有钱吗？”

“有十五法郎。”

“要我借给您一些吗？”

“绝不。”

“您有衣服吗？”

“就这些。”

“您有首饰吗？”

“有一只表。”

“银的？”

“金表。就是这只。”

“我认识一个服装商人，他会收购您的燕尾服和长裤。”

“很好。”

“这样，您就只剩下一条长裤、一件坎肩、一件上衣和一顶帽子。”

“还有这双靴子。”

“什么！您总不至于打赤脚吧？真够阔气呀！”

“有这些就够了。”

“我还认识一个钟表商，它会买您的怀表。”

“很好。”

“唉，好什么，今后您怎么办呢？”

“怎么办都行，反正要老老实实做人。”

“您会英文吗？”

“不会。”

“会德文吗？”

“不会。”

“那就算了。”

“问这干什么？”

“我有个朋友是书商，他要出版一种百科全书。您若是行，就可以翻译德文或英文词条。稿费很少，但总可以糊口。”

“那我就学习英文和德文。”

“学习期间呢？”

“学习期间，我就变卖衣服和表。”

服装商人找来了，他出二十法郎买下那身旧衣裳。两个青年又去钟表店，将那只表卖了四十五法郎。

“还不赖，”回到客栈，马吕斯对库费拉克说，“加上我这十五法郎，一共八十法郎。”

“还有客栈的账单呢？”库费拉克提醒道。

“哦，我倒忘了。”马吕斯说道。

“见鬼，”库费拉克又说道，“您学英语期间用五法郎吃饭，学德语期间用五法郎吃饭。这就意味课本要狼吞虎咽，或者一百苏钱要细嚼慢咽。”

这期间，吉诺曼姨妈终于摸到马吕斯的住处，其实她心地相当善良，不忍看别人落入凄凉的境况。一天上午，马吕斯从学校回来，发现姨妈的一封信和六十银币，即封在盒里的六百金法郎。

马吕斯将钱如数退还给姨妈，并附了一封措辞恭敬的信，说他已有谋生手段，今后足能维持生活了。当时，他身上只剩下三法郎。

拒绝收钱的事，姨妈只字未提，怕外公一气之下永绝亲情。况且他发过话：“永远也不要向我提起这个吸血鬼！”

马吕斯不愿负债，就离开了圣雅克门旅店。

第五卷　苦难的妙处

一　马吕斯穷困潦倒

马吕斯生活艰难了。卖掉衣服和表糊口，还不算什么，他又尝到了难以言传的东西，所谓的“贫穷生活”。可怕的东西，这其中包含白天没有面包，夜晚失眠，晚间无烛光，炉膛无火，一周周虚度，未来希望渺茫，衣服袖肘磨破了，旧帽子惹姑娘们笑话，因为欠房租而夜晚吃闭门羹，门房和客栈老板傲慢无礼，邻居讥笑，受人白眼侮辱，尊严遭到践踏，为了糊口什么活儿都得干，饱尝生活的厌恶、苦涩和沮丧。马吕斯学会了如何吞下这一切，如何总吞下同样的东西。人生到这个阶段需要自尊，因为需要爱情，可是，他却感到衣衫褴褛而受人蔑视，感到自己穷苦而显得可笑。人到青春的这个年龄，心胸充满了冲天的自豪，而他却总要低头去瞧脚上磨出洞的靴子，体验到了穷困的不公正的耻辱和刺心的羞惭。可赞而又可怕的考验，考验出来，意志薄弱的人会变得无耻卑鄙，意志坚强的人则变得超凡脱俗。穷困是一个熔炉，每当命运需要一个坏蛋或一个神人，就把一个人投进去。

须知在细小的搏斗中，会有许多伟大的行动。在黑暗中对付生计和丑恶的致命侵犯，要步步防卫，表现出坚忍不拔而又鲜为人知的勇敢。高尚而隐秘的胜利，不为人所见，不能扬名，也没有鼓乐欢迎。生活、不幸、孤独、遗弃、穷困，无一不是战场，无一不产生英雄；无名英雄，有时比著名的英雄更伟大。

罕见的坚强性格就是这样创造出来的；穷困，几乎总是后母，有时还是亲娘；困苦往往孕育心灵和精神的力量；艰苦是志气的奶母；不幸是哺育高尚之人的好乳汁。

马吕斯生活中有个时期，自己打扫楼道，去果品店买一苏钱的布里地区奶酪，要等天黑下来才溜进面包铺，买一块面包，悄悄带回阁楼，就好像是偷来的。偶然也有人看见一个笨拙的青年，腋下夹着书本，钻进街角的肉铺里，挤入爱挖苦人并推搡他的厨娘中间，那样子又胆怯又气恼，一见面就摘下帽子，露出流汗的脑门儿，冲着惊奇的老板娘深施一礼，又冲肉店伙计鞠了一躬，要一块羊排骨，付六七苏钱，用纸包起来，夹到腋下的书本中间，然后离去。他就是马吕斯。他自己做好那块排骨，要吃三天。

头一天吃肉，第二天吃肥油，第三天啃骨头。

吉诺曼姨妈多次设法给他那六十皮斯托尔，马吕斯总是把钱退回去，说他什么也不缺。

前边讲过他思想发生了革命，当时他还为父亲服丧，后来就一直没有离开那套黑服装。然而，衣服却离他而去。终于有一天，衣服没有了。那条长裤还过得去。怎么办？库费拉克念他帮过几次忙，便送给他一件旧上衣。马吕斯花了三十苏，让一个看门人给翻了新。不过，那衣服是绿色的，他只好等天黑再出门，看着就像黑色衣服了。他要一直服丧，就只能披上夜色了。

经过这一段生活，马吕斯应聘为律师，他声称住在库费拉克那间客房：那个房间比较体面，有一定数量的法律书籍，再加上七拼八凑的小说帮着撑门面，书房也就算合乎规格了。他让人往库费拉克那里给他写信。

马吕斯当上律师，就写信告诉他外公，信的口气很冷淡，但措辞极为恭顺，充满敬意。吉诺曼先生颤抖着拿起信，看完撕成四片，扔进废纸篓里。过了两三天，吉诺曼小姐听见她父亲在卧室独自高声说话，他每次特别激动时就有这种情况。她附耳听见父亲说道："你若不是个蠢材，就应当知道，人不能同时既是男爵，又是律师。"

二　马吕斯清贫寒苦

贫穷同其他事物一样，最终能成为自然存在，逐渐形成并定形。一种清苦生活，只要维持生命，人就能生长发展。请看马吕斯·彭迈西是如何安排这种生活的。

他走出间不容身的逼仄小路，前面逐渐宽了一点。他十分勤奋，表现出非凡的勇气、恒心和意志，终于凭劳动每年能挣约七百法郎。他学会了德文和英文，由库费拉克推荐给开书店的朋友，就在文学书店里充当有用的小角色，撰写新书介绍，翻译报刊文章，注释一些著作，编纂作者的年谱，等等。收入稳定，不管丰年歉年，总是七百法郎，他能维持生活，日子过得还不错。情况如何呢？我们来谈谈。

马吕斯住到戈尔博老屋，每年付三十法郎年租金。那是一间没有壁炉的破屋，名为办公室，却只有必不可少的一点家具。家具是他本人的。他每月付给二房东老太婆三法郎，让她来打扫陋室，每天早晨送点开水、一个鲜鸡蛋和一苏钱的面包。面包和鸡蛋就是他的午餐，要花两苏到四苏钱。要看鸡蛋的售价涨落而定。晚上六点钟，他沿圣雅克街走下去，到马图兰街拐角巴赛版画店对面卢梭餐馆吃饭。他不喝汤，只要六苏的一盘肉、三苏的半盘蔬菜和三苏的甜点心。花三苏钱，面包随便吃。他以水代酒。饭后到柜台付账时，他给伙计一苏小费，端坐在柜台里的始终肥胖、但风韵犹存的卢梭太太冲他微微一笑。然后他就离去。花十六苏钱，能看到一张笑脸，吃一顿晚饭。

卢梭餐馆里，喝空的酒瓶极少，倒空的水瓶极多，那既是餐馆，更是放松休憩的地方，现今已不复存在。餐馆老板有个漂亮的绰号，称为“水族卢梭”。

这样算起来，午餐四苏，晚餐十六苏，每天吃饭花二十苏，一年下来便是三百六十五法郎。再加上三十法郎的房钱，给那老太婆三十六法郎，再加上点零用钱，总共四百五十法郎的花销，马吕斯吃住解决了，还有人给料理家务。礼服花费一百法郎，内衣花费五十法郎，洗衣费五十法郎，总共也不过六百五十法郎，还能富余五十法郎。他有钱了，有时还借给朋友十法郎；有一次，库费拉克借钱，能从他那儿拿了六十法郎。至于取暖，屋里既然没有壁炉，马吕斯就把这事儿“简化”了。

马吕斯总有两套外衣，一套旧的，“每天出门”穿，另一套新的，重大场合穿。两套全是黑色的。他只有三件衬衣：一件身上穿着，一件放在五斗柜里，另一件在洗衣店里，等破得不能穿了，再一件件换新的，一般撕破口子还穿着，将外衣纽扣全扣上遮住。

马吕斯要经过好几年，才达到开始兴旺的境况。这几年十分艰难，困难的年头，有些要穿越，有些要跋涉。马吕斯一天也没有泄气。忍饥挨饿，他全经受住了；除了借债，他什么都干过。他问心无愧，从不欠人一文钱。在他看来，借债就是奴役的开端。他甚至想，一个债主比一个主人还糟糕，因为主人只拥有你的人身，而债主却占有你的尊严，可以糟蹋你的尊严。他宁肯饿肚子，也不愿借钱。有不少日子他吃不上饭，感到事物的极端无不相接，如不小心，命运沦落能导致灵魂堕落，于是他十分审慎，唯恐丧失自尊。有的话和举动，如在寻常情况下，他觉得只是礼貌尊敬的表示，在这种处境就认为有点卑躬屈膝了，因此，他反而挺起胸膛。他不愿退却，什么事也不图侥幸，脸上显露一种略带红晕的严峻神色，胆怯到了不近情理的程度。

每逢严重关头，他就感到内心有一股秘密的力量在鼓舞，有时甚至推动他。灵魂翼助肉体，在某种时刻，还能将肉体带起来。这是唯一能支持鸟笼的鸟儿。

马吕斯心中刻着两个名字：他父亲和德纳第。他天性热情而严肃，在思想上给他父亲的救命恩人，那个在滑铁卢枪林弹雨中救了上校的大无畏的中士，罩上一圈光环，在记忆中从不把这人同他父亲分开，而是一起崇敬，就好像两个等级的崇拜：大龛供上校，小龛供德纳第。他了解到德纳第陷入悲惨境地，想想那情景，就倍加铭感于心。马吕斯到过蒙菲郿，听说那个不幸的客栈老板亏本破产了。从那之后，他便做出极大的努力，寻找德纳第的踪迹，到他沉入的穷困的黑暗深渊中探访。马吕斯走遍了那一带地方，到过晒勒、朋地、古尔奈、诺让、拉尼。一连三年，他积极查访，花掉了他积攒的一点钱。没人能向他提供德纳第的消息，有人以为他去外国了。那些债主也在追寻，虽然少些感情的因素，但是同样锲而不舍，都没有抓住他的影子。马吕斯没能找到人，就责备自己，几乎怪罪自己。这是上校留下的唯一债务，马吕斯决心践约偿还，他心中暗道："怎么，我父亲躺在战场上奄奄一息，德纳第并不欠他什么，却能从硝烟和枪林弹雨中找到他，将他背走，而我，欠德纳第这么大恩情，却不能在他呻吟待毙的黑暗中找到他，同样把他从死亡中救出来！哼！我一定要找到他！"的确，要能找到德纳第，马吕斯断掉一条臂膀也在所不惜，要能把他从苦难中救出来，流尽自己的鲜血也在所不惜。见到德纳第，帮他做点什么，并且对他说："您不认识我，可是，我认识您！有我在！要我干什么，请吩咐吧！"这是马吕斯最甜最美的梦想。

三　马吕斯长大成人

这时，马吕斯二十岁了，离开外公已有三年，彼此还保持原来的关系，谁也无意接近和好，也没有谋求见面。况且，见面又有什么好处呢？再相互冲突吗？谁又能硬得过谁呢？马吕斯是铜钵，吉诺曼老头儿是铁罐。

老实说，马吕斯误解了外公的心，以为吉诺曼先生就没有爱过他，觉得这个老人生硬、粗暴，好嘲笑人，总斥骂，叫嚷，发脾气，并扬起手杖，对他顶多具有喜剧中老辈人物那种既肤浅又严厉的感情。马吕斯想错了。天下有不爱子女的父亲，绝没有不宠爱自己孙子的祖父。我们说过，吉诺曼先生从内心里喜爱马吕斯，但有自己的喜爱方式：不时拿话敲打。甚至扇耳光；等这孩子一走，他就感到心中一片空虚黑暗。他不许别人再向他提起马吕斯，可是私下又遗憾别人那么听话。起初，他还抱有希望，这个布奥巴分子，这个雅各宾党徒，这个恐怖分子，这个九月暴徒，肯定能回来。然而，一周又一周，一月又一月，一年又一年过去了，这个吸血鬼没有再露面，真叫吉诺曼先生心痛欲碎。"然而，我别无他法，只能赶他走。"外公时常这样想。同时他还问自己："如果事情从头开始，我还会这么干吗？"他的自尊心立即回答会的，可是，他那颗苍老的头却默默摇晃，悲伤地回答不会。有时候他十分颓丧，心中想念马吕斯。老人需要感情，如同需要阳光，也就是温暖。不管他性情多么倔强，他失去马吕斯，内心多少发生了变化。他死也不肯朝这个“小鬼东西”走一步，但心中苦不堪言。他住在沼泽区，越来越深居简出了。他虽然还像从前那样，又快活又狂暴，但是那种快活显得生硬而逞强，仿佛里面有痛苦和恼怒，而他狂暴一通之后。总是进入一种沮丧状态，显得温和而沉郁了。有几次他这样说：“哼！他若是回来，看我怎么扇他耳光！”

至于那位姨妈，她不大想事儿，也就谈不上有多少爱；在她的心目中，马吕斯仅仅成了一个模模糊糊的黑影了；到后来，她对马吕斯还不如对猫和鹦鹉那么关心了，顺便说一句，她很可能养过猫和鹦鹉。

吉诺曼老头儿把痛苦完全埋藏在心里，一点儿也不让人看出来，这就倍加痛苦了。他的忧郁犹如新近发明的火炉，连烟都燃尽。有时，一些献殷勤的人不识趣，向他询问马吕斯的情况：“您的外孙先生在做什么？”或者：“您的外孙先生近况如何？”老绅士如果太伤心，就叹口气，如果要装出高兴的样子，就弹一弹衣袖，说一句：“彭迈西男爵先生正在什么地方，为人打小官司呢。”

老人那边深自悔恨，而马吕斯这边则拍手称快。不幸的遭遇消除了他心中的怨恨，心地善良的人无不如此。他想到吉诺曼先生时，就只有温情了，但是，他始终坚持不再接受“对他父亲不好”的人的一钱一物。这是他最初的愤恨和缓之后，现在所表现的情绪。而且，他高兴受过苦并还在受苦。这是为了纪念他父亲。生活艰苦，他感到又满足又喜欢。有时，他带着几分欣悦自言自语：“这是最起码的”；这本身……就是一种赎罪；如果不这样，而是对他父亲，对这样一位父亲，抱不敬的冷漠态度，那么日后他就会受到别种惩罚；父亲饱受苦难，而他一点苦也不吃，这就不正直了；况且，比起上校的英勇一生来，他的辛劳和清苦又算什么呢？

归根结底，他要接近父亲，要像父亲的样子，唯一的方式就是以上校杀敌的那种勇敢对付穷苦生活；而上校留下的这句话：“他会当之无愧……”无疑就想表达这种意思。上校的话，由于遗书已丢失，马吕斯不能佩戴在胸前，却刻在心上了。

况且，外公赶他走的那天，他还是个孩子，现在则长大成人了。他自己也有这种感觉。我们还是要强调这一点，穷困对他来说是好事。青少年清贫，到成功之日方显出妙处：能把人的整个意志引向发奋的道路，把人的整个灵魂引向高尚的追求。贫穷能立刻把物质生活剥露，显示其丑恶面目，从而激发人以无比冲劲奔向理想生活。阔少则不同，有各种各样出色而庸俗的娱乐：赛马，打猎，养狗，抽烟，赌博，宴饮，等等，在这类消遣中，灵魂的低劣部分损害高尚部分。穷苦的青年要花费气力，才能挣来面包吃，吃过之后，就只有幻想了。他去观赏上帝组织的免费演出，欣赏蓝天、空间、星辰、鲜花、儿童、他在其间受罪的芸芸众生，以及他在其间放光彩的自然万物。他观望久了芸芸众生，就看见了灵魂；他观望久了自然万物，就看见了上帝。他幻想，于是感到自己伟大；他再幻想，又感到自己温柔了。他从受苦人的自私心转向思索者的同情心。一种令人赞叹的情感在他身上焕发：忘记自我并悲悯世人。一想到大自然无私提供的不可胜数的乐事，给予敞开的心灵而拒绝封闭的心灵，他这个精神的百万富翁，就可怜起那金钱的百万富翁了。随着他的头脑一片光明，全部怨恨也从他心中离去。再说，他是不幸的人吗？不是。一个青年的穷苦绝不悲惨。随便一个小伙子。不管怎么穷，有他那健康、力量、轻快的步伐、明亮的眼睛、沸腾的热血、黑黑的头发、鲜艳的脸蛋、粉红的嘴唇、雪白的牙齿、纯净的呼吸，总要让一个老皇帝羡慕不已。每天早晨，他都要重新开始挣面包；他靠双手挣面包吃，同时他的脊梁骨也挣来自豪，他的头脑也挣来思想。他干完了活计，又回到那难以描摹的陶醉，沉入静思和喜悦；他活在世上，双脚绊在苦难和障碍中，停留在铺石路上，踏在荆丛里，有时陷入泥中，但是那颗头却高举在光明里。他显得那么坚定、泰然、温和、平静、专心、严肃，知足常乐，善气迎人；他也特别感谢上帝给了他富人所没有的两种财富：使他得到自由的劳动，使他保持尊严的思想。

这正是马吕斯身上所发生的情况。一句话，他偏爱沉思甚至有点过分了。他的生计差不多有了保障之后，便停下来，觉得还是安贫为好，减少工作，以便多多思索。这就是说，有时他一连几天思考，沉浸在静思和内心光照的无言愉悦中。他这样安排生活问题：尽量少做物质劳动，尽量多做难以捉摸的劳动，换句话说，费几个小时用在实际生活上，其余时间全用在对“无限”的思索中。他自以为吃穿不愁了，却没有发觉他这样理解的沉思，结果要成为一种懒惰的形式，没有发觉他满足于生活最低需要，过早地歇手不干了。

显而易见，对这个禀性刚强而豪迈的人来说，这只能是一种过渡状态，一旦撞击不可避免的复杂的命运，马吕斯就会觉醒。

眼下，他虽是律师，也不管吉诺曼老头儿怎么看，他却既不接大案，也不为人打小官司。他沉于梦想，就远离了辩论。纠缠公证人，随庭听审，寻找作案动机，这些事实在烦人。何必这样呢？他想不出有任何理由改变现在的谋生方式。这家不知名的印书馆终于给他一份稳定的工作，正如我们解释过的，他干点活儿就足够了。

雇用他的一个书商，我想是叫马其梅尔先生吧，曾提出雇他当全工，向他提供舒适的住所和固定的工作，年薪为一千五百法郎。舒适的住所！一千五百法郎！当然是好差使。可是要他放弃自由！当一名雇员！当一个雇佣文人！马吕斯考虑一旦接受，他的境况既改善又变坏：生活优裕了，尊严却丧失了。这是完整而美好的不幸变成丑恶而可笑的窘境，好比盲人变成独眼龙。他谢绝了。

马吕斯独来独往。什么事他都喜欢置身局外，而且上次争论还心有余悸，他决计不参加安灼拉领导的团体。大家还是好朋友，必要时也都能尽力相助，但仅此而已。马吕斯有两个朋友，一老一少，少者库费拉克，老者马伯夫先生。他与老者更为投契。首先，多亏那老者，他的思想才发生巨大的变化；其次，也多亏那老者，他才了解并爱戴他父亲。他常说："他给我切除了眼中的白内障。"

毫无疑问，那位教堂财产管理员起了决定性作用。

然而，在这件事情上，马伯夫先生只不过受命运的派遣，是一个冷静而无动于衷的使者。他照亮了马吕斯的心扉，纯属偶然，是不自觉的行为，如同一个人举着的蜡烛；他是那支蜡烛，而不是那个人。

至于马吕斯内心产生的政治变革，马伯夫先生根本理解不了，也根本不可能祈望和引导。

以后还要见到马伯夫先生，因此有必要交代几句。

四　马伯夫先生

马伯夫先生对马吕斯说过："当然，我完全赞同政治观点。"那天他的确表达出他思想的真实状态。对所有政治见解，他都抱着无所谓的态度，不加区别而一概同意，只要让他清静就成，正如希腊人统称复仇女神为"美丽的、善良的、可爱的"，欧墨尼得斯[①]。

① 欧墨尼得斯：希腊神话中的复仇三女神。

马伯夫先生所持的政治观点，就是酷爱花木，尤其酷爱书籍。他跟所有人一样，也隶属一个“派”，须知在那年头，无派之人简直没法儿活；然而，他既不是保王派，也不是波拿巴派，既不是宪章派，也不是奥尔良派，更不是无政府派，他是书迷派。

世上有那么多青苔、芳草和绿树，可供观赏，有那么多对开本和三十二开本的书可供浏览，他不明白世人为什么要为宪章、民主、正统、君主制、共和制等空话而相互仇视呢。他特别注意自己别成为无用的人；拥有书籍并不妨碍他阅读，成为植物学家并不妨碍他侍弄园子。他认识彭迈西的时候，和上校之间就产生一种好感，上校如何培育花卉，他就如何培植果树。马伯夫先生用播种方式结出的梨，同圣日耳曼梨一样鲜美。如今非常出名的十月黄香李，同夏熟黄香李一样香甜，据说就是他通过杂交培育出来的一种。他去做弥撒，与其说出于虔诚，不如说出于温和的性情，也是因为他喜爱人的面孔，而厌恶人的声音。只有在教堂里，他才能看到人聚在一起而静默，感到自己应当择业，于是选中了教堂财产管理员的生涯。他从来没有像爱一个郁金香鳞茎那样爱任何女人，也从来没有像喜欢一个埃尔泽菲尔版本那样喜欢任何男人。他早已年过六旬，有一天忽然有人问他：“您一辈子就没有结过婚？”他回答：“我把这事忘了。”也有过这种情况，这种情况谁没有过呢？他说：“唉！当年我若是有钱！”他讲这话的时候，绝不会像吉诺曼老头儿那样，盯着看一个漂亮姑娘，而是欣赏一本古书。他独身生活，家中只有一个年老的女用人。他患轻度的手痛风，睡觉时僵硬的老手指在被里总弯曲着。他编写并出版了《科特雷地区植物志》，有彩色插图，书颇受好评，他拥有铜版，并且自己销售。每天总有两三个人来买书，到梅齐埃尔街敲他的家门。每年售书能有两千法郎的收入，差不多这就是他的全部家当。虽说贫穷，他却凭借耐心、节俭和时间，得以收藏不少各种珍本。他出门腋下总夹着一本书，回来往往夹两本书。他住在楼下，有四间屋和一个小园子，家中唯一的装饰，就是镜框里装的植物标本和大师的版画。他一看见刀枪之类的兵器就不寒而栗。他一生也没有走到一尊大炮跟前，甚至到残废军人院也是如此。他的胃还过得去，满头白发，无论嘴里还是头脑里都没牙齿了，浑身总颤抖，说话带着庇卡底口音，笑起来像孩子，容易受惊吓，一副老绵羊的模样。他有一个当本堂神父的兄弟，除此之外，在世人中只有一个常来往，名叫鲁瓦约尔，是在圣雅克门开书店的老先生。他还有一个梦想，将靛蓝植物移植到法国来。

他那女用人也是一个老天真。可怜而和善的老太婆还是个老处女。她的老雄猫名叫苏丹，能在西斯丁小教堂喵喵唱阿莱格里作曲的《上帝怜我》的圣诗，也占据了女主人整个一颗心，足够她寄托心中的全部感情。她的梦想没有一个接触到男人，她也始终未能超越她这只猫。她跟猫一样，嘴上都长了胡须。她的光轮在她总保持洁白的软帽里。星期天做完弥撒，她就点数箱子里的衣物消磨时间，将买来却始终没送出去做的衣裙料子摊在床上。她能看书，马伯夫先生给她起个绰号叫“普卢塔克大妈”。

马伯夫先生喜欢马吕斯，因为马吕斯又年轻又温存. 能温暖他那颗老迈的心，又不会惊吓他的胆怯性情。对老人来说，温和的青年好似无风的太阳。马吕斯脑子灌满了军人的光荣、大炮火药、进攻和反攻，灌满了他父亲挥刀杀敌并受伤的各次大战役，然后去看望马伯夫先生，马伯夫先生则从花卉的角度同他论英雄。

大约1830年，他那任本堂神父的兄弟去世，这对马伯夫先生来说，好像黑夜忽然降临，整个天地全暗下来了。公证人的一次背信弃义，剥夺了他应有的一万法郎，这是他兄弟二人名下的全部财产。七月革命又引起图书业的一场危机。困难时期，植物志这类书首当其冲，《科特雷地区植物志》顿时无人问津，几周不见一名顾客。有时门铃声响，马伯夫先生不禁一抖。“先生，”普卢塔克大妈愁眉苦脸对他说，“是送水的。”终于有一天，马伯夫先生辞掉财产管理员的职务，脱离圣绪尔皮斯教堂，离开梅齐埃尔街，卖掉一部分……不是他的藏书，而是他的版画，这是他最容易撒手的……搬到蒙巴纳斯大街的一座小房子；但是他在那儿只住了一个季度，这有两个原因，一是那楼下住房和小园子租金三百法郎，而他用于房租不敢超出二百法郎，二是那里靠近法图射击场，整天枪声不断，叫他无法忍受。

他带走他的《植物志》、铜版、植物标本、活页夹和藏书，又搬到妇女救济院附近，住进奥斯特利茨村一座茅屋里，年租五十埃居，共有三间屋和一座围着篱笆带水井的园子。他趁这次搬家，几乎把家具全卖了。他迁入新居那天特别高兴，亲自往墙上钉钉子，好挂版画和植物标本，余下的时间又给园子翻土，到了晚上，他见普卢塔克大妈愁眉不展，心事重重，就拍拍她的肩，微笑着对她说：“没关系！我们有靛蓝呢！”

他只准许两个客人，圣雅克门那个书商和马吕斯，来茅舍看望他，说穿了，他觉得奥斯特利茨这个村名就够喧嚣讨厌的了。

再者，正如我们所指出的，头脑钻进一种智慧或一种妄想中，或者同时钻进智慧和妄想中——这也是常有的事——对生活事物的反应就特别迟缓。他们觉得自己的命运还很遥远。这种专心致志的状态会产生出一种被动性，而这一被动性如果合乎理智，就类似哲学了。一个人衰退，下降，颓败，直到颓败还不大明白。当然，终有觉醒的一天，但是太迟了。在那之前，人在赌祸福的赌局中仿佛处于中立状态。自身就是赌注，却冷眼旁观。

马伯夫先生就是这样，周围逐渐昏黑，而希望一一破灭，他还始终泰然自若，虽说有点儿幼稚，但是非常深沉。他的思维习惯如同钟摆来回摆动；一旦由幻想上了发条，即使幻想破灭了，还要走很长时间。一个座钟，不会恰恰在上发条的钥匙失落的时候，就戛然停摆了。

马伯夫先生有些纯真的乐趣。这些乐趣不需要什么代价，往往意外得之，一点偶然的机会就能向他提供。有一天，普卢塔克大妈在房间角落看一本小说。她高声念出来，觉得这样能理解透些。高声朗读，就是确认自己所读的东西。有些念书声音特别高，那神态就像为他们所读的内容打保票。

普卢塔克大妈手捧小说，就是以这种劲头阅读。马伯夫先生则听而不闻。

普卢塔克大妈念到这句话，是关于一名龙骑兵军官和一位美人的故事："……那美人弗悦，而龙……"念到这里，她停下来擦拭眼镜。

"佛爷和龙，"马伯夫先生低声接话说，"对，确有其事。从前是有一条龙，住在山洞里，口中喷火焰烧天空，好几颗星辰都燃烧了。那条怪龙还长着猛虎的利爪。佛爷走进龙洞，说服龙皈依了。普卢塔克大妈，您看的是一本好书。没有比这更美的传奇故事了。"

马伯夫先生随即沉入美妙的梦幻中。

五　穷是苦的睦邻

马伯夫先生慢慢看到自己陷入穷困，越来越感到惊奇，不过还没有怨天尤人。马吕斯喜欢这个天真老汉。他时常遇见库费拉克，但总是主动去拜访马伯夫先生，然而极少见面，每月顶多说一两次话。

马吕斯的乐趣是独自长时间散步，走在环城大道上，或者演武场上，或者卢森堡公园的幽径上。有时，他花半天时间去看菜园子，看生菜畦、粪堆上的鸡群和拉水车的马。过路人以惊奇的目光打量他，有的人还觉得他衣着可疑，面目不善。其实，他不过是个穷苦的青年，站在那儿出神遐想。

正是在一次散步中，他发现了戈尔博老屋，受到那僻静的地点和便宜的房租的吸引，便搬过去住了。那里的人知道他叫马吕斯先生。

有几位前朝的将军和他父亲是老同事，认识他之后，就邀请他去做客。马吕斯没有谢绝，那是谈论他父亲的好机会；因此，他不时去府上拜访巴若尔伯爵、贝拉维恩将军，去残废军人院拜访弗里利翁将军。在那里聚会，或是演奏音乐，或是跳舞。马吕斯总穿上新装去参加晚会。然而，不是天寒地冻的日子，他绝不去参加晚会或舞会，因为他付不起车钱，而上门时又想保持皮靴油光锃亮。

他有时这样讲，但毫无刻薄之意："人天生就是这样，进人家的客厅，浑身是泥都没有关系，唯独鞋子不能脏。要人家热情地接待你，只需有一样东西无可指摘：是良心吗？不对，是靴子。"

不是发自内心的各种热情，在幻想中无不化为乌有。马吕斯的政治狂热就是这样风消云散了。1830年革命，在给他满足和安慰的同时，在这一点上也起到了推动作用。除了好激愤这一面，他仍保持老样子，观点还是原来的观点，只是温和多了。确切地说，他只讲好感，而不持什么观点了。他属于什么党派呢？属于人类党。在人类中，他选择了法兰西；在国家中，他选择了人民；在人民中，他选择了妇女。那是他怜悯的主要走向。现在，他看重一个思想超过一种事实，看重一位诗人超过一个英雄；比起马伦戈战役那样的事件来，他更欣赏像《约伯记》那样一本书。而且，他沉思遐想一整天，傍晚沿环城大道回家，透过树枝窥见无垠的空间、无名的光亮，窥见幽邃、黝黯、神秘，就感到一切人事都十分渺小了。

他自以为认识了，也许的确认识了生命和人生哲学的真谛，结果他眼无余物，几乎只望天空了：天空，是真理在井底唯一能望见的东西。

这并不妨碍他做出许多计划、方案、构想、未来的蓝图。马吕斯处于这种梦想状态，哪只慧眼如若洞察他的内心，就会惊叹这颗灵魂有多纯洁。的确，我们的肉眼若能看见别人的意识，那么判断一个人，凭他的梦想比凭他的思想更可靠。思想中有意志，梦想中没有。梦想完全是自发的，即使梦想宏伟的和理想的东西，也还是显示并保持我们头脑的本相；我们灵魂深处最直接最坦率的流露，莫过于对光辉命运的不假思索而失当的憧憬。主要是在这类憧憬中，而不是在那种经过综合、推敲和整理的思想中，才能找出一个人的真实性格。我们的幻象酷似我们自己。每人都按自己性情梦想未知而不可能的事物。

1813年六七月份之间，给马吕斯做家务的老妇人对他说，他的邻居，容德雷特那户穷苦人家要被赶走。马吕斯几乎整天在外面游荡，不大清楚他还有邻居。

“为什么要赶走他们呢？”他问道。

“因为他们没付房租，拖欠了两个季度。”

“欠多少钱？”

“二十法郎。”老妇人回答。

马吕斯有三十法郎备用钱，放在一个抽屉里。

“拿着吧，”他对老太婆说，“这是二十五法郎。替那家可怜的人付房租，剩下五法郎给他们，不要说是我给的。”

六 替 身

特奥杜勒中尉所属的团队，碰巧又调防到巴黎。借此机会，吉诺曼姨妈又生一计。头一回，她想象出让特奥杜勒监视马吕斯；这回，她又策划让特奥杜勒替代马吕斯。

老外公很可能有一种朦胧的需要，家中应有一张年轻面孔，这种晨曦有时能温暖废墟，因此，另外找一个马吕斯，也不失为一种办法。“就这么办，”吉诺曼姨妈想道，“就跟我在书中看到的勘误表一样，马吕斯改为特奥杜勒。”

侄孙也相当于外孙；一名律师走了，就抓来个枪骑兵。

一天早晨，吉诺曼先生正看《每日新闻》一类的报纸，他女儿走进屋，拿出最温柔的声音同他讲话，因为事关她的宠儿：

“父亲，特奥杜勒今天早晨要来给您请安。”

“特奥杜勒，是谁呀？”

“您的侄孙。”

“唔！”老人哼了一声。

他随即又看起报，不再想那侄孙，管他那特奥杜勒呢，而且，工夫不大，他就憋一肚子气了，几乎每次看报都是这样。自不待言，他看的是保王派报纸，上面刊登一则消息，次日风雨无阻，又要发生一个小事件，那时的巴黎天天有类似的事件发生：法学院和医学院的学生，中午十二点将在先贤祠广场集会……要进行辩论……辩论一个现时问题：国民卫队的炮队，以及关于卢浮宫院内停放大炮一事，国防大臣和“民兵总部”之间的冲突。大学生要辩论这类问题，无需看别的新闻，只此一条就让吉诺曼先生满腹怒气了。

他想到马吕斯，马吕斯是大学生，很可能跟别人一道去，“中午在先贤祠广场辩论”。

他想到这里，心中正难受，特奥杜勒中尉进来了，是由吉诺曼姑妈悄悄引进屋的。这名枪骑兵换上便装，这也不失为机灵之举；他心中早有盘算：老祖宗大概没有把全部资财换成养老金，这样，就值得他不时乔装打扮，换上便装。

吉诺曼小姐高声对父亲说：

“特奥杜勒，您的侄孙。”

她又低声对中尉说：

“说什么你都点头。”

她随即退出去了。

中尉不大习惯会见德高望重的老人，不禁有点胆怯，结结巴巴地说：“您好，叔公！”同时行了一个不三不四的礼：下意识地以军礼开头，再以俗礼结尾。

“哦！是您啊，好，请坐吧。”老人说道。

应酬一声，他就完全把枪骑兵置于脑后了。

特奥杜勒坐下，吉诺曼先生却站起来。

吉诺曼先生开始来回踱步，他双手插进坎肩兜里，一边高声说话，一边用烦躁的老手指揉搓兜里的两只怀表。

“这帮流鼻涕的小崽子！居然还要到先贤祠广场集会！瞧那份儿德性！一帮猴崽子，昨天还吃奶呢！若是捏他们的鼻子，准有奶水流出来！就他们，明天中午要辩论！这成什么世道？这成什么世道？显然世界走向末日啦。那些无衫党人[①]就是把我们带向那里！国

① 西班牙革命党人的绰号。

民炮队！辩论国民炮队！为了国民卫队的联珠屁，跑到广场上去信口开河！他们到那儿，要跟什么人混在一起呢？瞧瞧，雅各宾主义要发展到什么地步。我敢打赌，赌多少都成，去那里的准都是累犯和释放的苦役犯，我输了给一百万，赢了分文不取。共和派和苦役犯，就是鼻子和手绢的关系。加尔诺说过：‘叛徒，你要让我往哪里去？’富歇回答：‘随你便，蠢货！’这就是共和派。”

“的确如此。”特奥杜勒说道。

吉诺曼先生半转过头，瞧见特奥杜勒，继续说道：

“一想起这东西全无心肝，竟然去当烧炭党徒！你为什么离开家？要去投共和派。算了吧。首先，人民不要你那共和制，人民不稀罕，他们通情达理，完全清楚自古以来就有国王，将来也永远有国王，完全清楚归根结底，人民只不过是人民，你那共和制，他们嗤之以鼻，你明白吗？小傻瓜！那么任性，也真够坏的！迷上的杜舍纳老爹[①]，向断头台送秋波，在93号[②]的阳台下面弹吉他，唱情歌，这帮青年多么愚蠢，真该唾他们！他们全是一路货。一个也不例外。只要吸一口街上的空气，就会鬼迷心窍。19世纪是毒药。随便一个顽皮小子留起山羊胡子，就当真自以为奇人了，丢下家里的长辈不管了。这就是共和派，这就是浪漫派。浪漫派，究竟是什么东西呢？请赏脸告诉我，究竟是什么东西？荒唐透顶。一年前，他们还去为《艾那尼》捧场。我倒要问问，《艾那尼》！什么对比法，语句糟透了，写的简直不是法文！还有，卢浮宫院子里停放大炮。这年头的强盗行径就是这样。”

“您说得对，叔公。”特奥杜勒说道。

---

① 《杜舍纳老爹》：埃贝尔从1790年至1794年出版的报纸，是宣传革命的主要报刊。

② 影射1793年的革命恐怖时期。

吉诺曼先生又说道：

“博物院的庭院里陈列大炮！干什么呀？大炮，你想干什么？要炮轰贝尔韦代雷的阿波罗[①]吗？弹药筒要跟梅迪奇的维纳斯[②]打什么交道？哼！如今这些年轻人，没有一个是好东西！他们的邦雅曼·龚斯当[③]，根本不管什么！他们不是坏蛋，就是笨蛋！他们什么都干得出来，总出丑，穿的衣裳也难看，还惧怕女人，他们围着花裙子转，却是一副乞讨的样子，让那些傻丫头看了都大笑不止；老实说，他们就像为爱情害羞的可怜虫。他们一个个奇形怪状，又用笨头笨脑的样子来弥补；他们拾人牙慧，重复梯埃斯兰和波蒂埃的文字游戏，他们穿着布口袋似的衣服、马夫的坎肩、粗布衬衣、粗呢裤子、粗革皮靴，身上的图案就跟鸟毛一样。他们的粗话可以垫他们的破靴底。就这群愚蠢的娃娃，居然还有政治见解。就应当严禁有政治见解。他们杜撰制度，改造社会，推翻君主制，将所有法律都抛在地下，将顶楼放到地窖的位置，将我的门房送上国王的位置；他们把欧洲搞得底儿朝天，还要重建世界；他们的艳福，就是鬼鬼祟祟偷看上车的洗衣女工的大腿！噢！马吕斯！噢！小无赖！到广场上去信口开河！讨论，争论，采取措施，公正的神灵啊，管那叫措施！胡作非为，又大大地缩小，变成愚昧无知。我见识过天下大乱，现在看到的是胡闹捣乱。小小的学生讨论国民卫队的问题，这种事情，在奥吉布瓦蛮人那里，在卡多达什野人那里，也不见得有！那些赤条条的野人，那些头发梳成羽毛球状、拿着木棒的野人，也不如这些学生野蛮！一群毛头小伙子，不知天多高地多厚！自以为了不起，还要发号施令！还要辩论，夸夸其谈！真到了

① 从两地出土的古代雕像。

② 从两地出土的古代雕像。

③ 邦雅曼·龚斯当（1767—1830年）：法国政治家和作家。

世界末日。这个可怜的地球显然要完蛋了。这最后打一个嗝，由法兰西打出来。小子们，讨论吧！只要他们还在奥德翁剧院拱廊下看报，这类事情就会发生。他们看报，只花一苏钱，但是他们也得赔上理性，赔上智慧，赔上心，赔上灵魂，赔上精神。从报里出来，就要抛弃家庭。所有报纸都是瘟疫，无一例外，连《白旗报》也算上！说穿了，马丹维尔是个雅各宾党人。噢！老天有眼！你让老外公痛苦万分，这回可以炫耀啦，你！”

“这是明摆着的事儿。”特奥杜勒说道。

枪骑兵趁吉诺曼先生喘口气的机会，又庄严地补充一句：

“除了《政府公报》，不应当有别的报纸；除了《军事年鉴》，也不应该有别的书。”

吉诺曼先生继续说道：

“就像他们的席埃耶斯！一个弑君贼，结果还当上元老院元老！要知道，最后总爬上那种地位。他们以你我相称公民，相互砍伤脸，然后又让人称为伯爵先生，跟胳膊一样粗细的伯爵先生，那些九月的屠夫！席埃耶斯，哲学家！说句公道话，所有那些哲学家的哲学，我从来没有看得比梯沃利做鬼脸的眼镜更重要！有一天，我看见元老院元老经过马拉凯河滨路，他们披着绣有蜜蜂的紫红丝绒斗篷，头戴亨利四世式的帽子，那样子丑陋不堪，就像老虎朝廷上的猴子。公民们，我向你们宣布，你们的进步是一种疯狂，你们的人道是一种幻想，你们的革命是一种罪恶，你们的共和是一种怪物，你们的年轻法兰西，是从妓院出来的婊子，这种看法，我敢在所有人面前坚持，不管你们是什么人，不管你们是政治家，经济学家，还是法学家，也不管你们是否比断头台的铡刀更了解自由、平等和博爱！我向你们指出这一点，我的娃娃们！”

“当然啦，”中尉嚷道，“这话对极啦！”

吉诺曼先生中断刚开始打的手势，回身定睛注视特奥杜勒，对他说：

“您是个笨蛋！”

第六卷　双星会

一　绰号：姓氏形成方式

这时期，马吕斯已长成英俊青年，他中等身材，头发乌黑，额头饱满而聪颖，鼻孔张扩而热情，那副神态又坦诚又稳重，整个相貌透出难以描摹的高傲、凝思和纯真。他的周身线条圆润，但不乏坚定有力，具有经由阿尔萨斯和洛林渗入法兰西相貌中的那种日耳曼式的柔和，而绝无西康伯尔族[①]区别于罗马人、鹰族区别于狮族的那种棱角。他所处的年龄段，正是爱思考的人头脑中，深沉和天真几乎等分，各占一半。碰到危急关头，他很可能显得愚不可及，然而只要一拧钥匙，他又表现出不同凡响。他的举止神态有点矜持、冷淡，彬彬有礼，并不开朗。不过，他的嘴很可爱，嘴唇特别红，齿特别白，微微一笑就能冲淡他那外貌严肃相。他那纯洁的额头和性感的嘴唇，有时形成奇特的对比。他的眼睛小，视域却很宽。

他在最穷苦的时候，注意到年轻姑娘路上相遇还回头看他，他就急忙走掉，或者躲到一旁，心如死灰。他以为她们看他是因为他衣衫破旧，存心嘲笑他，殊不知她们是看他仪容俊秀，并且梦寐求之。

① 西康伯尔族：属日耳曼族，一支在鲁尔盆地，一支进入高卢，与法兰克人同化。

他和过路的漂亮姑娘之间的无言的误会，越发使他胆小怕生。那些姑娘他一个也没有选中，其绝妙的原因就是他见到哪一个都逃窜。拿库费拉克的话来说，他就是这样无限期“愚蠢地”活着。

库费拉克还对他说过：“你别追求别人的敬重（现在他们以‘你’相称，这是青年之间友谊发展的必然结果）。老弟，给你个忠告：不要总钻在书本里，多瞧一瞧那些轻浮的姑娘。马吕斯呀，风骚女人身上可有好东西！你见着就逃跑，就脸红，时间一长就成傻瓜蛋了。”

还有几回，库费拉克遇见他，便对他说：

“您好，神父先生。”

马吕斯每次听库费拉克这样讲，就有一周越发回避女人，不管年轻还是年老的，尤其回避库费拉克。

然而，在芸芸众女人中有两个，马吕斯既不逃避也不留意。实际上，如果有人告诉他那是女人，他还会大吃一惊。一个是给他打扫房间的长胡须的老太婆，库费拉克见了还打趣地说：“马吕斯见女佣留了胡子，自己一根也不留了。”另一个是小姑娘，他却视而不见。

一年多以来，在卢森堡公园一条靠苗圃护墙的幽径上，马吕斯注意到一个男人和一个很年轻的姑娘，她俩在这条路径靠西街最僻静的那端，几乎总是并排坐在同一条椅子上。偶然性往往参与目光移向内心的人的散步，马吕斯每回由偶然性引上这条幽径，几乎每天他都看见那一老一少在那里。那男人约有六旬，神情忧伤而严肃，整个外表是一副退役军人那种强壮而疲惫的样子。如果他戴一枚勋章，马吕斯就会说：他从前是个军官。他面目和善，但善气并不迎人。他的目光从不与别人的目光对视。他穿着蓝裤子，蓝色礼服，戴一顶宽沿儿帽，衣帽好像总是新的，扎一条黑领带，穿一件教友派式的衬衫，也就是说白得耀眼，但是粗布的。有一天，一名轻佻的年轻女工从他身边走过，说了一句：好一个洁净的老光棍。他的头发雪白了。

那小姑娘头一次同他来的时候，他们似乎就选定了这张坐椅。她是个十三四岁的女孩，浑身精瘦，简直有点难看了，举止笨拙，一无可取，只有那双眼睛将来也许会挺美，但是抬起来的时候，总有一种令人讨厌的自信的神色。她的穿戴像修道院寄宿生那样，既老气又幼稚，那件黑色粗毛呢衣裙剪裁不合体。看样子他们是父女俩。

这个还未年迈的老头儿和这个还未成人的女孩，马吕斯观察了两天，随后就不注意了。而他们更甚，仿佛没有看见他。他们平静地谈话，根本不理睬周围。女孩喋喋不休，又说又笑。老人话不多，不时抬头注视她，眼里充满难以描摹的父爱的神色。

马吕斯不自觉养成一种习惯，总往这条路上散步，每次总能见到他们。

事情的经过是这样：

马吕斯最喜欢从遥对他们坐椅的小路那端走过来，整段路走完，从他们面前经过，再掉头回到起点，每次散步如此往返五六趟，而这样的散步每周又有五六回，可是，他和他们二人彼此却从未打过招呼。这个人物和这个少女，好像有意避开别人的目光，尽管如此，也许正因为如此，他们就自然引起五六个大学生的注意，其中有的是课后，有的是打完弹子，到这里沿着苗圃散步的。库费拉克就是后一种情况，他观察他们二人一段时间，但觉得姑娘相貌丑陋，很快就不声不响避开了。他像帕尔特人[①]善射回马箭那样，逃

① 帕尔特人：属西徐亚族的古民族，于公元前3世纪在伊朗东北部定居。

跑时回头射了个绰号。他印象最鲜明的是那女孩的衣裙和那老人的头发，于是称他们父女为“黑小姐”和“白先生”，况且无人知道他们的姓名，绰号也就通用了。那些大学生常说：“嘿！白先生在他那椅子上落座啦！”马吕斯同其他人一样，也认为叫那陌生先生为白先生很方便。

为叙述方便起见，我们也照样，称他为白先生。

头一年就是这样，马吕斯几乎每天在同一时间见到他俩，他看那老头儿挺顺眼，而看那女孩却很差劲儿。

二　有了光①

第二年，就在读者看到故事的这个阶段，马吕斯自己也不大清楚为什么，忽然打破这种习惯，将近半年没踏进卢森堡公园，到这条小径散步了。后来有一天，他又旧地重游。那是夏天的一个晴朗上午，马吕斯就像人逢好天气那样，心情特别快活，心里仿佛充满他所听见的鸟儿的歌声、他从树叶缝间所望见的点点蓝天。

他径直走上“他的小路”，走到那一端，看见那熟悉的一对仍坐在那张椅子上。不过，他走近了仔细一瞧，那男子虽然还是原先那个男子，但那女孩好像不是原先那个女孩了。现在眼前是个修长美丽的姑娘，正是女子初成的特定时刻，具有最妙丽的全部形貌，又保留女孩儿最天真的全部情态；这一转瞬即逝的纯洁时刻，只能用两个词表示：十五岁。那头美发，栗色间有金黄色纹理；那额头仿佛是大理石雕成的，那脸颊宛如玫瑰花瓣儿长成的，红里透白，白里透红；那芳唇妙口，粲然一笑好似阳光，婉转一语如同音乐；

---

① 原文为拉丁文。

那颗头，拉斐尔会赋予圣母玛利亚；那脖颈，让·古戎会赋予维纳斯；而那鼻子算不上美，却很俏丽，好让那张光艳照人的脸完美无缺了；那鼻子不直不弯，既非意大利型，也非希腊型，而是巴黎型的，也就是说有几分灵秀，有几分娇丽，稍欠规整，但显得纯洁，足令画家失望，却叫诗人着迷。

马吕斯从她身边走过时，看不到她那双始终低垂的眼睛，只见那褐色长睫毛投下暗影，饱含羞赧。

那美丽的女孩尽管羞赧，还是边微笑边听白发老人说话；迷人莫过于低垂双眼的这种清纯笑容。

马吕斯乍一见，以为是同一个男人的另一个女儿，大概先头那个的姐姐。可是，他遵循不可改易的散步习惯，第二次走到那坐椅跟前时，就注意打量那姑娘，这才认出是同一个人。半年工夫，小姑娘变成少女了，仅此而已。这种现象太常见了。女孩儿好似蓓蕾，时候一到，眨眼间就开放，忽然变成一朵朵玫瑰花。昨天还把她们当成孩子视而不见，今天再一照面，就觉得她们能勾走人的魂儿了。

这一个不仅长大，而且还出落个理想的模样儿。正如4月份，有些树木三天工夫就鲜花满枝头，六个月就足够让她换上美妆了。她的4月艳阳天到了。

有时能见到这种情况：一些可怜而庸俗不堪的人仿佛一觉儿醒来，从赤贫骤然变成巨富，开始奢华糜丽，一时挥霍铺张，讲究起排场。这是因为一大笔年金进了腰包，昨天到期取款了。那姑娘也领到了半年度的金额。

再说，她已不是头戴长毛绒帽子，身穿粗呢衣裙，脚穿平底鞋，双手通红的寄宿生；人美衣着也漂亮了，一身穿戴十分优雅，又朴素又华丽，毫不矫揉造作：一件黑锦缎衣裙、一条同样料子的披肩、一顶白皱呢帽子。她的白手套衬出一双纤巧的手，手中把玩着中国象牙柄的阳伞，而她的锦缎靴则显出一对纤足。从她跟前走过时，能闻到她周身散发的沁人心脾的青春香气。

至于那男子，还是原来的模样。

马吕斯第二次走到她跟前时，那少女抬起眼帘。那眼睛一片幽深的天蓝色，而在那迷蒙的蓝天里，还只有童稚的眼神。她若不经意地看了看马吕斯，就好像望望在槭树下玩跑的那个孩子，或者望望影子投到椅子上的那个大理石承露盘。马吕斯则继续散步，心里想别的事儿。

他又从那少女坐的椅子旁边经过四五趟，目光甚至没有转向她。

后来几天，他还和往常一样到卢森堡公园散步，还像往常一样见到“父女俩”在那里，但是他不再留意了。姑娘丑的时候他没有多想，长得美了他也没有多想。他总是离姑娘坐的椅子很近的地方经过，因为那是他的习惯。

三　春天的效力

有一天暖融融的，卢森堡公园沐浴在阳光绿影中，仿佛清晨时分，天使将全园洗了一遍，鸟雀在栗林深处啾啾鸣啭。马吕斯向大自然敞开心怀，不再想什么，只是在生活，在呼吸，他又从那张椅子前经过，那少女抬起眼睛，二人的目光相遇。

这一回，年轻姑娘的眼神里有什么呢？马吕斯说不上来。什么都有，什么也没有。那是一道奇异的电光。

那姑娘又垂下眼睛，而他还继续散步。

他刚才所见，不是一个孩子的天真单纯的目光，而是一个微微张开，又猛然合上的神秘的深渊。

凡是少女，都有这样看人的一天。谁碰上谁就要倒霉！

一颗还不自知的心灵的头一瞥，宛若天空的曙光，那是某种光灿的、陌生的东西的苏醒。这出人意料的微光，突然从绝妙的黑暗中显亮，由现时的全部纯真和未来的全部情爱合成，其危险的魅力，什么语言也描绘不出来。这是一种尚不明晰的柔情，偶一流露并有所期待。这是纯真无意中设下的陷阱，捕捉人心，但既非有意，又不知道自己所为。这是一个像成年女子看人的处子。

这种目光落到哪里，不引起无限遐想的情况则很少见。这束命运的天光，比风骚女人功夫最深的媚眼更具魔力，能促使人称爱情的这朵饱含芳香和毒汁的幽暗的花，在一颗心灵的深处突然开放。

那天晚上，马吕斯回到陋室，瞧了瞧自己的衣服，头一次发觉穿这身“日常”服装，也就是说戴一顶绦带旁已经折破的帽子，穿一双车夫的粗大靴子、一条膝头磨白的黑裤、一件臂肘磨白的黑上衣，这么不整洁，不体面，就跑到卢森堡公园去散步，简直是愚蠢透顶。

四　大病初发

第二天，到了习惯的时刻，马吕斯从五斗橱里拿出新上装、新裤子、新帽子和新靴子，全套武装，又戴上手套——惊人的奢侈品，这才前往卢森堡公园。

路上遇到库费拉克，他却装作没看见。库费拉克回到家里，对朋友说：“刚才我撞见马吕斯的新帽子和新衣裳，和包在里边的马吕斯。他肯定是去考试，一副呆头呆脑的样子。”

马吕斯到了卢森堡公园，绕着大水池转了一圈，注视水上的天鹅，接着又站到脑袋霉黑并缺个胯骨的一尊雕像前，久久地端详。水池旁边，有个四十来岁大腹便便的绅士，手拉着一个五岁的小男孩，他对孩子说："要避免过分。儿子，对专制主义和无政府主义，你要保持等距离。"马吕斯听那绅士说话，接着又围着水池绕了一圈，这才朝"他的小径"走去，但步子缓慢，就好像去那里极不情愿，就好像有人既强迫又阻拦他去似的。这一切，他自己毫无意识，还以为跟每天一样散步。

他走上那条小径，就望见另一端，白先生和那姑娘坐在"他们的椅子上"。他把上衣纽扣全扣好，再挺起腰板，免得衣裳出褶儿，又带着几分满意的心情，审视一番裤子的光泽，然后便向那坐椅挺进。这种步伐有进攻的意味，自不待言，也期望旗开得胜。我说：朝那坐椅挺进，这就等于说：汉尼拔向罗马挺进。

不过，他的动作完全是机械的，他也没有中断精神和学习上习惯性的思虑。此刻他想道：《中学毕业会考手册》是一本荒唐的书，一定是由罕见的笨伯编写的，因此选取分析的人类思想杰作，有拉辛的三篇悲剧，而只有莫里哀的一篇喜剧。他渐渐走近那坐椅，就抚平衣服的皱纹，眼睛盯住那姑娘，就觉得她发出幽幽蓝光笼罩了小径的那一端。

他越走越近，脚步也越来越慢了。离那坐椅还有一段距离，远没有到小路的尽头，他就停下脚步，连自己也不知道是怎么回事，就掉头往回走，而心中根本没想过不要走到头。那姑娘只能远远望见他，未必能看清他穿上新装的风采。然而，他还是挺直身板儿，好显得十分精神，以防背后有人看他。

他走到小路另一边终点，又返回来，这回朝那坐椅走近了一些，甚至到了只有三段树间距的地方，就又犹豫起来。他仿佛看见那姑娘的脸转向他。于是，他拿出男子汉的勇气，振作一下，控制住犹豫的情绪，继续往前走。几秒钟之后，他从那张坐椅前经过，身子挺直，神态坚定，但是脸却红到耳根子，眼睛不敢左顾右盼，像政界人物一样双手插在兜里。他从那大理石承露盘下经过的时候，只感到心怦怦狂跳。而那姑娘还像昨天一样，身穿锦缎衣裙，头戴皱呢帽子。马吕斯听见一种难以形容的声音，那一定是“她的声音”了。她正在安安静静地聊天儿。她模样儿很美。马吕斯能觉出这一点，尽管没有试图瞧她一眼。他心中暗道：“不过，她一旦知道论马可·奥贝贡·德·拉龙达那篇文章的真正作者是我，就不能不敬重我了；那篇论文，弗朗索瓦·德·讷沙多先生据为己有，当做他出版的《吉尔·布拉斯》的前言！”

他走过了那张长椅，再走不远就到小径尽头，然后转身返回，又从美丽的姑娘面前经过。这回他脸色刷白了，而且只有一种极为不快的感觉。他从那张长椅和那姑娘跟前走开，在转过背去的时候，想象那姑娘在看他，走路就不禁踉踉跄跄了。

他不想再走近那座椅了，到半路就停下来，而且还坐下，这是从未有过的情况；他坐在那里不时瞥过去一眼，思想深处模糊不清，心想不管怎么说，我欣赏人家的白帽子和黑衣裙，人家对我的发亮的裤子和新上装，就不可能完全无动于衷。

过了一刻钟，他站起身，好像又要走向那张罩着光环的长椅；然而，他却站在那里一动不动。十五个月以来，他头一次想到，每天同他女儿坐在那儿的先生，肯定也注意他了，也许觉得他来得这么勤有点蹊跷。

他还头一次感到，用白先生这一绰号，即使在他思想隐秘处，去称呼那个陌生人，也未免有些不敬。

他这样低头待了几分钟，手中拿根小木棒往沙地上画图案。

继而，他猛一转身，背向那长椅，背向白先生和他女儿，径直回家去了。

这天，他忘了去吃晚饭，到了晚上八点钟才发觉，但为时太晚，不能去圣雅克街了，感叹一声：“怪啦！”只好啃一块面包。

他用刷子刷净衣服，再仔细叠好，然后才上床睡觉。

五　布贡妈连遭雷击

第二天，布贡妈——库费拉克就是这样称呼戈尔博老屋那个兼为门房、二房东和清洁工的老太婆，其实她叫布尔贡大妈，这情况我们已经知道，可是库费拉克那个捣蛋鬼对什么都不尊重，——布贡妈不禁大吃一惊，注意到马吕斯先生又穿新衣裳出门了。

马吕斯又去卢森堡公园，可是，他在小径上只走了一半路，没有越过他那椅子一步。他像昨天那样坐下，远远观望，能清楚地看见那顶白帽和那条黑衣裙，尤其那片蓝光。他没有动地方，直到公园关门才回家。他没看见白先生父女出公园大门，从而断定他们是从公园临西街的铁栅门出去的。几周之后，他再回想，却怎么也忆不起来那天晚上他是在哪儿吃的饭。

次日，也就是第三天，布贡妈又如雷轰顶：马吕斯穿着新衣裳出去了。

“接连三天！”她嚷道。

她企图跟踪，但是马吕斯脚步敏捷，大步流星；她就像河马追羚羊，两分钟工夫就不见人影了，只好气喘吁吁地回家，惹起喘病憋个半死，真是气急败坏，恨恨说道：“是不是昏了头，天天穿上新衣裳，还害得别人跟着白跑一趟！”

马吕斯去了卢森堡公园。

那姑娘同白先生已在那里。马吕斯佯装看书，尽量靠近些，可是离得还很远就站住，接着又返身，坐到他那张椅子上，一坐就是四个钟头，看着自由自在的麻雀在小径上蹦跳，就觉得是在嘲笑他。

半个月时间就这样流逝了。马吕斯到卢森堡公园不再是去散步，而是去闲坐了，不知道为什么总坐在同一地方，一到那儿就不动弹了。他每天早晨穿上新衣裳，却又不想显示，第二天再周而复始。

毫无疑问，那姑娘长得佳妙无双。唯一能指出来近乎批评的一点，就是她那忧伤的眼神和欢快的笑容形成矛盾，给她的脸平添两分精神恍惚的神态，结果她那张脸虽然始终柔丽迷人，有时表情却显得古怪。

六 被 俘

第二周的后几天，有一次马吕斯跟往常一样，坐在长椅上，手里捧着一本书，打开两小时却没有翻一页。他猛然惊抖一下，小路那边有情况：白先生父女离开座位，女儿挽着父亲的手臂，二人缓步朝马吕斯所在的小路中段走来。马吕斯当即合上书，接着又打开，竭力收拢心思阅读。他浑身颤抖：那光环径直朝他走来。“噢！上帝呀！”他心中暗道，“我怎么也来不及摆好姿态了。”这工夫，白发男人和那姑娘越走越近。他觉得这情景持续一个世纪，又觉得这不过一秒钟。“他们来这儿干什么呢？”他心中琢磨。“怎么！她要到这儿来！她的双脚要走在这沙地上，走在离我只有两步的小路上！”他心慌意乱，多么希望自己非常英俊，多么希望自己戴着勋章。他听见他们轻柔而有节奏的脚步声渐近，不禁想象白先生一定朝他抛来气愤的目光。“难道这位先生要问我话？”他心中思忖，随即低下头，等他又抬起头来的时候，他们走到跟前了，那姑娘走过，边走边看他。她凝眸注视他，那若有所思的温柔神态，令马吕斯从头到脚都酥软了。那姑娘似乎责备他这么长时间没去她那里，似乎对他说：只好我过来了。面对那双蓄满光芒又如深渊的眸子，马吕斯目眩神摇。

他感到脑子里燃着一块炽炭。那姑娘来讨好他，真叫人喜出望外！而且，她是用什么眼神看他呀！他觉得她比以前更美了。是一种兼美，即女性美和天使美的综合；还是一种完美，足令彼特拉克歌颂，但丁拜倒。他恍若遨游碧空，同时又十分懊恼，只为靴子上有灰尘。

马吕斯确信她也看他靴子了。

他目送她，直到她消失不见了。接着，他发疯似的，在卢森堡公园里狂走，有时很可能还独自大笑，高声说话。他从带孩子的小保姆身边走过时，那副想入非非的样子，让她们每人都以为爱上她了。

他出了卢森堡公园，希望在街上能再见到那姑娘。

在奥德翁剧院的拱廊下，他却撞见库费拉克，就说了一句：“跟我去吃晚饭。”于是，他们一道去卢梭餐馆，吃了六法郎。马吕斯狼吞虎咽，赛似饕餮，给了伙计六苏小费。上甜食的时候，他对库费拉克说：“你看过报了吧？欧德里·德·庞拉伏①那篇演说真精彩！”

他坠入情网，神魂颠倒了。

晚饭后，他对库费拉克说：“我请你看戏。”于是，他们又去圣马尔丹门，欣赏弗雷德里克主演的《阿德雷客栈》。马吕斯看得

① 欧德里·德·庞拉伏：法国波旁王朝复辟时期和七月王朝时期的左派议员。

十分开心。

与此同时，他越发显得孤僻。从剧院出来时，他不屑于看一个跨过水沟的制帽女工的吊袜带，而且，听库费拉克说：“我情愿把这女人收进我的队伍里。”他几乎感到恶心。

次日，库费拉克回请吃午饭，马吕斯跟他去伏尔泰咖啡馆，比昨天吃得还多。他满腹心事，却又显得非常快活，就好像要抓住每个机会开怀大笑。他还热情地拥抱了介绍给他的一个不相干的外省人。他们的餐桌围了一圈大学生，大学生议论国家花钱请冬烘先生，到索邦大学讲坛上大放厥词，继而又谈到各种词典和齐什拉韵律学的谬误和纰漏。马吕斯高声打断大家的讨论：“真的，戴上勋章那才神气呢！”

“这话真滑稽！”库费拉克低声对若望·普鲁维尔说。

“哪里呀，”若望·普鲁维尔应道，“这话很认真。”

这话的确很认真。马吕斯正处于热恋初始的冲动而陶醉的时刻。

一眼就引起这一连串后果。

一旦火药装好，导火线齐备，事情就再简单不过了。一瞥就是一个火星。

这下完了。马吕斯爱上一个女人。他的命运进入未知难测的阶段。

女人的眼神好比某些齿轮，表面平静实则可怕。我们天天从旁边经过，坦然自若，也毫无妨害，没有什么感觉，有时甚至忘记这种东西的存在，只管来来往往，沉思默想，或者有说有笑。可是突然，你感到被绞住了。全完了。齿轮绞住你，那眼神勾住你。眼神勾住你，不管勾在哪儿，也不管如何勾住的，反正勾住你悠长神思的一角，或者勾住你一时的走神。你算完了，整个身子要绞进去。

一种神秘力量的机关装置将你咬住，你挣扎也是徒然，人力再也救不了啦。你从一道齿轮落进另一道齿轮，从一种惶遽落进另一种惶遽，从一种折磨落进另一种折磨，你本身、你的精神、财产、前程和灵魂，无一幸免；要看你落入性情凶悍的女人手中，还是心地善良的女人手中，你从这种可怕的机制里出来，或者因蒙羞而变形失态，或者因热恋而焕然一新。

七　猜测 U 字谜

孤独，超脱一切，骄傲，特立独行，喜爱大自然，摆脱日常物质活动，沉浸于内心生活，为保持贞洁而进行的隐秘搏斗，与整个造物为善并迷醉，凡此种种，都养成马吕斯易于受所谓痴情控制的性格。他对父亲的崇拜渐渐化为一种宗教，而且同所有宗教一样，退隐到灵魂深处去了。可是眼前近景要有东西充实，于是爱情应运而生。

整整一个月过去了，在此期间，马吕斯天天去卢森堡公园。时间一到，什么也拉不住他。“他上岗去了。”库费拉克这样讲。马吕斯喜不自胜，生活在美梦中。那姑娘肯定注视他了。

他的胆子终于大起来，又逐渐靠近那些坐椅，但是不再从前面走过，这是恋人遵从胆怯的本能和谨慎的本能；他认为不必引起“那父亲的注意”。他运用老谋深算，在树后和雕像基座后面选了几个据点，躲在那里，尽量让那姑娘看见，又尽量不让那位老先生发现。有时，他躲在一尊莱奥尼达斯雕像的阴影里，或者随便一尊斯巴达克斯雕像的阴影里，一待就是半小时，手里捧着书，眼睛却微微抬起，去寻觅那美丽的姑娘，而姑娘那边也隐隐含笑，朝他转过那迷人的倩影。她一边极其自然、极为平静地同那皓首之人聊天，一边又以处女的炽热目光将全部梦想寄托在马吕斯身上。这是自古以来的老把戏，夏娃从世界诞生之日起就知道，任何女人从出生之日起也都知道！她的嘴应付一个人，她的眼神却回答另一个人。

不过，也应当相信，白先生终于有所觉察，因为，等马吕斯一到，他往往站起身，开始散步了。他离开他们坐惯的地方，走到小径的另一头，拣了那个角斗士雕像旁边的长椅坐下，以便观察马吕斯是否跟来。马吕斯一点不明白，犯了这个错误。那“父亲”又开始不准时了，也不再天天带他“女儿”来。有时他独自一人来公园。马吕斯见此情景，也就不久待了。又犯一个错误。

马吕斯根本不注意这些征象，又从胆怯阶段跨入盲目阶段，这是自然而命定的进步。他的爱情与日俱增，他每天夜晚都做美梦。而且，他还碰到一件意想不到的喜事儿，不啻火上浇油，使他倍加盲目了。一天黄昏时分，他在“白先生父女”刚离开的长椅上，拾到一块手帕。那是极普通的手帕，没有绣花，但细布洁白，似乎散发着无法形容的香味儿。他一阵狂喜，赶紧抓在手里，只见手帕上标着U.F.两个字母；马吕斯对那美丽的女孩儿一无所知，她的家庭、姓名和住址都无从知晓；这两个字母是他得到她的头一样东西，美妙极了，肯定是姓名的开头字母，他立刻在这上面搭起建筑的脚手架。U显然是名字。“玉秀儿！”他想道，“多么甜美的名字！”他捧着手帕又吻又嗅，白天贴身放在胸口，夜晚放在嘴边睡觉。

“从这上面，我感到她整个一颗心灵！”他感叹道。

手帕是那位老先生的，不过从他兜里失落罢了。

拾到手帕之后几天，他一到卢森堡公园就吻手帕，并按在胸口。那美丽的女孩莫名其妙，只是用难以觉察的手势眼神向他示意。

“这么害羞！”马吕斯咕哝道。

八　残废军人也有乐子

我们既然提到“害羞”这个词，既然无须隐瞒什么，那么就应当讲出来，他正沉浸在美好的憧憬中，有一次他的“玉秀儿”却给他一个严重打击。那几天，她说服了白先生离开座位，在小路上散步。那天正值牧月[①]，和风劲吹，摇动梧桐树的枝头。父女二人挽着胳臂，刚从马吕斯的坐椅前走过，马吕斯就站起身，在背后目送他们，人处于神魂颠倒的状态自然会这样。

突然，一阵风格外快活，大概负有春天的使命，从苗圃飞来，扑向小路，缠住那姑娘，使她浑身一抖，那美妙的姿态，胜似维吉尔的山林仙女和忒奥克里托斯[②]的农牧神女。不料那风掀起她的衣裙，竟然掀起比伊希斯[③]的仙袂还神圣的衣裙，几乎掀到吊袜带的高度，露出那曼妙标致的腿。马吕斯看见了，他心头火起，义愤填膺。

那姑娘像惊慌的女神那样，赶紧拉下衣裙。然而，马吕斯并没有因此就息怒。——不错，小路上只有他一个人。可是，还可能有人啊。万一有旁人呢！这种事怎么能让人理解！她这么干太不像话啦！——唉！可怜的姑娘什么也没有干，唯一有罪的是风；马吕斯这个薛侣班身上却附有霸尔托洛[④]，蠢蠢欲动，一心要表示不满，甚至连自己的影子都嫉妒。肉体的这种强烈而奇特的醋意，的确就是这样在人心里萌生的，甚至无缘无故就肆虐。况且，即使抛开嫉妒不谈，马吕斯看到那迷人的腿，丝毫也没有快意；他可能更乐意看

---

① 牧月：法兰西共和历9月，相当于公历5月20日至6月18日。

② 忒奥克里托斯（约公元前310—前250年）：希腊诗人。

③ 伊希斯：古埃及女神，是理想妻子和母亲的典型。

④ 博马舍的戏剧《塞维利亚的理发师》和《费加罗的婚礼》中的人物。霸尔托洛是个嫉妒的老人，薛侣班是个多情的男孩。

随便一个女人的白袜子。

至于“他的玉秀儿”，走到小路的那一头，又同白先生原路返回，从马吕斯的坐椅前面经过，马吕斯则狠狠瞪了她一眼。那姑娘微微向后挺了挺身子，同时眼皮儿往上一挑，分明是说：咦，到底怎么啦？

这是他们的“初次争吵”。

马吕斯刚朝姑娘瞪了一眼，就有一个人穿过小路。那是个伤残军人，驼着背，满脸皱纹，头发全白了，还穿着路易十五时期的军装，胸前挂着一块椭圆形红呢小牌，牌上有两把剑交叉的图案，那便是士兵的圣路易十字章，此外，身上还装饰着一只没有胳膊的衣袖、一副银护下颏儿和一条木腿。马吕斯仿佛看出那人一副十分得意的神情，甚至觉得那不要脸的老家伙一瘸一拐从他身边走过时，还特别亲热特别快活地朝他挤了挤眼睛，就好像他们俩偶然串通一气，共同偷尝了一盘野味佳肴。这个战神的残渣余孽，什么事儿这么高兴呢？这条木腿和那条腿之间，究竟发生了什么情况呢？马吕斯忌妒到了极点，他心中嘀咕：“刚才也许他在那儿！也许他看见啦！”想到这里，他恨不得把那伤残军人干掉。

时间一长，什么尖利的东西都能磨钝。马吕斯对“玉秀儿”的这股怒气，再怎么有理，再怎么正当，也会消下去。他到底宽恕了，但是毕竟费了好大劲儿：他赌了三天气。

这期间，通过这件事，也正因为这件事，恋情激增，越发痴迷了。

九 失 踪

上文看到，马吕斯是如何发现，或者自以为发现她叫“玉秀儿”的。

胃口越来越大。了解她叫玉秀儿，这已经相当不错了，但还是太少。这一幸福，马吕斯吞食了三四周，又想得到另一种幸福，要知道她的住址。

他犯了头一个错误：在角斗士雕像旁的坐椅那儿中了埋伏。又犯了第二个错误：见白先生独自去公园，他没有久留。还要犯第三个错误，天大的错误：跟踪“玉秀儿”。

她住在西街，那地段行人极少，是一栋外观极普通的四层新楼。

从这时起，马吕斯又增添了一种幸福：除了在卢森堡公园见她面，又一直跟到她家。

欲望越来越大。他已经知道她叫什么，至少知道她的小名，那可爱的名字，一个女人的真正名字；又了解了她住的地方，还要弄清她是什么人。

一天傍晚，他一直跟到他们家，看着他们进了大门不见了，便随后进去，大着胆子问门房：

“刚回来的是二楼上的那位先生吧？”

“不是，”门房回答，“是四楼上的那位先生。”

又跨进一步。马吕斯得了手，胆子更大了。

“临街的房屋吗？”他又问道。

“当然啦！”门房说道，“这房子只有临街这面。”

“那位先生是干什么的？”马吕斯追问一句。

“他靠年金生活，先生。是个大好人，虽然不富，总能帮助不幸者。”

“他叫什么名字？”马吕斯又问道。

门房抬起头，反问道：“先生是密探吧？”

问得马吕斯好尴尬，他只得走开，但心里乐不可支。事情又有进展。

“很好，”他心中暗道，“我知道她叫玉秀儿，父亲有年金，就住西街这儿，在四楼上。”

第二天，白先生父女到卢森堡公园，逗留时间很短，天还大亮就离去。马吕斯尾随到西街，这已经成为他的习惯。走到大门口，白先生让女儿先进去，他进门之前，却回过头去，定睛注视马吕斯。

次日，他们没有去卢森堡公园。马吕斯白白等了一天。

天黑下来，他就去西街，望见四楼窗户有灯光，便在窗下散步，直到熄灯。

又到次日，他们谁也没有去卢森堡公园。马吕斯等了一整天，晚上又到窗下去守候，一直守到十点钟，晚饭就随它去了。病人以高烧为食，恋人则以爱情为食。

这种情景持续了八天。白先生父女不再去卢森堡公园。马吕斯胡乱猜测，总往坏处想，又不敢在大白天去窥视大门，只好到晚上去仰望玻璃窗映红的灯光，有时看见窗里人影走动，他的心便怦怦直跳。

到了第八天头上，他又来到窗下，却不见灯光。“咦！”他咕哝道，“还没有点上灯，可是天黑了呀。难道他们出门啦？”他还是等候，直到十点钟，直到午夜，直到凌晨一点钟。四楼窗口没有亮灯，没有人回屋。他灰心丧气，只好离去。

第二天——须知，他现在只靠一个接一个的第二天活着，可以说今天对他不存在，第二天，他到卢森堡公园，还是没有见到人，等到天黑，又去那小楼下面。窗户没有一点亮光，窗板关着，四楼一片漆黑。

马吕斯敲了大门，走进去问门房：

“四楼上那位先生呢？”

“搬走了。”门房回答。

马吕斯两腿发软，有气无力地问道：

“什么时候搬走的？”

“昨天。”

“现在他住哪儿？”

“不知道。”

“他没有留下新地址吗？”

“没有。”

门房扬起鼻子，认出马吕斯。

“咦！又是您！”他说道，“看来没错，您准是个探子啦？”

第七卷　咪老板

一　坑道和坑道工

人类社会无不有剧院中所说的“地下第三层”。社会土壤无处不挖了坑道，或为行善，或为逞恶。坑坑道道相互重叠，有上层坑道和下层坑道之分。黑暗的地下层也有高低之分，在文明的重压下往往坍毁，而我们践踏在上面却无动于衷，无忧无虑。上个世纪，百科全书几乎是露天坑道。黑暗——原始基督教义这种晦隐的孵化器，只待机会成熟，就会在帝王的宝座下爆发，以光流淹没人类。因为，在神圣的黑暗中潜伏着光明。火山饱含能化为烈焰的黑暗。熔岩初始无不呈现夜色。最初举行弥撒的地下墓穴，不仅仅是罗马的地下穴道，也是世界的地下穴道。

社会建筑这种奇迹，也像破房那样复杂，下面有各种各样的挖掘工程。有宗教坑道、哲学坑道、政治坑道、革命坑道。挖掘坑道的镐，有的是思想，有的是数字，有的是愤怒。从一条坑道到另一条坑道，人们相呼应答。形形色色的乌托邦，就是在这地下道里行进，朝四面八方蔓延伸展，有时相遇，彼此亲如兄弟。让-雅克·卢梭将尖镐借给第欧根尼，而第欧根尼则将灯笼借给让-雅克。有时不同的乌托邦也相互搏斗。加尔文揪住索齐尼[①]的头发。然而，所有这些力量都朝既定目标进展，大规模的活动同时进行，在黑暗的坑道里来来往往，上上下下，从下面缓慢地改变上面，从里面缓慢地改变外面，这种鲜为人知而又无限的蝇营蚁动，什么东西也挡不住，什么东西也阻断不了。社会几乎没有觉察到这种给它留下表面、却换掉它五脏六腑的挖掘。地下有多少层，就有多少不同的工程，就有多少内脏被摘除。从这一系列深深挖掘中，究竟要挖出什么呢？未来。

越往深挖，挖掘工越神秘。直到社会哲学家能承认的程度，这种劳作还是好的；超过这个度数，事情就变得可疑而混杂了。到了一定深度，那里的坑道文明的精神渗透不进去了，超过了人呼吸的极限，可能开始有怪魔了。

放下的梯子也很奇特，每一级都通向哲学可以立足的一个地下层，在那里能碰见工人，也许是非凡的，也许是丑恶的。在扬·胡斯[②]下面有路德；路德下面有笛卡儿；笛卡儿下面有伏尔泰；伏尔泰下面有孔多塞；孔多塞下面有罗伯斯庇尔；罗伯斯庇尔下面有马拉；马拉下面有巴贝夫[③]。这情况还要继续，再往下就模糊了，到了看不清和看不见的分界线，还会另有所见：一些也许尚未存在的黝黯的人影。昨天的已成幽灵，明天的还是鬼魂。慧眼能够隐隐约约看出他们。未来萌芽的工作，是哲学家的一种幻视。

在鬼蜮中处于胎儿状态的一个世界，该是多么离奇的轮廓！

圣西门、欧文、傅立叶也都在那儿，在侧面坑道里。

---

① 索齐尼（1525—1562年）：意大利天主教异端的鼻祖，他否认耶稣-基督的神性，否认圣灵的存在。

② 扬·胡斯（1369—1415年）：捷克改革家，布拉格大学校长。

③ 巴贝夫（1760—1797年）：法国革命家。

所有这些地下先驱，虽然不知道被一条看不见的神链连在一起，并不孤立而几乎总自以为孤立，但是他们的工作确很不同，这些人的光明同另一些人的烈焰形成鲜明对照。这些人属于天堂，那些人属于悲剧。然而，不管反差多大，所有这些劳作者，从最崇高到最卑微，从最明智到最疯狂，却有一个共同点，那就是无私忘我。马拉跟耶稣一样忘记自己，将自己撂在一边，一笔勾销，丝毫不予考虑。他们看到别的事物而无视自身。他们有眼光，那眼光在寻找绝对真理。头一个，眼里是整个天空；而最后那个，不管多么神秘莫测，在眉毛下面也有无极的淡淡的光。无论是谁，无论做什么，只要有眸子闪着星光这一特征，就应当受到尊敬。

另外一种特征，就是眸子充满暗影。

恶从这一特征开始。碰到没有目光的人，就应当深思，就应当发抖。社会秩序有其黑色的坑道工。

有那么一个分点，再往下就是埋葬，光明熄灭了。

在上述所有那些坑道下面，在所有那些通道下面，在进步和乌托邦那广布的地下网络下面，还要往地下深入许多，比马拉还低，比巴贝夫还低，再往下，再深许多，同上面那几层毫无关系，还有最低一层坑道。那是非常可怕的地方，是我们所称的“地下第三层”。那是黑暗的坑道，那是盲人的巢穴。地狱[①]。

那里通向深渊。

二 底层

到了底层，无私忘我的精神消失了。魔鬼隐约初具形体；在那

① 原文为拉丁文。

里各自为己。没有眼睛的自我吼叫，寻找，摸索并啃啮。人类社会的乌格里诺[①]就在那深渊里。

狰狞的形体在那深层坑道里游荡，近似恶兽，也近似鬼魅，它们不关心普遍的进步，不懂思想和文字，只想一己的餍足。它们几乎没有意识，内里挖空而可怕。它们有两个母亲，全是后娘：愚昧和穷困。它们有一个向导：欲求；而满足的所有形式归结为一个：食欲。它们贪食到了残暴的程度，也就是凶残，但不像暴君，而像猛虎那样。这些鬼怪从受苦走向犯罪，这也是命里注定的演变关系、骇人听闻的生殖、黑暗的逻辑。在社会底下第三层匍匐的，不再是绝对真理窒息的呼声，而是物质的抗议了。在那里，人变成了恶龙。饥饿、干渴，就是出发点；成为撒旦，就是终点。拉斯奈尔就是从那地窟里钻出来的。

刚才在第四卷中看到上层坑道一个区，即政治、革命和哲学的大坑道。正如我们所指出的，那里无不高尚、纯洁、可敬、诚实。当然，那里也可能有人出错，而且真的错了；但错误只要包含英雄主义，在那里就令人敬佩。那里的工作总括来说，可以名之曰：进步。

现在是时候了，应当看看别的深度，那丑恶不堪的深层。

还要强调指出，只要一天不消除愚昧无知，社会底下巨大的恶窟就存在一天。

这一窟穴在其他窟穴之下，也同所有窟穴为敌。那是一无例外的仇恨。这个窟穴没有哲学家，这里的匕首从未削过笔。它这黑色不能跟高尚的墨迹同日而语。在这压抑窒息的棚顶下面，黑夜的手指蜷曲着，却从未翻阅过一本书，也未打开过一份报纸。在卡尔图

---

① 乌格里诺：13世纪末意大利比萨暴君，被皇帝派成员控为叛国，将他同子孙关进塔中，他受不了饥饿，企图吃子孙的肉。但丁《神曲》中有一章叙述这个故事。

什眼里，巴贝夫是个剥削者！在辛德汉①看来，马拉还是个贵族。这一窟穴旨在让整个建筑坍毁。

全坍毁。包括它所痛恨的那些上层坑道。它在丑恶的蚁动蝇营中，不仅破坏现存的社会秩序，而且还破坏哲学，破坏科学，破坏法律，破坏人类思想，破坏文明，破坏革命，破坏进步。它干脆就叫盗窃、卖淫、谋害和凶杀。它就是黑暗，它就是要混乱。它的顶棚由愚昧无知构成。

在它上面所有那些窟穴，也只有一个目的：将它消灭。哲学和进步同时启动全部机制，既通过改善现实又通过憧憬完美，正是要奋力达到这个目标。摧毁愚昧无知窟穴，就是摧毁罪恶渊薮。

简而言之，社会的唯一危害，就是黑暗。

人类即同类。人人都是用同样的黏土做成的，毫无差异，至少在下界宿命如此。生前为同样魂影，在世是同样肉体，死后化为同样灰尘。然而，捏人的泥团里掺进愚昧就变黑了。这种难以清除的黑色，进入人心便成为恶。

三　巴伯、海口、囚底和蒙巴纳斯

从1830年至1835年，一个四人匪帮，囚底、海口、巴伯和蒙巴纳斯，统治着巴黎地下第三层。

海口是个降级的大力士。他的老巢在玛丽蓉拱桥街的阴沟里。他身高六尺，胸如石雕，臂如铜铸，鼻息赛似山洞风声，身躯像巨人，而脑袋如鸟雀。看他那样子，真像法尔内塞的赫拉克勒斯穿上布裤和棉绒上衣。海口的躯体犹如巨型雕塑，本可以伏妖降魔，却

---

① 辛德汉：一伙盗匪的首领，于1803年处决。

觉得自己当个妖魔更痛快。他的额头低矮，脸颊宽阔，未到四十岁眼角就有了鱼尾纹，毛发又短又硬，两颊平刷髯须，下巴野猪胡子；由此想见其人。他浑身肌肉要求干活，而他愚蠢的脑袋却不愿意。那是个懒惰的大力士，因懒散而成为杀人凶手。有人认为他是克里奥尔人①。他可能与布吕讷元帅有点关系，1815年在阿维尼翁城当过搬运夫。这段见习生活之后，他便改行当了强盗。

巴伯的精瘦和海口的肥壮形成鲜明对照。巴伯瘦小而博学。他是透明的，却又叫人看不透；透过他的骨头能看见光，但是透过他的眸子却什么也看不见。他自称是化学家，从前，在博贝什戏班当过小丑，在博比诺戏班当过滑稽演员，还在圣米歇尔山演过闹剧。此人自命不凡，而且能言善辩，突出他的笑容，强调他的手势。他的行当就是露天摆摊儿，叫卖“政府首脑”半身石膏像和画像。此外，他还给人拔牙。他在集市上让人看一些古怪的东西，还有一辆带喇叭的木篷车，贴着这样的广告：“巴伯，牙科艺术家，科学院院士，在金属和非金属物上做物理实验，给人拔牙，治理他的同行抛弃的残牙断齿。费用：拔一颗牙，一法郎五十生丁；两颗牙，两法郎；三颗牙，两法郎五十生丁。不要错过机会。”（“不要错过机会”这句话的意思是：要尽量多拔牙。）他结过婚，也有过孩子，却不知道妻子儿女的下落。他把他们遗失了，就像丢一块手绢一样。巴伯看报，这在他那黑界中是杰出的例外。还在家人同他生活在流动货车上的时候，有一天他看《信使报》，读到一条新闻：有个女人生了个能够成活的牛嘴婴儿，就大声感叹道：

“那可是棵摇钱树！我老婆就没有那种智慧，给我生一个同样的孩子！”

---

① 克里奥尔人：安的列斯群岛上的白种人后裔。

从那以后，他就全部丢开，去“闯巴黎”。这是他的原话。

囚底是什么东西？那是黑夜。他要等天空全抹黑了才露面。他在一个洞里昼伏夜出。那洞在什么地方？谁也不知道。即使在伸手不见五指的黑暗中跟同伙说话，他也是背对着人。他名叫“囚底”吗？不对。他说：我叫“绝没有”。若是突然有烛光，他就戴上面具。他肚子能说话。巴伯说：“囚底是二声部的小夜曲。”囚底有影无踪，飘忽不定，极为可怕。很难说他有名有姓，囚底只有个绰号。很难说他能发出声音，他的肚子比他的嘴说话的时候多。也很难说他有一张脸，从来没有人看到，只见过他的面具。他忽而不见，仿佛消逝了一般，每次出现，就好像从地下钻出来的。

还有一个阴森可怕的人，名叫蒙巴纳斯。蒙巴纳斯是个毛头小伙子，还不到二十岁，脸蛋儿很漂亮，嘴唇好似樱桃，一头黑发很美，眼睛闪着明媚的春光；然而，他占尽了邪恶，还渴望无罪不犯。干了坏事又作恶，胃口越来越大。他从流浪儿变成流氓，又从流氓变成强盗。他带点女人气，温文尔雅，却很强健，浑身软绵绵的，却凶猛残忍。他按照1829年的式样，左边帽檐儿卷起，露出一绺头发。他以行凶抢劫为生。他的礼服剪裁得最好。蒙巴纳斯，简直是一幅式样图，因穷困而图财害命。这个少年屡屡犯罪，唯一的动机就是要一身好穿戴。头一个对他说“你真美”的青年女工，就往他心上投了黑点，把这个亚伯变成了该隐。既然长得美，他就想要风雅，而风雅的首要一点，便是悠闲自在；穷人的悠闲自在，就是犯罪。神出鬼没的强盗，很少像蒙巴纳斯那样令人畏惧。到了十八岁，他身后就留下好几具尸体。不止一个行人手臂张开，脸朝血泊，倒在这恶徒的身影下。头发烫了弯，上了发蜡，腰身和臀部跟女人一样，胸膛则像普鲁士军官，他走在街头，周围的姑娘都啧啧称赞，上衣扣眼插着一朵鲜花，兜里却装着行凶的短棒：这便是索命的花花公子。

四　黑帮的组成

这四名强盗结为帮伙，成了变幻无常的海神，在警探的缝隙中迂回周旋，“用不同的外貌、树木、火焰、喷泉”来掩饰，极力逃脱维道克[①]的敏锐目光，相互借用姓名和诀窍，藏匿在自身的阴影里，也相互提供秘密巢穴和避难所，像在化装舞会上取下假鼻子那样改头换面，有时几个人干脆化为一个，有时又一人化为许多人，连可可-拉库尔都错以为他们是一大群强盗。

这四人绝非四人，而是长了四颗脑袋的一个神秘大盗，专门在巴黎大肆活动，也是作恶的巨大章鱼，栖息在社会的底下层中。

巴伯、海口、囚底和蒙巴纳斯伸展蔓延，结成地下关系网，通常在塞纳省拦路打劫，对行客下黑手。在这方面点子多的人，富于黑夜想象的人，往往找他们付诸实施，向这四人帮提供脚本，由他们排练上演。只要是杀人越货，有利可图，需要助一臂之力，他们总能派出适当的人手。一桩犯罪活动寻求助援，他们就提供帮凶。他们掌握一个黑暗的戏班子，能演出各种匪窟的悲剧。

他们通常在睡醒的时刻，即天黑时到妇女救济院一带草地上碰头，商议事情。他们眼前有十二个黑钟点，要安排用场。

“咪老板”，这是送给四人帮地下通用的称号。在日渐消亡的古老怪诞的民间语言中，“咪老板”是清晨的意思，正如“犬狼之间”这句成语表示黄昏一样。咪老板这一称号，大概是由结束活计的时刻而来：天一蒙蒙亮，这些幽灵就消失了，这些强盗就分手

---

① 维道克：当时著名的警探，原为囚犯。

了。四名强盗以这个绰号闻名。重罪法庭庭长到监狱看拉斯奈尔，追问他否认的一桩罪案。“那么是谁干的？”庭长问道。“也许是咪老板吧。”拉斯奈尔的这种回答，在法官听来像谜语，而警察却很清楚。

有时，从人物表能猜想一部剧，同样，从匪徒名单几乎也能看出一个匪帮。下面这些名字由特别讼　状保存下来，是咪老板主要同伙相应的称号：

邦灼，别号春生儿，又称比格纳伊。

勃吕戎（有一个勃吕戎家族，有机会我们还会提到）。

布拉驴儿，已经露过面的养路工。

寡妇。

非你私台。

荷马·荷古，黑鬼。

星期三晚。

快讯。

福恩王，别号卖花女。

光荣汉，刑满释放的苦役犯。

煞车杠，别号杜蓬先生。

南苑。

捕杀力夫。

短褂子。

克吕铜钱，别号怪罗。

吃花边。

脚朝天。

半文钱，别号二十亿。

等等。

我们只列举这些，也不是最坏的。这些名字均有所指，不仅代表个人，而且代表一个个类型。每个名字，都对应文明下面滋生的怪形毒菌中的一种。

这些人轻易不肯露出真面目，不是常见在街头来往的人。夜晚逞凶之后疲倦了，白天他们就去睡觉，有时睡在石灰窑里，有时睡在蒙马特高地或红山遗弃的采石场里，有时干脆睡在地下水道里。他们躲藏起来。

这些人怎么样了呢？他们一直存在。他们始终存在。贺拉斯这样谈论他们："吹笛子卖艺的班子、卖药的郎中、募捐者、滑稽剧演员[1]……"只要社会还是老样子，他们也就总是这样。

他们在窟穴的黝黯棚顶下，从社会渗漏的潮湿里滋生不息。

这些幽灵去而复来，总是老样子，仅仅换了名字，换了一层皮。

一个个成员剔除了，部族仍然存在。

他们始终保持原来的技能。从流浪汉到剪径强人，一直保持纯种儿。他们能猜出衣兜里的钱包，能嗅出坎肩兜里的怀表。对他们来说，金银都有气味。一些资产者挺天真，可以说一看样子就值得一偷。那些人总是耐心地跟着这些有钱的主儿。他们若是看到一个外国人或外省人走过，就会像蜘蛛一样惊喜得浑身战栗。

那些人，半夜时分若是在僻静无人的街上遇到或望见，就叫人心惊胆战。他们不像人，而是雾气成精幻化的形体，仿佛他们常与黑暗融为一体，分辨不出来，除了阴影并没有别的灵魂，即使暂时闯出黑夜，也不过几分钟，干一下魔鬼的营生。

怎样才能驱除这些魑魅魍魉呢？要有阳光。要有强烈的阳光。哪只蝙蝠也抗拒不了曙光。要从底层照亮社会。

---

① 原文为拉丁文。